Toni Feller

Die Sünde
Peccantia

Wellhöfer Verlag
Ulrich Wellhöfer
Weinbergstraße 26
68259 Mannheim
Tel. 0621/7188167
info@wellhoefer-verlag.de
www.wellhoefer-verlag.de

Titelgestaltung: Uwe Schnieders, Fa. Pixelhall, Mühlhausen
Satz: Creative Design, Lukas Fieber, Mannheim

ISBN 978-3-95428-132-9

Toni Feller

Die Sünde

Peccantia

wellhöfer VERLAG

1

»Angeklagter, Sie haben gehört, was Ihnen vorgeworfen wird. Haben Sie dazu noch etwas zu sagen?«

»Ich bin unschuldig!« Philipp Otte rann der Schweiß aus allen Poren, als er diesen Satz schwer atmend hervorstieß.

»Ein bisschen mehr Respekt, wenn ich bitten darf. Das heißt: Ich bin unschuldig, Euer Ehren! Haben Sie mich verstanden?«

»Ja … Euer Ehren.«

»Herr Otte, ich weise Sie darauf hin, dass die Beweislage eindeutig ist und dass es bei der Urteilsfindung wohlwollend Berücksichtigung finden wird, wenn Sie ein Geständnis ablegen.«

»Ich bin unschuldig, und Sie sind nicht berechtigt …«

»Angeklagter, Sie erdreisten sich, zum wiederholten Male die Legitimation dieses Gerichtes anzuzweifeln.«

Die Worte des Mannes in der schwarzen Robe waren so messerscharf und laut, dass Otte das Gefühl hatte, sie würden ihm die Kehle durchschneiden. Seine Mundhöhle wurde schlagartig trocken. Er brachte keinen Ton hervor. Gleichzeitig konnte er keinen klaren Gedanken mehr fassen.

»Die gerichtlichen Untersuchungen haben ergeben, dass Sie alles andere als unschuldig sind. Nach Recht und Gesetz haben Sie vor der Urteilsverkündung das letzte Wort. Angeklagter, möchten Sie sich äußern?«

Philipp Otte wusste, dass er auf verlorenem Posten stand und es wenig Sinn machte, wenn er jetzt etwas sagte. Vermutlich würde seine Stimme sowieso versagen. Deshalb schüttelte er nur den Kopf. Sehr wohl war ihm bewusst, dass die Anklage in allen Punkten zutraf und dass es nur ein Teil dessen war, was er sich tatsächlich zuschulden hatte kommen lassen. Vorzugeben, er sei unschuldig, war absurd. Das sah er in diesem Moment ein.

»Das Gericht zieht sich zur Beratung zurück.« Mit diesen Worten stand der Mann in der schwarzen Robe auf und verließ den Raum.

Otte war klar, dass er keine Chance mehr hatte. Man hatte ihm Handschellen und Fußfesseln angelegt. Jeder Fluchtversuch würde allein schon daran scheitern. Außerdem saß ein Aufpasser in grüner Uniform keine zwei Meter neben ihm. So wartete er mit gesenktem Kopf auf die Rückkehr des Richters. Nach endlos erscheinender Zeit ging endlich die Tür auf. Otte zuckte zusammen. Als ob er sich vergewissern wollte, dass alles seine Ordnung hatte, blieb der Richter kurz unter der Tür stehen und sah in den Raum. Dann schritt er majestätisch zu seinem Platz. Er hatte ein dünnes Aktenbündel in der Hand, das er vor sich auf dem Tisch ablegte. Anschließend schlug er das Bündel auf und entnahm daraus mehrere lose Seiten. Den Blick auf Otte gerichtet, begann er mit schneidender Stimme:

»Angeklagter, erheben Sie sich!«

Otte schüttelte stumm den Kopf. Widerstand erschien ihm zwecklos. Er erhob sich langsam. Schweiß rann ihm unter dem Hemd den Rücken hinunter. Die metallene Schließe um das linke Fußgelenk verursachte ihm beim Stehen empfindliche Schmerzen. Sicher würde es an dieser Stelle bald bluten.

»Im Namen des Volkes: Der Angeklagte wird hiermit zur Höchststrafe verurteilt. Er erhält eine lebenslange Freiheitsstrafe mit anschließender Sicherungsverwahrung. Die besondere Schwere der Schuld wird hiermit festgestellt. Angeklagter, Sie können sich setzen.«

Wenngleich die ersten beiden Sätze nicht niederschmetternder hätten sein können, empfand Otte für die letzten fünf Worte so etwas wie Dankbarkeit, denn der Schmerz an seinem Fuß war unerträglich geworden. Kaum hatte er auf dem harten Stuhl Platz genommen, verschaffte er sich Linderung, indem er mit dem rechten Fuß die Fesselung am anderen etwas nach oben schob. Dumpf drangen die Worte der Urteilsbegründung an sein Ohr. Er nahm sie nur noch in Fetzen wahr. Ihn interessierte auch nicht mehr, wie das Urteil begründet wurde. Fakt war, dass er nun für seine Untaten büßen musste. Gottes Zorn hatte ihn eingeholt.

Kurze Zeit später wurde er von dem Uniformierten in eine fensterlose Zelle gebracht. Auf dem Weg dorthin sah Otte, dass sein Aufpasser einen Elektroschocker aus dem Gürtel zog. Das Gerät war circa 40 Zentimeter lang und sah aus wie ein Polizeiknüppel. Am vorderen Ende sah man zwei Elektroden. Otte erinnerte sich, dass er vor langer Zeit einmal eine Fernsehsendung über Tierschutz in Deutschland gesehen hatte, in der Schweine mit ähnlichen Geräten zum Schlachten getrieben wurden. Genauso kam er sich jetzt vor. Er war sicher, dass der Grüne nicht einen Moment zögern würde, ihm mindestens 100.000 Volt zu verpassen, wenn er auch nur eine falsche Bewegung machen würde. Und er wusste, dass diese Geräte nicht nur eine hohe Spannung produzierten, sondern bei Körperkontakt höllische Schmerzen verursachten und Menschen in einen gefährlichen Schockzustand bringen konnten. Im ungünstigsten Fall konnte sogar der Tod eintreten.

Schicksalergeben betrat Otte die offene Zelle. Der Aufpasser blieb in der Tür stehen. Er zeigte mit dem Elektroschocker auf einen Pappkarton, der auf dem Fußboden stand.

»Darin findest du die Schlüssel für deine Fesseln. Schließ sie auf und leg sie anschließend samt Schlüssel in den Karton. Danach ziehst du dich aus, du Dreckschwein, und zwar nackt bis auf die Haut. Deine Klamotten packst du ebenfalls da rein! Ich wiederhole mich nicht gerne. Wenn du nicht tust, was ich sage, werde ich dir mit dem Ding auf die Sprünge helfen, ist das klar?« Mit diesen Worten betätigte er den Elektroschocker, und Otte sah, wie sich zwischen den Elektroden ein bizarrer blauer Lichtbogen bildete. Gleichzeitig drang ein prasselndes Geräusch an sein Ohr, ähnlich wie es beim Schweißen entsteht.

Otte nickte, begab sich zu dem Karton, entnahm daraus den kleineren Schlüssel, von dem er annahm, er könnte zu den Handschließen gehören, und löste sie damit problemlos. Anschließend befreite er sich von seinen Fußfesseln. Er stöhnte, als er das harte Metall endlich von seinem linken Fuß streifen konnte. Das Fußgelenk war sichtbar angeschwollen, blutete an der Innenseite und tat höllisch weh.

Kaum hatte er sich von der Fesselung befreit und die ersten Gedanken über einen möglichen Fluchtversuch geordnet, herrschte ihn auch schon der Uniformierte an.

»Ein bisschen dalli, wenn ich bitten darf! Oder muss ich dir auf die Sprünge helfen?«

Otte sah, wie der Lichtbogen wieder zwischen den Elektroden aufblitzte und sein Aufpasser dreckig grinste. Er war sich absolut sicher, dass dieser keinen Moment zögern würde, ihn mit diesem Folterinstrument zu traktieren. Er hatte sogar das Gefühl, dass es diesem uniformierten Sadisten die hellste Freude machen würde, sein Werkzeug an ihm auszuprobieren, sobald er ihm den geringsten Grund hierzu lieferte.

Philipp Otte beeilte sich, seine Jacke, sein Hemd, die Schuhe samt Socken und letztlich seine Hose auszuziehen. Fieberhaft überlegte er dabei, ob es nicht irgendeine Möglichkeit gab, seinen Bewacher zu überlisten und zu fliehen. Irgendwie würde er es dann schon schaffen, aus diesem Gefängnis herauszukommen. Denn hätte sich erst einmal die Tür hinter ihm geschlossen, wäre es aus und vorbei. Er war jetzt 66 Jahre alt und hätte in Freiheit noch einiges an Leben vor sich.

Brüllend holte ihn der Uniformierte aus seinen Gedanken: »Alles, habe ich gesagt!«

Erschrocken zog Otte rasch seine Unterhose nach unten. Aus den Augenwinkeln versuchte er, die Lage abzuschätzen. Der andere stand breitbeinig unter der Tür, nur zwei Meter entfernt. Ottes Gedanken schwirrten wie ein Bienenschwarm in seinem Kopf herum. Sobald er aus seiner Unterhose gestiegen war, könnte er mit einem Sprung seinen Bewacher anfallen, ihn zu Boden reißen und kampfunfähig machen. Vielleicht könnte er sogar dessen Folterinstrument an sich bringen, um ihn damit endgültig außer Gefecht zu setzen und weitere mögliche Gegner zu überwältigen. Welche Utopie, dachte er gleichzeitig. Ich, mit meinen gerade mal 70 Kilo und 1,60 Meter Körpergröße, bin alles andere als eine

Kampfmaschine. An dem Kerl pralle ich doch ab wie ein Gummiball an einer Betonwand. Der ist mindestens 20 Kilo schwerer und einen Kopf größer als ich.

»Wieso das denn?« Otte versuchte Zeit zu gewinnen und zeigte auf seine dunklen Boxershorts.

»Damit du keinen Unfug treibst. Wir wollen nämlich noch möglichst lange Spaß mit dir haben. Ein Schwein wie du bringt es am Ende noch fertig, sich mit seiner eigenen verschissenen Unterhose ins Jenseits zu befördern. Damit wäre der Gerechtigkeit ja mal überhaupt nicht gedient, oder?« Der Uniformierte setzte ein hämisches Grinsen auf.

»Na, mach schon, oder soll ich ein wenig nachhelfen? Hab nicht ewig Zeit.«

Otte zögerte. »Und wenn ich Ihnen verspreche …«

Er kam nicht weiter. Blitzschnell wie eine Kobra schoss der Elektroschocker auf ihn zu. Otte hatte keine Chance zu reagieren. Der Schmerz war so gewaltig, so allgegenwärtig in seinem Körper, dass er sofort gelähmt war und zu Boden stürzte. Er hatte das Gefühl, nie mehr in seinem Leben atmen zu können. Millionen von brennenden Pfeilen trafen jede Zelle seines Inneren. Vor seinen Augen tanzte ein Meer von heißen Flammen.

Als er wieder zu sich kam, sah er zwei kleine Brandmarken unterhalb seines Brustbeins. Sie schmerzten, aber bei Weitem nicht so wie die glühenden Pfeile, die vorher durch seinen Körper gejagt waren. Otte hatte nicht die geringste Ahnung, wie lange er bewusstlos gewesen war. Und so begann ab jetzt für ihn eine zeitlose Zeit, ohne Morgen, ohne Abend, ohne Sonne und ohne Mond.

In seiner Zelle gab es nichts. Kein Fenster, nicht einmal einen Lüftungsschacht. Lediglich ein Sims, dessen Oberseite mit groben Holzplanken verkleidet war, und einen in einer Ecke befindlichen Abtritt, der aus einem etwa 20 Zentimeter großen, trichterförmigen Loch im braun gefliesten Fußboden bestand. Das Sims diente ihm als Schlafplatz. Die vier leblos grünen Wände waren kahl. Es roch nach frischer Farbe.

Die vergitterte Lampe an der Decke brannte ununterbrochen. Otte ahnte, dass er aus diesem Verlies nicht mehr lebend herauskommen würde. Er verlor schon sehr bald jegliches Zeitgefühl.

Sein Essen wurde ihm in einem Teller serviert, der durch die Klappe in der Tür geschoben wurde. Dazu bekam er einen Löffel und einen Becher mit Wasser. Jedes einzelne Teil war aus Plastik. Nach dem Essen musste er alle Gegenstände wieder zurückgeben.

Jedes Mal, wenn er hörte, wie die Klappe aufgeschlossen wurde, glimmte Hoffnung in ihm auf. Er bildete sich ein, es käme endlich jemand, der ihm eröffnete, dass seine völlige Isolation zu Ende sei. Doch dann gab es wieder nur Essen. Natürlich sah er in gewisser Weise ein, dass er für seine Taten büßen musste. Aber dass diese Strafe so hart, so erbarmungslos und unmenschlich sein würde, überstieg alle seine Vorstellungen, die er bisher von Gefängnissen gehabt hatte. Er war lebendig begraben. Ab und zu hörte er aus dem Loch im Boden das Wasser rauschen. Man war offensichtlich auf eine gewisse Hygiene bedacht, oder zumindest darauf, dass seine Fäkalien nicht das Rohr des Abtrittes verstopften. Toilettenpapier gab es nicht. Auch keine Gelegenheit, sich zu waschen.

Otte hatte keine Ahnung, wie viele Tage und Nächte vergangen waren, als es ihn das erste Mal erwischte. Zuerst begann er leise zu wimmern, dann liefen ihm Tränen aus den Augen. Dem Wimmern folgte ein verhaltenes Weinen. Plötzlich begann er am ganzen Körper zu zittern. Speichel lief ebenso unkontrolliert aus seinem Mund wie Rotz aus der Nase. Den warmen Urin, der langsam an seinen nackten Beinen herunterlief, nahm er nicht wahr. Als er anfing, so laut zu schreien, dass ihm fast die Halsschlagadern platzten, er mit beiden Fäusten gegen die Tür hämmerte und dann immer wieder wie ein wildes Tier in seiner Zelle auf und ab lief, schaute sein Gefängniswärter mit einem zufriedenen Lächeln durch den Türspion. Ihn kümmerte offenbar nicht, dass Otte während des Haftkollers den Kopf mit voller Wucht gegen die

Betonwand schlug und dabei benommen zu Boden ging. Und auch nicht die vom Hämmern gegen die Tür aufgeplatzten, blutigen Hände. Er wartete, bis der Gefangene, der Ohnmacht nahe, zwangsläufig ruhiger wurde. Danach drehte er sich um und begab sich in sein eine Etage höher befindliches Büro.

Der zweite Haftkoller ließ nicht allzu lange auf sich warten. Er war noch heftiger als der erste. Otte trug eine Platzwunde am Kopf davon. Außerdem war sein rechter großer Zeh gebrochen, weil er völlig unkontrolliert gegen die Tür getreten hatte. Als er, total entkräftet, nach einer tiefen Bewusstlosigkeit wieder zu sich kam, bemerkte er, dass die Zelle überall mit Kot beschmiert war. Sollte er das gewesen sein? Unmöglich. Zögernd roch er an seinen Händen.

»Ich bin ein Tier geworden, ein armes, eingesperrtes und verwahrlostes Tier«, sagte er leise, um gleich darauf noch einmal aus Leibeskräften loszubrüllen. Aber niemand schien ihn zu hören. Hätte Otte darauf geachtet, hätte er den Schatten des Auges sehen können, das ihn durch den Türspion beobachtete. Er war immer noch nackt, aber er fror nicht, weil der Zellenboden beheizt war.

Es könnte nach seiner Schätzung zwei oder drei Tage oder auch nur zwei Stunden, vielleicht auch nur zwei Minuten später gewesen sein, als er, dem Wahnsinn nahe, ein Geräusch hörte, auf das er sich zunächst keinen Reim machen konnte. Als es immer intensiver wurde, war er sich sicher, dass jemand ein Loch in die Zellenwand bohrte. Langsam, wie die Sonne hinter einem gewaltigen Bergmassiv, stieg Hoffnung in ihm auf. Vielleicht würde … nein, es musste irgendetwas passieren, das diese grauenvolle Haft erleichtern würde. Gespannt wartete er auf den Durchbruch der Bohrung. Das Bohrgeräusch verstummte zwei-, dreimal, um dann wieder neu zu beginnen. Otte vermutete, dass der Bohrer, von seiner Pritsche aus gesehen, weit oben durch die rechte Wand kommen müsste. Wenn nicht gar durch die Decke. Könnte es sich um den Ausbruchsversuch eines Mitgefangenen handeln?

Dann war es endlich so weit. Seine Augen starrten auf den Punkt, an dem sich zunächst ein wenig Staub löste, dann der Putz zu bröckeln begann und schließlich die Spitze des Bohrers zu sehen war. Im gleichen Augenblick wandelte sich das mahlende Geräusch in ein helles, befreiendes Pfeifen. Der Bohrer bewegte sich zweimal hin und her und verschwand dann wieder in dem kleinen, etwa zehn Millimeter großen Loch.

Otte, der durch die grausame Isolationshaft schon nicht mehr wusste, ob er sich das Ganze nur einbildete, stellte sich vor, wie er, einem Flaschengeist gleich, durch dieses kleine Loch in die Freiheit schlüpfen könnte. Während seine Augen wie hypnotisiert auf die Bohrung starrten und er dabei wirre Fluchtgedanken hatte, sah er plötzlich etwas kleines Rundes aus dem dunklen Bohrloch kommen. Er schaute genauer hin, und dann wurde ihm klar, dass in Zukunft jede seiner Bewegungen von einer Kamera eingefangen werden würde und er nichts dagegen tun konnte, da das Objektiv für ihn unerreichbar war.

Es verging wieder einige Zeit, bis Otte zum ersten Mal ein Dessert erhielt. Es war ein Pudding mit einem kleinen Sahnehäubchen darauf. Am liebsten hätte er es sofort hinuntergeschlungen, aber er beherrschte sich und aß zuerst die Bohnensuppe auf, in der sich einige Speckstückchen befanden. Mit ganz kleinen Portionen auf dem Esslöffel versuchte er dann, den Pudding so lange wie nur möglich zu genießen. Manchmal stellte er jegliche Bewegung seines Mundes ein. Doch schon nach kurzer Zeit, waren es zwei Minuten, zwei Stunden, er wusste es nicht, schien der Pudding in der Mundhöhle verschwunden zu sein. Speichel, der darauf drängte, hinuntergeschluckt zu werden, hatte sich breitgemacht.

Den kleinen Plastikbecher, in dem sich das Dessert befand, leckte Otte aus. Da seine Zunge nicht bis auf den Boden des Bechers reichte, riss er ihn so weit ein, dass er auch an den letzten Rest der Köstlichkeit kam.

Wie gewohnt wollte er danach aufstehen, um das Geschirr zur Türklappe zu tragen. Nach zwei Schritten knickten seine Beine ein. Mit einem lauten Stöhnen stürzte er zu Boden und verlor sofort das Bewusstsein.

2

Böhm schnaubte. »Kriminalhauptkommissar Nawrod, Sie sind ein unverbesserlicher Narr.« Der Polizeipräsident schlug mit der Faust auf seinen großen Schreibtisch. Die Halsschlagadern traten hervor. So sah man ihn selten. »Hat es Ihnen nicht gereicht, dass Sie den Leiter des Dezernats für Kapitalverbrechen ans Messer lieferten? Mussten Sie jetzt auch noch Schilling und Fichtner über die Klinge springen lassen? Wenn Sie so weitermachen, ist bald das ganze Dezernat 1 suspendiert und wir sind nach außen hin blamiert bis auf die Knochen.«

Nawrod sah Böhm direkt in die Augen. »Neumann war ein korruptes Schwein. Das wissen Sie so gut wie ich. Er hat nur bekommen, was er verdiente. Und die anderen beiden waren seine Speichellecker, die sich genauso an dem Kuchen bedienten.«

»Denen sind aber jeweils nur zwei kleinere Fälle nachzuweisen. Hätten Sie mir einen Ton gesagt, hätte ich mir die beiden vorgeknöpft, und ich versichere Ihnen, die wären ein für alle Mal geheilt gewesen.«

Nawrod musste sich beherrschen, nicht laut zu werden. »Verstöße gegen das Datenschutzgesetz und Korruption respektive Bestechlichkeit sind nun mal keine Kavaliersdelikte. Da stehen bei schweren Fällen bis zu fünf Jahre Knast drauf. Und Neumann hat diesem öligen Pressefritzen nicht nur kleine, unbedeutende Informationen verkauft, sondern Interna über ganze Operationen geliefert. Oskar Malachowski wusste quasi über alles Bescheid, was hier im Präsidium lief. Man kann von Glück sagen, dass er nur einen Bruchteil davon in seinem Schmierblatt veröffentlichte.«

»Bis jetzt, lieber Herr Nawrod, bis jetzt.« Böhm zog ein weißes Taschentuch aus seiner Hosentasche und tupfte damit seine Stirn ab.

»Was soll das heißen?«

Böhm hustete kurz. Die Ellenbogen auf der Tischkante aufgestützt, drückte er seine Fingerkuppen gegeneinander und schaute an Nawrod vorbei. »Sein Anwalt rief mich gestern an und ließ durchklingen, dass man diese äußerst delikate Angelegenheit im Interesse aller besser auf der kleinstmöglichen Flamme kochen sollte.«

Nawrod schüttelte ungläubig den Kopf. »Wir dürfen uns von solchen Typen nicht sagen lassen, was wir zu tun haben und was nicht. Malachowski zahlte erhebliche Summen an Neumann und seine Vasallen. Das ist Bestechung in schlimmster Form. Diesem Pressefuzzi muss eine Lektion erteilt werden, die er sein Leben lang nicht mehr vergisst. Genauso wie Neumann, Schilling und Fichtner.«

Beim letzten Satz schlug Nawrod verärgert mit der Faust auf den Tisch. Danach stand er auf und ging ein paar Schritte hin und her. Ihn hielt nichts mehr auf seinem Stuhl, denn er ahnte schon, was jetzt kommen würde.

»Setzen Sie sich bitte, Herr Nawrod, bitte setzen Sie sich!«, wiederholte Böhm eindringlich, als Nawrod seiner Bitte nicht gleich nachkam.

Nawrod versuchte, sich zu beherrschen. Es fiel ihm schwer. Widerwillig nahm er wieder auf seinem Stuhl Platz. »Herr Böhm, Sie werden doch nicht …«

»Der Anwalt sprach unter anderem von illegalen Ermittlungsmethoden im Zusammenhang mit den Mordfällen in der Familie von Kampen«, unterbrach ihn Böhm. »Er meinte, es seien Durchsuchungen, Lauschangriffe und MEK-Einsätze ohne richterliche Beschlüsse durchgeführt worden, und das sei nicht minder zu bestrafen als die Verfehlungen seines Mandanten. Eine Untersuchungskommission müsste …«

»Aber das … das ist doch …« Kopfschüttelnd unterbrach Nawrod den Präsidenten und erhob sich abermals vom Stuhl.

»Sie wissen so gut wie ich, dass dieser Rechtsverdreher mit der Behauptung richtig liegt.« In Böhms Stimme lag Verärgerung. Dann wurde er laut: »Und jetzt setzen Sie sich wieder! Das ist ein Befehl, Kriminalhauptkommissar Nawrod!«

Nawrod atmete tief durch. Er musste sich zwingen, nicht loszubrüllen und Böhm ins Gesicht zu schleudern, was er von ihm hielt. Sekundenschnell ließ er Revue passieren, wie er in der besagten Mordserie tatsächlich ohne Durchsuchungsbeschluss wie ein gemeiner Dieb in das Haus der Familie von Kampen eingedrungen war. Oder wie er den Hauptverdächtigen mit einer in dessen Auto versteckten Wanze illegal bespitzelt hatte, und wie er zum Schluss, ebenfalls ohne irgendwelche Beschlüsse und ohne Unterrichtung seiner Vorgesetzten, mit einem Trick einen MEK-Einsatz inszeniert hatte, in dessen Folge es einen Toten und eine Schwerverletzte gegeben hatte.

Scheinbar gefasst, lehnte sich Nawrod zurück. »Pech für die Herrschaften. Die Akte befindet sich bereits bei der Staatsanwaltschaft. Da ist nichts mehr zu machen. Selbst wenn ich wollte, könnte ich nichts mehr für Malachowski und diese drei dreckigen Maulwürfe tun. Jetzt liegt es in den Händen der Justiz.«

Innerlich frohlockte Nawrod über diesen Umstand, denn er war der festen Meinung, dass die Mühlen des Gesetzes bereits kräftig angefangen hatten zu mahlen und durch nichts und niemanden mehr aufzuhalten waren. Neumann und Konsorten würden zur Rechenschaft gezogen werden. Dessen war er sich sicher. Andererseits wusste er auch, dass es ihm an den Kragen gehen konnte, wenn dieser Anwalt Ernst machen und ihn wegen diverser Dienstvergehen anzeigen würde. Aber schließlich hatte er durch seine – zugegebenermaßen nicht ganz legalen – Methoden eine Serie von sieben Morden aufgeklärt. Jeder halbwegs vernünftige Mensch würde ihm das zugutehalten, wenn es hart auf hart kommen würde.

»Ich hatte gestern mit dem Leiter der Staatsanwaltschaft Stuttgart und dessen Vertreter eine sehr lange Unterredung, bei der es ausschließlich um diese Sache ging«, sagte Böhm jetzt plötzlich in gespielt sachlichem Ton.

»Nicht zuletzt auch zu Ihrem Schutz kamen wir überein, dass die Verfahren gegen Malachowski, Fichtner und Schilling nach Zahlung einer angemessenen Geldbuße eingestellt werden. Die beiden Kollegen werden in den Streifendienst der Schutzpolizei zurückversetzt und verrichten ihren Dienst zukünftig bei der Polizeidirektion Ravensburg.«

Nawrod überlegte kurz. Das war zwar nicht in seinem Sinne, aber damit konnte er leben, so ärgerlich es für ihn auch war.

»Und was ist mit Neumann?«

»Was diesen Kollegen betrifft, ließen die Herren Staatsanwälte nicht mit sich handeln. Neumann bleibt bis zu einer noch nicht terminierten Hauptverhandlung suspendiert. Man rechnet damit, dass er eine empfindliche Strafe erhalten wird und danach die Entlassung aus dem Polizeidienst nicht mehr zu vermeiden ist.«

»Na, wenigstens etwas.« Nawrod konnte ein Grinsen nicht verbergen.

»Freuen Sie sich nicht zu früh, Herr Nawrod. Wenn Neumann merkt, was auf ihn zukommt, wird er um sich beißen wie ein Straßenköter, der von allen Seiten getreten wird. Mir wäre es deshalb lieber, wenn er, wie die anderen, mit einem blauen Auge davonkäme. Das würde vor allem Ihnen, lieber Herr Nawrod, zugutekommen. Mal sehen, was sich da noch machen lässt.«

»Wie bitte? Herr Böhm, Sie schlagen sich doch nicht etwa auf die Seite dieser korrupten Schweine? Das wäre ja …« Nawrod rang um Fassung.

»Herr Nawrod, mäßigen Sie sich. Es ist ganz allein in Ihrem Interesse. Sie sind einer meiner besten Ermittler. Ich möchte Sie nicht auch noch verlieren. Deshalb habe ich beschlossen, Sie für eine Weile aus der Schusslinie zu nehmen.«

»Sie wollen mich also suspendieren?«

»Nur, wenn es keine andere Lösung gibt. Aber ich verspreche Ihnen, dass ich alles tun werde, einen anderen Weg zu finden.«

Nawrod hätte am liebsten den vor ihm stehenden Briefbeschwerer aus massivem Bronzeguss genommen und gegen die Wand geschleudert. Doch er spürte instinktiv, dass der Polizeipräsident recht hatte, nur konnte er es nicht einsehen. Nicht, wenn er so verärgert war wie jetzt und seine Emotionen drohten, ihn zu überwältigen. Ihm blieb nichts anderes übrig, als zwei-, dreimal tief durchzuatmen.

Das Telefon klingelte. Böhm lauschte kurz in den Hörer, nickte und sagte: »Moment mal.« Die Hand über der Sprechmuschel, wandte er sich an Nawrod: »Das war's vorerst, Herr Nawrod. Sie hören wieder von mir.«

Er streckte Nawrod die Hand entgegen. Nawrod stand zögernd auf und überlegte kurz, ob er seinem obersten Vorgesetzten sagen sollte, was er für ein Arschloch sei, weil ihm offenbar irgendein Telefonat wichtiger war, als mit ihm über seine Zukunft zu sprechen. Doch dann besann er sich anders. Es hätte ihm nichts als noch mehr Ärger gebracht. Er erhob sich von seinem Stuhl, schüttelte Böhms Hand und verließ wortlos dessen Büro.

Nachdem Nawrod die Tür hinter sich geschlossen hatte, sprach Böhm weiter.

»Hallo, Volker, schön, dass du zurückrufst. Wie geht es dir? Was macht die Familie?

»Grüß dich, Klaus-Dieter. Der Familie geht es gut. Du wolltest mich sprechen? Was hast du auf dem Herzen?«

»Hör mal, Volker, du könntest mir einen Gefallen tun.«

»Gerne, wenn es in meiner Macht steht.«

»Das tut es ganz bestimmt, mein Lieber.«

»Dann hat die Sache wohl einen Haken, oder?«

»Wie man's nimmt. Es geht um einen meiner besten Männer. Er war früher Leiter des Rauschgiftdezernates und bekannt dafür, riesige Fische an Land zu ziehen. Unter einem Kilo Heroin ging bei dem nichts. Sein größter Fang waren einmal dreieinhalb Zentner Hochprozentiges und ein gutes Dutzend Dreckärsche, die für lange Zeit in den Knast wanderten. Dafür und für einige andere erfolgreiche Einsätze habe ich ihm verschiedene Auszeichnungen verliehen.«

»Sag mal, Klaus-Dieter, du singst ja die reinsten Arien auf den Mann. Da stinkt doch etwas?«

Böhm räusperte sich, bevor er weitersprach. »Ich will ehrlich zu dir sein. Mein Superman ist zur heißen Kartoffel geworden. Ich möchte, dass sie sich auf einer anderen Dienststelle wieder abkühlt.«

Der Heidelberger Polizeipräsident konnte sich ein Lachen nicht verkneifen. »Na, hör mal, ich habe hier doch kein Abklingbecken für Brennstäbe. Behalte deinen Problemfall mal lieber bei dir.«

Böhm lachte ebenfalls. »Und wenn ich dir sage, dass der Mann zurzeit Sachbearbeiter beim Dezernat 1 ist und vor Kurzem sieben Morde in einem Aufwasch geklärt hat?«

Jetzt lachte Lehmann noch herzhafter. »Sieben auf einen Streich? Ein tapferes Schneiderlein also! Das war doch die Geschichte, die tagelang in den Zeitungen zu lesen war? Wollte dich noch anrufen, um dir zu diesem großartigen Erfolg zu gratulieren. Habe es dann leider vergessen. Entschuldige! Und wie wird so ein Held zur … zur … wie sagtest du?«

»Zur heißen Kartoffel. Na ja, seine Methoden sind nicht immer ganz astrein, und im gleichen Aufwasch mit der Aufklärung der Morde ließ er drei Kollegen wegen Bestechlichkeit über die Klinge springen. Sie ließen sich von einem Starreporter korrumpieren. Das Ganze beginnt nun hochzukochen. Ich möchte meinen Mann aus der Schusslinie nehmen und da dachte ich, bei dir wäre er gut aufgehoben.«

»Und diese sieben Morde hat er ganz alleine aufgeklärt?«, fragte Lehmann etwas ungläubig.

»Wenn ich's dir sage. Ihm wurde ein lapidarer Vermisstenfall übertragen. Ob du es nun glaubst oder nicht, der Mann hat einen gigantischen Riecher für richtig große Dinger. Er bekam nicht nur heraus, dass der Vermisste ermordet wurde, sondern auch, dass die Mörder noch weitere Personen auf dem Gewissen hatten. So nebenbei klärte er auch noch einen bestialischen Foltermord an einem französischen Studenten auf, an dem sich unsere Mordkommission mehrere Wochen vergeblich die Zähne ausgebissen hatte.«

»Und diesen Wunderknaben willst du mir tatsächlich so mir nichts dir nichts schenken?« Lehmann lachte wieder.

»Von schenken war nicht die Rede«, lachte Böhm zurück. »Ich denke an ein bis zwei Jahre auf Leihbasis. Mehr auf keinen Fall. Bis hier Gras über die Sache gewachsen ist.«

»Wir sind aber nicht in der Bundesliga und du bist nicht Uli Hoeneß, mein lieber Klaus-Dieter. Bei uns werden doch keine Spieler wie Sklaven verschachert«, sagte Lehmann belustigt.

»Volker, es ist mein Ernst. Ich möchte, nein, ich muss meinen Mann schützen, sonst wird er von den Wölfen zerrissen.«

»Hm, ich verstehe.« Lehmann war immer noch etwas misstrauisch. Er konnte so einen Mann sehr gut gebrauchen. Sein Dezernat 1 war derzeit nahezu ausgeblutet, da über die Hälfte der Beamten zu einer Mordkommission abgeordnet waren. Der Rest der Mannschaft erstickte in Arbeit.

»Erzähl mir mehr von ihm. Ich möchte nicht die Katze im Sack kaufen.«

»Na ja, er ist so ein introvertierter Typ, einer, wie ihn dieser Bruce Willis im Kino immer verkörpert. Es sieht ihm sogar etwas ähnlich«, antwortete Böhm. »Vor einigen Jahren war er Karate-Landesmeister und hätte es fast in die Olympiastaffel geschafft. Er ist mit seinen 45 Jahren immer noch ziemlich fit. Der hat vor nichts und niemandem Angst.«

»Ist das alles?«

Böhm überlegte. »Eigentlich ja. Ach nein, da ist noch etwas, was du wissen musst.«

Lehmann brummte leicht konsterniert: »Dachte ich mir doch! Und das wäre?«

»Nawrod hat mal als Leiter des Rauschgiftdezernates einen größeren Einsatz versemmelt, bei dem sein bester Freund und drei Dealer ums Leben kamen. Danach hatte er wohl Alkoholprobleme, die er aber jetzt im Griff zu haben scheint. Seine Frau hat sich in dieser Zeit von ihm getrennt und ist mit der gemeinsamen Tochter weggezogen. Seitdem lebt er allein.«

»Wurde damals oder sonst irgendwann gegen ihn schon ein Disziplinarverfahren eingeleitet?«

»Ich weiß, auf was du hinauswillst. Er ist sicher nicht pflegeleicht. Ermittler von einem Kaliber wie er sind das nie. Das weißt du so gut wie ich. Aber er reißt Fälle auf, von denen du nur träumen kannst.«

»Ich warne dich! Wenn du mir einen faulen Apfel in den Korb legen willst, kündige ich dir die Freundschaft.«

Obwohl Lehmann die letzten Sätze mit einem humorvollen Unterton versah, wusste Böhm, dass sein Freund es ernst meinte. Sollte er die Freundschaft zu Volker Lehmann wegen Nawrod aufs Spiel setzen?

»Nawrod ist alles andere als ein fauler Apfel. Ganz im Gegenteil. Du musst aufpassen, dass er dir nicht deine faulen Äpfel um die Ohren haut. Und noch was: Hab ein Auge darauf, wenn er irgendwelche Aktionen startet. Der fackelt nicht lange. Wenn ein Staatsanwalt oder Richter nicht mitzieht, kann es leicht sein, dass er sich darum überhaupt nicht schert. Der macht sein Ding und hat dann auch den Erfolg.«

»Und wie ist es mit Weibergeschichten?«

»Da scheint er absolut clean zu sein. Er hat bei den Frauen zwar jede Menge Chancen, nützt sie aber nicht. Es sah mal kurze Zeit danach aus, als ob es zwischen ihm und einer Kollegin, mit der er lange Jahre beim Rauschgiftdezernat äußerst erfolgreich zusammenarbeitete, etwas werden würde. Aber die Sache hat sich anscheinend nicht weiterentwickelt, obwohl die Kollegin ihn auch bei der Aufklärung der Mordserie unterstützte. Ich glaube, er hängt noch zu sehr an seiner Frau und der gemeinsamen Tochter.«

»Okay, schick ihn mir. Ich werde ihn ins Dezernat 1 stecken.«

3

Drei Tage später war Nawrod unterwegs zur Polizeidirektion Heidelberg. Während der Fahrt kam noch einmal der ganze Groll in ihm hoch, den er notgedrungen hatte hinunterschlucken müssen, als ihm Böhm eröffnete, er habe ihn zum Heidelberger Dezernat 1 versetzt. Zu meinem eigenen Schutz! Dass ich nicht lache! So ein Blödsinn. Nawrod schlug mit der Faust aufs Lenkrad.

Er hatte früher schon in Heidelberg zu tun gehabt, doch von guten Ortskenntnissen in dieser schönen Stadt konnte nicht die Rede sein. Das Navi lotste ihn direkt zur Polizeidirektion. Vor einigen Jahren hatte er das Gebäude auch aus der Vogelperspektive kennengelernt. Damals flog er bei einem Rauschgifteinsatz mit dem Helikopter über Heidelberg. Aus westlicher Richtung sah das futuristische Gebäude von oben wie eine riesige Vier aus. Nawrod hatte sich damals gewundert, wie man mitten in der Stadt so viel teures Gelände für so wenig Bürofläche verbauen konnte.

Der Dezernatsleiter begrüßte Nawrod mit verhaltener Herzlichkeit. Kurt Wegner war ein alter Hase und stand kurz vor seiner Pensionierung. Mit einer Größe von fast zwei Metern und 110 Kilogramm Körpergewicht war er eine imposante Erscheinung. Sein Händedruck war nicht weniger imposant. Nawrod hatte das Gefühl, ein Zwerg zu sein, der von einem Riesen gnädigerweise mal so per Handschlag willkommen geheißen wurde. Nachdem die üblichen Begrüßungsfloskeln ausgetauscht waren, sagte Wegner in sachlichem Ton: »Ihnen geht ein gewisser Ruf voraus. Wir alle hier wissen, was Sie in Stuttgart geleistet haben. Sieben Morde zu klären ist kein Pappenstiel. Alle Achtung, Herr Kollege.«

Nawrod nickte. »Danke, Herr Wegner.«

»Aber ich sage es Ihnen lieber gleich: Hier sind die Karten wieder neu gemischt. Das heißt, Sie sind Sachbearbeiter wie jeder andere in diesem Dezernat und machen Ihre Arbeit, so wie man es von Ihnen erwartet. Und bitte keine Extratouren! Haben wir uns verstanden?«

Nawrod versuchte, im Gesicht seines Gegenübers herauszufinden, wie er ihn einzuschätzen hatte. War er auch so ein nichtsnutziger, unfähiger Blender wie sein Dezernatsleiter in Stuttgart, oder war er ein Mann mit Format, der wusste, auf was es in diesem Geschäft ankam? Es wird sich sehr bald herausstellen, dachte Nawrod.

»Kommen Sie, ich zeige Ihnen Ihren Arbeitsplatz.« Das Büro lag gegenüber. Nawrod folgte ihm in den kleinen Raum. Dort standen zwei Schreibtische, die mit PCs ausgestattet waren. An einem saß eine junge Frau mit langen, pechschwarzen Haaren.

»Darf ich Ihnen unsere Kollegin Nesrin Yalcin vorstellen? Sie befindet sich mitten im Studium des gehobenen Dienstes der Schutzpolizei und macht hier ein sechswöchiges Praktikum, bevor sie wieder zur Polizeiakademie nach Villingen zurückkehrt. Frau Yalcin, das ist Kollege Nawrod, den ich heute Morgen bei der Frühbesprechung bereits angekündigt habe.«

Nawrod ging auf die junge Frau zu und begrüßte sie. Im Gegensatz zur Pranke des Dezernatsleiters war der Händedruck der jungen Kollegin geradezu eine Wohltat, obgleich er für eine Frau sehr kräftig war. Auf den ersten Blick war ihm die Kollegin nicht unsympathisch. Aber er konnte sich der Frage nicht erwehren, was so ein Grashüpfer bei der Polizei zu suchen hatte. Sie wog keine 50 Kilo und war zwei Köpfe kleiner als er. Wie so ein Floh die Einstellungshürden überwinden konnte, war ihm ein Rätsel.

»Frau Yalcin, Herr Nawrod und Sie bilden während Ihres gesamten Praktikums ein Team. Sie tun nichts, ohne Herrn Nawrod zu informieren. Und Sie, werter Herr Kollege, werden die junge Dame in all Ihre Ermittlungen einbinden. Frau Yalcin möchte etwas lernen, und das kann sie nur, wenn sie Ihnen im wahrsten Sinne des Wortes auf die Finger schauen darf.«

Von daher weht der Wind, dachte Nawrod. Ein bitterer Geschmack machte sich in seinem Mund breit. Das Letzte, was er brauchen konnte, war diese junge Kollegin, die man ihm in den Pelz setzte, um ihn auf Schritt und Tritt zu bespitzeln.

Bevor er weiter darüber nachdenken konnte, fuhr Wegner fort: »Sie können sich beide gleich mal in die Arbeit stürzen. Vor ein paar Minuten erhielten wir Meldung von einem tödlichen Arbeitsunfall in der Panoramastraße 195. Ein Mann hat dort offensichtlich mit einem Schweißbrenner hantiert und sich dabei ins Jenseits befördert. Dürfte sich um eine klare Sache handeln. Unser Polizeivertragsarzt ist schon verständigt. Er kommt allerdings etwas später, da er vorher noch zu einem Rauschgifttoten fahren muss. Die Kollegen der Schutzpolizei sind bereits vor Ort und sorgen dafür, dass am Leichenfundort nichts verändert wird.«

Er wandte sich an Nawrod: »Ich denke, Sie wissen, was zu tun ist. Der Staatsanwalt will in solchen Fällen die Leichenmeldung noch heute auf dem Tisch haben.«

Nawrod nickte. »Das ist in Stuttgart nicht anders. Ich werde mein Bestes geben. Kann aber nichts versprechen.«

»Okay, dann nichts wie los. Wenn Sie die Kriminaltechnik brauchen, rufen Sie einfach an. Die Spurensucher hier sind tolle Mitarbeiter und sehr kompetent.«

»Werd's mir merken«, sagte Nawrod. »Frau Yalcin, können Sie uns gleich mal einen Dienstwagen und einen Fotoapparat besorgen? Ich mache in solchen Fällen immer gerne Bilder.«

Drei Minuten später stiegen Nesrin Yalcin und Jürgen Nawrod in eine BMW-Limousine. Nawrod zog es vor, die junge Beamtin fahren zu lassen, da sie vorgab, sich in Heidelberg bestens auszukennen. Sie brachte den Fahrersitz in die absolut vorderste Stellung und fuhr ihn zusätzlich bis zum Anschlag hoch. Anschließend startete sie den Motor und fuhr langsam aus dem Innenhof. Mit den Worten »Hey ho, let's go!« trat sie draußen das Gaspedal bis zum Anschlag durch. Die Reifen quietschten. Nawrod wurde in seinen Sitz gepresst und vergaß fast zu atmen.

»Okay, was muss ich sonst noch von dir wissen, außer dass du dich in dieser Stadt gut auskennst und offensichtlich eine zweite Karriere als Rennfahrerin anstrebst?«, fragte er in etwas ironischem Ton, während er sich mit beiden Händen am Haltegriff über dem Türholm festklammerte.

»Dass ich Türkin bin, hast du bestimmt gleich an meinem Namen gemerkt, oder?«

»Hey, Kleine, du hast mich eben geduzt. Kann mich nicht erinnern, dass ich mit dir schon mal Schweine gehütet habe.«

»Mann, du hast mich doch zuerst geduzt, oder bist du schon so verkalkt, dass du das nicht mehr merkst?«

Nawrod war über so viel Unverfrorenheit dermaßen perplex, dass er sekundenlang keine Worte fand.

»Mensch, pass auf, wo du hinfährst«, schrie er laut, als Yalcin plötzlich das Lenkrad herumriss und der Wagen dabei nach links schleuderte.

»Hätte ich die Tussi mit dem Fahrrad über den Haufen fahren sollen, oder was?«, antwortete Yalcin cool und lenkte den Wagen wieder nach rechts. »Die war entweder besoffen oder high. Hast du das nicht gesehen?«

»Lieber eine Kifferin umnieten als frontal den Gegenverkehr rammen. Da hätte sonst was passieren können.«

»Mann, wach auf. Da kommt kein Gegenverkehr.«

»Woher willst du das wissen, bist du Hellseherin?«

»Weil dieser Highway schon seit Jahr und Tag eine Einbahnstraße ist. Hast du das noch nicht gerafft?« Yalcin lachte laut.

Nawrod murmelte etwas Unverständliches vor sich hin, während er mit der rechten Hand den Haltegriff noch fester umschloss.

»Mann, die Karre zieht ja nicht mal 'ne Wurst vom Teller!«, fluchte Yalcin. »Da hätten wir auch zu Fuß gehen können.«

»Mach mal halblang, Mädchen! Die Leiche rennt uns nicht mehr davon, und ich möchte morgen nicht auf dem Seziertisch neben ihr liegen.« Nawrod bemühte sich, diesen Satz so ruhig wie möglich auszusprechen.

»Hast doch nicht etwa Pipi in den Augen? So fahre ich immer«, grinste Yalcin, um ein paar Sekunden später eine Vollbremsung hinzulegen. Sie riss die Fahrertür auf und stürmte in einen Obstladen, der sich rechts von ihnen in der Häuserzeile befand. Es dauerte keine zehn Sekunden, bis ein älterer Mann mit kohlschwarzem Vollbart und gehäkelter Mütze auf dem Kopf aus dem Laden kam und direkt auf Nawrod zusteuerte. Er trug etwas in der Hand. Nawrod beschlich ein ungutes Gefühl, als er die Scheibe herunterließ.

»Entschuldigung, der Herr. Sind Sie der Kollege von meiner Nesrin? Meine Tochter will nur schnell ihrer kranken Mutter guten Tag sagen, weil sie uns schon lange nicht mehr besucht hat.« Der Mann hatte sich zu ihm heruntergebeugt und sprach Nawrod akzentlos an.

Nawrods Magen krümmte sich zusammen. »Sagen Sie Ihrer Tochter, wenn sie nicht sofort herauskommt, sorge ich dafür, dass sie heute noch entlassen wird. Ist das klar?«

Zwei große dunkle Augen starrten ihn verwundert an. Dann schob sich eine sehnige Hand durch das geöffnete Seitenfenster und legte Nawrod wortlos eine Tüte auf den Schoß. Der Mann drehte sich um und verschwand wieder im Laden. Mit spitzen Fingern öffnete Nawrod die Tüte: zwei Äpfel, zwei Birnen und ein Pfirsich. Drei Minuten später kam Yalcin zurück.

»Sag mal, bist du nicht ganz bei Trost?« Nawrod war empört. »Du besuchst mal eben schnell deine Eltern, während wir den Auftrag haben, zu einer Leiche zu fahren? Ich glaub's ja nicht!«

»Du hast doch selbst gesagt, die Leiche rennt uns nicht mehr davon. Und dieser Besuch war einfach zu wichtig, als dass ich ihn hätte hinausschieben können.«

»Was war denn so wichtig, wenn ich fragen darf? Liegt deine Mutter im Sterben?«

»Mit so etwas scherzt man nicht! Meine Mutter hat nur eine leichte Grippe, mehr nicht.«

»Und deswegen musstest du eine 20 Meter lange Bremsspur hinlegen und wichtige Ermittlungen verzögern?«

»Hey, Mann, atme mal locker durch die Hose. Ich musste mit meinem Vater sprechen, denn ich wollte wissen, mit wem ich zu der Leiche fahre und mit wem ich es in den nächsten sechs Wochen zu tun habe. Das ist wichtig genug.«

»Soll das ein Witz sein? Der kennt mich doch gar nicht.«

»Ich habe ihm von dir erzählt und er hat dich gesehen.«

»Und das genügte ihm, sich ein Urteil über mich zu erlauben?«, entgegnete Nawrod sarkastisch.

»Mein Vater hat sich noch nie geirrt, wenn es um Menschen geht. Er hat Röntgenaugen und sieht mit einem Blick, wen er vor sich hat. Darauf kannst du Gift nehmen. Zu ihm kommen Landsleute von überall her, um sich Rat zu holen.« Mit diesen Worten startete die junge Beamtin den Wagen und fuhr los.

»Erzähl das deiner Großmutter oder sonst jemandem, aber nicht mir.«

»Die weiß das schon.« Yalcin lachte laut.

»Und, welches Urteil hat der allwissende Guru über mich gefällt?«

»Du scheinst im Großen und Ganzen okay zu sein. Das reicht mir.«

»Da fällt mir aber ein Stein vom Herzen.«

Kurze Zeit später hielt Yalcin den Wagen vor einem schmucken Einfamilienhaus in der Panoramastraße an. Ein junger Kollege der Schutzpolizei kam ihnen entgegen. Er grüßte höflich, Yalcin und Nawrod grüßten zurück. Noch bevor Nawrod die erste Frage stellen konnte, sagte der Polizeimeister:

»Da hinten in der Garage ist es passiert. Der Mann hat an seinem Oldtimer herumgebastelt.«

Nawrod nickte. Yalcin folgte ihm, als er sich in Richtung Garage begab. Für ihn war diese Art von Arbeit Routine. In weniger als einer halben Stunde konnte er den Unfall in seiner Entstehung rekonstruieren. Ursache war eine undichte Benzinleitung gewesen. Als der austretende Benzindampf die kritische Sättigungsgrenze erreicht hatte, gab es durch die Funkenbildung beim Schweißen eine Verpuffung, die das Leben des Bastlers abrupt beendete.

Yalcin hatte mit dem süßlichen Brandgeruch und dem leicht verkohlten Aussehen der Leiche schwer zu kämpfen. Doch sie riss sich zusammen. Ihr sonst etwas dunkler Teint hatte sich aber in eine auffallend blasse Gesichtsfarbe gewandelt.

»Ein Verschulden Dritter ist hier auszuschließen«, sagte Nawrod, nachdem er seine Untersuchung beendet hatte. »Wir müssen der Staatsanwaltschaft nur noch eine kurze Leichenmeldung vorlegen, dann ist der Fall für uns erledigt.«

Yalcin nickte erleichtert. Sie war froh, als sie endlich die Garage verlassen konnte.

Nawrod gewöhnte sich sehr schnell an seine neue Dienststelle und an die Kollegen des Dezernates. Yalcin folgte ihm auf Schritt und Tritt, was seine Vermutung verstärkte, dass man sie auf ihn angesetzt hatte. Er ließ sich jedoch nichts anmerken, denn hätte er sie darauf angesprochen oder sie sogar entlarvt, wäre sie sicher sofort durch eine andere Person ersetzt worden.

Am vierten Tag ihrer Zusammenarbeit waren Nawrod und Yalcin zu einer jungen Frau unterwegs, die in der Nacht von drei Jugendlichen scheinbar grundlos und in brutaler Weise zusammengeschlagen worden war. Das Opfer lag in der Uniklinik und war, wie Nawrod von dem behandelnden Arzt telefonisch erfuhr, nur bedingt vernehmungsfähig. Gerade wollte Nawrod seiner jungen Kollegin erklären, wie man so einen Fall am besten angeht, als sie über Funk gerufen wurden.

»Uran 21 von Uran!«, quäkte es aus dem Lautsprecher.

Nawrod presste den Hörer an sein Ohr. »Hier Uran 21, was liegt an?«

»Uran 21, fahren Sie beschleunigt zum Königstuhl. Dort vermutliches Tötungsdelikt. Kollegen sind bereits dort.«

»Wo befindet sich der genaue Tatort?«

»Fahren Sie über den Molkenkurweg rechts in den Felsenmeerweg rein. Das ist ein breit ausgebauter Waldweg. Nach circa zwei Kilometern müssten Sie den Tatort erreicht haben.«

Nawrod schaute Yalcin fragend an. »Okay«, sagte Yalcin und hob den Daumen.

»Habe verstanden«, antwortete Nawrod und drückte den Funkhörer wieder in die Halterung. »Na, dann mal los, Kleine!« Mit diesen Worten ließ er die Beifahrerscheibe herunter und setzte den Kojak auf das Dach. Gleichzeitig schaltete er das Martinshorn ein. Im selben Moment bereute er sein Tun, denn ihm fiel siedend heiß ein, wie seine Kollegin jetzt reagieren würde.

»Hey ho, let's go!«, rief Yalcin voller Eifer, schaltete in den zweiten Gang hinunter und trat das Gaspedal bis zum Anschlag durch. Als sie am Adenauerplatz in die Friedrich-Ebert-Anlage einbogen und bei Rot über die Ampel fuhren, hätten sie um ein Haar einen Lkw gerammt.

»Wenn du so etwas noch mal machst, nehme ich dir eigenhändig den Führerschein ab«, schrie Nawrod.

»Hey, Mann, deine Pampers kannst du später wechseln. Ich hab alles im Griff. Tust ja gerade so, als ob du noch nie eine Blaulichtfahrt mitgemacht hättest«, antwortete Yalcin laut, da das Aufheulen des Motors keine normale Unterhaltung zuließ.

Kurze Zeit später befanden sie sich auch schon auf dem Waldweg, dessen feiner Splitt von den Reifen gegen die Radkästen geschleudert wurde. Nawrod schaltete das Sondersignal aus. Schon bald sahen sie vor sich einen Streifenwagen stehen, hinter dem in einigem Abstand ein Porsche Cabriolet mit heruntergelassenem Verdeck stand. Der Sportwagen war offensichtlich von der Fahrbahn abgekommen und mit der rechten Frontseite gegen einen Baum geprallt.

»Tag, Jungs«, begrüßte Nawrod die beiden Kollegen der Schutzpolizei. »Kam da vielleicht 'ne Fehlmeldung über den Äther? Für Verkehrsunfälle sind wir doch bekannterweise nicht zuständig, oder?«

»Vielleicht schaust du dir die Sache erst einmal an. Dann reden wir weiter«, antwortete der Ältere der beiden und sah dabei betreten zu Boden. Der andere nickte nur und wich

Nawrods fragendem Blick aus. Yalcin beschlich ein ungutes Gefühl, doch sie wusste nicht, woher es kam und wie sie es deuten sollte.

»Der Anrufer kam über 110 und nannte seinen Namen nicht. Er sagte nur, beim Felsenmeerweg ist ein Toter. Dann legte er auf. Die Kollegen der Funkleitzentrale haben bereits seinen Namen festgestellt. Der Mann heißt Manfred Lawiner und wohnt in der Otto-Hahn-Straße 131.«

»Na, dann wollen wir mal.« Nawrod setzte sich in Bewegung. Yalcin blieb dicht an seiner Seite, während die Kollegen stehen blieben.

»Da sitzt ja gar keiner drin«, sagte Yalcin heiser, als sie noch etwa fünf Meter entfernt waren.

»Vielleicht war er nicht angeschnallt und wurde von der Wucht des Aufpralls hinausgeschleudert«, erwiderte Nawrod und hielt kurz inne, um sich das Kennzeichen zu notieren. Yalcin ging langsam weiter. Als sie auf der Höhe der Fahrertür ankam, stieß sie einen schrillen Schrei aus, der Nawrod durch Mark und Bein fuhr und im dichten Wald ein seltsam klingendes Echo hinterließ. Sie blieb wie angewurzelt stehen. Nawrod sah, dass sich ihr ganzer Körper versteifte. Mit drei schnellen Schritten war er bei ihr und hielt sie an den Schultern fest. Die junge Beamtin zitterte wie Espenlaub. Dann sah er es auch. Er musste zweimal kräftig schlucken. In seinen fast 25 Dienstjahren hatte er bestimmt schon viel gesehen, doch dies hier übertraf alles und stellte auch ihn auf eine harte Probe. Er drehte Yalcin zu sich, nahm sie in den Arm und führte sie ein paar Meter vom Fahrzeug weg. Dann winkte er einen der beiden Kollegen heran.

»Bleib mal bei ihr«, bat er mit vielsagendem Blick. Der Kollege nickte betreten und führte Yalcin noch etwas weiter in Richtung Streifenwagen.

Auf etwaige Spuren am Boden achtend, ging Nawrod wieder an den Tatort zurück. Obwohl er sich vornahm, sich zu konzentrieren und Ruhe zu bewahren, schnellte sein Puls in die Höhe. »Reiß dich zusammen!«, murmelte er zu sich selbst.

»Da musst du durch!« Er blieb im Abstand von etwa einem Meter neben der Fahrertür stehen und sah sich alles genau an. Es fiel ihm ungemein schwer. Der Fahrer saß angeschnallt hinter dem Steuer. Die Airbags hatten nicht ausgelöst, was den Schluss zuließ, dass der Aufprall gegen den Baum bei sehr geringer Geschwindigkeit erfolgt sein musste. Nawrod sah sich die Beschädigung des Porsches kurz an und nickte stumm. Anschließend widmete er sich wieder dem Fahrer. Sein Kopf war abgetrennt und lag zwischen den offenen Händen auf dem Schoß des Mannes, und zwar so, dass seine weit aufgerissenen Augen direkt auf Nawrod schauten. Auf der linken Gesichtshälfte hatte sich eine dicke Blutkruste gebildet. Insbesondere die Kleidung der Leiche sowie der Fahrersitz, aber auch andere Teile des Innenraumes waren ebenfalls voller Blut, das teilweise noch nicht geronnen war. Der Kopf war auffallend sauber vom Rumpf getrennt. Nawrod konnte die Öffnungen von Luft- und Speiseröhre sehen, auch die beiden Halsschlagadern kamen deutlich zum Vorschein.

»Das Schwein muss ein Samurai gewesen sein. Nur ein Samurai ist zu solch einer sauberen Enthauptung fähig«, murmelte Nawrod. Er erinnerte sich an den Auftritt eines japanischen Schwertkämpfers im Fernsehen, der Melonen mit einem Schwerthieb zerteilte, ohne dass der Untergrund, auf dem die Früchte lagen, auch nur einen Kratzer davontrug.

»Aber wie, um Himmels Willen, konnte der Täter seinem Opfer während der Fahrt den tödlichen Schwerthieb beibringen? Für die nötige Ausholbewegung wäre doch die Windschutzscheibe im Wege gewesen. Vielleicht saß der Mörder hinten auf dem Notsitz. Dann hätte er ein langes, rasiermesserscharfes Mordwerkzeug über den Kopf seines Opfers bringen müssen, um es anschließend am Hals ansetzen zu können. Nein, das ist unmöglich. Solch ein glatter Schnitt konnte nur durch einen gewaltigen Hieb erfolgt sein.« Tief in Gedanken versunken, schüttelte Nawrod mehrfach seinen Kopf.

Als er plötzlich eine Hand auf seiner Schulter spürte, erschrak er so sehr, dass er, wie von einer Tarantel gestochen, herumfuhr.

»Entschuldigung, Jürgen, ich bin's nur«, sagte Yalcin leise. Zum ersten Mal nannte sie ihn beim Vornamen.

»Hast du mich jetzt aber erschreckt, Kleine. Was suchst du überhaupt hier? Verdrück dich zu den Kollegen. Das hier ist nichts für zarte Mädchen.«

»Spar dir die Spucke. Bin wieder okay und werde es schon irgendwie schaffen.«

Yalcin war immer noch blass wie Ziegenkäse. Nawrod sah sie skeptisch an. »Okay, dann sieh dir mal alles ganz genau an und sag mir, was dir auffällt. Aber pass auf, dass du dabei keine Spuren zerstörst.«

Yalcin nickte und ging vorsichtig um den Porsche herum. Anschließend blieb sie neben Nawrod stehen.

»Die Zündung ist eingeschaltet und der zweite Gang eingelegt. So wie es aussieht, könnte er im Schneckentempo gegen den Baum gefahren sein. Die Frage ist, ob er da schon im Jenseits war oder nicht. Hast du den Zettel auf dem Beifahrersitz gesehen?«

»Ja. Was meinst du? Eine Botschaft?«

»Ganz offensichtlich kann uns da jemand nicht leiden. *Fuck the Bullenpack* ist ein gängiger Spruch und wird von unserer Gegenseite gerne verwendet, weil er sich reimt, sagte mir mal ein Bekannter, der auf die schiefe Bahn geraten ist.«

»Du hast aber auch Bekannte.« Nawrod hob die Augenbrauen.

»Man kann sich Bekannte nicht immer aussuchen und manche werden nun mal vom Paulus zum Saulus.«

»Eine Muslima zitiert Bibelsprüche?« Nawrod war überrascht.

»Hab ich mal bei euch Heiden aufgeschnappt. Ist aber kein Bibelspruch. Eher eine Art Sprichwort, das allerdings auf die Bibel zurückgeht.« Nawrod unterdrückte ein weiteres Staunen. Yalcin grinste kurz. »Was geht jetzt hier ab?«

»Da müssen die Spurensicherung und die Gerichtsmedizin her. Ich rufe Wegner an. Der soll alle Kräfte mobilisieren, die er noch zur Verfügung hat. Alleine können wir beide diese Scheiße nicht bearbeiten.«

Vier Stunden später betraten Yalcin und Nawrod das Rechtsmedizinische Institut der Universität Heidelberg. Auf dem Flur vor den Sezierräumen hingen frisch gewaschene blaue und grüne Arztkittel an der Wand. Nawrod überlegte kurz, warum die Obduzenten wohl verschiedenfarbige Kittel trugen. Vielleicht hatte das mit der Rangordnung innerhalb des Institutes zu tun. Er hatte schon einige Besuche in Gerichtsmedizinischen Instituten hinter sich, aber dieser Umstand war ihm noch nie aufgefallen.

Nawrod war an den ekelerregenden Verwesungsgeruch einigermaßen gewöhnt. Er wunderte sich immer wieder, weshalb die Geruchsbakterien auf den Schleimhäuten von Mund und Nase einen süßlichen Geschmack hinterließen, der aber keinesfalls, wie etwa beim Verzehr von leckeren Süßigkeiten, ein gutes Gefühl vermittelte. Ganz im Gegenteil. Er bekam nach dem Betreten des Gebäudes bei den ersten Atemzügen unweigerlich einen Brechreiz, der sich aber schnell legte.

Obwohl er sich jedes Mal innerlich dagegen wehrte, erinnerten ihn die mit hellen Kacheln versehenen Böden und Wände einer Gerichtsmedizin an einen Schlachthof. Nur roch es hier eben nach toten Menschen und nicht nach geschlachteten Schweinen und Kühen. Für Yalcin war es das erste Mal. Es traf sie wie ein Keulenschlag. Sie spürte sofort die allgegenwärtige Kälte des Todes im Raum. Den nackten Leichnam nahm sie nur in seiner Gesamtheit wahr, Einzelheiten verschwammen vor ihren Augen. Der Tote lag langgestreckt auf dem Obduktionstisch. Auf einem kleineren Tisch daneben lag der Kopf. Yalcin hatte noch nie so blasse Menschenhaut gesehen. Sie hatte Mühe zu realisieren, dass dieser leblose Körper bis vor ein paar Stunden noch ein Mensch gewesen war, der alltägliche Dinge getan hatte.

Die Obduktion hatte bereits begonnen. Der Obduzent begrüßte sie mit einem »Ah, da sind Sie ja!« Durch den Mundschutz klang seine Stimme irgendwie unpersönlich. Eine Brille und die grüne Arztmütze ließen sein Aussehen nur erahnen.

Nawrod presste ein »Guten Tag« hervor, während Yalcin beim Anblick der auf dem Seziertisch liegenden Leiche kein Wort herausbrachte. Zu sehr war sie bemüht, ihren Atem so flach wie möglich zu halten. Sie stellte sich vor, wie lauter kleine Geruchspartikel in Mund, Nase und Lunge eindrangen, um sich dort für immer und ewig niederzulassen. Sollte sie nach einem Mundschutz fragen? Das würde man ihr bestimmt als ein Zeichen von Schwäche ausgelegen. Aber die beiden Obduzenten trugen doch auch welche?

»Ich habe es mir nicht nehmen lassen, die Obduktion selbst durchzuführen. Das ist ein sehr interessanter Fall, und ich bin gespannt, wie die Sache ausgeht. Wie war doch gleich Ihr Name?«

»Ich heiße Nawrod und das ist meine Kollegin Yalcin. Wir sind beide mit der Aufklärung des Falles betraut worden.«

»Gratuliere! Oh Entschuldigung, ich bin der Leiter der Gerichtsmedizin, Haberer ist mein Name.«

»Sehr erfreut«, erwiderte Nawrod, während der Obduzent seine Arbeit fortsetzte.

Nawrod hatte von der Kriminaltechnik bereits im Vorfeld erfahren, dass Professor Reinhard Haberer die Obduktion vornehmen würde. Der Rechtsmediziner wurde als sehr erfahren beschrieben. In unzähligen Mordfällen hatte er schon wichtige Beiträge zur Verurteilung der Täter geleistet.

Nawrod schaute interessiert zu, obwohl es ihn einige Überwindung kostete. Yalcin hielt Abstand zum Geschehen. Sie musste sich beherrschen, sich nicht zu übergeben, denn Professor Haberer hatte gerade den Bauchraum der Leiche geöffnet, aus dem sofort ein äußerst übler Verwesungsgeruch strömte. Gleichzeitig sprach er in das über dem Seziertisch befindliche Mikrophon eines Aufnahmegerätes. Während einer kurzen Pause sagte er zu dem jungen Assistenten: »Sie können jetzt die Schädeldecke öffnen.« Haberer hatte zuvor am abgetrennten Kopf einen sauberen Hautschnitt unterhalb des Haaransatzes vorgenommen, ausgehend von der rechten Schläfe über den Hinterkopf bis zur linken Schläfe. Der Assistent fasste mit der einen Hand hinter den Kopf und mit der anderen hielt er ihn vorne im Gesicht fest. Dann zog er langsam die Kopfhaut von hinten nach vorne, sodass die blanke Schädeldecke zum Vorschein kam. Die Innenseite der Kopfhaut war fast weiß und an verschiedenen Stellen etwas blutig. Plötzlich war ein kurzes Stöhnen zu hören. Bevor die anderen reagieren konnten, sackte der Assistent in sich zusammen. Professor Haberer legte sofort sein Skalpell zur Seite und riss sich die von Leichenblut besudelten Handschuhe von den Händen. Dann bückte er sich zu seinem Assistenten hinunter und zog ihm den Mundschutz nach unten. Das Gesicht des jungen Mannes war blütenweiß. Er verdrehte die Augen und versuchte zu sprechen. Es kam nur ein Lallen aus seinem Mund. Haberer versetzte ihm zwei leichte Ohrfeigen, die offensichtlich Wirkung zeigten. Der Assistent kam langsam wieder zu sich. Mit Hilfe seines Chefs richtete er sich mühsam auf. Nawrod half, ihn zu stützen.

»Ich habe heute noch nichts gegessen«, entschuldigte sich der Assistent. »Das ist mir noch nie passiert.« Die blaue Arztmütze saß schief auf seinem Kopf.

Nawrod musste innerlich lächeln. Auch die, die täglich damit zu tun hatten, waren nicht dagegen gefeit. Vor Jahren war ihm bei einer Obduktion auch einmal schwindelig geworden. Er hatte die Situation überspielen können, indem er sich weggedreht und mehrmals kräftig durchgeatmet hatte.

»Trinken Sie erst einmal einen Kaffee und essen Sie eine Kleinigkeit. Dann geht es schon wieder«, sagte Haberer in väterlichem Ton. »Ich mache hier weiter.«

Der Assistent nickte. Mit schwankenden Schritten verließ er den Sezierraum.

Haber zuckte mit den Schultern. »Kann jedem mal passieren. Ist ja nicht seine erste Obduktion gewesen.« Danach fuhr er mit der Arbeit fort. Er zog die Schädelhaut vollends bis zum Kinn herunter. Für Nawrod sah es immer wieder irgendwie grotesk aus, wenn er statt eines Gesichts nur noch eine blasse, mit blutigen Flecken durchzogene Haut sah und wenn die Leiche, wie in diesem Fall, etwas längere Haare hatte. Dann nämlich kam am unteren Ende der Kopfhaut der Haaransatz des Genickes zum Vorschein und es sah aus, als ob der Tote zu Lebzeiten einen Seemannsbart gehabt hätte.

Als Yalcin den hohen, pfeifenden Ton der Schwingsäge wahrnahm, mit der Haberer etwa einen Zentimeter über den Augen kreisrund die Schädeldecke aufsägte, hätte sie sich am liebsten die Ohren zugehalten. Es dauerte eine ganze Weile, bis der Obduzent endlich vorsichtig die Schädeldecke abheben konnte. Er sah sich den oberen Teil des Gehirns genau an. Anschließend fasste er mit beiden Händen in die untere Hirnschale und hob das Gehirn heraus. Dabei musste er mit einem Skalpell die Nervenstränge, die das menschliche Gehirn mit dem Rückenmark verbinden, durchtrennen. Das Hirn und anschließend sämtliche anderen entnommenen Organe untersuchte er zunächst äußerlich. Anschließend legte er jedes einzelne Teil auf eine Waage. Die Gewichte diktierte er in das Aufnahmegerät. Danach nahm er weitere Untersuchungen vor, indem er die Organe nach genau vorgeschriebenen Regeln aufschnitt und deren Gewebe begutachtete.

Nach etwa zwei Stunden ging die Obduktion dem Ende zu. Haberer nähte mit groben Stichen die großen, länglichen Schnitte an verschiedenen Stellen des Körpers zusammen. Danach säuberte er mit fließendem Wasser die Leiche und den Seziertisch. Anschließend widmete er sich dem Kopf, der auf einem kleinen Nebentisch lag und dessen Schädeldecke immer noch aufgeklappt war. Von Weitem sah Yalcin die leere Gehirnschale. Der Inhalt lag in einer Edelstahlschüssel, die unmittelbar neben dem Kopf stand. Jetzt ist er nicht nur kopflos, sondern auch noch gehirnamputiert, wollte sie sagen, behielt es aber für sich, da sie nicht wusste, wie die anderen auf diesen makaberen Spruch reagieren würden. Haberer gab sich besondere Mühe, sodass man die Naht am Haaransatz kaum noch sah. Anschließend nahm er den Kopf in beide Hände und trug ihn zum Seziertisch. »Ich muss ihn wohl annähen«, sagte er sachlich. »Die Angehörigen würden sich sonst zu Tode erschrecken. Wir sind ja nicht im Mittelalter, wo ein solcher Anblick gang und gäbe war und selbst Kinder bei Enthauptungen zuschauten.«

Haberer verstand sein Handwerk. Nachdem er noch eine Gewebeprobe von der Schnittstelle am Hals genommen hatte, war in weniger als zehn Minuten kaum noch etwas von der Enthauptung der Leiche zu sehen. Er nickte zufrieden. »Wenn sie ihm noch einen ordentlichen Zwirn anziehen, wird er sich von anderen Toten nicht mehr unterscheiden.«

Ohne seine Handschuhe auszuziehen, wusch sich Professor Haberer die Hände und spritzte mit einem Schlauch seine lange, grüne Plastikschürze ab. Dabei wandte er sich zu Nawrod.

»Ich habe mir die Situation am Tatort angeschaut und dort auch die ersten Untersuchungen eigenhändig vorgenommen.« Er schaute Nawrod mit ernster Miene an. »Die Art der Enthauptung des Opfers ist sehr ungewöhnlich und eigentlich nicht erklärbar. Ohne die noch durchzuführenden feingeweblichen Untersuchungen kann ich derzeit nicht sagen, welche Waffe hier zum Einsatz kam. Ehrlich gesagt, habe ich nicht die geringste Ahnung. Die Schnittkante ist ringsum so perfekt gleichmäßig, dass man meinen könnte, der Hals wäre mit einer Präzisionsmaschine schablonenhaft durchtrennt worden. Selbst die Halswirbel sind nahezu unbeschädigt. Ein Chirurg könnte den Kopf eines Menschen nicht besser vom Körper trennen.«

Nawrod war enttäuscht. »Ist das alles, was Sie mir sagen können, Herr Professor?«

»Sicher ist, dass das Opfer in dem Auto zu Tode kam. Einen anderen Tatort schließe ich aus. Wir werden auf jeden Fall noch toxikologische Untersuchungen vornehmen und natürlich auch den Blutalkoholgehalt bestimmen, falls es in dieser Hinsicht überhaupt etwas zu bestimmen gibt. Aber ich kann Ihnen zum jetzigen Zeitpunkt nicht viel Hoffnung auf ein brauchbares Ergebnis machen. Tut mir sehr leid. Auch wir stoßen manchmal an gewisse Grenzen.«

»Schade, ich hatte mir von der Obduktion einiges erhofft. Rufen Sie mich bitte sofort an, wenn die weiteren Untersuchungen noch etwas ergeben sollten. Ich bin Tag und Nacht erreichbar.« Mit diesen Worten übergab Nawrod Haberer seine Visitenkarte.

Yalcin war froh, endlich den Sezierraum verlassen zu können. Draußen sprach sie nicht eine Silbe. Sie sah Nawrod die herbe Enttäuschung an und hätte in dieser Situation auch gar nicht gewusst, was sie sagen sollte. Bevor sie den Motor startete, klopfte Nawrod seiner jungen Kollegin auf die Schulter. »Du warst sehr tapfer, Kleine. Alle Achtung.«

Am liebsten hätte Yalcin zurückgeblafft, er solle sie nicht immer Kleine nennen. Aber ihr war einfach nicht danach.

»Hast du gesehen, wie der Assi aus den Latschen gekippt ist?«, lachte Nawrod kurz. »So etwas habe ich noch nie erlebt. Gewöhnlich sind es unsere Frischlinge, die es beim ersten Mal umhaut.«

»Er hatte einen leeren Magen und kam wahrscheinlich in den Unterzucker. Kann vorkommen. Ist mir auch schon passiert.«

»Ja, kann sein. Aber wer weiß, vielleicht gab es auch andere Gründe.«

Im Dezernat 1 arbeitete man schon auf Hochtouren an dem Fall. Eine zweite Mordkommission war wegen Personalmangels allerdings noch nicht zusammengerufen worden. Kurt Wegner delegierte als Dezernatsleiter die verschiedenen Aufgaben, die als Erstes zu erledigen waren. Schnell stellte sich heraus, dass der Tote Jochen Kapp hieß und 29 Jahre alt war. Er war mehrfach wegen Betruges, unerlaubten Waffenbesitzes und Beamtenbeleidigung vorbestraft. Außerdem stand er im Verdacht, vor zwei Jahren in Schwetzingen einen Bankraub begangen zu haben, den man ihm allerdings nicht nachweisen konnte. Der Porsche war geleast und zur Sicherstellung ausgeschrieben, weil Kapp mit den Leasingraten weit im Rückstand war.

Bei der Frühbesprechung am nächsten Morgen trug jeder seine Ermittlungsergebnisse vor. Nawrod kam als Erster dran. Er berichtete von seinen Eindrücken am Tatort, aber vor allem von der Obduktion und Professor Haberers Beurteilung der Enthauptung des Opfers.

Tom Schneider und Stefan Wohlers trugen ihre Ermittlungen aus dem Umfeld des Getöteten vor. Sie berichteten unter anderem, dass Kapps Mutter seit etwa sechs Monaten im Psychiatrischen Landeskrankenhaus Heidelberg Süd untergebracht sei und sein Vater sich angeblich wegen der Eskapaden seines Sohnes schon vor Jahren das Leben genommen habe. Kapp sei ein leidenschaftlicher Zocker gewesen. Seine Vorliebe für teure Kleidung und Uhren sowie Pokerrunden mit hohen Mindesteinsätzen sei in der Szene allgemein bekannt. Nachdem er ein paarmal hohe Gewinne eingefahren habe, hätten ihn seine Gegner durchschaut und ihn in der Folgezeit regelrecht an die Wand gepokert. Bei der letzten Runde habe er sogar seine Rolex verloren.

Sabine Bauer und Walter Beck von der Kriminaltechnik führten aus, dass sie am Fahrzeug unzählige Finger- und andere Spuren gesichert hätten, deren Auswertung mehrere Tage in Anspruch nehmen würde. Ein brauchbares Zwischenergebnis liege noch nicht vor.

»Ist bekannt, ob der Getötete eine Freundin oder irgendwelche Hobbys hatte?«, fragte Nawrod in die Runde.

»Er soll bis vor etwa drei Monaten mit einer Italienerin liiert gewesen sein, deren Namen wir noch nicht in Erfahrung bringen konnten«, antwortete Wohlers. »Nach der Trennung soll er in seiner feudalen Wohnung alleine gelebt haben. Mit der Miete ist er schon Monate im Rückstand. Unser Opfer war ganz offensichtlich ein arbeitsscheuer Zocker, der, wenn er nicht gerade am Pokertisch saß oder kleinere Betrügereien beging, gelegentlich am Neckar angelte und Gott einen guten Mann sein ließ.«

»Dann könnte es sich bei der Tat also um einen Racheakt oder um ein Exempel gehandelt haben, das man statuierte, um säumigen Spielern vor Augen zu halten, was passieren kann, wenn sie ihren Verpflichtungen nicht nachkommen?«, fragte Wegner.

»Mir kommt da so eine Idee«, sagte Nawrod. »Wie seid ihr zu der Info gekommen, dass Kapp Angler war?«

»Eine Cousine, die wir ausfindig machen konnten, hat uns das gesteckt. Außerdem fanden wir in Kapps Keller jede Menge teures Angelzeug«, antwortete Schneider. »Und noch etwas«, fuhr er fort. »Die Cousine erzählte, sie habe schon immer den Eindruck gehabt, dass Jochen Kapp irgendetwas mit sich herumträgt. Eine schwere Last, die er nicht abschütteln konnte. Sie habe ihn einmal darauf angesprochen, worauf ihm sofort Tränen in die Augen geschossen seien. Obwohl sie ihn gedrängt habe, habe er sich ihr jedoch nicht offenbart.«

»Dann war er also doch nicht der eiskalte schwere Junge, der Banken überfällt und andere Dinger dreht«, bemerkte Nawrod. »Okay, wenn das vorläufig alles ist, dann würde ich jetzt gerne noch einmal den Tatort aufsuchen«, sagte er zu Wegner.

»Das kannst du vergessen.« Beck winkte ab. »Wir haben da draußen im Umkreis von 30 Metern jedes Blatt umgedreht. Sogar Metalldetektoren haben wir eingesetzt.« Der Kriminaltechniker war sich absolut sicher, dass am Tatort nicht mehr die kleinste Spur zu finden war.

»Gibt es hier einen guten Spürhund?«, fragte Nawrod. Spannung lag in seiner Stimme.

»Nicht nur einen«, gab Wegner zur Antwort. »Wir haben bei der Hundestaffel mindestens drei Superspürnasen, die bei der Suche nach Vermissten oder Leichen schon sehr erfolgreich waren.«

»Ich brauche nur einen, und das möglichst bald. Können Sie das arrangieren? Wir treffen uns am Tatort.«

Als sich Nawrod und Yalcin eine halbe Stunde später dem Dienstwagen näherten, gebärdete sich der Deutsche Schäferhund in seiner engen Hundebox wie ein bissiger Wolf in der Falle.

»Steht ja ganz schön unter Strom, das Teil. Den möchte ich nicht zum Feind haben«, sagte Yalcin ehrfürchtig.

»Ich denke, es ist besser, wenn wir etwas Abstand halten«, entgegnete Nawrod und blieb stehen. Der Kollege im grünen Overall kam ihnen entgegen.

»Dahlmann ist mein Name, Tag zusammen.« Der Hundeführer schüttelte zuerst Yalcin, dann Nawrod die Hand. »Ihr habt mich angefordert? Was liegt an?«

»Gestern wurde hier eine enthauptete Leiche in einem Porsche entdeckt. Der Kopf lag fein säuberlich auf dem Schoß des Opfers.«

»Ach ja, diese Geschichte. Ich habe sie im Infoaustausch gelesen. Ziemlich mysteriös, oder? Wie kann ich euch helfen?«

Nawrod räusperte sich kurz. »Na ja, ich habe da eine Idee … es ist nur so 'ne verrückte Idee … muss nichts dran sein.«

Dahlmann schaute Yalcin fragend an.

»Mir hat er sie auch noch nicht verraten«, sagte sie mit einem schelmischen Lächeln.

»Kleine Mädchen müssen auch nicht immer alles wissen«, grinste Dahlmann. Und an Nawrod gewandt: »Hab ich recht?«

»Und ob! Die können nämlich nichts für sich behalten. Das liegt einfach in der Natur des weiblichen Geschlechts.«

Yalcin blökte beleidigt: »Ha, ha, ha! Noch so ein Scherz – Kugel ins Herz. Dieser Schwachsinn wäre eine Meldung bei der Frauen- und Gleichstellungsbeauftragtentante wert. Aber ich will mal nicht so sein und schreibe eure Kommentare der typisch männlichen Psyche zu.«

»Bist wohl gut im Meldung machen?«, raunzte Nawrod verärgert.

»Bevor ihr euch jetzt in die Haare kriegt, würde ich vorschlagen, ihr sagt mir endlich, was zu tun ist«, versuchte der

Hundeführer den kleinen Konflikt aus der Unterhaltung zu nehmen. Ich will hier keine Wurzeln schlagen.«

»Ich möchte, dass dein Hund den Wald rechts und links des Weges absucht. Hier kam der Porsche des Getöteten zum Stehen.« Nawrod deutete auf eine dicke Buche, die keine fünf Meter entfernt von ihnen stand. »Und von da ist er gekommen.« Er zeigte in die entgegengesetzte Richtung. »Lass mal deinen ... wie heißt er eigentlich?«

»Dragon von Arminius ist sein richtiger Name. Ich nenne ihn nur Drago.«

»Okay, dann lass mal deinen Drago von Dingens ab hier suchen.«

»Was soll er denn suchen?«

»Das weiß ich noch nicht so genau. Irgendetwas, was nach Mensch riecht.«

Dahlmann ging zu seinem Wagen und befreite Drago aus seiner engen Box. Der Hund kam sofort auf Nawrod und Yalcin zugeschossen. Ein lautes »Aus« ließ ihn gerade noch rechtzeitig auf der Stelle kehrtmachen.

»Am besten, ihr bleibt hier stehen. Ich werde euch winken, wenn Drago etwas gefunden hat. Wie weit soll er den Weg absuchen?«

»Von hier aus so an die 100 Meter und maximal drei Meter in den Wald hinein. Ist das zu machen?«

»Klar doch, kein Problem«, antwortete Dahlmann. Er rief seinen Hund zu sich und setzte ihn mit einem langgezogenen »Such« am linken Wegrand an. Drago tauchte seine Schnauze sofort auf den Boden. In unregelmäßigem Zickzack ging der Vierbeiner langsam vor Dahlmann her, ohne auch nur einmal seinen Kopf zu heben. Nach etwa 70 Metern kam eine scharfe Biegung. Drago drang plötzlich nach links in den Wald hinein und fing an zu bellen. Dahlmann winkte, worauf sich Nawrod und Yalcin in Bewegung setzten. Als sie bei Dahlmann ankamen, saß der Hund etwa fünf Meter vom Wegrand entfernt und wartete auf weitere Kommandos seines Herrn. Er hechelte laut. An seiner weit heraushängenden Zunge hingen kleine Tropfen klaren Speichels.

»So ist es brav, Drago«, sagte Dahlmann zu ihm. Und zu Nawrod gewandt: »Er hat dort etwas gefunden. Es muss vergraben sein. Soll er es ausbuddeln oder wollt ihr diesen Job erledigen?«

»Lass ihn mal machen. Er möchte sicher seinen Erfolg genießen«, antwortete Nawrod und lächelte.

Dieses Mal klang das zweimalige Kommando »Such« kurz und überaus animierend. Drago sprang auf und fing sofort an zu buddeln. Dahlmann stellte sich neben ihn. »So ist es brav, Drago, so ist brav!«

Es dauerte keine fünf Sekunden, bis Dahlmann seinem Hund »Aus« und unmittelbar danach »Platz« befahl. Dann bückte er sich und hob einen Akkubohrschrauber in die Höhe.

Yalcins Kiefer klappte nach unten. »Ich glaub, mich knutscht ein Elch«, sagte sie. »Die Töle hat es wirklich drauf!«

»Wusste ich's doch«, murmelte Nawrod leise und sah sich suchend um. Er ging ein paar Schritte zum Wegrand hin und schaute dabei jeden Baum genauer an. An einer dicken Eiche, deren Stamm zum Weg hin von einem dichten Strauch mannshoch verdeckt war, blieb er stehen. Dann rief er Yalcin zu sich.

»Siehst du das Teil hier?«

Yalcin musste zweimal hinschauen, bis sie es entdeckte. Sie nickte.

»Genau das habe ich gesucht, Kleine.«

»Was ist das?«, fragte Yalcin, die aus dem Staunen nicht mehr herauskam.

»Das ist eine Angelrolle, die mit Hilfe des Akkuschraubers und einer selbstgebastelten Halterung am Baum befestigt wurde. Sie hat einen Elektromotor, der die ausgefahrene Angelleine auf Knopfdruck zurückholt. Jede Wette, dass der Mechanismus so manipuliert wurde, dass sich der Elektromotor einschaltet, sobald die Leine bis zum Anschlag ausgefahren ist.«

»Ja und, was soll das Ganze?« Yalcin zuckte mit den Schultern.

»Siehst du die Schlinge, die aus der Rolle ragt?«

»Was ist damit?«

»Wenn mich nicht alles täuscht, hat Jochen Kapp die Rolle an den Baum geschraubt, die Angelschnur mit der Schlinge von hinten unter der Kopfstütze durchgezogen und sich in das offene Cabrio gesetzt. Danach hat er sich die Schlinge um den Hals gelegt und ist wahrscheinlich mit Speed losgefahren. Um sicherzustellen, dass der Kopf nach vorne in seinen Schoß und nicht seitwärts aus dem Auto fällt, musste er die Rolle an der Wegbiegung anbringen, und zwar so, dass sich die Schnur exakt in Fahrtrichtung ausrollte. Er kam gerade noch dazu, den zweiten Gang einzulegen, als ihm die dünne Angelschnur den Hals durchtrennte. Dabei rutschte er vom Gaspedal ab. Der Motor bremste das Fahrzeug so weit herunter, dass es kaum beschädigt wurde, als es gegen den Baum fuhr.«

»Donnerwetter, Alter, jetzt bleibt mir aber die Spucke weg. Wenn das wirklich wahr ist …«

»Darauf kannst du Gift nehmen, Kleine. Da brauche ich nicht mal mehr die Technik, um mir das bestätigen zu lassen«, sagte Nawrod im Brustton der Überzeugung. Dann leiser, durchaus ernst gemeint: »Und wenn du noch einmal Alter zu mir sagst, führst du bei der nächsten Leiche eine Rektalmessung durch. Haben wir uns verstanden?«

Yalcin schluckte, ging aber nicht im Geringsten auf die Drohung ein.

Dahlmann schüttelte den Kopf, während er Drago an die Leine nahm. »Und warum der ganze Zinnober? Der hätte doch einfach mit seinem Porsche gegen eine Mauer fahren können?«

»Kapp war ein Aufschneider vor dem Herrn. Und wie alle Angeber hatte er sicher Komplexe, die er durch teure Kleidung, Rolex, Porsche, feudale Wohnung und so weiter zu kompensieren versuchte. Als ihm nach anfänglichen Gewinnen das Geld ausging, erinnerten ihn die ererbten Gene seines Vaters daran, dass man mit Selbstmord allen weltlichen Problemen aus dem Weg gehen kann. Sein Vater hat sich vor Jahren auch das Leben genommen, und seine Mutter befindet sich wegen schweren Depressionen in der Psychiatrie. Und um auf deine Frage zurückzukommen, Kollege Dahlmann, dieser Pokerfreak wollte sich einfach noch einen starken Abgang verschaffen und dabei das verhasste Bullenpack, wie er sich ausdrückte, ganz gehörig verarschen.«

Wegner traute der Geschichte nicht. Erst als die Kriminaltechniker Nawrods Tatschilderung durch die Sicherung und Auswertung eindeutiger Spuren belegten, ließ er sich erleichtert in seinen Schreibtischstuhl zurückfallen und atmete tief durch.

Bereits am nächsten Morgen stand der spektakuläre Selbstmord ausführlich und in übergroßen Lettern in allen Zeitungen.

4

Vier Tage später traf bei der Polizeidirektion Heidelberg ein kleines, unauffälliges Päckchen ein, das an Kriminalhauptkommissar Nawrod persönlich adressiert war. Die aufgeklebte Paketkarte war mit einem Computer geschrieben worden. Absender war ein gewisser M. Meier, Goethestraße 141 in 69120 Heidelberg. Bei der Postverteilerstelle der Polizeidirektion rief das Päckchen keinerlei Argwohn hervor. Es wurde in das Fach des Dezernates 1 gelegt und kurz danach von Frau Lelle abgeholt. Sie arbeitete schon seit über 18 Jahren im Geschäftszimmer des Dezernates und galt als sehr zuverlässig und tüchtig. Allerdings drosselte ihr äußeres Erscheinungsbild das Balzverhalten von Männern auf der nach oben offenen Skala nahezu gegen Null, wenn nicht sogar in den Minusbereich. Das war auch der Grund, weshalb sie mit ihren 48 Jahren noch nie mit einem Mann zusammen gewesen war.

Doch sie wurde von allen sehr geschätzt, weil sie ein Elefantengedächtnis hatte, in dem Dinge abgespeichert waren, die sehr hilfreich bei der Aufklärung von Verbrechen sein konnten. Auch wurde sie gerne als Protokollantin bei Vernehmungen eingesetzt, da sie ein Mensch war, der von dem zu Vernehmenden kaum wahrgenommen wurde.

»Hier ist ein Päckchen für Sie. Ist heute Morgen mit der Post gekommen.« Mit diesen Worten legte sie das kleine Paket fast behutsam vor Nawrod auf den Schreibtisch.

»Danke, Frau Lelle«, erwiderte Nawrod höflich »Welch noble Person schickt mir jetzt schon Geschenke? Ich bin doch erst eine Woche hier.« Und mit Blick auf den Absender: »Einen M. Meier aus Heidelberg kenne ich nicht, zumindest nicht bewusst.«

»Vielleicht ist es eine Sie?« Yalcin grinste vielsagend.

»Der Absender ist falsch«, antwortete Frau Lelle. »Die Hausnummer 141 gibt es in der Goethestraße ebenso wenig wie einen M. Meier. Wir sollten das Paket röntgen lassen.«

Nawrod hob die Augenbrauen. »Sind Sie sicher, dass der Absender gefakt ist?«

»Absolut, da gibt es keinen Zweifel.«

Nawrod hob das Päckchen vorsichtig in die Höhe und stellte es dann gleich wieder ab.

»Hm, ist ziemlich leicht.«

Yalcin warnte: »Hat nichts zu sagen. Batterien zum Zünden einer kleinen Sprengladung sind heutzutage nicht größer als ein Centstück.«

»Klugscheißerin. Die gab's schon, da warst du noch flüssig.«

Nawrod griff zum Telefonhörer. Ein paar Minuten später erschien Sabine Bauer und nahm das Päckchen vorsichtig in Empfang. Es dauerte keine zehn Minuten, als sie zurückrief: »Hallo, Kollege Nawrod, du hattest den richtigen Riecher. Ist echt ein Hammer, was man dir da geschickt hat.«

»Rück schon raus, was ist es?«

»Das schaust du dir mal am besten gleich selbst an.«

Bevor Nawrod weiterfragen konnte, hatte die Kriminaltechnikerin den Hörer aufgelegt.

»Wir sind mal drüben bei der Technik. In dem Päckchen scheint tatsächlich etwas Interessantes zu sein. Kompliment, Frau Lelle!«

»Danke, Herr Nawrod. War doch selbstverständlich.« Über Erika Lelles biederes Gesicht huschte ein stolzes Lächeln.

»Sabine ist im Spurensicherungsraum«, begrüßte Beck die beiden. »Sie erwartet euch schon. Aber vorher müsst ihr in einen Overall schlüpfen und euch einen Mundschutz umbinden.«

»Das wird schwierig, Herr Kollege.«

»Wieso soll das schwierig werden? Die Dinger findet ihr im Regal vor der Tür zum Spusi-Raum.«

Nawrod deutete auf Yalcin. »Hast du für den abgebrochenen Meter nicht einfach eine Plastiktüte, mit der wir ihn einpacken können? In euren Overalls wird die Kleine sich bestimmt verirren«, lachte Nawrod und Beck lachte mit.

»Hey, Alter, wenn du meinst, du kannst mich hier ständig vorführen, hast du dich geschnitten. Noch so eine blöde Bemerkung, und ich trete dir in die Eier, dass du die Engel im Himmel singen hörst. Wenn das deine Art ist, dem Nachwuchs etwas beizubringen, dann ist die Bezeichnung Kollege, was deine Person betrifft, wohl der Witz des Jahrhunderts.«

Nawrod spürte, dass er eben eine Grenze überschritten hatte. »War nicht so gemeint, Kleine«, entschuldigte er sich.

»Ich habe dir schon einmal gesagt, du sollst mich nicht immer Kleine nennen. Ich heiße Nesrin Yalcin. Also, entweder Nesrin oder Kollegin Yalcin, wenn ich bitten darf. Ist das klar?«

Beck hob die Augenbrauen und stieß hörbar die Luft aus. »Ein tolles Verhältnis habt ihr beiden. Das muss man euch schon lassen. Ich dachte, euch nennt man das Dreamteam.«

»Nichts ist so, wie es scheint«, raunzte Nawrod und begab sich in Richtung Spusi-Raum. Yalcin folgte ihm. Als sie kurz darauf den Raum betraten, konnte sich Sabine Bauer ein

Lächeln nicht verkneifen. Yalcin sah in dem Overall tatsächlich wie ein Fabelwesen von einem anderen Stern aus. Sie musste aufpassen, nicht zu stolpern, denn die Hosenbeine ragten weit über ihre Schuhe hinaus und die Ärmel reichten bis zu den Knien. Der Mundschutz verdeckte zusammen mit der Kapuze fast ihr ganzes Gesicht. Nur noch ein schmaler Schlitz ermöglichte ihren Augen, die Umwelt wahrzunehmen.

Die Kriminaltechnikerin hatte das auf einem kleinen Tisch stehende Paket geöffnet und daraus zerknülltes Papier entnommen, das wohl den eigentlichen Inhalt vor Beschädigung oder Ähnlichem schützen sollte.

»Nachdem ich beim Röntgen feststellte, dass das Paket keinen Sprengsatz enthält, habe ich es geöffnet.«

Sie zeigte auf den Inhalt und bemerkte lapidar: »Kein bisschen angegammelt. In einer kleinen Plastiktüte vakuumgezogen wie eine Bratwurst vom Fleischer.«

»Was ist … mein Gott, was ist denn das?«, stieß Nawrod entsetzt hervor.

»Igitt, ist das … das ist doch … ein … ein Finger?«, rief Yalcin voller Ekel.

»Richtig!«, stellte Sabine Bauer sachlich fest. »Und wenn ich mich nicht irre, dürfte es der rechte, unmittelbar über dem Handteller fachmännisch abgetrennte Zeigefinger eines Mannes sein.«

»Das ist doch verrückt, total verrückt. Erst so ein irrer Selbstmörder, der sich enthauptet, und jetzt ein abgetrennter Zeigefinger.« Yalcin schüttelte ungläubig den Kopf und drehte sich weg.

»Hast du den Zettel unter der Tüte gesehen?«, fragte Nawrod die Kriminaltechnikerin.

»Natürlich habe ich ihn gesehen. Bin ja nicht blind. Ich wollte erst auf euch warten. So könnt ihr euch ein Bild von dem ursprünglichen Zustand aus dem Innern des Paketes machen.«

Bauer nahm eine Kamera und drückte aus verschiedenen Perspektiven drei- bis viermal auf den Auslöser. Das Gleiche wiederholte sie, nachdem sie die Plastiktüte entnommen und neben den kleinen Karton gelegt hatte. Danach entnahm sie mit einer Pinzette vorsichtig den Zettel. Mit Hilfe einer zweiten Pinzette faltete sie ihn auseinander und las leise: »*Mihi viam monstrabas.*«

»Was ist denn das für eine Sprache?«, fragte Nawrod verwundert.

»Türkisch ist es nicht. Das ist schon mal sicher«, warf Yalcin ein.

»Es ist definitiv lateinisch«, bemerkte Bauer. »Ist zwar schon eine Weile her, aber soweit ich das verstehe, könnte es *Zeige mir den Weg* heißen.«

Nawrod schüttelte den Kopf. »Kannst du dir darauf einen Reim machen?«

Sabine Bauer zuckte mit den Schultern. »Es ist zweifellos eine Botschaft und der Absender hat dich und keinen anderen ausgewählt. Das dürfte einen bestimmten Grund haben. Deshalb musst du dir deine Frage selbst beantworten. Gibt es da vielleicht jemanden, der sich an dir rächen will?«

»Dafür bin ich viel zu kurze Zeit hier. Ich denke, dass der Absender in Heidelberg oder zumindest in der Gegend wohnt.«

»Das muss nicht unbedingt zutreffen. Hast du vielleicht noch Altlasten aus Stuttgart?«

»Hm, lass mich mal überlegen.« Nawrod legte die rechte Hand an sein Kinn. »Na ja, ich habe kurz vor meiner Versetzung nach Heidelberg einen Mafioso eingebuchtet, der den Mord an seiner Schwester rächen wollte. Er brachte einen französischen Studenten auf bestialische Weise um. Leider war es der Falsche. Es könnte durchaus sein, dass dieser Guiseppe Taglieri aus dem Knast sein Spielchen mit mir treiben will. Helfershelfer hat er bestimmt genug.«

»Das wäre eine Möglichkeit. Latein ist mit der italienischen Sprache verwandt. Hast du eine Ahnung, welche Bildung Taglieri genossen hat? Weißt du sonst noch etwas von ihm?«

»Nein, leider nicht. Nachdem feststand, dass er einen Mord begangen hatte, habe ich über die Staatsanwaltschaft

Stuttgart lediglich ein entsprechendes Rechtshilfeersuchen gestellt, dem stattgegeben wurde. Taglieri wurde daraufhin international zur Festnahme ausgeschrieben. Ein italienisches Zielfahndungskommando heftete sich an seine Fersen. Als sie ihn ausfindig gemacht hatten, wurde ich kollegialerweise zu seiner Verhaftung eingeladen. Er hatte sich unten in Sizilien auf einem einsamen Bauernhof versteckt. Bei seiner Festnahme lieferte er sich mit uns ein Feuergefecht, das sich gewaschen hatte. Gott sei Dank wurde niemand verletzt. Als ihm die Munition ausging, ergab er sich. Den Heldentod wollte er offensichtlich nicht sterben. Typisch italienisch. Ich habe ihm persönlich die Handschellen angelegt. Dabei spuckte er vor mir auf den Boden und schwor mir tödliche Rache. Aber das bin ich ja gewohnt. Jeder zweite Dealer, den ich früher als Rauschgiftfahnder festnahm, hat sich ähnlich verhalten. Hunde, die bellen, beißen nicht.«

»Da wäre ich mir nicht so sicher.« Die Kriminaltechnikerin runzelte die Stirn. »Das Abtrennen und anschließende Verschicken von Gliedmaßen ist eine beliebte Methode der Mafia. Damit wollen sie ihre Gefährlichkeit, aber auch ihre Entschlossenheit demonstrieren. Vielleicht soll der Finger eine erste Drohung darstellen. Man droht ja mit erhobenem Zeigefinger, und das ist in aller Regel der rechte.«

»Vielleicht hat sich ein Witzbold auch nur einen makaberen Scherz in Anlehnung an die Klärung des spektakulären Selbstmordes erlaubt«, bemerkte Yalcin. Nawrod und Bauer schauten sich verwundert an.

»Ich meine, so einen Finger kann man sich doch leicht besorgen, wenn man an der Quelle sitzt«, rechtfertigte sich Yalcin. »Wir haben in Heidelberg eine große Universitätsklinik und ein Rechtsmedizinisches Institut. Jede Wette, dass es mindestens 50 Personen gibt, die an Leichen oder abgetrennte Gliedmaßen kommen, wenn sie es darauf anlegen.«

Nawrod pfiff leise durch die Zähne. »Donnerwetter Klei…, ich meine …« Er räusperte sich. »Alle Achtung, Nesrin, das ist gar keine so schlechte Idee.«

Sabine Bauer schüttelte den Kopf. »Passt aber nicht so richtig zu der Botschaft. Sei's drum. Ich werde alle uns zur Verfügung stehenden Möglichkeiten ausschöpfen, um relevante Spuren an dem Päckchen und seinem Inhalt zu sichern. Den Finger bringe ich gleich persönlich zur Gerichtsmedizin. Vielleicht können die feststellen, wann er abgetrennt wurde und wie alt die dazugehörige Person ist. Außerdem lasse ich dort die DNA bestimmen. Vielleicht ist es der Finger eines Kunden, der in unserer Daten-Analyse-Datei einliegt. Es könnte auch sein, dass auf dem Finger fremde DNA-Spuren gefunden werden. Sobald das geklärt ist, werde ich noch einen Abdruck der Fingerkuppe machen und ihn in die AFIS eingeben. Vielleicht haben wir Glück und die Prints der Person sind gespeichert.«

»Wenn wir den Finger-Mann ermitteln können, sind wir schon mal ein ganzes Stück weiter«, erwiderte Nawrod.

»Ich halte es für keine gute Idee, den Finger von der Rechtsmedizin Heidelberg untersuchen zu lassen. Wer weiß, vielleicht kommt er gerade von dort«, sagte Yalcin ernst.

»Da kann ich dich beruhigen«, lächelte die Kriminaltechnikerin. »Barbara Westhof ist eine renommierte Rechtsmedizinerin, die ich schon sehr lange persönlich kenne. Wir kommen auch privat zusammen. Für sie lege ich meine Hand ins Feuer. Ich werde sie bitten, dass ausschließlich sie die Untersuchungen durchführt, und ich weiß, dass sie mir die Bitte nicht abschlagen wird.«

»Okay, ich verlasse mich auf dich.« Nawrod nickte Sabine Bauer zu.

»Wann kann ich mit den ersten Ergebnissen rechnen?«

»Wenn ich Barbara richtig Dampf mache, werden wir von ihr schon morgen einiges erfahren.«

»Das hört sich doch mal gut an.« Nawrod lächelte zufrieden. »Gib gleich Bescheid, sobald du Neuigkeiten für mich hast.«

»Klar doch, Jürgen.«

Nawrod tat es gut, nach so kurzer Zeit in Heidelberg von Sabine Bauer mit dem Vornamen angesprochen zu werden.

Natürlich war ihm klar, dass ihm ein bestimmter Ruf vorausging. Sicher hatte es sich in Windeseile herumgesprochen, wer er war, wie er hieß und dass er im Stuttgarter Polizeipräsidium drei korrupte Kollegen ans Messer geliefert hatte.

»Es kann alles und nichts bedeuten«, schloss Nawrod seine kurze Schilderung ab. Kurt Wegner schüttelte ungläubig den Kopf. Ein abgetrennter und mit der Post versandter Finger war ihm während seiner über 40-jährigen Dienstzeit noch nicht untergekommen.

»Rein rechtlich gesehen, handelt es sich hier, wenn überhaupt, nur um eine schwere Körperverletzung, vielleicht sogar nur um einen Verstoß gegen das Bestattungsgesetz, respektive eine Leichenschändung. Mehr aber auch nicht«, betonte Wegner sachlich. »Für die Bearbeitung des Falles ist jedoch unzweifelhaft unser Dezernat zuständig.«

Der Dezernatsleiter rang sichtlich mit sich. »Normalerweise müsste ich den Fall Schneider übertragen. Er kennt sich, was Körperverletzungsdelikte und insbesondere das Bestattungsgesetz anbelangt, bestens aus. Aber Tom ist, wie die übrigen Kollegen, bis zur Oberkante Unterlippe mit anderen Fällen zugedeckt. Momentan hat er 13 Fälle parallel in Bearbeitung. Andererseits könnte es Probleme geben, wenn Sie den Fall selbst in die Hand nehmen. Sie sind ja nicht nur Adressat, sondern explizit auch Opfer dieses Psychopathen.« Wegner schaute Nawrod fragend an.

»Sie sind der Boss«, antwortete Nawrod. »Doch ich sehe da überhaupt keine Probleme. Außerdem macht es wenig Sinn, mich außen vor zu lassen. Gerade weil ich der Adressat bin, kann ich dem Täter noch am ehesten auf die Schliche kommen. Es liegt doch auf der Hand, dass es zwischen mir und diesem Psychopathen eine Verbindung gibt. Wer wäre besser geeignet als ich, diese Verbindung herauszufinden?«

»Vielleicht haben Sie recht.« Wegner erhob sich schwergewichtig von seinem lederbezogenen Schreibtischstuhl. Nawrod sah, dass es ihm Mühe bereitete, eine Entscheidung zu treffen. Der Dezernatsleiter kratzte sich am Hinterkopf und ging zu einem Bücherregal. Zielgerichtet griff er nach einem dünnen Buch mit grünem Einband. Nawrod wusste sofort, dass es sich hierbei um die PDV 351 handelte. In dieser Polizeidienstvorschrift waren unter anderem sehr genau die Zuständigkeiten bei der Bearbeitung von Straftaten geregelt.

Als sich Wegner mit einem verhaltenen Stöhnen wieder in seinen Schreibtischstuhl fallen ließ, fiel Yalcin auf, dass sich der Stuhl mit einem zischenden Geräusch merklich absenkte. Sie konnte sich ein Grinsen nicht verkneifen, denn sie stellte sich vor, was dieses arme Möbelstück in all den Jahren hatte aushalten müssen.

Wegner schaute zuerst im Inhaltsverzeichnis nach. Danach blätterte er wortlos, bis er das fragliche Kapitel gefunden hatte. Beim Lesen murmelte er vor sich hin. Schließlich schüttelte er den Kopf und schaute Nawrod direkt in die Augen.

»Tut mir leid, Nawrod. Ich darf Ihnen den Fall nicht übertragen. Die Dienstvorschriften sind eindeutig.«

»Ich pfeife auf die Vorschriften! Das ist doch das beste Beispiel dafür, dass die PDV 351 von Sesselfurzern verfasst wurde, die von polizeilicher Praxis keine Ahnung haben.«

Wegner runzelte die Stirn. »Sie erwarten doch darauf keine Antwort, oder?« Er stand abermals auf, ging zum Fenster und sah auf die Römerstraße hinunter. Als er sich wieder umdrehte, atmete er tief durch.

»Es gäbe die Möglichkeit, dass ich den Fall ganz offiziell Frau Yalcin übertrage. Sie ist zwar noch in Ausbildung, aber es gibt keine Vorschrift, die besagt, dass eine Kommissaranwärterin keine schwere Körperverletzung bearbeiten darf. Im Gegenteil! Wir Dezernatsleiter sind angehalten, die jungen Kolleginnen und Kollegen nicht nur mit leichten Fällen zu betrauen. Sie sollen lernen, sich auch bei kniffligen Vorgängen durchzusetzen.«

»Das ist nicht Ihr Ernst, oder?«, brauste Nawrod auf. »Die Kleine hat doch von Tuten und Blasen keine Ahnung. Die kann allenfalls mal mit 100 durch Heidelberg rauschen, mehr aber nicht.«

»Hey, Demenzi, hatten wir uns nicht auf Namen geeinigt?«

»Halt die Klappe, wenn sich Erwachsene unterhalten!«, zischte Nawrod drohend.

Beschwichtigend hob Wegner beide Hände. »Ich darf doch sehr bitten, Herrschaften!« Und zu Nawrod gewandt: »Wenn ich richtig informiert bin, waren Sie doch auch mal Dezernatsleiter. Ich hätte von Ihnen etwas mehr Verständnis erwartet.«

Yalcin erkannte den Anflug eines Lächelns bei Wegner, bevor er sich mit bitterernster Miene an sie wandte: »Frau Yalcin, Sie sind ziemlich forsch mit Worten. Oder sehe ich das falsch?«

Yalcin hob die Schultern und ließ sie wieder sinken. »So wie man in den Wald hineinruft, so schallt es auch heraus. Herr Nawrod und ich hatten uns geeinigt, dass wir uns mit …«

»Schon gut, schon gut!«, unterbrach Nawrod. »Sorry, ist mir im Eifer des Gefechts so rausgerutscht. Wird nicht wieder vorkommen.«

»Versprochen?« Yalcin hob die rechte Hand.

»Versprochen, Nesrin!«, knurrte Nawrod und klatschte ihre Hand ab.

»Dann sind wir uns also einig. Frau Yalcin ist offizielle Sachbearbeiterin des Falles, und Sie, Herr Nawrod, werden die Kollegin mit all Ihrer Erfahrung unterstützen. Das ist das Höchste, was ich Ihnen zubilligen kann.«

»Aber ich …« Zu mehr kam Nawrod nicht. Wegner ließ sich auf keine Diskussion mehr ein.

»Die Sache sollte nicht an die große Glocke gehängt werden«, fuhr er unbeirrt fort. »Sehen Sie zu, dass der Fall so schnell wie möglich geklärt wird. Solchen Witzbolden muss man das Handwerk legen, bevor sie weiteres Unheil anrichten. Haben wir uns verstanden?«

»Geht klar, Chef.« In Yalcins Stimme war eine gehörige Portion Stolz und Selbstvertrauen nicht zu überhören.

»Wir werden das Kind schon schaukeln«, ergänzte Nawrod. »Zunächst warten wir mal die kriminaltechnischen und rechtsmedizinischen Untersuchungen ab. Dann sehen wir weiter.«

»Ich werde schon mal vorab eine Liste mit Personen und Einrichtungen erstellen, die in irgendeiner Form mit Amputationen oder Leichen zu tun haben«, sagte Yalcin.

»Sehr gute Idee«, lobte Wegner erfreut. »Ich sehe, bei Ihnen ist der Fall in den richtigen Händen.«

5

Als Wegner am nächsten Morgen die Tür ihres Büros aufriss, war Yalcin gerade dabei, an der Liste der zu überprüfenden Personen und Institutionen zu arbeiten. Nawrod beschäftigte sich mit einem tödlichen Betriebsunfall, zu dem er vor zwei Tagen hinbeordert worden war. Er musste herausfinden, inwieweit die Firmenleitung von den Sicherheitsmängeln an der Maschine wusste, die dem Arbeiter zum tödlichen Verhängnis geworden waren.

»Ich dachte, ich hätte mich klar genug ausgedrückt!«, polterte Wegner los. Nawrod und Yalcin sahen sich fragend an. Wegner warf die aktuelle Ausgabe der *Heidelberger Allgemeine* auf Nawrods Schreibtisch.

»Wer von Ihnen beiden war das Waschweib, das die Geschichte mit dem Finger hinausposaunen musste?«

Yalcin erhob sich von ihrem Schreibtisch und ging zu Nawrod hinüber. Sie blieb neben Wegner stehen und schaute gebannt auf die Zeitung, die Nawrod gerade aufschlug. Die riesige Schlagzeile sprang ihnen geradezu ins Gesicht.

Rätselhafter Fingerfund

Seit gestern fahndet die Kripo Heidelberg nach einem Absender, der ein Paket an die Polizei schickte, in dem sich der Finger eines Menschen befand. Aus gut unterrichteten Kreisen war zu erfahren, dass der Adressat derselbe Kriminalkommissar war, der den spektakulären Selbstmord am Königstuhl aufklärte ...

Nawrod las nicht weiter. Wutentbrannt knallte er die Zeitung auf den Schreibtisch. Sie traf die halb volle Kaffeetasse, und wie zum Spott breitete sich die braune Brühe auf mehreren Schriftstücken aus. Unweigerlich dachte er sofort an seinen Dezernatsleiter aus Stuttgart, der jahrelang ganz ungeniert einen Reporter mit allen Neuigkeiten des Stuttgarter Polizeipräsidiums versorgt hatte. Sollte das in Heidelberg ähnlich sein?

»Das ist ja zum Kotzen!«, brach es aus Nawrod heraus. »Warst du das?«, fuhr er Yalcin mit einem vernichtenden Blick an.

»Sag mal, spinnst du?«, giftete Yalcin zurück. »Du hast wohl als Kind nur einfarbig kneten dürfen. So etwas würde mir nicht mal im Traum einfallen. Für wen hältst du mich eigentlich? Wenn du das von mir denkst, ist es besser, wenn wir unsere Zusammenarbeit sofort beenden. Herr Wegner, ich bitte Sie ...«

»Nun mal langsam«, unterbrach Wegner beschwichtigend. »Wenn Sie beide es nicht waren, wer kann es dann gewesen sein? Wer wusste von dem Paket?«

»Eigentlich nur Sabine Bauer, die wir mit den kriminaltechnischen Untersuchungen beauftragt haben«, erwiderte Nawrod barsch.

»Und Frau Lelle«, warf Yalcin ein. »Die hat das sicher auch mitbekommen. Nicht zu vergessen die Gerichtsmedizinerin, die Sabine bestimmt schon mit ins Boot genommen hat. Wer weiß, ob die es nicht gleich breitgetreten hat.«

Wegner atmete hörbar durch. »Finden Sie heraus, wie die *Heidelberger Allgemeine* an die Geschichte gekommen ist, damit wir in Zukunft entsprechende Vorsichtsmaßnahmen ergreifen können. Wie weit sind Sie mit Ihren Ermittlungen?«

»Wir warten auf Ergebnisse der Kriminaltechnik und der Rechtsmedizin. Erst dann können wir sagen, in welche Richtung wir konkret ermitteln«, erwiderte Nawrod. »Fest steht, dass es in Heidelberg zwölf Bestattungsinstitute, vier Kliniken und natürlich auch die Rechtsmedizin der Universitätsklinik Heidelberg gibt. Vorsichtig geschätzt, könnten von diesen Einrichtungen circa 1.500 Mitarbeiter als Absender des Päckchens infrage kommen.«

»Ein Bekannter von mir arbeitet in der Uniklinik als Krankenpfleger«, sagte Yalcin. »Er hat mir berichtet, er könne sich gut vorstellen, dass eine größere Anzahl von Beschäftigten der Klinik unkontrollierten Zugriff auf amputierte Gliedmaßen hat. Es gebe faktisch keine konsequente Überwachung bei der Entsorgung von menschlichen Körperteilen.«

»Wie es bei den Bestattungsinstituten aussieht, brauche ich ja nicht besonders zu betonen«, ergänzte Nawrod. »Es gibt heutzutage zahlreiche Verstorbene, nach denen kein Hahn mehr kräht, sobald sie in der Obhut der Leichenfledderer sind. Ich habe mal einen Bericht gelesen, in dem ausführlich beschrieben wurde, dass es bei denen an der Tagesordnung sei, Verstorbene ihres letzten Goldes zu berauben, indem man ihnen sämtliche Zähne zieht, die auch nur im Ansatz einen Schimmer des kostbaren Edelmetalls erkennen lassen. Von implantierten Herzschrittmachern und anderen hochwertigen Ersatzteilen ganz zu schweigen. Da ist die Entnahme eines kleinen Zeigefingers bestimmt kein Problem.«

»Hoffen wir, dass wir in diesem riesigen Berg von Ermittlungsansätzen nicht herumwühlen müssen.« Auf Wegners Stirn bildeten sich deutliche Sorgenfalten. »Das würde jede Menge Arbeit bedeuten und dafür habe ich nicht das Personal. Sie beide könnten das unmöglich allein bewerkstelligen.«

»Ich frage mich immer noch, warum der Absender gerade mich als Empfänger dieses seltsamen Päckchens ausgewählt hat. Haben Sie eine plausible Erklärung?«, fragte Nawrod seinen Dezernatsleiter nachdenklich.

Wegner hob die Schultern. »Darüber habe ich mir auch schon den Kopf zerbrochen. Ich denke, wir haben keine andere Wahl als abzuwarten, wie sich der Fall weiterentwickelt.«

6

Der stechende Schmerz an der rechten Hand riss Philipp Otte aus der Bewusstlosigkeit. Er war sich nicht sicher, ob dieser Schmerz real existierte, denn er hatte von ihm schon geträumt, als er noch tief und fest geschlafen hatte. Otte konnte sich nicht erinnern, ob der Traum lang oder kurz war. Er wusste auch nicht mehr, was er außer dem Schmerz noch geträumt hatte. Ähnlich einer Explosion war der Schmerz im Traum über ihn gekommen. Zuerst hatte es sich angefühlt, als ob seine Hand in flüssiges Eisen getaucht worden wäre. Dann breitete sich der Schmerz stakkatoartig im ganzen Köper aus. Er raubte ihm den Atem, und im Traum meinte Otte, ersticken zu müssen. Überall glühendes Eisen. Er wollte schreien, konnte aber nicht, weil ihm die Luft hierzu fehlte.

War er tatsächlich wieder bei Bewusstsein? Otte war sich nicht sicher. Er richtete sich auf. Die Schmerzen, die Zelle, der Geruch, die Stille, seine Nacktheit – es erschien ihm alles so irreal. Er sah auf die notdürftig verbundene Hand. Der Verband glich einem Fäustling und war blutdurchtränkt. Wie konnte ich mich hier verletzen, war sein erster Gedanke. Habe ich mal wieder mit der Faust gegen die Wand geschlagen? Die Schmerzen raubten ihm fast die Besinnung, als er mit der linken Hand den Verband abtastete. Mit einem lauten, gequälten Stöhnen legte er sich wieder hin. Als sein Kopf das Ende der Pritsche berührte, stellte er eine seltsame Veränderung fest. Langsam hob er die linke Hand und führte sie zum Kopf. Jetzt hatte er Gewissheit. Man hatte ihm die Haare abrasiert. Alle. Sein Schädel war vollkommen glatt. Er sah an sich hinunter. Selbst seine Brust- und Schamhaare hatten sie entfernt.

»Wie ein Schaf nach der Schur.« Otte war entsetzt. »Sie wollen mir alles nehmen, selbst mein eigenes Ich.«

Was würde man ihm noch antun? Er fing an zu weinen. In das Weinen mischte sich ein Jammern, das sich langsam steigerte. Als Otte schließlich vor Schmerzen laut schrie und dabei immer wieder um Hilfe rief, überkam ihn das Gefühl, dem

Tod sehr nahe zu sein. Dem Schreien folgte ein Wimmern, das irgendwann leiser wurde, bis es kaum noch hörbar war. Er schloss die Augen und fiel erschöpft in einen Schlaf.

Als er wieder erwachte, hatte sich der Schmerz in seiner Hand verändert. Er war jetzt nicht mehr stechend, sondern dumpf dröhnend und im Rhythmus des Pulses pochend. Otte sah, dass der Verband nicht weiter vom Blut durchtränkt worden war. Er setzte sich auf die Kante der Pritsche und zog vorsichtig an dem Heftpflaster am Ende der Binde. Zitternd und mit schmerzverzerrtem Gesicht nahm er Stück für Stück den Verband ab, obwohl er Angst hatte vor dem, was er zu sehen bekommen würde. Endlich kam die Wunde zum Vorschein. Seine rechte Hand verschwamm ihm vor den Augen. Hatte er richtig gesehen? Otte wischte sich die Tränen weg. Dann sah er noch einmal hin.

»Mein Gott!«, stöhnte er laut. »Sie haben mir den Finger abgenommen. Diese Bestien haben mich verstümmelt!«

Otte war nicht fähig, den Verband wieder anzulegen. Die Schmerzen waren zu heftig. Er sank auf die Pritsche und sah sich die Wunde noch einmal an. Sie hatten sich nicht einmal die Mühe gemacht, sie mit ein paar Stichen zu nähen. Das Fleisch war dunkelrot und in der Mitte schimmerte hell ein Stück des Mittelhandknochens durch. Die anderen vier Finger waren unversehrt. Otte streckte die rechte Hand in die Höhe. Sofort ließ der Schmerz ein wenig nach und das Pochen in der Wunde hörte auf.

In der letzten Zeit seiner Gefangenschaft hatte er sich kaum noch Gedanken über seine Zukunft gemacht. Er war eingesperrt. Lebendig begraben. Man hatte ihm alles genommen. Die Kleidung, den Kontakt zu anderen Menschen, jegliche Geräusche und vor allem das Zeitgefühl. Letzteres war unvorstellbar schlimmer als alles andere und brachte ihn an den Rand des Wahnsinns. Manchmal begann er am ganzen Körper zu zittern. Dann konnte er keinen einzigen klaren Gedanken mehr fassen. Sein Herz raste und drohte zu zerspringen. Es war für ihn der reinste Horror. Nicht zu wissen, ob eine

Stunde, ein Tag oder gar eine Woche vergangen und ob es Tag oder Nacht war. Ob er noch ein Mensch oder schon zum Tier geworden war. Ob er überhaupt noch lebte.

Er hatte versucht, durch Fühlen seines Pulses ein Zeitgefühl zu erhalten. Er wusste, dass er im Ruhezustand einen Puls von etwa 72 hatte. 72 mal 60 ergab 4.320. So oft musste er seinen Puls fühlen, bis eine Stunde vergangen war. Als er jedoch merkte, dass sich der Pulsschlag während des Zählens erhöhte, weil er sich zu sehr konzentrieren musste, gab er auf. Wenn überhaupt, zählte er fortan nur noch bis 72, um zumindest nicht das Gefühl zu verlieren, wie lang eine Minute ist.

Die Gefangenschaft war die Strafe für das, was er getan hatte. Sie war in seinen Augen unverhältnismäßig hart. Da er jedoch nichts daran ändern konnte, fand er sich nach dem zweiten Haftkoller mehr oder weniger damit ab. Langes Beten half ihm dabei. Er war geübt in Gebeten, kannte unzählige Psalmen und Bittgebete auswendig. Und er sprach zu Gott auch mit eigenen Worten. Er war ein Sünder, der schwere Schuld auf sich geladen hatte.

Vielleicht hatte Gott ihn erhört? Warum sonst hatte man ihm den Finger abgeschnitten? Das musste doch einen Grund haben. Obwohl sich Otte überhaupt keinen Reim darauf machen konnte, kam ihm der Gedanke, dass sein abgetrennter Zeigefinger nur dazu dienen konnte, jemand anderen unter Druck zu setzen. Aber wen und warum? Es gab niemanden, der ein Lösegeld für ihn zahlen würde. Schon seit Jahren lebte er allein, isoliert. Seine kleine Rente reichte gerade mal für die Miete und ein paar spärliche Lebensmittel. Niemand würde ihn vermissen. Allenfalls sein Vermieter, wenn die Miete ausblieb. Der würde nicht lange zögern, seine paar Habseligkeiten nach Verwertbarem zu durchsuchen und anschließend den Rest diskret im Mülleimer zu entsorgen, um schnellstmöglich einem neuen Mieter die möblierte Einzimmerwohnung anbieten zu können. Bestimmt würde er keine Vermisstenanzeige erstatten. Menschen wie er wollten mit der Polizei nichts zu tun haben. Da war sich Otte sicher. Dennoch keimte wegen seines fehlenden Fingers Hoffnung in ihm auf. Wenn keine Infektion hinzukam, würde er die Amputation überleben, und der Finger könnte vielleicht doch der Schlüssel zur Freiheit sein. Nur ein Finger. Es gab viele Menschen, denen ein Finger fehlte. Sicher konnten die meisten gut damit leben. Ich werde es auch. Ich werde leben, dachte er.

7

Nawrods Telefon klingelte. Er hob ab. »Kannst du mit Yalcin mal auf einen Sprung zu mir rüberkommen? Ich habe einige Neuigkeiten für euch.« Nawrod erkannte die Kriminaltechnikerin sofort an der Stimme.

»Wir sind schon auf dem Weg«, antwortete er in gespannter Erwartung und legte auf.

Yalcin im Gefolge, klopfte er zwei Minuten später an Bauers Tür.

»Macht es euch bequem.« Die Kriminaltechnikerin deutete freundlich lächelnd auf die beiden Stühle, die vor ihrem Schreibtisch standen. Bevor sich Nawrod setzte, bot er Yalcin den rechten der beiden Stühle an.

Geht doch, dachte Yalcin und freute sich über die nette Geste. »Danke, Jürgen«, sagte sie laut und betont höflich.

»Keine Ursache«, antwortete Nawrod.

»Ich möchte nicht lange um den heißen Brei reden«, begann Sabine Bauer, während sie Nawrod für den Bruchteil einer Sekunde tief in die Augen schaute.

»Vorhin erhielt ich von Barbara einen Anruf. Sie sagte, sie habe den Finger gründlich untersucht und dabei zweifelsfrei festgestellt, dass die Person noch lebte, als der Zeigefinger abgetrennt wurde. Der Finger stamme von einer männlichen Person im Alter zwischen 55 und 65 Jahren. Unter dem auffallend ungepflegten Fingernagel hätten sich Reste von Kot befunden, die eindeutig dem Amputierten zugeordnet werden konnten. Auch konnten darunter noch mikroskopisch kleine

Farbspuren festgestellt werden, die erst noch analysiert werden müssten. Diese Untersuchung würde jedoch noch längere Zeit in Anspruch nehmen.«

»Das ist doch schon mal was«, erwiderte Nawrod freundlich. »Hat die Gerichtsmedizinerin sonst noch etwas herausgelassen?«

»Nach Barbaras Einschätzung gehört der Finger zu keiner Hand, die hart arbeiten musste oder jemals eine Sportart betrieb, bei der sie zupacken musste. Sehnen und Muskulatur des Corpus delicti lassen darauf schließen, dass der Mann allenfalls eine Bürotätigkeit oder Ähnliches ausübt beziehungsweise ausübte. Fremde DNA-, Faser- oder sonstige Spuren befanden sich nicht auf dem Untersuchungsobjekt.«

»Konnte Frau Doktor Westhof sagen, ob sich der Mann selbst verstümmelt hat oder ob ihm der Finger von einer anderen Person amputiert wurde?« Trotz des ernsten Themas lächelte Nawrod bei dieser Frage Sabine Bauer charmant an. Die Kriminaltechnikerin errötete leicht und lächelte zurück.

»Ja«, sagte sie verlegen. Sie schien mit ihren Gedanken woanders zu sein. »Wie war noch mal deine Frage?«

»Konnte Frau Doktor Westhof …«

»Ach ja … Ich wollte sagen, dass sich Barbara unter dem Eindruck des äußerst ungewöhnlichen Selbstmordes vor vier Tagen nicht festlegen wollte. Sie meinte, alles sei möglich. Bei der Amputation sei handelsübliches Desinfektionsmittel verwendet worden, das bei Operationen in jedem Krankenhaus zu finden sei.«

»Hat deine Barbara sich noch darüber ausgelassen, wie die Amputation durchgeführt wurde?«, fragte Yalcin stirnrunzelnd.

»Ach, das Wichtigste hätte ich jetzt fast vergessen«, entschuldigte sich die Kriminaltechnikerin. »Sie meinte, dass hier ein Fachmann am Werk gewesen sei. Also eine Person mit Kenntnissen in der Chirurgie.«

Nawrod pfiff durch die Zähne. »Ein Arzt also. Das würde zum Latein passen, das der Täter bei seiner Botschaft verwendete. Demnach haben wir es aller Wahrscheinlichkeit nach mit einer Person zu tun, die erstens keinen Scherz gemacht hat und zweitens kein Stroh im Hirn haben dürfte.«

»Konnte die Gerichtsmedizinerin feststellen, ob der Mann bei der Amputation unter Drogen, Schmerzmitteln oder Narkose stand?«

»Ja, sie konnte deutliche Spuren von Barbituraten nachweisen. Anzunehmen, dass unser Mann betäubt oder zumindest ruhiggestellt war.«

»Also keine Eigenverstümmelung?«, fragte Yalcin.

»Eigentlich nein«, antwortete Bauer. »Aber denke mal an diesen Kapp und seinen Aufwand, den er betrieben hat, um aus dem Leben zu scheiden. Ich bin seitdem mit meinen Vermutungen etwas vorsichtiger geworden. Wer weiß schon, was einem Psychopathen alles einfallen kann, um die Polizei an der Nase herumzuführen. Das gilt nicht nur für Selbstmörder.«

»Ich erkenne einfach kein sinnvolles Motiv in dem Fall. Was will der Täter von uns? Er stellt keinerlei Forderungen, kein Ultimatum, und seine Botschaft beinhaltet auch nicht den Ansatz einer Drohung.«

»Du musst dich fragen, was der Täter von dir will. Denn er hat explizit dich für sein … sagen wir mal Spiel ausgesucht und keinen anderen. Das hat ganz bestimmt einen Grund«, gab Sabine Bauer zu bedenken.

»Der Meinung bin ich auch«, pflichtete Yalcin bei. »Es könnte vielleicht nur eine banale Aufforderung sein. Wenn ich mich richtig erinnere, stand auf dem Zettel so etwas Ähnliches wie *Zeige mir den Weg.*« Und zu Sabine Bauer gewandt: »So hast du es jedenfalls übersetzt, oder?«

Die Kriminaltechnikerin nickte.

»Dazu noch der Zeigefinger«, fuhr Yalcin fort. »Die Botschaft könnte also heißen *Achtung, zeige mir den Weg,* oder alternativ hierzu *Zeige mir den Weg, sonst passiert etwas.*«

»Tut mir leid, das ist für mich alles nicht nachvollziehbar. Es ist einfach nicht stimmig. Ich erkenne darin kein Motiv.« Nawrod verschränkte die Arme vor der Brust.

»Vielleicht hängt es doch mit dem Fall Kapp zusammen. Ich meine … ach Quatsch, nein …« Yalcin fuhr sich durch die Haare.

»Spuck's schon aus«, forderte Nawrod.

»Na ja, ist schon seltsam, dass innerhalb von vier Tagen zwei fein säuberlich abgetrennte Körperteile auf dem Seziertisch der Rechtsmedizin landen. Findet ihr nicht?«

»Deine Überlegung in Ehren, aber es war ein Selbstmord, Nesrin. Das steht zweifelsfrei fest. Und der Finger stammt von einer Person, die noch lebte, als man ihn abtrennte. Da sehe ich beim besten Willen keinen Zusammenhang.«

Nawrod erhob sich. Dabei spannte er gewohnheitsmäßig seinen Körper. Unter seinem Hemd zeichnete sich deutlich eine ausgeprägte Brustmuskulatur ab. Sabine Bauers Blick verriet, dass es soeben bei ihr gefunkt hatte. Yalcin sah es sofort. Und sie hatte volles Verständnis dafür. Nawrod war zwar über 20 Jahre älter als sie, aber weiß Gott ein Typ, bei dem fast jede Frau weiche Knie bekam. Egal, wie alt sie war. Dem tat auch sein oft mürrisches Verhalten keinen Abbruch. Yalcin schätzte, dass Sabine Bauer etwa fünf Jahre jünger als Nawrod sein könnte. Und sie war attraktiv auf ihre ganz besondere Art. Ihre großen braunen Augen strahlten Wärme und Klugheit aus. Die Weichheit ihres Mundes hat sicher schon manchen Mann verzaubert, dachte Yalcin. Hingegen drückte die wohlgeformte Nase Entschlossenheit und Mut aus. Nur in diesem Augenblick nicht. Jetzt erkannte Yalcin in Sabine Bauers Gesicht jene Schwäche, von der Frauen immer dann erfasst werden, wenn sie aus heiterem Himmel von Amors Pfeil getroffen werden. Davon war auch Yalcin nicht verschont geblieben. Während ihres Studiums hatte sie sich einmal unsterblich in einen Kollegen verliebt. Sie schwebte tagelang auf Wolke sieben, bis sie von einer anderen Kollegin erfuhr, dass ihr Auserwählter verheiratet und ein Aufreißer war, der es sich zum Sport gemacht hatte, möglichst viele Kolleginnen flachzulegen. Aber sie war eine Türkin, die von ihren Eltern konsequent dazu erzogen worden war, sich einem

Mann erst in der Hochzeitsnacht hinzugeben. Er biss bei ihr auf Granit, und so war die große Liebe vorbei, ehe sie richtig begonnen hatte.

Nawrod bemerkte natürlich, wie sich Sabine Bauers Blick an ihm festsaugte. Er genoss es, zugleich war es ihm aber auch peinlich. Sie hatte das gewisse Etwas, das er an einer Frau schätzte.

»Wann kannst du an dem Finger den Abdruck nehmen?«, unterbrach er den knisternden Lichtbogen, der sich zwischen ihm und ihr gespannt hatte.

»Was … wie … ach ja, ich werde noch heute zur Rechtsmedizin fahren und das Teil holen. Sobald ich den Abdruck gemacht habe, gebe ich ihn ins AFIS ein. Ich rufe dich … ich meine euch an, wenn das Ergebnis vorliegt.«

»Sei so lieb und schicke sämtliche Berichte an Nesrin. Mein Name darf in der Akte vorerst nicht erscheinen«, sagte Nawrod und streckte Sabine Bauer die Hand hin.

Die Kriminaltechnikerin sah ihn fragend an.

»Ist nur eine Formsache«, lächelte Nawrod.

»Kein Problem«, erwiderte Sabine Bauer und gab ihm über ihren Schreibtisch hinweg die Hand. Yalcin lächelte süffisant, denn der etwas längere Händedruck sprach Bände.

Draußen auf dem Flur stieß sie Nawrod den Ellenbogen in die Seite. »Hey, Jürgen, diese Sabine hat's drauf, oder was meinst du?«

»Kann schon sein. Ich kenne sie noch zu wenig, um mir ein Urteil zu bilden. Wir werden sehen, was sie aus der Sache macht.«

Da bin ich auch mal gespannt, dachte Yalcin und grinste über das ganze Gesicht.

Kurze Zeit später saßen sie wieder an ihren Schreibtischen und vertieften sich in die Arbeit.

8

Philipp Otte hatte immer noch Schmerzen an seiner rechten Hand, als er nach der Einnahme eines köstlich schmeckenden Rindergoulaschs mit Nudeln merkte, wie er plötzlich müde wurde. Er realisierte gerade noch, dass ihm ein zweites Mal ein Betäubungsmittel ins Essen gemischt worden war. Dann verlor er das Bewusstsein. Als er wieder aufwachte, lag er auf der Pritsche. Er wollte sich aufrappeln, als ihm ein stechender Schmerz in seinem Kopf abermals die Besinnung raubte.

Bevor sein Verstand wieder einigermaßen zu funktionieren begann, wehrte sich sein Instinkt gegen das Wachwerden, obwohl er einen fürchterlichen Traum hatte. Er hatte geträumt, er sei in einer infernalischen Hölle und der Satan mit einer unvorstellbar grässlichen Fratze würde ihn bestrafen. Er hatte ihm mit einem glühenden Eisen das Wort »Peccantia«, das lateinische Wort für Sünde, auf die Stirn gebrannt, während um ihn herum ein Meer von nackten Menschen tanzten, die laut schrien und lachten. Seltsamerweise hatte er in dieser Hölle keinerlei Schmerzen verspürt, weshalb er es vorzog, das Inferno weiter über sich ergehen zu lassen, um ja nicht aufzuwachen. Denn dann würden diese furchtbaren, kaum mehr auszuhaltenden Schmerzen wiederkommen.

Aber es half nichts. So sehr er sich auch dagegen wehrte, schlug er irgendwann die Augen auf. Nur nicht nach rechts drehen, war sein erster rationaler Gedanke. Sonst würde ihn wieder diese überdimensionale Explosion in seinem Gehirn geradewegs in die Hölle schicken. Otte blieb ruhig liegen. Er röchelte. Er roch geronnenes Blut. Sein Blut. Langsam hob er die linke Hand und tastete nach dem Kopf. Mit den Fingerkuppen fühlte er den Verband. Als er in die Nähe des rechten Ohrs kam, wurde der Schmerz mit einem Mal heftiger. Er schrie laut auf. Sein Puls raste. Nach einer Pause begann er wieder, vorsichtig zu tasten. Dann die Gewissheit. Sie hatten ihm das rechte Ohr abgetrennt. Doch statt entsetzt, traurig oder verbittert zu sein, freute er sich. Es war kurios. Das hat seinen Grund, dachte er. Das muss einen Grund haben, und dieser Grund ließ ihn hoffen, sehr bald in Freiheit zu kommen.

Er nahm sich vor, seinen Peiniger danach zu fragen, sobald sich wieder die Klappe an der Tür öffnete. Otte konnte es kaum erwarten. Er wusste nicht mehr, wie oft er bis 72 gezählt hatte, als er endlich ein Geräusch an der Tür vernahm. Es war immer das gleiche Geräusch, und es bedeutete auch immer das Gleiche. Die Klappe fiel nach außen in die Waagrechte. Dann wurde der dünne Plastikteller draufgestellt. Daneben das Plastikbesteck. Beim Wegnehmen sah Otte für einen Augenblick einen Teil der grünen Uniform. Kein Gesicht, keinen Arm, nur ein Stück Brust, so vermutete er aufgrund der Knopfreihe, die er sah.

Die Aussparung an der Tür war zwar tellerbreit, aber zu niedrig, um den Kopf durchzustrecken. Otte nahm Teller und Besteck herunter, um ungehindert durch die schmale Öffnung sprechen zu können. Er bückte sich, obwohl ihm das höllische Schmerzen bereitete. Zunächst brachte er keinen Ton heraus, denn er hatte schon lange nicht mehr mit einem Menschen gesprochen. Wenige Male mit sich selbst. Es kostete ihn sehr viel Energie zu sprechen.

»Sa… sa… sagen Sie … mal.« Er zitterte, brach ab, holte wieder Luft. »Wa… warum ha… haben Sie mir …«

Weiter kam Otte nicht. Die Klappe wurde nach oben geschwenkt und verriegelt. Otte sank zu Boden und fing an zu weinen. Der Teller glitt ihm aus der Hand. Sein Inhalt breitete sich auf den Fliesen aus. Die Ohnmacht, die er gegenüber seinem Bewacher empfand, übertraf sogar die Schmerzen an seinem geschundenen und verstümmelten Körper.

»Nimm dich zusammen«, sagte er mehrfach laut zu sich selbst. »Nimm dich zusammen. Nächstes Mal fragst du gleich, wenn die Klappe geöffnet wird. Und nicht stottern, denn das kostet Zeit.«

Das Plastikgeschirr in der Hand, stellte sich Otte vor die Tür und begann wieder zu zählen. Sein Magen knurrte. Er hatte lange kein Essen bekommen. Mit nackten Füßen stand er in der Kartoffelsuppe. Sicherlich hatte er während seiner Haftzeit schon einige Kilo abgenommen, denn die Intervalle zwischen den einzelnen Mahlzeiten waren sehr lang. Zumindest kam ihm das so vor. Nach wie vor hatte er jedoch kein Zeitgefühl. Jetzt nur nicht schlapp machen, dachte er, als ihm die Knie weich wurden.

»Bestimmt habe ich viel Blut verloren«, murmelte er. »Eine Kopfwunde blutet immer stärker als andere Verletzungen. Ich muss vorher genau wissen, was ich ihn frage. Was frage ich ihn eigentlich? Ich darf ihn nicht verärgern. Das ist das Wichtigste. Sonst habe ich keine Chance.« Otte dachte nach.

»Herr Wachtmeister, sage ich. Nein, Herr Oberwachtmeister, das hört sich besser an. Also, Herr Oberwachtmeister, ich möchte mich für das gute Essen bedanken. Es hat vorzüglich geschmeckt. Könnten Sie mir bitte sagen, ob sich in meiner Sache etwas tut? Oder soll ich besser sagen, getan hat? Und sagen Sie dem Richter, dass ich meine Verbrechen aufs Tiefste bereue. Vielleicht hat er ja ein Einsehen und lässt Gnade vor Recht ergehen.«

Otte zweifelte. Sollte er die beiden letzten Sätze nicht besser weglassen? Er wiederholte alles noch zwei-, dreimal und entschloss sich dann, die Reaktion seines Bewachers abzuwarten. Vielleicht konnte man mit ihm ganz vernünftig reden.

Otte merkte, wie der Kopfverband unter dem Kinn warm wurde. »Lieber Gott, lass mich nicht verbluten«, betete Otte. »Alles, nur nicht verbluten. Bitte, bitte nicht.« Blut tropfte auf seinen rechten Fuß.

»Ich muss mich hinlegen«, murmelte er. »Auf die linke Seite. Nur so kann ich Puls und Blutdruck reduzieren. Vielleicht hört es dann auf zu bluten.«

Otte legte sich auf die Pritsche. Er starrte gebannt auf die Türklappe an der Tür. Die Blutung ließ nach. Er kämpfte gegen eine bleierne Müdigkeit.

9

Es klopfte zaghaft an der Tür. Da Nawrod gerade telefonierte, hörte er es nicht. Nesrin Yalcin war nicht da. Sie war auf dem Weg zur zentralen Aktenhaltung. Dort wollte sie sich eine Akte von einem Mörder besorgen, der seine Opfer portionsweise zerstückelte, bevor er ihnen endgültig den Garaus gemacht hatte. Sie hatte sich zwar schon vergewissert, dass der zu lebenslanger Haft verurteilte Täter noch einsaß, dennoch erhoffte sie sich aus der Akte Aufschluss über die Psyche und Motive solcher Mörder. Vielleicht fand sie Hinweise auf Freunde und Bekannte des Mörders, die als Nachahmer dieser Bestie in Menschengestalt infrage kamen.

Frau Lelle trat ein. Nawrod sah auf und erkannte sofort, dass es das gleiche Päckchen war. Er unterbrach das Gespräch und legte den Hörer auf. Die Sekretärin hielt das Päckchen mit beiden Händen weit vor ihren Körper. Ihre durch eine dicke Brille vergrößerten Augen wirkten jetzt noch größer. Das Gesicht war fahl. Nawrod sah, dass ihre Mundwinkel zuckten. Sie blieb wie angewurzelt mitten im Raum stehen. »Es ist soeben mit der üblichen Post gekommen«, presste sie leise hervor. »Derselbe Absender.«

Nawrod öffnete eine Schreibtischschublade und entnahm daraus Einmalhandschuhe, die er sich überstreifte. Danach stand er auf und ging auf die Sekretärin zu, die ihm das Paket entgegenstreckte. Nachdem es Nawrod in Empfang genommen hatte, wischte sie beide Hände an ihrer Kleidung ab. Es war eine für Frau Lelle völlig untypische Handlung. Das hätte sie sonst nie gemacht, wären ihre Hände noch so schmutzig geworden. Aber in dieser Situation war sie offensichtlich völlig überfordert. Sie vermutete, nein wusste, dass sich in dem Paket wieder ein menschliches Körperteil befand, und in der kurzen Zeit, in der es in ihrer Obhut gewesen war, entstanden tausend Bilder in ihrem Kopf, die sie nicht mehr verarbeiten, nicht mehr sortieren konnte.

Nawrod ahnte, was in der Frau vorging. In all den Jahren, in denen sie beim Dezernat 1 arbeitete, war ihr nichts Vergleichbares passiert. Sie war nie draußen am Tatort, musste nie den unangenehm süßlichen Geruch toter Menschen einatmen, geschweige denn den bestialischen Gestank, wenn ein Toter schon in Verwesung übergegangen war. Die Arbeit der Ermittler beim Dezernat Kapitalverbrechen, wie das D1 auch genannt wurde, fand für Frau Lelle immer nur auf dem Papier statt. Und nun war sie zum ersten Mal unmittelbar mit dem Tod konfrontiert. Wenn es auch nur ein kleiner Tod war. Das Absterben eines Fingers. Aber immerhin. Was mochte dieses Mal in dem Paket sein? Ein anderer Finger?

»Ist schon gut, Frau Lelle«, sagte Nawrod sanft und sah auf das Paket. »Vielen Dank, dass Sie es mir gleich gebracht haben.«

Frau Lelle nickte. Sie schloss den halbgeöffneten Mund, presste die Lippen zusammen und wollte auf dem Absatz kehrtmachen.

»Ach, Entschuldigung, können Sie mir sagen, wer außer Ihnen das Paket noch in der Hand hatte?«

»Die … die Angestellten der Postitur, nehme ich an«, kam es leise und zaghaft über ihre Lippen.

»Danke, Frau Lelle!«

Die Sekretärin wollte sich abermals umdrehen.

»Da wäre noch etwas, Frau Lelle. Verstehen Sie mich aber bitte nicht falsch.«

»Ja bitte!«

»Der Vorgang unterliegt vorerst strengster Geheimhaltung. Also bitte kein Sterbenswörtchen zu irgendjemandem. Wir wollen verhindern, dass die Sache vorzeitig in den Zeitungen erscheint.«

»Das versteht sich von selbst, Herr Nawrod. Wenn Sie mich kennen würden, wüssten Sie, dass ich nie etwas nach außen trage.« Es war nicht ihre Absicht gewesen, aber in ihrer Stimme schwang ein kleiner Vorwurf mit.

»Natürlich, Frau Lelle, ich bitte nochmals um Entschuldigung. Bin ja neu hier.«

Als die Sekretärin das Büro verlassen hatte, griff Nawrod zum Telefon. Kurze Zeit später lag das Päckchen auf dem Tisch im Spurensicherungsraum der Kriminaltechnik.

»Es wird zwar nicht viel bringen, aber wir werden dieses Mal das Paket auch außen auf Spuren untersuchen«, sagte Beck ernst. »Sicher haben es nach dem Täter schon tausend Leute von der Post in der Hand gehabt. Aber wer weiß, vielleicht finden wir doch noch einen winzigen DNA-Partikel des Absenders.«

»Du musst also Geduld haben, Jürgen.« Sabine Bauer legte eine Hand auf Nawrods Schulter, zog sie aber gleich wieder zurück.

»Konntet ihr schon den Abdruck des Fingers ins AFIS eingeben?«

»Ja, aber du bist mir zuvorgekommen. Ich wollte dich gerade anrufen und dir mitteilen, dass es keinen Treffer gegeben hat, auch nicht in der DNA-Datei. Das heißt, unser Fingermann ist in den letzten Jahren nicht polizeilich in Erscheinung getreten. Könnte natürlich sein, dass ein früherer Datenbestand inzwischen gelöscht wurde. Unsere inkompetente Justizministerin sorgt ja ständig dafür, dass die Löschungsfristen gekürzt werden.«

»Was denkst du, wie viel Zeit ihr für das Paket benötigt?«

»Ich schlage vor, dass wir dich rufen, sobald wir uns an den Inhalt der Sendung vorgetastet haben.«

Nawrod nickte. »Bin in meinem Büro. Die Nummer kennst du ja.«

War da eben wieder dieses Blitzen in ihren Augen? Oder bildete er sich das nur ein? Gedankenverloren machte sich Nawrod auf den Weg zu seinem Büro.

Unterwegs erinnerte er sich daran, dass sich gestern Abend seine Frau gemeldet hatte. Das erste Mal seit der Trennung vor sieben Monaten. Es war wie ein Stich ins Herz gewesen, als sie ihren Namen genannt hatte. Sekundenlang war er nicht fähig gewesen, auch nur einen Ton hervorzubringen.

»Eva hier! Hallo, Jürgen, wie geht's dir?«, meldete sie sich und aus ihrer Stimme meinte er unendlich viel Melancholie herauszuhören. Als er nicht gleich antwortete, fuhr Eva nicht sehr überzeugend fort:

»Uns geht es ganz gut. Wir leben immer noch bei meiner Mutter. Jürgen? Hallo, Jürgen!«

»Ja, Eva … ich … ich … entschuldige …«

»Bist du nicht alleine? Soll ich später noch mal anrufen?«

»Nein … doch … ich meine, natürlich bin ich allein. Wer soll denn hier sein?«

»Ich dachte, du hast vielleicht eine …«

»Nein, habe ich nicht.«

»Wie geht es dir so? Ich meine …«

»Ich trinke nicht mehr und bin auch von den Tabletten weggekommen, wenn du das wissen willst.«

»Schön, das zu hören.«

»Wie geht es Samia?«

»Nicht so gut, Jürgen. Du weißt ja, sie hatte letzte Woche Geburtstag. Und …«

»Mein Gott, das habe ich … verflixt …«

»Sie saß den ganzen Tag zu Hause in ihrem Zimmer und hatte den Kopfhörer auf. Ich hatte ihr eine Torte gebacken, die ich mit dreizehn Kerzen verzierte. Nicht ein Stück hat sie davon gegessen.«

»Tut mir leid, tut mir verdammt noch mal leid. Ich hätte sie zumindest … Scheiße!«

»Seit etwa vier Monaten gehe ich mit ihr jede Woche einmal zu einem Psychotherapeuten. Ihre Noten sind aber noch nicht besser geworden. Wenn es so weitergeht, ist ihre Versetzung gefährdet.«

»Eva, ich … jetzt, wo ich wieder okay bin … ich … ich wollte dich schon die ganze Zeit mal anrufen.« Ein Kloß, dick wie ein Fußball, steckte ihm im Hals. »Ich bin nach Heidelberg versetzt worden. Für wie lange, weiß ich nicht. Unsere Wohnung in Stuttgart behalte ich jedoch. Du kannst jederzeit …«

»Darüber wollte ich mit dir sprechen. Wir müssen einige Dinge klären. Die Wohnung ist das eine und …«

»Was ist mit der Wohnung? Die können wir doch …«

»Jürgen, ich habe eine neue Beziehung.« Ihre Stimme hatte plötzlich einen eigenartigen Klang. »Ich denke, es ist das Beste, wenn wir uns scheiden lassen. Vielleicht fängt sich Samia dann auch wieder.«

Er hielt den Telefonhörer noch ein paar Sekunden ans Ohr und legte dann auf.

Anschließend überlegte er sich, ob er noch weggehen sollte. In irgendein gemütliches Altstadtlokal. Sich einfach mal wieder volllaufen lassen. Alles vergessen. Wie sollte er sonst die Nacht überstehen? Doch dann entschied er sich für einen niveaulosen Actionfilm im Fernsehen, den er im Bett anschaute. Bald darauf schlief er ein.

Am nächsten Morgen waren Eva und Samia noch so präsent in ihm, dass er an nichts anderes denken konnte. Wie schon so oft, wurde er dann aber durch ein dienstliches Ereignis abgelenkt. Die neue Paketsendung erforderte seine ganze Konzentration.

Und nun wieder diese Berührung an der Hand, dieser Blick von Sabine Bauer. Er liebte Eva immer noch. Das hatte er gestern Abend bei dem Telefonat ganz eindeutig festgestellt. Und Samia? Bei dem Gedanken, wie seine Tochter den 13. Geburtstag verbracht hatte, zerriss es ihm fast das Herz. Was musste in ihrem Kopf wohl vorgegangen sein? Wie hatte er diesen Tag vergessen können? Er könnte sich selbst ohrfeigen. Warum hatte er nicht schon viel früher angerufen? Er wollte erst mit sich ins Reine kommen. Aber jetzt war es womöglich schon zu spät.

Nawrod saß hinter seinem Schreibtisch und schüttelte immer wieder den Kopf. Sollte er um Eva kämpfen? Hätte er überhaupt noch eine Chance? Oder sollte er die Menschen einfach aufgeben, die er so sehr liebte? Die er aber immer wieder vernachlässigt hatte, weil ihm der Kampf gegen das Verbrechen oft wichtiger gewesen war, und weil er eine Zeit lang geglaubt hatte, mit Alkohol und Tabletten könnte er die Erinnerung an Charlys Tod betäuben. Charlys, seines besten Freundes, und er war schuld! Oder sollte er ganz neu beginnen? Wer war der andere in Evas Leben? Könnte er ihm Paroli bieten?

Das Telefon klingelte. Beck war am anderen Ende der Leitung.

»Du kannst jetzt rüberkommen. Wir sind so weit. Vergiss nicht, den Schutzanzug überzuziehen, bevor du den KT-Raum betrittst.«

Als Nawrod aus dem Büro trat, stieß er fast mit Yalcin zusammen, die zwei dicke Akten unter dem Arm trug.

»Leg das Zeug ab und komm mit. Wir haben wieder Post bekommen.«

»Wo, wie, was, Mister Nawrod?«, fragte Yalcin erstaunt.

»Hey, tu einfach, was ich dir gesagt habe, und frag nicht lange. Und sag nicht Mister zu mir. Da muss ich immer an den Knecht vom Birkenhof denken, den sie auch Mister nannten, weil er tagein und tagaus nichts anderes machte, als Kuhmist wegzuräumen. Bis es ihm eines Tages zu dumm wurde und er den Hof samt Kühen in Brand steckte.«

Gar kein schlechter Vergleich, dachte Yalcin. Polizisten sind doch nur Menschen, die den Mist, den andere verbockt haben, wegräumen. Sie warf die Akten auf ihren Schreibtisch und folgte Nawrod zur Kriminaltechnik.

»Aha, das Dreamteam in Weiß«, empfing sie Beck. »Da kann ja jetzt nichts mehr schiefgehen.«

Sabine Bauer lächelte. »Hallo, ihr beiden. Wollt ihr raten, was euch euer Freund dieses Mal geschickt hat?«

»Wahrscheinlich den Stinkefinger«, lächelte Nawrod zurück.

Yalcin grinste. »Ich tippe eher auf die Eier.«

»Wie kommst du denn darauf?«, fragte Beck.

»Na ja, ich würde meinem Mann zuerst die Eier abschneiden, wenn er fremdgeht, und erst danach den Finger.«

»Wieso?«, fragte Beck verwundert.

»Damit er nicht mehr auf mich zeigen und sagen kann, die war's.« Yalcin lachte herzhaft und die anderen lachten mit.

»Der war gut, Nesrin, echt gut«, sagte Nawrod anerkennend. »Dafür darfst du zuerst.« Er zeigte auf das geöffnete Paket. Yalcins Gesichtszüge wurden mit einem Schlag wieder ernst.

»Muss nicht sein. Alter vor Schönheit.«

Die beiden Spurensucher grinsten Yalcin schadenfroh an und deuteten auf das Paket. Als die junge Kollegin immer noch nicht reagierte, setzte Beck noch einen drauf und sagte: »Voilà, Madame, es ist angerichtet. Ihre Hoheit dürfen aber nicht den Mundschutz vergessen!« Dazu machte er eine einladende Geste in Richtung des Päckchens. Yalcin blieb nichts anderes übrig, als ihren Mundschutz hochzuziehen und zaghaft zwei Schritte vorzugehen. Dann schaute sie Nawrod mit großen Augen an, um danach jedoch gleich wieder die Coole zu mimen. Sie drehte sich um, zog ihren Mundschutz nach unten und sagte enttäuscht:

»Schade, ich hätte so gerne mal die Murmeln eines Mannes gesehen. Stattdessen … na ja, Jürgen, sieh selbst!«

Nawrod schaute Sabine Bauer fragend an. Sie zuckte mit den Schultern, machte einen halben Schritt auf ihn zu und zog den Mundschutz zärtlich über seine Nase, während sie ihm tief in die Augen sah.

»Das ist ja ein Lauscher«, knurrte Nawrod. »Hat jemand eine Ahnung, was das bedeuten könnte?«

»Wenn du dich daran sattgesehen hast, lieber Jürgen, können wir ja mal das Tütchen herausholen. Darunter liegt nämlich wieder ein Zettelchen, auf dem bestimmt etwas geschrieben steht.«

Da war sie wieder, diese Hand, die sich sanft auf seine Schulter legte.

Nawrod trat etwas zurück. Mit Hilfe einer Pinzette hob die Kriminaltechnikerin geschickt die kleine, vakuumgezogene Plastiktüte mit dem Ohr aus dem Paket. Anschließend holte sie den Zettel heraus und faltete ihn auseinander.

»*Exaudi deprecationem meam*«, las sie ganz langsam. Dann übersetzte sie: »*Höre mein Flehen*.«

»*Höre mein Flehen*«, wiederholte Nawrod. »Bist du ganz sicher, dass das die Botschaft ist?«

»Absolut. Da gibt es keine Zweifel. Ist ein ziemlich einfacher Satz.«

Und an ihren Kollegen gewandt: »Walter, geh mal schnell bei Google rein. Wenn mich nicht alles täuscht, kommt dieser Satz sogar in einem Psalm vor.«

Beck setzte sich an seinen PC. Es dauerte keine halbe Minute, bis er vorzulesen begann: »Psalm 61, 2 und 4: *Gott, höre mein Flehen, achte auf mein Beten. Du bist meine Zuflucht, mein Fels gegen die Feinde. In deinem Zelt möchte ich Gast sein auf ewig.*«

Beck wollte Nawrod das ausgedruckte Blatt Papier übergeben, zog es aber im letzten Moment zurück und überreichte es Yalcin. »Wie war das noch mal? Alle Berichte gehen an Nesrin«, grinste er in Richtung Nawrod, der ihn verdutzt ansah. »Ich schätze, das ist eine harte Nuss, die ihr da zu knacken habt.«

»Wird schon werden«, ermutigte Sabine Bauer die beiden. »Vielleicht haben wir Glück und finden in dieser Sendung die entscheidende Spur. Ich werde das Ohr gleich zur Rechtsmedizin bringen. Bin gespannt, ob es von demselben armen Schwein stammt, von dem der Finger war.«

Yalcin sah Sabine Bauer voller Zweifel an. »Ich halte Barbara Westhof nach wie vor für absolut integer«, antwortete Bauer auf Yalcins skeptischen Blick hin. »Sie hat mir versprochen, dass sie keiner Menschenseele etwas erzählt.«

»Bitte ruft mich sofort an, wenn es Neuigkeiten gibt. Und wenn ihr mich aus dem Bett holen müsst«, sagte Nawrod ernst. »Wir wollen in dieser Sache nichts verschlafen.«

Yalcin schmunzelte. »Dito. Ich muss schließlich als offizielle Sachbearbeiterin den Kopf hinhalten, wenn etwas schiefgeht.«

10

Sankt-Damians-Kirche Heidelberg
12. März 1992

»Bleib mal bitte noch hier«, flüstert der Pfarrer nach der Messe ihm im Vorbeigehen ins Ohr.

»Ja, Hochwürden«, antwortet er leise und in seiner lieblichen Kindesstimme schwingt Erwartung.

Der Pfarrer klatscht in die Hände. »Ihr wart wieder sehr artig, meine Buben. Der liebe Gott wird es euch danken«, sagt er laut. »Aber jetzt beeilt euch! Ihr wollt eure Eltern doch nicht warten lassen.«

Die Ministranten schlüpfen hastig aus ihren Talaren und Chorhemden. Sie hängen sie fein säuberlich, der Größe nach geordnet, in den schweren Holzschrank und unterhalten sich dabei leise miteinander.

»Behüte Sie Gott, Herr Pfarrer«, sagen die Buben beim Abschied.

»Gott sei mit dir, mein Sohn«, antwortet der Pfarrer jedem Einzelnen.

Dann ist es in der Sakristei still, sehr still. Der Pfarrer zieht Kasel, Stola und Albe aus. Plötzlich steht er hinter ihm. Er fasst ihn mit beiden Händen an den Schultern und drückt ihn an sich.

»Siehst du dort oben den Heiland am Kreuz?«

Er sieht, wie die Hand über seinen Kopf nach oben zu dem Kruzifix zeigt. Dann schaut er nach unten, sieht einen grauen Socken und darüber ein haariges Bein.

»Jesus war ein Auserwählter Gottes, weißt du das?«

»Ja.«

»Du bist auch ein Auserwählter. Du bist mein bester Ministrant und wurdest mir von Gott gesandt. Ich habe noch viel vor mit dir.«

Er versteht das nicht. Er ist doch der Kleinste und Schwächste unter den Ministranten. Doch es ist schön, wenn der Pfarrer das sagt.

Der Pfarrer streicht ihm über den Kopf. Die Hand fasst ihn vorne an der Stirn und drückt seinen Kopf gegen den weichen Bauch. Er kann sich nicht dagegen wehren. Er ist doch erst neun Jahre alt. Er hält die Luft an, gleichzeitig hört er den Pfarrer laut atmen. Er spürt am Hinterkopf, wie sich der Bauch des Pfarrers hin und her bewegt. Und er spürt noch etwas. Weiter unten. Am Rücken.

»Du darfst dich jetzt nicht umdrehen«, sagt der Pfarrer und lässt ihn los. »Dreh dich ja nicht um, sonst kommt der Satan zu dir!«

Es wiederholt sich. Immer und immer wieder. Er will doch nicht, dass der Satan zu ihm kommt. Die Schmerzen sind manchmal so stark, dass er nicht mehr richtig gehen kann. Und es tut weh, wenn er … wenn er sein großes Geschäft machen muss. Wenn er es unterdrückt, tut es später noch mehr weh. Aber es muss doch raus aus seinem Bauch.

Er wird vom Pfarrer auch in ein fremdes Pfarrhaus gebracht, zu einem anderen Pfarrer und dann zu noch einem. Die Namen der beiden Pfarrer kennt er nicht. Manchmal ist ein anderer Bub dabei. Auch der hat Angst vor dem Satan und all seinen Werken.

Benjamin, der dritte Bub, war nur zweimal dabei. Dann ist er vor den Zug gelaufen. Das würde er nie machen, denn bestimmt wäre dann seine Mama sehr traurig. Mama darf das alles nicht wissen, sonst kommt zu ihr der Satan und nimmt sie mit in die Hölle. Er muss es für sich behalten, ganz allein für sich. Es drückt aber von oben, von rechts, von links, von überall auf ihn ein, und dann bekommt er kaum noch Luft. Nachts kann er oft nicht schlafen. Hat schon ein paar Mal ins Bett gemacht. Mama hat nichts gesagt. Sie war nur ein bisschen traurig.

11

Ecce veritas et lux hatte auf dem dritten Zettel gestanden, der unter der kleinen Plastiktüte lag, in der sich ein menschliches Auge befand. Es war braun, und die schwarze Pupille war weit geöffnet. Das Weiße des Auges war mit feinen Blutadern durchzogen. Es sah überraschend lebendig aus, so, als ob es die Welt um sich herum noch sehen würde.

Für Sabine Bauer war es ein Leichtes gewesen, die Worte zu übersetzen: »*Siehe, die Wahrheit und das Licht.*«

Doch das brachte die inzwischen ins Leben gerufene Sonderkommission »Päckchen«, bestehend aus Yalcin, Nawrod, Schneider und Wohlers, keinen Schritt weiter.

Bei keiner noch so gründlichen Untersuchung hatten die Kriminaltechniker an oder in den Päckchen Spuren gefunden, anhand derer man Rückschlüsse auf das Opfer oder gar den Täter hätte ziehen können. Sicher war nur, dass das Auge die gleiche DNA hatte wie die anderen Körperteile.

Die kleinen Kartons konnte man bei jeder Poststelle kaufen. Sie waren mit dem handelsüblichen Klebeband verschlossen, das es ebenso überall zu kaufen gab. Aufgegeben waren die Päckchen in ganz verschiedenen Postfilialen in Heidelberg. Zumindest lag somit die Vermutung nahe, dass der Täter einen Bezug zu der Stadt hatte, wahrscheinlich sogar hier wohnte.

Schneider und Wohlers klapperten die drei Poststellen ab. Doch mit Ausnahme eines jungen Postbeamten konnte sich keiner der Bediensteten an einen verdächtigen Kunden erinnern. Solche Pakete wurden massenweise aufgegeben. Der junge Beamte meinte, ein Päckchen ähnlicher Art in den letzten Tagen von einer sehr hübschen Frau entgegengenommen zu haben. Sie sei zwar ein paar Jahre älter als er gewesen, aber es habe sich bei ihr um einen absolut steilen Zahn gehandelt. Natürlich habe er sich den Paketaufkleber nicht näher angesehen. Aus Gründen der Diskretion mache er das nie, betonte er. Die Frau würde er auf jeden Fall wiedererkennen. Dessen sei er sich sicher.

Schneider ließ sich die Frau genau beschreiben und hatte dabei den Eindruck, dass der junge Beamte maßlos übertrieb.

Yalcin hatte den Hersteller der Plastiktüten ausfindig machen können. Von dem Geschäftsführer erhielt sie die Auskunft, dass seine Firma die Tüten in millionenfacher Auflage produziere und an Zwischenhändler auf der ganzen Welt verkaufe.

Ähnlich war es sowohl mit dem Schreib- als auch mit dem Packpapier, das zur Auspolsterung der Päckchen verwendet wurde. Für den Text hatte der Täter einen Tintenstrahldrucker verwendet, dessen Marke, Typ und Herkunft nicht festzustellen waren.

Die Presse machte mächtig Druck. In dicken Lettern prangerte sie die schlechte Arbeit der Polizei an und stellte die Frage, wie es möglich sei, dass ein Mensch über einen längeren Zeitraum hinweg bei lebendigem Leib verstümmelt werden konnte, ohne dass die Polizei auch nur die geringste Ahnung habe, wer der Täter sein und welches Motiv diesen grausamen Taten zugrunde liegen könnte.

Über Ralf Manke, den Sachbearbeiter für Öffentlichkeitsarbeit bei der Polizeidirektion Heidelberg, versuchte Nawrod in Erfahrung zu bringen, wie die Zeitungen an ihre Informationen kamen. Ausnahmslos alle Redakteure beriefen sich auf das Presse- und Informationsgeheimnis und gaben keine Auskunft.

Die Mitglieder der Soko kamen nach eingehender Beratung zu dem Schluss, bei der Staatsanwaltschaft Heidelberg einen Durchsuchungsbeschluss für die Räume der *Heidelberger Allgemeinen* zu beantragen, denn diese Zeitung war die erste, die von dem amputierten Finger berichtet hatte. Durchaus möglich, dass der Täter selbst die Zeitungen mit Informationen versorgte.

Nawrod und Yalcin übergaben den Antrag persönlich dem zuständigen Staatsanwalt. Doch Herr Brügge, ein typischer Vertreter des oftmals trägen Beamtenapparates, ließ sie abblitzen. Er erklärte, dass das Pressegeheimnis absoluten Vorrang vor einem etwaigen Durchsuchungserfolg habe und diese Maßnahme auch nicht im Verhältnis zu den Straftaten stehe, die es selbstverständlich aufzuklären gelte.

»Was meinen Sie, was passieren würde, wenn wir diese Redaktion stürmen?«, fragte er und rückte seine Krawatte zurecht. »Die Presse des ganzen Landes würde sich auf uns stürzen und uns zerreißen, denn wir würden nichts finden. Die Redakteure und Reporter wissen doch genau, wie sie ihre Informanten vor der Polizei wirksam schützen können.«

»Es ist aber unsere einzige Chance, in dieser Sache weiterzukommen. Wir haben sonst keine Hinweise oder Spuren, denen wir nachgehen können«, gab Nawrod mit einem gewissen Nachdruck in der Stimme zu bedenken.

»Und wir müssen leider auch davon ausgehen, dass wir übermorgen die nächste Sendung bekommen werden«, schaltete sich Yalcin ein. »Die Päckchen kamen bisher im Abstand von jeweils vier Tagen. Und wir sollten nicht vergessen, dass es immer eine Steigerung gab.« Yalcin fiel der abgetrennte Kopf Jochen Knapps wieder ein. »Zuerst der Finger, dann das Ohr und anschließend das Auge. Ich schätze, dass wir früher oder später den Kopf des Opfers serviert bekommen, wenn wir den Täter nicht stoppen können.«

»Dann sollten Sie keine Zeit verlieren. Ich bin sicher, Ihnen fallen außer der Stürmung der *Heidelberger Allgemeinen* noch andere Ermittlungsmethoden ein, um des Täters habhaft zu werden«, antwortete der Staatsanwalt in der Art eines Gutsherrn, erhob sich von seinem luxuriösen Schreibtischstuhl und gab den beiden die Hand. »Aber beeilen Sie sich, nicht dass Ihre Prophezeiung wahr wird und wir hier noch einen Mord bearbeiten müssen.«

»Verdammte Scheiße!« Nawrod fluchte, als sie im Wagen saßen. Er schlug mit der Faust gegen die Beifahrertür. »Dieser Sesselfurzer hat keinen Schimmer von Polizeiarbeit. Mit Thiel würde so etwas nicht passieren.«

»Wer ist Thiel?« Yalcin sah Nawrod neugierig an.

»Thiel ist ein Oberstaatsanwalt in Stuttgart, mit dem ich jahrelang sehr erfolgreich zusammengearbeitet habe. Ihm wäre der Rummel mit der Presse am Arsch vorbeigegangen. Er hätte noch heute den Durchsuchungsantrag beim Amtsgericht gestellt, und du kannst Gift darauf nehmen, dass ihn der zuständige Richter auch bewilligt hätte.«

»Leider heißt unser Staatsanwalt nicht Thiel, sondern Brügge, und Heidelberg ist nicht Stuttgart«, bemerkte Yalcin lakonisch. »Was machen wir jetzt?«

»Keine Ahnung.« Nawrod überlegte. Yalcin startete den Wagen und fuhr los.

»Was hältst du davon, wenn wir ab sofort sämtliche Postfilialen und Hauptstellen in Heidelberg besetzen und jede Person kontrollieren, die ein solches Päckchen aufgibt?«, fragte Nawrod wieder voller Tatendrang. »Es kann ja nicht so schwierig sein, die fraglichen Personen vor Ort zu bitten, zur Kontrolle des Inhalts ihr Päckchen noch einmal zu öffnen.«

»Das ist eine super Idee.« Yalcin ließ das Lenkrad los und klatschte in die Hände. »Könnte von mir stammen.« Sie grinste.

»Auf was warten wir noch. Los, gib Gas!«

Zehn Minuten später saßen sie in Wegners Büro. »Mit Staatsanwalt Brügge sind wir in der Vergangenheit eigentlich immer gut gefahren«, sagte er missmutig, als Nawrod ihm die Geschichte mit dem gescheiterten Durchsuchungsantrag vortrug. »Ist wohl eine Nummer zu groß für ihn«, bemerkte er nachdenklich. »Da ist jetzt guter Rat teuer.«

»Wir dachten … das heißt, eigentlich hatte Jürgen die Idee, sämtliche Poststellen zu besetzen und den Täter abzufangen, wenn er wieder ein Päckchen aufgibt«, sagte Yalcin nicht ohne Stolz.

Wegner runzelte die Stirn. »Das können wir unmöglich alleine stemmen. Aber der Vorschlag ist gut. Ich werde über unsere Führungsgruppe 40 Kollegen der Bereitschaftspolizei Bruchsal anfordern. Damit könnten wir meines Erachtens alle Postämter abdecken.«

»Wir müssen das sofort in Angriff nehmen. Denn sofern der Täter weitermacht, ist davon auszugehen, dass er noch heute oder spätestens morgen das nächste Päckchen aufgeben wird.«

»Das wird schwierig werden, sehr schwierig«, erwiderte Wegner. »Ich werde sehen, was sich machen lässt.« Er griff zum Telefonhörer und rief Uwe Hardig, den Leiter der Führungsgruppe an.

Wegner und Hardig waren dicke Freunde. Sie waren vor Jahren zusammen in der Dienstgruppe B des Polizeireviers

Neckarstadt gewesen und dort oft zusammen durch dick und dünn gegangen. Jeder hatte sich auf den anderen verlassen können. Später hatten sie unterschiedliche Wege eingeschlagen und, jeder auf seine Art, Karriere gemacht. Doch ihre Freundschaft hatten sie all die Jahre aufrechterhalten.

Es dauerte genau 41 Minuten, bis Hardig zurückrief und mitteilte, dass die 40 Mann bereitstanden. In dieser Zeit hatte die Soko »Päckchen« alle Poststellen in Heidelberg ausfindig gemacht, mit ihnen telefoniert und das Erscheinen der jungen, in Zivil auftretenden Beamtinnen und Beamten der Bereitschaftspolizei angekündigt.

Für Verkehrsteilnehmer war es äußerst imposant zu beobachten, wie 20 Polizeifahrzeuge mit Blaulicht und Martinshorn über die Autobahn und anschließend durch Heidelberg rasten. Die Dienstfahrzeuge parkten direkt vor der Landespolizeidirektion. Keine fünf Minuten später fand die Einsatzbesprechung statt.

»Liebe Kolleginnen und Kollegen«, begann Nawrod. »Ich bedanke mich für eure schnelle und unbürokratische Bereitschaft, uns bei der Fahndung nach einem Täter zu unterstützen. Er hat allem Anschein nach eine männliche Person in seiner Gewalt, der er inzwischen einen Finger und ein Ohr abgeschnitten sowie ein Auge herausgetrennt hat. Unsere Rechtsmedizinerin ist sich absolut sicher, dass das Opfer bei diesen Prozeduren noch lebte.«

Es ging ein lautes Raunen durch den großen Besprechungsraum.

Nawrod erhob seine Stimme: »Wir haben nicht die leiseste Ahnung, wie der Täter aussieht und was sein Motiv ist. Außer der DNA des Opfers gibt es keinerlei Spuren, die einen Ermittlungsansatz bieten. Der Täter hat uns die Körperteile per Post zugeschickt. Wir nehmen nun an, dass er heute oder spätestens morgen bei irgendeiner Poststelle in Heidelberg wieder ein Päckchen aufgibt.«

Nawrod gab Sabine Bauer ein Zeichen. Sie ließ die elektrisch betriebenen Rollläden halb herunter und schaltete den

Beamer ein. Auf einer großen Leinwand waren der Reihe nach Aufnahmen der drei Päckchen aus verschiedenen Perspektiven samt Inhalt zu sehen.

Danach fuhr Nawrod fort: »Die Sache ist sehr ernst und die Presse macht schon gehörig Druck. Sie bilden nun Zweierteams und besetzen die Poststellen. Wir haben entsprechende Unterlagen für Sie vorbereitet. Dabei ist es wichtig, dass Sie unerkannt bleiben. Stellen Sie Ihr Fahrzeug verdeckt oder in genügend großem Abstand ab. Reden Sie vor Ort mit denen, die das Sagen haben, und fragen Sie, wo und wie Sie sich am besten postieren können. Wir fahren den Einsatz zunächst einmal heute und morgen während der gesamten Öffnungszeiten. Für Verpflegung müssen Sie selbst sorgen. Lassen Sie Ihren Partner aber zu keinem Zeitpunkt allein, denn ich garantiere Ihnen, dass gerade dann der Täter auf der Bildfläche erscheinen. Personen, die ein Paket, wie eben gesehen, aufgeben wollen, sind sofort anzuhalten, zu kontrollieren und zu bitten, das Paket zu öffnen. Im Erfolgsfall ist die betreffende Person auf der Stelle festzunehmen. Achten Sie bitte auf Eigensicherung. Durchsuchen Sie Tatverdächtige auf Waffen und Beweismittel und legen ihnen unverzüglich Handschließen an. Danach bringen Sie die Personen sofort hierher, damit wir sie uns vorknöpfen können.«

Nawrod schaute in die Runde. »Wenn Sie keine Fragen mehr haben, bitte ich um schnellstmögliche Ausführung der Maßnahme. Für Ihren Einsatz schon mal vielen Dank und viel Glück.«

Sie wusste nicht, warum, aber genau so hatte sie sich den Täter vorgestellt. Als der Mann die Postfiliale betrat, schnellte der Puls der jungen Polizeimeisterin in die Höhe. »Ich fresse einen Besen, wenn das nicht unser Mann ist«, flüsterte sie. Instinktiv tastete sie nach der Dienstwaffe, die sie verdeckt unter der Jacke trug. Gleichzeitig suchte sie sofort Blickkontakt mit ihrem Kollegen, der etwa vier Meter entfernt, halblinks von ihr, hinter einer spanischen Wand saß, die für diskrete

Kundengespräche aufgestellt worden war. Der Kollege hatte von dort zwar keine Sicht auf den Eingang, doch konnte er die drei Postschalter sehr gut beobachten.

»Scheiße, scheiße, scheiße, warum guckt der nicht her!« Der Verzweiflung nahe, versuchte sie, ihren Kollegen per Telepathie dazu zu bewegen, seinen Kopf in ihre Richtung zu drehen. Es dauerte endlose Sekunden bis sich, mehr durch Zufall, endlich ihre Blicke kreuzten. Unauffällig gab sie ihrem Kollegen ein Zeichen. Er verstand sofort. Er erhob sich, um durch einen schmalen Spalt zwischen zwei Sichtblenden hindurchzuspähen. Dann hob er in Richtung seiner Kollegin den Daumen.

Der Verdächtige hatte sich inzwischen an das Ende einer kleinen Warteschlange gestellt, die sich vor dem mittleren Schalter gebildet hatte. Er war etwa 30 Jahre alt, 1,80 Meter groß, athletisch gebaut und hatte genau so ein Paket in der Hand, wie es der Beamer vor zweieinhalb Stunden an die Leinwand geworfen hatte. Den Kragen seiner schwarzen Lederjacke hatte der Verdächtige nach oben gestellt. Auf dem Kopf trug er eine unauffällige Baseballmütze. Eine Sonnenbrille verdeckte seine Augen. Bei den dünnen Lederhandschuhen, die er trug, handelte es sich wahrscheinlich um Golf- oder Reiterhandschuhe, vermutete die Beamtin. Es passte alles in das Raster des gesuchten Täters. Hinzu kam, dass sich der Mann auffällig oft umsah, sich mehrfach mit dem linken Handrücken über den Mund fuhr und nervös auf der Stelle trat.

Die junge Beamtin saß auf einem Stuhl hinter dem Tresen. Sie musste sich erst in einen daneben befindlichen Raum begeben, um über diesen kleinen Umweg in den Kundenraum zu kommen. Unauffällig erhob sie sich von ihrem Stuhl. Im Nebenraum zog sie ihre Heckler & Koch und vergewisserte sich, dass sie durchgeladen war. In diesem Moment hörte sie auch schon, wie ihr Kollege brüllte: »Hände hoch! Polizei, keine Bewegung!« Das Kreischen von Menschen wurde durch den ohrenbetäubenden Knall eines Schusses unterbrochen. Lähmendes Entsetzen machte sich in ihr breit. Sie konnte später nicht mehr sagen, wie lange sie völlig erstarrt in ihren Bewegungen verharrt hatte.

Mit der Waffe im Anschlag betrat sie vorsichtig den Kundenraum, in dem absolute Stille herrschte. Alle Kunden lagen auf dem Boden. Keiner rührte sich. Sie sah ihren Kollegen auf dem Rücken liegen. Seine Augen waren halb geöffnet. Geduckt und immer noch bereit, sofort zu schießen, machte sie langsam eine 360-Grad-Drehung. Nichts, keine Bewegung. Fragend schaute sie die Schalterbeamten an. Sie waren wie erstarrt. Einer hob vorsichtig den Arm und deutete auf den Ausgang. Es dauerte Sekunden, bis es aus ihm herausplatzte: »Da ist er raus!«

Die Polizeibeamtin hechtete zum Ausgang und riss die Tür auf. Der Vorplatz war leer. Der Verdächtige war wie vom Erdboden verschwunden. Sie rannte zurück hinter den Tresen, wo sie das Handfunkgerät zurückgelassen hatte.

»Uran für Uran 2/53! Uran für Uran 2/53«, wiederholte sie hektisch.

»Uran hört!«, quäkte es aus dem kleinen Lautsprecher des Funkgerätes.

»Hier Uran 2/53. Wir hatten eine Konfrontation mit Schusswechsel. Verdächtiger konnte fliehen. Kollege ist schwer verletzt oder tot. Sofort Notarzt zur Postfiliale in der Schwetzinger Straße 71.«

»Hier Uran! Notarzt kommt sofort. Ist die Fluchtrichtung des Täters bekannt?«

»Hier Uran 2/53! Negativ!«

»Hier Uran, kümmern Sie sich sofort um Kollegen und geben unverzüglich seine Verletzung durch. Danach Personenbeschreibung des Täters. Haben Sie verstanden?«

»Habe klar.«

Der kleine Einsatzstab unter Nawrods Führung hörte den Funkverkehr mit. Nawrod gab sofort Befehl, alle verfügbaren Einsatzkräfte in Richtung Südstadt zu beordern, um nach dem flüchtigen Täter zu fahnden. Die Funkleitzentrale der Polizeidirektion Heidelberg löste zusätzlich noch eine Ringalarmfahndung aus.

Kurz danach kam die erlösende Nachricht, dass der verletzte Kollege das Bewusstsein wiedererlangt hatte. Er war vom Täter trotz Dienstpistole im Anschlag mit einem Handkantenschlag gegen den Hals blitzschnell niedergestreckt worden und minutenlang bewusstlos gewesen. Im Fallen hatte sich ein Schuss aus seiner Dienstpistole gelöst.

Obwohl die junge Polizeimeisterin eine genaue Personenbeschreibung abgeben konnte, war die fieberhafte Fahndung nach dem Täter vorerst erfolglos.

Nawrod, Yalcin und die anderen eingesetzten Beamten waren frustriert. Sie waren so nah an der Lösung des Falles gewesen, aber der Unbekannte hatte sich ganz offensichtlich in Luft aufgelöst.

Als sich ihre Aufregung etwas gelegt hatte und das eintreffende Notarztteam feststellte, dass bei ihrem Kollegen keine Lebensgefahr bestehe, meldete sich die Polizeimeisterin noch einmal über Funk: »Hier Uran 2/53, hören Sie mich?«

»Uran hört!«

»Hier liegt das Päckchen auf dem Boden, das der Täter bei sich hatte. Wie soll ich damit verfahren?«

»Hier Uran! Die Spurensicherung ist schon unterwegs. Bis dahin achten Sie darauf, dass das Paket von niemandem berührt wird.«

»Habe klar!«

»Und bitten Sie alle Anwesenden zu warten, bis Kollegen eintreffen. Jeder Einzelne muss als Zeuge vernommen werden.«

Zwei Stunden später zerplatzte alles wie eine Seifenblase. Sabine Bauer hatte das Päckchen mit auf die Dienststelle genommen und wie gewohnt vorsichtig geöffnet. Sie ahnte schon vorher, dass die Sendung nichts mit dem aktuellen Verstümmelungs-Fall zu tun hatte, da Adressat und Absender nicht mit den Namen auf den bisherigen Päckchen übereinstimmten. In einer Plastiktüte eingewickelt fand Bauer in dem kleinen Paket 500 Ecstasy-Tabletten, die für einen Dealer bestimmt waren. Sie rief Nawrod an und übergab anschließend Tabletten samt Paket dem Rauschgiftdezernat.

Am zweiten Tag der Poststellenobservationen wurden insgesamt sieben Personen kontrolliert, die gelbe Päckchen in der fraglichen Größe aufgeben wollten. Die Betroffenen ließen die Kontrollen geduldig über sich ergehen. Menschliche Körperteile befanden sich jedoch in keinem der geöffneten Pakete.

Das Observationsteam, das in der Postfiliale Kleingemünder Straße 35 im Stadtteil Ziegelhausen postiert war, hatte einen sehr ruhigen Tag. Hier erschien nicht eine einzige Person mit einem verdächtigen Päckchen. Die ältere Frau mit Hut und weißgrauen Haaren, die sich, vom Alter sichtbar gezeichnet, mühsam in leicht gebückter Haltung mit einem Rollator fortbewegte und ein großes gelbes Paket in ihrem Einkaufskorb transportierte, beachtete man nicht.

12

Einen Tag später traf dieses Paket bei der Polizeidirektion Heidelberg ein. Es war wiederum an Kriminalhauptkommissar Jürgen Nawrod adressiert. Absender war ein M. Meier, Goethestraße 141 in 69120 Heidelberg.

Die Sendung war dieses Mal schwerer als die anderen drei zuvor. Nawrod wurde von einer Angestellten der Postitur angerufen, als das Paket von einem Postboten angeliefert wurde. Zuvor hatte er darum gebeten, bei weiteren Sendungen sofort angerufen zu werden, weil er Frau Lelle schonen wollte. Die Überbringerin menschlicher Körperteile zu sein, hatte sie ziemlich mitgenommen. Als sie erfahren hatte, dass sich im dritten Päckchen ein Auge befunden hatte, war sie schneeweiß im Gesicht geworden, hatte auf der Stelle kehrtgemacht und wortlos Nawrods Büro verlassen.

Nawrod brachte das Paket sofort zur Kriminaltechnik. Auf dem Weg dorthin kamen ihm alle möglichen Gedanken. Hatte Yalcin mit ihrer Prophezeiung recht? Befand sich in dem Paket vielleicht der Kopf eines Menschen? Was sonst könnte es noch sein? Für einen Finger war die Verpackung viel zu groß.

Wie schwer ist ein Kopf? Nawrod lief es eiskalt den Rücken hinunter. Er blieb kurz stehen und wog das Paket mit beiden Händen. Vielleicht hatte der Absender einfach kein kleineres Paket mehr gehabt.

»Nicht schon wieder«, brummte Walter Beck, als er Nawrod mit den Einmalhandschuhen und dem gelben Paket sah.

»Oh, das ist aber um einiges größer als die anderen«, bemerkte Sabine Bauer. »Bin gespannt, mit was uns der Täter dieses Mal beglückt. Bitte stell es hier auf den Tisch, wir kümmern uns sofort darum.«

»Kann ich so lange hier bleiben?«

»Das macht keinen Sinn«, antwortete Beck. »Es dauert zu lange. Wir müssen zuerst auf der Außenseite nach DNA- und Fingerspuren schauen. Das ist eine ziemlich aufwendige Prozedur. Danach lösen wir mit einem speziellen Mittel vorsichtig die Klebestreifen. Wir haben schon mehr als einmal erlebt, dass Täter auf der Klebeseite Faser-, Haar- oder gar Fingerspuren hinterlassen haben. In diesem aktuellen Fall allerdings noch nicht.«

»Ganz so düster sieht es nicht aus«, sagte Sabine. »Wir haben auf den anderen Päckchen ein paar überlagerte Fingerspurenfragmente gefunden. Sind nicht besonders gut. Aber sobald du uns einen Tatverdächtigen lieferst, können wir die mit seinen Prints vergleichen. Mit viel Glück könnten wir einen Treffer landen, mit dem das Schwein überführt werden kann.«

»Dein Wort in Gottes Ohr«, antwortete Nawrod und atmete tief durch. »Könnt ihr nicht einen Zahn zulegen? Ich meine … wenn da drinnen …« Er zeigte nervös auf das Paket.

»Wir geben Gas, verlass dich darauf. Aber Walter hat recht, notiere dir die Daten des Poststempels und stelle schon mal fest, wo das Paket aufgegeben worden ist. Mehr kannst du momentan nicht tun. Ich rufe dich an, sobald wir so weit sind.« Sabine Bauer lächelte charmant.

»Okay, werde mich verkrümeln, aber bitte sofort ans Rohr, wenn ihr das Ding geöffnet habt!«

»Großes Indianerehrenwort.« Sabine sah Nawrod wieder in die Augen, wie nur eine Frau das kann, die weiß, was sie will.

Der Südflur der Polizeidirektion war gut 50 Meter lang. Als Nawrod die Hälfte hinter sich hatte, sah er in einiger Entfernung Yalcin aus dem Büro des Polizeipräsidenten kommen. Er hielt sofort inne und drehte sich in die andere Richtung.

»Dachte ich es mir doch«, sagte er leise.

Yalcin ging offensichtlich zum Dezernat zurück. Sie hatte ihn nicht gesehen. Er folgte ihr. Als er das Büro betrat, hatte Yalcin schon hinter ihrem Schreibtisch Platz genommen.

»Wo war der große Meister?«, fragte sie freundlich.

»Das Gleiche könnte ich dich fragen.« Nawrod sah seine Kollegin vorwurfsvoll an.

»Oh, seine Exzellenz sind verstimmt. Dann schlage ich vor, wir schweigen uns jetzt so lange ganz laut an, bis wir genug davon haben.« Yalcin lachte. Ihre blendend weißen Zähne kamen zum Vorschein.

Während sich Nawrod an seinen Schreibtisch setzte, dachte er nach. Nur nichts anmerken lassen. Ich stelle dir eine Falle, du kleine Göre, dann weiß ich, auf welcher Seite du stehst.

»Als du nicht da warst, ist wieder ein Paket gekommen. Dieses Mal ein größeres«, sagte Nawrod betont sachlich.

Yalcin riss die Augen auf und sprang vom Stuhl. »Weiß man schon, was drin ist?«

»Nein, Sabine und Walter sind gerade dabei, es auf Spuren zu untersuchen.«

»Sollen wir nicht rüber zu ihnen?« Yalcin hielt es kaum noch auf dem Stuhl.

»Die beiden sagten, es würde zu lange dauern.« Nawrod legte den Notizzettel, den er in der Hand hatte, auf den Schreibtisch und wählte eine Nummer.

»Hauptkommissar Nawrod von der Kripo Heidelberg«, meldete er sich. »Wir haben ein viertes Paket bekommen. Würden Sie bitte wieder so freundlich sein und mir sagen, welche Poststelle den Paketstempel mit der Nummer 439 verwendet?«

Es dauerte einige Sekunden, in denen Nawrod mit den Fingern nervös auf die Schreibtischplatte trommelte. Dann begann er zu notieren.

»Vielen Dank! Sie haben mir sehr geholfen.« Mit diesen Worten legte er auf, zog die Liste mit den überwachten Poststellen aus einer Schreibtischschublade und polterte gleich darauf los: »Verflixt noch mal! Wir hatten das Objekt Kleingemünder Straße 35 doch besetzt! Wie konnte das passieren? Der Täter hat dort gestern um 9:24 Uhr seelenruhig das Paket aufgegeben.«

»Das gibt's doch nicht!« Yalcin war fassungslos. »Da müssen die Kollegen aber ganz schön geschlafen haben.«

Nawrod griff zum Telefon und wählte die Nummer der Bereitschaftspolizei. Kurze Zeit später hatte er einen der beiden jungen Beamten am anderen Ende, die die betreffende Poststelle observiert hatten.

»Hier Kriminalhauptkommissar Nawrod«, begann er. »Ich hoffe, Sie wissen noch, wer ich bin, Sie Schlafmütze.«

Sekundenlanges Schweigen. Dann: »Ähm ... Sie sind ... Sie waren der Einsatzleiter bei den Postobservationen, oder?«

»Wenigstens funktioniert Ihr Gedächtnis noch einigermaßen.«

»Wie darf ich das verstehen?«

»So, wie ich es sage, Herr Kollege. Während Sie und Ihr Partner geschlafen, Karten gespielt oder sonst was getan haben, hat der Täter in Ihrem Objekt seelenruhig das nächste Paket aufgegeben.«

»Das ist ... das ist unmöglich! Ausgeschlossen ist das. Wir haben den Schalter keinen Moment aus den Augen gelassen.«

»Und wie erklären Sie sich dann, dass der Täter um 9:24 Uhr ein Paket abgeben konnte, das genauso aussah wie das, das ich Ihnen bei der Einweisung gezeigt hatte?«

»Moment bitte.«

Nawrod hörte ein Blättern. Er wollte schon lospoltern, als sich der Polizeischüler wieder meldete.

»Vorsichtshalber haben wir uns von allen Paketaufgebern Notizen gemacht. Man weiß ja nie.«

»Haben Sie die Güte, mir zu sagen, was Sie notiert haben?«

»9:24 Uhr … 9:24 Uhr sagten Sie? Ja, da gab eine ältere Dame ein Paket ab. Die war bestimmt an die 80 Jahre alt. Und krank war sie auch, zumindest konnte sie sich nur mühsam fortbewegen. Sie schob so ein Ding vor sich her.«

»Sie meinen einen Rollator?«

»Nennt man das so?«

»Und wieso haben Sie die Dame nicht kontrolliert?«

»Ich bitte Sie. Die und eine Täterin? Unmöglich. Außerdem wäre sie bestimmt auf der Stelle in Ohnmacht gefallen, wenn wir sie kontrolliert hätten, so gebrechlich, wie sie war. Hinzu kam, dass das Paket um einiges größer war als das, das Sie uns zuvor gezeigt hatten.«

Nawrod wäre vor Wut am liebsten an die Decke gesprungen, doch er beherrschte sich. Die Argumente, die der junge Kollege vorbrachte, leuchteten ihm ein. Er musste sich eingestehen, bei der Einsatzbesprechung die Kollegen explizit auf ein kleines, gelbes Postpaket eingeschworen zu haben. Natürlich hatte er sich über diesen Aspekt vorher Gedanken gemacht. In Abstimmung mit den Kollegen der Soko war er jedoch zu dem Schluss gekommen, dass man unmöglich alle Personen kontrollieren konnte, die ein x-beliebiges Paket aufgaben.

Nawrod tröstete sich schließlich damit, dass der Polizeischüler die alte Frau noch sehr genau beschreiben konnte. Seine Beschreibung schloss er damit, ihm sei auch aufgefallen, dass die Dame eine große, leicht getönte Brille sowie dünne, schwarze Stoffhandschuhe getragen hatte, obwohl Letzteres bei alten Frauen ja nicht unüblich sei.

Als das Telefon klingelte, setzte Nawrod gerade die Kaffeetasse an seinen Mund. Er hielt inne, sah auf dem Display, dass es Sabine Bauer war, und stellte die Tasse sofort ab.

»Jürgen, es wird ernst«, begann Sabine Bauer, als sich Nawrod mit einem kurzen »Ja« gemeldet hatte. »Es ist ein Herz, und damit haben wir einen Mord. Du musst sofort Wegner und die Leitung der Kriminalpolizei verständigen!«

»Bist du absolut sicher, dass es ein Herz ist? Ich meine, so ein Herz ...«

»Kein Zweifel«, unterbrach ihn Bauer.

»Verdammt, das Schwein hat wirklich Ernst gemacht. Ich sage Wegner Bescheid. Der soll die Meldung anschließend nach oben weitergeben. Hat er wieder eine Botschaft hinterlassen?«

»Kann sein. Ich habe das Herz noch nicht aus dem Karton genommen. Ich wollte erst auf euch warten.«

»Okay, wir kommen.«

Nawrod und Yalcin gingen zuerst zu Wegner. Der Dezernatsleiter reagierte betroffen. »Warum können die Menschen nicht in Ruhe und Frieden leben? Was geht in einem Menschen vor, der einen anderen auf grausame Weise verstümmelt? Ich würde mich nicht wundern, wenn diese Bestie seinem Opfer das Herz bei lebendigem Leib herausgeschnitten hat.«

Nawrod nickte. Ihm ging die Brutalität dieses Verbrechens auch an die Nieren. Yalcin überlegte, ob sie den Job nicht einfach hinschmeißen sollte. Sie hatte in den letzten Tagen und Wochen so viele schreckliche Dinge gesehen. Wie kann man das ein halbes Leben lang aushalten, fragte sie sich. Reiß dich zusammen, dachte sie. Du bist eine Frau, na und? Eine Türkin! Zweimal na und! Wegner und viele andere haben das ausgehalten. Dann werde ich das auch schaffen.

»Für eine zweite Moko haben wir nicht genügend Leute«, sagte Wegner. Auf seiner Stirn bildeten sich tiefe Sorgenfalten. »Uns bleibt nichts anderes übrig, als zu improvisieren. Ich werde versuchen, von der Moko zwei, drei Kollegen loszueisen. Vielleicht bekommen wir von anderen Dezernaten Unterstützung. Sie gehen rüber zur Kriminaltechnik und schauen sich die Schweinerei mal an. Falls eine Botschaft dabei ist, möchte ich sofort eine Kopie davon haben. Ich werde jetzt gleich den Polizeipräsidenten und den Leiter der Kripo informieren. Wir müssen damit rechnen, dass bereits morgen früh die Zeitungen über den Fall in aller Breite berichten.«

»Was meinen Sie, Herr Wegner, könnte es sein, dass der Informant in unseren Reihen zu suchen ist? Ich meine …«

»Ja, ich weiß, was Sie meinen. Mir ist bekannt, dass Ihr Dezernatsleiter in Stuttgart ein Spitzel der Presse war.«

»Und nicht nur der. Zwei weitere Mitarbeiter ließen sich ebenfalls bestechen.«

»Auch das ist mir bekannt. Natürlich kann ich nicht ausschließen, dass irgendein Kollege mit der Presse zusammenarbeitet. Es ist schon auffällig, dass die Zeitungen über Details Bescheid wissen, die unser Pressesprecher niemals herausgeben würde. Der könnte sonst gleich seinen Hut nehmen.«

»Aus meiner Sicht gibt es nur zwei Möglichkeiten«, sagte Yalcin. »Wir haben entweder einen Maulwurf in unseren Reihen oder, was aus meiner Sicht näherliegt, der Täter spielt der Presse die Informationen zu, weil er berühmt werden möchte. Solche Psychopathen hat es schon immer gegeben. Die sterben mit Sicherheit nicht aus.«

»Leider kommen wir auf dieser Schiene nicht weiter.« Wegner hob resignierend die Hände. »Staatsanwalt Brügge hat den Durchsuchungsantrag abgelehnt. Keiner seiner Kollegen wird bereit sein, etwas anderes zu tun, um ihm damit ans Bein zu pinkeln. Im Prinzip hat er recht. Wir können bei einer solchen Durchsuchung nicht alle stationären PCs sowie sämtliche Laptops der Redakteure und Reporter beschlagnahmen.«

»Das Ding ist gegessen. Wir müssen zusehen, wie wir anders weiterkommen. Jetzt gehen wir erst mal rüber zur Kriminaltechnik.«

»Freust du dich, wenn du sie wiedersiehst?«, fragte Yalcin, nachdem sie Wegners Büro verlassen hatten und auf dem Weg zu den Spurensuchern waren. Nawrod wusste natürlich, was und wen seine Kollegin meinte. Um Zeit zu gewinnen, stellte er sich erst einmal dumm, was ihm jedoch wenig überzeugend gelang. Er wusste einfach nicht, was er auf diese persönliche Frage ad hoc antworten sollte.

»Wovon sprichst du?«

»Hey, tu nicht so. Meinst du, ich bin blind?« Yalcin lachte.

»Du meinst Sabine?«

»Gibt es noch eine andere, die es auf dich abgesehen hat?«

»Erstens bin ich mit einer Frau verheiratet, die ich liebe, und zweitens sollten wir uns jetzt auf das wirklich Wichtige konzentrieren. Bei diesem Fall geht es um alles oder nichts, falls du das noch nicht begriffen hast.«

»Das geht es doch bei Mord immer, oder etwa nicht?«

»Du hast es erfasst. Merke dir deshalb eines: Wenn du in unserem Job erfolgreich sein willst, musst du bei einem größeren Fall alle persönlichen Dinge abschalten und den Fokus ganz auf deine Ermittlungen richten.«

»Lebst du deshalb von deiner Frau getrennt?«

Nawrod blieb abrupt stehen. Er musste sich beherrschen. Die Erinnerung an das letzte Gespräch mit Eva war noch zu frisch. Wäre Yalcin ein Mann, hätte er ihn auf der Stelle mit einer Hand am Kragen und mit der anderen ungleich fester an den Eiern gepackt. Entsprechend hätte er seinem Gegenüber gedroht, er solle sich um seinen eigenen Dreck scheren, ansonsten könnte er zeugungsunfähig werden.

Yalcin war die Frage in ihrer vorlauten Art so herausgerutscht. Sie merkte sofort, dass sie mal wieder voll ins Fettnäpfchen getreten war, und blieb stehen.

»Oh Mist, Jürgen. Tut mir leid! Vergiss, was ich eben gesagt habe. Ich weiß, ich bin manchmal unmöglich.« Sie fasste ihn am Arm und sah ihn an. Nawrod kochte. Er überlegte, ob er seinen Arm nicht mit einem Ruck wegziehen sollte. Dann sah er auf die kleine, zerbrechlich wirkende Hand und spürte einen sanften, liebevollen Druck.

»Sorry«, sagte sie noch einmal und Nawrod wusste, sie meinte es ehrlich.

»Ist okay, Nesrin. Reden wir nicht mehr darüber.«

»Ich werde es wiedergutmachen, das verspreche ich dir.«

Bis zur Kriminaltechnik gingen sie schweigend nebeneinander her.

»Da seid ihr ja!«, empfing sie Walter Beck. »Ich dachte schon, ihr habt an dem da kein Interesse mehr.« Er rang sich ein Lächeln ab und zeigte auf das geöffnete Paket. Nawrod und Yalcin traten einen Schritt vor. Yalcin stellte sich auf die Zehenspitzen, um in den Karton schauen zu können. Es war unverkennbar ein Herz. Spontan kam ihr die Idee, dass der Täter vielleicht bluffte und es ein Schweineherz sein könnte. Die sollen ja in Form und Größe dem menschlichen sehr ähnlich sein. Doch im nächsten Augenblick war ihr klar, dass dieses Herz noch bis vor Kurzem im Brustkorb eines Menschen geschlagen hatte.

»Können wir?«, fragte Sabine Bauer. Nawrod nickte. Die Kriminaltechnikerin griff in das Paket und holte vorsichtig das wiederum in eine Plastiktüte eingeschweißte Herz heraus. Wie eine Chirurgin, dachte Yalcin. Sie wunderte sich, dass die Kollegin das Organ so einfach in die Hände nehmen konnte. Sie selbst hätte das nicht gekonnt. Noch nicht. Vielleicht kommt einmal die Zeit, wo ich das auch kann, dachte sie, oder wo ich der Polizei für immer Adieu sage, weil ich zu so etwas dann doch nicht in der Lage bin.

Plastiktüten haben die Eigenschaft, sich unter gewissen Umständen elektrisch aufzuladen und dabei feinste Staub- und Schmutzpartikel anzuziehen. Aber auch Haar- und Textilfasern bleiben dann, wie von unsichtbarem Kleber gehalten, an ihnen hängen. Aus diesem Grund nahm die Kriminaltechnikerin das Herz samt Tüte und steckte es in eine noch größere Plastiktüte, die sie luftdicht verschloss.

Nawrod sah sofort den weißen Zettel, der darunter lag. »Wieder eine Botschaft«, kam es leise über seine Lippen.

Sabine Bauer sah sich das Herz etwas genauer an. »Stammt zweifelsfrei von einem erwachsenen Menschen, und so, wie es aussieht, ist unser Täter ein Fachmann. Lauter saubere Schnitte. Ich glaube, wenn es noch frisch wäre, könnte man es direkt für eine Herztransplantation verwenden.«

»Und es ist ausgeblutet«, fügte Beck hinzu. »Seht ihr, in der Tüte ist so gut wie kein Blut zu sehen.«

»Apropos frisch! Warum macht sich der Mörder die Mühe, die Teile in Vakuum zu verpacken?«, fragte Nawrod mit rauer Stimme, die verriet, dass auch an ihm, der schon viele Leichen gesehen hatte, der Anblick des neben dem Hirn wichtigsten Körperteils eines Menschen nicht spurlos vorüberging.

»Die Erklärung ist wahrscheinlich ganz einfach«, antwortete Bauer. »Der Täter muss damit rechnen, dass seine Sendungen nicht sofort ausgeliefert werden. Vakuumgezogen halten sie länger frisch. Er möchte, dass wir sie genau so auf den Tisch bekommen.«

»Aber das kann ihm doch egal sein. Ich meine, ihn dürfte es doch nicht mehr interessieren, ob wir Frisch- oder Gammelfleisch zu untersuchen haben. Das Resultat dürfte aus seiner Sicht das gleiche sein.«

»Wer weiß«, meinte Beck. Vielleicht ist unser Mann tatsächlich ein Chirurg, der tagtäglich mit so etwas zu tun hat und gar nicht anders kann, als so penibel zu arbeiten.«

»Du meinst, zu morden«, warf Yalcin ein.

»Nenne es, wie du willst. Sicher ist, der versteht sein Handwerk.«

»Das könnte ein guter Ermittlungsansatz sein«, sagte Nawrod zufrieden. Und zu Bauer gewandt: »Bitte sorge dafür, dass deine Freundin, wie heißt sie noch mal …«

»Wenn du Barbara Westhof meinst …« Die Kriminaltechnikerin lächelte amüsiert.

»Ja, genau die meine ich. Sorge bitte dafür, dass sie anständige Bilder von dem Organ und vor allem Makroaufnahmen von den Schnittstellen macht. Vielleicht erkennt daran so ein Meisterchirurg in der Uniklinik die Handschrift eines seiner Kollegen wieder.«

»Du kennst Barbara nicht. Für sie ist eine ausführliche Dokumentation in Form von digitalen Bildern eine Selbstverständlichkeit. Sämtliche Körperteile werden auch in Formalin konserviert, damit sie später vor Gericht als Beweismittel herangezogen werden können.«

»Okay, dann lass uns mal die Botschaft lesen.«

Wie schon bei den anderen Botschaften faltete Bauer mit Hilfe zweier Pinzetten das Papier auseinander. Dann las sie vor:

»*Incrassatum est enim cor suum, et auribus graviter audierunt et oculos suos compresserunt, ne forte videant oculis et auribus audiant et corde intellegant et convertantur.*«

»Oh, das ist gar nicht so leicht zu übersetzen.« Bauer legte ihre Stirn in Falten. »Aber ich tue mein Bestes.« Sie fuhr sich mit dem Handrücken über den Mund und kniff die Augen zusammen. Schweigen machte sich im Raum breit. Endlich begann sie mit der Übersetzung: »Denn ihr Herz ist hart geworden. Und mit ihren Ohren hören sie nur schwer, und ihre Augen halten sie geschlossen, damit sie mit ihren Augen nicht sehen und mit ihren Ohren nicht hören, damit sie mit ihrem Herzen nicht zur Einsicht kommen, damit sie sich nicht bekehren und ich sie nicht heile.«

Bauer atmete tief durch. »So oder zumindest so ähnlich könnte die Übersetzung lauten. Ganz sicher bin ich mir nicht.«

»Da hat sich jemand mächtig ins Zeug gelegt«, bemerkte Yalcin.

»Kann sich darauf irgendjemand einen Reim machen?«, fragte Nawrod. »Sabine, sei so gut, mache Kopien der Botschaften und tippe mir die Übersetzungen ab. Wir brauchen sie für die Akte. Ich glaube, wir kommen nicht umhin, einen Profiler mit ins Boot zu nehmen.«

»Ist eine gute Idee«, erwiderte Beck.

»Was meint ihr dazu?« Nawrod sah Yalcin und Bauer an.

»Wir sollten alle Möglichkeiten ausschöpfen, um dem Mistkerl das Handwerk zu legen, auch diese.« Sabine Bauers Stimme klang hart. Nach dem letzten Wort presste sie ihre Lippen fest zusammen. Ihre Augen funkelten vor Entschlossenheit. So hatte Nawrod die Kriminaltechnikerin noch nicht erlebt.

»Jede Wette, dass das Herz nicht einer Leiche, sondern einem lebenden Menschen entnommen wurde. Und es wird sicherlich das gleiche Opfer sein wie bisher. Sobald Barbara Bescheid gibt, rufe ich dich an.«

»Danke! Wann kann ich mit einem ersten Ergebnis rechnen?«

»Noch heute. Barbara hat ja nun schon Routine, was die fraglichen Untersuchungen angeht.«

»Wir fahren das Herz jetzt gleich zur Rechtsmedizin«, pflichtete Beck bei. »Da brennt nichts an, das kann ich euch versprechen!«

Eine halbe Stunde später hatte Wegner eine Lagebesprechung einberufen, zu der neben vier neuen Kollegen auch Polizeipräsident Volker Lehmann erschien. Mit den beiden Kriminaltechnikern hatte die Soko nun eine Stärke von insgesamt zehn Mann.

Lehmann ergriff als Erster das Wort. Er bedankte sich für die bisher geleistete Arbeit in diesem Fall und bedauerte zutiefst, dass die Polizei den Mord an dem armen Opfer nicht verhindern konnte. Er selbst werde alles in seiner Macht Stehende tun, um der Soko »Päckchen« optimale Arbeitsbedingungen zu verschaffen, damit der schreckliche Mord alsbald geklärt werden könne. Schon jetzt sei der Druck seitens der Medien enorm groß. Der Artikel über das entnommene Auge habe sehr hohe Wellen geschlagen. Er habe zahlreiche Anrufe und E-Mails besorgter Politiker und anderer hochgestellter Persönlichkeiten erhalten. Nicht immer habe er die Anrufer damit zufriedenstellen können, dass die Polizei alles Menschenmögliche tue, um des Täters habhaft zu werden.

Dann übergab er das Wort dem Dezernatsleiter, dessen Rede nicht ganz so pathetisch klang. Wegner appellierte an das Engagement jedes Einzelnen. Alle müssten an einem Strang ziehen. Nur so habe man eine Chance, zum Erfolg zu kommen.

»Leider müssen wir uns eingestehen, dass wir noch nicht die geringste Spur von dem Mörder haben. Ich hoffe, dass sich das sehr bald ändern wird«, schloss Wegner. »Frau Yalcin, Herr Nawrod, Sie sind am Zug!«

Als offizielle Hauptsachbearbeiterin erhob sich Yalcin von ihrem Stuhl. Während sie zum Pult schritt, kontrollierte sie, ob ihre Bluse nicht aus der Hose gerutscht war. Anschließend kratzte sie sich am Kopf, strich ihre Haare hinter die Ohren und hustete zweimal in die Hand, bevor sie zu sprechen begann:

»Kollege Nawrod und ich haben die wenigen Fakten und Vermutungen, die wir haben, zusammengetragen. Ich darf rekapitulieren: Vor genau 16 Tagen traf bei der Polizeidirektion Heidelberg ein an Kriminalhauptkommissar Nawrod gerichtetes Päckchen ein, in dem sich der amputierte rechte Zeigefinger einer männlichen Person befand. Dem Finger war eine Botschaft in lateinischer Sprache beigefügt. Sie lautete: *Zeige mir den Weg*.

Im Abstand von vier Tagen trafen auf normalem Postweg dann weitere drei Päckchen ein. Adressat war in allen Fällen der Kollege Nawrod. Für die, die es noch nicht wissen sollten: Kollege Nawrod verrichtet hier erst seit knapp vier Wochen seinen Dienst. Zuvor war er in Stuttgart, wo er ebenfalls beim Dezernat 1 arbeitete. Es stellt sich natürlich die Frage, warum der Täter die Päckchen gerade an Jürgen Nawrod schickte. Leider müssen wir zugeben, dass wir keine Ahnung haben.« Unter den Anwesenden kam Gemurmel auf. Yalcin schaute in die Runde. Sie sah, wie Lehmann seine Augenbrauen hob und Wegner fragend anschaute.

Unbeirrt fuhr sie fort: »In dem zweiten Päckchen befand sich das rechte Ohr des Opfers und die Botschaft: *Höre mein Flehen*. Danach traf ein rechtes Auge ein. Dieses Mal hieß die Botschaft *Siehe die Wahrheit und das Licht*. Die Rechtsmedizinerin hat festgestellt, dass die Körperteile immer demselben noch lebenden Menschen entnommen beziehungsweise amputiert wurden. In keinem der Päckchen konnten täterrelevante Spuren gefunden werden. Heute schickte der Täter schließlich ein menschliches Herz. Es deutet alles darauf hin, dass es vom selben Opfer stammt.

Wie größtenteils bekannt sein dürfte, haben wir gestern und vorgestern alle Poststellen in Heidelberg observieren lassen. Das letzte Paket wurde, so konnte zweifelsfrei rekonstruiert werden, von einer älteren, stark gehbehinderten Frau unter den Augen zweier junger Kollegen der Bereitschaftspolizei bei der Poststelle in der Kleingemünder Straße 35 abgegeben. Da es mehr als doppelt so groß war als die anderen Päckchen und die alte Frau in keinster Weise verdächtig erschien, wurde sie nicht kontrolliert, was sich im Nachhinein als großer Fehler herausstellte.«

Wieder machte sich lautes Gemurmel breit. Yalcin erhob ihre Stimme: »Aber hinterher ist man immer schlauer. Mir wäre es wahrscheinlich genauso ergangen. Ich hätte in dieser Situation auch keinen Verdacht geschöpft, und wer, liebe Kolleginnen und Kollegen, kann von sich sagen, dass er die alte Frau ganz bestimmt kontrolliert hätte?«

Das Gemurmel verstummte. Einer der neu hinzugekommenen Kriminalbeamten meldete sich.

»Gibt es hinsichtlich der anderen Päckchen noch Hinweise auf Personen? Wurden die betreffenden Postbediensteten befragt?«

»Ja, wir haben alle an ihrer Arbeitsstelle aufgesucht und gründlich befragt. Zu dem Paket, in dem sich das Auge befand, meinte ein junger Postmann, es sei von einer bildhübschen Frau abgegeben worden, die er jederzeit wiedererkennen würde. Diese Frau würde er so schnell nicht vergessen.«

»Gibt es tatsächlich keinerlei kriminaltechnische Spuren?«, fragte ein anderer.

»Außer der DNA und den Körperteilen des Opfers haben wir lediglich ein paar überlagerte Fingerspurenfragmente auf der Außenseite der Pakete sichern können«, meldete sich Walter Beck. »Aber im Innern gab es nichts zu holen. Der Täter hat peinlich darauf geachtet, keine Spuren zu hinterlassen.«

»Welche Maßnahmen sind geplant, um dem Spuk so schnell wie möglich ein Ende zu bereiten?«, fragte Lehmann.

Yalcin sah Nawrod fragend an. Hilflosigkeit war in ihren Augen zu sehen. Jeder der Anwesenden merkte, dass die junge Kollegin mit dieser Frage heillos überfordert war.

»Verzeihung, Herr Lehmann, darf ich diese Frage beantworten?« Nawrod erhob sich von seinem Stuhl.

»Ich bitte darum, Herr Nawrod.«

»Wir lassen noch heute Phantombilder der beiden Paketaufgeberinnen erstellen, mit deren Hilfe wir Befragungen in den Poststellen durchführen können. Vielleicht wurden die Frauen von anderen Angestellten schon früher einmal gesehen. Wenn wir Glück haben, sind sie vielleicht sogar jemandem namentlich bekannt. Bringt das keinen Erfolg, können wir mit den Bildern über die Medien nach den Frauen suchen. Es liegt nahe, dass die beiden Frauen direkt mit dem Täter in Verbindung stehen oder ihn zumindest kennen. Vielleicht hat er seine Frau und seine Mutter als Botinnen eingesetzt.

Wir werden per E-Mail alle Dienststellen in Deutschland auffordern, im Haushalt eines jeden männlichen Vermissten im Alter zwischen 40 und 70 Jahren sofort DNA-fähiges Material zu erheben, um es an unser LKA zu schicken, damit es dort mit der DNA unseres Opfers verglichen werden kann. Ich bin sicher, dass es einige Vermisste gibt, deren DNA noch nicht in unserer Datei gespeichert ist, und dass sich darunter auch unser Opfer befindet.

Da wir damit rechnen müssen, dass der zweifellos psychisch gestörte Täter weitere grässliche Verbrechen begeht und uns entsprechende Beweise schickt, müssen wir sicherstellen, dass in Zukunft von jedem Vermissten, egal ob Mann, Frau oder Kind, sofort DNA-Material erhoben wird. Nur so haben wir eine Chance, zeitnah zu erfahren, ob unser Täter einen dieser Vermissten in seiner Gewalt hat. Vielleicht gibt es eine Verbindung zwischen Opfer und Täter und wir können so den Entführer und Mörder ermitteln.

Ich werde zudem noch heute einen Profiler vom LKA anfordern, der uns helfen soll, die Psyche des Täters und sein Motiv besser zu verstehen. Vielleicht kann der uns wichtige Hinweise zur Ermittlung des Täters geben. Ich denke da an Alter und eventuellen Wohnort des Täters, seinen Beruf, Familienstand und so weiter.

Last but not least werden wir Nachforschungen im Bereich der Unikliniken und niedergelassenen Chirurgen in die Wege leiten. Aber ich befürchte, dass das ein Fass ohne Boden werden könnte.«

»Wir dürfen nichts unversucht lassen, den Mord so schnell wie nur möglich aufzuklären«, schaltete sich Lehmann noch einmal ein.

»Sie können sicher sein, dass wir alle …«, Nawrods Blick erfasste jedes Mitglied der Soko, »dass wir ausnahmslos alle bestrebt sind, den Mörder schnellstens zur Strecke zu bringen. Doch möchte ich vor übertriebenen Hoffnungen warnen. Unser Gegenüber ist kein Täter der üblichen Sorte und schon gar keiner mit niedriger Intelligenz. Er verwendet Latein in seinen Botschaften und hat somit höchstwahrscheinlich studiert. Wir nehmen an, Medizin. Dafür sprechen die fachmännisch abgetrennten Körperteile und nun auch das wiederum fachmännisch herausgeschnittene Herz. Ich rechne fest damit, dass der Fall morgen auf der Titelseite der *Heidelberger Allgemeinen* steht.«

Nawrod sah seinen Dezernatsleiter an und fuhr fort: »Nach wie vor wissen wir nicht, wer die Medien mit detaillierten Informationen versorgt. Falls es der Täter selbst ist, könnte uns der Chefredakteur dieses Blattes vielleicht weiterhelfen. Bei ihm dürften die Fäden zusammenlaufen. Da Sie, Herr Polizeipräsident, vorhin andeuteten, gute Verbindungen zu Politik und Wirtschaft zu haben, könnten Sie bei entsprechenden Stellen intervenieren, um so vielleicht den Redakteur dazu zu bringen, die Quelle preiszugeben.«

Lehmann schüttelte energisch den Kopf. »Das können Sie vergessen. Die beißen sich eher die Zunge ab, als einen

Informanten ans Messer zu liefern. Auch nicht, wenn dieser Informant ein Mörder ist. Das ist das oberste Prinzip der Presse. In solchen Fällen schotten die sich sogar untereinander ab. Das heißt, kein Reporter erwähnt gegenüber seinen Kollegen Namen von Informanten. Ich bin sicher, dass die Sache bei der Heidelberger Allgemeinen als top secret eingestuft ist. Meine Beziehungen in Ehren, aber da haben wir keine Chance.« Lehmann winkte bedauernd ab. Sicher hätte er gerne zur Aufklärung des Falles beigetragen, aber so weit reichte sein Arm nicht. Er schaute auf seine Armbanduhr. »Meine Damen und Herren, es tut mir leid, ich habe noch einen wichtigen Termin und muss mich deshalb verabschieden.« Er dachte kurz nach. »Ach, das hätte ich jetzt fast vergessen: Mit dem heutigen Tag übernimmt Herr Wegner die Leitung der Soko und Frau Yalcin kann als Stellvertreterin beweisen, was sie so drauf hat.« Lehmanns Blick richtete sich auf Nawrod. »Da es zwischen dem Täter und Ihnen ganz offensichtlich irgendeine Verbindung gibt, hätte ich Sie gerne ganz aus der Soko herausgenommen. Sie könnten mehr befangen sein, als Sie und wir das bis jetzt erahnen. Aber wir sind personell ziemlich ausgeblutet. Die Moko arbeitet schon wochenlang fast rund um die Uhr an einem Doppelmord und hat immer noch kein brauchbares Ergebnis vorzuweisen. Ich bitte Sie deshalb, lieber Herr Nawrod, sich verstärkt nur aus der zweiten Reihe in den Fall einzubringen, wenn Sie wissen, was ich meine?«

»Kein Problem, Herr Lehmann«, antwortete Nawrod trocken.

Nachdem sich der Leiter der Polizeidirektion endgültig verabschiedet hatte, teilte Wegner die anfallenden Arbeiten ein. Dabei unterschied er, in Absprache mit Nawrod und Yalcin, was sofort erledigt werden musste und was erst später bearbeitet werden konnte.

Zurück im Büro, wollte Nawrod gleich zum Telefonhörer greifen. Doch Yalcin unterbrach ihn. »Hey, Jürgen, ich habe da so eine Idee und möchte gerne wissen, was du davon hältst. Außerdem habe ich ja noch etwas bei dir gutzumachen.«

»Schieß los, was spukt in deinem hübschen Kopf herum?«

»Erst musst du mir versprechen, dass du keiner Menschenseele etwas von diesem Gespräch verrätst.«

»Oh, oh … streng geheim also!«, antwortete Nawrod leicht amüsiert.

»Du musst es mir versprechen, denn dabei geht es … wie hast du neulich zu mir gesagt … um alles oder nichts.«

Er wusste nicht, warum, aber plötzlich fiel ihm die Szene ein, wie Yalcin aus dem Büro des Kriminaldirektors kam. War das jetzt die Falle, die man ihm stellen wollte? Hatte Lehmann ihn deshalb zurück ins zweite Glied gestellt? War Wegner in die Sache eingeweiht? Er musste verdammt auf der Hut sein, denn er durfte sich hier in Heidelberg nicht das Geringste zuschulden kommen lassen. Was, wenn die Beziehungen seines Erzfeindes Neumann von Stuttgart bis hierher reichten? Wer wusste schon, welche Seilschaften es da gab?

Yalcin drängelte: »Versprichst du es mir oder nicht?«

Nawrod überlegte. War es tatsächlich eine Falle, würden sie ihm eine zweite oder gar dritte stellen, wenn er sich jetzt gegenüber seiner Kollegin ablehnend verhalten würde.

»Okay«, sagte er und dachte, so schnell legt ihr mich nicht herein.

»Ich nehme an, du weißt, was ein Hacker ist«, begann Yalcin in ernstem Ton.

»Natürlich, das weiß doch heute jedes Kind. Du bist doch nicht etwa auf so einen Kerl hereingefallen und hast dich in etwas reinziehen lassen?«

Yalcin lachte laut. »Also doch«, sagte sie und kugelte sich weiter vor Lachen.

»Was also doch«, fragte Nawrod irritiert.

»Du glaubst also im Ernst, dass …«, Yalcin konnte vor lauter Lachen kaum weitersprechen, »dass Hacker Kerle sind, die nichts taugen und von denen wir Frauen die Finger lassen sollten?«

»Ist das etwa nicht so?«, fragte Nawrod entgeistert.

»Jürgen, du bist, ich sage es nicht gerne, echt hinterm Mond daheim. Jetzt halte dich mal fest. Ich, verstehst du, ich … ich bin eine Hackerin. Das heißt, ich war eine, bis zu dem Tag, als ich bei der Polizei eingestellt wurde. Ab da war es mir dann doch zu gefährlich.«

Nawrod riss die Augen auf und zog Luft in seine Lunge. Nachdem er sie laut hörbar ausgestoßen hatte, sagte er: »Verdammt noch mal, das habe ich jetzt aber nicht gehört! Bequatsche mich nicht mit so einem Stuss! Davon möchte ich nichts wissen.«

»Ich könnte mal probieren … ich meine, einen Versuch wäre es auf jeden Fall wert.«

Nawrod hob abwehrend die Hände. »Behalte es bitte für dich!«

»Der Redakteur … ich denke, das wäre kein Problem«, sagte Yalcin unbeirrt und grinste.

»Du bist verrückt! Wenn das herauskommt, wirst du entlassen.«

»Na, wenn schon. Weiß sowieso nicht, ob ich bei dem Haufen bleiben soll. Die vielen Leichen …«

»Nesrin, pass auf, was du sagst!«, unterbrach Nawrod sie.

»Das mache ich ja. Sonst hätte ich dir eben keinen Schwur abgenommen. Also, was ist jetzt?«

»Was soll sein?«

»Du machst es einem ganz schön schwer, Herr Kollege«, flapste Yalcin. »Ich möchte wissen, ob ich deiner Meinung nach versuchen soll, den einen oder anderen Computer in der Zeitungsredaktion zu hacken, und wenn ja, ob es bei Erfolg möglich ist, mit dem Ergebnis dann ganz offiziell zu arbeiten?«

»Du bist einfach verrückt!«

»Ja oder nein?« Yalcin blieb hartnäckig.

Nawrod überlegte. Er schaute Yalcin in die Augen und sah darin nicht den geringsten Hinweis darauf, dass sie ihn linken wollte.

»Das kommt ganz auf die Umstände an. Ich denke, es gäbe da schon Möglichkeiten. Wenn du dabei aber Spuren hinterlässt, haben sie dich wahrscheinlich sehr bald am Wickel. Dann gnade dir Gott! An so etwas kann ein ganzes Verfahren scheitern.«

»Heißt das, dass du mitmachst?«

»Das habe ich nicht gesagt!«

Yalcin grinste. »Ich habe nie Spuren hinterlassen.«

»Und du meinst, du kannst dich tatsächlich in den Rechner des Chefredakteurs einhacken?«

»Da bin ich mir ziemlich sicher. Hab schon ganz andere Dinger geknackt.«

Nawrod überlegte. »Hm, dann kannst du mir doch auch bestimmt eine E-Mail schicken, die von keinem Spezialisten der Welt zurückverfolgt werden kann, oder?«

»Nichts leichter als das!«

»Okay, wenn es dein freier Entschluss ist, geh ran an den Speck. Sobald du weißt, um wen es sich bei dem Informanten handelt, schicke mir anonym eine E-Mail. Die kann ich dann ins Verfahren einbringen.«

»Du kannst dich auf mich verlassen, Partner«, antwortete Yalcin und lächelte.

13

Nachdem Otte abgeurteilt und seiner gerechten Strafe zugeführt worden war, nahmen sie den Nächsten ins Visier. Bei ihren umfangreichen Recherchen hatten sie festgestellt, dass Gottwald Radecke ein ganz anderes Kaliber war als Otte. Ihn ausfindig zu machen, war nicht das Problem gewesen. Dazu hatten sie einfach das soziale Netzwerk *facebook* sowie andere leicht zugängliche Internet-Quellen benutzt. Er wohnte in Berlin. Aber wie konnten sie ihn von dort nach Heidelberg bringen? Radecke war mindestens 1,90 Meter groß und wog über 100 Kilogramm. Er würde sich bestimmt gegen eine Entführung wehren, um sich schlagen, schreien, toben. Außerdem ging er abends meist nur in Begleitung eines Mannes aus dem Haus, mit dem er schon seit fünf Jahren verheiratet war. Daniel Weiß war zehn Jahre jünger als Radecke und nicht ganz so kräftig wie sein Partner. Aber sie wussten, dass er bei einem Sicherheitsunternehmen arbeitete. Das hatten sie herausgefunden, als sie Weiß auf dem Weg zu seiner Arbeitsstelle beobachtet hatten. Unter dem Vorwand, die Dienste der Sicherheitsfirma in Anspruch nehmen zu wollen, hatten sie dort angerufen und schnell erfahren, dass alle Mitarbeiter in Selbstverteidigung und Umgang mit Waffen geschult seien.

Radecke und Weiß wohnten in der Nähe des Potsdamer Platzes in einem Mehrfamilienhaus. Es war unmöglich, Radecke dort zu überwältigen, zu betäuben und danach die drei Stockwerke hinunterzutragen. Abgesehen davon, dass der Mann ziemlich schwer war, hatte er ja noch seinen persönlichen Bodyguard in der Wohnung.

Auch in seiner Firma war schlecht an ihn heranzukommen. Er arbeitete in einer Versicherungsagentur im zehnten Stock eines Hochhauses und fuhr zwischen 8 und 9 Uhr mit der U-Bahn zur Arbeit. Es blieb ihnen nichts anderes übrig, als ihn so lange zu observieren, bis sie eine Schwachstelle in seinem üblichen Tagesablauf gefunden hatten und sie ohne Risiko nahe genug an ihn herankamen. Dann würden sie ihm eine Falle stellen. Das musste an einem Ort passieren, von dem sie ihn anschließend ohne größeren Kraftaufwand verschleppen konnten.

Ihre Geduld und Hartnäckigkeit wurden belohnt. Schon am dritten Tag der Observation besuchte Radecke während einer ausgedehnten Mittagspause eine Sauna. Am übernächsten Tag ging er wieder dorthin.

»So ist das also«, sagte einer der beiden zufrieden. »Der feine Herr holt sich Appetit. Jede Wette, dass sein Partner nicht die geringste Ahnung davon hat.«

»Ich bin sicher, dass er die Sauna öfter besucht und abschleppt, was nicht schnell genug auf den Baum klettern kann«, antwortete der andere. »Das dürfte uns sehr entgegenkommen.«

Mit falschen Papieren mieteten die beiden ein Wohnmobil. Der Kleinere spielte den Lockvogel. Er war der Hübschere von beiden. Obwohl bereits über 20 Jahre vergangen waren, hatte er seine schlanke, fast feminine Erscheinung behalten, die er als Kind schon besessen hatte. Keine Frage: Mit seinen blonden, bis zu den Schultern reichenden, leicht gelockten Haaren brachte er das Blut so manches Schwulen in Wallung.

Als er den Vorraum der Sauna betrat, richteten sich nicht wenige Augenpaare auf ihn. Sein wohlgeformter, knackiger Po passte absolut zu seiner schlanken Figur. Würde er mit diesem Attribut sein Opfer in die Falle locken können, oder hatten sie sich geirrt und Radecke wollte sich vielleicht nur Appetit holen, aber im Endeffekt seinem Partner treu bleiben?

Er musste sich gedulden. Radecke ließ auf sich warten. Er wunderte sich, dass die Sauna um diese Zeit so gut besucht war. Um so besser, dachte er. Je mehr Gäste, desto weniger konnte sich die Dame an der Kasse später an einzelne Personen erinnern. Er hatte beim Betreten seine Baseballmütze tief ins Gesicht gezogen. Die langen Haare hatte er darunter versteckt. Dazu trug er noch eine Sonnenbrille. Alles in allem war er in dem multikulturellen Berlin eine unauffällige Erscheinung.

Nachdem er sich entkleidet hatte, machte er sich mit den einzelnen Räumen und Kabinen der geschmackvoll im mediterranen Stil eingerichteten Sauna vertraut. Danach duschte er und nahm auf einer Liege Platz, von wo er den Eingang im Auge hatte.

»Hallo, na wie geht's so?«, flötete eine Stimme von rechts. Er ließ sich auf nichts ein und drehte dem jungen Mann wortlos den Rücken zu.

»Wer wird denn so schinant sein«, säuselte die Stimme weiter.

»Verpiss dich!«, antwortete er in drohendem Unterton.

»Mein Gott, man wird doch wohl noch fragen dürfen«, entgegnete der andere beleidigt und watschelte, nackt, wie Gott ihn schuf, mit seinen viel zu großen Badeschuhen davon.

Das hat mir gerade noch gefehlt, dachte er. Der ist ja so was von scharf auf mich. Bestimmt würde er sich an mich erinnern, wenn er später von den Bullen gefragt würde. Er nahm sein über dem Unterkörper querliegendes Saunatuch und breitete es der Länge nach über sich aus. Das, so hoffte er, dürfte Signal genug sein, dass er kein Interesse an irgendwelchen Kontakten hatte. Keine drei Meter von ihm entfernt lag eine Frau im weißen Bademantel, die ihn amüsiert beobachtete. Als sich zufällig ihre Blicke kreuzten, lächelte sie ihm diskret zu. Er lächelte kühl zurück. So, dachte er, würde er der Frau keinerlei Hoffnungen machen. Nur nicht auffallen.

Endlich kam Radecke durch die Tür. Er hatte ein rotes Handtuch um seine Hüfte gebunden. Zusammen mit einem Kulturbeutel trug er noch ein blaues in der Hand. Zielstrebig ging er auf die Duschkabinen zu, legte seine Handtücher auf ein Regal, das sich unmittelbar rechts vor dem Eingang zu den Duschen befand, entnahm aus seinem Waschbeutel ein Duschgel und betrat anschließend den Hygienebereich.

Der junge Mann mit den langen, blonden Haaren erhob sich von der Liege. Auf dem kurzen Weg zu den Duschen hielt er das Handtuch vor seinen Schambereich. Die Frau im weißen Badenmantel schaute ihm hinterher. Bedauern machte sich auf ihrem Gesicht breit.

Radecke sah ihn sofort. Der junge Mann stellte sich direkt gegenüber von ihm unter eine Dusche. Radecke den Rücken zugewandt, ließ er beim Einseifen sein Duschgel auf den Boden fallen. Als er sich lässig danach bückte, wusste er, dass er damit den Fisch schon an der Angel hatte, bevor dieser überhaupt das Metall des Hakens an den mit Speichel angefeuchteten Lippen spürte.

Radecke stockte beim Anblick des traumhaft gebauten Mannes der Atem. Er musste sich beherrschen, nicht sofort eine Erektion zu bekommen. Sollte das Bücken ein Signal sein? Unmöglich! So ein Bild von einem Mann würde sich doch nie und nimmer für ihn, einen älteren Herrn mit kräftigem Bauchansatz und Halbglatze, interessieren. Sicher war ihm das Duschgel zufällig heruntergefallen. Andererseits …

das Bücken …? Radecke hatte genügend Erfahrungen mit Schwulen, um zu wissen, dass die Art, wie sich der junge Mann bückte, eindeutig darauf schließen ließ, dass er schwul war. Von hinten war sein Köper atemberaubend makellos. Und diese blonden Haare! Wie würden die sich anfühlen?

Während er sich nun zum zweiten Mal einseifte, ließ er sein Gegenüber keine Sekunde aus den Augen. Sie waren allein im Duschraum. Radecke merkte, dass er seine Erregung nicht mehr zügeln konnte. Er ließ seinen Gefühlen freien Lauf. Wenn jetzt jemand reinkäme, würde er sich schnell gegen die Wand drehen und eiskaltes Wasser über seinen Körper laufen lassen. Das würde sicher Abhilfe schaffen.

Er war Lockvogel und wusste genau, was zu tun war. Während er das Gel mit einem kräftigen Brausestrahl abspülte, drehte er sich langsam um die eigene Achse. Nur kurz streifte sein Blick das erstaunte Gesicht Radeckes und dessen halb erigiertes Geschlechtsteil. Obwohl es ihm zuwider war, lächelte er Radecke vielsagend an. Dann wandte er ihm auch schon wieder den Rücken zu, denn er konnte den Anblick des Muttermals über dem Schambein des anderen keine Sekunde länger ertragen. Es rief abgrundtiefen Ekel in ihm hervor.

14

Heidelberg
28. November 1992

»Der Herr Pfarrer sagt, dass du sein bester Ministrant bist. Das macht die Mama sehr, sehr stolz.«

»Mama, was ist stolz?«

»Ich freue mich halt sehr, wenn der Herr Pfarrer das sagt.«

»Hat … hat der Herr Pfarrer sonst noch etwas gesagt?«, fragt er leise und schaut betreten zu Boden. Sein kleines Herz schlägt ihm

bis zum Hals. Es wird ihm übel. Wenn er jetzt nur nicht wieder diese schlimme Atemnot bekommt!

»Hochwürden hat gesagt, er würde sich gerne um dich kümmern, weil du keinen Vater hast. Als guter Ministrant könntest du selbst einmal Pfarrer werden. Du musst in der Schule nur fleißig lernen. Ach, ich bin ja so stolz auf dich!« Sie nimmt ihn in den Arm und drückt ihn fest an sich. Dann gibt sie ihm einen Kuss auf die Wange.

Wenn sie nur nicht immer so riechen würde. Und wenn sie sehr riecht, schläft sie meistens auch auf der Couch ein. Einmal hat sie mitten im Wohnzimmer gelegen. Sie ist tot, hat er gedacht. Sie hat aber nur geschlafen und noch schlechter gerochen.

»Du musst dem Herrn Pfarrer immer schön gehorchen. Dann ist deine Mama stolz auf dich. Ich habe es Tante Rita erzählt. Die konnte es gar nicht glauben und hat gestrahlt vor Freude.«

Er nickt. Sagt nichts mehr. Er ist auch immer stumm, wenn der Herr Pfarrer etwas zu ihm sagt. Und wenn Hochwürden etwas tut, ist er auch stumm. Selbst wenn er wollte, könnte er nichts sagen, nichts tun, weil ihm sein Kopf und sein Körper nicht mehr gehören, nicht mehr gehorchen. Weil er darin nicht mehr ist. Es hat sich ein anderer hineingeschlichen. Einer, der wie gefrorenes Wasser erstarrt ist und alles mit sich machen lässt, obwohl er es nicht will und es eine Sünde ist. Ja, es ist eine Sünde, das weiß er genau. Aber Hochwürden sagt, er sei auserwählt, wie Jesus seine Apostel und Gott Josef und Maria auserwählt hätten. Die Sünde habe der Satan über ihn gebracht. Er müsse mit der Sünde noch eine Zeit lang leben, so lange, bis ihn Jesu Barmherzigkeit rette. Auch er als Pfarrer müsse mit der Sünde leben, um später beweisen zu können, dass er dem Satan und all seinen Werken irgendwann entsagt habe.

Hochwürden spricht lange mit ihm. Er sieht seine nackten Beine mit den vielen schwarzen Haaren und dem großen dunklen Fleck unter dem Bauchnabel. Das sei das Schandmal des Teufels, sagt der Herr Pfarrer, und es gehe erst weg, wenn er sich von der Sünde befreit habe. Dazu brauche er seine Hilfe.

Er ist doch noch so klein. Wie soll er einem Erwachsenen helfen? Einem Pfarrer?

Die anderen beiden Pfarrer haben keinen dunklen Fleck. Nirgends. Nicht auf dem Rücken und nicht auf dem Bauch, obwohl sie ebenfalls von der Sünde heimgesucht werden. Der eine hat überall helle Haare und ganz weiße Haut. Da würde man so einen Fleck sofort sehen. Aber bei der Sünde riechen sie alle drei gleich. Der andere Bub sagt das auch. Aber nur zu ihm. Sonst ist er genauso still. Manchmal schauen sich beide an. Der andere hat dann große Augen und atmet laut durch die Nase, weil er seinen Mund fest verschlossen hält. Einmal hat er bei ihm Tränen gesehen. Er selbst weint nicht. Mama wäre traurig, wenn sie das erfahren würde.

An Weihnachten wollte Mama seine Hände mit der gleichen Salbe eincremen. Es war nach dem Duschen. Er hat es sofort gerochen und hat die Buchstaben auf der Dose gesehen. Mama hat ihm eine Ohrfeige gegeben, weil er ihr die Dose aus der Hand geschlagen hat und die Vaseline sich überall auf dem Teppichboden ausbreitete. Dann weinte sie. Später kam dann doch noch das Christkind.

15

Radecke erkannte ihn nicht. Wie auch? Es waren gut zwanzig Jahre vergangen, und damals hatte er kurze, gescheitelte Haare und ein schmales Bubengesicht. Er trocknete sich langsam ab. Radecke tat es ihm gleich. In verhaltenem Tonfall und ohne Radecke anzuschauen, sagte der junge Mann: »Einen Hunderter für die normale Nummer. Alles andere kostet extra. Draußen auf dem Parkplatz steht mein Wohnmobil. Es trägt auf der Seite die Aufschrift *Sunrise*. Du steigst hinten ein. In 30 Minuten, okay? Wir sollten nicht zusammen gesehen werden.« Erst jetzt sah er Radecke an.

»Einverstanden«, antwortete Radecke. Ein erwartungsvolles Lächeln umspielte seine wulstigen Lippen. Getrennt verließen sie den Duschraum. Radeckes Mundschleimhäute waren trotz der hohen Luftfeuchtigkeit so trocken wie Sand in der Wüste. Er musste mehrfach schlucken, bis er sich gefasst hatte.

Er ist ein Stricher, dachte er. Na und? Ein Edelstricher allerbester Sahne. Den konnte er sich nicht entgehen lassen. So etwas lief einem nicht jeden Tag über den Weg. Egal, was er zu bieten hatte, allein schon wegen seines Aussehens war der sein Geld wert. Wenn es sein musste, würde er sogar noch einen Hunderter drauflegen. Schließlich schuftete er Woche für Woche. Da konnte man sich doch ein bisschen Vergnügen leisten.

Radecke legte sich nach dem Duschen auf eine Liege. Einen Saunagang wollte er nicht machen. Er wollte keine Energie verschwenden. Die brauchte er für später. Obwohl er ständig nach dem anderen Ausschau hielt, konnte er ihn nicht mehr sehen. Doch er hatte sich beim Duschen genug Appetit geholt. Bald würde er voll auf seine Kosten kommen. Er konnte es kaum erwarten, bis es so weit war. Ihm war allerdings klar, dass er sich an die vorgegebene Zeit halten musste, wollte er den anderen nicht verärgern. Es war nicht das erste Mal, dass er sich mit einem Stricher einließ. Er wusste, dass manche sehr empfindlich reagierten, wenn man nicht nach ihrer Pfeife tanzte. Aber so einen Traummann hatte er noch nicht gehabt. Durch nichts wollte er sich diese Nummer verscherzen.

Bevor Radecke die Türklinke hinunterdrückte, schaute er sich nach allen Seiten um. Auch er wollte von niemandem gesehen werden. Nicht auszudenken, wenn herauskäme, dass er in der Mittagspause seinem Laster auf diese Art frönte.

»Hallo, komm rein und mach es dir bequem«, empfing ihn eine angenehme Stimme. Obwohl es heller Tag war, herrschte im Innern nur gedämpftes Licht, da die dichten Vorhänge an den Fenstern zugezogen waren.

Sein Gastgeber trug einen weißen Bademantel. In Erwartung eines ganz besonderen Vergnügens ließ sich Radecke hörbar atmend auf der ausgeklappten Bettcouch nieder. Er hatte das Gefühl, sein Penis würde jeden Augenblick den Reißverschluss der Hose aufsprengen. Kleine Schweißperlen bildeten sich auf seiner Stirn.

»Wie hättest du es denn gerne?« Der junge Mann lächelte und schaute ihm tief in die Augen.

Radecke grinste zurück. »Was hast du mir zu bieten?«

»Erst die Kohle.«

Radecke wusste, dass man bei einem Stricher immer im Voraus zahlen musste. Er zog seine Geldbörse, entnahm ihr zwei 50-Euro-Scheine und hielt sie dem anderen entgegen.

»Oben oder unten?«, fragte der vermeintliche Liebesdiener. Er kannte bereits die Antwort.

Radecke überlegte kurz. Er würde es sehr genießen, diesen bildschönen Mann in sich zu spüren. In lustvoller Erwartung grinste er und antwortete: »Erst unten.«

»Okay, dann zieh dich aus und leg dich auf den Bauch. Das ist Standard. Wenn du mehr willst, musst du noch etwas drauflegen.«

Radecke entledigte sich seiner Kleider und legte sich langgestreckt auf den Bauch. Er hörte, wie der andere hinter ihm eine Schublade aufzog und daraus etwas nahm. Gleitcreme und Präservativ, dachte er.

»Kannst du das Ding bitte vor meinen Augen überziehen? Das würde mir gefallen.«

»Kleinen Moment«, sagte der andere.

Radecke spürte den Einstich kaum. Er wunderte sich für den Bruchteil einer Sekunde darüber, als es auch schon in seiner rechten Gesäßhälfte seltsam warm wurde. Den Kopf konnte er gerade noch drehen, um nach hinten zu schauen. Dann fiel er sanft in ein Meer von rosaroter Watte.

16

Wie erwartet, wurde am Tag nach Eintreffen des Herzens in allen Zeitungen des Landes über den grausamen Mord berichtet. Die größte Boulevardzeitung Deutschlands verwendete eine halbe Titelseite für die Überschrift »Psychopath mordet aus Lust – Kripo schaut zu«. In den Radio- und TV-Nachrichten kamen unzählige Beiträge, die erstaunliche Details enthielten. Sowohl in Spiegel online als auch in anderen Internetportalen wurden die Verstümmelungen des Opfers bis hin zu dessen Tötung ausführlich beschrieben. Außerdem wurde zu Berichten über Todesstrafe, Kannibalismus, Leichenschändung und Ähnlichem verlinkt. Das Internet verbreitete den Fall in Windeseile weltweit. Unzählige in- und ausländische Journalisten riefen bei der Polizeidirektion Heidelberg an, um Näheres zu erfahren. Die Telefone liefen heiß.

Kriminaldirektor Lehmann und Soko-Leiter Wegner schnaubten vor Wut, weil die Polizei in fast allen Berichten als untätig oder gar unfähig hingestellt wurde. »Die Polizei tappt nach wie vor im Dunkeln« war noch die harmloseste Variante.

Noch am selben Tag stattete der Innenminister den beiden Polizeiführern einen Besuch ab. Er ließ sich mit dem Helikopter nach Heidelberg fliegen, was der Dringlichkeit seines Erscheinens gewaltigen Nachdruck verlieh.

Bevor er auf dem angebotenen Stuhl Platz nahm, polterte er auch schon los: »Wie konnte so etwas passieren? Welcher Hornochse hat die Informationen an die Presse gegeben? Warum konnte dieser Mord nicht verhindert werden? Haben Sie Däumchen gedreht, meine Herren?«

Der Innenminister sah in ratlose Gesichter und setzte sich.

»Haben Sie wirklich keine Ahnung, wer das Opfer sein könnte?«

»Nicht die geringste, Herr Minister«, antwortete Wegner.

»Wir haben bislang alle Möglichkeiten zur Identifizierung des bedauernswerten Mannes ausgenutzt«, warf Lehmann ein. »Leider ohne Erfolg.«

»Und wie sieht es mit dem Täter aus? Gibt es da Hinweise? Vielleicht irgendwelche Zusammenhänge zu früheren Taten eines Psychopathen?«

Wegner schüttelte den Kopf. »In ganz Deutschland gab es bisher keinen vergleichbaren Fall. Wir wissen nicht einmal, welches Motiv hinter diesen grausamen Taten steckt. Der Täter hat uns zwar verschiedene Botschaften zukommen lassen, aber wir können uns zum gegenwärtigen Zeitpunkt noch keinen Reim darauf machen.«

»Können Sie wenigstens sagen, wie die Presse an die Einzelheiten des Falles gekommen ist?«

Lehmann und Wegner zuckten fast synchron mit den Schultern. »Bedauere, Herr Minister«, sagte Lehmann. »Wir können nur vermuten, dass jemand aus unseren Reihen für die Presse arbeitet oder dass es der Täter selbst war. Einen Antrag zur richterlichen Anordnung einer Durchsuchung der Heidelberger Allgemeinen hat der zuständige Staatsanwalt bereits abgelehnt, obwohl alles dafür spricht, dass dort die jeweils aktuellen Informationen eingehen. Erst danach werden sie vermutlich an andere Medien weitergegeben. Wie es in der Branche üblich ist, lassen die für gutes Geld natürlich auch andere von dem Kuchen naschen.«

Der Innenminister hob die Augenbrauen. »Die Presse ist ein heißes Eisen. Die können uns das Leben zur Hölle machen. Wir müssen versuchen, sie zu gegebener Zeit vor unseren Karren zu spannen. Auf keinen Fall dürfen wir sie angreifen. Haben Sie mich verstanden?«

»Selbstverständlich, Herr Minister«, antwortete Lehmann dienstbeflissen.

»Wie stark ist die Soko?«

»Momentan arbeiten zehn Ermittler an dem Fall«, antwortete Wegner. »Da wir wegen eines Doppelmordes noch eine Moko laufen haben, konnte ich nicht mehr Beamte für die Soko rekrutieren.«

»Nichts da, Sie stocken die Soko sofort auf 30 Mann auf. Haben Sie mich verstanden? Wie Sie das machen, bleibt Ihnen überlassen. Ist das klar?«

»Mit Verlaub, Herr Minister, wir haben ...« Weiter kam Wegner nicht.

»Es ist mir egal, was Sie haben oder nicht. Meinen Sie etwa, ich möchte mir weiter vorwerfen lassen, die Polizei sei untätig oder gar unfähig, den Fall zu lösen? Machen Sie alles mobil, was zwei Beine und einen Kopf hat. 30 Mann habe ich gesagt, und keinen weniger! Ihren täglichen Lagebericht senden Sie per E-Mail direkt an mein Ministerium. Haben Sie mich verstanden?«

»Jawohl, Herr Minister«, antwortete Lehmann, während Wegner nur den Kopf senkte.

Die eilends auf 30 Mann aufgestockte Soko »Päckchen« arbeitete auf Hochtouren. Der junge Schalterbeamte konnte die hübsche Paketaufgeberin sehr gut beschreiben. Entsprechend gut gelang auch das Phantombild der Unbekannten. Etwas schwieriger wurde es mit der Erstellung des Phantombildes der alten Frau aus der Poststelle Kleingemünder Straße. Die beiden Bereitschaftspolizisten und der Postbeamte gaben Beschreibungen ab, die erheblich differierten. Mit viel Mühe konnte ein einigermaßen gutes Bild erstellt werden. Noch am selben Tag wurden Fahndungsplakate im DIN-A3-Format gedruckt, auf denen die beiden Phantombilder zu sehen waren. Die Plakate wurden in allen Heidelberger Poststellen aufgehängt. Gleichzeitig wurden die anwesenden Postbeamten nach den Frauen befragt. Da dies zeitnah geschehen sollte, hatte Wegner 16 Beamte der Soko mit der Arbeit beauftragt. Dennoch brauchten sie ganze zwei Tage, bis diese aufwendige Fahndungsmaßnahme erledigt war.

Die Befragungen hatten nicht den geringsten Ansatz zur Ermittlung der beiden unbekannten Frauen ergeben. Alle hofften, dass sich in den Folgetagen vielleicht ein Postkunde melden würde, der zumindest eine der beiden Frauen auf den Fahndungsplakaten erkannt hatte.

Als sich nach drei Tagen nichts dergleichen tat, entschloss sich Wegner, die Phantombilder an die Presse zu geben.

Zeitgleich trafen von fremden Dienststellen ständig Meldungen über vermisste Personen ein. Mehrmals mussten die Absender darauf aufmerksam gemacht werden, dass sie sofort DNA-fähiges Spurenmaterial sichern und dem LKA Baden-Württemberg zur vergleichenden Untersuchung mit der Opfer-DNA übersenden sollten. Außerdem kamen fast im

Minutentakt Mitteilungen, wonach man in älteren Vermisstenfällen DNA sichern konnte, die man ebenfalls auf Übereinstimmung mit der DNA des Mordopfers überprüfen werde. Im Serologischen Institut des Landeskriminalamtes stapelten sich die Untersuchungsanträge. Sie sprengten bei Weitem die Kapazität der Labore.

Nachdem in den Zeitungen die Phantombilder erschienen waren, meldeten sich zahlreiche Zeugen, die behaupteten, eine oder beide Frauen schon einmal gesehen zu haben. Manche gaben sogar an, die Gesuchten zu kennen. Wegner und Yalcin hatten alle Mühe, die Hinweise nach Wichtigkeit und Qualität zu ordnen, um sie danach an die Ermittlungsteams zur Bearbeitung weiterzugeben.

Nawrod war ununterbrochen unterwegs. Er konzentrierte seine Ermittlungen im für ihn fast unüberschaubaren Bereich der Personen, die aufgrund medizinischer Kenntnisse in der Lage waren, Menschen Körperteile fachmännisch abzutrennen, ihnen sogar ein Herz nach allen Regeln der ärztlichen Kunst zu entnehmen. Aber was für ein Arzt musste das sein, der sich über den hippokratischen Eid skrupellos hinwegsetzte und einen Menschen nach und nach zerstückelte? Warum machte diese Bestie das? Es war für Nawrod überhaupt kein Motiv zu erkennen. Schon gar nicht konnte er sich erklären, weshalb der Mörder explizit ihn als Adressaten ausgesucht hatte.

17

Günter Uhl war Profiler mit Leib und Seele. Er hatte seine Qualifikation während eines entsprechenden Studiums vor etwa acht Jahren erworben. Seitdem hatte er immer wieder Seminare und Tagungen besucht, in denen die vielschichtigen Themen eines Profilers behandelt wurden. Uhl arbeitete bei der Inspektion 360 B des Landeskriminalamtes Baden-Württemberg und dort in der Operativen Fallanalyse, genannt OFA.

Zuvor war er jahrelang Zielfahnder gewesen. Da er bei dieser Art von Arbeit oftmals Tage und Wochen in ganz Deutschland, manchmal sogar überall auf der Welt unterwegs gewesen war und seine Frau sowie die beiden halbwüchsigen Kinder hatte allein lassen müssen, hatte es in der Ehe gekriselt. Kurz vor dem Auseinanderbrechen hatte er die Reißleine gezogen. Er hatte versprochen, wieder regelmäßig zu Hause zu sein, und sich bei der OFA beworben, denn er hatte schon immer ein Faible dafür gehabt, Verbrechen mit den Mitteln der Psychologie zu bekämpfen. Damit war er bereits als Zielfahnder sehr erfolgreich gewesen. Keiner konnte sich so gut in das Fluchtverhalten eines Täters hineinversetzen wie Uhl.

Als ihn Nawrods Anruf erreichte, war er gerade damit befasst, seinen Abschlussbericht für eine Soko in Karlsruhe zu schreiben, die es mit einem Erpresser zu tun hatte, der mehrfach Lebensmittel in einem bekannten Warenhaus vergiftet hatte. Uhls Fallanalyse hatte entscheidend dazu beigetragen, dass der Täter nach Monaten zäher Ermittlungen gefasst werden konnte.

Nawrod schilderte kurz, was sich bisher in Heidelberg zugetragen hatte. Er schloss damit, dass die Presse bereits gewaltigen Druck mache und der Innenminister den Fall deshalb zur Chefsache erklärt habe.

»Interessant!« bemerkte Uhl. »Äußerst interessanter Fall. Ich werde Sie morgen früh gegen 10 Uhr besuchen. Dann können wir Näheres besprechen.«

»Heute«, entgegnete Nawrod trocken. »Wenn Sie bitte heute noch kommen könnten«, wiederholte er, nachdem der andere sekundenlang nicht antwortete.

»Aber ich ...«

Nawrod schlug mit der flachen Hand auf den Tisch. »Ich würde Sie nicht darum bitten, wenn ich es nicht für dringend erforderlich halten würde.« Der Nachdruck in seiner Stimme duldete keinen Widerspruch. Als erfahrener Psychoanalytiker spürte Uhl sofort, dass mit Nawrod in dieser Hinsicht nicht zu spaßen war. Nawrod hörte, wie Uhl laut durchatmete.

»Okay, ich bin spätestens in zwei Stunden bei Ihnen. Bis dahin machen Sie mir eine vollständige Kopie der Akte. Ich brauche alle Details des Falles, auch die kleinsten.«

»Das dürfte kein Problem sein.«

»Und noch etwas: Erwarten Sie keine Wunder. Ich bin nicht derjenige, der für Sie Kohlen aus dem Feuer holt. Mit viel Glück kann ich Ihnen einige gute Tipps geben. Mehr aber auch nicht. Und ich brauche Zeit. Je früher Sie sich mit dieser Tatsache abfinden, desto besser wird es laufen.«

Nawrod wurde laut. »Zeit ist das, was wir nicht haben. Bewegen Sie Ihren Hintern. Wir tun es auch. Nicht auszudenken, wenn sich der Mörder ein neues Opfer sucht und das Verstümmelungsspiel von Neuem beginnt. In zwei Stunden sind Sie bitte auf der Matte, haben wir uns verstanden?« Ohne eine Antwort abzuwarten, legte Nawrod auf.

18

Inzwischen hatte sich die Soko »Päckchen« im großen Besprechungsraum der Polizeidirektion eingerichtet. Etwa die Hälfte der Soko-Mitglieder recherchierte mit Hilfe von PCs und Telefonen. Die andere Hälfte befand sich irgendwo in der Stadt oder den angrenzenden Gemeinden, um vor Ort Zeugen zu befragen und Sachverhalte zu überprüfen.

Nawrod wollte sich gerade am Kaffeeautomaten bedienen, als ihm Yalcin aus der Entfernung ein Zeichen gab. Er verzichtete auf den Muntermacher und folgte seiner jungen Kollegin, die sich von ihrem Stuhl erhoben hatte und sich nach draußen begab.

Yalcin ging auf dem langen Flur Nawrod in einigem Abstand voraus. Dann betrat sie den Fahrstuhl. Sie blieb in der Tür stehen, bis Nawrod da war.

Sie sah ihn ernst an und legte den Zeigefinger an die Lippen. Dann flüsterte sie: »Warten wir, bis wir unten im Hof sind.«

Gemeinsam fuhren sie nach unten. Nawrod musste grinsen. Sie hat wohl zu viele Spionagethriller geschaut, dachte er.

Im Hof angekommen, sagte Yalcin leise: »Wir müssen sehr vorsichtig sein. Die Wände hier sind verdammt dünn und einige Mitarbeiter haben riesige Ohren. Wenn uns irgendeiner zuhört, werden wir beide nicht nur suspendiert. Die schmeißen uns raus.«

»Seit wann und vor wem hast du denn so Schiss, Mädchen?«

»Rate mal, du Meisterdetektiv!«

»Keine Ahnung. Bisher dachte ich immer, du bist die Coolste auf dem blauen Planeten und hast als türkische Spezialagentin nur Angst vor einer Überdosis Knoblauch.« Nawrod grinste breit.

Yalcins Gesicht wurde noch ernster. »Hah, hah, hah, wenn ich Zeit habe, lache ich mal darüber.«

»Sei doch nicht gleich wieder eingeschnappt. Rück schon raus, was ist? Warum lotst du mich hier runter?«

»Halt dich mal fest!«, flüsterte Yalcin und schaute sich absichernd um. »Gestern Abend konnte ich endlich den PC des Chefredakteurs der *Heidelberger Allgemeinen* hacken. Ich kann dir sagen: Der hat Dateien über die höchsten Politiker unseres Landes angelegt. Hab da mal reingeklickt. Ui, ui, ui, da stehen Interna drin, die einem beim Lesen die Röte ins Gesicht treiben.«

»Du sollst nicht nach dem Liebesleben von Prominenten fahnden, sondern nach unserem Psychopathen, der Menschen zerstückelt.«

»Ich habe seine Festplatte inklusive des aktuellen Mailverkehrs kopiert. Du musst mir etwas Zeit lassen. Ein Suchlauf nach Mord, Mörder und Körperteilen brachte eine Unzahl von Ergebnissen. Das alles manuell zu durchforsten, dauert Tage. Ich bräuchte dafür die gesamte Soko.«

»Bist du verrückt? Wenn Wegner davon erfährt, bist du geliefert.«

»Das weiß ich auch. Deshalb sage ich ja, dass ich Zeit brauche.«

»Kann ich dir irgendwie helfen? Ich meine, zu zweit ist doch …«

»Wäre nicht schlecht«, unterbrach ihn Yalcin. »Hast du ein brauchbares Laptop, das nicht gleich in die Knie geht, wenn es mit ein paar Gigabyte gefüttert wird?«

»Weiß nicht, ob das Gerät was taugt. Ich kenne mich nicht sonderlich damit aus. Käme auf einen Versuch an.«

»Dann würde ich sagen, dass wir uns sofort nach Feierabend dranmachen.«

»Feierabend ist gut! Weißt du, wann ich gestern Abend heimgekommen bin? Genau um 23:45 Uhr. Und das, obwohl ich auf der Autobahn mit 200 Sachen nach Hause gedonnert bin.«

»Warum musst du auch noch in Stuttgart wohnen? Kannst du dir keine Bude hier nehmen? Aber was soll's, dann machen wir heute eben ein wenig früher Schluss und du kommst mit zu mir.« Yalcin grinste breit. »Oder hast du Angst vor einer 22-jährigen Muslima, die noch Jungfrau ist?«

»Und es hoffentlich noch bleibt, bis der Richtige kommt«, raunzte Nawrod.

Yalcin lachte. »Mach du dir mal um mich und meine Jungfräulichkeit keine Sorgen. Ich passe schon auf.«

»Na gut, wir treffen uns um 20 Uhr unten auf dem Parkplatz. Du fährst voraus und zeigst mir, wo ich vor deiner Wohnung parken kann.«

»Okey dokey, Partner, 20 Uhr. Werde pünktlich sein.”

Die beiden begaben sich wieder nach oben. Nachdem sie den Fahrstuhl verlassen hatten, trennten sie sich. Niemand sollte auf die Idee kommen, dass sie irgendetwas zusammen ausklügelten. Und wenn Yalcin aufflog, würde sie allein die Verantwortung übernehmen, hatte sie ihm versprochen.

Plötzlich überlief Nawrod eine Gänsehaut. Könnte das die Falle sein, in die er gelockt werden sollte? Wenn man bei ihm streng vertrauliche, hochbrisante Dateien eines Chefredakteurs fände, wäre das sein Ende. Aber was wäre mit Yalcin? Auch sie würde man »hängen«. Oder doch nicht? Für sie wäre es ganz bestimmt eine Kleinigkeit, die Dateien auf ihrem Computer zu löschen, sodass sie nicht einmal vom besten Experten der Welt wieder sichtbar gemacht werden könnten.

»Verdammte Scheiße«, murmelte Nawrod leise. »Wenn die Kleine mich reinlegt, zerreiße ich sie in der Luft. Und wenn es das Letzte ist, was ich als Bulle mache.«

Bleib cool, dachte er. Verlasse dich auf deinen Instinkt. Lass die Sache auf dich zukommen. Beim geringsten Verdacht steigst du sofort aus. Andererseits ist das die beste Gelegenheit, sie zu testen. Wenn sie das Ding tatsächlich durchzieht, habe ich nichts mehr von ihr zu befürchten. Dann hätten wir für immer Blutsbrüderschaft geschlossen.

Gedankenversunken erreichte Nawrod sein Büro. Kaum hatte er die Tür geöffnet, klingelte das Telefon. »Bauer« stand auf dem Display.

Er nahm den Hörer ab. »Hallo, Sabine, was gibt es Neues?«

»Ja, mir geht es gut. Danke der Nachfrage, lieber Jürgen.« Sabine Bauer lachte amüsiert.

Nawrod reagierte verdutzt. Dann begriff er. »Oh, entschuldige, Sabine, ja also … wie geht's dir«, sagte er verlegen. »Man denkt an nichts anderes mehr als an den Mord. Geht es dir nicht auch so?«

»Nein, lieber Jürgen, und gerade deshalb rufe ich dich an.«

»Ja bitte?« Nawrod stand voll auf der Leitung.

»Ich dachte, wir könnten heute Abend nach dem Dienst … ich meine, was hältst du davon … magst du italienisch?«

Nawrod wurde verlegen. Er war es nicht gewohnt, von einer Frau eingeladen zu werden. Und jetzt musste er dieser Frau auch noch einen Korb geben. Wie macht man so etwas? Damit hatte er überhaupt keine Erfahrung. Ausgerechnet Sabine! Bei jeder anderen wäre es ihm sicherlich leichter gefallen. Er hüstelte ins Telefon.

»Entschuldige, Sabine … also italienisch …« Pause.

»Ich kenne auch einen sehr guten Chinesen. Magst du chinesisch?« In Bauers Stimme war schon ein gewisser Argwohn zu hören.

»Hm … chinesisch, ja, chinesisch mag …

»Also abgemacht«, unterbrach ihn Bauer freudig. »Ich reserviere uns einen Tisch im *Goldenen Drachen*. Wann machst du Feierabend?«

»Wer, ich?«, spielte Nawrod auf Zeit. Wie konnte er jetzt seinen Kopf aus der Schlinge ziehen, ohne Sabine Bauer zu beleidigen? Wenn er ihr vorgaukelte, er werde erst sehr spät Feierabend machen, lief er Gefahr, dass sie sich am nächsten Tag bei Wegner erkundigen würde. Aber er konnte doch auch nicht sagen, dass er bereits von der blutjungen Nesrin Yalcin nach Hause eingeladen worden war.

»Nein, du!«, erwiderte Bauer und ihr Lachen klang sehr liebevoll an seinem Ohr.

»Na ja, Sabine, ich … ich … ich meine, es wäre mir schnurzegal, ob beim Italiener, Chinesen, Griechen oder sonst wo. Ich würde mit dir überall sehr gerne hingehen, nur nicht heute Abend. Denn heute bin ich schon verplant. Sorry, vielleicht ein anderes Mal.«

Nawrod hörte, wie Sabine Bauer schluckte. »Und da ist wirklich nichts zu machen?«, fragte sie enttäuscht.

Er dachte an seine Frau Eva und daran, dass er sie immer noch liebte. Er hatte sich doch vorgenommen, um sie zu kämpfen, sobald dieser Mordfall geklärt sein würde und er sich in Heidelberg etabliert hätte.

»Nein, tut mir sehr leid«, sagte er mit belegter Stimme.

»Okay«, antwortete Sabine Bauer leise und legte auf.

Mit geschlossenen Augen hielt Nawrod noch einige Zeit den Hörer an sein Ohr. Anschließend ging er zum Fenster und öffnete es. Die frische Luft tat ihm gut.

Als Günter Uhl einige Zeit später bei ihm eintraf, musste Nawrod immer noch an Bauers Einladung, aber auch an seine Frau Eva denken. Dennoch kam er mit dem Kollegen vom LKA sehr schnell ins Gespräch. Er erklärte ihm ausführlich, wie der Fall angelaufen war und sich danach weiterentwickelt hatte. Uhl hörte aufmerksam zu und stellte kaum Fragen. Zum Schluss überreichte Nawrod dem Profiler eine Kopie der Akte.

»Wann kann ich mit einer ersten Bewertung rechnen?«

»Und Sie haben wirklich keine Ahnung, warum der Mörder die Pakete ausgerechnet an Sie schickte?« Uhl taxierte Nawrod über dessen Schreibtisch hinweg, während er die Schriftstücke in seinen Händen wog.

»Darüber habe ich mir schon öfter den Kopf zerbrochen, als mir lieb ist,« Nawrod zuckte mit den Schultern. »Tut mir leid, ich weiß es wirklich nicht. Habe nicht die geringste Ahnung. Bin ja erst seit kurzer Zeit hier in Heidelberg.«

»Vielleicht ist das der Grund, weshalb der Täter gerade Sie ausgewählt hat. Ich werde sehen, was sich machen lässt.« Uhl streckte Nawrod die Hand entgegen.

»Wann?« Nawrod griff nach der Hand und sah sein Gegenüber fordernd an.

Uhl blieb ruhig. »Wie ich schon sagte, ich brauche Zeit. Vielleicht in zwei, drei Tagen. Sie hören von mir.« Die dicke Akte unter den Arm geklemmt, verließ er das Büro.

Nawrod schaute auf seine Armbanduhr. Es war jetzt 11:30 Uhr. Er griff zum Telefonhörer und wählte Sabine Bauers Nummer.

»Was jetzt, italienisch oder chinesisch? Ich kann auch noch mit indisch dienen«, begrüßte ihn die Kollegin lachend. »Schön, dass du es dir anders überlegt hast.«

In Nawrods Hals steckte die gleiche Kröte wie vor zwei Stunden, als er von ihr die Einladung erhalten hatte. Am liebsten hätte er sofort wieder aufgelegt.

»Tut mir leid, Sabine. Wir holen das irgendwann einmal nach, versprochen. Deswegen rufe ich nicht an«, versuchte er so freundlich wie möglich zu antworten.

»Weshalb denn dann?«

Zu Nawrods Erstaunen klang Sabines Stimme immer noch sehr nett. »Na ja, ich wollte dich fragen, ob wir beide …

»… selbst kochen könnten«, lachte sie herzhaft und fuhr fort: »War nur ein Spaß. Brauchst nicht gleich zu erschrecken. Was hast du nun wirklich auf dem Herzen?«

»Ich wollte dich fragen, ob du mich zur Rechtsmedizinerin begleiten könntest. Ich hätte ein paar Fragen an sie und außerdem würde ich mir gerne persönlich ein Bild von ihr machen. Wenn du dabei wärst, könnte das von Vorteil sein. Ist doch deine Freundin oder habe ich das falsch verstanden?«

»Sie ist eine gute Bekannte von mir. Freundin würde ich sie aber nicht nennen.«

»Also, kommst du mit?«, fragte Nawrod und bemühte sich, seine Ungeduld zu unterdrücken.

»Es ist kurz vor Mittag. Ich werde Barbara anrufen und fragen, wann es ihr recht ist. Mir käme es gelegen, wenn wir gegen 14 Uhr losfahren würden. Ich sage dir Bescheid.«

»Danke, Sabine.« Nawrod legte auf. Sie ist wirklich eine bemerkenswerte Frau, dachte er. Keine Spur von beleidigt. Ganz im Gegenteil. Ihre Stimme hatte sehr freundlich, ja, sogar liebevoll geklungen. War es das, was sie auszeichnete, was sie begehrenswert machte?

Sie trafen gegen 14:30 Uhr im Rechtsmedizinischen Institut ein. Sabine Bauer kannte sich hier gut aus. Zielstrebig ging sie an den Sektionsräumen vorbei und steuerte auf eine Bürotür zu. Ihr Klopfen zeugte von Selbstbewusstsein. Es war nicht unverschämt laut, aber auch keineswegs zaghaft. Nawrod mochte Kolleginnen, die sicher auftraten. Wie oft hatte er feststellen müssen, dass diese Eigenschaft der Mehrzahl weiblicher und gelegentlich sogar männlicher Polizeibeamten leider fehlte.

Die Gerichtsmedizinerin saß hinter ihrem Schreibtisch und war in Akten vertieft. Den Gruß erwiderte sie, indem sie kurz aufsah und murmelte: »Entschuldigung, bin gleich so weit.« Mit einem Textmarker unterstrich sie mehrere Stellen der vor ihr liegenden Aktenseite. Währenddessen schaute sich Nawrod im Büro um. Der Raum war geschmacklos eingerichtet. Im Gegensatz zu den weiß gekachelten Sektionsräumen vermittelte er dennoch ein gewisses Maß an Behaglichkeit. Nawrod fielen sofort zwei verschiedene Biene-Maja-Poster und ein etwa 50 Zentimeter großes, gleichartiges Stofftier auf, das auf einer wohl eigens dafür an der Wand angebrachten Konsole stand. Er musste schmunzeln. Sabine Bauer stieß ihm sanft in die Rippen und legte mit ernstem Gesicht ihren Zeigefinger an den Mund. Nawrod konnte gerade noch mit den Schultern zucken, als Dr. Westhof aufsah und sich gleich danach von ihrem Stuhl erhob.

»Hallo, Sabine!« Sie streckte der Kriminaltechnikerin die Hand entgegen. »Schön, dass du mich mal wieder besuchst.«

»Du tust ja so, als sei ich schon ewig nicht da gewesen. Dabei habe ich dir doch erst vor drei Tagen das Herz gebracht. Darf ich vorstellen, das ist Kriminalhauptkommissar Jürgen Nawrod vom Dezernat 1.«

Nawrod war nicht sonderlich überrascht, als ihm Barbara Westhof die Hand entgegenstreckte und er feststellte, dass die etwa 50-jährige Frau mit ihren gut 1,93 Meter fast einen Kopf größer war als er. Es beeindruckte ihn auch nicht, dass sie auffallend blasse, jedoch sehr maskuline Gesichtszüge und den Händedruck eines Preisboxers hatte. Ihre langen, pechschwarz gefärbten Haare hatte sie zu einem Pferdeschwanz zusammengebunden, dessen Haargummi schon ein gutes Stück nach unten gerutscht war. Die Frau raucht, dachte er, denn sie hatte den typisch gelblichen Zahnbelag eines Rauchers. Ein kurzer Blick auf den Schreibtisch bestätigte seine Vermutung. Der halbvoll gefüllte Aschenbecher lugte zur Hälfte unter der Akte hervor und trotz des geöffneten Fensters roch es in dem Büro nach kaltem Tabakrauch.

Nawrod hatte im Laufe seiner Dienstzeit mit vielen Gerichtsmedizinern zu tun gehabt und meistens festgestellt, dass die Typen auf irgendeine Weise von der Norm abwichen. Mal waren sie auffallend klein, mal spindeldürr, ein anderes Mal dick wie sein Fleischer um die Ecke oder hässlich wie die Nacht. Manchmal war es auch nur ihre äußerst sonderbare Einstellung zum Leben und insbesondere zum Tod oder auch zur Politik. Und jedes Mal fragte er sich, ob sie deshalb diesen außergewöhnlichen Beruf gewählt hatten. Diese Frau Dr. Westhof, dachte er, würde in einer Basketball- oder gar

Rugbymannschaft ihren Gegnerinnen nicht allein durch ihre Größe, sondern vor allem durch ihr grobschlächtiges Aussehen gehörigen Respekt einjagen. Doch das war es nicht, was Nawrod erstaunte. Erst als die Rechtsmedizinerin zu sprechen begann, war er für einen Moment völlig perplex. Die Frau hatte eine Stimme, so sanft wie eine Fee, die ganz und gar nicht zu ihrem sonstigen Erscheinungsbild passte.

»Sie sind also der Adressat dieses Wahnsinnigen«, sagte sie.

»Ja«, antwortete Nawrod mit einem Schulterzucken. »Und bevor Sie fragen, kann ich Ihnen vorweg die Antwort geben, dass ich keine Ahnung habe, warum der Mörder immer an mich die Pakete schickt. Natürlich wird er seine Gründe haben, aber diesbezüglich tappen wir noch völlig im Dunkeln.«

»Womit kann ich Ihnen dienen?«, fragte Barbara Westhof. Nawrod hätte am liebsten die Augen geschlossen und gegenüber der »Sprachfee« seine Wünsche geäußert, während er sich vor seinem inneren Auge ein engelgleiches Wesen vorstellte.

»Bevor ich Sie um etwas bitte, würde ich gerne wissen, wie Ihre Einstellung zu dieser Art von Tätern ist. Was meinen Sie, muss man mit solchen Menschen Mitleid haben, weil sie offenbar geistig gestört sind und dringend medizinisch betreut werden müsste? Oder sollten sie wie alle anderen Mörder behandelt werden, ohne Mitleid und ohne irgendwelche Rücksicht auf ihre psychischen Probleme?«

»Sie erwarten darauf allen Ernstes eine Antwort?« Barbara Westhof sah Nawrod erstaunt an. Eine solche Frage hatte ihr bis dato noch kein Ermittler gestellt. In dem herben Gesicht der Rechtsmedizinerin sah Nawrod ein kurzes Lächeln.

»Hätte ich Sie sonst gefragt?«, antwortete er trocken.

Frau Dr. Westhof überlegte, bevor sie antwortete: »Ich bin der Meinung, dass alles Menschenmögliche getan werden muss, um diese Bestie schnell hinter Schloss und Riegel zu bringen. Die Verstümmelungen und das Töten von Menschen gehen sonst mit hoher Wahrscheinlichkeit weiter. Sobald der

Täter wieder eine Person in seine Gewalt gebracht hat, wird es nicht lange dauern, bis er Ihnen das nächste Paket schickt.«

»Wie kannst du dir da so sicher sein?«, fragte Sabine Bauer.

»Wenn du mich richtig informiert hast, übermittelte der Täter zwar einige Botschaften, die aber bis jetzt noch keine Rückschlüsse darauf zulassen, was er mit seinen Taten wirklich bezwecken will. Meiner Meinung nach hat er einen genauen Plan. Nur welchen, ist hier die große Frage.«

»So weit sind wir auch schon gekommen«, sagte Nawrod freundlich. »Das ist jedoch nicht genug, um auch nur ansatzweise auf die Spur des Täters zu kommen. Deshalb würde ich Sie bitten, entgegen den Vorschriften über Ihren Schatten zu springen und mit der DNA des Opfers eine bestimmte Untersuchung durchzuführen.« Nawrod räusperte sich.

Frau Dr. Westhof lächelte breit und Nawrod sah, dass ihr rechts oben ein Backenzahn fehlte. »Diese bestimmte Untersuchung, wie Sie es nennen, habe ich«, Westhof führte eine Hand vor den Mund und hustete, »bereits vorgenommen, nachdem mir Sabine das Ohr des Opfers brachte.«

Nawrod runzelte die Stirn. »Sie wissen aber, dass es einen Erlass des Justizministeriums gibt, wonach diese Untersuchung verboten ist, falls wir von der gleichen Untersuchung sprechen?«

»Das ist mir sehr wohl bekannt, und wir sprechen ganz sicher von der gleichen Untersuchung, lieber Herr Nawrod. Wie ich schon sagte, sollten wir alles Menschenmögliche tun, um den Täter dingfest zu machen.«

Nawrod schenkte der Rechtsmedizinerin ein freundliches Lächeln. »Dann verraten Sie uns endlich, wie das Ergebnis der Untersuchung ausfiel«, bat er und behielt sein Lächeln bei.

Frau Dr. Westhof sah Sabine Bauer fragend an. Die Kriminaltechnikerin nickte. »Ich denke, du brauchst bei Jürgen keine Angst zu haben. Der hält im Ernstfall dicht. Dafür lege ich meine Hand ins Feuer.«

»Also gut!« Die Gerichtsmedizinerin atmete tief durch. »Es darf aber auf keinen Fall in den Akten erscheinen!«

»Großes Indianerehrenwort«, versprach Nawrod.

»Unser Opfer ist eindeutig baltischer Herkunft, sowohl mütterlicher- als auch väterlicherseits.« Frau Dr. Westhofs Stimme war merklich leiser geworden. »Die Struktur seiner DNA ist in Rumänien sehr weit verbreitet. Es gibt da noch kleinere Unsicherheitsfaktoren, die leider mit den derzeit bekannten Methoden nicht ausgeräumt werden können. Die Wahrscheinlichkeit ist jedoch sehr hoch, dass der Mann rumänischer Abstammung ist und schwarze Haare hatte.«

»Sie meinen, unser Opfer ist definitiv ein Ausländer?« Nawrod runzelte die Stirn.

»Das habe ich nicht gesagt«, antwortete die Rechtsmedizinerin. »Er ist höchstwahrscheinlich rumänischer Abstammung. Doch er oder seine Eltern können schon Jahrzehnte in Deutschland leben. Genau genommen könnten die Vorfahren des Mannes schon vor hundert Jahren eingewandert sein.«

»Das bringt uns nicht viel weiter«, brummte Nawrod enttäuscht. »Trotzdem, herzlichen Dank für diese Information. Wer weiß, welche Bedeutung sie noch bekommen wird.«

»Gibt es sonst noch etwas zu erwähnen?«, fragte Sabine Bauer nachdenklich. »Hast du an den Körperteilen, die ich dir gebracht habe, irgendwelche Auffälligkeiten entdeckt?«

Barbara Westhof hob die Schultern. »Das Opfer hat keine morphinhaltigen Schmerzmittel verabreicht bekommen. Ich habe jedenfalls weder im Blut noch im Gewebe Derartiges gefunden.«

»Und was heißt das?«, fragte Nawrod trocken.

»Das heißt, dass der Mann, vor allem nach Entnahme seines rechten Auges, aber auch schon davor, qualvolle, nicht zu beschreibende Schmerzen aushalten musste. Der Täter ist ein Sadist, der sich an den Qualen seines Opfers weidet. Er muss den armen Kerl auf einem Tisch oder Ähnlichem so festgezurrt haben, dass er sich absolut nicht mehr bewegen konnte. Nicht einmal seinen Kopf. Danach, so vermute ich, hat er bei vollem Bewusstsein die Verstümmelungen vorgenommen und schließlich auch den Mord begangen.«

Nawrod und Bauer sahen sich entsetzt an. »Das ist ja furchtbar«, stieß die Kriminaltechnikerin hervor.

»So ein Schwein!«, brummte Nawrod.

Dr. Westhof wandte sich Sabine Bauer zu. »Und wenn du mich nach Auffälligkeiten an den Körperteilen fragst, kann ich nur wiederholen, dass der Täter sein Handwerk versteht. Den Schnittstellen nach zu urteilen, besitzt der Mörder ganz offensichtlich fundierte chirurgische Kenntnisse. Die Länge des Fingers lässt den Schluss zu, dass das Opfer nicht besonders groß war. Außerdem habe ich in seiner linken Herzkammer Spuren eines länger zurückliegenden Infarktes festgestellt. Aufgrund seiner Ausprägung kann das aber auch ein sogenannter stiller Infarkt gewesen sein.«

Sabine Bauer hob die Augenbrauen. »Wie muss ich das verstehen?«

»Das Opfer muss deswegen nicht unbedingt in ärztlicher Behandlung gewesen sein. Und schon gar nicht in einer Klinik«, antwortete Barbara Westhof.

»Ähnlich sieht es mit dem Auge aus, das ihr mir gebracht habt. Der Mann war vermutlich Brillenträger. Er war kurzsichtig. Das konnte ich anhand der Krümmung seiner Hornhaut feststellen. Vielleicht war er deswegen bei einem Augenarzt in Behandlung, vielleicht auch nicht. Viele Leute gehen heutzutage nur zum Optiker, weil sie für eine Brille von der Krankenkasse eh keinen Cent mehr erstattet bekommen. Andere kaufen ihre Brille für drei Euro im Supermarkt.«

»Hm, ist das wirklich alles?«, fragte Nawrod.

»Da gibt es noch etwas.« Die Rechtsmedizinerin suchte nach Worten. »Es muss aber nicht unbedingt von Bedeutung sein.« Sie sah auf den Boden. Ihre Hände vergruben sich tief in den Taschen des weißen Arztkittels. »Ich weiß nicht, ob ich es überhaupt erwähnen soll. Ich könnte damit voll daneben liegen.«

»Das müssen wir beim jetzigen Stand der Dinge riskieren«, antwortete Nawrod entschlossen.

»Jürgen hat recht! Wir müssen jeder noch so kleinen Spur, jedem winzigen Hinweis nachgehen. Also, Barbara, was ist dir noch aufgefallen?«

»Wie gesagt, es ist eigentlich …« Dr. Westhof zögerte.

»Rück schon raus, was ist es?« Sabine Bauers Stimme klang schroff.

»Die Schnittstellen der oberen und unteren Hohlvene des Herzens verlaufen schräg. Sie sind, wenn ich das mal so ausdrücken darf, auf Gehrung geschnitten.«

»Und was folgern Sie daraus?«, fragte Nawrod ungeduldig.

»Schwierig zu sagen. Es kann Zufall sein. Allerdings sind beide Schnitte nahezu identisch.« Dr. Westhof zog eine Schublade ihres Schreibtisches auf und entnahm daraus fünf DIN-A4-große Fotos, die sie vor den beiden Ermittlern ausbreitete. Die Aufnahmen waren von brillanter Schärfe. Man konnte jedes noch so kleine Detail an dem von Frau Dr. Westhof untersuchten Herzen sehen. Die Rechtsmedizinerin deutete auf zwei Fotos, auf denen jeweils nur das Ende einer großen Arterie zu sehen war. Die Bilder waren stark vergrößert. Deutlich war zu erkennen, dass die Venen in einem Winkel von etwa 30 Grad durchtrennt wurden. Dann deutete Dr. Westhof auf ein anderes Bild, auf dem das gesamte Herz zu sehen war. Sie nahm einen Kugelschreiber zu Hilfe.

»Hier sind die beiden schräg durchschnittenen Hohlvenen!« Die Spitze des Kugelschreibers hüpfte zweimal vom oberen zum unteren Ende des Herzens.

»Und hier sieht man deutlich, dass die drei Ausgänge der Aorta sowie die Lungenvenen rechtwinklig durchtrennt wurden.« Die Rechtsmedizinerin zeigte auf die entsprechenden Stellen.

»Um nun auf Ihre Frage zurückzukommen, Herr Nawrod: Die Gehrungsschnitte an den Hohlvenen könnten einen bestimmten Grund haben.«

»Und der wäre?«

»Ich möchte mich nicht zu weit aus dem Fenster lehnen, aber es könnte darauf hindeuten, dass unser Mörder ein

Herzchirurg ist, dessen Eigenart es sein könnte, bei einer Transplantation die Hohlvenen, aus welchem Grund auch immer, auf Gehrung zusammenzuflicken. Vielleicht, um damit die Festigkeit der Nahtstelle zu erhöhen.«

»Hm, nicht schlecht, Frau Dr. Westhof. Darf ich fragen, weshalb Sie sich so geziert haben, uns dieses wichtige Detail mitzuteilen?«

»Können Sie sich das nicht denken?« Die Rechtsmedizinerin schaute Nawrod ernst an.

»Lieber Jürgen«, schaltete sich Sabine Bauer ein, »das Herzzentrum gehört, wie das Gerichtsmedizinische Institut, zur Universitätsklinik Heidelberg. Wenn wir aufgrund des Hinweises beginnen, in der Herzklinik zu ermitteln, würde das automatisch auf Barbara zurückfallen. Stimmt's?«

»Du hast es erraten. Ich könnte dann in enorme Schwierigkeiten kommen. Leider ist es immer noch so, dass es unter den Ärzten, zu denen ich ja auch gehöre, einen Ehrenkodex gibt, der … nun ja … der …«

»… der besagt, dass eine Krähe der anderen kein Auge aushackt«, ergänzte Nawrod und schüttelte den Kopf.

»Nehmen wir mal an, meine zugegebenermaßen sehr dünne Theorie ist völlig unbegründet«, fuhr Frau Dr. Westhof fort. »Dann wirbeln Sie im Kollegenkreis jede Menge Staub auf und ich kann unter Umständen meinen Hut nehmen.«

»Und nehmen wir mal an, Sie hätten dieses Detail für sich behalten. Es wäre aber die entscheidende Spur zur Ermittlung des Täters, der, weil er sich nach wie vor sicher fühlt, unbeirrt weiter mordet, nur weil Sie Schwierigkeiten befürchten.« Nawrod drehte Frau Dr. Westhof den Rücken zu und ging zwei Schritte Richtung Fenster. Er verschränkte die Arme vor der Brust und schaute auf den Neckar, der weit unten träge dahinfloss. Sabine Bauer und Barbara Westhof sahen sich fragend an. Es vergingen endlose Sekunden des Schweigens, bis sich Nawrod umdrehte und Frau Dr. Westhof mit festem Blick ansah.

»Ich kann Sie verstehen, Frau Dr. Westhof«, sagte er freundlich, aber bestimmt. »Doch Sie sind vereidigte Rechtsmedizinerin. In einem solchen Fall haben Sie keine Wahl. Sie haben ausschließlich auf der Seite des Gesetzes zu stehen und dürfen auch nicht im Entferntesten daran denken, einen Ihrer Kollegen, der als Täter infrage kommen könnte, zu schützen.«

»Meinen Sie, das weiß ich nicht«, antwortete Barbara Westhof in brüchigem Tonfall. »Bevor ich Ihnen den Hinweis gab, habe ich mir über die Folgen meiner Feststellungen schon das Hirn zermartert.«

Diese Stimme, dachte Nawrod. Sie wirkte jetzt noch zerbrechlicher, noch zarter als zuvor. In diesem Moment tat ihm die aufgrund ihrer Größe und Statur äußerlich so robust wirkende Rechtsmedizinerin leid. Sie befand sich zweifellos in einem Zwiespalt.

»Ich mache Ihnen einen Vorschlag«, sagte Nawrod. »Sie geben mir diese Aufnahmen und ich verspreche Ihnen, dass ich bei den Ermittlungen gegenüber Ihren Kollegen nie erwähne, von Ihnen den Hinweis bekommen zu haben. Ich werde mit den Aufnahmen einfach bei den fraglichen Ärzten hausieren gehen und testen, was sie dazu sagen. Wäre doch gelacht, wenn ich so nicht weiterkäme. Als Einstieg in die Gespräche benutze ich den von Ihnen entdeckten Herzinfarkt. Das fällt nicht auf. Haben Sie eine Detailaufnahme der Vernarbungen des Herzens?«

Frau Dr. Westhofs Gesicht erhellte sich. »Selbstverständlich.« Sie holte zwei weitere Aufnahmen hervor, die sie Nawrod übergab. Nawrod sah sich die Fotos aufmerksam an. Selbst für ihn als Laien war unschwer der Teil des Herzgewebes zu erkennen, der durch den Infarkt beschädigt worden war.

»Das sind wirklich tolle Aufnahmen, Frau Dr. Westhof. Die lassen keine Wünsche offen.«

»Freut mich sehr, wenn ich Ihnen damit helfen kann, dem Mörder auf die Spur zu kommen. Mir würde ein Stein vom Herzen fallen.«

»Können Sie mir noch verraten, wie viele Ärzte in der Herzklinik beschäftigt sind und wer deren Leiter ist?«

»Ich schätze, es gibt dort so an die 40 bis 50 Ärzte. Die Zahl ist einem ständigen Wandel unterworfen. Die Klinik ist in vier selbstständige Abteilungen gegliedert.«

»Und die wären?« Nawrod zückte sein kleines Notizbuch und schrieb mit.

»Die innere Medizin, dazu zählt die Kardiologie, die Angiologie und die Pneumologie. Die zweite Abteilung ist die Herzchirurgie, innerhalb derer natürlich auch Transplantationen vorgenommen werden. Dann gibt es noch die Pädiatrische Kardiologie, in der fast ausschließlich angeborene Herzfehler behandelt werden. Schließlich gibt es noch die Abteilung für Herz- und Kreislaufphysiologie. Jede dieser Abteilungen hat einen eigenen Leiter. Inoffiziell ist der oberste Herrscher jedoch Professor Günter Knaus. Ein in die Jahre gekommener Patriarch. Seine Operationen sind legendär, und immer noch überrascht er gelegentlich die Kolleginnen und Kollegen mit spektakulären Methoden, Patienten erfolgreich zu operieren. Was eine Täterschaft anbelangt, ist er aber meines Erachtens über jeden Zweifel erhaben.«

»Sie meinen also, ich soll mich zuerst an ihn wenden?«

»Ohne ihn werden Sie im Herzzentrum auf Granit beißen. Wenn Sie Knaus nicht auf Ihre Seite bringen, können Sie sich dort Ihre Ermittlungen sparen. Und noch eines: Sie müssen sich von seiner Sekretärin einen Termin geben lassen. Falls Sie ihn mit Ihrem Besuch überraschen wollen, haben Sie gleich verloren. Der Mann ist viel beschäftigt und kann es nicht ausstehen, wenn ihn jemand unangemeldet bei der Arbeit stört.«

Nawrod streckte der Rechtsmedizinerin die Hand entgegen. »Vielen Dank, Frau Dr. Westhof. Sie haben uns sehr geholfen.«

»Gerne«, antwortete die Rechtsmedizinerin in einem derart sanften Ton, dass Nawrod trotz der gelben Zähne, die ihn anlächelten, wieder an eine wunderschöne Fee denken musste.

19

Die Einrichtung des kleinen Appartements konnte die Herkunft der Mieterin nicht verschweigen. Nawrod fand alles einen Tick zu bunt und nahe an der Grenze zum Kitschigen. Sein Blick fiel sofort auf eine etwa einen Quadratmeter große rote Fahne mit Halbmond, die an der Wand hing. Darunter prangte in einem goldfarbenen Rahmen ein Porträt Atatürks. Am rechten oberen Eck des Bildes hing eine Gebetskette. Über einem kleinen Sideboard an der gegenüberliegenden Wand sah Nawrod zwei eingerahmte Schwarz-Weiß-Fotos, auf denen jeweils eine alte Frau und ein mindestens ebenso alter Mann abgebildet waren. Der Mann trug einen kräftigen, grauen Schnurrbart, dessen Enden spitz zuliefen und seitlich über die Wangen hinausragten. Unter den Fotos stand eine kleine Blumenvase mit weißen Rosen. Das müssen ihre Großeltern sein, dachte Nawrod.

Auf dem Fußboden lagen drei verschieden große Brücken, deren türkische Herkunft man ohne spezielle Kenntnisse erkannte. Die wenigen Möbel waren allesamt aus dunklem Holz und leicht verschnörkelt. Unter dem einzigen Fenster stand ein kleiner Schreibtisch und davor ein Holzstuhl mit gepolsterter Sitzfläche. Das Bettzeug auf der ausgeklappten Couch war ungeordnet. Eine hastig zusammengefaltete Tagesdecke lag rechts daneben.

Vor der kleinen Küchenzeile befand sich eine Theke mit zwei Hockern, die darauf hindeuteten, dass in dieser Wohnung beim Essen kein besonderer Wert auf Gemütlichkeit gelegt wurde.

»Mach es dir bequem. Bin gleich wieder da.« Yalcin öffnete eine Tür und verschwand dahinter. Kurze Zeit später hörte Nawrod die Toilettenspülung und gleich darauf das typische Duschgeräusch.

Es waren nicht einmal fünf Minuten vergangen, als sich die Tür öffnete und Yalcin in einem seidenen Bademantel erschien, dessen glänzendes Rot ihrem pechschwarzen, noch nassen, bis weit über die Schultern reichenden Haar einen ganz besonderen Reiz verlieh.

»Entschuldige, dass ich dich warten ließ. Das musste sein. Jetzt fühle ich mich bedeutend wohler. Möchtest du etwas trinken?«

»Gerne. Wenn du ein Mineralwasser oder eine Cola hättest?«

Yalcin ging zum Kühlschrank und holte eine große Flasche Cola heraus. Sie nahm zwei Gläser aus dem Regal und goss ein.

»Auf gute Zusammenarbeit heute Abend«, sagte sie und lächelte, während sie Nawrod das Glas reichte.

»Cheers«, antwortete Nawrod. »Auf dass wir Erfolg haben. Es wäre höchste Zeit, endlich eine Spur zu finden, die uns weiterbringt. Ich darf gar nicht dran denken, welcher Berg von Arbeit auf uns zukommt, wenn wir damit beginnen müssen, in der Uniklinik zu ermitteln.«

»Wir werden unser Bestes geben. Lass uns gleich beginnen.«

Beide tranken einen großen Schluck aus ihren Gläsern und schauten sich in die Augen.

»Zeig mir mal dein Gerät«, forderte Yalcin.

»Wie bitte?«, entgegnete Nawrod perplex und schluckte verlegen.

»Na, deinen PC!«, antwortete Yalcin und im selben Moment begriffen beide. Mit erhobenem Zeigefinger und einem gespielt empörten »Hey, Mister« begann Yalcin herzhaft und laut zu lachen.

Auch Nawrod prustete los. Dabei versuchte er mehrmals, seine junge Kollegin zu ermahnen, konnte aber vor lauter Lachen den Satz nicht zu Ende bringen. »Habe ich dir … habe ich … nicht … Mister … du sollst mich doch nicht …«

Daraufhin lachte Yalcin noch lauter. »Oh, entschuldige, ist mir … ist mir noch mal … noch mal rausgerutscht.«

Beide hielten sich die Bäuche vor Lachen. Sie hatten dicke Tränen in den Augen, als sie sich endlich langsam beruhigten.

Nawrod konnte sich nicht erinnern, wann er das letzte Mal so gelacht hatte. Diese Feststellung erzeugte mehr als ein gutes Gefühl in ihm.

Schließlich hatten sie sich so weit im Griff, dass sie mit ihrer Arbeit beginnen konnten. Yalcin war eine Meisterin ihres Faches. Nawrod kam aus dem Staunen nicht mehr heraus, wie sie mit den beiden Laptops umging. Nach einiger Zeit war sie so weit, dass sie Nawrod seinen Rechner zurückgab.

»So, großer Meister, unter dem Verzeichnis ›Presse‹ findest du eine Flut von Dateien, die ich dir überspielt habe und die nur ein kleiner Teil dessen sind, was der Chefredakteur auf seinem PC gespeichert hat.«

»Und was mache ich damit?«, stöhnte Nawrod, wobei er sich am Hinterkopf kratzte.

»Oh mein Gott, du hast wohl keine Ahnung, oder?«

»Na ja, wie man's nimmt. Vielleicht zeigst du es mir?«

»Zuerst machen wir es uns mal richtig bequem.« Mit diesen Worten ging Yalcin zur Couch, schlug die Bettdecke zurück, strich das Laken glatt und schüttelte die beiden Kopfkissen auf. Anschließend nahm sie auf der rechten Seite Platz. Das Laptop auf ihrem Schoß, klopfte sie mit einer Hand auf das Laken: »Na los, auf was wartest du noch!«

»Du meinst, ich soll … dahin, ich meine … hey, das ist doch dein Bett, oder?«

»Ziehe bitte deine Schuhe aus und halte keine langen Volksreden, sonst wird das nichts mehr heute.«

»Ich könnte ja auch dort am Schreibtisch Platz nehmen.« Nawrod deutete etwas verlegen in Richtung Fenster.

»Meinst du, ich möchte alle paar Sekunden aufstehen, wenn du nicht mehr weiterweißt? Mach schon, zieh endlich Jacke und Schuhe aus und hau dich neben mich!«

Nawrod schüttelte verwundert den Kopf und tat wie von Yalcin geheißen. Ihm war sichtlich unwohl dabei. Die junge Kollegin dachte anscheinend nicht daran, ihren aufreizenden Bademantel gegen normale Kleidung einzutauschen. Er erinnerte sich an Eva und das letzte Gespräch mit ihr und auch daran, dass Yalcin gerade mal halb so alt war wie er. Er hätte ihr Vater sein können. Aber er war ein Mann, und der Anblick dieser jungen, hübschen Frau mit ihren nackten Beinen, dem tief ausgeschnittenen Dekolleté, das trotz der teilweise darüber fallenden langen Haare den Ansatz ihres Busens freigab, zeigte Wirkung, obwohl er sich innerlich dagegen sträubte. Und vielleicht gerade weil er sich so dagegen wehrte, konnte er die Frage nicht beiseiteschieben, ob Nesrin unter ihrem Bademantel einen Slip anhatte. Wenn, dann musste es ein Hauch von einem Dessous sein, denn er konnte sich nicht erinnern, dass sich bislang auch nur der Ansatz einer Kontur durch den dünnen Bademantel abgebildet hätte.

Während Nawrod Jacke und Schuhe auszog, versuchte er sich zusammenzureißen und die Lage, so nüchtern es ging, abzuschätzen. Wollte ihn die Kollegin verführen? Hatte es bei ihr gefunkt, ohne dass er es gemerkt hatte? Oder gehörte das zu der Falle, in die sie ihn vielleicht locken sollte? Seit wann hatte er nicht mehr mit einer Frau geschlafen? Mit seiner Frau, müsste es heißen, denn nachdem Eva ihn verlassen hatte, war er mit keiner anderen im Bett gewesen. Ihm war auch nie danach gewesen. Aber jetzt? Nein, er liebte Eva und würde diese Liebe nicht kaputt machen. Aber Nesrins nackte Beine und wie sie sich vorhin über die Couch beugte, als sie das Laken glatt strich?

»Vergiss es, Jürgen«, kam es amüsiert über Yalcins Lippen. Sie hatte bemerkt, wie sich seine Augen an ihren Beinen festsaugten. »Wenn du damit Probleme hast, ziehe ich mich gerne um.« Sie lachte und Nawrod wusste in diesem Moment, dass er mit seinen Überlegungen völlig falsch gelegen hatte. Die Kollegin war zwar türkischer Abstammung, aber ganz offensichtlich keine Spur von prüde, wie er es eigentlich von einer Türkin erwartet hätte. Sie war einfach nur eine junge Frau, die sich altersentsprechend locker gab und an ihrem momentanen Outfit nichts Besonderes fand.

Beschämt sah Nawrod zu Boden. »Entschuldige, Nesrin, ich dachte … na ja, ich …«

»Man sah es dir an, was du dachtest«, unterbrach ihn Yalcin lachend. »Komm jetzt und setz dich neben mich, damit wir endlich anfangen können!«

Die erste halbe Stunde tat sich Nawrod beim Durchforsten der unzähligen Dateien sehr schwer. Yalcin musste ihm immer wieder Ratschläge geben, wie man am besten vorging und welche Suchfunktionen man benutzen konnte. Dennoch waren sie gezwungen, herausgefilterte Texte genau durchzulesen, um darin Hinweise auf die Person zu finden, die der Heidelberger Allgemeinen detaillierte Informationen über die Verstümmelungen und den Mord an dem immer noch unbekannten Opfer lieferte. Es war eine mühselige Arbeit, und nach einiger Zeit fingen Nawrods Augen an zu brennen. Er hatte in den letzten Nächten nicht besonders gut geschlafen. Doch er wollte sich vor Yalcin keine Blöße geben und las weiter. Die Buchstaben verschwammen vor seinen Augen. Es war ein hoffnungsloses Unterfangen, in diesem Wust von Berichten, E-Mails und deren Anhängen einen Hinweis auf den Mörder zu finden. Kurz nach Mitternacht schaute er auf die Uhr. Es war das Letzte, was er noch bewusst wahrnahm.

Durch den nicht ganz heruntergelassenen Rollladen blinzelte die Sonne herein. Als Nawrod seine Augen aufschlug, war seine Hand auf Nesrins nackter Schulter das Erste, was er sah. Fast ruckartig zog er sie zurück und richtete sich erschrocken auf. Nicht zugedeckt, ihm den Rücken zugewandt, lag die junge Kollegin, im tiefen Schlaf versunken, direkt neben ihm. Ihr Bademantel war verrutscht, sodass er sowohl ihre Schulter als auch die linke Seite ihres nackten Unterkörpers preisgab. Es durchfuhr ihn wie ein Blitz. Hatte er etwa mit ihr geschlafen? Er tastete nach dem Reißverschluss seiner Hose. Er war halb geöffnet. Nawrod versuchte, die Zeit vor seinem Einschlafen noch einmal Revue passieren zu lassen. Da war nichts, absolut nichts. Oder doch? Nein. Jetzt war er sich sicher. Er stand leise auf. Trotz des aufgeklappten Fensterflügels war es angenehm warm in dem Raum. Er war immer noch mit Hemd und Hose bekleidet. Nur seine Schuhe hatte er ausgezogen. Beim Aufstehen trat er fast auf sein Laptop, das neben dem Bett lag. Er sah auf Nesrin hinunter. Jeder Maler, jeder Fotograf hätte sich nach diesem Motiv die Finger geleckt. Ein Zimmer, von schmalen Lichtstreifen der Sonne durchzogen, und auf dem Bett liegend eine junge, fast noch kindlich wirkende Frau mit den anmutigsten Formen von Weiblichkeit. Ihre langen Haare, halb das Gesicht verdeckend, ungeordnet und dennoch so, wie sie in diesem Augenblick schöner nicht sein konnten. Nawrod hielt inne. Wie konnte sich eine junge, wahrscheinlich streng erzogene türkische Muslima ihm gegenüber so freizügig geben? Das passte überhaupt nicht zusammen und auch ganz und gar nicht zu dieser konservativen Wohnungseinrichtung. Wie soll man aus Frauen jemals schlau werden, dachte er, nahm die dünne Bettdecke und legte sie sanft über die immer noch fest schlafende Yalcin. Wie lange hatte sie heute Nacht wohl gearbeitet?

Geräuschlos verließ er die Wohnung, nachdem er zuvor den auf dem Tisch liegenden Schlüsselbund an sich genommen hatte. Als er nach einiger Zeit mit frisch duftenden Brötchen zurückkam, hatte sich nichts verändert. Nawrod überlegte, ob er sich auch noch einmal hinlegen sollte. Müde genug war er. Er schaute auf die Uhr und entschloss sich, kurz ins Bad zu gehen, um anschließend das Frühstück zuzubereiten. Die Küchenzeile war übersichtlich. Er musste nicht lange nach Tassen und Besteck suchen. Obwohl er sich die größte Mühe gab, schepperte das Geschirr, als er es aus dem Schrank nahm. Außerdem gab die Kaffeemaschine schon bald nach dem Einschalten die typischen Dampflaute von sich. Er hörte Yalcin laut stöhnen.

»Hey, Partner, was rumorst du mitten in der Nacht so herum?« Sie gähnte.

Nawrod grinste. »Steh auf, du Schlafmütze! Ich war schon beim Bäcker.« Er drehte Yalcin diskret den Rücken zu und deckte weiter den Frühstückstisch. Fünf Minuten später saßen die beiden bei leckeren Marmeladebrötchen und dampfendem Kaffee zusammen.

»Könntest du nicht zwanzig Jahre jünger sein? Einen Kerl, der morgens Kaffee kocht und zum Bäcker geht, könnte ich gut gebrauchen.« Yalcins blütenweiße Zähne und die beiden Grübchen an den Wangen verliehen ihrem Lächeln einen ganz besonderen Zauber. Es war nicht das verführerische Getue, das Frauen oftmals als Waffe zur Eroberung eines Mannes einsetzen. Nein, Yalcins Lachen war offen, ehrlich und von ermunternder Schönheit. Dazu kam ein gehöriger Schuss jugendlicher Unbekümmertheit.

»Du bist wohl nicht ganz bei Trost!«, protestierte Nawrod in gespieltem Ernst. »Das war eine rühmliche Ausnahme. Morgen früh bist du an der Reihe. Ist das klar?«

»Wieso morgen früh? Du wirst dich doch nicht bei mir einnisten wollen? Ich meine ... hey ... ich brauch keinen Kerl. War doch nur Spaß eben.«

»Uns wird nichts anderes übrig bleiben, als heute Abend wieder in die Hände zu spucken. Wir haben nun mal mit dem Mist angefangen und ziehen das dann auch durch. Oder hast du einen anderen Vorschlag?«

»Ich weiß ja nicht, wie du gestern an die Sache rangegangen bist. Aber eines steht fest: Während du schon bald im Reich der Träume warst, habe ich noch fleißig gearbeitet und tatsächlich einen Treffer gelandet. Unser Mann heißt Ansgar Haider, ist 32 Jahre alt, freier Journalist, wohnt hier in der Sophienstraße und ist bereits wegen schwerer Körperverletzung und versuchten Mordes vorbestraft.«

»Sag mal, geht's noch? Das sagst du mir erst jetzt? Warum hast du mich nicht geweckt?«

»Weil ich dachte, du brauchst deinen Schlaf, wenn wir uns heute den Mann krallen. Wie die Sache aussieht, müssen wir auch Robert Pfaff einbuchten, und was das heißt, muss ich dir ja nicht sagen.« Nesrin biss genüsslich in ihr Brötchen.

»Du meinst den Chefredakteur?«, stieß Nawrod verwundert hervor.

»Ich habe den Verdacht, dass die beiden unter einer Decke stecken.«

»Wie kommst du denn auf die Idee?« Nawrod kam aus dem Staunen nicht mehr heraus. Entweder war es ein Hirngespinst Yalcins oder sie hatte tatsächlich ins Schwarze getroffen.

»Das liegt doch auf der Hand. Haider ist der Mörder und macht die Drecksarbeit. Er liefert Pfaff gegen ein adäquates Honorar gleich im Anschluss daran einen passenden Artikel, der die Auflage des Blattes um ein Vielfaches steigert. Außerdem macht Pfaff noch weiteren Reibach, indem er mit geringer Verzögerung die Storys an andere Zeitungen und Nachrichtenagenturen verkauft. Gleichzeitig hetzt er seine eigenen Reporter auf Politiker und andere hochgestellten Persönlichkeiten, um mit deren Stellungsnahmen den Ballon noch weiter aufzublasen.«

»Kannst du das beweisen?« Nawrod hielt es nicht mehr auf seinem Stuhl. Er sprang auf und lief im Zimmer auf und ab. Auch Yalcin erhob sich von ihrem Stuhl.

»Kannst du das beweisen?«, wiederholte er, packte Yalcin an der Schulter und schüttelte sie mehrmals. »Weißt du, was du da eben gesagt hast?«

Yalcin starrte ihn mit großen Augen an. Nawrods heftige Reaktion machte ihr bewusst, welche Dimension die Sache nun angenommen hatte. Sie bekam plötzlich Angst. Angst vor Nawrod, Angst vor ihrer eigenen Courage und Angst vor der Lawine, die sie gerade im Begriff war loszutreten. Sie wollte zurückrudern, aber wie?

»Sorry, Jürgen, der E-Mailverkehr zwischen Haider und Pfaff … ich meine … es deutet alles darauf hin.« Ihre Stimme wurde unsicher. »Ob das richtige Beweise sind? Die Erfahrung habe ich noch nicht. Auf jeden Fall …«

»Schalte sofort deinen verdammten PC ein! Ich will mir die Sache ganz genau anschauen. Mein Gott, wenn du recht hast!«

Während Yalcin ihren Computer hochfuhr, griff sie nach ihrer Kaffeetasse. Ihre Hand zitterte. Kaffee schwappte über.

Nawrod biss abwesend in sein Brötchen und trommelte nervös auf die Tischplatte. Es dauerte eine Ewigkeit, bis Yalcin so weit war. Ihre Finger tanzten traumwandlerisch auf den Tasten hin und her, während sich ihre Augen am Monitor festsaugten. Einmal mehr ärgerte sich Nawrod, weil er schon zu einer Generation gehörte, die nicht fähig war, Yalcins schnellen Eingaben und jeweiligen Resultaten zu folgen. In einer Mischung aus Frust und Ungeduld hätte er am liebsten den Monitor zertrümmert. Dann war es so weit. Fast ängstlich drehte Yalcin ihr Gesicht zu Nawrod.

»Bitte«, sagte sie mit einem dicken Kloß im Hals. »Das ist die erste E-Mail!« Sie stand auf und überließ Nawrod den PC. Leise las er vor:

»Sehr geehrter Herr Kollege Pfaff, wie soeben telefonisch besprochen, übersende ich Ihnen in der Anlage den fraglichen Artikel zu Ihrer Verwendung. Ich gehe davon aus, dass Sie unsere Abmachungen einhalten werden, und verbleibe mit kollegialen Grüßen, Ansgar Haider.«

Nawrod klickte auf den Anhang der E-Mail. Das Schreiben enthielt weder einen Absender noch einen Adressaten. Wieder begann er leise vorzulesen:

»Heute Vormittag erhielt Kriminalhauptkommissar Nawrod von der Kripo Heidelberg per Post ein Päckchen, in dem sich sowohl der abgetrennte Zeigefinger eines Menschen als auch eine rätselhafte Botschaft befand. Der Absender hat sich als M. Meier aus der Goethestraße 141 ausgegeben. Die Anschrift sowie der angebliche M. Meier sind jedoch nicht existent. Es ist noch nicht bekannt, was mit der schaurigen Postsendung bezweckt werden soll. Offensichtlich gibt es einen triftigen Grund, weshalb gerade Kriminalhauptkommissar Nawrod Empfänger des Päckchens war. Er ist jener Polizist, der erst vor Kurzem nach Heidelberg versetzt wurde und bald danach den äußerst spektakulären Selbstmord am Königstuhl aufklärte.«

Nawrod strich sich mit der Hand durch die Haare. Yalcin nippte an ihrem Kaffee.

»Und, ist das ein Beweis?«, fragte sie erwartungsvoll. »Es gibt noch drei weitere E-Mails, die am selben Tag gesendet wurden, an dem auch die jeweiligen Päckchen bei uns eintrafen. Haider muss der Täter sein. Wie sonst hätte er so zeitgenau wissen können, wann wir die Sendungen erhalten haben ?«

»Der Text hat tatsächlich große Ähnlichkeit mit dem damaligen Artikel der Heidelberger Allgemeinen. Wie sieht es mit den anderen drei E-Mails aus?«, fragte Nawrod und seine Stimme vibrierte in gespannter Erwartung. Yalcin hämmerte kurz auf die Tastatur und schob Nawrod das Laptop zu.

»Vielen Dank! Ihre Großzügigkeit hat mich etwas überrascht. Anbei der zweite Artikel«, las Nawrod. Er klickte auf den Anhang. Wieder fand er darin fast genau den Wortlaut des Presseartikels, der einen Tag, nachdem ihm das abgeschnittene Ohr zugesandt worden war, in der *Heidelberger Allgemeinen* erschienen war. Die anderen beiden E-Mails waren in ähnlicher Weise verfasst und auch deren Anhänge waren nahezu textgleich mit den jeweiligen Presseartikeln. Pfaff hatte offensichtlich nur kleine Ergänzungen und Verbesserungen vorgenommen, aber vor allem die dazugehörenden Schlagzeilen selbst entworfen.

»Hast du auch schon herausbekommen, an wen Pfaff die Informationen weiterverkaufte?«

»Bin ich Gott? Wächst mir vielleicht Gras aus der Tasche?«, entfuhr es Yalcin in gespielter Entrüstung. »Eines nach dem anderen. Schließlich wurde auch ich in der Nacht einmal müde. Aber noch eine interessante Sache kann ich dir zeigen.« Yalcin drückte einige Tasten, während Nawrod seinen Kopf fast auf ihre Schulter legte.

»Mein Gott, Nesrin! Das ist ja … das ist ja fantastisch!«

20

Radeckes Augenlider zitterten kaum merklich. Schließlich öffneten sie sich einen Spalt breit, um gleich wieder zuzufallen.

Es verging einige Zeit, bis er die Augen offen halten konnte. Seine Umgebung nahm er nur schemenhaft war. Dichter Nebel umgab ihn. Er stöhnte und hatte das Gefühl, gelähmt zu sein. Die Arme, Beine, der ganze Körper samt Kopf waren mit dicken Seilen gefesselt. Wie war es möglich, dass auch seine Stimme, sein Gehör und all die anderen Sinne mit denselben dicken Seilen gefesselt waren? Er schwebte, doch gleichzeitig drückte ein ungeheures Gewicht auf jeden Quadratzentimeter seines Körpers. Ihm war heiß und gleichzeitig fror er erbärmlich. Warum bekam er keine Luft? Er versuchte den Mund weit aufzumachen. Vergeblich. Die Kiefermuskulatur versagte ihren Dienst. Die wenige Luft, die durch seine verstopfte Nase kam, konnte unmöglich ausreichen, ihn am Leben zu halten. Er wollte nicht ersticken. Warum habe ich keine Schmerzen, war das einzig Reale, was er denken konnte. Oder war das auch nur eine Täuschung seiner Sinne, die verrückt zu spielen schienen? Er hörte laute Stimmen, deren Worte sich jedoch wie Rauch auflösten, bevor er sie verstehen konnte, und er hörte ein gleichmäßig lautes Brummen. Es verstärkte das Gewicht, das auf ihm lastete, um das Hundertfache.

»Ich glaube, er wird wach. Soll ich ihm noch etwas geben?«

»Nein, lieber nicht. Das Zeug ist gefährlich, und wir wollen ihn lebend nach Hause bringen.«

»Ja, es wäre jammerschade, wenn er schon jetzt über den Jordan ginge. Das wäre eine viel zu geringe Strafe für das, was er getan hat. Ich muss nur an Benjamin denken, verstehst du?«

Der andere nickte. »Behalte ihn im Auge! Wenn er lebhafter wird, haust du ihm eine Adumbran rein. Die wird ihn bestimmt wieder beruhigen.«

»Aye, aye, Käpten! Wann sind wir auf der Autobahn?«

»Schätze, in zehn Minuten. Warum fragst du?«

»Ich fühle mich auf der Autobahn einfach sicherer. Ich glaube, da passieren weniger Unfälle als auf den übrigen Straßen.«

»Keine Angst, ich pass schon auf.«

»Da kannst du noch so aufpassen. Wenn dir ein Dummkopf in die Karre fährt, können wir unser Unternehmen in den Wind schreiben. Das ist dir doch wohl klar?«

»Mal den Teufel nicht an die Wand. Wird schon schiefgehen. Bis jetzt hat doch alles wie am Schnürchen geklappt, oder?«

»Ja, wir sind genau im Plan und wir schaffen es, darauf kannst du Gift nehmen.«

Sie fuhren auf der rechten Fahrbahnseite und hielten die vorgeschriebene Geschwindigkeit ein. Schon bald würden sie auf den Autobahnzubringer einbiegen. Von weit hinten näherten sich mit hoher Geschwindigkeit zwei Streifenwagen mit Blaulicht und Martinshorn. Als er sie im Rückspiegel sah, trat er vor Schreck auf die Bremse und zog nach rechts. Fast hätte er dadurch einen Auffahrunfall verursacht. Sie waren jetzt etwa 30 Meter hinter ihnen.

»Scheiße, die Bullen«, schrie er aus vollem Hals. »Jetzt schnappen sie uns!«

»Wo?«, rief der andere.

»Direkt hinter uns!«

»Das … das ist unmöglich. Die können uns nicht gesehen haben. Keiner hat uns gesehen.«

»Aber wenn doch?« Panische Angst überkam den Fahrer. Erst als die beiden Streifenwagen zum Überholen ansetzten, sah er, dass ihnen noch ein Polizist mit Motorrad folgte. Dann waren sie auch schon vorbei. Er wischte sich mit dem Handrücken den Schweiß von der Stirn und wollte sich gerade etwas entspannen, als er sah, wie etwa 100 Meter vor ihnen die Streifenwagen plötzlich nebeneinanderher fuhren und ihre Geschwindigkeit drosselten. Auf der doppelspurigen Fahrbahn waren die folgenden Fahrzeuge gezwungen, das Gleiche zu tun. Im Nu bildete sich auf der vielbefahrenen Ausfallstraße eine Schlange. Dann sah er, wie der Polizist auf dem Motorrad seine Kollegen überholte und diese gleich danach ihre Fahrzeuge mit quietschenden Reifen quer zur Fahrbahn stellten.

»Die meinen uns! Wir sitzen in der Falle«, schrie der eine von hinten. »Lass uns abhauen, bevor es zu spät ist!«

»Bist du verrückt! Wohin denn? Der Heli kreist bestimmt schon über uns. Hier auf dem freien Feld haben wir nicht die geringste Chance, uns zu verstecken.«

»Verdammte Scheiße, jetzt wacht auch noch Radecke auf!«

»Eine Spritze, schnell! Aber pass auf, nicht zu viel von dem Zeug, sonst geht er hops. Dann sind wir gleich wegen Mord dran.«

»Ist eh egal. Die sind doch nicht blöd. Wenn sie eins und eins zusammenzählen, dauert es keine zwei Stunden, bis sie herausfinden, dass wir auch Otte auf dem Gewissen haben.«

»Noch ist es nicht so weit! Los, verpass ihm endlich die Spritze!«

Er sah, wie weiter vorne ein Fahrzeug ums andere auf den Standstreifen geleitet und dort kontrolliert wurde. Vereinzelt wurden welche durchgewunken, worauf er sich keinen Reim machen konnte. Ihre Kollegen absichernd, hatten sich an der Kontrollstelle zwei Polizisten mit Maschinenpistolen so postiert, dass sie jederzeit das Feuer auf ein die Sperre durchbrechendes Fahrzeug eröffnen konnten. Außerdem stand circa 30 Meter weiter der Polizist mit seinem Motorrad bereit, Flüchtende sofort zu verfolgen.

»Hast du ihn weggebeamt?«, kam es hektisch aus dem Mund des Fahrzeuglenkers. Er überlegte fieberhaft.

»Ja, er schläft wieder fest«, antwortete der andere. »Soll ich die Decke über ihn legen, damit ihn die Bullen nicht sehen, wenn sie reinschauen?«

»Das Erste, was die machen, ist die Decke zurückzuschlagen. Und dann sind wir geliefert.«

»Sind wir sowieso.«

»Red keinen Scheiß! Überleg lieber, wie wir aus dem Schlamassel herauskommen! Wir haben nicht mehr viel Zeit. Bald sind wir an der Reihe.«

»Wir könnten sagen, unser Freund schläft, was ja auch stimmt«, erwiderte er wenig überzeugend.

Der andere überlegte. »Keine schlechte Idee. Pass auf, was ich dir jetzt sage: Wir haben doch noch 'ne halbe Flasche Jim Beam. Nimm einen kleinen Schluck. Nein, stopp, steck dir erst deinen Finger in den Hals und kotz Radecker von oben bis unten voll.«

»Bist du verrückt, wie soll denn das gehen?«

»Tu, was ich dir sage, oder willst du in den Knast wandern? Du steckst dir jetzt sofort den Finger in den Hals. Erinnere dich meinetwegen daran, was das Schwein dir angetan hat. Aber mach hinne! Anschließend gießt du den Whisky über ihn und dich. Dann legst du dich auf den Boden und spielst den Betrunkenen. Hast du kapiert?«

»Aber …«

»Nichts aber! Das ist unsere einzige Chance.«

Zuerst sträubte sich sein Magen, dem von der Kehle kommenden Reiz nachzugeben. Der Verdauungsapparat zog sich nur etwas zusammen. Auch beim zweiten Mal klappte es nicht. Daraufhin nahm er einen großen Schluck aus der Flasche und steckte anschließend seinen Mittelfinger so weit in den Hals, dass er die Stimmbänder berührte.

Der Whisky roch noch frisch. Aber was danach kam, hatte jenen ekligen, säuerlichen Geruch, der, ob er es wollte oder nicht, bei ihm schon immer schlagartig Übelkeit hervorrief. Sämtliche Dämme brachen. Er kübelte Radecke direkt ins Gesicht und auf die Brust. Es war ein mit kleinen Brocken durchsetzter gelblichbrauner Brei, der so unappetitlich aussah, dass sich bei dessen Anblick sein Magen noch einmal hob und sich des allerletzten Speiserestes entledigte.

Er drehte sich weg und schloss kurz die Augen. Dann nahm er noch einen Schluck Jim Beam, goss den Rest über sich und Radecke. Anschließend legte er sich langgestreckt auf den Boden des Wohnmobils und tat, als schliefe er.

21

Sankt-Damians-Kirche Heidelberg
31. April 1993

Es tut heute sehr weh. Auch der andere Junge stöhnt vor Schmerzen. Warum tut das so weh und warum müssen sie beide so schlimm büßen? Sie haben doch gar nichts getan. Ihre Sünden haben sie immer gebeichtet und auch artig bereut. Aber was sie jetzt machen, ist eine Todsünde. Es ist ein Werk des Satans, von dem man nicht loskommt. Auch nicht, wenn man diese Todsünde beichtet.

»Beichte es niemals«, sagt der Pfarrer heute wieder. Er hat es schon sehr oft gesagt.

»Es nützt nichts, hörst du?« Er packt ihn an der Schulter und schüttelt ihn. Die anderen beiden stimmen ihm zu.

»Nur wir können euch vom Satan und all seinen Werken befreien«, sagt der andere. »Aber bis es so weit ist, müsst ihr euch noch gedulden und machen, was wir euch sagen.« Hat er dabei etwa gelacht?

»Da können wir auch nichts machen«, sagt der Dritte. »Der Teufel ist mächtig, fast so mächtig wie der liebe Gott. Ihr wisst ja, dass er den kleinen Benjamin schon geholt hat. Also passt auf, dass er euch nicht auch noch holt. Habt ihr das verstanden?«

Mit den kleinen Händen bedecken sie ihre Scham und schauen zu Boden. Angst und Starre geben sich die Hand. Die Angst ist immer zuerst da. Ihr folgt die Starre. Sie antworten nicht. Die Ohrfeige tut nicht so weh wie das andere vorhin. Auch nicht der feste Griff im Genick. Es ist der Pfarrer mit den blonden Haaren und der eklig weißen Haut. Er ist es, der ihm bei der Sünde so weh tut.

»Hast du nicht gehört, du kleine Kröte?« Er kann nur nicken, weil ihm der Teufel wieder seine Stimme gestohlen hat.

»Lass ihn!«, sagt der große Pfarrer.

»Die verraten schon nichts«, sagt der Dritte. »Zieht euch an! Macht schnell. Ihr dürft nicht zu spät nach Hause kommen.«

Er bekommt einen Klaps auf den Hinterkopf.

Sie würden gerne rennen. Es geht aber nicht, weil es dann noch mehr weh tun würde. Sie schauen sich nur ein paarmal an und sagen nichts, bevor sie sich trennen.

»Du kommst spät«, wirft ihm die Mutter vor. »Wo warst du so lange?«

Er versucht zu erklären, dass er mit den anderen Fußballspielen war, aber die Mutter glaubt ihm nicht. Sie riecht wieder schlecht und lallt beim Sprechen. Er isst still sein Abendbrot und geht anschließend zu Bett.

»Lieber Gott, erlöse mich von dem Übel und von den bösen Werken des Satans«, betet er und weint leise. »Erlöse auch die Pfarrer und befreie sie von ihren Sünden, damit wir befreit werden.«

Nachts träumt er wieder schlimme Sachen und wacht dabei zweimal auf. Er hat Angst, die Augen zu schließen, weil ihn dann der Satan heimsucht und er wieder Pipi ins Bett macht. Aber er ist müde.

Am nächsten Morgen weckt ihn die Mutter. Sie hat seine weiße Unterhose in den Händen. »Was ist das? Wo kommt das her?«, fragt sie. Er sieht den großen Blutfleck auf seiner Unterhose und weiß nicht, was er sagen soll.

Die Mutter schreit: »Wo kommt das her?«

Angst und Starre machen sich in ihm breit und der Satan hat ihm abermals die Stimme gestohlen. Die Mutter wird böse. Sie schlägt die Bettdecke zurück und dreht ihn mit einem kräftigen Ruck auf den Bauch. Dann reißt sie ihm die Schlafanzughose runter. Er wehrt sich nicht. Er hat sich nie gewehrt. Jetzt auch seine Mutter, denkt er, als sie ihm die Pobacken öffnet. Aber sie tut ihm nicht weh wie die anderen, sondern zieht seine Hose hoch und deckt ihn behutsam zu. Sie streichelt über seine Haare und verlässt das Zimmer. Er hört, wie sie aus dem Kühlschrank eine Flasche nimmt. Sie weint. Ganz still bleibt er liegen. Wenn er sich nur unsichtbar machen könnte. Für ewig unsichtbar. Immer noch müde, schläft er ein. Als er aufwacht, sieht er seine Mutter. Sie schläft auf dem Fußboden des Wohnzimmers. Eine Flasche liegt neben ihr, leer. Er geht nicht zur Schule.

Tage später nimmt ihn seine Mutter bei der Hand und bringt ihn zur Polizei. Er versteht nicht viel von dem, was gesagt wird. Der ältere Polizist führt das Wort. Der jüngere sitzt da und hört zu. Es wird von Beweisen gesprochen und es werden ihm Fragen gestellt, die er nicht richtig versteht und die er nicht beantworten kann, weil ihm der Satan die Sprache gestohlen hat.

Nach ein paar Tagen kommen zwei Frauen und bringen ihn in ein Heim. Seine Mutter sieht er nicht mehr. Bald erfährt er, dass der Satan sie geholt hat. Es muss der Satan gewesen sein, denn das hatte der Herr Pfarrer so vorausgesagt.

22

Er spürte, wie das Wohnmobil immer langsamer wurde. Dann stand es still. Der elektrische Fensterheber summte leise. Noch einmal hob er kurz den Kopf. Radecke schlief fest. Das Erbrochene stank fürchterlich. Der Whisky tat ein Übriges.

»Guten Tag, der Herr! Personen- und Fahrzeugkontrolle«, sagte eine Bassstimme. Ihm wurde siedend heiß. Sein Pulsschlag schnellte in die Höhe. Wie sollte er sich schlafend stellen, wenn sein Atem immer heftiger wurde?

»Ihre Papiere bitte!«

Es waren gute Fälschungen. Sie hatten auch viel Geld dafür bezahlt. Aber waren sie tatsächlich so gut, dass sie einer polizeilichen Kontrolle standhielten? Der andere öffnete das Handschuhfach. Eine Ewigkeit verging. Gleich fliegt die Sache auf, schoss es ihm durch den Kopf.

»Sind noch weitere Personen im Fahrzeug?«, fragte die Bassstimme.

»Zwei Kumpels, aber die … die sind …«

»Steigen Sie bitte aus und öffnen Sie die Seitentür!«, befahl eine andere Stimme.

Obwohl er damit gerechnet hatte, zuckte er zusammen, als die Tür aufgerissen wurde. In Seitenlage, den Polizisten den Rücken zugewandt, wartete er. Er zitterte. Schweiß rann ihm aus allen Poren. Kontrolliertes Atmen fiel ihm schwer. Er verspürte einen leichten Stoß am Gesäß. Am liebsten hätte er das

Überraschungsmoment ausgenutzt, wäre aufgesprungen und einfach davongerannt.

»He, aufwachen, Polizeikontrolle!«

Jetzt kam es darauf an. Ein Fehler, und man würde sie sofort verhaften. Er stöhnte laut und drehte sich langsam um. Als ob ihn das helle Licht blenden würde, hob er die Hand vor sein Gesicht und stöhnte weiter.

»Igitt, da stinkt es ja fürchterlich!«, brummte die Bassstimme. Der Polizist stand jetzt direkt über ihm. »Der eine ist total besoffen und der andere schläft«, rief er nach draußen.

»Notier dir die Personalien und komm heraus«, war die Antwort.

Wieder spürte er einen leichten Stoß am Gesäß. »Den Ausweis bitte!«

»Muss das sein?«, erwiderte er lallend und hoffte inständig, dass er glaubhaft wirkte.

»Ja, das muss sein. Und den von Ihrem Kumpel hier auch!«

Er rappelte sich stark schwankend auf, holte aus der Gesäßtasche die Geldbörse und zog den gefälschten Personalausweis heraus. Der Polizist machte sich Notizen und gab den Ausweis zurück. Anschließend tippte er Radecke an.

»Entschuldigung, Herr Wachtmeister, mein Kumpel ist hackedicht und total weggetreten. Darf ich Ihnen vielleicht behilflich sein«, lallte er schwankend und entnahm aus Radeckes Jacke dessen Geldbörse, die er, kaum in seiner Hand, mitten in den gelblichbraunen Brei fallen ließ.

»Ups, Verzeihung Herr Wachtmeister. Ist mir ausgerutscht. Tut mir leid. Wenn Sie sich jetzt doch selbst bedienen könnten?«, lallte er und zeigte mit kreisendem Zeigefinger auf das Portemonnaie. Der Polizist drehte sich angewidert um und verließ den Innenraum des Wohnmobils.

»Wir lassen den Fahrer blasen«, rief er seinem Kollegen zu. »Die waren bestimmt auf einer Feier.«

»Lass gut sein!«, kam die Antwort. »Wir suchen zwei Bankräuber und keine Alkoholsünder. Wenn du ihre Personalien hast, winken wir sie durch. Beeil dich, der Stau wird immer größer!«

»Na, meinetwegen«, antwortete der andere und zog die Schiebetür des Wohnmobils zu.

»Das hast du super gemacht«, rief der Fahrer nach hinten und trat aufs Gaspedal.

»Es war verdammt knapp«, erwiderte der andere. »Um ein Haar wären wir aufgeflogen.«

»Mach dir mal nicht ins Hemd, Junge! Unsere Papiere sind erstklassig. Die Bullen haben nicht den geringsten Verdacht geschöpft. Die Idee mit der Kotze und dem Whisky war absolute Spitze. Ich hätte brüllen können, als du die Nummer mit der Geldbörse abgezogen hast.« Der Fahrer lachte herzhaft.

»Mir ist überhaupt nicht zum Lachen«, entgegnete der andere. Wenn ich das hier sehe. Ich meine die Kotze ...«

»Mach dir mal keine Sorgen. So etwas habe ich früher fast jeden Tag erlebt. Mir macht die Sauerei nichts aus. Ich mach das schon sauber. Sobald wir zu Hause sind und Radecke in die Zelle gebracht haben, nehm ich mir die Karre vor und bringe sie anschließend zum Mietwagencenter.«

23

Yalcin hatte mit dem Namen Ansgar Haider nicht nur die polizeilichen Dateien durchforstet, sondern mit dessen Personalien auch gegoogelt und umfangreiche Informationen erhalten. Auf seiner Homepage rühmte sich Haider aller möglicher Heldentaten in seiner Karriere als Reporter. Unter anderem damit, dass er sehr gute medizinische Kenntnisse habe, dank derer er vor vier Jahren einen Ärzteskandal habe aufdecken können, bei dem es im großen Stil um Betrug mit künstlichen Implantaten im Bereich der Herzchirurgie gegangen sei. Die Implantate seien von China eingeführt und mit dem Logo einer renommierten deutschen Firma versehen worden. Nachdem einige Patienten unter mysteriösen Umständen verstorben seien, sei er der Sache nachgegangen und habe den Schwindel letztlich auffliegen lassen, während die Polizei nahezu untätig geblieben sei und ihre Ermittlungen vermutlich deshalb bis ins Unendliche verzögert habe, weil hochrangige Ärzte und Professoren der Universitätsklinik Heidelberg in die Betrugsgeschäfte involviert gewesen seien.

»Und, ist Haider unser Mann oder nicht?«, fragte Yalcin gespannt, nachdem es Nawrod beim Lesen fast den Atem verschlagen hatte.

»Er ist auf jeden Fall heiß, heißer geht's nicht mehr«, antwortete Nawrod, während er weiterscrollte. »Du sagtest, er sei wegen schwerer Gewaltdelikte vorbestraft. Weißt du schon Näheres?«

»Wie es aussieht, hat er als junger Kriegsberichterstatter im Kosovo mit anderen Reportern zusammen einen Einheimischen fast zu Tode geprügelt. Außerdem hat er mehrere Einträge wegen Urheberrechtsverletzungen, Hausfriedensbruch, einfacher Körperverletzung, Verletzung der Unterhaltspflicht und einiges mehr.«

»Ein tolles Früchtchen, dieser Haider.« Nawrod überlegte angestrengt. »Hm, wenn er keinen Unterhalt mehr zahlen kann, ist er wohl abgebrannt. Das könnte das Motiv dafür sein, dass der Mann im wahrsten Sinne des Wortes über Leichen geht, um finanziell wieder auf die Beine zu kommen. Gute Arbeit, Nesrin.«

»Danke«, sagte sie stolz. »Obwohl ich hundemüde war, konnte ich kaum einschlafen, nachdem mir heute Nacht dieselben Gedanken kamen. Unfassbar, dass bei so etwas der Chefredakteur einer angesehenen Tageszeitung mitmacht. Der ist im Gegensatz zu Haider polizeilich ein unbeschriebenes Blatt. Anscheinend ist er in die Fußstapfen seines Vaters getreten und hat nach einem Schlaganfall seines Alten dessen Stelle in der Redaktion geerbt. Nach allem, was ich herausbekommen konnte, ist er ein smarter Bursche. Obwohl er erst 33 Jahre alt ist, hat er eine erstaunliche Karriere gemacht.«

»Karriere hin, Karriere her, es gibt in jedem Beruf schwarze Schafe. Ausnahmen bestätigen die Regel, und Pfaff könnte so eine Ausnahme sein. Wir werden uns die beiden vorknöpfen. Du schreibst mir jetzt unter irgendeinem Pseudonym eine E-Mail, an die du die gesamte Korrespondenz zwischen Haider und Pfaff hängst. Die E-Mail darf keiner zurückverfolgen können. Hast du verstanden?«

»Hey, Jürgen, für wen hältst du mich eigentlich? Meinst du, ich bin blöd, oder was?« Entschuldigend hob Nawrod beide Hände. »Sorry, Nesrin, ich müsste inzwischen wissen, dass du das drauf hast. War ganz schön abgebrüht von dir, dass du mit den Neuigkeiten gewartet hast, bis wir mit dem Frühstück fast fertig waren.«

Yalcin lächelte verschmitzt. »Wir werden diesen Zeitungsfritzen kräftig einheizen. Denen wird Hören und Sehen vergehen. Schwing deinen Revuekörper unter die Dusche, während ich schon mal die E-Mail absetze!«

»Dusche, wieso Dusche?«, fragte Nawrod naiv.

»Weil man in Anwesenheit einer Frau nicht so riecht wie du und weil wir beide einen anstrengenden Tag vor uns haben, bei dem deine Achselhöhlen noch mehr Geruch produzieren werden. Du willst doch nicht, dass eine gewisse Kollegin die Nase rümpft, wenn ihr euch heute begegnet.«

Nawrod hob den rechten Arm und roch. Er räusperte sich verlegen und sagte kleinlaut: »Wo du recht hast, hast du recht.« Unwillig stand er auf und wandte sich in Richtung Badtür.

»Du kannst den Nassrasierer benutzen. Tut mir leid, ich habe keinen neuen mehr. Er ist aber nur einmal gebraucht. Rasierschaum steht rechts neben dem Spiegel«, rief ihm Yalcin hinterher. »Eine Zahnbürste habe ich leider nicht für dich.«

»Ich dachte, du hast noch keinen Lover«, antwortete Nawrod verwundert und drehte sich halb zu Yalcin um.

»Der ist auch nicht für irgendeinen Lover gedacht.« Yalcin grinste breit. »Mach schon, schwing die Hufe! Wir sollten uns ein wenig beeilen. Im Präsidium wartet jede Menge Arbeit auf uns.«

Nawrod war überrascht, wie sauber und geschmackvoll das Bad eingerichtet war. Er sah sofort den Rasierschaum, und in einem Glas standen Zahnbürste und Nassrasierer. Der Schaum legte sich überraschend angenehm auf die Gesichtshaut. Er wunderte sich, wie gut der Nassrasierer schnitt, wobei er gleichzeitig feststellte, dass es ein Billigprodukt war. Plötzlich fiel es ihm wie Schuppen von den Augen.

»Scheiße, mit dem Ding rasiert die ihre ...!«, raunzte er und hielt abrupt inne. Entsetzt schaute er in den Spiegel. Gut zwei Drittel seines Bartwuchses waren entfernt. Nur noch an der linken Wange befand sich Rasierschaum. Er kämpfte mit sich. Schließlich stellte er den Wasserhahn auf heiß und spülte den Schamhaarentferner, bis er das Gefühl hatte, dass das Teil nun absolut steril sein müsste. Anschließend rasierte er sich ganz vorsichtig weiter. Nur nicht schneiden, dachte er. Kaum war er fertig, entledigte er sich hastig seiner Kleider und ging unter die Dusche, um mit einem dicken Strahl sein Gesicht abzuwaschen. Das Duschen tat ihm gut, wenngleich ihm klar war, dass er danach wieder in seine verschwitzte Kleidung schlüpfen musste. Er genoss es, wie das warme Wasser mit sanftem Druck über Schultern und Rücken floss. Auf einmal musste er über sich selbst lachen. Seine Reaktion kam ihm töricht vor. Es war Nesrins Schamhaarentferner, na und. Hatte sie etwa Gift zwischen den Beinen? Ganz bestimmt hatte sie auch kein Aids oder dergleichen.

»Hey, Alter, pass auf, dass du nicht blöde wirst«, brummte er und schüttelte dabei den Kopf. »Wird höchste Zeit, dass ich wieder eine Frau um mich herum habe. Egal, was passiert, heute Abend rufe ich sie an. Ich liebe sie. Samia und sie gehören zu mir und zu keinem anderen!«

Als Nawrod aus dem Bad kam, hatte Yalcin bereits den Küchentisch abgeräumt. Sie schaute ihren Kollegen ungeduldig an. Nawrod sah, dass sie sich schon umgezogen hatte.

»Ich wusste gar nicht, dass Männer so lange duschen. Dachte schon, dich hat es den Abfluss hinuntergespült.«

Nawrod gab keine Antwort. Gedankenversunken fuhr er sich mehrmals mit der Hand über Kinn und Wangen.

»War er nicht mehr scharf genug?«, grinste Yalcin breit.

»Was ... wie ... was hast du gefragt?«

»Ich fragte, ob er nicht mehr scharf genug war, weil du mit der Hand ständig an deinem Bart herummachst.«

»Doch, doch, der war scharf.« Wieder fuhr Nawrods Hand über das Kinn.

»Bist du sicher?«

»Und wie!«

»Hätte mich auch gewundert. Habe ihn erst vorgestern getestet.«

»Du hast was?«

»Bei mir schnitt er einwandfrei«, prustete Yalcin los.

»Hör mal, wenn du irgendjemandem einen Ton sagst, bringe ich dich eigenhändig um! Ist das klar?« In Nawrods Gesicht hielt sich die Ernsthaftigkeit exakt drei Sekunden. Dann begann er ebenso herzhaft zu lachen wie seine junge Kollegin.

Zwanzig Minuten später waren sie im Präsidium. Sie kamen getrennt und etwas zeitversetzt, damit niemand Verdacht schöpfen konnte. Kurz darauf fanden sich alle Mitglieder der Soko »Päckchen« zur täglichen Frühbesprechung ein. Mit bitterernster Miene verkündete Wegner die spärlichen Ermittlungsergebnisse, die keinerlei Schlüsse zuließen und schon gar keine konkreten Hinweise auf Täter oder Opfer enthielten. Anschließend führten einige Soko-Mitglieder detailliert aus, wie ihre Ermittlungen vorangingen. Sie berichteten, dass sie Altfälle sowie die neuen Vermisstenfälle gründlich unter die Lupe genommen hätten. Dabei seien sie keinen Schritt weitergekommen.

Nawrod hatte den Eindruck, dass wirklich alle ihr Bestes gaben und ein riesiger Aufwand an Maßnahmen betrieben wurde. Er und Yalcin schauten sich mehrmals vielsagend an. Es brannte ihnen unter den Nägeln, doch sie hatten vereinbart, das Ende der Frühbesprechung abzuwarten. Erst dann wollte Nawrod seinen dienstlichen PC hochfahren und Wegner das vermeintliche Überraschungsei präsentieren.

Endlich war es so weit. Er war sehr gespannt, wie Yalcin die E-Mail getürkt hatte.

»Sehr geehrter Herr Kriminalhauptkommissar Nawrod, im Anhang übersende ich Ihnen einige wichtige Informationen bezüglich eines Mannes, der verstümmelt und ermordet wurde. Ich hoffe, Ihnen hiermit gedient zu haben.«

Yalcin hatte kein Pseudonym verwendet, das irgendwelche Rückschlüsse zuließ. Als Absender war eine nichtssagende Zahlen- und Buchstabenkombination zu lesen. Nawrod gab die Druckbefehle in seinen PC ein und ging anschließend mit den E-Mails schnurstracks zu Wegner.

»Soeben auf meinem Rechner gelandet.« Mit diesen Worten klatschte er dem Soko-Leiter die fünf Ausdrucke auf den Schreibtisch.

Wegner schaute Nawrod überrascht an. Dann nahm er die losen Blätter in die Hand und überflog sie. Der Soko-Leiter wäre Nawrod am liebsten um den Hals gefallen.

»Endlich eine heiße Spur!«, rief er überglücklich. »Sie hatten recht: Die *Heidelberger Allgemeine* ist der Schlüssel zur Lösung des Falles.« Doch dann runzelte er die Stirn. »Allerdings frage ich mich, wer Ihnen das geschickt hat. Warum ausgerechnet Sie? Sie haben die Päckchen bekommen und jetzt das hier. Das muss doch einen Grund haben. Was meinen Sie, Herr Kollege?« Der Soko-Leiter schaute Nawrod prüfend an.

»Darüber zerbreche ich mir den Kopf, seit es den Fall gibt. Ich habe wirklich keine Ahnung, Herr Wegner. Doch ich bin sicher, dass wir den Kerl schnappen, und dann wird er es uns sagen, verlassen Sie sich darauf.« Obwohl Nawrod nur teilweise die Wahrheit sagte und innerlich schmunzelte, schwang in seiner Stimme ein derart fester Wille, dass Wegner sich zufriedengab. Er nahm noch einmal die E-Mail in die Hand, in der fast eins zu eins der Artikel stand, der einen Tag nach Eintreffen des Herz-Paketes in allen großen deutschen und vielen ausländischen Zeitungen erschienen war. Natürlich hatten die Gazetten den Text noch etwas ausgeschmückt, aber die Kernaussage hatten sie nicht verändert.

»Wie sollen wir vorgehen?«, fragte Nawrod, der bereits einen Plan hatte, aber dem Leiter der Soko nicht vorgreifen wollte. Wegner war der Boss im Ring, und Nawrod wollte ihm diese Stellung nicht streitig machen.

»Ich werde sofort den Staatsanwalt über die neue Sachlage informieren. Beantragen Sie eine Rund-um-die-Uhr-Observation der beiden Tatverdächtigen. Unsere Staatsanwälte legen in solchen Fällen Wert auf eine stichhaltige Begründung und vor allem auf eine Formulierung, die sie direkt übernehmen können. Ich stelle Ihnen Kriminaloberkommissar Hauk zur Seite. Der hat ein Händchen dafür und weiß genau, wie es die Heidelberger Staatsanwälte und Richter haben wollen. Außerdem müssen wir Anträge für eine komplette Telekommunikationsüberwachung sowie für die Durchsuchungen aller Wohn- und Geschäftsräume der Tatverdächtigen vorlegen. Vergessen Sie bitte nicht, dass wir auch die Fahrzeuge durchsuchen müssen. Ich werde später die Einsatzpläne für die einzelnen Aktionen in Angriff nehmen. Wir brauchen jede Menge Leute, um die Maßnahmen effektiv und vor allem zeitgleich über die Bühne zu ziehen. Sobald wir die richterlichen Beschlüsse haben, werden wir entscheiden, wann wir zuschlagen.« Wegner holte tief Luft. Die Anspannung, aber auch der feste Entschluss, als Leiter der Soko die Dinge in die Hand zu nehmen, waren ihm ins Gesicht geschrieben.

Nawrod war mit Wegners Reaktion zufrieden. Er hätte nicht anders entschieden. Doch er war auch ein Typ, der am liebsten sofort zugeschlagen hätte. Immerhin bestand ja die Gefahr, dass in der Zwischenzeit eine weitere Person zu Schaden kommen könnte.

Ungeduldig fragte er: »Wann, denken Sie, haben wir die richterlichen Beschlüsse?«

»Nicht vor morgen. Mit der Observation beginnen wir wegen Gefahr im Verzug sofort. Ich werde die Kollegen des Mobilen Einsatzkommandos bitten, diesen Part zu übernehmen. Das sind Profis in solchen Dingen. Ich schätze, dass uns unter den gegebenen Umständen Staatsanwalt Brügge hierzu seinen Segen gibt. Wir dürfen uns nicht den geringsten Fehler erlauben. Die Presse auf der ganzen Welt zerreißt uns, wenn da etwas schiefläuft.«

Nawrod sah dicke Schweißperlen auf Wegners Stirn. Damals, als er selbst noch Leiter des Rauschgiftdezernates in Stuttgart gewesen war, hatte er Entscheidungen ähnlicher Tragweite treffen müssen. Oft ging es um die Sicherheit respektive um das Leben der eingesetzten Undercover-Agenten. Und schlagartig kamen die Erinnerungen an jenen Einsatz hoch, der den schrecklichen Tod seines besten Freundes Charly zur Folge hatte. Die peitschenden Schüsse jener Nacht hallten in den Nervenbahnen seines Gehirns wider und lähmten jede weitere Wahrnehmung. Wie paralysiert stand er vor Wegners Schreibtisch.

»Nawrod … Herr Nawrod, Sie sind ja ganz blass. Ist Ihnen nicht gut? Nawrod?«

Wie aus weiter Ferne drang Wegners Stimme an Nawrods Ohr. Er nahm nicht wahr, wie Wegner sich trotz seiner 110 Kilogramm blitzschnell von seinem Stuhl erhob, um den Schreibtisch hechtete und ihm von hinten unter die Arme griff.

Wegner setzte Nawrod auf einen Stuhl und schlug ihm mit der flachen Hand ins Gesicht. »Nawrod, was ist mit Ihnen? Soll ich einen Arzt rufen?«

Nawrod schüttelte den Kopf. »Ich bin okay. Tut mir leid, habe heute Morgen noch nichts gegessen«, log er. »Unterzucker, verstehen Sie?«

»Kenne ich«, antwortete Wegner und tätschelte Nawrod väterlich die Wange, als ob er die Ohrfeige vergessen machen wollte. »Warten Sie, ich habe da was.« Er ging um seinen Schreibtisch herum, zog eine Schublade auf und entnahm daraus einen kleinen Teller, auf dem sich ein leckeres Croissant befand.

»Hier, bedienen Sie sich.«

»Nein, um Himmels Willen! Ich möchte Ihnen doch nicht Ihr Frühstück wegessen«, kam es schwach über Nawrods Lippen.

»Reden Sie kein dummes Zeug! Schieben Sie das Croissant schon hinter die Kiemen und dann … Moment mal!« Wegner ging zur Tür, öffnete sie und rief: »Frau Lelle, bitte bringen Sie schnellstens zwei Kaffee!«

Nawrod war die Situation äußerst peinlich. Damit hatte er überhaupt nicht gerechnet. Nach so langer Zeit hatte ihn die Vergangenheit wieder eingeholt, obwohl er in all den Monaten ständig bemüht war, vor ihr wegzurennen, sie irgendwie abzuschütteln. Zuerst, indem er sich gegen alles und jeden völlig abschottete, sogar gegen seine eigene Frau und Tochter. Dann mit Hilfe von Alkohol und Tabletten. Und kurz vor dem endgültigen Zusammenbruch hatte er sich geradezu exzessiv in Arbeit geflüchtet. Aber egal, was er tat, wie schnell er vor der Vergangenheit davonrannte, sie holte ihn wieder ein und rief lähmendes Entsetzen in ihm hervor.

Er fuhr sich mit der flachen Hand über den Kopf. »Kommt nicht wieder vor«, brummte er und biss in das Süßstück.

Schwungvoll wie eine Oberkellnerin balancierte Frau Lelle in der rechten Hand ein Tablett, auf dem sich zwei Tassen Kaffee, Zucker, Milch sowie ein paar Kekse befanden. Mit der anderen räumte sie einen Platz auf Wegners Schreibtisch frei, auf dem sie das Tablett abstellen konnte.

»Bitte sehr, die Herren. Ich habe ihn etwas stärker gemacht. Ist ja noch früh am Tage«, sagte sie freundlich. »Haben Sie sonst noch einen Wunsch?«

»Vielen Dank, Frau Lelle. Sie sind wirklich sehr nett«, antwortete Nawrod und schenkte ihr ein dankbares Lächeln, während er eine der beiden Tassen vom Tablett nahm. Wegner nickte nur, als sich Frau Lelle wieder diskret entfernte.

»Ich werde sofort einen Spezialisten rufen, der sich Ihren Rechner vornimmt«, fuhr Wegner fort. »Wir müssen herausfinden, wer Ihnen die E-Mails geschickt hat. Ich bin sicher, dass derjenige über Pfaff und Haider noch mehr weiß. Wir müssen alle Indizien und Beweise zusammentragen, bevor wir uns die beiden schnappen.«

»Ich glaube nicht, dass wir diesbezüglich Erfolg haben werden«, entgegnete Nawrod. »Der Absender hat sicherlich alles getan, um nicht identifiziert zu werden. Ich kenne mich auf diesem Gebiet zwar nicht sonderlich aus, weiß aber, dass man E-Mails über ausländische Server verschicken kann, wenn man anonym bleiben will.«

»Wir haben hervorragende Leute bei den Daten-Ermittlern. Die knacken die Nuss. Die haben schon die klügsten Hacker an die Wand gedrückt.«

Nawrod schluckte. Ihm wurde warm unter dem Hemd. Was, wenn Yalcin sich überschätzt hätte und herauskäme, dass sie die E-Mails verschickt hatte? Das Hacken der Rechner von Haider und Pfaff war in höchstem Maß illegal und somit strafbar. Außerdem wäre es ein Verfahrenshindernis. Nawrod wusste genau, dass Beweise, die direkt oder indirekt auf diese Art erlangt wurden, in einem Gerichtsverfahren dem sogenannten Beweismittelverbot unterliegen würden. Das heißt, sie würden keinerlei Berücksichtigung finden, ja nicht einmal erwähnt werden. All seine Bemühungen, die ganze Arbeit und die Ermittlungsergebnisse der Soko würden mit einem Schlag wie ein Kartenhaus zusammenfallen und die Täter ungestraft davonkommen lassen.

»Nawrod, was ist mit Ihnen? Soll ich nicht doch einen Arzt rufen?«

»Nein, nein, es geht schon wieder.« Nawrod straffte sich und biss in das Croissant. Wird schon schiefgehen, dachte er und fuhr fort: »Sie haben vollkommen recht. Wir müssen so viele Beweise wie nur möglich zusammentragen, wenn wir einen Mann wie Pfaff vor Gericht bringen wollen. Es wird ein Aufschrei durch sämtliche Presseorgane gehen. Sie werden wie ein Tsunami über uns hinwegfegen und uns in die Tiefe reißen, wenn wir vorher keine Barrikaden errichtet haben.«

»Treffender kann man es nicht ausdrücken. Ach übrigens, ich habe dem Profiler ein wenig Druck gemacht.« Wegner grinste. »Er wird noch heute Morgen auf der Bildfläche erscheinen und ein erstes Statement abgeben.«

»Kompliment, Herr Wegner. Bei mir tat Uhl so, als benötige er Wochen, um Brauchbares zu liefern. Ich bin sehr gespannt, was er uns zu sagen hat.«

»Ich rufe Sie, wenn er da ist. Und nun krallen Sie sich Hauk und die Kollegin Yalcin. Sie sollen Ihnen helfen, die Anträge für den Staatsanwalt auf Papier zu bringen.«

Nawrod bedankte sich noch einmal für Kaffee und Croissant und verließ Wegners Büro. Auf dem Flur hielt er kurz inne. Wegner hatte ihm nichts vorgespielt, da war er sich sicher. Er war beruhigt. Yalcin hatte ihm keine Falle gestellt. Der kleinen Türkin konnte er vertrauen.

Als er das gemeinsame Büro betrat, saß sie an ihrem PC. Er ging zu ihr und flüsterte ihr ins Ohr: »Wegner hat angebissen. Du bist spitze, Mädchen.«

»Danke, Jürgen! Und wie geht es jetzt weiter?«

»Wir müssen schnellstens Beschlüsse für Observationen, Telekommunikationsüberwachungen, Durchsuchungen und Haftbefehle gegen Haider und Pfaff beantragen. Kriminaloberkommissar Hauk wird uns helfen. Dieses Mal dürfen wir uns keine Blöße mehr geben. Bei Haider lautet der Vorwurf schwere Körperverletzung und Mord. Wenn sich unser Verdacht bestätigt, kriegen wir Pfaff wegen Anstiftung zu diesen Verbrechen dran. Wir begründen den dringenden Tatverdacht mit dem eindeutigen und zeitnahen E-Mail-Verkehr zwischen den beiden. Weiter führen wir an, dass Haider zum einen als gewalttätig bekannt ist und zum anderen fundierte medizinische Kenntnisse besitzt. Zweifellos ist er in der Lage, einen lebenden Menschen langsam und brutal zu verstümmeln und ihm am Ende fachmännisch das Herz herauszuschneiden.«

»Ich bin gespannt, ob sich Staatsanwalt Brügge wieder drückt.«

»Wir dürfen ihm keine Wahl lassen. Immerhin geht es um Mord. Aber du hast recht. Unter den Staatsanwälten und Richtern gibt es schon Figuren, bei denen man sich manchmal fragt, wie die ihr Staatsexamen bestanden haben und warum gerade die oft über Leben und Tod entscheiden dürfen. Wenn Brügge wieder kneift, können wir einpacken.«

»Das würde heißen, Haider und Pfaff könnten ungehindert weitermachen?«

»Zumindest könnten sie vorerst ungestraft davonkommen. Als Herr des Verfahrens, wie es in der Strafprozessordnung so schön heißt, wird Brügge im schlimmsten Fall anordnen, dass wir die beiden zuerst einmal zur Sache befragen und ihm anschließend die Akte vorlegen müssen.«

»Das wäre doch kriminalistischer Schwachsinn, oder? Die wären dann gewarnt und würden alle Beweismittel verschwinden lassen.«

»Du sagst es. Drum bete mal schön zu deinem Allah, dass wir Brügge überzeugen können, in unserem Interesse zu entscheiden.«

»Können wir, wenn der Sesselfurzer tatsächlich nicht nach unserer Pfeife tanzt, nicht einen anderen Staatsanwalt einschalten?«

»Man kann gegen Brügges Entscheidungen Beschwerde einlegen, ändern würde das nicht viel. Da verhält es sich wie bei den Ärzten: Eine Krähe hackt der anderen kein Auge aus. Der nächste Staatsanwalt würde nicht viel anders entscheiden.«

»Unglaublich!« Yalcin schüttelte entrüstet den Kopf.

»Wenn ich einen guten Draht zu dem zuständigen Richter hätte, könnte ich hinter Brügges Rücken vorab mal checken, wie der zu dem Fall steht«, fuhr Nawrod nachdenklich fort. »Gibt er grünes Licht, würde Brügge zwar beleidigt sein, sich aber hüten, anders zu entscheiden, denn dann müsste er befürchten, dass ihm der Fall entzogen wird. Dies wiederum würde aber seinem Ansehen gewaltig schaden.«

Nawrod griff zum Telefon. Zwei Minuten später war Oberkommissar Hauk zur Stelle. Nachdem er sich in die E-Mails eingelesen hatte und von Nawrod über die sonstigen Beweise informiert worden war, klatschte er zweimal kräftig in die Hände, grinste über das ganze Gesicht und sagte im Brustton der Überzeugung: »Na, dann legen wir mal los. Wäre doch gelacht, wenn wir Brügge nicht in die Ecke drücken könnten. Ich sehe ihn bereits vor mir, wie ihm der Schweiß aus allen Poren dringt.« Hauk lachte. »Der hatte schon immer gewaltig Schiss vor der Presse. Wenn wir jetzt in dieses Wespennest stechen, wird ihm der Arsch auf Grundeis gehen.«

24

Gottwald Radecke saß regungslos da. Er war müde und hatte Durst. Die Zunge klebte ihm am Gaumen. Obwohl ihm übel war und ihm der säuerliche Geruch von Erbrochenem in die Nase stieg, hätte er gerne etwas gegessen. Sein Magen knurrte.

Offensichtlich habe ich mich übergeben, dachte er. Und jetzt habe ich nichts mehr im Bauch. Wo bin ich, was ist geschehen?

Er wollte aufstehen, doch seine Arme und Beine waren mit stählernen Schließen an den schweren Eichenstuhl gefesselt, auf dem er saß. Er schaute sich um. Die Rollläden an beiden Fenstern des Raumes waren heruntergelassen. Vor ihm, in etwa drei Metern Entfernung, stand ein Tisch und dahinter ein Stuhl. Ein zweiter Stuhl befand sich in Reichweite rechts neben ihm. Sonst gab es kein weiteres Mobiliar. Für die spärliche Beleuchtung sorgten zwei große, dicke Kerzen auf goldverzierten Ständern.

»Hallo, ist da wer?«, rief er mit schwacher Stimme. Er wartete. »Hallo, hallo!«, rief er noch einmal. Dieses Mal lauter. Stille, absolute Stille. Er versuchte, sich zu erinnern. Seine Mittagspause. Die Sauna. Der junge bildhübsche Stricher mit den langen blonden Haaren. Das Wohnmobil. Weiter reichte sein Gedächtnis nicht. Er konnte sich keinen Reim auf das Ganze machen. War er in die Fänge eines Schwulen geraten, der eine besondere Vorliebe für sadomasochistische Spiele hatte? Hätte er das geahnt, hätte er sich ganz bestimmt nicht abgeneigt gezeigt. Denn auch er liebte gewisse Praktiken, hart an der Grenze von Lust und Schmerz. Die Vermischung dieser beiden Gefühle entfachte stets ein Feuer in ihm, das ihm unglaubliche Höhepunkte bescherte. Daniel Weiß, seinen Lebenspartner, konnte er leider nie zu solchen Spielen überreden. So blieb ihm nichts anderes übrig, als gelegentlich die Dienste eines männlichen Prostituierten in Anspruch zu nehmen, der sich auf Sadomasochismus spezialisiert hatte.

Als Radecke ein drittes Mal »Hallo, ist da wer?« rief, öffnete sich hinter ihm eine Tür. Er hörte Schritte. Zwei Männer betraten den Raum. Der eine blieb neben dem Stuhl stehen, der rechts von Radecke stand. Er trug eine grüne Uniform und eine dazu passende Mütze. Auf den Schulterklappen der Jacke sah Radecke zwei silberne Sterne. Der Uniformierte hatte einen langen Polizeiknüppel in der rechten Hand, den er zweimal leicht auf seinen linken Handteller schlug. Mit verkniffenen Augen und zusammengepressten Lippen sah er Radecke drohend an.

Der andere Mann ging an ihm vorbei und stellte sich hinter den Tisch. Er war mit einem langen, schwarzen Talar bekleidet, an dessen Ausschnitt ein weißes Hemd und eine silberne Krawatte hervorschimmerte. Radecke erkannte ihn trotz des spärlichen Kerzenlichtes sofort. Der Blonde aus der Sauna! Zu tief hatte sich das hübsche Gesicht des Strichers in sein Gedächtnis eingegraben. Er malte sich aus, was jetzt wahrscheinlich folgen würde. Die beiden würden eine unglaublich geile Nummer abziehen, an deren Ende sich alle drei in wilder Lust auf dem Fußboden wälzen und sich gegenseitig mit dem Gummiknüppel und ihren Pimmeln befriedigen würden.

»Ich eröffne die heutige Hauptverhandlung im Strafverfahren gegen Gottwald Radecke, geboren am 16. Mai 1950 in Mannheim.« Die Stimme war laut und klang sehr ernst. Der Uniformierte und der Mann im schwarzen Talar nahmen auf ihren Stühlen Platz.

»Jungs, was habt ihr vor? Ich mache alles mit. Dafür hättet ihr mich doch … doch nicht betäuben müssen!« Radecke versuchte, sich ein Grinsen abzugewinnen, obwohl ihn die Fesselung am linken Handgelenk schmerzte. »Bindet mich los oder lockert wenigstens das Ding hier ein bisschen.« Er machte eine Kopfbewegung in Richtung seines schmerzenden Handgelenkes.

Der Mann in der Robe fuhr unbeirrt fort: »Der Angeklagte wird des schweren sexuellen Missbrauchs Schutzbefohlener in mehreren Fällen in Tateinheit mit Körperverletzung sowie in einem Fall des schweren sexuellen Missbrauchs mit Todesfolge in Tateinheit mit Körperverletzung bezichtigt.« Die Stimme traf so schneidend an Radeckes Ohr, dass ihn schauderte.

»Mensch, Jungs, hört auf mit dem Zirkus und bindet mich los. Wir können auch so unseren Spaß haben!«, stieß er rau hervor. »Aber ich muss zugeben, so ein Spiel mit Richter und Polizist hat was. War eine prima Idee.« Er wollte cool wirken, aber es schwang deutlich Angst in seinen Worten.

»Angeklagter, sind Sie Gottwald Radecke und bekennen Sie sich im Sinne der Anklage schuldig?«

»Natürlich bin ich Gottwald Radecke! Aber woher … woher kennst du meinen Namen? Wir hatten uns doch noch gar nicht vorgestellt?« Radecke überlegte kurz. »Ah, so ist das! Ihr beide habt mich gerippt und mir mein Portemonnaie samt Personalausweis geklaut!«

»Angeklagter, mäßigen Sie sich. Antworten Sie bitte auf meine Frage: Bekennen Sie sich schuldig?«

In Radecke kamen Zweifel auf. Ihm schwante so langsam, dass das kein Spiel war, sondern bitterer Ernst. Ad hoc entschloss er sich, den Ahnungslosen zu mimen. »Ich habe keinen Schimmer, wovon du sprichst!«

»Angeklagter, ich weise Sie darauf hin, dass Sie dem hohen Gericht Respekt entgegenzubringen haben. Sie haben mich mit Euer Ehren anzusprechen. Jede Missachtung des hohen Gerichtes zieht eine sofortige Strafe nach sich. Haben Sie mich verstanden?«

»Macht doch keinen Scheiß, Jungs! Wir können über alles reden!«, stieß Radecke hastig hervor. Kaum hatte er das letzte Wort gesprochen, sauste der Schlagstock mit voller Wucht auf seinen Unterarm nieder. Er schrie laut. Der Schmerz war so höllisch, dass Radecke sofort Tränen in die Augen schossen. Er keuchte schwer.

»Angeklagter, ich frage Sie noch einmal, bekennen Sie sich schuldig?«

Radecke versuchte, einen klaren Gedanken zu fassen. Nein, das war kein Spiel, da war er sich jetzt sicher. Aber was sollte er antworten? Er stöhnte laut, bevor er sich zu einer Antwort zwang. »Ich bekenne mich ... ich bekenne mich nicht schuldig ... Euer Ehren.«

Der Mann in der schwarzen Robe nickte. »Dann treten wir in die Beweisführung ein. Meine erste Frage lautet: Kennen Sie einen Mann namens Philipp Otte?«

In diesem Moment begriff Radecke, was Sache war. »Ja«, sagte er leise.

»Ich habe Sie nicht verstanden und wiederhole noch einmal meine Frage: Kennen Sie einen Mann namens Philipp Otte?«

Radecke spürte, dass es jetzt um alles oder nichts ging. Doch was sollte er antworten? Jedes Wort könnte ihn den Kopf kosten. Er war den beiden auf Gedeih und Verderb ausgeliefert. Was wussten sie von ihm und Philipp Otte? Offensichtlich wussten sie, dass es zwischen ihm und Otte einen Kontakt gegeben hatte, sonst hätte ihn der Mann in der schwarzen Robe nicht explizit danach gefragt. Also konnte er das zugeben, ohne etwas befürchten zu müssen.

»Ja, ich kenne Philipp Otte«, presste Radecke zwischen den Lippen hervor. Der Schlagstock sauste ein zweites Mal auf die gleiche Stelle seines Unterarmes. Radecke schrie auf. Er zitterte am ganzen Körper.

»Sie haben Euer Ehren vergessen!«, brüllte ihn der Uniformierte von der Seite an.

»Und woher kennen Sie ihn?«

»Von früher, Euer … Euer Ehren.« Radecke stöhnte. Sein Gesicht war schmerzverzerrt. »Es liegt lange Jahre zurück. Ich habe ihn schon ewig nicht mehr gesehen.«

»Trifft es zu, dass Sie über zehn Jahre lang Priester waren?«

»Ja, das trifft zu, Euer Ehren.«

»Und trifft es zu, dass Sie in dieser Zeit regelmäßig Ministranten sexuell missbraucht haben?«

Anders als zu Beginn der Verhandlung traf der Vorwurf bei Radecke dieses Mal mitten ins Schwarze. »Ich … ich … hey, ihr Dreckskerle!«, brauste Radecke wutentbrannt auf und vergaß völlig den Uniformierten neben sich. »Was erlaubt ihr euch eigentlich. Wollt hier Gericht spie…!« Weiter kam er nicht. Für den Bruchteil einer Sekunde hörte er noch das brutzelnde Geräusch des Elektroschockers und dann breiteten sich tobende Blitze in seinem Körper aus.

Die Verhandlung dauerte nicht mehr lange. Nachdem sein Körper noch zweimal von Stromstößen geschüttelt worden war, gab Radecke seine Verbrechen in allen Einzelheiten zu. Er nannte zudem noch den bis dahin nicht bekannten Namen des dritten Priesters.

Am Ende des Martyriums verurteilte ihn der Mann im schwarzen Talar zur Höchststrafe. Radecke wusste nicht, was das für ihn bedeutete. Allenfalls ahnte er es.

25

Das Telefon klingelte. Nawrod nahm den Hörer ab. Wegner war dran. Er teilte mit, dass der Profiler soeben eingetroffen sei, und bat Nawrod, mit Yalcin und Hauk in den Besprechungsraum zu kommen.

Als sie das Konferenzzimmer betraten, wurden sie von Uhl per Handschlag begrüßt. Der Profiler sah übernächtigt aus. Nawrod konnte es sich nicht verkneifen, ihm mit einem Grinsen »Na also, geht doch!« ins Ohr zu flüstern. Dann klopfte er ihm anerkennend auf die Schulter. Offensichtlich verstand

Uhl diesen Spaß überhaupt nicht. Er warf Nawrod einen verächtlichen Blick zu und wandte sich sofort an den Soko-Leiter. Beide begaben sich zur Stirnseite der langen Tischreihe. Während Uhl sein Laptop in Stellung brachte und den Beamer anschloss, trudelten nach und nach die Mitglieder der Soko ein, die Frau Lelle auf Geheiß Wegners im Präsidium zusammentrommeln konnte. Die, die noch fehlten, waren unterwegs bei Ermittlungen.

Sabine Bauer und Walter Beck kamen ebenfalls. Selbstverständlich war es für die Kriminaltechniker genauso von Interesse zu erfahren, welche Schlüsse Uhl nach Studium der Akte gezogen hatte.

»Hallo, Jürgen, ist der Platz neben dir noch frei?«

Nawrod hatte gedankenversunken auf die leere Leinwand geschaut und war durch Bauers Stimme völlig überrascht. »Was … wie … oh?«

Die Kriminaltechnikerin lächelte charmant. »Ich habe dich gefragt, ob neben dir noch frei ist.«

»Natürlich, klar.« Nawrod spürte, wie sein Hals trocken wurde. Mit einem Mal fühlte er sich ungepflegt. Er trug das gleiche Hemd wie gestern und es roch nach Schweiß von gestern. Ganz bestimmt roch es. Unauffällig ging seine Nase in Richtung linker Achselhöhle.

»Schön, dich zu sehen.« Bauer setzte sich und kam dabei mit ihrem Gesicht Nawrod auffallend nahe. »Wenn du eine Frau wärst, würde ich auf Dune tippen«, grinste sie.

»Wieso Dune, was ist das«, fragte Nawrod verlegen.

»Wie heißt dein Duschgel, oder ist es das Rasierwasser? Der Duft gefällt mir jedenfalls. Ein bisschen feminin, aber sehr verführerisch.« Sie schaute Nawrod direkt in die Augen.

»Vergiss es, Sabine. Mir hat er es auch noch nicht verraten.« Yalcin hatte zugehört. Mit einem sanften Ellenbogenstoß in Nawrods Seite fuhr sie fort: »Ich schätze, es ist sein Parfüm. Aber du hast recht, der Duft ist umwerfend!«

Nawrod schaute Yalcin mit einer Mischung aus Vorwurf und Dankbarkeit an. Dann erfasste er die Situation. Er räusperte sich und sagte in gespieltem Ernst: »Auch Männer haben Geheimnisse, die sie nicht gerne preisgeben.« Bauer und Yalcin grinsten breit und blinzelten sich zu. Wie zufällig berührte die Kriminaltechnikerin Nawrods Unterarm. Einen Tick länger, als es der Zufall erlaubt hätte.

Uhl begann seine Rede mit der üblichen Begrüßungsfloskel und einer kurzen Vorstellung seiner Person sowie seiner Arbeit beim LKA Baden-Württemberg. Wegner hatte zuvor mit sich gerungen, ihn über den neuesten Stand der Ermittlungen zu informieren. Schließlich hatte er sich dagegen entschieden. Er hatte abwarten wollen, was Uhl zu berichten hatte. Wenn dessen Analyse mit den bis jetzt vorliegenden Erkenntnissen über Ansgar Haider und Robert Pfaff übereinstimmte, würde das ein weiteres wichtiges Indiz gegen die Reporter darstellen. Der Fairness halber hatte Wegner dem Profiler gegenüber angedeutet, dass es eine neue Entwicklung gebe, die noch nicht spruchreif sei. Uhl hatte die Äußerung Wegners mit der Bemerkung zur Kenntnis genommen, dass seine Analyse aufgrund der kurzen Zeit, die ihm zur Verfügung stand, auch nicht vollständig und schon gar nicht aussagekräftig genug sei, um konkrete Hinweise zur Ermittlung des Täters oder zur Identifizierung des Opfer zu liefern. »In diesem Fall ist vieles möglich«, hatte Uhl mit einem Stirnrunzeln zu Wegner gesagt. Damit hatte er sich den Rücken für etwaige Fehleinschätzungen freigehalten.

Uhl warf das erste Bild an die Leinwand und klatschte zweimal laut in die Hände. »Darf ich um Ihre geschätzte Aufmerksamkeit bitten?« Im Konferenzraum wurde es schlagartig ruhig.

»Ich habe die Analyse in vier Bereiche eingeteilt.« Die Anwesenden konnten in riesigen Buchstaben die Wörter Täter, Opfer, Tat und Tatort lesen.

»Kommen wir gleich zum Täter«, fuhr Uhl fort. »Im vorliegenden Fall haben wir es höchstwahrscheinlich mit einem relativ intelligenten, männlichen Einzeltäter zu tun, der eine profunde medizinische und unter Umständen auch theologische Ausbildung genossen haben dürfte. Darauf deuten sowohl seine Lateinkenntnisse als auch die, aus medizinischer Sicht gesehen, fachgerechte Entnahme von Körperteilen des Opfers hin. Da der Täter keinerlei Skrupel hat, seinem Opfer große Schmerzen zuzufügen, bevor er es endgültig tötet, muss davon ausgegangen werden, dass ihm, aus welchem Grund auch immer, jegliche Empathie gegenüber Menschen verloren gegangen ist. Es ist deshalb schwer vorstellbar, dass unser Mörder noch praktizierender Arzt respektive Chirurg ist, also ein Mensch, der durch seine Arbeit Leben rettet. Vielleicht ist er ein Mediziner, der aus irgendeinem Grund entlassen wurde. Diese Annahme ist jedoch sehr spekulativ. Das Motiv des Täters liegt für mich noch völlig im Dunkeln. Es könnte reine Verstümmelungs- oder Mordlust sein. Doch kommen auch andere Motive wie sexuelle Gier und Abartigkeit, Bereicherung, Frustration, Rache, religiöser Fanatismus, experimentelles Versuchen, ja sogar Kannibalismus infrage. Möglicherweise liegen diese Motive in unserem Fall auch in gemischter Form vor.«

Ein Raunen ging durch den Raum. Die Mitglieder der Soko steckten ihre Köpfe zusammen und begannen zu diskutieren. Yalcin fragte Nawrod mit weit aufgerissenen Augen: »Wie kommt er denn auf Kannibalismus? Dafür gibt es doch überhaupt keine Anhaltspunkte?«

»Er hat nur auf mögliche Tatmotive hingewiesen«, antwortete Nawrod leise. »Da man uns mit Ausnahme des Herzens nur kleine Körperteile geschickt hat und die Leiche des Opfers bisher nicht gefunden wurde, kann es durchaus sein, dass aus dem großen Rest Wurst gemacht wurde.« Nawrod grinste.

»Und die dann noch verkauft hat!«, entfuhr es Yalcin. Sie schüttelte ungläubig den Kopf.

»Es ist alles möglich. Du glaubst gar nicht, zu was Menschen fähig sind. Wir hatten in Stuttgart mal einen Fall …« Nawrod hielt inne. Er spürte eine Hand an seinem linken Unterarm, die einen sanften Druck ausübte. »Jürgen, Uhl möchte weitermachen«, sagte Sabine Bauer leise und lächelte Nawrod dabei an. Er nickte und sah kurz auf die schmale Hand der Kriminaltechnikerin. Die Fingernägel waren weder übermäßig lang noch lackiert, doch auffallend gepflegt. Ihre ovale, an den Enden gleichmäßig zu einer stumpfen Spitze abgerundete Form passte zu den schlanken Fingern. Warum ist mir das nicht schon vorher aufgefallen, fragte sich Nawrod.

Seine rechte Hand legte sich auf die von Sabine Bauer. Es war mehr eine Reflexbewegung als Absicht. Er spürte eine wohltuende Wärme und ein leichtes Kribbeln. Dann zog er die Hand auch schon wieder zurück.

»Laut Statistik sind Täter, die in der Lage sind, eine derart grausame Tat zu begehen, nicht mehr im jugendlichen Alter«, fuhr Uhl fort. Das Gemurmel verstummte. »Ich schätze, der Täter könnte zwischen 30 und 40 Jahre alt sein. Vielleicht auch älter. Charakteristisch für ihn ist, dass er andere Menschen bevorzugt als eine Art Werkzeug einsetzt. Legt man die Zeugenaussagen zugrunde, benutzte er wahrscheinlich zwei Frauen als Botinnen. Es könnten seine Ehefrau und seine Mutter oder Schwiegermutter gewesen sein. Noch wichtiger erscheint mir, dass er die Polizei und die Presse als seine Werkzeuge benutzt. So fand er in dem allseits geschätzten Kollegen Nawrod einen Polizisten, der ihn mit der Aufklärung eines spektakulären Selbstmordes zufälligerweise auf die Idee brachte, seine Tat so zu begehen, dass er in der Presse höchste Aufmerksamkeit erreichte. Als Einstieg sandte er natürlich nicht gleich einen abgetrennten Kopf an den Kollegen, sondern erst einen weniger spektakulären Zeigefinger, und zwar den rechten.« Uhl schaute leicht triumphierend in Richtung Nawrod, der in diesem Moment ungläubig seinen Kopf schüttelte und bei sich dachte: »Wir haben mindestens zwei Täter, du Klugscheißer, und die werde ich dir sehr bald präsentieren.«

»Ich weiß, Kollege Nawrod, es ist nicht leicht, das alles zu verstehen. Doch die erste Botschaft gibt hierzu einen eindeutigen Hinweis. Sie ist auf Lateinisch verfasst und wurde zunächst falsch übersetzt. Insofern konnte ihre Bedeutung auch nicht erkannt werden.«

Sabine Bauer und Nawrod sahen sich verblüfft an. Die Kriminaltechnikerin errötete. Jetzt war es Nawrod, der seine Hand auf ihren Unterarm legte, als ob er sie vor weiterem Unheil beschützen wollte.

»*Mihi viam monstrabas* lautet die erste Botschaft des Täters. Fälschlicherweise wurde das in der Akte mit *Zeige mir den Weg* übersetzt. Da ich sichergehen wollte, habe ich einen Professor für Lateinische Sprache an der Gutenberg-Universität in Mainz mit der Übersetzung der vier Botschaften beauftragt. Gestern Abend kam das Ergebnis. Die erste Botschaft heißt richtigerweise *Du zeigtest mir den Weg* und war direkt an Kriminalhauptkommissar Nawrod gerichtet. Darüber gibt es keinen Zweifel. Die Botschaft ist demnach so zu interpretieren, dass der Täter erst durch Aufklärung des Selbstmordes und die anschließende breite Berichterstattung in den Zeitungen dazu animiert wurde, mit abgetrennten menschlichen Körperteilen die Aufmerksamkeit zu erregen, die er sich erhofft und die er eventuell für sein weiteres Vorgehen benötigt.«

»Sie glauben also, dass der Mörder ein sensationsgeiler Verrückter ist, der den Blick der Öffentlichkeit auf sich richten und daraus Kapital schlagen will?«, fragte Wegner, der natürlich Ansgar Haider und Robert Pfaff im Hinterkopf hatte.

»Den ersten Teil Ihrer Frage muss ich eindeutig mit Ja beantworten«, entgegnete Uhl Wegner selbstsicher. »Ob der Mörder aber daraus Kapital schlagen will, wird sich noch herausstellen. Möglicherweise könnten die Verstümmelungen und der erste Mord nur eine Warnung und ein Hinweis darauf sein, zu was der Täter fähig ist, wenn in Zukunft nicht nach seiner Pfeife getanzt wird. Das wird sich aber bestimmt noch zeigen, denn der Mörder wird wieder zuschlagen. Es ist meines Erachtens nur eine Frage der Zeit, wann das geschehen wird. Irgendwann wird er uns auch sein Motiv und sein Ziel mitteilen. Und ich bin mir ziemlich sicher, dass er zum Erreichen dieses Zieles weiterhin sowohl die Presse als auch unseren Kollegen Nawrod benötigt oder besser gesagt benutzt.«

Wegner nickte zufrieden. Es war im Hinblick auf Haider und Pfaff nicht ganz, was er sich von dem Profiler erhofft hatte. Doch immerhin traf einiges auf die beiden zu. Und Uhl war ja noch nicht fertig.

Nawrod hatte sich mit Fragen und Einwänden absichtlich zurückgehalten. Er hatte noch nie besonders viel von derartigen Hypothesen und Vermutungen gehalten. Auch nicht von den OFAs, den Operativen Fallanalysten, wie die Profiler genannt wurden. Seines Erachtens wurden diese selbsternannten »Hellseher« überschätzt. Ihm war kein Fall bekannt, bei dem ein Profiler wirklich unmittelbar zur Aufklärung eines schweren Verbrechens beigetragen hatte.

Uhl fuhr fort: »Der Täter weiß durch die Presseveröffentlichungen, dass es sich bei dem Kollegen Nawrod um einen äußerst tüchtigen Mordermittler handelt. Nun will er zwei Fliegen mit einer Klappe schlagen: Zum einen will er die Kompetenz und die durch die Presse gewonnene Berühmtheit Nawrods nutzen, um sich und sein Tun aufzuwerten, und zum anderen sehe ich auch darin Anzeichen dafür, dass sich der Täter einen sportlichen Wettkampf mit dem Kollegen liefern möchte, wenn ich das mal so ausdrücken darf.«

»Ein Spiel mit seinem Henker«, brummte Nawrod mehr zu sich selbst, aber so laut, dass es Bauer und Yalcin hören konnten. Wieder spürte er die Hand der Kriminaltechnikerin auf seinem Unterarm. Ein kurzer, aufmunternder Druck und schon zog sie ihre Hand wieder zurück.

Tom Schneider meldete sich: »Ist davon auszugehen, dass der Täter in Heidelberg wohnt?«

»Es spricht vieles dafür«, antwortete Uhl. »Studien haben ergeben, dass diese Art von Tätern meistens ihre Ideen Schritt für Schritt entwickelt und deren Umsetzung zumindest zu Beginn im Umkreis eigener Ankerpunkte verwirklicht. Unter Ankerpunkten versteht man Wohnung, Arbeitsstelle, Stammlokale, Bekannte oder Verwandte, Lieblingsplätze und dergleichen. Alle Pakete wurden in Heidelberger Postfilialen aufgegeben. Die ersten drei in einem ziemlich begrenzten Bereich, höchstens 800 Meter Luftlinie voneinander entfernt. Erst das vierte Paket wurde in der Poststelle Kleingemünder Straße im Stadtteil Ziegelhausen aufgegeben. Dort könnte die alte Dame wohnen, die der Täter als Botin benutzte. Vorsichtig ausgedrückt, hat unser Mann einen starken Bezug zu Heidelberg, insbesondere zu dem engen Bereich der Innenstadt. Er fühlt sich dort durch die gewohnte Umgebung sicher und es fällt nicht auf, wenn er zum Beispiel in diesem Bereich wohnende Angehörige bittet, in nahe gelegenen Postfilialen ein Paket für ihn aufzugeben.«

Am liebsten hätte Nawrod euphorisch hinausgeschrien, dass Ansgar Haider 32 Jahre alt war, in der Sophienstraße 42 wohnte und dass seine Wohnung nur einen Steinwurf von den Poststellen entfernt war, in denen die ersten drei Pakete aufgegeben worden waren. Er wollte Yalcin einen sanften Stoß in die Rippen geben. Aber sie war gerade dabei, bei ihm das Gleiche zu tun, weshalb sie mit den Ellenbogen zusammenstießen. Sie sahen sich an, nickten sich zu, und Yalcins Lächeln drückte pure Freude über ihren Ermittlungserfolg aus.

»Können Sie sonst noch etwas zum Täter sagen?«, fragte Kriminaloberkommissar Hauk. »Wie erklären Sie sich, dass er offensichtlich einen erwachsenen Mann in seine Gewalt bringen, ihn über längere Zeit gefangen halten und ihm nach und nach Körperteile bis hin zum Herzen entnehmen konnte?«

»Da ist der Fantasie Tür und Tor geöffnet, Herr Kollege.« Zum ersten Mal war bei Uhl der Anflug eines Lächelns zu erkennen. »Es gibt Betäubungsmittel, es gibt schallgedämmte Kellerverliese und es gibt die Vermutung, dass es sich bei dem Täter um eine medizinisch versierte Person handelt. Ist Ihre Frage hiermit beantwortet?«

Hauk sah betreten zur Decke. Das hätte er sich natürlich auch selbst denken können.

»Kommen wir nun zum Opfer.« Uhl runzelte die Stirn und machte eine Pause. »Leider wissen wir über das Opfer nicht viel. Anhand der Größe und Beschaffenheit des abgetrennten Fingers nimmt die Gerichtsmedizinerin an, dass es vermutlich kein besonders großer, circa 55 bis 65 Jahre alter Mann gewesen ist, der zu Lebzeiten keine schwere Arbeit leisten musste. Er war Brillenträger und hatte irgendwann einmal einen Herzinfarkt. Unter seinen Fingernägeln befanden sich Spuren von eigenem Kot und grüner Farbe. Ich habe mich gestern beim Kriminaltechnischen Institut des Landeskriminalamtes erkundigt. Der Bericht liegt zwar noch nicht vor, aber man gab mir die Auskunft, dass es sich bei der Farbe um handelsübliche grüne Dispersionsfarbe handelt, die im Außenbereich an Hauswänden Verwendung findet. Hersteller ist die Firma Colortec. Das Produkt ist in jedem Baumarkt zu haben.

Weiter ist bekannt, dass die DNA des Opfers nicht in unserer DAD einliegt. Ebenso sind in der AFIS keine Fingerabdrücke von ihm gespeichert. Mehr wissen wir nicht. Insbesondere ist für mich derzeit noch nicht erkennbar, ob es zwischen Täter und Opfer eine Beziehung gibt respektive gab. Denkbar wäre auch, dass der Täter sein Opfer willkürlich und nur zu dem Zweck auswählte, sein Ziel zu erreichen.«

»Das würde zu Haider passen«, flüsterte Nawrod Yalcin ins Ohr.

»Habe ich auch grad gedacht«, flüsterte sie zurück.

Uhl setzte seine eindrucksvolle Power Point-Präsentation fort. Er hatte sich wirklich viel Mühe gegeben, die wichtigsten Fakten des Falles herauszuarbeiten, um sie anschließend im Detail zu analysieren. Gekonnt trug er seine Schlussfolgerungen vor.

»Kommen wir zu den einzelnen Taten, die wir so zusammenfassen können, dass der Täter sein Opfer zunächst stückweise verstümmelt und es schließlich mit der Entnahme des Herzens tötet. Zweifellos erreicht er durch die Tötung die aus seiner Sicht höchstmögliche Beachtung in der Öffentlichkeit.

Betrachten wir aber zunächst die zweite Verstümmelung. Der Täter schickte uns ein Ohr des Opfers mit folgender Botschaft: *Exaudi deprecationem meam*. Diese drei Wörter wurden mit *Höre mein Flehen* von der Kollegin Bauer richtig übersetzt. Der Text korrespondiert mit der schon erwähnten Annahme, dass der Täter unter allen Umständen auf etwas aufmerksam machen möchte. Er fordert explizit den Kollegen Nawrod auf, ihm zuzuhören. Bildlich gesprochen schärft er das Messer, mit dem er schneiden will.

Ich habe einen Suchlauf in kirchlichen Texten gestartet. Es liegt nahe, dass der Mörder die drei Worte aus Psalm 61 entnommen hat, wo es weiter heißt: *Achte auf mein Beten. Du bist meine Zuflucht, mein Fels gegen die Feinde. In deinem Zelt möchte ich Gast sein auf ewig.*« Uhl schaute in die Runde und machte wieder eine Pause. Er wollte seinen Zuhörern Zeit geben, diese Worte zu verinnerlichen.

»Anscheinend will der Täter den Kollegen Nawrod nicht nur als Werkzeug benutzen, so wie er das vor allem auch mit der Presse macht, sondern er erwartet vielmehr auch Hilfe und Zuflucht von ihm. Vielleicht geht er in seinen Gedanken schon so weit, dass sein Leben irgendwann einmal nur noch hinter den dicken Mauern eines Gefängnisses geschützt werden kann.«

»Und wie interpretieren Sie die dritte Botschaft?«, fragte Sabine Bauer. Sie fand die Erklärungen Uhls äußerst interessant und konnte es kaum abwarten, Weiteres zu erfahren.

»*Ecce veritas et lux* sind ebenfalls bekannte biblische Worte, die Sie mit *Siehe die Wahrheit und das Licht* richtig übersetzt haben. Hieraus kann interpretiert werden, dass der Täter glaubt, er sei im Recht. Seine Taten weisen auf die Wahrheit hin und bringen Licht in das Dunkel. Wo immer das Dunkel auch sein mag.«

Yalcin gab Nawrod mit dem Ellenbogen einen sanften Stoß. »Was meinst du, plant Haider vielleicht, einen ganz großen Ballon steigen zu lassen?«, fragte sie leise.

»Schon möglich«, flüsterte Nawrod. »Wenn er unser Mann ist, traue ich ihm alles zu. Er ist Reporter und kennt die Abgründe der Menschheit. Und er hat ganz bestimmt die Fantasie, die nötig ist, einen riesigen Knaller zu landen. Eine Story, die wirklich um die ganze Welt geht und mit der richtig Kohle zu verdienen ist.«

»Könnten die Herrschaften bitte ihre Diskussion beenden, damit ich fortfahren kann«, rief Uhl laut in Richtung Yalcin und Nawrod. Yalcin hob entschuldigend die rechte Hand. »Sorry, Herr Kollege, wir sind ganz Ohr.«

Auch Nawrod entschuldigte sich, indem er eine Hand auf die Brust legte und demütig den Kopf senkte. Er wollte den Profiler auf keinen Fall verärgern. Das konnte nämlich gehörig ins Auge gehen. Wenn ihm auch die von ihm ständig verwendeten Worte wie »vielleicht, könnte, möglicherweise, ist zu vermuten, ist so zu interpretieren« gewaltig gegen den Strich gingen. Eines musste er zugeben: Uhl hatte sich in der Kürze der Zeit schon mächtig ins Zeug gelegt. Vieles von dem, was er sagte, war zwar bereits bekannt, aber einiges war für Nawrod und die anderen Soko-Mitglieder neu und hochinteressant.

»Incrassatum est enim cor suum, et auribus graviter audierunt et oculos suos compresserunt, ne forte videant oculis et auribus audiant et corde intellegant et convertantur.« Uhl betonte den lateinischen Satz so, als sei es der Taufspruch seines erstgeborenen Sohnes. Er schaute in Richtung Sabine Bauer. Über seine Lippen huschte ein Lächeln. Die Kriminaltechnikerin errötete. Uhl würde ihr jetzt bestimmt wieder vor versammelter Mannschaft einen Übersetzungsfehler vorwerfen.

»Kompliment, Frau Kollegin. Der Lateinprofessor aus Mainz teilte mir mit, sie hätten den Satz nahezu wortgetreu übersetzt.« Uhl lächelte anerkennend. Sabine Bauer atmete erleichtert auf. Als kurzer Beifall aufkam, errötete sie ein zweites Mal und winkte in aller Bescheidenheit ab.

Uhl projizierte die Übersetzung für jeden sichtbar an die Leinwand. Er wartete eine Zeit lang, bis er sicher war, dass sie jeder gelesen hatte. Danach erhob er seine Stimme: *»Denn ihr Herz ist hart geworden, und mit ihren Ohren hören sie nur schwer, und ihre Augen halten sie geschlossen, damit sie mit ihren Augen nicht sehen und mit ihren Ohren nicht hören, damit sie mit ihrem Herzen nicht zur Einsicht kommen, damit sie sich nicht bekehren und ich sie nicht heile.«*

Er machte wieder eine lange Pause und fuhr fort: »Meine Recherchen haben ergeben, dass die Sätze wortgetreu aus der Apostelgeschichte 27 und 28 entnommen wurden. Ich habe mir viele Gedanken über die Bedeutung gemacht. Auch Ihnen dürfte aufgefallen sein, dass sich der Täter dieses Mal noch mehr Mühe machte, etwas mitzuteilen. In der Vergangenheit kam es bei großen Kriminalfällen nicht selten vor, dass Täter verschlüsselte Botschaften hinterlassen haben. Wie schon erwähnt, wollen solche Täter dadurch eine größere Aufmerksamkeit erreichen, und gleichzeitig finden sie Gefallen daran, mit der Polizei Katz und Maus zu spielen. In unserem Fall hinterließ der Täter seine Botschaften nicht nur in Form von lateinischen Worten, sondern auch durch die Art, wie er mit seinem Opfer umging, und insbesondere durch die speziellen Körperteile, die er uns übersandte. Bildlich gesehen sollten diese Körperteile den Text auf brutale Weise unterstreichen.

Die vierte Botschaft enthält zweifellos eine Anklage. Es könnte durchaus sein, dass er den Kollegen Nawrod, respektive die Polizei anklagt. Und man könnte vermuten, dass er mit dem Vorwurf, wir seien untätig und würden die Augen verschließen, uns mitteilen wollte, dass er quasi gezwungen war, seine Geisel zu ermorden. Doch dessen bin ich mir nicht ganz sicher. Er könnte auch jemand anderen meinen. Ich möchte mich diesbezüglich nicht festlegen.«

Uhl atmete tief durch. »Kommen wir nun zum Tatort. Nach meinem Dafürhalten verfügt der Täter über ein alleinstehendes Haus. Er könnte es eigens für seine Zwecke angemietet oder gekauft haben. Zweckmäßigerweise müsste das Gebäude eine Garage haben, von der man direkt in das Haus gelangt. So könnte er sein Opfer unbemerkt in einen schalldichten Kellerraum gebracht haben. Natürlich könnte es sich bei dem Tatort auch um ein altes, leerstehendes Firmen- oder Fabrikgebäude handeln. Auf jeden Fall musste der Mörder sicherstellen, dass er am Tatort mit seinem Opfer nicht gesehen und die langanhaltenden Schmerzensschreie des Opfers nicht gehört werden konnten. Man kann nicht unbedingt davon ausgehen, dass sich der Tatort und die betroffenen Postfilialen in ein und demselben Stadtgebiet befinden. Es liegt jedoch sehr nahe. Ich würde vorschlagen, baldmöglichst über Luftaufnahmen oder Google Earth alle infrage kommenden Gebäude dieses Stadtgebietes ausfindig zu machen und sie einer Kontrolle zu unterziehen.«

Wegner schüttelte den Kopf. »Das ist faktisch unmöglich«, knurrte er. »Kein Staatsanwalt und kein Richter wird für eine solche Aktion einen Beschluss ausstellen. Wir müssten ja die betreffenden Gebäude nach allen kriminalistischen Regeln genauestens durchsuchen. Außerdem bräuchten wir eine ganze Armee von Durchsuchungskräften, um die Häuser wenigstens einigermaßen zeitgleich auf den Kopf zu stellen. Sonst bekäme der Täter sicher Wind von unserer Aktion und hätte genügend Zeit, Beweise zu vernichten und in aller Gemütsruhe das Weite zu suchen.«

»Was Sie aus meiner Analyse und meinen Ratschlägen machen, bleibt Ihnen überlassen, Herr Wegner. Sie sind der Soko-Leiter und müssen den Kopf hinhalten, wenn irgendetwas schiefgeht oder nicht so läuft, wie es sich unsere obersten Häuptlinge vorstellen.« Mit ein paar Mausklicks fuhr der Profiler seinen Laptop herunter. Danach bedankte er sich bei den Anwesenden für die Aufmerksamkeit und genoss sichtlich den anschließenden Applaus.

»Halten Sie mich bitte auf dem Laufenden«, bat er Wegner. »Jedes Detail kann wichtig sein. Geben Sie mir auch bitte Bescheid, wenn sich der Tatverdacht gegen eine bestimmte Person konkretisiert oder sich der Fall dramatisch zuspitzen sollte.«

Wegner nickte. »Selbstverständlich, Herr Uhl, und vielen Dank für Ihre Bemühungen. Sie haben einen sehr guten Job gemacht.«

Uhl gab dem Soko-Leiter die Hand. »Wir bleiben in Verbindung.«

Als der Profiler den Besprechungsraum verlassen hatte, winkte Wegner Yalcin und Nawrod zu sich. »Was meinen Sie, ist nach den Ausführungen Uhls Ansgar Haider unser Mann?«

»Er wohnt in der Sophienstraße 42«, antwortete Yalcin. »Das ist sein Ankerpunkt, nach Uhls Worten. Wenn man die ersten drei Postfilialen jeweils mit einer Geraden verbindet, ist die Wohnung Haiders fast genau in der Mitte des Dreiecks.«

»Und Haider ist 32 Jahre alt«, fügte Nawrod hinzu. »Er passt haargenau in das von Uhl geschätzte Alter des Täters. Möglicherweise hat Pfaff keine Ahnung davon, dass Haider ein eiskalter Mörder und nicht nur der Lieferant für eine äußerst medienwirksame Story ist.«

»Das wird sich herausstellen«, entgegnete Wegner mit ernster Miene. »Die Observation der beiden ist schon in vollem Gange. Da brennt uns nichts mehr an. Die lassen ab heute keinen Pupser mehr, ohne dass wir das mitbekommen.«

»Das beruhigt mich sehr«, antwortete Nawrod.

»Sobald die Anträge für den Staatsanwalt fertig sind, kümmern Sie sich dringlichst um eine lückenlose Biografie der Tatverdächtigen. Wenn Sie Hilfe brauchen, melden Sie sich. Wir müssen alles über sie wissen. Jede Kleinigkeit. Aber seien Sie bitte vorsichtig. Die beiden sind keine Idioten. Wenn sie den Braten riechen, können wir einpacken. Dann war unsere ganze Arbeit umsonst.«

»Wir brauchen noch etwa eine Stunde. Dann wird Kollege Hauk die Anträge zu Staatsanwalt Brügge bringen können. Ich glaube, er weiß am besten, wie man mit dem Vertreter der Anklage umgeht. Währendessen versuchen wir herauszufinden, ob Haider in seinem Haus die Möglichkeit hat, eine Geisel gefangen zu halten, und ob es in seinem Umfeld Frauen gibt, die Ähnlichkeit mit den Frauen auf den Phantombildern haben.«

»Und ich kümmere mich um die Biografie der beiden. Wäre doch gelacht, wenn wir da keine weiteren Mosaiksteinchen fänden.«

»Sehr gut.« Wegner hob seinen Zeigefinger. »Ich verlasse mich auf Sie.«

26

Laut stöhnend erhob sich Radecke von der Pritsche. Die Stromstöße hatten in jedem Winkel seines Körpers Schmerzen hinterlassen, die nur langsam nachließen. Seine Peiniger hatten ihm keine Chance gelassen. Nachdem sie ihn abgeurteilt hatten, gaben sie ihm eine Spritze. Er spürte noch den Einstich, mehr nahm er nicht wahr. Sie hatten ihm Kleidung und Uhr abgenommen. Er war nackt und fühlte sich hilflos wie ein Neugeborener. Als er mit der Hand über seinen dröhnenden Schädel fuhr, stellte er fest, dass sie ihn völlig kahl geschoren hatten.

Er zwang sich, in der engen Zelle ein paar Schritte zu gehen. Es gab an den glatten, grün gestrichenen Wänden nichts zu entdecken. Da war nur das kleine, etwa zehn Millimeter große Loch, aus dem die winzige Optik einer Kamera schimmerte. Hoch oben an der Wand, gegenüber der Pritsche, unerreichbar für ihn. Einen halben Meter unterhalb des Objektivs sah er feine Kratzspuren, als hätte jemand versucht, an der glatten Fläche hochzuklettern.

Er war nicht der Erste, den man in dem engen Verlies eingesperrt hatte. Dessen war sich Radecke sicher. Allein der fremde, ekelhafte Geruch aus einer Mischung von Kot, Urin und Schweiß verschaffte ihm diese Gewissheit. Er war ihm bereits kurz nach seinem Erwachen aus der Bewusstlosigkeit in die Nase gestiegen.

Irgendwann verlor Radecke sein Zeitgefühl. Ab da kam ihm alles wie ein böser Traum vor, aus dem er jeden Augenblick zu erwachen hoffte. Längst schon hatte er die Phase der Hilferufe und des verzweifelten Schreiens hinter sich. Auch hatte er sich bereits an das karge Essen gewöhnt, das ihm durch die Luke an der Tür gereicht wurde.

Was hatte man mit ihm vor? Er zerbrach sich immer wieder den Kopf darüber. Wollte man ihn hier einfach verrecken lassen? Ihm war sehr bald klar geworden, dass man sich an ihm rächen wollte. Er hatte in seiner Zeit als Priester unzählige Male junge Ministranten missbraucht. Ein gutes Dutzend Pfarrer, die sich in Priesterseminaren oder sonst wie kennengelernt hatten, hatten über ganz Deutschland verteilt einen regelrechten Tauschring aufgezogen, in dem sie sich die kleinen Jungs gegenseitig zur Verfügung stellten. Meistens wurde man von einem Kollegen zu einem Besuch eingeladen. Danach revanchierte man sich mit einer Gegeneinladung. Man ließ sich von anderen, nichts ahnenden Kollegen unter einem Vorwand vertreten. Es wurde immer nach dem gleichen Muster vorgegangen. Den gottesfürchtigen Buben jagte man Angst ein, indem man ihnen erzählte, sie seien vom Teufel befallen und kämen in die Hölle, wenn sie nicht gefügig seien. Das Gleiche werde ihnen passieren, wenn sie irgendjemandem erzählen würden, auf welche Weise bei ihnen der Teufel ausgetrieben wurde. Die Methode war todsicher. Jeder Pfarrer hatte seine Buben vor den Besuchen entsprechend vorbereitet. Es gab nie Probleme. Nur ein einziges Mal wurde ermittelt. Eine Mutter hatte Anzeige erstattet, nachdem ihr Sohn das Geheimnis preisgegeben hatte. Radecke konnte sich nicht mehr erinnern, welcher Junge das war und wie er ausgesehen hatte. Aber er wusste, dass sich damals Philipp Otte den Fragen der Polizei stellen musste, denn der Junge stammte aus seiner Pfarrei. Da Otte dichthielt, verlief die Sache sehr schnell im Sand. Die Polizei konnte ihm nicht das Geringste nachweisen. Inzwischen waren schon über zwanzig Jahre vergangen.

War es Otte, der vor ihm in dieser Zelle gefangengehalten worden war? Wenn ja, was war mit ihm geschehen? War er in eine andere Zelle gebracht worden? Es musste Otte gewesen sein, und man hatte ihn vermutlich ebenso gefoltert. Von wem sonst hatten die beiden seinen Namen erfahren? Aber warum hatte Otte nicht gleich auch den Dritten verraten, der damals dabei gewesen war? Er war es doch, der es am schlimmsten mit den Jungs getrieben hatte. Wieso haben sie mich mit Strom traktiert, bis ich ihnen den Namen des anderen preisgegeben habe, fragte er sich. Otte wusste doch auch, wer der Dritte gewesen war.

Radecke kam es wie eine Ewigkeit vor, bis sich zum ersten Mal die Tür öffnete. Jetzt würde dieses fürchterliche, sadistische Spiel endlich zu Ende sein, hoffte er. Er lag gerade auf der Pritsche und dachte an seinen Lebenspartner. Bestimmt hatte Daniel Weiß schon Vermisstenanzeige erstattet. Ganz bestimmt! Oder doch nicht? Er hatte von anderen Schwulen schon oft gehört, dass manchmal ein Partner tage- oder gar wochenlang verschwand, weil er über Nacht einen heißblütigen Lover kennengelernt hatte, mit dem er sich in ein Liebesnest zurückzog. Er selbst war auch schon einmal eine Nacht weggeblieben. Eine riesige Eifersuchtszene war die Folge gewesen und er hatte schwören müssen, so etwas nie wieder zu tun. Daniel hätte sich sonst auf der Stelle von ihm getrennt.

»Aufstehen!«, befahl ihm der Uniformierte, der unter der Tür stehen blieb. Radecke schreckte in die Höhe. Er versuchte, die Situation abzuschätzen. Was hatte man mit ihm vor? Konnte er einen Fluchtversuch wagen? Der andere wog bestimmt zwanzig Kilogramm weniger und war auch nicht ganz so groß wie er. Mann gegen Mann hätte er sicher Vorteile. Doch Radecke sah den Elektroschocker in der rechten Hand des anderen. Er musste sich beherrschen, nicht in Panik zu verfallen. Zu frisch waren noch die Bekanntschaft mit dem Folterinstrument und die damit verbundenen Schmerzen.

Bevor er weiter überlegen konnte, landeten metallene Hand- und Fußfesseln laut scheppernd direkt vor ihm auf dem Fußboden.

»Leg dir die Dinger an!«, befahl der Uniformierte. »Aber mach ja keine Mätzchen! Sonst hörst du die Engel schneller singen, als dir lieb ist.«

Langsam bückte er sich nach dem Fesselwerkzeug.

»Die Fußfessel zuerst!«, sagte der Uniformierte mit schneidender Stimme. Das Metall fühlte sich kalt und schwer an. Die Gedanken an einen Fluchtversuch gingen ihm nicht aus dem Kopf, obwohl ihm bewusst war, dass es keinen Sinn hatte. Er hatte nicht die geringste Chance. Um Zeit zu gewinnen, kam er dem Befehl nur zögernd nach. Absichtlich tat er so, als ob er nicht wüsste, wie man mit diesen Fesseln umgeht, obgleich sie ein sehr beliebtes Hilfsmittel zur Steigerung der Lust bei den gerne von ihm praktizierten sadomasochistischen Spielen mit männlichen Prostituierten waren.

Als der harte Stab des Elektroschockers auf seinen Kopf niedersauste, vernahm er für den Bruchteil einer Sekunde noch das Geräusch von verdrängter Luft und dann spürte er auch schon den dumpfen Schmerz, der ihm fast die Besinnung raubte.

»Du hältst mich wohl für blöde?«, hörte er den anderen brüllen. »Ich kann deine Gedanken lesen, du Arschloch. Willst wohl abhauen! Ich warne dich! Eine falsche Bewegung und ich mach dich alle! Hast du mich verstanden?«

Radecke richtete sich benommen auf. Er tastete mit der Hand seinen Kopf ab und fühlte eine hühnereigroße Beule, die höllisch schmerzte. Der Schmerz verstärkte sich, als er sich wieder nach unten beugte, um sich die Fußfesseln anzulegen. Er stöhnte laut.

»Und jetzt die Hände«, befahl der andere. Radecke zitterte wie Espenlaub. War es der Schmerz oder die Angst vor dem, was noch kommen mochte? Nackt und mit gekrümmtem Rücken, gefesselt an Händen und Füßen, gab er ein jämmerliches Bild ab. Er hatte keine andere Wahl, als zu gehorchen. Bevor er aus seiner Zelle geführt wurde, zog der andere eine schwarze Kapuze aus der Jackentasche und stülpte sie ihm über den Kopf.

Durch die Fußfesselung konnte er nur kleine Schritte machen. Er spürte, dass die Hand, die ihn am Oberarm packte, sehr kräftig war und keinen Widerstand zuließ. Radecke hatte keinerlei Orientierung. Er hörte lediglich, dass eine andere Tür geöffnet wurde, bevor man ihn mit einem kräftigen Ruck zum Anhalten zwang.

»Gab es Probleme?« Die Stimme gehörte dem blonden Stricher, der ihn in die Falle gelockt und später das vernichtende Urteil über ihn gefällt hatte.

»Nicht der Rede wert«, entgegnete der andere. »Er dachte wohl, er könnte mich verarschen. Musste ihn erst vom Gegenteil überzeugen, bevor ich ihn aus seinem Luxuszimmer führen konnte.«

»Okay, dann kommen wir zur Sache.« Die Stimme des Blonden wurde schneidender. »Gottwald Radecke, Sie wurden zur Höchststrafe verurteilt. Ein Teil dieser Strafe wird heute vollstreckt. Sie haben keinerlei Möglichkeit, Einspruch einzulegen.«

Bevor Radecke antworten konnte, wurde er von hinten umklammert. Gleichzeitig wurden ihm die Beine weggezogen. Er spürte eine kurze Seitwärtsbewegung und landete danach hart auf einer ebenen Fläche. Sie war glatt und kalt. Ein Tisch, dachte er. Dann schlang sich auch schon ein kräftiger Lederriemen um seinen Oberkörper, der sofort festgezurrt wurde. Weitere Riemen legten sich über seinen Unterkörper und seine Fußgelenke. Er hatte keine Möglichkeit zur Gegenwehr. Im Nu war er auf der Unterlage festgebunden. Nur seinen Kopf konnte er noch bewegen. Das Atmen bereitete ihm durch den straff angezogenen Brustriemen Schmerzen. Jedes Mal, wenn sich sein Brustkorb hob, hatte er das Gefühl, seine Rippen würden ihm in die Lunge stechen. Er schmeckte das Salz des Angstschweißes auf den Lippen. Die Augen brannten, obwohl er sie unter der Kapuze geschlossen hielt.

»Nimm ihm die Handschellen ab und binde seine Hände auf den Tisch!«, hörte er den Stricher sagen.

Radecke spürte, wie die Handfesselung gelöst wurde. Anschließend wurden, etwas seitwärts von seinem Körper, die Hände nacheinander so festgebunden, dass er nur noch die Finger ein klein wenig bewegen konnte.

»Warum die Linke?«, hörte er den Uniformierten fragen.

»Das Schwein ist Linkshänder, weißt du das nicht mehr. Er hat mich damals mit dem linken Mittelfinger penetriert, verstehst du?«, antwortete der andere.

»Wir schneiden ihm den Schwanz ab«, keuchte der Uniformierte.

»Bist du verrückt? Willst du, dass er vorzeitig krepiert?«

»Er hat ihn mir reingerammt. Ihm war es scheißegal, ob mir der Schließmuskel reißt oder mein Dickdarm platzt. Und jetzt ist es mir egal, ob der Hurensohn verblutet oder an Nierenversagen draufgeht, weil er nicht mehr pinkeln kann.«

»Vergiss nicht, was wir vorhaben. Wenn er sich vorzeitig verabschiedet, kann es sehr schwierig werden, unseren Plan umzusetzen.«

»Das Risiko nehme ich in Kauf«, entgegnete der Uniformierte.

In diesem Moment wurde Radecke bewusst, was die Stunde geschlagen hatte. Jetzt war er sich sicher. Er war zwei ehemaligen Ministranten in die Falle gegangen, die er vor über zwanzig Jahren missbraucht hatte und die sich grausam an ihm rächten. Und er sah mit seinem inneren Auge die dicken Schlagzeilen fast aller Zeitungen, die über die mysteriösen Sendungen von Körperteilen berichtet hatten. Sie haben sich zuerst Philipp Otte vorgenommen und nun bin ich an der Reihe, dachte Radecke. Siedend heiß erinnerte er sich an die Worte des Tagesschausprechers, der mit betroffener Miene verkündete, dass nach Finger, Ohr und Auge schließlich auch ein menschliches Herz an die Kripo Heidelberg geschickt worden war und dass sämtliche Körperteile von ein und derselben Person stammen würden.

»Zieh ihm die Kapuze herunter! Er soll sehen, was mit ihm geschieht«, hörte er den Stricher sagen.

Obwohl er sofort die Augen schloss, blendete Radecke ein greller Lichtstrahl so sehr, dass ein stechender Schmerz durch seine Augäpfel fuhr. Laut stöhnend konnte er nur sehr langsam die Lider öffnen.

»Binde seinen Kopf fest!«, sagte der Stricher. »Ich habe keinen Bock darauf, dass er damit herumzappelt. Weißt ja, welches Theater der andere aufgeführt hat. Er muss völlig ruhig liegen.«

Der Uniformierte entfernte sich. Ein paar Sekunden später sah Radecke ihn direkt über sich. Er hatte einen langen, breiten Ledergurt in der Hand, den er sofort auf Radeckes Stirn legte. Es ging alles sehr schnell, weshalb Radecke vermutete, dass der Uniformierte die Enden an Haken befestigte, die sich bereits am Tisch befanden. Der Gurt wurde dermaßen festgezurrt, dass Radecke seinen schmerzenden Kopf nicht einmal mehr einen Millimeter bewegen konnte.

27

Staatsanwalt Brügge stellte sich erneut quer, obwohl Kriminaloberkommissar Hauk alle Register seines diplomatischen Geschickes zog. Brügge blieb stur und ließ sich absolut nicht davon überzeugen, dass man zum gegenwärtigen Zeitpunkt des Verfahrens zum großen Schlag gegen Haider und Pfaff ausholen müsste.

»Mir ist die Beweislage zu dünn«, sagte er und schüttelte dabei den Kopf. »Die betreffenden E-Mails und die Tatsache, dass Haider bereits vorbestraft ist, reichen auf keinen Fall aus, um sowohl einen Haftbefehl als auch einen Durchsuchungsbeschluss gegen die beiden zu erwirken. Wenn die Aktion ein Reinfall wird, gibt es einen riesigen Skandal. Sowohl Haider als auch Pfaff sind als Journalisten durch Grundgesetz und Strafprozessordnung besonders geschützt. Man wird mich in der Luft zerreißen, wenn sie nur ihrer Arbeit nachgegangen und an den Verbrechen nicht beteiligt sind.«

»Sie sind unsere einzige heiße Spur«, argumentierte Hauk. »Wenn sie die Verbrechen nicht begangen haben, besteht zumindest die Chance, über sie an den Mörder heranzukommen.«

»Dazu reicht ein richterlicher Beschluss zur Telekommunikationsüberwachung«, antwortete Brügge kühl. »Wenn Haider Kontakt mit dem Mörder hat, werden wir das herausfinden.«

»Und was ist mit dem Beschluss zur Observation der beiden durch das MEK?«, fragte Hauk mit einem Stirnrunzeln. »Falls Haider der Mörder ist, könnte er weitermachen. Und wer garantiert, dass Pfaff nicht sein Mittäter ist?«

Brügge überlegte lange. Er setzte die randlose Brille ab und rieb sich die Augen. Anschließend erhob er sich vom Stuhl, begab sich zu einer auf einem kleinen Tischchen stehenden Kaffeemaschine und goss sich eine Tasse Kaffee ein. Dazu nahm er Milch und Zucker.

»Möchten Sie auch einen?«, fragte er freundlich.

»Gerne«, antwortete Hauk, obwohl er im Präsidium schon zwei getrunken hatte. Er wollte Brügge nicht vor den Kopf stoßen.

Während Brügge seinen Kaffee schlürfte, setzte er wieder die Brille auf und vertiefte sich minutenlang wortlos in den dicken Wälzer der Strafprozessordnung. Schließlich sah er auf. »Die Observation und die TKÜ, mehr ist nicht drin. Ich gebe Ihnen genau zehn Tage und keine Sekunde mehr. Danach werden die Maßnahmen beendet, egal, ob ein Ergebnis vorliegt oder nicht. Ich hoffe, Sie haben mich verstanden.«

Hauk ließ enttäuscht die Schultern fallen und nickte. Danach trank er seinen Kaffee aus, stand auf und gab Brügge die Hand. Er wusste, dass er sich jeden weiteren Kommentar sparen konnte. Auf direktem Weg fuhr er zum Polizeipräsidium und erstattete Bericht.

»Ich hatte mir schon etwas Ähnliches gedacht«, brummte Wegner.

»Brügge will die beiden ohne jedes Risiko auf einem silbernen Tablett geliefert bekommen«, schimpfte Nawrod laut. »Mit so einem Angsthasen kann man keinen Krieg gewinnen.«

»Zumindest können wir jetzt sämtliche E-Mail- und Telefonkontakte zwischen Haider und Pfaff kontrollieren«, warf Yalcin ein. »Jeder Schritt von ihnen wird überwacht. Was wollen wir eigentlich mehr? Sobald sich was tut, schlagen wir zu. In der Zwischenzeit sammeln wir alles, was wir gegen die beiden vorbringen können.«

Nawrod und Hauk schauten die junge Kollegin verwundert an, während Wegner anerkennend lächelte. »Sehr gut, Frau Yalcin. Ich sehe das auch so. Wir haben zehn Tage Zeit. Das muss reichen, um einen handfesten Beweis gegen die Tatverdächtigen zu bekommen. Danach können wir Haider und gegebenenfalls auch Pfaff immer noch ans Kreuz nageln.«

»Und was ist, wenn plötzlich der Kopf des nächsten Opfers hier eintrifft?«, ereiferte sich Nawrod.

»Dann hat das Brügge zu verantworten. Wir haben bis jetzt alles getan, was in unserer Macht steht, um den Fall zu lösen.«

»Manchmal ist alles nicht genug. Es gibt immer Möglichkeiten, mehr zu machen«, knurrte Nawrod. »Packen wir es an! Komm, Nesrin, gehen wir an die Arbeit. Wir haben jede Menge zu tun.«

»Ich werde Schneider und Goll sofort mit der TKÜ beauftragen«, rief Wegner den beiden hinterher. »Sobald sich da etwas ergibt, sage ich euch Bescheid. Passt auf, dass ihr den Observationstrupps nicht in die Quere kommt. Wäre fatal, wenn die wegen euch auffliegen.«

»Den letzten Satz kann er sich sonst wo hinschmieren«, raunzte Yalcin auf dem Flur. »Wir sind doch keine Anfänger, oder?«

Nawrod konnte sich ein breites Grinsen nicht verkneifen. »Nein, das sind wir bei Gott nicht.«

Eine halbe Stunde später drückte Yalcin auf den Klingelknopf, neben dem der Name Haider stand. Währendessen griff Nawrod in den gleichnamigen Briefkastenschlitz und zog ein blaues Kuvert heraus. »Amtsgericht Heidelberg«, murmelte er leise.

»Scheiße«, fluchte Yalcin und drückte abermals auf die Klingel. Dieses Mal etwas länger. Nichts rührte sich. »Was meinst du, kann hier jemand eine Person auf Dauer gefangen halten, ohne dass davon jemand Wind bekommt?«

»In diesem Hasenkasten? Wohl kaum. Obwohl, mir ist in Erinnerung, dass die RAF seinerzeit den Arbeitgeberpräsidenten Hanns Martin Schleyer auch in solch einem Wohnbunker mehrere Tage lang gefangen hielt. Sie hatten dafür eigens einen kleinen, schalldichten Kerker innerhalb der Wohnung gebaut. Aber ich denke nicht, dass Haider hier … warum sollte er?«

»War nur so ein Gedanke.«

Nawrod steckte das Kuvert wieder in den Briefkasten zurück. »Nichts ist unmöglich. Das sollte man sich als Ermittler immer vor Augen halten.«

»Wir werden sehen, Herr Lehrer«, lachte Yalcin verhalten und drückte ein drittes Mal den Klingelknopf. Dieses Mal bedeutend länger und mehrmals hintereinander. Die Sprechanlage knackte kurz. Eine grüne Leuchtdiode ging an.

»Ja bitte«, quäkte es aus dem Lautsprecher.

»Polizei, bitte machen Sie auf. Wir müssen mit Ihnen sprechen.«

»Geht jetzt nicht, ich muss schlafen«, antwortete eine müde Stimme.

»Ist aber sehr wichtig«, entgegnete Yalcin freundlich. »Wir halten Sie nicht lange auf.«

Yalcin verstand nicht, was die Stimme sagte, aber deutliche Verärgerung war darin zu hören. Dann erlosch die Leuchtdiode. Nawrod und Yalcin sahen sich schulterzuckend an. Sekunden vergingen. Gerade als sie noch mal auf die Klingel drücken wollte, hörte sie das summende Geräusch des Türöffners.

Seit der Schießerei im Mercedes-Benz-Stadion und den nachfolgenden Monaten unter exzessivem Alkohol- und Tabletteneinfluss hatte Nawrod gegen alle Dinge, denen er sich ausgeliefert und in denen er sich eingeengt fühlte, eine abgrundtiefe Abneigung. Dazu gehörten neben Flugzeugen auch Fahrstühle. Sein zentrales Nervensystem hatte wohl durch den Alkoholmissbrauch etwas abbekommen. Er würde wahrscheinlich nie mehr fliegen, und wenn er die Wahl hatte, benutzte er immer Treppen statt Lifte. Doch dieses Mal befand sich die Wohnung im zwölften Stockwerk. Außerdem wollte er sich vor Yalcin keine Blöße geben. Ihm fiel auch keine passende Erklärung ein. Als sich die Fahrstuhltür hinter ihnen schloss und die Kabine mit einem sanften Ruck anfuhr, hob sich sein Magen etwa mit der gleichen Geschwindigkeit, wobei sein übriger Körper eher in Erdgeschosshöhe bleiben wollte. Bevor Yalcin etwas merkte, drehte er sich um und tat so, als ob er das Tastenschild, das sich hinter ihm befand, studieren wolle. Dabei stützte er sich mit beiden Händen an der Wand ab. So verharrte er, bis sich die Tür mit einem leisen Gong öffnete.

»Du bist ja ganz blass, Jürgen. Ist dir nicht gut?«, fragte Yalcin besorgt.

»Was … wie … nein, ich bin okay. Da vorne dürfte es sein.« Nawrod atmete tief durch und deutete auf die dritte Tür von rechts, die einen großen Spalt breit offen stand. Sie klopften und ein missmutiges »Herein« war die Antwort.

»Guten Tag, Frau Haider.« Die Angesprochene stand etwa zwei Meter vor ihnen. Ihre kurzen, strähnigen Haare waren dermaßen zerzaust, als ob sie gerade einen Hurrikan überstanden hätten. Man konnte sie weder als blond noch als braun bezeichnen. Der schmuddelige, viel zu große Bademantel hing an der Frau wie der Lumpen an einer Vogelscheuche. Nawrod gab sich alle Mühe, freundlich zu sein. »Wir sind von der Kripo Heidelberg und kommen wegen Ihrer Anzeige gegen Ihren Ex-Mann.«

»Kommen Sie herein und machen Sie die Tür hinter sich zu. Müssen ja nicht alle wissen, dass mich die Bullen mal wieder besuchen.« Ihre Stimme klang rau und kalt.

»Sie sind doch Frau Tina Haider?«, fragte Yalcin, um sicherzugehen, dass sie es mit der Richtigen zu tun hatten.

»Wer soll ich denn sonst sein?«, gab die Frau mürrisch zurück und ging voraus in das Wohnzimmer. Dort ließ sie sich müde in einen Sessel fallen. Sie schlug ihre Beine übereinander, wodurch sie bis weit über die Knie entblößt wurden.

»Was wollen Sie? Ich habe den Bullen doch schon alles gesagt. Und überhaupt, was hat die Kripo mit der Sache zu tun? Ich habe die Anzeige bei der anderen Fraktion erstattet.« Plötzlich erhellte sich ihr hageres Gesicht und ein vielsagendes Lächeln umspielte ihren Mund. »Hatte eine schicke Uniform an, der Junge. Der wäre eine Sünde wert gewesen.« Frau Haider kramte in den Taschen ihres schmuddeligen

Bademantels und zog eine Packung Zigaretten und ein Feuerzeug hervor.

»Sie dürfen sich gerne setzen.« Tina Haider deutete auf die Couch, auf der alte Zeitschriften und Kleidungsstücke lagen.

»Wir stehen lieber«, antwortete Yalcin und versuchte glaubhaft zu wirken.

»Nachdem Ihr Mann offenbar keine Anstalten macht, für Ihr gemeinsames Kind Unterhalt zu zahlen, ging der Vorgang an die Kripo«, log Nawrod. »Jetzt müssen wir uns um den Fall kümmern.«

Bevor sich Tina Haider die Zigarette anzündete, hustete sie kräftig. »Wo ist eigentlich Ihr Kind?«, wollte Yalcin wissen.

»Was hat das mit meiner Anzeige zu tun?«, gab Frau Haider barsch zurück.

»Nicht so wichtig«, glättete Nawrod die aufkommende Woge der Verärgerung. »Wir sind hier, weil wir mehr über Sie und Ihren Mann wissen möchten. Das hilft dem Gericht, eine gerechte Entscheidung zu fällen.«

»Melanie ist im Kindergarten, wenn Sie es genau wissen wollen«, blaffte Frau Haider in Richtung Yalcin. »Und ich habe mich hingelegt, weil ich heute wieder zur Nachtschicht muss.«

Nawrod nickte verständnisvoll. »Wo arbeiten Sie, wenn ich fragen darf?«

»Sie dürfen! Ich arbeite im *Lido*. Aber nur, damit Melanie und ich nicht verhungern«, beeilte sie sich zu ergänzen. »Wie Sie wissen, zahlt der saubere Herr Haider ja keinen Unterhalt, weder für mich noch für Melanie.«

Nawrod sah Tina Haider fragend an. »Hätte er die Kohle dafür? Ich meine, wenn er selbst nichts hat, kann er ja auch nicht zahlen.«

»Das ist wohl der springende Punkt. Ansgar ist ein Versager. Er hat das Zeug zum wirklich guten Schreiben und könnte Reportagen machen, die ihm die Zeitungsverlage aus der Hand reißen würden. Immerhin hat er ja vor ein paar Jahren den bundesweiten Herzklappen-Skandal aufgedeckt. Doch was macht der feine Herr? Er tingelt in der Gegend herum und bringt nichts auf die Reihe. Als ich ihn vor etwa drei Monaten anrief und ihm mit der Anzeige drohte, wollte er mir weismachen, dass er eine ganz große Sache am Laufen hat, die ihm viel Geld einbringen werde. Aber dann hörte ich nichts mehr von ihm. Typisch für diesen Taugenichts. Die Anzeige habe ich erstattet, weil ich ihm einen Schuss vor den Bug verpassen wollte und weil ich vom Jugendamt dazu aufgefordert wurde. Doch ich habe wenig Hoffnung, jemals von ihm auch nur einen Cent zu bekommen.«

»Warum haben Sie sich scheiden lassen?«, fragte Yalcin und war dabei bemüht, Mitleid erkennen zu lassen.

»Dumme Frage! Sie haben wohl noch keine Erfahrung mit Männern, oder?« Tina Haider strafte Yalcin mit einem abwertenden Blick. »Ansgar ist das, was man einen Blender nennt. Er verspricht viel und hält nichts. Vor allem ist er überhaupt kein Freund von geregelter Arbeit. Wenn er ausnahmsweise mal Kohle macht, legt er sich anschließend auf die faule Haut, bis von dem Geld nichts mehr übrig ist. Danach braucht er ewig, um wieder in die Gänge zu kommen. Bis ich gemerkt hatte, wie der tickt, war es zu spät. Da war Melanie schon unterwegs. Er machte mir einen filmreifen Heiratsantrag und ich habe Ja gesagt. Ich war so dumm zu glauben, er werde sich wegen dem Kind zusammenreißen. Es dauerte aber nicht lange, bis ich von ihm endgültig die Schnauze voll hatte. Das war, nachdem er mich dermaßen verprügelt hat, dass ich tagelang nicht mehr aus dem Haus konnte.«

»Wieso hat er Sie verprügelt?«, hakte Yalcin nach.

»Eigentlich ist Ansgar ein Mensch, der in einer Beziehung auf Harmonie bedacht ist. Aber als ich ihm heftige Vorwürfe machte, weil er wieder mal wochenlang untätig herumhing, schlug er aus heiterem Himmel plötzlich zu. Er ist völlig ausgerastet und hätte mich fast totgeschlagen. Später entschuldigte er sich dafür.«

»War das der einzige Grund für die Scheidung?«, bohrte Nawrod nach.

»Reicht das etwa nicht?« Wieder schwang Aggressivität in Tina Haiders Stimme.

»Doch, natürlich«, antwortete Nawrod verständnisvoll. »Ich dachte nur … na ja … entschuldigen Sie, dass ich das frage … war vielleicht noch eine andere Frau im Spiel?«

Tina Haider lachte rau. »Ansgar und eine andere Frau? Soll das ein Witz sein? Der kriegte doch kaum einen hoch. Ich brauchte jedes Mal eine Ewigkeit, um ihn einigermaßen auf Touren zu bringen. Wenn ich nicht vom Fach wäre, wäre Ansgar heute noch Jungfrau. Das können Sie mir glauben. Ich war die Erste in seinem Leben und wahrscheinlich auch die Letzte.«

»Wie ist das zu verstehen?«, fragte Nawrod und konnte sich dabei ein leichtes Grinsen nicht verkneifen.

»Der Mann ist die Impotenz in Person. Wir haben uns im *Lido* kennengelernt. Er schrieb damals an einer Reportage über das Heidelberger Nachtleben und interviewte mich. Dafür gab er mir einen Zwanziger. Ich wollte mehr und bot ihm diverse Dienstleistungen an. Er winkte ab. Ich war das nicht gewohnt und warf mein ganzes Talent in die Waagschale.« Tina Haiders Mund umspielte ein verführerisches Lächeln. Ihre Augen blitzten Nawrod kurz an. Als sie Yalcins erstauntes Gesicht sah, sagte sie entschuldigend: »Ansgar sieht verdammt gut aus und ich stand auf seinen Knackarsch.«

Yalcin nickte betreten. Obwohl sonst nicht auf den Mund gefallen, war ihr das Thema peinlich.

Zu Nawrod gewandt fuhr Tina Haider fort: »Er offenbarte mir, dass er impotent sei, was meinen beruflichen Ehrgeiz noch mehr anstachelte. Mit viel Mühe und Geduld vollbrachte ich tatsächlich das Wunder. Er besuchte mich danach immer wieder. Immer wenn er Geld hatte. Und immer überredete er mich, es ohne Gummi zu machen, sonst ging überhaupt nichts bei ihm. Er ist einfach anders als die anderen. Sehr sensibel. Wenn er beim Bumsen eine Fliege an der Wand sah, war es sofort aus. Er meinte wohl, die würde ihn beobachten.« Tina Haider lachte.

»Erzählen Sie bitte weiter!«, bat Nawrod.

»Bald passierte das, was einer Nutte nie passieren darf. Wir verliebten uns. Und dann war ich plötzlich schwanger. Er versprach, mich aus dem Dreck herauszuholen und mich zu heiraten. Am Anfang ging alles gut. Ich hatte etwas gespart, auf das wir zurückgreifen konnten, wenn es bei ihm nicht so gut lief.«

»Hat er gesagt oder vielleicht angedeutet, um was für eine große Sache es geht?«, fragte Nawrod.

»Nein, er prahlte nur damit, dass er danach den gesamten ausstehenden Unterhalt bezahlen würde und dass wir wieder eine richtige Familie sein könnten. Ich kenne ihn. Er ist ein Fantast und baut Luftschlösser, in die er niemals einziehen kann.«

»Sind Sie ganz sicher, dass es keine andere Frau gibt?« Nawrod ließ nicht locker. Am liebsten hätte er einen Abzug des Phantombildes der hübschen Frau aus der Postfiliale aus seiner Jackentasche gezogen und es Tina Haider vor die Nase gehalten.

»Ja, da bin ich mir absolut sicher, zumal … nein, das geht Sie nun wirklich nichts an.« Frau Haider schüttelte energisch den Kopf und zog an ihrer dritten Zigarette, als ob sie damit das Zusammenfallen ihrer nikotingeschädigten Lunge verhindern wollte.

»Zumal was?«, fragte Nawrod. Wieder schüttelte Tina Haider den Kopf.

Trotz der Unordnung nahm Yalcin nun doch gegenüber der Befragten auf dem Sofa Platz. Sie beugte sich zu Frau Haider, legte ihre Hand auf deren Unterarm und sah ihr geradewegs in die Augen. »Wenn wir Ihnen helfen sollen, müssen Sie uns alles sagen. Zur Beurteilung des Falles kann jede Kleinigkeit wichtig sein. Schließlich ist es für Sie und Ihre Tochter von Bedeutung, dass Ihr Ex-Mann per Gerichtsentscheid zu einem angemessenen Unterhalt verpflichtet wird.«

Tina Haider rang mit sich. Schließlich sagte sie: »Ich weiß zwar nicht, was das mit der Sache zu tun hat. Aber meinetwegen: Ich denke, oder besser gesagt, es könnte sein, dass Ansgar bisexuell veranlagt ist.«

»Wie kommen Sie darauf?«

»Eine Kollegin hat ihn im *Fresh Gay* gesehen. Er soll sich in der versifften Schwulenbar mit einem Typen prächtig amüsiert haben.«

»Haben Sie ihn darauf angesprochen?«, fragte Nawrod.

»Nein, das war doch erst vor Kurzem. Ich habe seitdem nicht mehr mit ihm telefoniert.«

»Können Sie uns noch etwas über Ihren Ex-Mann sagen? Leben seine Eltern noch, hat er Geschwister? Wir fragen das nur, falls er sich vorm Unterhalt drücken und untertauchen will.« Mit dieser Erklärung wollte Yalcin etwaiges Misstrauen sofort im Keim ersticken.

»Seine Mutter lebt noch irgendwo in Heidelberg. Ansgar sagte, sie sei kränklich. Um unliebsamen Fragen meiner Schwiegermutter aus dem Weg zu gehen, legte ich keinen Wert darauf, sie kennenzulernen. Sein Vater ist schon früh gestorben. Ich habe es nicht verstanden, aber um ihn hat er immer ein Geheimnis gemacht. Soviel ich weiß, hat er noch eine Schwester. Über sie kann ich allerdings überhaupt nichts sagen.«

»Waren Sie schon einmal in der Wohnung Ihres Exmannes? Gibt es da pfändbare Gegenstände?«, fragte Nawrod weiter.

Tina Haider lachte herzhaft. »Pfändbare Gegenstände ist jetzt nicht Ihr Ernst, oder? Ich habe Ihnen doch gesagt, dass Ansgar von der Hand in den Mund lebt. Da gibt es nicht viel Spielraum, sich pfändbare Gegenstände anzuschaffen.«

»Wie viele Zimmer hat seine Wohnung?«, fragte Yalcin.

»Die Wohnung ist nicht besonders groß. Sie hat zwei Zimmer, eine kleine Küche und ein ebenso kleines Bad.«

»Hat Ihr Ex-Mann studiert?«

»Falls er mich nicht angelogen hat, hat er ein oder zwei Semester Medizin studiert, bis er auf Journalismus umschwenkte.« Tina Haider schüttelte wieder den Kopf. »Er hätte es echt drauf gehabt. Spricht fließend englisch und französisch. Was hätte der aus sich machen können!«

»Und Latein? Kann er auch Latein?« Yalcin konnte ihre Erregung nicht verbergen.

Nawrod zog sie kurz am Ärmel und wandte sich mit einem charmanten Lächeln sofort Tina Haider zu: »Ist nicht so wichtig, Frau Haider. Manchmal fragen wir Dinge, die wirklich nichts mit der Sache zu tun haben. Entschuldigen Sie bitte.«

»Macht doch nichts, Herr Nawrod. Kann ich verstehen. Ist wohl Routine, oder? Aber Ansgar hat tatsächlich auch Latein gelernt. Sprachbegabt wie er ist, nehme ich an, dass er diese Sprache ebenso beherrscht wie die anderen.«

Nawrod erhob sich. »Das wär's dann schon. Ich hoffe, wir haben Sie nicht allzu sehr belästigt.«

»Keineswegs, Herr Nawrod. Wenn es der Sache dient, jederzeit wieder. Ich würde Sie aber bitten, vorher anzurufen und auf keinen Fall im *Lido* zu erscheinen. Mein Chef ist ein Bullenhasser und würde mir Ihren Besuch sicher übel nehmen.« Frau Haider kramte aus dem Durcheinander des Wohnzimmertisches einen Kugelschreiber und einen Fetzen Papier hervor, auf den sie ihre Telefonnummer schrieb.

An der Tür drehte sich Nawrod noch einmal um. »Ach, das hätte ich fast vergessen. Würden Sie mir bitte Bescheid geben, wenn Sie von Ihrem Ex-Mann wider Erwarten Geld erhalten?« Er zog eine Visitenkarte aus der Tasche und übergab sie Tina Haider.

»Klar doch«, erwiderte sie und zwinkerte Nawrod zu.

»Und, was meinst du? Traust du Haider den Mord zu?«, fragte Nawrod, nachdem Yalcin den Motor gestartet und den ersten Gang eingelegt hatte. Er hoffte, die Frage könnte sie daran hindern, wieder mit quietschenden Reifen loszufahren. Doch das war ein frommer Wunsch. Erst als Yalcin mit Vollgas auf etwa 80 Stundenkilometer beschleunigt hatte, antwortete sie: »Ich denke, der Tatverdacht hat sich durch die Aussage seiner Ex erhärtet. Haider hat Medizin studiert, kennt sich durch seine Recherchen bezüglich Herzoperationen gut aus, ist gewalttätig, knapp bei Kasse und der lateinischen Sprache mächtig. Das Wichtigste aber: Er hat an Pfaff E-Mails versandt, deren Inhalt nur vom Täter stammen konnte.«

»Hm«, brummte Nawrod. »Was mich stört, sind seine Wohnverhältnisse. Kann er in seiner kleinen Wohnung wirklich einen Mann längere Zeit gefangen halten, ohne dass die anderen Hausbewohner etwas bemerken? Er müsste ihn mit Medikamenten dauerhaft ruhiggestellt haben, und dafür gibt es laut Obduktionsbericht keine Anzeichen. Und wie hat er ihn in die Wohnung gebracht?«

Yalcin dachte nach. »Er könnte ihn in eine Falle gelockt haben. Das Opfer könnte schwul gewesen sein. Vielleicht hat Tina Haider mit ihrer Vermutung recht, dass ihr Ex das Ufer gewechselt hat.«

»Wir schauen uns Haiders Hütte mal an. Dann wissen wir mehr«, sagte Nawrod entschlossen.

Fünfzehn Minuten später parkten sie den silbergrauen Passat in der Poststraße, etwa 200 Meter von Haiders Wohnung entfernt, und stiegen aus. Nawrod hatte seine Hände in den Hosentaschen vergraben, als sie mit langsamen Schritten in die Sophienstraße einbogen. Er sah sofort das Wohnmobil. Der Sven Hedin stand schräg versetzt auf der gegenüberliegenden Straßenseite des Mehrfamilienhauses, in dem Haider wohnte.

»Gib mir sofort deine Hand, Nesrin!« Nawrod griff hastig nach Yalcins Hand.

»Heh, was soll das, Jürgen? Sticht dich der Hafer, oder was?« Yalcin zog ihre Hand zurück und nahm etwas Abstand.

»In dem Wohnmobil da vorn sitzen die Kollegen vom MEK und observieren Haiders Haus. Die haben mit Sicherheit Kameras und Richtmikrofone eingesetzt«, zischte Nawrod. »Wir haben den Vorteil, dass sie uns beide wahrscheinlich noch nicht kennen. Du bist noch neu in dem Laden und ich bin eben erst aus Stuttgart gekommen. Es wäre gut, wenn Wegner von unserem Besuch bei Haider vorerst nichts erfährt. Also, gib mir schon die Hand, wir sind jetzt ein Paar, kapiert!«

Nur unwillig folgte Yalcin Nawrods Aufforderung. Wie erwartet, war die Haustür verschlossen. Das Haus hatte acht Etagen. Nawrod drückte auf den obersten Klingelknopf. Es meldete sich eine Frauenstimme: »Ja, bitte?«

»Der Postbote, bitte machen Sie auf«, antwortete Nawrod überfreundlich. Ein kurzes Summen des Türöffners und schon waren sie im Haus. Yalcin im Schlepptau begab sich Nawrod über eine Treppe zielstrebig ins Kellergeschoss. Nach zwei Minuten wusste er, was er wissen wollte. An den Stirnseiten der einzelnen Kellerabteile befanden sich einfache, meist mit Vorhängeschlössern gesicherte Lattenverschläge, die einen Einblick in die Parzellen gewährten. Kein Mieter konnte hier unten einen Menschen gefangen halten.

Wieder im Parterre, drückte Yalcin auf den Fahrstuhlknopf. »Vergiss es, wir gehen die Treppe hoch und sehen uns mal die Flure und Wohnungseingangstüren an«, sagte Nawrod. Er war froh, dieses Mal einen triftigen Grund zu haben, nicht mit dem Fahrstuhl fahren zu müssen.

Haiders Wohnung befand sich in der dritten Etage. Ein kurzer Blick, und Nawrod wusste, dass die Tür nicht besonders gesichert war. Das Türschloss würde durch einen kräftigen Tritt aufspringen. Am liebsten hätte er die Sache gleich erledigt und Haider in seiner eigenen Wohnung plattgemacht. Sicher hätte er keine zwei Minuten benötigt, um ihn zum Sprechen zu bringen. Doch das wäre illegal und vor allem strafbar gewesen. Haider würde vor Gericht bei der ersten Gelegenheit erzählen, dass er zu dem Geständnis gezwungen worden sei, und damit wäre jedes Wort, das Nawrod aus ihm herausgequetscht hätte, keinen Pfifferling wert. Ganz im Gegenteil. Die Anklage würde wie ein Kartenhaus zusammenbrechen, das von einem schwachen Luftzug erfasst wird. Nawrod wusste das und deshalb verdrängte er sofort wieder den Gedanken, mit Haider kurzen Prozess zu machen.

»Okay!«, flüsterte er Yalcin zu. »Lass uns schleunigst verschwinden. Nicht, dass uns der Knabe noch sieht. Wer weiß, vielleicht kennt er uns beide schon.«

»Ja, kann schon sein, dass er vor allem dich schon ausgekundschaftet hat«, flüsterte Yalcin zurück. »Ohne Grund hat er dich nicht als sein Werkzeug ausgesucht, wenn man Uhl Glauben schenken darf.«

Yalcin fuhr zum Polizeipräsidium. Nachdem beide eine Weile gedankenversunken geschwiegen hatten, sinnierte Nawrod laut, aber mehr zu sich selbst: »Wenn Haider der Mörder ist, hat er das Opfer nicht in seiner Wohnung, sondern irgendwo anders gefangen gehalten.«

»Was macht dich da so sicher?«, fragte Yalcin, deren Gedanken ebenfalls um Haiders Wohnverhältnisse kreisten.

»Er hat ihm das Herz herausgeschnitten und damit hat er eine Leiche an der Backe, die es zu beseitigen gilt. Er kann sie unmöglich in seiner Wohnung aufbewahren. Die würde schon am dritten Tag dermaßen penetrant stinken, dass es Haider nicht mehr aushalten könnte.«

»Und wenn er sie in eine Plastikplane verpackt hat?«

»Ich denke, es ist äußerst schwierig, einen erwachsenen Menschen luftdicht zu verpacken. Da kann man nicht einfach ein Plastiktütchen nehmen und rein damit.«

»Vielleicht hat er die Leiche zerstückelt und in einer Gefriertruhe deponiert? So könnte er ein Teil nach dem anderen unauffällig entsorgen.«

Nawrod sah Yalcin erstaunt an und pfiff durch die Zähne. »Alle Achtung, Kleine … äh entschuldige, ich meine Nesrin, du denkst mit. Das wäre natürlich eine Möglichkeit. Aber es gehört einiges dazu, einen Toten zu zerlegen und portionsweise zu verpacken.«

»Ein Starermittler namens Nawrod hat mir mal ins Ohr geflüstert, in unserem Job sei nichts unmöglich. Oder habe ich mich da verhört?« Nesrin grinste Nawrod an, während sie, scheinbar ohne auf Fahrbahn und Verkehr zu achten, in die Römerstraße einbog.

Nawrod nickte. »Wir werden die Observationskräfte anweisen, uns sofort zu melden, wenn Haider mit einem Rucksack das Haus verlässt.«

Kurze Zeit später standen sie vor Wegners Schreibtisch und berichteten von ihrem Gespräch mit Tina Haider. Den Besuch in Haiders Haus verschwiegen sie. Wegner hätte sicher kein Verständnis für das Risiko gezeigt, das damit verbunden war. Haider durfte im jetzigen Stadium der Ermittlungen auf keinen Fall Lunte riechen. Bis zu dem Moment, in dem sie zum Schlag gegen ihn ausholten, musste er sich absolut sicher fühlen.

28

»Sag mal, musste das sein?«, fragte der Blonde vorwurfsvoll. »Musstest du dir deinen Kopf unbedingt kahl rasieren?«

»Sieht doch geil aus, oder?«, sagte der andere. »Mir hat es riesigen Spaß gemacht, unserem Gast die Haare abzurasieren. Hab ausprobieren wollen, wie es ist, wenn ich es bei mir selbst mache. War ein irres Gefühl, sage ich dir. Du guckst in den Spiegel und bist plötzlich ein anderer Mensch.«

»Wir hatten aber abgesprochen, alles zu vermeiden, was auffällig sein könnte.«

»Scheiß dir nicht in die Hose. Ich bin doch nicht der Einzige in Heidelberg, der so herumläuft. Das ist voll trendy, Junge. Hast du das noch nicht mitbekommen?«

»Zieh bitte deine Jacke aus und streif dir den Arztkittel über!«, sagte der Blonde, der das Skalpell schon in der Hand hielt.

Der andere tat, wie ihm geheißen wurde. Anschließend zog er Einmalhandschuhe an. Bevor er sich den Mundschutz umband, presste er hasserfüllt hervor: »Schneid ihm seinen Dreckspimmel ab! Er wird schon nicht daran verrecken.« Kaum hatte er den Mundschutz angelegt, begann er Radeckes Unterleib mit orangerotem Desinfektionsmittel einzusprühen.

Danach stellte er die Sprühdose neben Radeckes Hüfte ab. Auf Radeckes Stirn bildeten sich dicke Schweißperlen. Sein Atem ging stoßweise und verursachte stechende Schmerzen in der Brust. Es dröhnte in seinem Kopf. Die Augen weit aufgerissen, stammelte er mit seltsam fremd klingender Stimme: »Bitte nicht, bitte tut das nicht. Ich habe Geld, viel Geld. Ihr könnt alles von mir haben!«

»Wie viel hast du?«, kam es kalt über die Lippen des Blonden. Er nahm das Desinfektionsmittel und sprühte damit Radeckes linke Hand ein.

»Meine Wohnung in Berlin ist mindestens 250.000 Euro wert. Dann habe ich noch Aktien, Gold und Bargeld. Alles in allem noch einmal etwa 500.000 Euro«, stieß er verzweifelt hervor.

»Eine halbe Million? Alle Achtung.« Die Antwort klang hämisch, aber Radecke sah, dass sich die beiden zunickten. In ihren Augen fiel ihm eine gewisse Verwunderung auf. »Ich überschreibe euch alles, die Wohnung, die Aktien, einfach alles«, setzte er nach. »Das Gold liegt im Schließfach meiner Bank. Ihr könnt es holen, sofort«, keuchte er. »Mit einer Bankvollmacht kommt ihr auch an meine Aktien und Geldanlagen ran.«

»Eine Menge Kohle«, sagte der Kahlköpfige.

»Vergiss es«, antwortete der andere und nahm das Skalpell wieder auf. »Das Geld würde uns verraten und uns von unserem von Gott gegebenen Auftrag abbringen.«

»Hör mir mit dem Gelaber auf! Gott? Scheiß auf deinen Gott. Wo war er denn damals? Ich kann es dir sagen. Er war in der Sakristei, wo sein Platz ist, und schaute zu. Und? Hat uns dein Gott geholfen? Nein, hat er nicht. Wahrscheinlich hat er sich beim Zusehen sogar einen runtergeholt, dein Gott.« Pure Verachtung war aus der Stimme zu hören. Radecke spürte, dass dies seine Chance sein könnte.

»Ihr könnt mich hierbehalten, bis ihr alles Geld habt. Ich schwöre bei Gott, dass ich euch nicht an die Bullen verrate.«

Der Faustschlag landete direkt auf seinem Mund. Radecke schrie auf. Er spürte sofort, dass seine Oberlippe aufgeplatzt war und sich Blut in seinem Rachen sammelte.

Der Kahlköpfige erhob drohend die Faust. »Du Dreckskerl, nimm nie mehr das Wort Gott in dein verfluchtes Maul. Wenn du das noch einmal tust, bist du tot!«

Radecke schluckte das Blut hinunter. Er wollte es nicht herausspucken, da er befürchtete, es könnte seine Peiniger noch mehr in Rage bringen. Am liebsten hätte er es dem Kahlköpfigen mitten ins Gesicht gespuckt. Er hatte den Mann unterschätzt. Einen kurzen Moment hatte er gedacht, dass er ihn gegen den anderen ausspielen könnte. Jetzt wusste er, dass beide, jeder auf seine Art, grausame Mörder waren, die einen perfiden Plan gefasst hatten, von dem sie nicht oder nur schwer abzubringen waren. Aber Radecke gab nicht auf. Er hatte die Gier in den Augen des Kahlköpfigen gesehen.

»Entschuldigung, ich wusste nicht, dass ...«

»Halt`s Maul!«, befahl der Mann mit dem Skalpell.

»Komm, wir gehen nach nebenan«, herrschte er den anderen an und legte das Skalpell neben Radecke auf den Tisch. »Ich muss mit dir reden.«

Die beiden verließen den Raum. In Radeckes Hirn brodelte es. Würden sie auf sein Angebot eingehen? Was, wenn er ihnen sein gesamtes Vermögen übereignete und sie ihn danach trotzdem töteten? Es war seine einzige Chance, und nur dadurch konnte er Zeit gewinnen. Daniel Weiß hatte bestimmt schon Vermisstenanzeige erstattet. Als sein Ehemann hatte er eine Bankvollmacht. Bewegungen auf seinen Konten würde er sofort bemerken und die Polizei verständigen. Die Bullen sind nicht dumm. Bei größeren Beträgen würden sie Verdacht schöpfen und den oder die Geldabheber dingfest machen. Dann wäre es nur noch eine Frage der Zeit, bis man ihn befreien würde.

Radecke überlegte, ob er beten sollte. Das hatte er schon lange nicht mehr getan. Eigentlich seit seiner fristlosen Entlassung aus dem Priesteramt und seiner damit verbundenen Exkommunizierung nicht mehr.

»Vater unser, der du bist im Himmel, geheiligt werde dein Name, zu uns komme dein Reich, dein Wille geschehe, wie im

Himmel, so auf Erden …« Radecke unterbrach abrupt. War es vielleicht Gottes Wille, dass er für alle seine an wehrlosen Jungen begangenen Sünden bereits in seinem irdischen Leben bestraft wurde? Gab es tatsächlich so etwas wie eine Strafe Gottes auf Erden, die ihn nun heimsuchte, indem man ihn nach und nach verstümmelte, um ihn am Ende auf grausame Weise zu töten?

Otte hatte ihm damals erzählt, dass sich einer seiner Ministranten, den er dem Tauschring zur Verfügung gestellt hatte, vor den Zug geworfen habe. Sowohl die Eltern des Buben als auch die Polizei hatten an einen Unfall geglaubt. Aber Otte wusste, was den Jungen dazu getrieben hatte. Und obwohl er das wusste, machte er weiter, immer weiter. Alle machten weiter. Keiner stieg wegen des toten Kindes aus. Bis …

… er war in die Diözese einbestellt worden. Den Grund teilte man ihm nicht mit. Erzbischof Clemens Mauritz empfing ihn in seinem Audienzzimmer. Sie kannten sich gut. Der mit 56 Jahren noch relativ junge Bischof dozierte über längere Zeit in Priesterseminaren. Er war nicht nur wegen seiner Größe und der auch unter der langen Soutane gut zu erkennenden athletischen Figur eine imposante Erscheinung. Seine Ausstrahlung und Wirkung auf Menschen war bereits legendär. Dazu verhalf ihm ein geradezu biblisch aussehendes Gesicht, das Güte, aber auch Entschlossenheit verriet. Das violette Pileolus trug er irgendwie anders als alle anderen hochgestellten Kleriker. Die Art, wie er damit seine immer noch vollen, schwarzbraunen Haare bedeckte, war schwer zu beschreiben. Es saß etwas schräg auf seinem Kopf und weiter vorn als bei seinen Glaubensbrüdern. Dennoch ragte eine sanft geschwungene Welle deutlich über seine Stirn.

Erzbischof Mauritz haftete der Ruf eines linientreuen Hardliners an, der die Meinung und Interessen des Vatikans innerhalb seines Bistums vehement und dennoch mit viel diplomatischem Geschick durchsetzen konnte. Wegen dieser besonderen Eigenschaften traute man ihm zu, dass ihm eines Tages die allerhöchsten Würden zuteilwerden könnten.

Seine Exzellenz redete nicht lange um den heißen Brei herum. In kurzen Sätzen machte er klar, dass er über alles Bescheid wusste. Er ließ keine Erklärung oder Rechtfertigung zu. Warum auch. Es gab keine. Schon gar keine Rechtfertigung.

»Sie sind mit sofortiger Wirkung von Ihrem Priesteramt entbunden. Außerdem sind Sie mit dem heutigen Tag exkommuniziert.« Die Stimme des hohen Vorgesetzten ließ nicht den geringsten Einspruch zu.

»Wenn Sie gegen die Entscheidung der Erzdiözese Widerspruch einlegen wollen, liefern wir Sie einem weltlichen Gericht aus. Die gleiche Maßnahme erfolgt, wenn uns zu Ohren kommt, dass Sie weiter Kinder missbrauchen oder Dritten gegenüber von Ihren Verbrechen gegen die Kirche und gegen die vielen unschuldigen Kinder erzählen. Wir gehen nicht davon aus, dass Sie jemals so dumm sein werden, dies zu tun.«

Der Bischof nahm hinter seinem riesigen, aus schwerem Eichenholz bestehenden Schreibtisch Platz. Er schlug eine schwarze Mappe auf und unterzeichnete ein darin befindliches Schriftstück. Anschließend hielt er es ihm entgegen. Es war die Entlassungsurkunde. Ohne aufzuschauen und mit abgrundtiefem Ekel in der Stimme, jede Diplomatie außer Acht lassend, sagte der hohe Würdenträger zu ihm: »Sie haben der Kirche auf schlimmste Art und Weise geschadet. Gehen Sie mir aus den Augen. Ich möchte Sie nie wieder zu Gesicht bekommen.«

Als wolle er sich vergewissern, dass sie niemand belauschte, schaute sich Erzbischof Mauritz um und fuhr, die Stimme langsam anhebend, fort: »Der Satan möge sich Ihre schwarze Seele holen, je früher, desto besser.« Beim letzten Satz erhob er sich. Mit vor Wut zitternder Hand zeigte er in Richtung Tür. Er schrie so laut, dass seine Halsadern dick hervorquollen: »Hinaus, Sie Missgeburt der Hölle!«

Der Kindertauschring war zerschlagen. Alle Beteiligten waren froh, dass man sie nicht der Polizei auslieferte. Keiner fragte nach dem Warum. Einer von ihnen musste sie verraten haben. Aber wer? Niemand traute sich, mit den anderen Kontakt aufzunehmen, denn jeder konnte der Verräter sein. Mit der Zeit sickerte durch, dass nicht alle sündigen Priester aus ihren Ämtern gejagt worden waren. Einige wurden aus unerklärlichen Gründen verschont. Hatte der Verräter nicht alle Namen preisgegeben? Der Skandal drang nie an die Öffentlichkeit. Wie schon seit ewigen Zeiten in der katholischen Kirche üblich, wurde alles unter eine Decke des Schweigens gehüllt.

Radeckes Hirn arbeitete auf Hochtouren. Ich muss mir eine Strategie zurechtlegen, wie ich mich aus den Fängen dieser paranoiden Mörder befreien kann. Bestimmt diskutieren sie jetzt über ihr weiteres Vorgehen. Der eine will das Geld. Das habe ich ihm angesehen. Der andere aber will Rache. Er ist derjenige, auf den ich besonders achten muss.

Bevor Radecke weiter überlegen konnte, ging die Tür auf. Mit festen Schritten kamen sie auf ihn zu. Der Schönling, den er als Stricher kennengelernt hatte, nahm das Skalpell in die Hand.

»Stopf ihm etwas ins Maul!«, befahl er dem Kahlköpfigen.

»Nein, ich will ihn schreien hören.«

Radecke sammelte noch einmal alle Kraft, die in ihm steckte, und rief laut um Hilfe. Es war das Einzige, was er noch tun konnte. Dann ließ die scharfe Klinge des Skalpells ein gewaltiges Feuer vor seinem inneren Auge explodieren. Der Schmerz raubte ihm den Atem und in diesem Moment bereute er all seine Sünden.

29

Frau Lelle hatte den Termin arrangiert. Als Nawrod das Hauptgebäude des Herzzentrums betrat, stieg ihm sofort der eigentümliche Krankenhausgeruch in die Nase. Nawrod empfand ihn als unangenehm, doch gleichzeitig vermittelte er ihm auch ein Signal, das Hilfe versprach, wenn man sie brauchte.

Wegweiser führten ihn und Yalcin über zwei Etagen direkt zum Vorzimmer von Professor Knaus. Sie wurden erwartet. Der Leiter der Herzklinik war Mitte sechzig und von stattlicher Figur. Ein grauer, etwa drei Zentimeter breiter Schatten, der sich horizontal von Schläfe zu Schläfe über den Hinterkopf zog, ließ einen Haarkranz auf dem sonst völlig kahlen Kopf erahnen. Als Nawrod die Hände sah, fragte er sich verwundert, wie es möglich sein konnte, mit solchen Pranken komplizierte Herzoperationen durchzuführen.

Nachdem sich Professor Knaus hinter seinem Schreibtisch zur Begrüßung kurz erhoben hatte, ließ er sich wieder in seinen breiten, lederbezogenen Schreibtischstuhl zurückfallen.

»Womit kann ich Ihnen dienen?«, fragte er freundlich, während er seinen Besuch durch die randlose Brille mit wachen Augen taxierte.

Nawrod gab Yalcin mit den Augen ein Zeichen. Sie schlug ihre Kladde auf und legte dem Herzchirurgen langsam und der Reihe nach die von der Gerichtsmedizinerin zur Verfügung gestellten Großaufnahmen des an Nawrod übersandten Herzens vor.

»Schauen Sie sich bitte die Fotos genau an und sagen Sie mir anschließend, ob Ihnen dabei etwas Besonderes auffällt«, sagte Nawrod in sachlichem, ruhigem Ton.

Professor Knaus nahm jede einzelne Aufnahme in die Hand. Die beiden Bilder, auf denen die obere und untere Hohlvene im Detail zu sehen waren, schaute er besonders lange an. Hierzu bediente er sich einer Lupe, die vor ihm auf dem Schreibtisch lag. Er atmete tief durch.

»Ist das das Herz des Mordopfers, über das in allen Zeitungen berichtet wurde?«

»Ja, die Aufnahmen wurden uns von der Gerichtsmedizin zur Verfügung gestellt.«

»Doktor Karmann«, seufzte Professor Knaus betroffen und schwieg.

»Was ist mit Doktor Karmann?«, fragte Nawrod nach einer Weile absoluter Stille.

»Die eigenartige und keineswegs übliche Durchtrennung der Hohlvenen. Er ließ sich da nicht reinreden. Das dürfte die Handschrift des Kollegen ... Entschuldigung, Ex-Kollegen Karmann sein.«

»Ex-Kollegen?« Yalcin schaute den Professor fragend an.

»Doktor Karmann arbeitet schon lange nicht mehr in der Uniklinik. Ihm wurde nach dem Herzklappenskandal und seiner nachfolgenden Verurteilung nahegelegt, zu kündigen und seine Approbation abzugeben. Das hat er getan.«

»Ich habe von der Sache gehört«, antwortete Nawrod sachlich.

»Es stand damals in allen Zeitungen.« Wie beiläufig schaute Professor Knaus noch einmal auf die Fotos und runzelte die Stirn.

Yalcin schlug wieder ihre Kladde auf und notierte in groben Zügen die Aussage des Herzspezialisten. »Was ist aus Doktor Karmann geworden? Arbeitet er heute wieder als Chirurg?«

»Das glaube ich kaum«, erwiderte Professor Knaus. »Der Mann hatte eine große Karriere vor sich. Er stand kurz vor seiner Habilitation und hätte mein Nachfolger werden können. Aber er hatte einen großen Fehler: Er war geldgierig wie kein Zweiter. Es kam, wie es kommen musste: Er versetzte sich selbst den Dolchstoß, als er sich damals hinter unser aller Rücken an den groß angelegten Betrügereien beteiligte. Selbst wenn er inzwischen seine Approbation zurückerhalten hätte, würde er in keiner Klinik mehr eine Anstellung finden.« Professor Knaus nahm die Fotos und gab sie Yalcin zurück.

»Wie heißt Doktor Karmann noch?«, fragte Yalcin.

»Wilfried. Er heißt Wilfried Georg Karmann und wohnt in der Südstadt. Die genaue Adresse kann Ihnen meine Sekretärin geben.« Professor Knaus hielt inne und schüttelte den Kopf. »Sie meinen doch nicht ... nein, das kann ich nicht glauben. Es war zwar kriminell, was er damals tat, und es war ein Glücksfall, dass keine Patienten gestorben sind, aber so etwas ...« Knaus deutete auf die Fotos und schüttelte abermals den Kopf.

»Wer hat den Skandal damals eigentlich ins Rollen gebracht«, fragte Nawrod.

»Das war ein Journalist aus Heidelberg, dessen Name mir nicht bekannt ist. Er bekam wohl einen Insidertipp und hat entsprechende Recherchen angestellt. Damit stach er in ein Wespennest. Die Sache schlug ein wie eine Bombe. In Deutschland wurden an die zehn Ärzte verhaftet. Doktor Karmann war einer von ihnen. Sie wurden alle verurteilt, einige zu Haftstrafen. Die meisten erhielten aber eine Bewährungsstrafe.«

»Was haben sich die Ärzte konkret zuschulden kommen lassen?«

»Sie haben einige Dinge getan, die man in unserem Beruf einfach nicht machen darf.«

»Können Sie sich genauer ausdrücken?«

»Das Thema ist sehr komplex und für einen Laien schwer verständlich. Ich versuche es mal vereinfacht auf den Punkt zu bringen: Karmann und die anderen haben in Zusammenarbeit mit einigen Angestellten der betroffenen Kliniken billige Herzklappen und andere medizinisch-technische Implantate aus China, Korea und Vietnam bezogen, die weder auf dem deutschen noch auf dem asiatischen Markt zugelassen waren, weil sie nachweislich grobe Mängel aufwiesen. Es ist ein Wunder, dass die Patienten, die solche Implantate erhalten haben, nicht gestorben sind. Zumindest wurde kein Fall bekannt, bei dem der Tod eines Menschen in unmittelbarem Zusammenhang mit der vorangegangenen Implantation stand.

Dazu muss man wissen, dass die Implantate deutscher Hersteller etwa das Zehn- bis Zwanzigfache kosten, und natürlich wurden mit den Krankenkassen die deutschen Preise abgerechnet. Den Gewinn teilten sich die Ärzte mit den Angestellten, die die Abrechnungen vornahmen. Hierzu mussten natürlich Rechnungen und andere Dokumente gefälscht werden. Doktor Karmann arrangierte die Operationen so, dass ich als Leiter des Herzzentrums davon nur wenig mitbekam. Ich vertraute dem Kollegen und dieses Vertrauen hat er auf das Schändlichste missbraucht.«

Yalcin schüttelte fassungslos den Kopf. »Ist es möglich, dass Karmann, nur um Profit zu machen, Patienten auch dann Billig-Implantate einsetzte, wenn dafür keine medizinische Notwendigkeit bestand?«

»Ich kann es nicht ausschließen. Niemand kann das. An so etwas darf ich nicht einmal im Ansatz denken, sonst müsste ich hier sofort meinen Platz räumen.«

»Ist Karmann verheiratet? Hat er Kinder, und wissen Sie, ob seine Eltern oder Schwiegereltern noch leben?«

»Er war verheiratet. Ob er es noch ist, entzieht sich meiner Kenntnis. Von seiner übrigen Familie ist mir nichts weiter bekannt.«

»Kennen Sie seine Frau persönlich?«

»Ich habe sie ein- oder zweimal kurz gesehen.«

Nawrod zog die Phantombilder aus der Jackentasche, legte sie Professor Knaus vor und deutete auf die jüngere der beiden Frauen. »Ist das Karmanns Frau?«

Knaus nahm das Bild in die Hand und betrachtete es kopfschüttelnd. »Ich glaube nicht. Allerdings muss ich sagen, dass ich Karmanns Frau nur noch dunkel in Erinnerung habe. Wie schon gesagt, ich habe sie damals nur kurz gesehen. Das war vor drei oder vier Jahren.« Der Arzt schob die Bilder wieder in Richtung Nawrod, der sie aufnahm und wegsteckte.

»Vielen Dank, Herr Professor Knaus. Sie haben uns sehr geholfen.« Nawrod erhob sich und reichte dem Chirurgen die Hand. Yalcin tat es ihm nach.

»Ich gehe davon aus, dass das Gespräch unter uns bleibt. Bitte erzählen Sie niemandem davon. Auch nicht Ihrem engsten Vertrauten«, bat Nawrod.

»Selbstverständlich, Sie können sich darauf verlassen«, erwiderte der Chirurg mit ernstem Gesicht.

Sie wollten gerade ins Fahrzeug einsteigen, als Nawrods Handy klingelte. Wegner war am anderen Ende. »Es ist wieder ein Paket gekommen«, sagte er knapp.

»Verdammte Scheiße! Weiß man schon, was drin ist?«, stieß Nawrod entsetzt hervor.

»Bauer und Beck sind dabei, es zu öffnen. Ich schlage vor, dass Sie so schnell wie möglich ins Präsidium kommen.«

»Schon unterwegs«, entgegnete Nawrod.

»Ist das eingetreten, was ich vermute?«, fragte Yalcin, bevor sie den Motor startete. Nawrod nickte. Ihm wurde plötzlich kalt. Er fröstelte, verschränkte die Arme vor der Brust und zog sein Genick ein. Bis zum Präsidium sprachen beide kein Wort. Jeder war so sehr in Gedanken vertieft, dass selbst das Motorgeräusch störend wirkte.

Die Begrüßung ersparte sich die Kriminaltechnikerin. Als die beiden ihr Büro betraten, sagte sie trocken: »Er ist relativ groß und gehörte einem Mann.«

Yalcin und Nawrod schauten sie mit ernsten Augen an. »Wo ist das Paket?«, fragte Nawrod noch etwas außer Puste, denn sie waren die Treppen hochgerannt.

»Beck kümmert sich im Spurensicherungsraum gerade darum. Ihr wisst ja, DNA und daktyloskopische Spuren. Ich habe gleich Bilder gemacht. Wollt ihr sie sehen?«

»Natürlich!«, antwortete Nawrod etwas gereizt.

Bauer verkabelte den vor ihr liegenden Fotoapparat mit ihrem PC und drückte ein paar Tasten. Dann drehte sie den Monitor in Richtung der beiden. Die Aufnahmen waren gestochen scharf.

»Du hast das Corpus delicti im Original gesehen, was meinst du, um welchen Finger könnte es sich handeln?«, fragte Nawrod, bemüht, seine innere Anspannung nicht zu zeigen.

»Wenn ich mich nicht irre, ist das der linke Mittelfinger eines großen, schon etwas älteren Mannes. Wir werden ihn sofort in die Gerichtsmedizin bringen.«

»Du meinst also nicht, dass der Finger von unserem bisherigen Opfer stammen könnte? Der Täter könnte ihn ja vor dem Verschicken ein paar Tage eingefroren haben?«

»Das glaube ich nicht. Dazu ist er zu groß. Er passt nicht zu der Größe des ersten Fingers. Aber Barbara wird uns sehr bald sagen können, ob ich recht habe oder nicht.«

»Das heißt, es steht ein weiterer Mord bevor!« Nawrod rieb mit beiden Händen seine Schläfen.

»Uhl hatte recht. Der Täter treibt ein Spiel, dessen Ausgang wir noch nicht erkennen«, antwortete Yalcin betroffen.

»Und die Botschaft«, stieß Nawrod heiser hervor. »Hat er wieder eine Botschaft beigefügt?«

Die Kriminaltechnikerin nickte und drückte erneut eine Taste. Auf dem Bildschirm erschien die Aufnahme eines weißen Zettels mit folgendem Text: *Quod fuit, ipsum est, quod futurum est. Quod factum est, ipsum est, quod faciendum est.*

»Ich verstehe nur Bahnhof. Konntest du es schon übersetzen?« In Nawrods Stimme schwang abermals Gereiztheit mit.

»Es ist kein schwerer Text. Wie bei den anderen Botschaften könnte er wieder aus der Bibel entnommen worden sein. Zumindest hört er sich danach an. Der Täter teilt uns Folgendes mit: *Was geschehen ist, wird wieder geschehen, was man getan hat, wird man wieder tun.*«

»Mein Gott, das Schwein macht weiter und wir können nichts dagegen tun«, stöhnte Nawrod verzweifelt.

»Irgendwann wird er einen Fehler machen. Alle machen irgendwann einen Fehler, Jürgen.« Sabine Bauers Stimme klang ruhig und voller Zuversicht.

»Wir haben es bei der letzten Besprechung noch unter der Decke gehalten, weil wir erst Uhls Untersuchungsergebnisse hören wollten«, sagte Nawrod etwas betreten. Ihm war es unangenehm, dass Sabine Bauer sich jetzt gleich übergangen fühlen würde. Sie sah ihn erwartungsvoll an.

»Wegner, nein, wir alle waren der Meinung, das Ganze sei noch nicht so richtig spruchreif. Deshalb …«

»Rück schon raus damit, Jürgen«, unterbrach ihn Bauer mit ernster Miene.

»Wir haben zwei Tatverdächtige. Der eine heißt Ansgar Haider. Er ist 32 Jahre alt, ledig, wohnt in der Sophienstraße und ist freier Journalist. Der andere ist Redakteur bei der *Heidelberger Allgemeinen* und heißt Robert Pfaff. Er ist ein Jahr älter als Haider, verheiratet und hat zwei Kinder.«

»Schön, dass ich das auch mal erfahre«, antwortete die Kriminaltechnikerin beleidigt. »Arbeitet ihr beide immer so? Wenn ja, dann kann ich euch jetzt schon prophezeien, dass ihr damit jede Menge Freunde gewinnt.«

»Tut uns leid«, schaltete sich Yalcin ein. »Natürlich hätten wir dich informieren müssen. Aber nach der Besprechung rief uns Wegner zu sich, und danach mussten wir gleich in Haiders Umfeld ermitteln.«

Nawrod schaute Sabine Bauer schuldbewusst an. »Wir versprechen dir, dich nächstes Mal …«

»Ist schon gut, Jürgen. Schwamm drüber.« Bauer lächelte gequält. »Sind die beiden polizeibekannt? Liegen sie in der AFIS und DAD ein?«

»Ich habe das überprüft«, antwortete Yalcin. »Haider ist mehrfach vorbestraft. Unter anderem auch wegen versuchten Mordes. Er wurde vor etwa fünf Jahren erkennungsdienstlich behandelt. Eine Speichelprobe gibt es nicht. Weiß der Teufel, warum. Da wurde mal wieder geschlampt.«

»Die brauchen wir momentan noch nicht, da es keine fremde DNA-Spuren in den Päckchen gab. Wir haben auf einem der Pakete einige Fingerabdrücke gefunden, die sich allerdings überlagern und sich deshalb nur ganz bedingt eignen, einen Tatverdächtigen auszuschließen. Sie reichen keineswegs aus, einen Täter beweiskräftig zu überführen.«

»Was heißt das im Klartext?«, fragte Yalcin, für die die Sprache der Kriminaltechnikerin noch nicht so geläufig war.

»Wir können zumindest feststellen, ob Haider als Spurenverursacher infrage kommt oder ob er ganz ausscheidet.«

Yalcin nickte. »Kapiert«, sagte sie trocken.

»Was ist mit dem anderen?«

»Robert Pfaff ist ein unbeschriebenes Blatt. Von ihm gibt es in unseren Dateien keinerlei Einträge.«

»Okay, ich werde Walter bitten, sofort einen Spurenabgleich durchzuführen. Wäre schön, wenn er positiv ausfällt. Was liegt sonst noch an?« Bauer runzelte die Stirn. Ein Schuss Ironie war nicht zu überhören, als sie nachlegte: »Oder ist das wieder ein Geheimnis, das man Kriminaltechnikern nicht anvertrauen darf?«

Nawrod lächelte. »Wir haben uns doch schon entschuldigt, oder?«

»Sorry, Jürgen, das musste noch mal raus.« Sabine Bauer lächelte zurück.

»Wir müssen sofort herausfinden, von wo das Paket weggeschickt wurde«, stieß Nawrod entschlossen hervor.

»Faber und Goll kümmern sich schon darum«, antwortete Bauer. »Wegner hat das arrangiert. Sie sind unterwegs nach Schwetzingen. Dort wurde das Päckchen aufgegeben.«

Nawrod nickte. »Sie weichen also auf die umliegenden Städte aus. Vermutlich haben sie mitbekommen, dass in allen Heidelberger Poststellen die Phantombilder der beiden Frauen hängen. Ich bin gespannt, wen sie dieses Mal vor ihren schmutzigen Karren gespannt haben.«

»Vielleicht haben wir Glück und Haider hat das Paket selbst zur Post gebracht«, warf Yalcin ein. »Wenn er unser Mann ist, wird das den Observationskräften nicht entgangen sein. Dann schnappt die Falle zu.«

»Schön wär's ja. Aber so dumm wird Haider nicht sein«, entgegnete Nawrod verbissen. »Außerdem steht die Observation erst seit gestern. Das Paket wurde sicher schon vorgestern aufgegeben.«

»Da könntest du recht haben«, sagte Yalcin. Die Enttäuschung war ihr ins Gesicht geschrieben.

»Wir müssen ihm Druck machen«, raunzte Nawrod. »Das Schwein darf keine Ruhe mehr finden. Wenn er die beiden Frauen, die die Pakete aufgegeben haben, nicht eingeweiht hat, werden sie uns zu ihm führen. Wir werden ihre Bilder in allen Zeitungen und im Fernsehen veröffentlichen. Ihre Fahndungsplakate müssen an jeder Ecke hängen, und zwar bundesweit.«

»Gute Idee.« Sabine Bauer lächelte Nawrod anerkennend zu. »Ich werde den Finger sofort zu Barbara bringen und ihr so lange auf den Füßen herumstehen, bis sie mir ein Ergebnis liefert. Du hörst noch heute von mir.«

»Sehr gut. Ich verlasse mich auf dich. Ruf mich an, egal zu welcher Zeit.«

Zwei Minuten später saßen Nawrod und Yalcin in Wegners Büro. Der Soko-Leiter sah sichtlich mitgenommen aus. Er konnte nicht verbergen, dass ihm die ungeheure Last, die auf seinen Schultern ruhte, schwer zu schaffen machte. Es war klar, dass im Abstand von vier Tagen das nächste Paket kommen und die weitere Verstümmelung des Opfers mit dessen Tod enden würde. Nach dem Telefonat mit den Kriminaltechnikern bestand für ihn kein Zweifel, dass der Täter ein neues Opfer gefangen hielt, um es letztlich zu töten, und dass er kaum eine Chance hatte, dies zu verhindern, selbst wenn die Soko noch einmal um zwanzig Beamte aufgestockt werden würde. Haider, Pfaff oder wer auch immer den Mord begangen hatte, war zu raffiniert, zu intelligent, um brauchbare Spuren zu hinterlassen. Fünf Minuten zuvor hatte ihn der Leiter des Mobilen Einsatzkommandos darüber in Kenntnis gesetzt, dass es weder von Haider noch von Pfaff irgendetwas Nennenswertes zu berichten gebe. Haider habe gestern Abend um 21:43 Uhr seine Wohnung verlassen. Er sei auf direktem Weg in den *Fresh Gay* gegangen, wo er sich fast drei Stunden lang aufgehalten habe. Mit wem er dort Kontakt gehabt hatte, konnten die observierenden Beamten nicht sagen, da in dem Lokal ausschließlich Schwule und Lesben verkehrten. Trotz Zivilkleidung wären sie als Polizisten keine drei Sekunden nach ihrem Eintritt aufgefallen wie ein Raddampfer auf der Autobahn. Aus diesem Grund sei ihnen nichts anderes übrig geblieben, als vor dem Lokal Posten zu beziehen und auf Haider zu warten. Die Zielperson sei noch ein wenig durch die Straßen geschlendert. Um 1:37 Uhr sei sie zu ihrer Wohnung zurückgekehrt. Seitdem habe Haider das Haus nicht mehr verlassen.

Pfaff sei bis spätabends in der Redaktion gewesen und danach nach Hause gefahren. Am heutigen Morgen sei er um 8:30 Uhr wieder zur Arbeit gefahren, wo er sich noch immer aufhalte.

Die Beamten, die für die Telekommunikationsüberwachung eingeteilt waren, hatten Wegner zuvor berichtet, dass bislang keine Telefonanrufe oder Mailkontakte zwischen den beiden Tatverdächtigen stattgefunden hätten. Pfaff habe von seinem Büro aus zahlreiche Telefonate geführt. Dabei habe sich nicht der geringste Hinweis auf eine Tatbeteiligung von ihm ergeben.

Nachdem Wegner, Nawrod und Yalcin die neuesten Erkenntnisse ausgetauscht hatten, berieten sie, was als Nächstes zu tun sei. Den Vorschlag Nawrods, über eine konzertierte Öffentlichkeitsfahndung dem Täter oder den Tätern Druck zu machen, fand Wegner sehr gut.

»Ich werde sofort unseren Pressereferenten beauftragen, alles Nötige in die Wege zu leiten«, brummte er entschlossen.

Nawrod rieb sich zufrieden die Hände. »Wenn Pfaff bei den Verbrechen mitgemacht hat, um daraus Kapital zu schlagen, werden wir ihm von jetzt an die Suppe gründlich versalzen. Er wird nicht mehr der Erste sein, der das Exklusivrecht an der Story hat. Wir werden ihm zuvorkommen und vor allem den Medien mehr bieten, als er geboten hat. Durch Fernsehen, Rundfunk und Zeitungsartikel müssen wir nicht nur alle Postbeamten, sondern die Bevölkerung des ganzen Landes sensibilisieren. Keine der beiden Frauen darf mehr unerkannt ein Päckchen aufgeben.«

»Wissen Sie schon, ob es im Umfeld von Haider Frauen gibt, auf die die Beschreibungen passen?«, fragte Wegner Nawrod.

»Schenkt man seiner Ex-Frau Glauben, hat sie kaum noch Kontakt zu ihm. Allerdings ist ihre Aussage mit Vorsicht zu genießen. Sie geht im *Lido* der Prostitution nach.«

»Ich glaube ihr«, mischte sich Yalcin ein. »Und außerdem hat sie mit der Jüngeren auf dem Phantombild nicht die geringste Ähnlichkeit.«

»Okay, nehmen wir an, Tina Haider hat die Wahrheit gesagt. Dann ist sie schon mal aus dem Schneider«, erwiderte Nawrod. »Sie hat uns erzählt, ihr Ex habe noch eine kränkliche Mutter und eine Schwester, von der sie jedoch nicht weiß, wo sie wohnt. Das könnten durchaus die beiden Phantomfrauen sein.«

»Ich werde nach unserer Besprechung sofort beim Standesamt nachfragen, wie viele Mitglieder die Familie Haider hat und wie deren Namen lauten«, sagte Yalcin. »Dann werde ich sehr bald wissen, wo sie wohnen und wie sie aussehen.«

»Selbst wenn die Mutter und Schwester von Haider mit den Frauen auf den Phantombildern Ähnlichkeit haben, sollten wir abwarten, bis wir durch die Observation und Telekommunikationsüberwachung genügend Beweise gesammelt haben«, gab Wegner zu bedenken.

»Wenn Haider unser Mann ist, muss er mit seinen Botinnen Kontakt aufgenommen haben«, antwortete Nawrod. »Wir können SMS und E-Mails sowie die ganzen Telefonverbindungsdaten zurückverfolgen.«

»Da sind die Kollegen von der TKÜ schon dran«, erwiderte Wegner. »Sobald sie ein brauchbares Ergebnis haben, werde ich informiert.«

»Wir dürfen diesen Doktor Karmann nicht aus den Augen lassen.« In Nawrods Augen spiegelte sich jener Biss wider, der ihn einmal zum erfolgreichsten Rauschgiftfahnder Baden-Württembergs gemacht hatte. »Zwischen ihm und Haider gibt es eine Verbindung. Wegen Haiders Recherchen flogen die Machenschaften des Arztes auf.«

»Was schlagen Sie vor?«, fragte Wegner, der einen Berg von Arbeit auf die Soko zukommen sah.

»Wir müssen herausfinden, wo und wie er lebt. Welches Umfeld umgibt ihn, wie sind seine derzeitigen familiären und finanziellen Verhältnisse? Der Kollege Hauk soll prüfen, ob die Indizien ausreichen, um ihn zu observieren und bei ihm eine TKÜ zu schalten.«

»Von welchen Indizien sprechen Sie?«, fragte Wegner erstaunt.

»Als Doktor Karmann noch an der Uni-Klinik Heidelberg als Herzchirurg arbeitete, war er der Einzige weit und breit, der bei einer Herztransplantation die Hohlvenen auf Gehrung schnitt. Er vertrat die Auffassung, dass dadurch die Nahtstellen der Venen nach dem Zusammennähen größere Belastungen aushalten können. An dem Herzen, das wir geschickt bekommen haben, waren die Hohlvenen ebenfalls auf Gehrung geschnitten.«

»Ich glaube nicht, dass das reicht, um den Staatsanwalt zu überzeugen.«

Nawrod ließ nicht locker. »Wir müssen es zumindest versuchen.«

»Okay, ich werde Hauk damit beauftragen. Er soll Doktor Karmann unter die Lupe nehmen. Vielleicht ergeben sich weitere Indizien gegen ihn.«

»Um Doktor Karmann möchte ich mich selbst kümmern«, erwiderte Nawrod. »Hauk soll nur prüfen, ob es zu den Gerichtsbeschlüssen reicht.«

»Sind wir mit den aktuellen Vermisstenfällen auf dem Laufenden?«, schaltete sich Yalcin ein. »Ist auch wirklich sichergestellt, dass von allen Vermissten in Deutschland DNA-Material erhoben wird?«

»Das ist nicht ganz unproblematisch«, erwiderte Wegner stirnrunzelnd. »Ich konnte zwar erreichen, dass über das Innenministerium an alle Polizeidienststellen eine entsprechende Weisung erging, aber im einen oder anderen Fall ist es nicht zu vermeiden, dass es zeitliche Verzögerungen gibt. Hinzu kommt, dass das serologische Institut des LKA Stuttgart mit DNA-Material von Vermissten nun zugeschüttet wird und damit völlig überlastet ist.«

»Ist bekannt, wie viel Zeit das LKA benötigt, um die DNA eines Vermissten mit der DNA der eingesandten Körperteile zu vergleichen?«, fragte Nawrod. Er ahnte schon, dass es viel zu lange dauern würde.

»Das ist der wunde Punkt«, entgegnete Wegner. »Man sagte mir, dass die Kapazität des Labors für solche Fälle viel zu klein sei. Vorausgesetzt, das Spurenaufkommen wird nicht zunehmen, hinken die Serologen etwa ein bis zwei Wochen hinterher.«

»Das ist nicht akzeptabel«, raunzte Nawrod. »Wir müssen das unbedingt ändern. Es geht nicht an, dass unser Opfer vielleicht vorgestern als vermisst gemeldet wurde und wir dann erst in zehn Tagen erfahren, wem der Mittelfinger gehört. Da kann der Mann längst tot sein, und wir hätten ihn retten können, wenn wir früher gewusst hätten, wer er war. Denn ich bin fest davon überzeugt, dass es zwischen Opfer und Täter eine Verbindung gibt. Wenn wir wissen, welche, könnten wir eventuell den Fall klären, bevor wir einen weiteren Toten haben.«

»Sie haben vollkommen recht«, antwortete Wegner. »Doch mir sind die Hände gebunden. Ich habe alles versucht, um die Untersuchungen zu beschleunigen, aber es geht nun mal nicht schneller.«

Nawrod senkte den Kopf und rieb sein Kinn. Das machte er oft, wenn er angestrengt überlegte. Nach einer Weile sah er auf. »Ich habe da so eine Idee«, sagte er und in seinem Gesicht spiegelte sich eine gewisse Erleichterung wider. »Wir schicken eine Rundmail an alle 16 Landeskriminalämter mit der Bitte, sie sollen innerhalb ihres Zuständigkeitsbereiches die DNA-Untersuchungen ihrer Vermissten selbst durchführen. Dazu müssen wir denen nur den DNA-Code des abgetrennten Mittelfingers liefern. Und den bekomme ich spätestens morgen früh von der Gerichtsmedizin.«

»Gut«, antwortete Wegner etwas verlegen. Er ärgerte sich, weil er darauf nicht selbst gekommen war.

»Die Idee ist nicht nur gut, sie ist super«, mischte sich Yalcin enthusiastisch ein. »In der E-Mail müssen wir explizit auf die Dringlichkeit und darauf hinweisen, dass jede einzelne Untersuchung den entscheidenden Treffer ergeben kann, mit dessen Hilfe wir das Leben unseres Opfers retten könnten.

Es darf bei den Landeskriminalämtern nicht einen Serologen geben, der den Ernst der Lage nicht begreift.«

Wegner sah Yalcin verwundert an. Die junge, kleine Frau strömte eine ungeheure Souveränität aus. »Es freut mich sehr, dass Sie sich so engagieren«, lobte er. Und zu Nawrod gewandt: »Veranlassen Sie alles Nötige. Wenn es Schwierigkeiten gibt, sagen Sie Bescheid.«

Das Telefon klingelte. Wegner nahm ab. Nach wenigen Sekunden fragte er den Anrufer: »Sind Sie ganz sicher?« Danach nickte er und legte auf.

»Das war Goll«, sagte er ernst. »Er hat den Schalterbeamten in Schwetzingen befragt. So wie es aussieht, haben unsere Täter wieder eine der beiden Frauen als Paketbotin eingesetzt. Und zwar die jüngere. Sie wurde auf dem Phantombild eindeutig erkannt.«

»Um so besser«, stieß Nawrod entschlossen hervor. »Die Dame wird ab morgen keinen Fuß mehr vor ihre Haustür setzen, weil jeder Mensch in Deutschland ihr Gesicht kennt. Ich bin sicher, dass wir auf die Frau jede Menge Hinweise aus der Bevölkerung erhalten. Das muss doch mit dem Teufel zugehen, wenn wir die nicht kriegen.«

»Und wenn wir sie haben, kriegen wir auch die Mörder«, fügte Yalcin im Brustton der Überzeugung hinzu.

»Ihr Wort in Gottes Ohr!«, antwortete Wegner.

30

Gebannt schaute der Kahlköpfige auf den Monitor und verzog sein Gesicht zu einem breiten Grinsen. »Er wacht langsam auf!«, rief er in Richtung Küche.

»Na und«, kam es lakonisch zurück.

»Komm schnell, das musst du dir ansehen.« Er lachte derb.

Der Blonde kam langsam aus der Küche. Gelangweilt sah er auf den Bildschirm. »Du bist ein Sadist«, sagte er vorwurfsvoll.

»Das Kompliment kann ich zurückgeben.«

»Die Kamera war nicht meine Idee.«

»Wer von uns beiden schnippelt an den Dreckskerlen herum? Und wer hat Otte bei lebendigem Leib das Herz herausgeschnitten?«

»Das ist etwas anderes, mein Lieber. Es war notwendig und gehörte zu unserem Plan. Unnötig war, es bei vollem Bewusstsein zu machen. Aber du wolltest es ja so. Hast hierzu extra diesen Tisch präpariert.«

»Ich will sie winseln und schreien hören. Und jetzt möchte ich das blöde Gesicht von Radecke sehen, wenn er aus seiner Ohnmacht aufwacht und feststellt, dass ihm der Stinkefinger fehlt.«

»Er blutet noch sehr. Wir hätten ihn verbinden sollen.«

»Das Schwein wird schon nicht verbluten.«

»Hättest du gedacht, dass der wegen dem bisschen Finger gleich in Ohnmacht fällt? Sein Kreislauf ist wohl nicht mehr der beste.«

»Vielleicht steckte noch etwas von dem Narkotikum in seinem Blut. War ja ne ordentliche Dosis.«

»Nach vier Tagen? Glaube ich nicht. Ich denke, er ist einfach vor lauter Schiss abgedreht.«

»Jetzt! Sieh doch! Seine blöde Fratze. Er muss tierische Schmerzen haben.«

»Ja, das hat er wohl. Er hat sie verdient.«

»Gleich wird er losbrüllen.« Der Kahlköpfige lachte gehässig.

»Dann dreh den Ton leiser!«

»Bist du verrückt? Das zieh ich mir in voller Lautstärke rein.« Er lehnte sich zurück und verschränkte die Arme vor der Brust, während der andere wieder in die Küche ging und das Essen zubereitete.

Radecke schrie nicht. Er stöhnte nur laut und sah sich mehrmals seine verletzte Hand an. Gelangweilt schaltete sein Peiniger nach ein paar Minuten den Monitor ab. Er ging in die Küche und sprach den anderen an: »Du, hör mal, wir sollten uns das mit Radeckes Kohle noch mal durch den Kopf gehen lassen. Es ist eine Menge Geld. Wenn wir es geschickt anstellen, kommt uns keiner auf die Schliche.«

»Es ist zu gefährlich. Willst du für den Rest deines Lebens in den Knast wandern?«

»Aber …«

»Nichts aber! Meinst du, Radeckes Lover hat nicht schon längst Vermisstenanzeige erstattet? Er und die Bullen werden mit Argusaugen drauf schauen, ob es ein Lebenszeichen von Radecke gibt. Dazu gehört auch, dass seine Konten überwacht werden. Vergiss das Geld.«

Der Kahlköpfige grinste hämisch. »Das blöde Schwein hatte die PIN seiner EC-Karte in der Geldbörse aufbewahrt. Es war ganz einfach. Ich bin am Bahnhof zum Geldautomaten gegangen und habe mal probeweise einen Tausender abgehoben. Wir machen natürlich fifty-fifty.« Er zog ein kleines Bündel 50-Euro-Scheine aus der Tasche und begann abzuzählen. Doch weit kam er nicht.

»Sag mal, bist du völlig übergeschnappt?«, schrie der andere außer sich. »Ich wusste ja, dass du blöd bist. Aber so blöd kann man doch nicht sein, um nicht zu wissen, dass heutzutage jeder Geldautomat mit einer Kamera überwacht wird!«

»Ich hab mir einen Schal über das Gesicht gezogen. Außerdem hatte ich meine Kapuze und eine Sonnenbrille auf. Wie soll mich da jemand erkennen?«

»Fakt ist, dass du von unserem Plan abgewichen bist, ohne dich vorher mit mir abzusprechen.«

»Plan, Plan, scheiß auf den Plan. Ich will die Kohle. Wir räumen Radeckes Konten und sein Schließfach leer und machen ihn anschließend alle. Die Leiche lösen wir in Salzsäure auf. Darin haben wir ja Übung. Anschließend setzen wir uns ins Ausland ab. Bevor die Bullen wissen, was gespielt wird, sind wir über alle Berge.«

»Und der Dritte? Er war doch der Schlimmste. Warum sollten wir gerade ihn verschonen?«, fragte der Blonde vorwurfsvoll.

Der Kahlköpfige hob resignierend die Hände. »An den kommen wir sowieso nicht ran. Der ist bewacht wie die Kronjuwelen der englischen Königin.«

Der andere schüttelte den Kopf. »Wir haben einen Plan und waren uns einig, dass wir ihn verwirklichen können, wenn wir ihn konsequent verfolgen.«

»Ich will das Geld, kapiert? Wenn wir Radecke erledigen, haben wir uns genug gerächt.«

»Okay, lass uns erst mal was essen, dann reden wir weiter. Ich bin sicher, mir fällt etwas ein, wie wir am besten weitermachen.«

Die beiden aßen schweigend. Jeder hing seinen Gedanken nach. Nach einiger Zeit legte der Blonde Messer und Gabel zur Seite. Er sah seinem Gegenüber mit stechendem Blick direkt in die Augen, als er zu sprechen begann: »Gott will, dass alle Frevler bestraft werden, auch der Dritte. Des Allmächtigen Wille geschehe auf Erden, nicht erst im Himmel.«

Der andere stellte abrupt das Kauen ein. Genervt verdrehte er die Augen. »Hör mal, das Spiel mit Richter, Polizei und Angeklagter war ja ganz lustig.« Er tupfte sich mit der Serviette verärgert den Mund ab und fuhr danach fort: »Aber jetzt bist du wieder auf diesem Scheiß-Gottestrip! Ich sehe es dir genau an. Wie oft habe ich dir schon gesagt, dass du mich mit deinem Gefasel über Gott in Ruhe lassen sollst? Auch das Getue mit diesen lateinischen Sprüchen geht mir auf die Nerven. Was soll das überhaupt?«

»Latein ist die Sprache Gottes auf Erden«, entgegnete der andere immer noch mit einem Ausdruck im Gesicht, für den sein Gegenüber nur pure Verachtung empfand.

»Du hast leider nichts begriffen. Gott hat uns nach über zwanzig Jahren wieder zusammengeführt. Er hat uns als seine Werkzeuge auserwählt. Wir sind dazu berufen, in seinem Namen die Sünder mit dem Schwert der Apokalypse ihrer irdischen Strafe zuzuführen.«

»So ein Schwachsinn!«, rief der Kahlköpfige laut. »Wir haben uns zufällig in dieser blöden Kneipe getroffen. Das ist alles!«

»Es gibt keine Zufälle«, antwortete der andere betont ruhig. »Gott allein bestimmt das Schicksal der Menschen. Aber lass uns weiteressen. Wir reden nachher noch einmal über alles. Ich habe uns übrigens ein schönes Dessert zubereitet. Erdbeeren in Champagnersahne.«

Der Kahlköpfige leckte mit der Zunge über seine Lippen. »Hm, lecker, dafür sterbe ich!«

Für einen Moment huschte ein kaum wahrnehmbares Lächeln über das Gesicht des anderen. Sie aßen schweigend weiter. Nach dem Hauptgericht ging der Blonde in die Küche. Kurze Zeit später kam er mit zwei Dessertschalen wieder zurück.

»Hast du eigentlich schon die Pressemeldung abgesetzt?«, fragte der Kahlköpfige.

»Ja, wieso fragst du?«

»Ich denke, wir hätten uns den ganzen Mist sparen können. Das mit der Presse ist zwar affengeil, wirbelt aber jetzt zu viel Staub auf. Wir brauchen bestimmt ein paar Tage, in denen wir uns in aller Ruhe um Radeckes Geld kümmern können.«

»Die Bullen sind nicht blöd. Es wird nicht mehr lange dauern, bis sie herausfinden, dass es Radeckes Finger ist.«

»Die Zeit müssen wir nutzen. Lass uns überlegen, wie wir die Kohle am schnellsten abräumen können. Ich schlage vor, wir beginnen damit, dass wir Radecke die nötigen Vollmachten unterschreiben lassen. Als Erstes krallen wir uns das Gold, das sich im Schließfach seiner Bank befindet.«

Der andere nickte. »Lass uns zu Ende essen, dann reden wir weiter.«

Der Nachtisch sah himmlisch aus. Nach dem vierten oder fünften Löffel sagte der Blonde: »Es müsste eigentlich schon langsam wirken.«

»Wovon sprichst du?«, entgegnete der andere etwas verwundert.

»Das Etorphin, mein Lieber. Ich habe dir eine Überdosis des Etorphins, das du großzügigerweise zu Radeckes Narkotisierung besorgt hast, ins Dessert gemischt. Es würde jedem ausgewachsenen Elefantenbullen das Licht ausblasen. Den Willen des Allmächtigen werde ich wohl ohne dich vollenden müssen, denn ich bin mir ganz sicher, dass du, gottlos wie du bist, sehr bald vor den Pforten der Hölle stehen wirst.«

Der Kahlköpfige erhob sich halb und griff sich an den Hals. Er röchelte. »Du bist …« Weiter kam er nicht. Beide Hände in die Tischdecke gekrallt, sank er zuerst auf den Stuhl zurück und dann zu Boden. Das Geschirr hinterließ beim Zerbrechen einen hässlichen Klang, der zum Tod von Markus Schaller nicht besser hätte passen können.

31

Der Pressereferent des Polizeipräsidiums hatte ganze Arbeit geleistet. In einer Rundmail hatte er alle auf einer ihm zur Verfügung stehenden Verteilerliste aufgeführten Zeitungs-, Rundfunk- und Fernsehreporter zu einer noch am gleichen Tag anberaumten Pressekonferenz eingeladen. Haider und Pfaff standen ebenfalls auf der Liste. Nawrod rechnete fest mit ihrem Kommen.

Als Begleitschreiben zur Einladung hatte er einen Text ausgearbeitet, in dem sich die ganze Dramatik des Falles widerspiegelte. Dabei hatte er es geschickt verstanden, die Medienvertreter in die Pflicht zu nehmen. Er schob ihnen die Aufgabe zu, Hand in Hand mit der Polizei zusammenzuarbeiten. Ein letzter Versuch, um das an einem Seidenfaden hängende Leben des zweiten Entführungsopfers zu retten. So war es nicht verwunderlich, dass sich zu der Pressekonferenz über 30 Reporter der verschiedensten Medien einfanden, Kamerateams von ARD, ZDF, SAT 1 und RTL eingeschlossen. Haider erschien mit Kamera und Schreibblock. Pfaff hatte den Starreporter der Heidelberger Allgemeinen geschickt.

Nawrod und Yalcin beobachteten Haider aus dem Hintergrund, während Polizeipräsident Volker Lehmann und Erster Kriminalhauptkommissar Wegner Rede und Antwort standen. Der Soko-Leiter hatte zuvor mit Yalcin und Nawrod abgesprochen, welche Informationen herausgegeben werden konnten. Sie hatten sich darauf geeinigt, mit offenen Karten zu spielen und den Reportern einen Großteil der Details zu liefern. Im Gegenzug erhofften sie sich, die Presse würde mit der breiten Veröffentlichung der Phantombilder einen Druck erzeugen, dem die beiden Frauen nicht standhielten. Sie würden sich offenbaren müssen, wollten sie jemals wieder auf die Straße gehen. Selbst wenn sie sich verstecken würden, mussten sie davon ausgehen, dass Verwandte, Bekannte oder Nachbarn sie auf den Bildern erkennen würden.

Während Lehmann und Wegner ihre Statements abgaben und die Fragen der Reporter geduldig beantworteten, nahm Haider mit dem Reporter der Heidelberger Allgemeinen mehrfach Blickkontakt auf und zuckte mit den Schultern. An Haiders zusammengepressten Lippen konnte Nawrod unschwer erkennen, dass die beiden über die Offenlegung von Details äußerst verärgert waren. Haider hob zweimal bedauernd die Hände. Nawrods Taktik ging auf. Die Zeit der exklusiven Berichterstattung für den Reporter war vorbei.

Die Fernsehanstalten brachten ihre Beiträge schon abends in den Nachrichten. RTL schob sogar eine zehnminütige Sondersendung in das laufende Programm ein. Am nächsten Tag waren auf allen Titelblättern deutscher Zeitungen die Phantombilder zu sehen. Es gab keine Radio- oder Fernsehanstalt, die nicht über den Fall in aller Breite berichtete. Auch ausländische Fernseh- und Zeitungsreporter fragten bei der Pressestelle des Polizeipräsidiums nach weiteren Einzelheiten des Falles. Nach nicht einmal einem Tag wusste die ganze Welt davon.

Es ging eine Flut von Hinweisen ein. Die Soko »Päckchen« hatte sich darauf vorbereitet. Die Hinweise wurden in drei Dringlichkeitsstufen eingeteilt. Aussagen von Zeugen, die angaben, die Gesichter schon irgendwann einmal gesehen zu haben, landeten in der Sparte »normale Bearbeitung«. Hinweise, die besagten, dass die Frauen in einem bestimmten Heidelberger Stadtgebiet gesehen worden waren, erhielten den Vermerk »Eilt«, während die wenigen Zeugen, die aussagten, sie würden die Namen der beiden Frauen kennen, sofort zu Hause aufgesucht wurden. Die Soko arbeitete auf Hochtouren. Wegner hatte allen noch einmal eindringlich ans Herz gelegt, jedem noch so banal klingenden Hinweis mit absoluter Akribie nachzugehen.

Inzwischen hatte Sabine Bauer mitgeteilt, dass ein erstes Ergebnis der Gerichtsmedizin vorliege. Frau Doktor Westhof habe bestätigt, dass es sich um den Mittelfinger eines Mannes handele, der aufgrund von Größe und Beschaffenheit ganz eindeutig nicht dem ersten Opfer zuzuordnen sei. Wie schon bei dem ersten Finger habe sich die Gerichtsmedizinerin festgelegt, dass auch dieses Opfer keine schwere körperliche Arbeit verrichtet habe und höchstwahrscheinlich im Alter zwischen 55 und 65 Jahren sei. Die Amputation sei fachmännisch vorgenommen worden. Auch seien unter dem Fingernagel wieder kleinste Partikel grüner Farbe gefunden worden, die darauf schließen ließen, dass das zweite Opfer vermutlich im selben Raum gefangen gehalten werde. Frau Dr. Westhof habe versprochen, die Farbpartikel unverzüglich an das LKA zu schicken, damit sie dort auf Übereinstimmung untersucht werden könnten. Weiter verspreche sie, die DNA- und toxikologische Untersuchung forciert anzugehen und Bescheid zu geben, sobald die Ergebnisse vorlägen.

Etwa zwei Stunden vor der Pressekonferenz hatten die Beamten der Telekommunikationsüberwachung eine von Haider an Pfaff versandte E-Mail abgefangen:

Die Bestrafung geht weiter
Wie aus gut informierter Quelle zu erfahren ist,
wurde der Kripo Heidelberg gestern wieder der
Finger eines Menschen zugesandt. Es handelt sich
dabei um einen linken Mittelfinger.
Da im Zusammenhang mit den mysteriösen
Paketsendungen bislang keine Forderungen
gestellt wurden, liegt die Vermutung nahe,
dass diese Verbrechen Racheakte sind.

Die Polizei tappt nach wie vor im Dunkeln.
Es ist zu befürchten, dass in den nächsten
Tagen weitere menschliche Körperteile bei
der Kripo eingehen und sehr bald ein
zweites Opfer zu beklagen ist. Wird es
wieder ein Herz sein, das hierüber Gewissheit
verschafft?

PS: Bitte um baldige Überweisung des zugesagten
Honorars.

Pfaff antwortete postwendend: »Vielen Dank für den Artikel. Er wird morgen auf der Titelseite erscheinen. Honorar ist bereits überwiesen. Die Sache läuft bestens. Weiter so!«

Haider loggte sich daraufhin sofort in sein Homebanking ein und stellte fest, dass ihm 15.000 Euro überwiesen worden waren. Er rief seine Ex-Frau an und teilte ihr mit, er habe nun genügend Geld, um den ausstehenden Unterhalt zu bezahlen. Sie solle die Anzeige wegen Verletzung der Unterhaltspflicht sofort zurücknehmen. Als Tina Haider ihm unmissverständlich sagte, sie würde, wenn überhaupt, die Anzeige erst zurücknehmen, wenn sie das Geld habe, rastete Haider aus und beschimpfte sie als dreckige Hure, woraufhin sie sofort auflegte. Das Gespräch wurde auf Tonträger aufgezeichnet, während die E-Mails in der TKÜ-Datei des Zentralrechners abgespeichert wurden.

Kurze Zeit später erhielt Haider von Pfaff eine weitere E-Mail. Der Redakteur fragte, was die Einladung zu der Pressekonferenz zu bedeuten habe. Haider klickte auf seinen Posteingang und stellte fest, dass er die gleiche Einladung erhalten hatte. Er antwortete Pfaff, er habe keine Ahnung und man solle sich nicht verrückt machen. Es sei wohl die längst fällige Pressekonferenz der Polizei. Er, Haider, sei denen immer einen Schritt voraus. Darauf könne sich Pfaff verlassen.

Wegner rief sofort Nawrod und Yalcin zu sich. Zusammen gingen sie die E-Mails Wort für Wort durch.

»Wir müssen die E-Mails unverzüglich an den Profiler weiterleiten«, brummte Nawrod missmutig.

»Habe ich bereits veranlasst«, antwortete Wegner. »Telefonisch war er nicht zu erreichen. Wie mir sein Sekretariat mitteilte, befindet er sich auf einer Tagung.«

»Ohne Uhls Analyse vorgreifen zu wollen: Haider macht in dem Artikel deutlich, dass es sich bei den Taten um Racheakte handelt«, stellte Nawrod sachlich fest.

»Und er hat eindeutig Insiderwissen!«, mischte sich Yalcin ein. »Er weiß, dass bislang keine Forderungen gestellt wurden und dass es der linke Mittelfinger ist. Wer außer den Tätern weiß das zum jetzigen Zeitpunkt?«

Wegner runzelte nachdenklich die Stirn. »Große Sorgen bereitet mir, dass in dem Artikel ganz eindeutig gedroht wird, dass weitere Körperteile bei uns eingehen und das Ganze wieder mit dem Tod eines Menschen endet.«

»Das wurde uns in der letzten Botschaft bereits mitgeteilt«, erwiderte Nawrod, während er feststellte, dass Wegners Gesicht auffallend blass geworden war.

»Ob die Pressekonferenz wirklich eine so gute Idee ist?« Wegner schlug die Hände vor seine Augen und massierte sich danach die Schläfen.

»Es ist die einzige Möglichkeit, diese Wahnsinnigen zu stoppen«, antwortete Nawrod. »Wenn es tatsächlich Haider und Pfaff sind, ziehen wir ihnen damit den Boden unter den Füßen weg. Vielleicht töten sie ihr Opfer trotzdem. Aber wir verbauen ihnen die Möglichkeit, weitere Körperteile zu verschicken, weil sie ihre Botinnen nicht mehr einsetzen können. Ich nehme nicht an, dass sie ihr Opfer zu Hause gefangen halten. Früher oder später werden sie uns zu ihrem Versteck führen.«

»Ihr Wort in Gottes Ohr!« Wegner erhob sich müde. »Ich muss noch mit Lehmann Einzelheiten der Pressekonferenz besprechen.«

Nawrod verfolgte die unzähligen Berichterstattungen mit großer Genugtuung. Er war fest davon überzeugt, dass sie ihre Wirkung nicht verfehlen würden. Um sich für die hervorragende Arbeit zu bedanken, suchte er das Pressereferat auf. Er staunte nicht schlecht, als er hautnah mitbekam, welch einen Rummel der Fall ausgelöst hatte. Die Telefone standen nicht still. Der Pressereferent und seine beiden Assistenten hatten alle Hände voll zu tun. »Es ist einfach unglaublich«, stöhnte er, während er bereits den nächsten Anruf entgegennahm. Nawrod klopfte ihm anerkennend auf die Schulter und verabschiedete sich. Er hatte ein sehr gutes Gefühl. Wenn das Opfer noch lebte, würden Haider und Pfaff sich hüten, es jetzt noch zu töten. Sie mussten jeden Augenblick damit rechnen, dass die beiden Frauen, die die Pakete zur Post gebracht hatten, identifiziert würden.

Außerdem vertraute Nawrod den Observationskräften. Sie hatten bei der Einsatzbesprechung Order erhalten, Haider und Pfaff sofort festzunehmen, sollten sie, allein oder zusammen, ein abgelegenes oder leerstehendes Gebäude betreten, in dem sich möglicherweise das Opfer befinden könnte.

Yalcin empfing Nawrod im Büro mit freudestrahlendem Gesicht. »Ich war im Passamt«, jubelte sie.

»Willst du verreisen?«, erwiderte Nawrod, immer noch in Gedanken um Haider.

»Hey, Jürgen, wach auf! Ich habe Passbilder von Haiders Mutter und seiner Schwester. Halt dich fest. Die beiden sehen den Frauen auf den Phantombildern sehr ähnlich!«

»Warum sagst du das nicht gleich? Zeig mal her!«

Yalcin breitete die Aufnahmen auf ihrem Schreibtisch nebeneinander aus. Nawrod schaute sich die Bilder lange und mit äußerster Konzentration an. Schließlich nickte er.

»Hast du gut gemacht, Nesrin! Weiß Wegner schon Bescheid?«

»Nein, ich bin eben erst zurückgekommen.«

»Geh zu ihm und leg ihm die Bilder vor. Sag ihm, du seist der Meinung, dass das MEK ab sofort auch Haiders Angehörige beschatten soll, und zwar rund um die Uhr.«

»Willst du mich nicht begleiten?«

»Nein, ich habe noch ein wichtiges Telefonat zu führen.«

Nachdem Yalcin die Tür hinter sich zugemacht hatte, nahm Nawrod auf seinem Schreibtischstuhl Platz und lehnte sich weit zurück. Er atmete tief durch. Das gute Gefühl von vorhin hatte sich durch den Bildvergleich noch verstärkt. Haider und Pfaff würden ihnen sehr bald ins Netz gehen. Alles war bestens arrangiert. Er konnte sich die aufwendigen Ermittlungen im Zusammenhang mit Doktor Karmann und anderen Personen sparen. Es sprach alles dafür, dass die beiden Journalisten die Verstümmelungen und den Mord begangen hatten. »Höchste Zeit, dass ich mich mal wieder um mein Privatleben kümmere«, murmelte er zu sich selbst. Beim Wählen zitterte seine Hand. Wann hatte er Evas Stimme zum letzten Mal gehört? Was, wenn Samia den Hörer abnähme? Warum hatte er so lange damit gewartet? Würden sie ihm das vorhalten? Er würde ihnen sagen, dass er viel Arbeit gehabt hatte und … Aber das hatte er früher schon immer gesagt. Es war ja auch die Wahrheit. Nein, war es nicht. »Ich habe immer den Job über die Familie gestellt, das ist die Wahrheit!«, murmelte er, während er dem Rufton lauschte. »Aber damit ist jetzt ein für allemal Schluss!«

»Samia Nawrod, guten Tag!«

Die Stimme seiner Tochter zerriss ihm das Herz. Sie klang anders, viel erwachsener, als er sie in Erinnerung hatte, und doch noch vertraut.

»Hallo, mit wem spreche ich?«, fragte sie freundlich.

Nawrod lauschte den Worten hinterher und hielt sich an ihnen fest wie ein Ertrinkender an einem Strohhalm.

»Hallo, wer sind Sie?«

Er wollte antworten, doch Samias Stimme schien mit einem Schlag seine Stimmbänder gelähmt zu haben. Die Lippen bewegten sich, brachten aber keinen Ton, kein Wort hervor.

»Ulli, komm mal her, da ist wieder so ein Spinner in der Leitung«, hörte er Samia rufen. Und dann vernahm er im Hintergrund eine tiefe Bassstimme: »Leg doch einfach auf, Sammi!«

Wie in Trance erhob sich Nawrod von seinem Stuhl und verließ das Büro. Das *Irish Pub* war keine drei Minuten vom Präsidium entfernt. Er bestellte sich einen doppelten Whisky. Der Barkeeper sah auf den ersten Blick, was mit dem Gast los war. Er nickte und sagte mit seiner Joe-Cocker-Stimme: »Scotch ist bei Liebeskummer die beste Medizin. Bourbon reißt dich noch mehr runter, Kumpel.«

»Dann gib mir einen Bourbon!«, blaffte Nawrod zurück.

»Aber ich sage dir …«

»Halt einfach die Klappe, Mann!« Nawrods Stimme klang drohend. Der Barkeeper sagte keinen Ton mehr. Er hatte Erfahrung mit solchen Gästen und wusste, dass es böse enden konnte, wenn er weiterreden würde. Schweigend goss er einen doppelten Bourbon ein und stellte das halb gefüllte Glas vor Nawrod.

Der feinherbe, ganz eigentümliche Geruch des Alkohols drang sanft und verführerisch in seine Nase, obwohl das Glas noch in einigem Abstand vor ihm auf der Theke stand. Nawrod legte beide Hände flach auf den Tresen und stützte darauf sein Kinn ab. Es war ein seltsames Bild. Halb stehend, halb auf dem Barhocker sitzend, starrte er das Glas an. Der gelbbraune, lauernde Inhalt reflektierte schimmernd die über der Theke hängende Lampe. Der Dreckskerl nannte sie Sammi, schoss es ihm durch den Kopf. »Wer immer du auch bist, Ulli, dich werde ich mir vorknöpfen«, zischte er leise. Langsam umfasste seine Hand das Glas. Es fühlte sich kalt an, obwohl sich kein Eis darin befand. Er war wieder so weit.

33

Sie würden ihn töten. Stück für Stück. Radecke schaute auf seine linke Hand. Die pochenden Schmerzen waren unerträglich. Dort, wo einst sein Mittelfinger gewesen war, befand sich nichts mehr. Nur die Fingerwurzel hatten sie ihm gelassen. Sie war überzogen mit einem dunkelroten, bizarr aussehenden Blutklumpen, den er nicht zu berühren wagte. Er musste die Hand stillhalten, wenn er nicht riskieren wollte, dass die noch frische Blutkruste aufplatzte. Bauch und Oberschenkel waren blutverschmiert. Diese Bestien hatten sich nicht einmal die Mühe gemacht, ihn nach der Amputation notdürftig zu versorgen. Sie hatten ihn bewusstlos in seine Zelle geschleppt und einfach auf dem Boden liegen gelassen. Würden sie ihm beim nächsten Mal seinen Pimmel abschneiden, so wie es der Kahlköpfige vorhatte? Obwohl ihm dieser uniformierte Affe weitaus brutaler erschien als der andere, musste er sich an ihn halten, denn der war auf die halbe Million viel schärfer als der blonde Stricher, der sich als sein Richter aufgespielt hatte. Das Geld würde den Kahlköpfigen blenden und dazu verleiten, Fehler zu machen.

Trotz der fürchterlichen Schmerzen arbeitete Radeckes Hirn weiter. Er würde Bankvollmachten und dergleichen nur nach und nach unterschreiben. So konnte er Zeit gewinnen. Ihm war klar, dass sie ihn töten würden, sobald sie im Besitz seines gesamten Vermögens waren. Sie mussten ihn töten, denn sie trugen keine Masken und er würde sie jederzeit wiedererkennen. Ihre Gesichter würde er nie vergessen, so lange er lebte. Aber wie lange würde das noch sein?

Die Eigentumswohnung konnten sie nicht so schnell zu Geld machen. Spätestens die bräche ihnen das Genick, hoffte er. Daniel hatte bestimmt schon die Polizei verständigt. Ganz sicher hatte er das! Sie liebten sich doch und waren ganz offiziell verheiratet. Auch wenn er ihn regelmäßig mit Strichern betrog. Das hatte nichts mit ihrer Beziehung zu tun. Er stand nun mal auf bestimmte Praktiken, die ihm Daniel nicht bieten konnte. Und er bevorzugte junge Männer, je jünger, desto besser. Das lag in seiner Natur. So hatte ihn Gott oder wer auch immer erschaffen. Es war nicht seine Schuld. Er konnte einfach nicht aus seiner Haut schlüpfen. Daniel war immer zärtlich zu ihm. Sex mit ihm lief auf einer ganz anderen Ebene als mit den Strichern ab. Sie liebten sich, wie sich Tausende andere Schwulenpaare liebten. Meistens war es Daniel, der für die entsprechende Stimmung sorgte. Ihm machte es Spaß, auf dem Wochenmarkt Spezialitäten einzukaufen und daraus herrliche Menüs zu kreieren, die sie bei Kerzenlicht zu sich nahmen. Mit einem guten Glas Champagner, Marke Ruinart-Blanc de Blancs, angetörnt, stiegen sie anschließend ins Bett. Nicht selten hatte Daniel das Laken mit roten Rosenblüten dekoriert. Er war durch und durch Romantiker, der seinen Partner verwöhnen und glücklich machen wollte. Doch er, Radecke, brauchte auch das andere. Den harten, manchmal sehr vulgären Sex mit all seinen Ausschweifungen und Niederungen, bei dem er alles vergaß, einschließlich sich selbst. Wie oft hatte er bereits beim Vorspiel seinem Stammstricher gesagt, er wolle ihm ausgeliefert sein und er solle mit ihm machen, was ihm gerade in den Sinn komme. Er ließ sich fesseln, auspeitschen, übergroße Dildos einführen und bis zum Exzess erniedrigen.

Der Stricher war zwanzig Jahre alt. Radecke hatte sich den Ausweis zeigen lassen. Aber er sah aus wie fünfzehn. Einmal hatte ihm der Stricher einen guten Freund angeboten, der das Aussehen eines Zwölfjährigen hatte. Er fragte nicht, legte die 500 Euro auf den Tisch und trieb es mit dem Jungen über zwei Stunden lang. Den Burschen sah er nie wieder.

Und nun war ihm die Gier nach jungen, hübschen Männern zum Verhängnis geworden. Die Schmerzen, die Erniedrigung, das Ausgeliefertsein waren plötzlich kein Spiel mehr, sondern tödliche Wirklichkeit.

Er musste seine Chance suchen. Die Kamera! Sie beobachteten ihn damit. Sicher nicht ständig, aber bestimmt immer mal wieder. Er könnte eine Ohnmacht oder einen epileptischen Anfall vortäuschen. Dann würde er abwarten, ob der Kahlköpfige allein kam. Er würde das bedauernswerte, hilflose Opfer spielen, das zu keiner Gegenwehr mehr fähig und deshalb bereit war, jede Vollmacht zu unterschreiben. Nein, er musste es nicht spielen, er war es in Wirklichkeit auch. Bis auf eine Ausnahme: Er war nicht ganz wehrlos. Sobald die Schmerzen nachließen, würde er alle Kräfte bündeln, um seinen Bewacher zu überrumpeln und zu fliehen. Er würde den Ausgang aus diesem Horrorhaus finden und nackt, wie er war, mitten auf die Straße laufen. Aber gab es hier überhaupt eine Straße? Er hatte nie Motorengeräusche vernommen. Sicher hatten sie seine Zelle schalldicht isoliert. Sie mussten ja damit rechnen, dass er aus Leibeskräften schreien würde. Deshalb konnte er auch keinerlei Geräusche von außen wahrnehmen. Aber irgendwo musste das Gebäude ja stehen. Deutschland ist dicht besiedelt. Er würde nach seiner Flucht sehr bald Hilfe finden. Vielleicht befand sich sein Verlies sogar mitten in einer Stadt. Es war alles möglich.

34

Nawrods rechte Hand umfasste das Glas. Er drückte so fest zu, dass die Fingerknöchel weiß wurden. »Sammi« hatte dieser Dreckskerl seine Tochter genannt. Wahrscheinlich teilte er schon längst mit Eva das Bett. Seine Eva! Er war immer noch mit ihr verheiratet und er liebte sie. Liebte er sie wirklich? Warum war es dann so weit gekommen? War es wegen Charly? Warum hatte er nicht reagiert, als der Dealer die Waffe auf Charlys Hinterkopf gerichtet und drei Sekunden später abgedrückt hatte? Drei Sekunden! Sie hätten ausgereicht, den Killer auszuschalten. Charly könnte noch leben. Sein bester Freund. Nun verlor er auch noch Eva und Samia. Der Bourbon würde ihm gut tun. Würde ihm helfen zu vergessen. Er führte das Glas langsam an den Mund. Die Hand? Seltsam, sie zitterte nicht. Es hatte andere Zeiten gegeben. Zeiten, in denen er in Gegenwart anderer keinen Kaffee hatte trinken können, weil er so stark gezittert hatte, dass er ihn verschüttete. Erst wenn er einen bestimmten Alkoholpegel erreicht hatte, ließ dieses verdammte Zittern etwas nach. Immer im Tran, immer auf dem Vergessen-wollen-Trip. Nichts als grauer Nebel im Kopf. Schlaflose Nächte im stinkenden Bett. Zusammengekauert in Embryohaltung, weil der hochprozentige Alkohol die Schleimhaut angegriffen und Schmerzen verursacht hatte.

Nawrod zog noch einmal den Geruch des Whiskys durch die Nase. Dann atmete er tief durch. Unendlich langsam stellte er das Glas wieder auf die Theke. Danach schob er es mit dem Handrücken zur Seite, als ob er es einem Nachbarn hinschieben wollte, den es nicht gab. Ohne den Barkeeper anzusehen, zog er einen Zehn-Euro-Schein aus der Tasche und legte ihn auf den Tresen. Dann begab er sich mit festen Schritten zum Ausgang. Bevor er die Türklinke nach unten drückte, drehte er sich noch einmal um. »Joe Cocker« hatte sich das Glas geschnappt und trank es in einem Zug aus.

Zurück in seinem Büro sah Nawrod auf dem Display seines Telefons, dass Sabine Bauer versucht hatte, ihn zu erreichen. Er betätigte die Rückruftaste.

»Schön, dass du zurückrufst«, begrüßte sie ihn.

»Ist doch selbstverständlich, Sabine. Ich nehme an, du wolltest mir etwas Wichtiges mitteilen.«

»Du klingst so seltsam. Ist was?«

Nawrod suchte nach einer Antwort. Natürlich war was, aber das ging niemanden etwas an. »Was soll schon sein?«, antwortete er und gab sich Mühe, seiner Stimme einen normalen Klang zu geben. »Schieß los, was wolltest du von mir?«

»Wie willst du es haben? Erst die schlechte oder die gute Nachricht?« Sie lachte verhalten.

»Die schlechte zuerst«, antwortete Nawrod mit einem unguten Gefühl im Bauch.

»Die Prints auf den Paketen stammen nicht von Haider.«

»Bist du dir ganz sicher?«

»Es gibt keinen Zweifel. Aber das ist noch nicht alles. Barbara hat mitgeteilt, dass der Finger vor etwa drei bis vier Tagen abgetrennt wurde und die DNA nicht vom ersten Opfer stammt.«

»Das war eigentlich schon klar. Haider hat eine E-Mail an Pfaff geschickt, aus der das hervorgeht. Du warst ja auch gleich der Meinung, dass wir ein neues Opfer haben.«

»Ach, bevor ich es vergesse: Barbara hat im Gewebe des Fingers deutliche Spuren von Etorphin festgestellt.«

»Und was bedeutet das?«, fragte Nawrod verwundert.

»Etorphin ist laut Barbara ein halbsynthetischer Verwandter von Morphin, allerdings mit etwa 1.000- bis 3.000-facher Wirkung. Es wird hauptsächlich zur Betäubung von größeren Wildtieren eingesetzt und ist nur für den veterinärmedizinischen Bereich zugelassen.«

»Ist das das Zeug, das mit Betäubungsgewehren verschossen wird?«

»Du hast es erraten. Aber man kann es auch mit Injektionspfeilen aus Blasrohren verschießen oder einfach mit einer Spritze verabreichen.«

»Und wie kommt man an dieses … wie heißt es noch mal?«

»Etorphin ist sein gebräuchlicher Name. Es gibt noch eine andere Bezeichnung, die aber sehr kompliziert klingt, weil sie mehrere Wörter und Zahlen enthält. In Deutschland wird das Mittel hauptsächlich im Zoo zur Narkotisierung von Elefanten, Giraffen und Bären verwendet. Ein Zirkus könnte es auch haben. Es unterliegt dem Betäubungsmittelgesetz und wird regulär nur an Tierärzte ausgeliefert. Im Internet gibt es jedoch ausländische Anbieter, bei denen man es ohne irgendwelche Beschränkungen jederzeit bestellen kann.«

Nawrod musste schmunzeln. »Wusste gar nicht, dass Menschen zu den Großtieren zählen.«

»Tun sie auch nicht. Barbara meinte, dass der Umgang mit Etorphin viel Sachkenntnis voraussetzt. Es ist vorgeschrieben, dass bei dessen Anwendung immer eine zweite Person bereitstehen muss, die das Gegenmittel Nalaxon injizieren kann, falls der behandelnde Tierarzt zum Beispiel versehentlich ausrutscht und sich die Spritze selbst verpasst. Bereits eine geringe, unkontrollierte Menge führt sehr schnell zu einer Atemdepression und in deren Folge zum Tod.«

»Wie kann es dann sein, dass unser Opfer die Narkotisierung überlebt hat?«

»Barbara meinte, der Mann könnte unmittelbar nach der Betäubung und dem Abtrennen des Fingers gestorben sein.«

»Das würde aber nicht zu Haiders Artikel passen, der zweifellos so zu interpretieren ist, dass wir noch weitere Körperteile erhalten.«

»Die Täter können die Leiche eingefroren haben und bei Bedarf jedes beliebige Teil oder Organ entnehmen.« Sabine Bauer schauderte bei dem Gedanken.

»Sie müssen aber damit rechnen, dass das die Gerichtsmedizin feststellt. Damit hätten sie kein Druckmittel mehr.«

»Wie kommst du darauf, dass sie mit ihren Taten Druck ausüben wollen?«, fragte Bauer verwundert. »Sie haben bisher keinerlei Forderungen gestellt.«

»Stimmt, aber ...« Nawrod zögerte. »Es ist eigentlich ein Hirngespinst.«

»Hirngespinsten entspringen oft die besten Ideen. Was spukt in deinem Kopf herum?«

»Auffallend ist, dass die Täter die Päckchen im 4-Tage-Rhythmus aufgaben und die Verstümmelungen in ihrem Ausmaß steigerten. Zuerst Finger, dann Ohr, Auge und schließlich das Herz. Ich habe das Gefühl, dass sie damit sehr wohl einen bestimmten Druck auf uns erzeugen wollen.«

»Kannst du dich noch an Uhls Worte erinnern? Vielleicht wollen diese Bestien einfach ein Spiel mit dir treiben.«

»Könnte sein. Aber ich glaube, da steckt mehr dahinter. Die Täter wollen uns ganz sicher etwas mitteilen. Und sie wollen Rache. Das ist aus Haiders E-Mail zu entnehmen.«

»Wir müssen uns auf jeden Fall fragen, weshalb sie dieses für Menschen nicht ungefährliche Etorphin als Narkotikum verwenden und woher sie es haben.«

»Hm«, brummte Nawrod. »Das heißt, dass wir eine neue Spur haben, der wir nachgehen müssen. Wir müssen die Kontobewegungen der beiden zurückverfolgen. Wenn sie das Zeug im Internet bestellt haben, mussten sie es per Überweisung bezahlen.«

»Sie können es auch gestohlen haben«, gab Sabine Bauer zu bedenken.

»Das würde die Ermittlungen erschweren. Kannst du nicht mal langsam zu den erfreulichen Nachrichten kommen?«

»Okay, lieber Jürgen. Ich darf dir mitteilen, dass Barbara sich mächtig ins Zeug gelegt hat. Sie hat nicht nur die chemisch-toxikologische Untersuchung mit Eifer vorangetrieben, sondern auch schon die DNA des zweiten Opfers entschlüsselt. Sie hat mir den Code bereits gemailt und ich habe ihn sofort an das BKA sowie an alle Landeskriminalämter weitergeleitet. Vielleicht haben wir Glück und das Opfer ist in der DAD schon gespeichert oder unter den als vermisst gemeldeten Personen.«

»Das ist wirklich eine gute Nachricht. Ich verspreche mir einiges von der Aktion. Wie in allen kniffligen Fällen sind wir einfach mal wieder auf Kommissar Zufall angewiesen. Mit der DNA des ersten Opfers hatten wir bislang ja Pech. Hast du sonst noch etwas zu berichten?«

»Sagt dir das Wort Herzmuschel etwas?«, fragte die Kriminaltechnikerin. Ihre Stimme klang jetzt weich und nicht mehr so sachlich.

»Nein, tut mir leid«, antwortete Nawrod, dem die Veränderung in Bauers Stimme sofort auffiel. »Hat das mit dem Herzen des ersten Opfers zu tun?«

Sabine Bauer lachte laut, bevor sie antwortete: »Herzmuscheln in Weißweinsoße als Vorspeise. Dazu einen Jerez-Xeres-Sherry. Als Hauptgericht Rumpsteak mit Kräuterpaste und Frühlingskartoffeln. Zur Verstärkung unseres kulinarischen Vergnügens treffe ich hoffentlich mit einem Kaiserstühler Spätburgunder deinen Geschmack. Bei dem Dessert handelt es sich um eine badische Spezialität: Apfelküchlein in Vanillesoße. Na, ist das eine gute Nachricht oder nicht?«

Nawrod schluckte. Ihm lief buchstäblich das Wasser im Mund zusammen. Wie lange schon hatte er keine anständige Mahlzeit mehr zu sich genommen? Und nun so ein köstliches Angebot. »Auf welcher Speisekarte befindet sich dieses leckere Menü?«, fragte er naiv.

»Auf meiner, Herr Kollege. Wenn du gestattest, lade ich dich heute Abend zum Dinner ein.«

35

Daniel Weiß machte alles richtig. Als Radecke abends nicht nach Hause kam, rief er zuerst in dessen Büro und danach sämtliche Bekannte und Verwandte an. Von Telefonat zu Telefonat machte er sich mehr Sorgen, denn niemand konnte ihm über den Verbleib seines Ehepartners Auskunft geben. Einige der Angerufenen wollten ihn beruhigen, indem sie lockere Kommentare abgaben oder ihm gute Ratschläge erteilten, die jedoch in der Mehrzahl der Fälle verletzend wirkten.

In der Vergangenheit war Gottwald selten länger weggeblieben. Seit sie offiziell verheiratet waren, gar nicht mehr. Er hätte bestimmt angerufen oder zumindest eine SMS geschickt, wenn er noch etwas vorgehabt hätte. Je mehr Zeit verging, desto sicherer wurde sich Weiß, dass seinem Partner etwas zugestoßen sein musste. Kurz nach Mitternacht rief er bei allen Krankenhäusern der Stadt an und erkundigte sich, ob ein Gottwald Radecke oder eine andere namentlich nicht bekannte männliche Person als Notfall eingeliefert worden sei. Manche Gespräche zogen sich unendlich hin, andere Auskunftspersonen fassten sich wiederum sehr kurz. Doch alle hatten eines gemeinsam: Es gab in den letzten zwölf Stunden keine eingelieferte Person, die den Namen Radecke trug oder auf die die Beschreibung Radeckes passte.

Schließlich wählte er um 1:53 Uhr die 110. Es dauerte keine drei Sekunden, bis er einen Polizeibeamten am Apparat hatte, dem er in aller Ausführlichkeit sein Anliegen schildern konnte. Der Beamte teilte Weiß mit, dass er dessen Sorgen verstehe, er ihm aber raten würde, bis zum Morgen abzuwarten. In der Nacht wäre es kaum erfolgversprechend, irgendwelche Maßnahmen einzuleiten. Außerdem würde bei Vermissten, die über achtzehn Jahre alt sind, nur dann eine Vermisstenanzeige aufgenommen, wenn tatsächliche Anhaltspunkte dafür vorlägen, dass sich die Person in einer hilflosen Lage befinden oder einem Verbrechen zum Opfer gefallen sein könnte.

Weiß spürte einen Kloß im Hals. Der Beamte hatte das Kind beim Namen genannt. Er selbst hatte bislang die aufkeimenden Gedanken daran verdrängt, dass Gottwald ermordet worden sein könnte. In einer Großstadt wie Berlin wurden ständig Morde verübt. Es verging kaum eine Woche, in der in den Zeitungen nicht von irgendeinem Tötungsdelikt berichtet wurde. Aber wieso sollte man Gottwald ermorden? Vielleicht war er am Abend noch durch einen verlassenen Park gegangen? Das machte er gelegentlich, um seinen Kopf freizubekommen. Und möglicherweise war er dort überfallen und beraubt worden? Ganz sicher hätte er seine Geldbörse nicht freiwillig herausgegeben. Er hätte sich kräftig gewehrt. Weiß hatte immer wieder davon gehört, dass heutzutage Jugendbanden wie Wölfe im Rudel die Parks durchstreiften. Erst vorige Woche hatte er im Berliner Kurier gelesen, dass in einer Grünanlage ein Toter gefunden worden sei, der von Jugendlichen niedergestochen und ausgeraubt worden war.

Vor dem inneren Auge sah er seinen Lebenspartner blutüberströmt zusammensinken und schutzsuchend ins dichte Unterholz kriechen, wo er röchelnd seine letzten Atemzüge aushauchte. Halb verwest würde ihn irgendwann der Hund eines Passanten aufstöbern.

Völlig übernächtigt und kreidebleich suchte Weiß gegen acht Uhr morgens die Kriminalpolizei in der Charlottenburger Chaussee auf. Der zuständige Kriminalbeamte war sehr nett und brachte viel Verständnis für Weiß' Sorgen auf. Allerdings zeigte er sich äußerst skeptisch, als Weiß angab, dass er und Radecke schwul seien und er, außer seinem unguten Gefühl, keinerlei Argumente vorbringen könne, die tatsächlich auf ein Verbrechen hindeuteten. Schließlich konnte Weiß den Polizisten doch noch von der Notwendigkeit überzeugen, ein Protokoll und damit eine Vermisstenanzeige aufzunehmen. Gezielte Fahndungsmaßnahmen schloss der Kriminalbeamte allerdings unter den gegebenen Umständen aus. Er erfasste Radecke lediglich zur Aufenthaltsermittlung im innerdeutschen Fahndungssystem.

Zwei Tage später erhielt der Beamte eine E-Mail, aus der hervorging, dass bei der Heidelberger Kripo bislang insgesamt fünf Pakete mit menschlichen Körperteilen eingegangen seien. In einem der Pakete habe sich ein Herz befunden, weshalb mindestens in einem Fall von einem Mord ausgegangen werden müsse. Sämtliche Dienststellen, die Vermisstenanzeigen aufnahmen, würden dringend ersucht, von vermissten Personen sofort DNA-fähiges Material zu sichern und es unverzüglich den serologischen Instituten ihrer Landeskriminalämter zuzuschicken.

Weiß wurde noch am selben Tag von dem Kriminalbeamten zu Hause aufgesucht. Endlich tat sich etwas, dachte er erleichtert. Gleichzeitig war er aber beunruhigt, weil der Beamte den Kamm und ein getragenes Hemd seines Ehepartners zur Sicherung von DNA-Spuren mitnahm.

»Nur für den Fall der Fälle«, beschwichtigte ihn der Kommissar, ohne eine weitere Erklärung abzugeben.

Daniel Weiß hatte Angst, die Fahndung nach Gottwald Radecke könnte eingestellt werden, wenn er erzählen würde, dass der Vermisste tags zuvor an einem Geldautomaten Tausend Euro abgehoben hatte. Also verschwieg er diese Tatsache. Er wollte erst abwarten, bis er von der Bank Bescheid bekam, an welchem Bankautomaten die Abhebung stattgefunden hatte, und ob der Geldabheber dabei gefilmt worden war. Wenn es Gottwald war, müsste er sich auf etwas gefasst machen! Ich mache ihm eine Szene, die sich gewaschen hat, beschloss Weiß in seinen Gedanken. Doch wer sollte es sonst gewesen sein? Gottwald würde doch nie seine PIN preisgeben. Lieber würde er sich die Zunge rausreißen lassen, dachte Weiß.

36

Wegner sah Nawrod an. In den Augen des Soko-Leiters spiegelte sich Enttäuschung und Frust wider. »Ich verstehe das nicht.« Wegner griff sich in die Haare. »Die Observation von

Haider und Pfaff brachte bisher nicht den geringsten Hinweis darauf, dass sie einen Menschen in ihrer Gewalt haben. Tagsüber verlässt Haider seine Wohnung nur zum Einkaufen. Er benimmt sich absolut unauffällig. Ebenso seine Angehörigen. Die Schwester arbeitet in der Filiale der Genossenschaftsbank. Gestern nach Feierabend fuhr sie auf schnellstem Weg nach Hause. Sie trug ein Kopftuch und eine große Sonnenbrille. Offensichtlich bekam sie mit, dass sie Ähnlichkeit mit dem Phantombild hat. Es haben sich auch schon zwei Anrufer gemeldet, die Elvira Haider kennen und der Meinung sind, dass es sich bei dem Phantombild eindeutig um sie handelt.«

»Und was ist mit Haiders Mutter?«, fragte Nawrod, der ebenso enttäuscht wie Wegner war.

»Sie ist eine alte, kranke Frau, die es allenfalls schafft, mit ihrem Rollator ein paar Schritte vor ihre Wohnung zu gehen.«

»Dann muss Haider seine Mutter zum Postamt gefahren haben. Vielleicht stand er sogar hinter ihr, als sie das Paket aufgegeben hat«, gab Yalcin zu bedenken. »Ich meine, es passt doch alles: Haiders E-Mail-Kontakt zu Pfaff, die Geldüberweisung, die Ähnlichkeit der Phantombilder mit Mutter und Schwester, seine Lateinkenntnisse, einfach alles. Die drei verhalten sich deshalb so ruhig, weil sie bis zur nächsten Sendung noch Zeit haben. Ich bin sicher, spätestens übermorgen tut sich etwas.«

»Vorausgesetzt, sie machen überhaupt weiter und bleiben bei vier Tagen Abstand zwischen den einzelnen Paketen«, brummte Wegner.

»Da bin ich mir ziemlich sicher«, antwortete Nawrod. »In seiner E-Mail hat Haider Pfaff nämlich mitgeteilt, er sei uns immer einen Schritt voraus. Das heißt, er will noch mehr Kapital aus der Sache schlagen.«

»Wir dürfen ihn keine Sekunde aus den Augen lassen«, brummte Wegner. »Sie werden ihre Geisel in einem sicheren Versteck eingesperrt haben, wo sie sie tagelang unbeaufsichtigt lassen können. Das ist bestimmt nicht in ihren Wohnungen. Die Kollegen vom MEK haben mir mitgeteilt, sie könnten das aufgrund der Verhältnisse in den beiden Häusern ausschließen.«

»Das würde ich auch sagen«, antwortete Yalcin vorlaut. »Jürgen und ich …«

Nawrod unterbrach sie und warf ihr einen vorwurfsvollen Blick zu. »Wir haben uns darüber auch schon Gedanken gemacht.« Hatte er ihr nicht ausdrücklich gesagt, Wegner sollte nichts von ihrem Besuch in Haiders Haus erfahren? »Gibt es von der TKÜ etwas Neues?«, lenkte er auf ein anderes Thema.

»Haider telefoniert momentan kaum. Der E-Mail-Verkehr hält sich ebenso in Grenzen. Es gibt absolut nichts, wo wir einhaken können. Bei Pfaff sieht es etwas anders aus. Er hängt den ganzen Tag an der Strippe und setzt parallel dazu Unmengen von E-Mails ab. Die Kollegen von der TKÜ stöhnen nur noch. Ich musste ihnen zusätzlich einen Mann zur Unterstützung geben, der nun an anderer Stelle fehlt. Trotzdem liefert die TKÜ nicht einen einzigen Hinweis auf Pfaffs Tatbeteiligung. Er versucht lediglich, die Story bei Agenturen und Verlagen für gutes Geld an den Mann zu bringen.«

»Dann bleibt uns nichts anderes übrig als abzuwarten«, antwortete Nawrod nachdenklich. »Wenn Sie nichts dagegen haben, werde ich heute früher Feierabend machen. Sollte sich in der Sache noch etwas tun, können Sie mich selbstverständlich jederzeit auf meinem Handy anrufen.«

Wegner nickte. »Kein Problem. Ich denke, Sie beide haben in den letzten Tagen genug Überstunden gemacht.« Und zu Yalcin gewandt: »Möchten Sie auch früher gehen? Bestimmt würde es Ihnen guttun, wenn Sie mal wieder früher ins Bett kämen.«

»Das Angebot nehme ich gerne an«, lächelte Yalcin und dachte gleichzeitig an einen schon längst fälligen Disco-Besuch mit ihrer Freundin.

Fast fünf Wochen war es her, dass Nawrod seinen Dienst beim Polizeipräsidium Heidelberg angetreten hatte. Als er in sein Auto stieg, wurde ihm klar, dass er von dieser schönen

Stadt eigentlich noch nichts kannte. Von fundierten Ortskenntnissen konnte keine Rede sein. Mit Mühe und Not hatte er sich die Hauptverkehrsstraßen eingeprägt. Mehr aber auch nicht. Er hatte sich bislang immer auf Yalcin verlassen, die jeden Winkel kannte und als Fahrerin sicher die Ziele ansteuerte.

Boxberg, Ginsterweg 8 stand auf dem kleinen, roten Notizzettel. Er schaltete das Navi ein und tippte die Adresse auf den Touchscreen. Zwanzig Minuten später stand er vor einem Mehrfamilienhaus. Als er klingelte, merkte er, dass er an den Händen schwitzte. Über den kleinen Lautsprecher klang die Stimme etwas verzerrt, dennoch kam sie ihm schon sehr vertraut vor. Die Wohnungstür stand einen Spalt offen. Er war etwas außer Atem, was nicht nur an den drei Stockwerken lag, die er über die Treppe hochgeeilt war, sondern auch an der inneren Anspannung, die von ihm Besitz ergriffen hatte. Fest umschloss seine Hand den Strauß mit sieben Blumen, deren Namen er sich nicht hatte merken können, die ihm aber sehr gut gefielen. Warum sieben und nicht acht, hatte er die Floristin gefragt. Freundlich lächelnd hatte sie geantwortet, gerade Zahlen brächten Unglück.

»Komm rein, ich bin in der Küche.« Jetzt klang die Stimme nicht mehr verzerrt. Sie erschien ihm so klar und lieblich wie der Klang einer Harfe. »Mach es dir schon mal im Wohnzimmer gemütlich. Ich komme gleich.«

Nawrod sah sich um. Er stand in einem kleinen Flur. Alle Türen waren offen. Das Licht der Abendsonne drang mild durch die Fenster. Ein kurzer Rundumblick verriet ihm, dass Sabine Bauer nicht nur einen guten Geschmack hatte, sondern auch Wert auf Sauberkeit legte. Ganz bestimmt nicht von IKEA, dachte er, während er auf dem Sofa Platz nahm und mit einer Hand über das zarte Polster fuhr. Im Hintergrund lief leise ein Lied von James Blunt.

Immer noch den Blumenstrauß in der Hand, erhob er sich, um sich ein Gemälde, das schräg vor ihm an der Wand hing, aus besserer Perspektive anzusehen. Es gefiel ihm, obwohl er sonst wenig für Kunst übrighatte. Die Farben waren in einem beeindruckenden Gleichklang gemischt. Sie wirkten auf das Auge des Betrachters beruhigend und wohltuend. Nawrod machte sich Gedanken, woher der Künstler die Inspiration für dieses Werk erhalten hatte, als seine Gastgeberin mit einem kleinen Tablett, auf dem zwei Gläser Champagner standen, durch die offene Tür kam. Nawrod stockte der Atem. Sie sah umwerfend aus. Ihm fiel sofort auf, dass sie ihre kurzen, blonden Haare etwas anders frisiert hatte. Ihr Pony mit Seitenscheitel wirkte noch pfiffiger als sonst. Sie hatte einen engen, lilafarbenen Rock an, der eine Handbreit über dem Knie endete und ihre Hüften sehr vorteilhaft zur Geltung kommen ließ. Dazu trug sie eine passende Halbarm-Bluse aus weißer Seide mit hochgeschlossenem Dekolleté. Die dünnen Nylonstrümpfe hatten einen leichten Lilaton, während die Wildleder-Pumps von kräftiger und gleicher Farbe wie der Rock waren.

»Hallo, Jürgen, entschuldige, dass ich dich nicht gleich begrüßen konnte. Ich musste aufpassen, dass die Herzmuscheln nicht überkochen.«

»Das macht doch nichts«, gab Nawrod etwas schüchtern zur Antwort.

»Oh, sind die für mich?« Sie deutete mit dem Kinn auf die Blumen.

»Nein, eigentlich nicht.« Nawrod grinste breit. »Ich habe heute noch ein Date und die Dame steht auf so etwas.« Er deutete mit dem Finger auf den Strauß.

»Ich aber auch!«, protestierte sie lachend.

»Ist das dein Ernst?«

»Selbstverständlich! Mit so etwas spaßt man nicht.«

»Ja, wenn das so ist, dann … dann bitte schön!« Nawrod streckte Sabine Bauer mit etwas ungelenker Bewegung, dafür aber mit schelmischen Augen, den Strauß entgegen. Als sie eine Hand am Tablett losließ, um die Rosen entgegenzunehmen, wären fast die beiden Gläser umgefallen. Sie konnte sie gerade noch ausbalancieren.

»Freut mich sehr, dass du gekommen bist. Würdest du mir mal das Tablett abnehmen, damit ich den Strauß gleich in eine Vase stellen kann?«

Nawrod nahm das Tablett und stellte es auf dem Sideboard ab, das sich in Reichweite neben ihm befand. Sabine Bauer ging zu einem kleinen Schränkchen und holte eine hübsche Vase heraus, die sie in der Küche mit Wasser füllte.

Den Strauß stellte sie auf eine Ecke des Esszimmertisches. Danach ging sie zum Sideboard, nahm beide Gläser vom Tablett und reichte eines davon Nawrod. »Auf was wollen wir anstoßen?«

Da war wieder dieser Blick. Die warmen, braunen Augen verzauberten ihn für den Bruchteil einer Sekunde und machten ihn wehrlos. »Ich … ich weiß nicht.« Er fühlte sich hilflos wie ein kleiner Junge. »Ich … stoßen wir darauf an, dass wir diese Bestien bald zur Strecke bringen können.«

Sabine lachte. »Nein, darauf stoße ich nicht an. Wir sollten heute Abend ausnahmsweise mal nicht an unseren Job denken, sondern ganz allein auf uns und die kommenden Stunden anstoßen.«

»Entschuldige! Natürlich sollten wir … aber du weißt ja, wie das ist. Es verfolgt einen Tag und Nacht.«

Sabine Bauer stieß sanft ihr Glas an das von Nawrod. Ein leises Klirren war zu hören. Sie sahen sich lächelnd in die Augen. »Auf uns und auf einen schönen Abend.«

»Ja, auf uns!«

Der Champagner schmeckte vorzüglich. Nawrod wagte nicht zu fragen, um welche Marke es sich handelte. Er wollte sich nicht blamieren. Wahrscheinlich, so dachte er, müsste er ihn allein am Geschmack erkennen. Sicher war es eine ganz besondere Sorte. Sabine stellte ihr Glas ab.

»So, jetzt muss ich mir wieder die Schürze umbinden und mich um das Essen kümmern. Mach es dir so lange bequem.«

Nawrod ließ sich wieder auf dem Sofa nieder. Kaum saß er, stand er auch schon wieder auf, um sich das Bild noch einmal anzusehen. Es zeigte eine junge Frau mit lockigen, rötlich schimmernden Haaren, die weit über die Schultern fielen. Nein, es war noch ein Mädchen. Es stand auf einer schmalen Holzbrücke. Im Hintergrund befanden sich Bäume und bunte Sträucher. Das Mädchen hielt sich mit einer Hand am Geländer fest. Die andere fasste unterhalb der Hüfte in eine Falte ihres weißen, mit Spitzen besetzten Kleides. Der Maler hatte es verstanden, ein Übermaß an Anmut und schlichter Schönheit auf die Leinwand zu bannen.

Sabine hatte den Esszimmertisch sehr hübsch gedeckt. Die Tischdecke passte zu den Servietten und vor allem auch zu dem Geschirr. Sogar die beiden kleinen Kerzenhalter waren vom gleichen Porzellan. Nawrod musste schmunzeln. Frauen sind einfach anders als Männer. Sie haben in solchen Dingen viel mehr Geschmack. Darüber hatte er sich schon oft Gedanken gemacht. Irgendwann war er zu der Erkenntnis gekommen, das habe wohl damit zu tun, dass in der Natur die meisten Weibchen für den Nestbau verantwortlich seien, während sich die Männchen sonst wo herumtrieben.

Das Essen war ein Hochgenuss. Nawrod hatte das Gefühl, in seinem Leben noch nie besser gegessen zu haben. Der Spätburgunder zeigte Wirkung. Eigentlich hatte er sich vorgenommen, auf absehbare Zeit keinen Alkohol mehr zu trinken. Zu frisch waren noch die Erinnerungen an die Zeit in Stuttgart, als er jeden Tag seinen Kummer in Alkohol ertränkt hatte und drauf und dran gewesen war, ein jämmerlicher, abgesoffener Alkoholiker zu werden, der nicht mehr zu retten war. Aber in Anwesenheit von Sabine Bauer rief der Alkohol Gefühle hervor, die ihm fast abhandengekommen waren. Er konnte plötzlich wieder über alles reden, er konnte lachen, und er sah in der netten Kollegin eine überaus begehrenswerte Frau. Letztere Feststellung führte er aber keineswegs auf den Alkohol zurück. Sabine hatte ihm vorher schon gefallen. Gleich als er sie das erste Mal gesehen hatte. Aber jetzt war sie nicht nur die hübsche Kollegin, jetzt war sie die Frau, die im Begriff war, ein gewaltiges Feuer in ihm zu entfachen. Er fühlte, wie sein Körper und sein Verstand immer mehr aus den Fugen gerieten.

Gemeinsam nahmen sie auf der Couch Platz. Als ihm ihr herrlich duftendes Parfüm aus unmittelbarer Nähe in die Nase stieg und sie langsam, Knopf für Knopf, sein Hemd öffnete, brach jeglicher Widerstand in ihm.

»Sabine …«, flüsterte er heiser und schon verschlossen ihre Lippen seinen Mund. Er versuchte, wenigstens einigermaßen bei Verstand zu bleiben, und sah, wie sie sich die Bluse über den Kopf zog und sich mit einer ihm unverständlichen Beweglichkeit aus dem engen Rock schälte. Ihm stockte der Atem. Die halterlosen Strümpfe, ein Hauch von einem Slip und ein BH, dessen Design nicht göttlicher hätte sein können, katapultierten ihn in einen Rausch von Lust und Begierde.

Irgendwann fanden sie sich im Schlafzimmer wieder. Sie lagen in einem großen französischen Bett und atmeten heftig. Zuerst an die Decke starrend, drehte Nawrod nun langsam seinen Kopf zu ihr. Sie hatte die Augen geschlossen. Er sah kleine Schweißperlen auf ihrer Stirn und es verlangte ihn danach, sie wegzuküssen. In dem Moment, als er sich über sie beugte, war er sich nicht sicher, ob sein Organismus einen zweiten Sturm überleben würde.

Immer noch die Augen geschlossen, lächelte sie, wobei sich an den Mundwinkeln kleine, unwiderstehliche Fältchen bildeten. Er sah, wie ihre Wimpern anfingen, ganz leicht zu vibrieren, wie sich schließlich ihre Lider öffneten und die Augen freigaben. Diese Augen waren für ihn unbeschreiblich. Er konnte durch sie direkt in ihre Seele schauen.

Falls es für mich überhaupt wieder eine Frau gibt, dann ist es diese hier, schoss es ihm durch den Kopf, als ihr beider Atem abermals auf Kollisionskurs ging. Für Eva war in diesem Moment kein Platz in seinem Kopf.

Als Sabine ihn am nächsten Morgen sanft weckte, fuhr er erschreckt hoch. Er hatte so tief und fest geschlafen wie lange nicht mehr. Sie war bereits angezogen und hatte das Frühstück zubereitet. Elfengleich schwebte sie durch die Wohnung. Als er aus dem Bad kam, blieb sie vor ihm stehen, nahm sein Gesicht in beide Hände und sah ihn lange an. Dann küsste sie ihn auf den Mund und sagte mit sanfter Stimme und dem ihr eigenen braunen Glanz in den Augen: »Es war traumhaft, Jürgen. Du hast mir gezeigt, wie wunderschön es ist, eine Frau zu sein.«

Er küsste sie und flüsterte: »Ich wusste nicht mehr, wie es ist, ein Mann zu sein, dessen Körper explodiert, und der dabei wie durch ein Wunder überlebt.«

37

Als Wegner vor versammelter Mannschaft eingestehen musste, dass sich am Morgen des dritten Tages nach Eingang des letzten Päckchens weder bei den Observationen noch bei den TKÜs irgendwelche Hinweise auf tatrelevante Aktivitäten ergeben hätten, hatten sich die Sorgenfalten in seinem Gesicht noch tiefer eingegraben.

»Wenn die Täter den Vier-Tage-Rhythmus beibehalten wollen, müssen sie spätestens heute das nächste Paket aufgeben.« Wegner hob den Zeigfinger und fuhr fort: »Eigentlich hätten sie es schon gestern tun müssen, da Pakete oft einen Tag länger als Briefe unterwegs sind. Hoffen wir, dass heute die Falle zuschnappt. Wir haben bis jetzt kaum etwas gegen sie in der Hand und nicht die leiseste Ahnung, wo das zweite Opfer gefangen gehalten wird. Eine Festnahme der beiden zum jetzigen Zeitpunkt könnte einen qualvollen Tod der Geisel bedeuten. Ich glaube nicht, dass die Tatverdächtigen ein Geständnis ablegen und uns das Versteck verraten werden.«

Es klopfte. Frau Lelle betrat den Besprechungsraum. Sie entschuldigte sich für die Störung und legte Wegner ein Schreiben auf das Rednerpult.

»Ist eben reingekommen, Herr Wegner. Ich denke, es ist sehr wichtig!«, stieß sie aufgeregt hervor.

Wegner nahm das Blatt Papier in die Hand und las. Die Mitglieder der Soko hingen gespannt an seinen Lippen als er das Schreiben vor sich wieder ablegte. »Frau Lelle, buchen Sie für zwei Personen sofort den nächstbesten Flug nach Berlin. Wir dürfen keine Zeit verlieren!«

»Von welchem Flughafen?«

»Das ist egal. Frankfurt oder Stuttgart. Wo es am schnellsten geht.« Wegners Stimme wurde bestimmter: »Na, machen Sie schon!«

»Sehr wohl, Chef«, antwortete Frau Lelle, drehte sich auf dem Absatz um und verließ den Raum.

»Meine Damen, meine Herrn, es kommt Bewegung in den Fall.« Wegner hielt demonstrativ das Schreiben in die Höhe. »Das LKA Berlin teilt soeben mit, dass es beim Abgleich der DNA von Vermissten zu einem Treffer gekommen ist. Der uns übersandte linke Mittelfinger gehörte unzweifelhaft einem Gottwald Radecke aus Berlin. Er gilt seit sechs Tagen als vermisst. Über die Umstände seines spurlosen Verschwindens liegen keinerlei Erkenntnisse vor. Radecke ist homosexuell. Sein Lebensgefährte hat Anzeige bei den Kollegen in Berlin erstattet. Es wurden bislang keine Suchmaßnahmen eingeleitet.«

Ein Raunen ging durch die Reihen der Anwesenden. Sie steckten die Köpfe zusammen und begannen aufgeregt zu diskutieren.

»Ich darf doch sehr bitten!«, unterbrach Wegner mit lauter Stimme. »Herr Wohlers, Sie prüfen sofort nach, ob es zwischen dem Vermissten und unseren Tatverdächtigen eine Verbindung gibt.« Der Angesprochene erhob sich von seinem Platz und ließ sich von Wegner das Schreiben aushändigen.

»Machen Sie bitte 40 Kopien und verteilen Sie die an alle Kolleginnen und Kollegen!«, ergänzte Wegner. »Wir dürfen keine Sekunde verlieren.« Der Soko-Leiter schaute in die Runde. »Kriminalkommissar Goll, Sie überprüfen bitte, ob der Vermisste irgendeinen Bezug zu Heidelberg hat. Durchforsten Sie alle nur erdenklichen Quellen. Es darf uns nichts entgehen.«

Wieder sah sich Wegner um. Sein Blick blieb auf Kriminaloberkommissar Hauk haften. »Herr Hauk, Sie kümmern sich um die Arbeitsstelle des Vermissten und besorgen von ihm aktuelle Bilder. Wie Sie das machen, ist Ihre Sache. Ich möchte in einer Stunde ein Bild auf dem Tisch haben, ist das klar?«

Hauk erhob sich. »Okay, Chef.«

»Sobald Sie ein brauchbares Bild haben, entwerfen Sie bitte ein Fahndungsplakat. Wir brauchen Zeugen, die diesen Herrn Radecke entweder in Berlin oder hier in Heidelberg zuletzt gesehen haben oder uns sonstwie weiterhelfen können.« Wegner atmete tief durch, bevor er weitere Order gab.

»Faber, Sie nehmen die Familie des Opfers unter die Lupe. Ich will wissen, aus welchem Haus dieser Radecke stammt, wie viele Angehörige er hat, wie die heißen, ob einer davon schon straffällig geworden ist, welche Beziehungen und Kontakte die Familie untereinander pflegt.«

Wegner benötigte noch etwa zehn Minuten, bis er sicher war, alle wichtigen Aufgaben verteilt zu haben. Nawrod und Yalcin hatten noch keinen Auftrag erhalten. Sie sahen sich fragend an. Da abermals lautes Gemurmel aufgekommen war, klatschte Wegner in die Hände und fuhr fort. »Meine Damen, meine Herren, Ihre Ermittlungen führen Sie bitte zunächst ausnahmslos verdeckt durch. Das heißt, dass Sie vorerst nicht direkt auf etwaige Zeugen oder Familienangehörige zugehen. Wir warten damit, bis Frau Yalcin und Kollege Nawrod in Berlin den Lebensgefährten des Vermissten ausführlich befragt haben. Wälzen Sie zwischenzeitlich Akten und nehmen Sie Kontakte zu Ämtern und Behörden auf. Halten Sie Adressen, Telefonnummern und jedes noch so kleine Detail fest. Ich möchte, dass Sie so lange 200 Prozent Leistung bringen, bis wir den Fall geklärt haben. Und nun an die Arbeit.«

Die Anwesenden erhoben sich und verließen den Besprechungsraum.

Wegner sah in Richtung Yalcin und Nawrod. »Einen Moment bitte!«, rief er ihnen zu. Die beiden blieben stehen.

»Dieser Herr Weiß wird Ihnen sicher einiges sagen können. Sobald Sie die Zitrone ausgepresst haben und mir telefonisch grünes Licht geben, lasse ich die Meute von der Leine.«

»Wir sind schon unterwegs«, antwortete Nawrod entschlossen.

»Wie ich Frau Lelle kenne, sind Ihre Tickets bereits am Flughafen hinterlegt. Den Berliner Kollegen werde ich Ihr Kommen ankündigen und sie bitten, dass man Sie gleich nach der Landung direkt zur Wohnung des Vermissten bringt. Ich werde sicherstellen, dass dort auch dieser Herr Weiß ist.«

»Mir ist da noch etwas eingefallen.« Nawrod rieb sich am Kinn. »Wir sollten bei allen Zoos, Zirkussen und Tierärzten nachfragen, ob Etorphin abhanden gekommen ist und ob es in diesem Zusammenhang eine verdächtige Person gibt.«

»Gute Idee«, sagte Wegner »Ich werde Kunze damit beauftragen.

Nawrod und Yalcin verließen den Besprechungsraum. »Hast du eine Ahnung, wo Sabine abgeblieben ist?«, fragte Nawrod und schaute sich suchend um.

»Nein, ich habe keinen Schimmer. Heute Morgen habe ich sie noch nicht gesehen.«

»Sie hätte doch auch hier sein müssen.«

»Was willst du von ihr?«

»Ach nichts. Ich hätte Sie nur noch gerne … noch gerne etwas gefragt.«

»Walter Beck war da. Ist eben gerade zur Tür raus. Den kannst du in Sachen Kriminaltechnik auch fragen.«

»Ist nicht so wichtig«, log Nawrod. Zu gerne hätte er sich von Sabine Bauer verabschiedet.

Frau Lelle erwartete sie schon im Flur. »In einer Stunde geht Ihre Maschine von Frankfurt aus. Hier ist alles notiert, was Sie wissen müssen.« Sie drückte Nawrod einen Notizzettel in die Hand.

»Vielen Dank, Frau Lelle. Das ist zwar knapp, aber durchaus zu schaffen«, antwortete Nawrod.

»Davon bin ich überzeugt, Herr Nawrod.« Erika Lelle lächelte aufmunternd.

Nawrod wandte sich an Yalcin: »Wie lange brauchst du, um dir ein paar Klamotten von zu Hause zu holen?«

»Wir machen es anders. Um Zeit zu sparen, fahren wir auf dem Weg zum Flughafen bei mir vorbei. Und was ist mit dir? Du kannst doch nicht noch schnell nach Stuttgart fahren?«

»Mach dir mal um mich keine Sorgen. Notfalls kaufe ich mir in Berlin ein frisches Hemd.«

Fünf Minuten später saßen Nawrod und Yalcin im S-Klasse-Mercedes. Mit Kojak und Martinshorn fuhren sie los. Yalcin saß am Steuer. Als Nawrod am Navi hantierte, schrie sie im ohrenbetäubenden Lärm des Martinhorns: »Vergiss es! Den Weg zum Flughafen Frankfurt finde ich ohne Navi. Halt dich einfach fest und kotz mir nicht die Karre voll!« Anscheinend wusste Yalcin, wovon sie sprach. Als sie vor ihrer Wohnung mit quietschenden Reifen stoppte, war Nawrod kreidebleich.

»Erhol dich ein bisschen. Bin gleich wieder da«, grinste sie. Dann war sie auch schon im Haus verschwunden. Nawrod betätigte den Fensterheber. Die frische Luft tat ihm gut. Nach ein paar kräftigen Atemzügen stieg er mit weichen Knien aus dem Fahrzeug. Lieber sollte der Flieger ohne ihn starten, als dass er sich das noch einmal antun würde. Er setzte sich ans Steuer und wartete. Es dauerte keine zwei Minuten, bis Yalcin mit einer Reisetasche in der Hand erschien.

»Hey, was ist, Kumpel, willst du mir meine Formel-1-Lizenz entziehen?«, lachte sie laut, als sie auf dem Beifahrersitz Platz nahm.

»Sei mir bitte nicht böse, Nesrin. Erstens hänge ich ganz einfach am Leben und zweitens ist heute mein Magen für deine Fahrweise nicht geeignet.«

Nawrod warf den Motor an, während seine junge Kollegin wieder den Kojak und das Martinshorn einschaltete. Beim Start drehten die Räder ebenso durch wie zuvor bei Yalcin. Nawrods Fahrstil war nicht ganz so spektakulär wie der von Yalcin, aber nicht minder effizient. Als sie vor Frankfurt in einen Stau gerieten, wich er auf den Seitenstreifen aus und trat das Gaspedal durch. Kurze Zeit später stellte er das Fahrzeug direkt vor dem Eingang des Terminals ab. Ihnen blieben noch acht Minuten. Sie sprinteten zum *Air-Berlin-Schalter*, wo man sie schon erwartete. Nawrod knallte den Fahrzeugschlüssel auf den Tresen, bat die nette Dame, sie möge den Kollegen der Flughafenpolizei ausrichten, sie sollten den Dienstwagen irgendwo parken, schnappte sich die Tickets und lief, Yalcin im Schlepptau, los. Nach ein paar Schritten riss er ihr wortlos die Tasche aus der Hand und rannte weiter. Sie passierten ungehindert Gate 17. Völlig außer Atem traten sie ins Freie. In einiger Entfernung sahen sie auf dem Rollfeld das Flugzeug mit der Aufschrift *Air Berlin* stehen. Nawrod hechtete in den nächstbesten Shuttle-Bus, zückte seinen Dienstausweis und befahl dem Fahrer zu starten. Am liebsten hätte er mit seiner Heckler & Koch nachgeholfen, denn der Mann war so perplex, dass er nicht die geringsten Anstalten machte, den Anlasserknopf zu betätigen. Erst als ihm Nawrod ins Gesicht schrie, er solle endlich seinen verdammten Bus in Bewegung setzen, wenn er weiter gesund bleiben wolle, reagierte der Fahrer und fuhr los. Sie waren die Einzigen in dem Shuttle. Als Yalcin aus dem Fenster schaute, sah sie, dass am Flugzeug die Türen geschlossen und die beiden Gangways weggefahren wurden.

»Verdammte Scheiße!«, fluchte sie. »Die fliegen ohne uns weg. Was machen wir jetzt?«

»Das darf doch nicht wahr sein!«, brüllte Nawrod. Dann schrie er dem Busfahrer ins Ohr: »Geben Sie endlich Gas und fahren Sie vor den Flieger, dass der Pilot Sie sieht!«

»Das darf ich nicht. Das ist gegen die Vorschriften!«, schrie der Fahrer zurück.

»Wenn Sie nicht augenblicklich tun, was ich sage, mache ich Sie für den Tod einer Geisel verantwortlich. Darauf können Sie Gift nehmen.«

Der Busfahrer schluckte und lenkte sein Fahrzeug vor das Flugzeug. In einem Abstand von etwa 30 Metern hielt er an und öffnete die Türen. »Machen Sie, dass Sie rauskommen«, herrschte er Nawrod an.

»Geht doch«, entgegnete Nawrod und grinste.

Sie hechteten aus dem Shuttle und rannten frontal auf das Flugzeug zu. Zu ihrer Verwunderung sahen sie, dass die vordere Gangway wieder an den Flieger gefahren wurde. Mit pumpenden Lungen rannten sie die Stufen hoch. Auf halber Höhe angekommen, öffnete sich die Tür. Eine Stewardess nahm sie in Empfang. »Sie sind bestimmt Kommissar Nawrod«, nickte sie und zeigte eine Reihe blendend weißer Zähne.

»Und das ist meine Kollegin Nesrin Yalcin«, antwortete Nawrod schwer atmend.

»Willkommen an Bord. Entschuldigen Sie, dass wir fast ohne Sie geflogen wären. Aber wir können uns keine Verzögerungen leisten. Hier in Frankfurt wird nahezu im 30-Sekunden-Takt gestartet. Bei Nichteinhalten der Startzeit muss die betreffende Fluggesellschaft hohe Strafgebühren zahlen.«

»Da haben wir ja noch mal Glück gehabt«, antwortete Yalcin.

»Das können Sie laut sagen«, erwiderte die Stewardess freundlich. »Unser Kapitän hat übrigens geflucht wie schon lange nicht mehr, als er den Shuttle vor sich auftauchen sah.«

»Richten Sie ihm aus, dass wir uns dafür entschuldigen«, entgegnete Nawrod. »Aber es geht um Leben und Tod. Es war für uns die einzige Möglichkeit, noch rechtzeitig nach Berlin zu kommen. Wir müssen dort einen Zeugen befragen, der uns hoffentlich wichtige Informationen zur Rettung einer in Lebensgefahr befindlichen Geisel geben kann.«

Das antrainierte Lächeln der Stewardess erstarrte. »Bitte folgen Sie mir«, sagte sie sichtlich betroffen und führte die beiden zu ihren Plätzen. »Wir starten in wenigen Sekunden. Schnallen Sie sich bitte gleich an.« Sie entfernte sich in Richtung Cockpit. Vor der Tür zur Flugzeugkanzel nahm sie den Hörer des Bordtelefons aus der Halterung. Offensichtlich sprach sie kurz mit dem Kapitän, denn noch während sie redete, erhöhte sich die Drehzahl der Triebwerke. Der Flieger setzte sich langsam Richtung Startbahn in Bewegung.

Nawrod brach der Schweiß aus allen Poren. Es war nicht das erste Mal, dass er flog, aber das erste Mal nach dem verhängnisvollen Rauschgifteinsatz, den er geleitet hatte und bei dem sein bester Freund ums Leben gekommen war. Doch was hatte diese panische Angst vor dem Fliegen oder vor dem Benutzen eines Fahrstuhls mit dem Trauma der tödlichen Schüsse auf Charly zu tun? Wurde die Klaustrophobie, die sich damals bei ihm eingenistet hatte, dadurch ausgelöst, dass Charly vor seinen Augen kaltblütig erschossen worden war? Oder waren es die Schuldgefühle, die ihn heute noch Tag und Nacht quälten? Er hätte den Mord an Charly verhindern können. Während sich seine Finger in die Armlehnen krallten, beschloss Nawrod, sich nach Abschluss des Falles intensiv um dieses Problem zu kümmern.

38

Wie immer war er äußerst vorsichtig. Die Autos, die hinter ihm waren, bogen entweder ab oder überholten ihn. Er war sich absolut sicher, dass ihm niemand gefolgt war. Nachdem er den Blinker gesetzt hatte, drückte er auf die Taste der Fernsteuerung. Bis er das große schmiedeeiserne Tor erreicht hatte, war es schon so weit offen, dass er durchfahren konnte. Den Wagen stellte er in der Garage ab. Von dort aus schloss er mit Hilfe zweier elektrischer Schalter sowohl das Eingangs- als auch das Garagentor. Jetzt konnte ihn niemand mehr sehen. Er ging schleunigst ins Büro im Untergeschoss und sah auf den Monitor. Radecke saß oder lag sonst immer auf der Pritsche. Manchmal ging er auch in der kleinen Zelle wie ein gefangenes Tier hin und her. Doch jetzt lag er in seltsam gekrümmter Haltung regungslos auf dem Boden. Seine Arme hatte er vor dem Bauch verschränkt.

»Verdammt! Hoffentlich ist das keine Sepsis«, murmelte er. »Ich brauch das Schwein noch eine Weile lebend.« Er nahm den Schlüssel, der vor ihm auf dem Schreibtisch lag, und verließ den Raum. Auf halbem Weg kehrte er um. Sicher ist sicher, dachte er, als er aus der Schreibtischschublade den Elektroschocker zog.

Zuerst öffnete er die Klappe an der Tür und schaute hinein. Doch er sah nur Radeckes leblosen Unterkörper. Der übrige Teil von ihm befand sich im toten Winkel. »Wach auf, du Dreckskerl!« Er schlug mit dem Elektroknüppel hart gegen die Tür. Radecke regte sich nicht.

»Mist!«, entfuhr es ihm. »Wenn das Schwein abgekratzt ist, kann ich alles vergessen.« Er öffnete die Tür. Radecke lag noch in derselben Haltung wie vorher, als er ihn auf dem Monitor gesehen hatte. Die Augen hatte er geschlossen. War er nur in einen festen Schlaf gefallen? Atmete er noch?

Radecke hatte sich alles genauestens ausgedacht. Er würde sich so lange bewusstlos stellen, bis sich ihm eine Chance bot. Die Stimme hatte er sofort erkannt. Sie gehörte dem Blonden. Umso besser, dachte er. Den werde ich sicher leichter überrumpeln können. Aber was, wenn sie zu zweit wären? Dann würde sein Vorhaben scheitern, noch ehe es begonnen hatte. Aber es gab für ihn keine andere Möglichkeit. Er musste es wagen, wenn er dem sicheren Tod entrinnen wollte. Vielleicht hatte er Glück und der Kahlköpfige war gar nicht hier.

»Was ist los, du Arsch?«, hörte Radecke den Blonden sagen. Obwohl sein Körper und all seine Sinne bis aufs Äußerste gespannt waren, versuchte er, ruhig und für den anderen nicht merkbar zu atmen. Die Augen hielt er weiterhin geschlossen. Sein Peiniger tippte ihn an der rechten Fußsohle an. Als er sich immer noch nicht regte, fiel der nächste Tritt etwas härter aus. Er reagierte wieder nicht. Jetzt spürte er den Elektroschocker auf seiner nackten Haut. Zuerst war es nur ein Antippen. Doch dann glitt der Folterstab langsam von seinem Oberschenkel hoch in Richtung Brust. Ein Stromstoß wäre das Ende. Er musste warten. Plötzlich hörte er das Knacken eines Gelenkes. So konnte nur ein Kniegelenk Geräusche von sich geben. Dann spürte er den Atem auf seiner Schulter. Er musste sichergehen. Es reichte nicht, dass der andere sich zu ihm hinuntergebückt hatte. Erst wenn er zwei Hände an seinem Körper fühlen würde, ginge keine unmittelbare Bedrohung mehr von dem Elektroschocker aus. Nur dann könnte er es wagen.

Radecke spürte einen Finger an seinem Auge. Das obere Lid wurde hochgezogen. Als sich der Finger anschließend sachte auf seine Halsschlagader legte und ihn die andere Hand an der Hüfte fasste, schoss er wie von einer Tarantel gestochen hoch. Längst hatte das Adrenalin die Schmerzen am Stumpf des linken Mittefingers betäubt. Er krallte sich sofort am Hemd des Gegners fest. Mit geballter Faust holte er aus. Doch der Schlag verfehlte sein Ziel. Als er noch einmal ansetzte, um den anderen mit einer Geraden zu treffen, bückte dieser sich tief, sodass die Faust wiederum ins Leere traf. Im Bruchteil einer Sekunde, und doch ganz deutlich, nahm Radecke das ihm schon zur Genüge bekannte Brutzeln des Elektroschockers wahr. In diesem Augenblick wusste er, dass er verloren hatte. Den Stromschlag empfand er heftiger als jemals zuvor. Sein Körper wurde durcheinandergeschüttelt. Von Schmerzen und Hoffnungslosigkeit übermannt, ergab er sich seinem Schicksal und fiel gleich darauf in eine tiefe Bewusstlosigkeit.

39

»Wir haben für Sie im Scandic-Hotel zwei Zimmer gebucht«, sagte Kriminalkommissar Schuster, nachdem sie sich begrüßt hatten und in Richtung Ausgang gingen. »Sie werden zufrieden sein. Ist eine gute Adresse, aber auch nicht ganz billig.«

»Wie weit ist es?«, fragte Nawrod.

»Das Hotel befindet sich …«

»Entschuldigung, wir reden aneinander vorbei«, raunzte Nawrod. »Ich möchte wissen, wie lange wir zur Wohnung des Vermissten brauchen.«

»Ich dachte, Sie wollten sich zuerst frisch machen und morgen …«

»Morgen? Wie kommen Sie denn darauf?«, unterbrach ihn Nawrod und schüttelte verärgert den Kopf. »Fahren Sie uns auf dem schnellsten Weg zu Radeckes Wohnung. Ich hoffe,

Sie haben dafür gesorgt, dass der Lebensgefährte des Vermissten dort ist. Wir wollen uns in der Wohnung umsehen und uns diesen Herrn Weiß vorknöpfen.«

In Schusters Gesicht spiegelte sich Verwunderung. Er hatte keine Ahnung, dass die Sache derart eilig war. Sofort beschleunigte er seine Schritte. »Wenn wir in keinen Stau geraten, können wir in 20 Minuten dort sein. Ich denke, Herr Weiß ist zu Hause.«

»Was heißt, Sie denken?«, entgegnete Nawrod gereizt. »Hat man Ihnen nicht gesagt, dass das Opfer in Lebensgefahr schwebt und es deshalb auf jede Sekunde ankommt?«

Schuster sah Nawrod entgeistert an und legte noch mal einen Zahn zu, sodass Yalcin kaum noch mithalten konnte, ohne rennen zu müssen. »Nein, das hat man nicht«, antwortete Schuster beleidigt. »Aber bitte, wie Sie wünschen. Mit Blaulicht und Martinshorn sind wir in 15 Minuten dort, wenn Ihnen das nicht zu spät ist.« Schuster verdrehte die Augen. »Hätte ich das gewusst, wäre ich mit dem Hubschrauber gekommen!«, brummte er.

»15 Minuten wäre super!«, stieß Yalcin heftig atmend hervor und nahm damit etwas Spannung aus der aufgeladenen Unterhaltung.

Schuster hielt Wort. Als er vor dem Anwesen in der Lützowstraße anhielt, sah Nawrod, der auf dem Beifahrersitz saß, nach hinten und nickte Yalcin zufrieden zu.

»Alle Achtung! Tolle Stadt-Rallye haben Sie da hingelegt, Herr Kollege«, bemerkte Yalcin und klopfte Schuster auf die Schulter.

»Danke, war mir ein Vergnügen, Frau Kollegin«, antwortete er. »Da man hier keinen Parkplatz bekommt, warte ich am besten in zweiter Reihe vor dem Haus, bis Sie zurückkommen. Radeckes Wohnung befindet sich auf der dritten Etage.«

Yalcin und Nawrod stiegen aus, überquerten den Gehweg und gingen auf den etwas zurückgesetzten Eingang zu. Das Haus machte einen sehr gepflegten Eindruck. Auf der großen, aus hochglanzpoliertem Messing bestehenden Klingelleiste waren kleine Schildchen aufgeschraubt, auf denen die Namen der Hausbewohner kunstvoll eingraviert waren. Nawrod drückte den Knopf neben dem Doppelnamen Radecke-Weiß. Sekunden später meldete sich an der Sprechanlage eine Stimme: »Ja, bitte?«

»Kriminalpolizei!« Bevor sich Nawrod vorstellen konnte, hörte er schon das Summen des elektrischen Türöffners.

Oben angekommen, erwartete sie Daniel Weiß vor der Tür und bat sie in die Wohnung. Noch in der Diele fragte er: »Womit kann ich Ihnen dienen? Gibt es etwas Neues von Gottwald?«

Nawrod nickte. »Ich habe eben von unserem Berliner Kollegen erfahren, dass man Sie über unser Kommen noch nicht unterrichtet hat.«

Weiß sah Nawrod verwundert und gleichzeitig entsetzt an. »Nein, wieso auch? Sagen Sie schon, ist Gottwald …, du lieber Himmel … ist er tot?«

Yalcin und Nawrod schüttelten gleichzeitig den Kopf. »Nein, wir glauben, dass er noch lebt«, antwortete Yalcin mit ruhiger Stimme.

»Ist das auch wirklich wahr? Und warum ist Kommissar Schuster dann nicht gekommen? Bisher hatte ich nur mit ihm zu tun«, erwiderte Weiß ungläubig.

»Wir sind von der Kripo Heidelberg und haben die Bearbeitung des Vermisstenfalles Radecke übernommen, weil … weil …« Nawrod suchte nach geeigneten Worten.

»Weil wir vermuten, dass Ihr Lebenspartner in der Gewalt von Tätern ist, die Herrn Radecke etwas Schlimmes antun möchten«, antwortete Yalcin.

»Welche Täter?«, fragte Weiß. »Und wieso will jemand Gottwald etwas Schlimmes antun? Der hat doch noch keiner Fliege etwas getan!«

»Um das herauszufinden, möchten wir gerne mit Ihnen ausführlich über Herrn Radecke reden«, antwortete Nawrod. »Fühlen Sie sich dazu in der Lage?«

»Selbstverständlich! Kommen Sie, wir gehen ins Wohnzimmer.« Weiß ging voraus. »Bitte nehmen Sie Platz.«

Während sich Yalcin in den Sessel setzte, ließ sich Nawrod auf dem Zweier-Sofa nieder. »Darf ich Ihnen einen Kaffee anbieten?«

»Gerne, vielen Dank«, antwortete Yalcin und Nawrod nickte zustimmend.

Weiß verschwand in der Küche. Man hörte, wie er die Kaffeemaschine einschaltete und mit Geschirr hantierte.

»Alles vom Feinsten«, flüsterte Yalcin, während sie die Einrichtung begutachtete. »Sehr geschmackvoll und im neuesten Stil.«

»Die haben Kohle, das steht schon mal fest«, flüsterte Nawrod zurück. »Meinst du, das könnte das Motiv sein?«

Yalcin hob die Schultern. »Möglich, aber aus meiner Sicht nicht sehr wahrscheinlich, denn dann würde der Täter nicht die Nummer mit den verschickten Körperteilen abziehen.«

Nawrod überlegte kurz, bevor er sagte: »Du hast recht. Bei dem ersten Opfer hätte sich dann auch sicher schon jemand gemeldet, der den Mann vermisst und für den er vielleicht ohne Erfolg bezahlen musste.«

»Ob das erste Opfer auch schwul war?«

Nawrod runzelte die Stirn. »Gute Frage.«

»Die wir vielleicht nie beantworten können«, ergänzte Yalcin.

Weiß erschien mit einem Tablett, auf dem drei Tassen duftender Kaffee standen. Die Tassen servierte er mit spitzen Fingern so gekonnt, dass Nawrod sofort wusste, Daniel Weiß hatte in der Beziehung mit Gottwald Radecke die Rolle der Frau übernommen.

»Bitte, die Herrschaften!« Mit diesen Worten stellte er eine Schüssel feinster Schokoladenkekse auf den Tisch. Danach nahm er auf der großen Couch Platz. Er schlug die Beine übereinander, was Nawrods Vermutung bestärkte, dass Weiß den weiblichen Part verkörperte.

Nawrod räusperte sich kurz, bevor er zu sprechen anfing. »Herr Weiß, wir wollen Sie heute förmlich vernehmen. Sind Sie damit einverstanden, dass wir Ihre Befragung auf Band aufnehmen?« Nawrod zog sein kleines Diktiergerät aus der Jackentasche und legte es demonstrativ auf den Tisch.

»Natürlich«, antwortete Weiß leicht verwundert. »Ich habe nichts zu verbergen und werde Ihnen alle Fragen wahrheitsgemäß beantworten.« Kaum hatte er den Satz ausgesprochen, fiel ihm siedend heiß ein, dass er Kommissar Schuster nicht immer die ganze Wahrheit gesagt hatte. Sollte er jetzt damit herausrücken? Er wollte erst einmal abwarten.

Nawrod drückte auf den Aufnahmeknopf seines Diktiergerätes. Es hatte eine Speicherkapazität von über drei Stunden und war nicht größer als ein Handy. Die in den letzten Jahren stetig verbesserte Tonqualität dieser Geräte erstaunte ihn immer wieder.

»Herr Weiß«, begann Nawrod und atmete noch einmal durch. »Da Sie der Lebenspartner von Herrn Radecke sind, kann es aus kriminalistischer Erfahrung nicht ganz ausgeschlossen werden, dass Sie mit seinem Verschwinden zu tun haben.«

»Wie bitte?«, protestierte Weiß entsetzt. »Sie glauben doch nicht im Ernst, dass ich …«

»Reine Formsache, Herr Weiß«, beschwichtigte Yalcin. »Wir sind gesetzlich verpflichtet, Sie vor einer solchen Vernehmung zu belehren, dass Sie ein Aussageverweigerungsrecht haben, wenn Sie der Meinung sind, dass Sie sich durch Ihre Aussage selbst belasten könnten.«

Weiß verstand die Welt nicht mehr und schüttelte den Kopf. »Was zum Teufel soll das?«

»Wir ermitteln in einem Mordfall«, sagte Nawrod sachlich.

»Und gerade in einem Mordfall müssen wir alle Eventualitäten berücksichtigen«, ergänzte Yalcin. »Ich bin sicher, Sie werden dafür Verständnis haben, wenn …«

»Ein Mordfall?«, stieß Weiß nun völlig außer sich hervor. Sein Gesicht war plötzlich kreidebleich. »Sie sagten doch, dass Gottwald noch lebt?«

»Beruhigen Sie sich bitte!«, antwortete Yalcin mitfühlend. »Ihr Lebenspartner ist nicht tot. Aber die Täter haben vor Herrn Radecke eine andere Person entführt, die sie am Ende töteten.«

»Mein Gott! Ist … ist das die Geschichte, die gestern in der Zeitung stand und in allen Nachrichten gesendet wurde?« Weiß riss die Augen auf und schnappte nach Luft. »Der Finger? Ich habe da etwas von einem abgetrennten Finger gehört! Ist es Gottwalds Finger?«

Nawrod nickte. »Wir haben Grund zur Annahme, dass auch Ihr Lebenspartner ermordet wird, wenn wir die Täter nicht stoppen können«, sagte Nawrod ernst. »Doch Sie dürfen mir glauben, dass wir alles tun werden, um einen weiteren Mord zu verhindern. Vielleicht können Sie uns dabei entscheidend helfen.«

Weiß stand auf und begab sich wortlos in das gegenüberliegende Büro. Als er mit immer noch bleichem Gesicht zurückkam, hatte er einen Computerausdruck in der Hand, den er vor Nawrod auf den Tisch legte. »Das ist der Mörder!«, sagte er heiser.

»Wo haben Sie das her?«, fragte Nawrod verwundert, während er das Bild betrachtete.

»Unsere Bank hat es mir vor einer Stunde per E-Mail übersandt.« Weiß deutete auf den Ausdruck. »Dieser Mann hat am Heidelberger Hauptbahnhof am dortigen Geldautomaten mit Gottwalds EC-Karte 1.000 Euro abgehoben.«

Von Neugier gepackt, sprang Yalcin auf. Den Blick auf das Bild geheftet, stöhnte sie enttäuscht: »Oh verdammt, das Schwein hat sich bis zur Unkenntlichkeit vermummt. Das kann man vergessen. Mit diesem Bild können wir so gut wie nichts anfangen.« Sie ließ sich wieder in den Sessel fallen.

»Zumindest wissen wir jetzt, dass unsere Täter keine Phantome sind und dass sie Fehler machen. Die Geldabhebung bestätigt auch die Vermutung, dass ihr Ankerpunkt tatsächlich Heidelberg ist.« Nawrod sah noch einmal die Aufnahme an. »Und wenn ich mir die Figur anschaue, könnte es durchaus einer der Tatverdächtigen sein, die wir schon die ganze Zeit im Visier haben.«

»Du meinst …«

»Genau den. Wir werden sehen, ob es noch weitere Aufnahmen von der Kamera des Geldautomaten gibt. Vielleicht sieht man da mehr drauf.«

»Gute Idee. Wir sollten Wegner noch vor unserem Rückflug bitten, sich darum zu kümmern.«

Nawrod wandte sich wieder an Weiß. »Fangen wir mal von vorn an. Seit wann kennen Sie Herrn Radecke?«

»Seit etwa neun Jahren. In seiner Eigenschaft als Versicherungsvertreter hat er mich beraten. Er suchte mich damals in meiner Wohnung auf. Was mich betrifft, war es Liebe auf den ersten Blick. Bei ihm dauerte es etwas länger. Er hatte davor schon einige Beziehungen, die allesamt gescheitert waren. Vor fünf Jahren haben wir geheiratet. Ich zog zu ihm. Gottwald hatte die Wohnung schon Jahre vorher gekauft.«

»Die war bestimmt nicht billig in dieser Gegend«, warf Yalcin ein.

»Er hat immer gut verdient und die Immobilie war ein Schnäppchen, wie er mir erzählte.«

»Ist Ihnen bekannt, ob er Schulden hat? Könnte jemand Forderungen an ihn haben?«

»Nein, nicht dass ich wüsste. Gottwald hat ein beträchtliches Vermögen. Die Wohnung ist schuldenfrei. Er ist zudem im Besitz von Geld, Wertpapieren und Gold im Wert von einigen Hunderttausend Euro.«

»Und Sie? Wie steht es mit Ihren Finanzen?«, fragte Nawrod und konnte dabei einen gewissen Argwohn nicht unterdrücken.

»Ich verdiene als Angestellter einer Geldtransportfirma nicht einmal die Hälfte dessen, was Gottwald jeden Monat an Provisionen erhält. Hinzu kommt noch sein Festgehalt, das auch nicht zu verachten ist.«

»Gibt es ein Testament?«

»Ich kann mir denken, auf was Sie hinauswollen. Nein, wir brauchen kein Testament. Wir sind verheiratet und haben beide keine Nachkommen. Im Todesfall erbt der Überlebende. So einfach ist das.« Weiß sah Nawrod direkt in die Augen.

»Aber wenn Sie meinen, dass ich des Geldes wegen Gottwald etwas antun würde oder mit seinem Verschwinden etwas zu tun habe, sind Sie auf dem Holzweg. Ich liebe ihn, mit oder ohne Geld. Da können Sie denken, was Sie wollen.«

»Sind Sie sich beide treu?«, fragte Yalcin.

»Da kann ich nur für mich sprechen. Ich bin es auf jeden Fall. Aber vor Jahren ist Gottwald mal eine Nacht abgetaucht. Er hat es nie zugegeben, aber ich glaube, dass er sich damals mit einem anderen eingelassen hat.«

»Sagen Ihnen die Namen Ansgar Haider und Robert Pfaff etwas?«

Weiß überlegte. »Nein, absolut nichts«, antwortete er nach einigen Sekunden.

»Wissen Sie, ob Ihr Lebenspartner irgendeinen Bezug zu Heidelberg oder zu der dortigen Gegend hat?«

»Hm, geboren ist er ja in Bremen. Aber er erzählte mir einmal, dass er in Speyer einen Bekannten hatte, der mit ihm studierte. Speyer ist doch nicht so weit von Heidelberg entfernt, oder?«

»Nein«, antwortete Yalcin. »Etwa 35 Kilometer. Wie hieß dieser Bekannte?«, fragte sie weiter.

»Gottwald nannte damals seinen Namen, aber ich kann mich beim besten Willen nicht mehr erinnern. Tut mir leid.«

»Was hat Ihr Lebenspartner noch über den Bekannten erzählt?«, hakte Nawrod nach.

»Ich weiß nur noch so viel, dass die beiden zusammen Theologie studierten. Sie waren offensichtlich im selben Priesterseminar.«

»Ihr Lebenspartner war Priester?«, fragte Nawrod erstaunt.

»Ja, Gottwald war katholischer Geistlicher, bevor er in die Versicherungsbranche wechselte. Das muss vor über 20 Jahren gewesen sein.«

»Ein äußerst ungewöhnlicher Berufswechsel, finden Sie nicht?«, fragte Yalcin.

»Da stimme ich Ihnen zu. Dasselbe habe ich ihn damals auch gefragt.«

»Und was hat er geantwortet?« Nawrod versuchte, die Gestik und Mimik von Weiß zu deuten. Bisher war ihm noch nichts aufgefallen, das darauf hindeuten könnte, dass der Mann log.

»Er erzählte mir, dass er es nicht mehr mit seinem Gewissen vereinbaren konnte. Nein, so hat er das nicht gesagt. Er deutete es mehr oder weniger nur an. Ich habe das damals so verstanden, dass er seine Homosexualität nicht mehr länger unterdrücken wollte und deswegen sein Priesteramt niederlegte.«

»Und das haben Sie ihm geglaubt?«, fragte Nawrod skeptisch.

»Na ja, Sie müssen wissen, dass Gottwald mit seinen 61 Jahren immer noch sexuell sehr aktiv ist. Ich denke schon, dass er damit als junger Priester enorme Probleme gehabt haben könnte.«

»Wissen Sie, in welcher Stadt oder Gemeinde er als Priester gearbeitet hat?«

»Nein, tut mir leid. Er sprach nie viel darüber. Ich hatte den Eindruck, dass er sehr darauf bedacht war, seine Vergangenheit abzustreifen. Er reagierte ungehalten, wenn ich gelegentlich mehr von ihm wissen wollte.«

»Wie haben Sie sein Verschwinden bemerkt?«

»Ich bin an diesem Tag als Erster zur Arbeit gefahren. Gottwald lag noch im Bett, als ich die Wohnung verließ. Das war meistens so und ganz normal. Er musste ja erst viel später im Büro sein. Dafür kam er auch abends später nach Hause. Manchmal erst gegen 20 Uhr. Doch wenn es später wurde, rief er meistens an. Da ich an dem Abend wissen wollte, wann ich mit dem Kochen beginnen kann, versuchte ich, ihn das erste Mal so gegen 18:30 Uhr anzurufen. Weitere Versuche unternahm ich in etwa zehnminütigem Abstand. Als ich ihn partout nicht erreichte, machte ich mir natürlich Sorgen. Ich begann, bei Bekannten und in den Krankenhäusern anzurufen. Aber von Gottwald gab es keine Spur. Spät in der Nacht rief ich schließlich die Polizei an. Der Beamte vertröstete mich und gab mir den Rat, am nächsten Morgen bei der Kriminalpolizei offiziell Vermisstenanzeige zu erstatten. Das tat ich dann auch.«

»Und Sie haben wirklich keine Ahnung, was mit Ihrem Lebenspartner geschehen sein könnte?«, hakte Nawrod noch einmal nach. »Gab es vorher vielleicht ominöse Anrufe? Verhielt sich Herr Radecke seltsam? Hat er irgendwelche Feinde?«

»Nein, nichts dergleichen. Von seinen Kollegen weiß ich nur, dass er sich zur Mittagspause verabschiedet hat und danach nicht mehr erschienen ist. Das ist aber nicht ungewöhnlich. Er arbeitet größtenteils selbstständig und ist niemandem Rechenschaft schuldig. In dieser Branche zählt der Abschluss von neuen Verträgen. Alles andere ist unwichtig.«

»Hat Herr Radecke Verwandtschaft? Leben seine Eltern noch?«

»Seine Eltern leben in einem Altenheim in der Nähe von Bremen. Dort gibt es auch noch Verwandtschaft, zu der er aber keinen Kontakt mehr hat. Er ließ einmal durchblicken, dass man ihn aus dem Clan ausgestoßen habe, nachdem bekannt geworden war, dass er schwul ist. Ich glaube, darüber war er nicht einmal böse.«

»Was ist Herr Radecke für ein Mensch?«, schaltete sich Yalcin ein.

»Wie meinen Sie das?«

»Na ja, ist er groß, stark, wehrhaft oder eher schwächlich? Ist er dick, dünn, impulsiv, cholerisch, sympathisch und so weiter?«

»Gottwald ist groß und stark. Er hat einen deutlichen Bauchansatz und wiegt bestimmt an die 100 Kilo, wenn nicht noch mehr. Ich bin sicher, bei Gefahr wehrt er sich, falls er eine Chance dazu hat. Insgesamt ist er eine sehr imposante Erscheinung. Gegenüber seinen Mitmenschen verhält er sich immer freundlich und hilfsbereit. Das bringt sein Beruf mit sich. Allerdings kann er auch schon mal auf den Tisch hauen, wenn ihm etwas nicht passt.«

»Gibt es ein aktuelles Bild von ihm?«, setzte Yalcin nach.

Weiß stand auf und ging zum Sideboard. Er öffnete eine Schublade und holte ein kleines Album heraus. Nach kurzem Blättern hielt er inne und löste ein Bild aus den Fotoecken. »Das dürfte das Neueste von ihm sein«, sagte er und übergab das Bild Yalcin.

»Haben Sie gemeinsame Konten?«, wollte Nawrod wissen.

»Ja, wir haben zusammen ein Girokonto, auf das jeder am Monatsanfang 1.000 Euro überweist. Es ist quasi unser Haushaltskonto. Von diesem Konto hat der Mörder mit Gottwalds EC-Karte das Geld abgehoben. Gottwald ist aber sonst sehr großzügig. Da er weitaus mehr als ich verdient, kommt er oft für Theaterbesuche und dergleichen auf. Er bezahlt auch die Unterhaltskosten für die Wohnung.«

»Haben Sie etwas dagegen, wenn wir dieses Konto sowie alle anderen überprüfen?«

»Nein, natürlich nicht. Wenn es dazu dient, Gottwald zu finden, werde ich der Letzte sein, der etwas dagegen hat.«

»Wissen Sie, ob Herr Radecke außer dieser EC-Karte noch andere Geld- oder EC-Karten mit sich führte?«

»Ja, ganz bestimmt. Er hatte noch zwei Kreditkarten. Eine davon benutzte er hauptsächlich bei Auslandsaufenthalten und die andere bei Einkäufen in Deutschland.«

»Haben Sie für die jeweiligen Konten Vollmacht?«

»Eigentlich nicht. Aber Gottwald hatte diesbezüglich keine Geheimnisse vor mir. Ich kenne die Passwörter und PINs und kann alle Konten per Homebanking jederzeit überprüfen. Seit seinem Verschwinden habe ich fast stündlich nachgeschaut. Bis jetzt gab es nur diese eine Abhebung.«

»Dürfen wir uns in der Wohnung ein wenig umsehen?«, fragte Nawrod zum Ende der Vernehmung.

»Selbstverständlich«, entgegnete Weiß. »Wie ich schon sagte, ich habe nichts zu verbergen.«

Nawrod schaltete das Diktiergerät aus und erhob sich. Yalcin tat es ihm nach. Sie ließen sich von Daniel Weiß durch die Zimmer führen. Während Nawrod ein paar Schubläden aufzog, um sie nach raschem Blick gleich wieder zu schließen, fragte er Weiß, ob es Bilder, Briefe oder Dokumente Radeckes aus seiner Priesterzeit gebe. Weiß verneinte. Nawrod ließ sich von ihm eine Aufstellung sämtlicher Konten geben. Abschließend bedankten sie sich für den Kaffee und verabschiedeten sich. Als Weiß den beiden die Hand gab, sagte er mit sorgenvollem Gesicht zu Nawrod: »Bitte bringen Sie mir Gottwald wieder! Ohne ihn kann ich nicht leben.«

»Wir tun unser Bestes.«

Yalcin sah betreten zu Boden. »Sobald wir mehr wissen, geben wir Ihnen Bescheid.«

»War die Befragung erfolgreich?«, fragte Kommissar Schuster, als die beiden in den Dienstwagen eingestiegen waren.

»Schwer zu sagen«, entgegnete Nawrod. »Wussten Sie, dass Radecke früher Priester war?«

»Nein, das hat Weiß mir gegenüber nicht erwähnt. Ist das wichtig?«

»Das wird sich sehr bald herausstellen. Können Sie checken, ob es heute noch einen Flug nach Frankfurt gibt?«

»Das habe ich bereits. Der nächste Flug geht erst morgen früh um 6:45 Uhr.«

»Verdammter Mist«, zischte Nawrod. Er zog sein Handy aus der Tasche und rief Wegner an. »Gibt es etwas Neues?«, fragte er. »Hat sich bei den Observationen und TKÜs etwas getan?« Als Wegner verneinte, berichtete Nawrod, was die Vernehmung von Weiß ergeben hatte. Nachdem er seinen Bericht beendet hatte, sagte er entschlossen: »Sie können die Meute jetzt von der Leine lassen. Bitte sorgen Sie dafür, dass als Erstes überprüft wird, ob es von dem unbekannten Geldabheber noch mehr Bilder gibt. Auf dem, das wir haben, ist sein Gesicht nicht zu erkennen. Der Statur nach könnte es durchaus Haider sein. Vor allem müssen wir schnellstmöglich wissen, welchen Bezug Radecke zum Raum Heidelberg und vielleicht sogar zu Haider hat. Wir müssen diesen Priester finden, den Radecke gegenüber Weiß erwähnte. Der wird uns vielleicht sagen können, weshalb Radecke sein Amt niedergelegt hat und Versicherungsheini wurde.«

»Wenn ich Sie vorhin richtig verstanden habe, liegt das mehr als zwanzig Jahre zurück? Meinen Sie wirklich, dass das in unserem Fall eine Rolle spielt?«

»Es ist bis jetzt die einzige Spur, die von Radecke in den Heidelberger Raum führt. Außerdem liegt es aufgrund der obskuren lateinisch verfassten Botschaften der Täter nahe, dass einer von ihnen Theologie studiert hat und ihre Taten einen religiösen Hintergrund haben.«

»Okay, Nawrod. Schneider und Goll werden sich gleich auf die Socken machen. Wann kommen Sie zurück?«

»Erst morgen. Wir bekommen heute keinen Flug mehr. Vielleicht suchen wir morgen früh noch Radeckes Versicherungsagentur auf und befragen dort seine Mitarbeiter.«

»Denken Sie daran, dass morgen wieder der vierte Tag ist und wir mit einem neuen Paket rechnen müssen.«

»Das vergesse ich ganz bestimmt nicht. Wir können nur hoffen, dass die Täter dieses Mal nicht aufs Ganze gehen und uns gleich das Herz des zweiten Opfers schicken.«

»Man muss mit allem rechnen. Diese Bestien sind paranoid. Wer weiß, was in ihren kranken Köpfen vorgeht.«

»Wenn wir wenigstens mal wüssten, welches Motiv den grausamen Taten zugrunde liegt, dann wären wir wahrscheinlich ein ganzes Stück weiter. Ich glaube nicht, dass es nur banale Rache ist.«

»Vorhin habe ich mit Uhl telefoniert. Er kann uns nicht wirklich weiterhelfen. Seine Hypothesen hören sich zwar gut an, ergeben aber keine brauchbaren Ansätze.«

»Dachte ich mir. Er ist eben kein Hellseher«, antwortete Nawrod. »Wie steht es eigentlich mit den beiden Phantombildern?«

»Da sind wir dran. Nach dem Medienzauber gab es einige vielversprechende Hinweise, die aber bislang alle ins Leere liefen. Ebenso verläuft es mit Haiders Schwester und Mutter. Bei denen tut sich absolut nichts Verdächtiges.«

»Okay, dann bis morgen, Herr Wegner.« Mit diesen Worten beendete Nawrod das Gespräch.

»Den Besuch in der Versicherungsagentur können Sie sich sparen, Herr Kollege«, brummte Schuster. »Denen habe ich schon auf den Zahn gefühlt. Die wissen rein gar nichts. Radecke hat sich kurz nach zwölf verabschiedet. Von da an verlor sich jegliche Spur. Kein Telefonat, kein Hinweis auf ein Kundengespräch, einfach nichts.«

Nawrod überlegte. »Hm, ich frage mich, wie ein Mann wie Radecke am helllichten Tag, quasi von einer Sekunde zur anderen, spurlos verschwinden kann. Irgendjemand muss ihn doch gesehen haben.« Nawrod schaute auf die Uhr. »Ist es möglich, dass Ihr Pressereferent noch heute einen Artikel mit Radeckes Bild an alle Berliner Zeitungen verschickt?«

»Das können Sie vergessen. Dafür ist es schon zu spät. Ich werde von Radeckes Aufnahme eine Kopie machen und dafür sorgen, dass sich unser Pressereferent morgen früh darum kümmert. Ich denke, dass erste Reportagen in den regionalen Radio- und TV-Sendern noch am Vormittag ausgestrahlt werden können. In den Zeitungen wird die Geschichte erst übermorgen erscheinen.«

»Hoffentlich ist Gottwald Radecke dann noch am Leben«, antwortete Yalcin. »Dieser beschissene Wettlauf mit der Zeit geht mir gehörig an die Substanz. Wieso gibt es Menschen, die so etwas Schreckliches tun?«, sagte sie laut und schlug mit der Faust gegen die Seitenverkleidung des Dienstwagens.

Schuster und Nawrod sahen sich an. Sie wussten keine Antwort. Beide hatten sich im Laufe ihrer langen Dienstzeit diese Frage oft genug gestellt.

40

Obwohl oder gerade weil er ständig versuchte, sich während des Fluges mit allem Möglichen abzulenken, konnte Nawrod seine Klaustrophobie nicht abschütteln. Kaum hatte er auf dem Sitz Platz genommen, rann ihm der Schweiß aus allen Poren. Yalcin saß am Fenster. Es gefiel ihr, als sie beim Beschleunigen in den Sitz gedrückt wurde und das Flugzeug sanft abhob. Fasziniert sah sie, wie Menschen, Fahrzeuge und Gebäude immer kleiner wurden.

Noch bevor das Symbol für das Lösen des Sicherheitsgurtes über ihm aufleuchtete, riss Nawrod den Verschluss auf. Er hatte das Gefühl, als ob ihm der Gurt seine Eingeweide zermalmen würde. Aufstehen. Ich muss aufstehen, dachte er. Seine Finger ertasteten die oberen Knöpfe seines Hemdes. Es stand längst bis zum dritten Knopf offen. In der Hoffnung, mehr Luft zu bekommen, massierte er seinen Hals und erhob sich von seinem Sitz. Der Gang zur Toilette kam ihm unendlich lang vor. Bevor er hinter sich die Tür schloss, rief ihm eine Stewardess etwas zu. Er verstand es nicht. Als er in den Spiegel schaute, erschrak er vor der Angst in seinem Gesicht. Mit kaltem Wasser versuchte er, sie zu vertreiben. Es gelang ihm nicht, und in diesem Moment wurde ihm klar, dass er baldmöglichst professionelle Hilfe in Anspruch nehmen musste. Doch war er bereit dazu? Es widerstrebte ihm mehr als alles andere, sich einem Seelenklempner anzuvertrauen.

»Bist du okay?«, fragte Yalcin, als er zurückkam.

»Alles bestens«, log er.

Als die Maschine endlich gelandet war und sich die Türen öffneten, war er heilfroh. Da Yalcin ihre Reisetasche als Handgepäck mitführte, konnten sie den Transitbereich schnell verlassen und gleich das Polizeirevier des Flughafens aufsuchen, wo der Schlüssel ihres Dienstwagens hinterlegt war. Eine Stunde später betraten sie Wegners Büro. Der Soko-Leiter erwartete sie schon.

»Guten Flug gehabt?«, fragte er freundlich.

»Danke, wie man's nimmt«, raunzte Nawrod.

»Bitte nehmen Sie Platz! Frau Lelle wird gleich mit dem Kaffee kommen.«

»Mir hat der Kurztrip sehr gut gefallen«, grinste Yalcin, nachdem sie Platz genommen hatten. »Ich schaue mir die Welt ab und zu wahnsinnig gern von oben an. Wie Reinhard Mey in seinem Lied habe ich dann das Gefühl, dass alle Probleme plötzlich winzig klein werden, so klein wie Bäume, Häuser, Straßen, Autos, Menschen und all das, was es sonst noch auf der Erde gibt.«

Wegner lächelte. »Das haben Sie schön gesagt. Sind Sie Hobbyphilosophin?«

Es klopfte an der Tür. Frau Lelle kam herein und servierte den Kaffee. »Es freut mich sehr, dass Sie wieder heil zurückgekommen sind«, sagte sie freundlich, zu Nawrod und Yalcin gewandt. »Ich hatte schon die Befürchtung … entschuldigen Sie … na ja, ich habe heute Nacht so schlecht geträumt und dachte …«

»Vielen Dank, Frau Lelle.« Nawrod nahm seine Tasse entgegen. »Sie brauchen sich um uns keine Sorgen zu machen. Unkraut vergeht nicht.«

»Wenn eine solch gute Fee wie Sie die Tickets bucht, ist es ausgeschlossen, dass das Flugzeug abstürzt«, lächelte Yalcin.

Nachdem jeder einen Schluck Kaffee getrunken und Frau Lelle das Büro verlassen hatte, wurde Wegner wieder ernst. »Ich komme gleich mal zur Sache: Kollege Hauk hat sich vom Passamt Berlin ein Foto von Radecke schicken lassen und bereits ein Fahndungsplakat entworfen.«

»Weiß hat uns ein aktuelles und sehr gutes Bild von Radecke zur Verfügung gestellt. Vielleicht sollten wir das nehmen. Passfotos sind oft nicht von bester Qualität.«

»Zu spät. Der Druck ist meines Wissens schon angelaufen. Sobald die Plakate fertig sind, hängen wir sie an allen Brennpunkten der Stadt auf. Schon heute müssten die ersten Zeitungen einen Artikel mit Radeckes Bild veröffentlichen. Von dieser Aktion verspreche ich mir einiges.«

»Einen Versuch ist es allemal wert. Aber ich glaube nicht, dass Radecke in Heidelberg gesehen worden ist, bevor er gekidnappt wurde«, antwortete Nawrod.

»Der Berliner Kollege hat von Radeckes Bild eine Kopie gemacht, mit der er in der Hauptstadt die gleiche Aktion durchzieht«, bemerkte Yalcin. »Wenn überhaupt, sind dort die Chancen größer, dass Radecke unmittelbar vor seinem Verschwinden gesehen wurde.«

»Sehr gut«, sagte Wegner und fuhr fort: »Goll hat nach Ihrem Anruf gestern Abend sofort eine Rundmail mit dem Vermerk »Eilt sehr« an alle 27 Bistümer in Deutschland gesandt. War viel Arbeit, weil er jedes einzelne Bistum googeln musste. Es gibt leider keine Stelle, in der katholische Priester zentral erfasst werden. Jedes Bistum kocht offensichtlich sein eigenes Süppchen. Wir haben zum Teil schon Rückmeldungen erhalten, die jedoch allesamt negativ waren. Der Name Gottwald Radecke konnte in den Verzeichnissen bis jetzt nicht gefunden werden.«

»Was ist mit seinen Eltern?«, fragte Nawrod. »Die müssten doch wissen, wo ihr Sohn als Priester gearbeitet hat.«

»Goll hat mit dem Altenheim, in dem sie untergebracht sind, Kontakt aufgenommen und die Auskunft erhalten, dass sowohl der Vater als auch die Mutter an fortgeschrittener Demenz leiden. Sie wissen von ihrem Sohn so gut wie nichts mehr, zumal er sie schon sehr lange nicht mehr besucht hat.«

»Und wie steht es mit Radeckes übrigen Verwandten?«, fragte Yalcin. »Vielleicht können die etwas sagen.«

»Goll ist dran. Sobald er in der Sache weiterkommt, bekomme ich von ihm Bescheid.«

Nawrod runzelte die Stirn. »Was ist mit den Bildern des Geldautomaten?«

»Die Kamera hat während der Geldtransaktion zehn Bilder geschossen. Auf einem Foto sieht man, wie dem Täter die Kapuze etwas nach hinten gerutscht ist. Hier, sehen Sie selbst!« Wegner kramte auf seinem Schreibtisch unter den Akten und zog die Aufnahmen hervor. Nawrod sah sich ein Bild nach dem anderen an. Yalcin schaute ihm dabei über die Schulter.

Beim sechsten Bild stieß er einen lauten Fluch aus: »Verdammte Scheiße! Das ist nicht Haider. Das ist ein Skinhead, wenn ich das richtig sehe!«

»Der Meinung bin ich auch«, sagte Wegner. »Ich habe sofort mit dem Observationsteam Kontakt aufgenommen. Haider hatte gestern Abend seine Haare noch auf dem Kopf.«

»Das heißt, dass wir es jetzt mit insgesamt fünf Tatbeteiligten zu tun haben.« Yalcin stöhnte. »Hätte nie gedacht, dass Haider so blöd ist, einen Skinhead mit ins Boot zu nehmen.«

»Moment mal!« Nawrod senkte seinen Kopf und fasste sich mit den Fingerkuppen beider Hände an die Schläfen. Es dauerte einige Sekunden, bis er wieder aufsah. »Wenn wir davon ausgehen, dass die Kollegen von der Observation Haider keinen Moment aus den Augen ließen und er, seit wir die TKÜ bei ihm geschaltet haben, keine verdächtigen Nachrichten gesendet oder erhalten hat, muss man zwangsläufig zu dem Schluss kommen, dass Haider nicht der Haupttäter sein kann.«

»Aber was ist mit seiner Mutter und seiner Schwester?«, warf Wegner ein. »Die beiden sehen doch den Frauen auf den Phantombildern auffallend ähnlich?«

»Das ist zweifelsohne richtig«, stimmte Nawrod zu. »Nesrins Vermutung könnte zutreffen, dass wir es mit mindestens fünf Tätern zu tun haben, die bei den Verbrechen verschiedene Arbeiten erledigen müssen. Haider hat dabei den Part, das Ganze in der Presse publik zu machen und seine ahnungslosen Angehörigen als Boten einzusetzen. Robert Pfaff könnte insofern eine nur untergeordnete Rolle spielen, indem er lediglich die Berichte von Haider entgegennimmt und sie in seiner Zeitung exklusiv verwertet.«

»Dieser Skinhead muss auf jeden Fall ganz nah am Opfer sein, sonst wäre er nicht im Besitz der EC-Karte und der PIN«, antwortete Wegner. »Wahrscheinlich ist er es, der Radecke gefangen hält und Haider mit den nötigen Informationen versorgt.«

»Theoretisch könnte es aber auch sein, dass Robert Pfaff hinter allem steckt«, gab Yalcin zu bedenken.

Nawrod und Wegner sahen sich verwundert an. »Wie kommen Sie denn auf diese absurde Idee?«, fragte Wegner.

»Pfaff ist derjenige, der bislang am meisten von der Sache profitiert hat. Ich schätze, er hat schon an die hunderttausend Euro oder mehr damit verdient. Vielleicht hat er den Plan sowie die äußerst medienwirksame Story ausgeheckt. Er lässt den Skinhead die Drecksarbeit machen und benutzt Haider nur, um ihn als Quelle nennen und damit als Schutzschild aufstellen zu können, wenn es ihm an den Kragen gehen sollte. Dass Haider seine Angehörigen bisher als Botinnen eingesetzt hat, käme Pfaff im Falle polizeilicher Ermittlungen natürlich sehr gelegen.«

Nawrod schmunzelte. »So perfide können nur Frauen denken. Aber alle Achtung, du könntest durchaus recht haben.«

»Die Sache hat einen Haken«, brummte Wegner und schüttelte seinen mächtigen Kopf. »Wieso nimmt der Skinhead ausgerechnet einen Gottwald Radecke aus dem 700 Kilometer entfernten Berlin als Geisel und wie bringt er ihn hierher? Das wäre für einen Skinhead viel zu aufwendig. Diese arbeitsscheuen Typen machen doch keinen Finger krumm, wenn es nicht unbedingt sein muss.«

Yalcin überlegte kurz. Zu gerne hätte sie Wegner gesagt, dass es in der Hackerszene einige äußerst fähige Spezialisten gab, die Leute wie er als Skinheads bezeichneten, nur weil ihr Aussehen von der Norm abwich und sie deswegen keine Arbeitsstelle fanden.

»Vielleicht will man noch eine alte Rechnung begleichen. Möglicherweise hat sogar Pfaff ihm hierzu den Auftrag erteilt.«

»Hm«, brummte Wegner. »Wir werden sehen, wie sich der Fall weiterentwickelt. Die Soko arbeitet mit Volldampf. Irgendwann muss der Durchbruch kommen. Unsere Tatverdächtigen verhalten sich ungewöhnlich ruhig. Ich habe das Gefühl, dass wir heute kein Paket bekommen.«

»Ihr Wort in Gottes Ohr, Herr Wegner«, entgegnete Nawrod skeptisch und trank seinen Kaffee aus. »Dann hätten wir vielleicht auch etwas mehr Zeit, den Fall zu lösen, bevor Radecke umgebracht wird.«

Yalcin und Nawrod erhoben sich. »Daran darf ich gar nicht denken«, erwiderte Wegner. »Wir müssen diese Killer vorher fassen und unschädlich machen.«

41

Radecke erwischte es am siebten Tag seiner Gefangenschaft. Längst schon hatte er jegliches Zeitgefühl verloren. Sein gescheiterter Fluchtversuch setzte ihm schwer zu. Ihm war klar, dass er seine einzige Chance verspielt hatte. Keiner von den beiden würde mehr allein die Zelle betreten und sich von ihm überraschen lassen. Sie würden immer zu zweit kommen. Radecke lag auf der Pritsche und starrte an die Decke. Plötzlich begannen sich Decke und Wände zu bewegen. Zuerst schien es nur, als ob sie schief werden würden. Doch nach kurzer Zeit verwandelten sich die glatten Flächen in wellenartige Monster, die ihn bedrohten. Radecke riss die Augen weit auf. Das Deckenlicht, an das er sich inzwischen gewöhnt hatte, blendete ihn auf einmal, doch er konnte seine Augen nicht schließen. Grelle Strahlen, die durch Netzhaut und Iris drangen, schienen sein Gehirn bis zum Zerplatzen aufzublähen. Er hätte gern die Augen mit den Händen geschützt, aber die brauchte er, um die immer größer werdenden Monsterwellen, die ihn jetzt erdrücken wollten, von sich wegzuschieben. Radeckes Puls raste. Seine Adern drohten zu zerplatzen. Er rang nach Luft, von der es immer weniger gab, weil die Wellen immer mehr Raum einnahmen und die Zelle bis auf wenige Kubikzentimeter schrumpfen ließen. Kehlige Laute kamen aus seinem Mund. Zum Schreien hatte er nicht mehr genügend Luft in der Lunge. In der Hoffnung, auf dem Boden Rettung zu finden, ließ er sich von der Pritsche rollen. Doch die braunen Fliesen waren voller Ungeziefer. Kakerlaken, Spinnen und Käfer, die er noch nie in seinem Leben gesehen hatte, krabbelten auf ihn zu und überdeckten seine nackte Haut. Ein grünes Reptil kam aus dem Abflussrohr gekrochen. Er sah es ganz deutlich. Es wurde immer größer und schnappte nach seinem rechten Fuß.

Radeckes Körper verkrampfte sich. Jeder Knochen, jede Sehne und jeder Muskel taten ihm weh. Die kleinste Bewegung verursachte wahnsinnige Schmerzen. Selbst das Zucken des Körpers, als er weinte. Er blieb auf dem Boden liegen. Sein einziger Wunsch war Erlösung, in welcher Form auch immer. Bevor sein Gehirn die Belastung nicht mehr verarbeiten, nicht mehr aushalten konnte, sah er den Tod mit einer abgrundtiefen hässlichen Fratze auf sich zukommen.

Aber die Qual nahm kein Ende. Es war erst der Anfang.

Gottwald Radecke erlitt die qualvollsten Schmerzen, die ein Mensch je erleben kann. Er winselte bei seinem Peiniger um Gnade, bat ihn inständig um Verzeihung für alles, was er ihm vor mehr als 20 Jahren angetan hatte. Doch dieser Mensch war nicht mehr der kleine Junge von damals, war kein Ministrant mehr, dem man mit der Hölle und dem Satan drohen konnte. Er war zu einer blutrünstigen Bestie geworden, die keine Gnade kannte und grausame Rache übte. Aber waren es nicht Philipp Otte, Johannes Holzmann, er und die anderen Priester, die den zarten, schmächtigen Jungen mit den blonden Haaren zu dieser Bestie gemacht hatten?

Auf dem Tisch festgeschnallt, zu keiner Gegenwehr, ja, nicht einmal zur geringsten Bewegung fähig, gab es Momente, in denen er glaubte, sein Peiniger würde Erbarmen mit ihm haben. Der Blonde hörte ihm zu, als er in tiefer Reue von dem Fluch erzählte, der auf ihm lastete, von seinem unstillbaren Hang, mit minderjährigen Jungen sexuell zu verkehren. Als er genug gesprochen hatte, ihm zu seiner Verteidigung nichts mehr einfiel, streifte sich der Blonde jedoch seelenruhig einen grünen Arztkittel über, zog Einmalhandschuhe an, band sich einen Mundschutz um und schob ihm ein stabiles, rundes Drahtgeflecht so weit in den Mund, dass es hinten an Gaumen und Rachen anstieß. Er versuchte, sich zu wehren, indem er die Lippen fest zusammenpresste. Als aber der Blonde drohte, er würde ihm den Kiefer brechen, wenn er den Mund nicht öffne, gab er seinen Widerstand auf. Er hatte keine Ahnung, was ihn erwartete. Bei der ersten Berührung des Geflechtes mit dem hinteren Gaumen überfiel ihn ein Brechreiz, doch er konnte sich nicht übergeben. Für einen Augenblick dachte er, er müsse ersticken, aber dann bekam er wieder Luft. Die Innenseiten seiner Schneidezähne bildeten für das Drahtgeflecht das Widerlager. So konnte es in der weit geöffneten Mundhöhle weder nach vorn noch nach hinten rutschen. Er konnte jetzt nur noch stöhnende Laute von sich geben. Seine Zunge baumelte unkontrolliert im Innern des kleinen Drahtkäfigs. Als er sah, wie der Blonde mit der linken Hand eine chirurgische Zange und mit der anderen ein Skalpell von dem kleinen Tischchen neben ihm nahm, wusste er, was folgen würde. Mit weit aufgerissenen Augen sah er die Zange auf sich zukommen. Dann spürte er, wie sie sich an seiner Zungenspitze festkrallte. Tränen schossen ihm in die Augen, sodass er kaum noch etwas sehen konnte. Er hörte, wie der Blonde laut *Loquuntur lingua scissa et deum insulant* sagte. Dann wurde seine Zunge so weit herausgezogen, dass er das Gefühl hatte, er bekäme Luft- und Speiseröhre mit herausgerissen. Der Schmerz des dann folgenden Schnittes erschien ihm wie ein riesiger Feuerball, der sich durch seinen Körper wälzte und sich in jeder noch so kleinen Zelle festfraß. Er spürte, wie sich sein Mund schlagartig mit warmem Blut füllte. Mit einem Ruck wurde das Drahtgeflecht aus seinem Mund gerissen. Dann wurden Stirn- und Brustriemen gelockert und sein Oberkörper etwas zur Seite gedreht. Ein Schwall von Blut ergoss sich aus Mund und Rachen. Der Ohnmacht nahe, bekam er mit, wie seine Hände vom Tisch losgebunden und hinter dem Rücken gefesselt wurden. Anschließend wurden seine Fußgelenke befreit. Er wurde gepackt, hochgerissen und widerstandsunfähig, wie er in diesem Augenblick war, in die Zelle geschleift.

Immer noch die Hände auf dem Rücken gefesselt, lag er jetzt in Seitenlage auf der Pritsche und ließ das Blut aus dem

Mund laufen. Auf dem Boden bildete sich eine große Lache. Er würde verbluten, keine Frage. Sein Körper wurde immer schwächer, die Schmerzen immer unerträglicher.

42

Nach der Besprechung mit Wegner fuhren Nawrod und Yalcin in die City. Nawrod musste sich unbedingt ein neues Hemd, Unterwäsche und Socken kaufen, da von seinem Körper inzwischen ein nicht mehr hinnehmbarer Geruch ausging, wie sich Yalcin dezent ausdrückte. Fügsam wie ein Ehemann, der schon 40 Jahre Knechtschaft unter seiner Angetrauten hinter sich hat, ließ er Yalcins Beratung beim Kauf des Hemdes über sich ergehen.

»Ich muss mir für die Zeit hier in Heidelberg unbedingt eine billige Bude suchen, in der ich wenigstens übernachten und ein paar Klamotten deponieren kann«, brummte er missmutig, als sie das Kaufhaus verließen. »Die Fahrt nach Stuttgart zu meiner Wohnung ist einfach zu weit, wenn es abends später wird oder ich mal schnell den Zwirn wechseln muss.«

Sie waren gerade auf dem Weg zu Yalcins Wohnung, wo sich Nawrod duschen und umziehen wollte, als sein Handy klingelte. Wegner war am Apparat. Der Soko-Leiter teilte in knappen Worten mit, dass es wichtige Neuigkeiten gebe und sie beide sofort ins Präsidium kommen sollten. Ohne eine Antwort abzuwarten, beendete Wegner das Gespräch.

»Ich glaube, da ist die Kacke am Dampfen«, stieß Nawrod mit rauher Stimme hervor. »Nesrin, dreh bitte um, wir müssen sofort ins Präsidium!«

»Jürgen, das ist nicht dein Ernst«, antwortete Yalcin ungläubig. »Du riechst wie ein Skunk! So gehst du mir nicht mehr unter die Leute!«

»Wegner hörte sich gar nicht gut an«, erwiderte Nawrod nachdenklich. »Also bitte, dreh endlich um! Ich will es mir mit ihm nicht verscherzen.«

»Auf deine Verantwortung«, presste Yalcin hervor. Sie schaute in den Rückspiegel und trat das Bremspedal kurz durch. Danach riss sie das Lenkrad herum und zog mit aller Kraft am Hebel der Handbremse. Nawrod wurde in den Gurt gepresst. Während sich der Dienstwagen fast auf der Stelle um 180 Grad drehte, neigte er sich gefährlich auf die rechte Seite. Nawrod war sich in diesem Moment sicher, dass sie sich mitten auf der breiten Straße überschlagen würden. Doch sie landeten heil auf der Gegenfahrbahn. Er hörte von hinten lautes Hupen und das Quietschen von Reifen.

»Ist ja schon gut, du Penner!«, rief Yalcin laut. Sie sah noch einmal in den Rückspiegel und schüttelte den Kopf. »Krieg dich mal wieder ein! Wir wissen jetzt, dass du eine Hupe hast.« Dann drückte sie das Gaspedal durch. »Na, wie hab ich das gemacht?«, fragte sie voller Stolz, als der Wagen wieder in der Spur war. »Give me five, Kumpel!« Sie streckte Nawrod ihre geöffnete rechte Hand entgegen. Nawrod schaute auf die kleine Frauenhand und es schien ihm, als würden die zierlichen Finger im Chor rufen: Hey, Mann, ich hab doch gar nichts getan. Ich bin unschuldig. Ein Lächeln umspielte seinen Mund. Er ließ den Griff über der Beifahrertür los, an dem er sich krampfhaft festgehalten hatte, stieß den angehaltenen Atem laut hörbar aus und sagte: »Yeah, give me five, Partnerin!"

»Sind Sie geflogen?« Wegner sah staunend auf seine Uhr.

»Darf ich Ihnen einen Rat geben, Herr Wegner?«, fragte Nawrod mit breitem Grinsen.

Wegner hob verwundert seine Augenbrauen. Er überlegte kurz. Als Soko-Leiter oblag es eigentlich ihm, seinen Mitarbeitern Ratschläge zu erteilen. Er räusperte sich. »Rücken Sie schon raus, was haben Sie auf dem Herzen?«

»Sollten Sie jemals in die Verlegenheit kommen, Beifahrer dieser reizenden Kollegin zu sein, dann sagen Sie ihr nie, dass Sie es eilig haben. Miss Schumacher nimmt so etwas nämlich wörtlich und macht dann Dinge, die Sie nie im Leben für möglich gehalten hätten.«

Wegner schmunzelte. »Das ist mir schon bekannt.« Er hob abwehrend beide Hände. »Einzelheiten will ich gar nicht wissen. Es genügt mir vollkommen, wenn ich irgendwann mal die Beschwerden zu beurteilen habe.«

»So schlimm wird es schon nicht werden, Chef«, lachte Yalcin.

»Was liegt an?«, fragte Nawrod. »Warum haben Sie uns auf dem Weg zu wichtigen Dienstgeschäften zurückbeordert?«

Wegners Gesicht verfinsterte sich. »Meine Hoffnung hat sich leider nicht bestätigt. Sie haben wieder ein Paket erhalten. Wir haben es gleich zur Kriminaltechnik gegeben. Bauer und Beck arbeiten bereits daran.«

»Weiß man schon, was drin ist?«, stieß Yalcin entsetzt hervor.

»Nein, so weit sind sie noch nicht. Am besten, Sie gehen gleich zur Spusi und unterrichten mich, sobald über den Inhalt etwas bekannt wird. Hoffen wir, dass es kein lebenswichtiges Organ ist.«

»Okay, machen wir«, antwortete Yalcin.

»Da ist noch etwas!« Wegner kramte auf seinem Schreibtisch ein Blatt Papier hervor und hielt es Nawrod hin. »Kam erst vorhin rein.«

Gespannt las Nawrod die E-Mail. Als er fertig war, sagte er: »Gute Arbeit von Goll! Hat er mit dem Bistum schon telefoniert?«

»Ja, er hat gleich angerufen, aber keine weitere Auskunft erhalten. Die berufen sich auf das Datenschutzgesetz. Sie wollten auf keinen Fall weitere Namen herausgeben. Ich habe Hauk gleich den Auftrag gegeben, bei Staatsanwalt Brügge einen Beschluss zur Beschlagnahme der Kirchenakten anzuregen.«

»Egal, was sich in dem Paket befindet: Es zählt jetzt jede Minute. Uns läuft immer mehr die Zeit davon«, antwortete Nawrod barsch. »Es geht um die Unversehrtheit und das Leben eines Menschen. Wir können nicht warten, bis sich Brügge und der zuständige Richter irgendwann bequemen, den Beschluss auszustellen. Ich schlage vor, dass Nesrin und ich sofort nach Freiburg fahren, sobald wir wissen, was sich in dem Paket befindet. Ich werde dem Herrn Erzbischof persönlich auf den Zahn fühlen und Gnade ihm Gott, wenn er sich weigert, uns die Teilnehmerliste von Radeckes Priesterseminar auszuhändigen.«

»Vielleicht sollte das Goll machen. Ihm habe ich die Spur zugeteilt, und er würde sicher beleidigt …«

»Ich glaube, Goll hat durch das Telefonat sein Pulver schon verschossen«, unterbrach Nawrod.

»Wie meinen Sie das?«

»Na ja, Goll in Ehren, aber er hat sich von denen abwimmeln lassen, und das werden sie bestimmt wieder tun, weil sie wissen, dass sie es mit ihm machen können. Besser, wenn den hohen Geistlichen jetzt mal ein Hardliner auf die Füße tritt.«

Wegner überlegte. »Okay, wenn Sie mir versprechen, die Vorschriften einzuhalten, gebe ich Ihnen grünes Licht. Ich möchte von unserem Herrn Innenminister keinen Rüffel bekommen, ist das klar?«

»Ich werde mein Bestes geben«, brummte Nawrod. Natürlich wusste er aus Erfahrung, dass es bei derartigen Ermittlungen immer mal wieder Probleme mit den Betroffenen geben konnte. Manchmal eskalierten die Dinge sogar so weit, dass sich die Fronten total verhärteten. Dann halfen nur noch richterliche Beschlüsse und der Einsatz brachialer Gewalt, um im wahrsten Sinne des Wortes Türen zu öffnen. Doch Nawrod nahm das in Kauf. Er vertrat schon immer die Meinung, dass man als ermittlungsführender Beamter vor Obrigkeiten, wie zum Beispiel einem Bischof, nicht den Schwanz einziehen sollte, egal, wie stark der Wind bläst. Sollte sich der Kleriker doch beschweren. Der Erfolg war es, der zählte. Wenn er dadurch das Leben der zweiten Geisel retten konnte, würde sich der Innenminister hüten, gegen seine Ermittlungsmethoden auch nur einen Ton zu sagen.

Yalcin und Nawrod verabschiedeten sich von Wegner und begaben sich zur Kriminaltechnik. Auf halbem Weg blieb Nawrod abrupt stehen.

»Bitte geh allein zur Technik. Ich kann da nicht mit. Ich … Sabine …«

Yalcin konnte ein Lachen nur mit Mühe unterdrücken. »Jetzt hab dich nicht so, Jürgen. Sie wird dich schon nicht rauswerfen. Obwohl …«, Yalcin beugte sich Nawrod kurz entgegen. »Igitt, das ist wirklich nicht mehr zu überriechen!«

»Gib mir deinen Wohnungsschlüssel. Ich fahre jetzt auf der Stelle zum Duschen«, raunzte Nawrod verärgert.

»Hey Partner, mach dir mal nicht in die Hose. Du musst dir vor Betreten des Spusi-Raumes sowieso einen weißen Overall überstreifen. Wenn du den Reißverschluss bis oben hin zumachst, wird Sabine schon nichts riechen«, lachte Yalcin jetzt laut. »Zumindest nicht gleich«, ergänzte sie.

»Wehe, wenn der nicht dicht hält! Dann gnade dir Gott«, drohte Nawrod.

»Ist dir schon wichtig, oder?«, grinste Yalcin breit.

»Was gibt es da zu grinsen. Dir wäre es doch auch peinlich, wenn du ungeduscht und miefend wie ein Penner rumlaufen müsstest. In dem Flieger war es aber auch so was von stickig und heiß. Da versagt das beste Deo.«

»Fand ich nicht. Aber du musst ja Sabine nicht so weit an dich ranlassen.«

Nawrod setzte sich wieder in Bewegung.

»Hallo, ihr beiden«, begrüßte sie Sabine Bauer, nachdem sie von dem auf dem Tisch abgelegten Paket einen Schritt zurückgetreten war und ihren Mundschutz nach unten gezogen hatte. Sie und Beck sahen aus wie zwei Chirurgen bei einer OP. »Ihr kommt gerade im richtigen Moment.« Bauer zog den Mundschutz nach oben und widmete sich wieder dem Paket. »Haltet bitte wegen der Gefahr einer Übertragung eurer DNA etwas Abstand. Ihr wisst ja, die kleinste Hautschuppe kann die größten Irritationen hervorrufen.«

Yalcin versetzte Nawrod mit ihrem Ellenbogen einen kleinen Stoß in die Seite und erwiderte in Anspielung auf Nawrods Körpergeruch belustigt: »Das kommt uns sehr entgegen.«

Bauer ging auf die Bemerkung nicht ein. Sie konzentrierte sich voll und ganz auf ihre Arbeit. Beck fluchte, als sich nach dem Ablösen mit dem Skalpell der breite Paketklebestreifen blitzschnell zusammenrollte und verklebte, weil ihm das eine Ende aus der feinen Pinzettenspitze gerutscht war.

Endlich war es so weit. Mit zwei größeren Pinzetten öffnete Bauer das Paket. Beck stand mit der Kamera bereit und schoss ein paar Bilder. Anschließend fischte die Kriminaltechnikerin den kleinen, durchsichtigen Plastikbeutel heraus, hob ihn kurz in die Höhe, sodass alle den Inhalt sehen konnten, und gab ihn dann in einen größeren, vorher bereitgelegten Plastikbeutel, den sie sofort verschloss. Dasselbe tat sie mit dem Zettel, den sie danach aus dem Päckchen holte. Yalcin schluckte trocken.

»Hey, Jürgen, hab ich richtig gesehen?«, stieß sie heiser hervor. »Das ist ja eine … igitt!«

»Die Schweine kommen auf immer neue Ideen«, raunzte Nawrod angewidert.

»Habt ihr auch gecheckt, was sie damit gemacht haben?«, fragte Sabine Bauer nicht weniger erschüttert.

Die beiden schüttelten den Kopf. Trotz Nawrods vielen Jahre bei der Kripo hatte er so etwas noch nie gesehen. Yalcin erinnerte sich an Fantasy-Romane, in denen vereinzelt davon die Rede gewesen war. Aber dies hier war brutale Wirklichkeit.

»Na, dann kommt mal näher! Ich zeige es euch.« Bauer machte mit ernster Mine eine einladende Handbewegung. Nawrod schob Yalcin an der Hüfte vor sich her. So konnte er vor den empfindlichen Geruchsnerven der Kriminaltechnikerin einigermaßen sicher sein. Als sich Yalcin zu dem kleinen Plastikbeutel etwas hinunterbeugte, schaute er ihr von hinten über die Schulter. Ein kurzer Blick genügte.

»Wir müssen diese Ungeheuer fassen!«, stieß er entschlossen hervor. »Das sind gefährliche Psychopathen, die keine Grenzen kennen.«

Beck, Bauer und Yalcin nickten zustimmend. Sekundenlang sagte keiner ein Wort. Jeder starrte die Zunge an, die an der Spitze gut drei Zentimeter eingeschnitten war und weit auseinanderklaffte.

»Wie bei einer Schlange«, sagte Yalcin betroffen. »Ich hätte nie gedacht, dass die Zunge eines Menschen so lang ist.«

»Sie wurde direkt vor der Wurzel abgeschnitten«, erklärte Beck. Unser Opfer wird ab sofort nicht mehr reden können und gewaltige Schluckbeschwerden haben.«

Sabine Bauer legte sich den dem Paket entnommenen Zettel zurecht und las laut vor: »*No vivere faciet impium, sed iudicium pauperibus tribut.*« Schockiert sah sie Nawrod an. »*Den Frevler lässt er nicht am Leben, doch dem Gebeugten schafft er Recht*!«

Beck atmete tief durch und presste resignierend hervor: »Das heißt, sie werden auch ihr zweites Opfer töten und wir können nichts dagegen tun.«

»Noch ist nicht aller Tage Abend!«, erwiderte Nawrod kämpferisch. »Wir werden ihnen keine Ruhe mehr lassen. Sie dürfen sich nirgends mehr sicher fühlen!«

»Hier steht noch ein zweiter Satz«, sagte Bauer und deutete auf den Zettel. »*Loquuntur lingua scissa et deum insulant*. Der Satz ist leicht zu übersetzen.«

»Schieß schon los!«, presste Nawrod hervor.

Sabine Bauer las langsam: »*Sie reden mit gespaltener Zunge und beleidigen Gott*!«

»Deshalb das Teil hier.« Nawrod zeigte auf die Zunge. »Das ist sicher wieder so ein versteckter Hinweis auf das Motiv für diese abscheulichen Taten und unterstreicht einmal mehr, dass wir es mit Psychopathen und religiösen Fanatikern zu tun haben. Wir müssen schnellstmöglich herausfinden, mit wem Radecke in seiner Zeit als Priester zusammen war und weshalb er aus dem Priesteramt ausschied. Ich fresse einen Besen, wenn es da keinen Zusammenhang mit diesen Verbrechen hier gibt.«

»Okay, Jürgen«, sagte Yalcin voller Eifer. »Ich besorge uns schon mal einen schnellen Dienstwagen, während du Wegner über den Inhalt des neuen Paketes Bericht erstattest. Wenn es auf der Autobahn keinen Stau gibt, garantiere ich dir, dass wir uns in zwei Stunden den Freiburger Bischof in seinem Dom höchstpersönlich zur Brust nehmen können.«

»Münster«, erwiderte Nawrod trocken.

»Was ... wie?«, fragte Yalcin erstaunt.

»Der Freiburger Dom ist nur ein Münster, kapiert?«, gab Nawrod kurz und bündig zur Antwort.

Sie verabschiedeten sich von den Kriminaltechnikern. Da war es wieder, dieses Glühen in Sabine Bauers Augen, oder wie man es sonst bezeichnen mochte. Es traf Nawrod mitten ins Zentrum seiner Gefühle. Ein wohliger Schauer lief über seinen Rücken. Er musste unwillkürlich an die Nacht mir ihr denken. Die Kriminaltechnikerin lächelte. Es fiel ihr nicht schwer, seine Gedanken zu erraten.

Nawrod und Yalcin begaben sich in die Schleuse, wo sie sich hastig die weißen Overalls abstreiften. »Nur zwei Stunden ist maßlos übertrieben. Das schaffen wir nie und nimmer!«, brummte Nawrod mehr zu sich selbst.

»Natürlich nicht, wenn du am Steuer sitzt und hier noch lange Reden hältst«, grinste Yalcin.

»Hey, Lady, ich muss noch duschen! Hast du das vergessen?«

»Wie könnte ich! Bei dem Mief, den du verbreitest!«

Obwohl Nawrod mit Schallgeschwindigkeit duschte und frische Kleidung anzog, schien die vorgesehene Fahrzeit von zwei Stunden Utopie zu werden. Ab Baden-Baden kamen sie trotz Kojak und Martinshorn nur noch langsam voran. An engen Baustellen hatten sich mehrere Staus gebildet. Nach fast drei Stunden stoppte Yalcin den Wagen direkt vor dem Erzbischöflichen Ordinariat Freiburg in der Schoferstraße 2. Nawrod stieg mit weichen Knien aus und atmete kräftig durch. Solange sie auf der Autobahn gewesen waren, hatte er keine Probleme mit Yalcins Fahrweise gehabt. Während der Fahrt durch Freiburg hatte sich bei ihm aber wieder eine leichte Übelkeit eingestellt.

»Es ist überall das Gleiche«, bemerkte Yalcin sarkastisch, als sie sich dem großen, imposanten Portal des Ordinariates näherten. »Egal, welche Religion es ist, ihre obersten Hüter sind immer bestens untergebracht und versorgt. Das ist bei uns in der Türkei nicht anders.«

»Wo du recht hast, hast du recht«, sagte Nawrod. Auch ihm war sofort die riesige, zweiflügelige Eingangstür aufgefallen. Sie war mit vielen goldfarbenen Beschlägen verziert und würde bei Gefahr sicher so manchem Ansturm standhalten. Der aus rotem Sandstein bestehende mächtige Rundbogen über der Tür verjüngte sich nach hinten in drei kleinere Bögen, die allesamt mit Ornamenten geschmückt waren. Rechts und links waren sie auf insgesamt sechs Säulen gestützt. Direkt über dem Portal befand sich ein großes Relief mit Kreuz, dessen Bedeutung Nawrod nicht erkennen konnte.

Sie gingen drei Treppenstufen hoch und standen nun direkt vor der Tür. Da er keine Klingel sah, zog Nawrod an dem dicken Knauf. Zu seinem Erstaunen bewegte sich die Tür. Mit einiger Kraftanstrengung zog er sie auf. Yalcin im Gefolge trat er in das Gebäude ein. Vor ihnen befand sich eine weitere Treppe mit acht Stufen, an deren Ende hinter einem Tresen ein Pförtner saß. Das war also der Wächter der bischöflichen Festung, der von dort oben mühelos alle Besucher taxieren konnte.

»Ich bin Kriminalhauptkommissar Nawrod von der Mordkommission Heidelberg und das ist meine Kollegin Yalcin. Wir möchten den Erzbischof sprechen. Es ist dringend!« Nawrod stieß den letzten Satz mit solchem Nachdruck hervor, dass der Pförtner für einen Moment die Augen weit aufriss.

»Sind Sie angemeldet?«, erwiderte er sichtlich beeindruckt.

»Nein, dafür war keine Zeit«, log Nawrod. Da er das Überraschungsmoment nutzen wollte, wäre ihm nicht im Traum eingefallen, seinen Besuch anzukündigen.

»Wie ich schon sagte, ist es sehr dringend. Tun Sie mir also den Gefallen und sagen Sie mir, wo ich Ihren Oberhirten finden kann!«

Der Pförtner hob die Augenbrauen. Seine Entrüstung konnte er nicht verbergen. Offensichtlich hatte sich Nawrod in der Bezeichnung des Bischofs etwas vergriffen. Er schüttelte abweisend den Kopf.

»Seine Exzellenz wird nicht sehr erbaut sein, wenn er jetzt gestört wird«, erwiderte er pikiert.

»Ich sage es Ihnen jetzt zum letzten Mal«, fuhr Nawrod ihn an. »Melden Sie mich schleunigst dem Bischof, sonst würge ich Ihnen eine Anzeige wegen Behinderung polizeilicher Ermittlungen rein, ist das klar?«

Der Pförtner griff zum Telefon. Sein Zeigefinger zitterte merklich, als er die Tasten betätigte.

»Hier sind zwei Mordkommissionen«, stotterte er. »Äh, ich meine zwei Kriminalbeamte von der Mordkommission. Sie wollen …«

Weiter kam er nicht. Er antwortete nur noch mit »Ja, sehr wohl … ich werde … sehr wohl, ja.« Unterwürfig legte er auf. Schweiß stand auf seiner Stirn.

»Gehen Sie bitte durch die linke Glastür«, sagte er eingeschüchtert. »Dann eine Treppe höher und links den Flur entlang. Zimmer 210. Man erwartet Sie.«

Der Empfang war frostig. Ein kleinerer, korpulenter, etwa 55-jähriger Mann im schwarzen Ornat saß hinter seinem Schreibtisch. Nawrod grüßte und stellte sich und Yalcin vor. Ohne zurückzugrüßen, fragte der Geistliche in herablassendem Ton: »Was ist so eilig, dass Sie hier ohne Anmeldung auf einem Gespräch mit seiner Exzellenz bestehen?«

»Wir arbeiten in Heidelberg an einem Mordfall«, antwortete Nawrod. »Der Täter hat eine Geisel genommen, sie verstümmelt und ihr schließlich bei lebendigem Leib das Herz herausgeschnitten. Danach hat er ein zweites Opfer gekidnappt und mit seiner Ermordung gedroht. Eine Spur, von der wir glauben, dass sie sehr wichtig ist, führt in dieses Bistum. Ein Kollege namens Goll hat bereits interveniert.«

»Und warum sind Sie und nicht er jetzt hier?«, erwiderte der Geistliche scheinbar unbeeindruckt.

»Weil Sie … wie war noch mal Ihr Name?«, fragte Nawrod bissig, da es der Kirchenmann noch nicht für nötig gefunden hatte, sich vorzustellen.

»Mein Name ist Eugen Gehlert. Ich bin Generalvikar dieses Bistums und somit Stellvertreter seiner Exzellenz. Ich habe …«

»Gut, Herr Gehlert«, unterbrach ihn Nawrod mit schneidender Stimme. »Ich bin deshalb höchstpersönlich hier erschienen, weil Sie oder eine andere Person Ihrer Institution meinen Kollegen Goll abblitzen ließen. Da wir ein Menschenleben zu retten haben, das jeden Moment ausgelöscht werden kann, sage ich es Ihnen jetzt nur ein einziges Mal, was mein Anliegen ist. Sollten Sie die Unverfrorenheit oder den Starrsinn besitzen, unsere Ermittlungen zu blockieren, werde ich persönlich dafür sorgen, dass Sie, wenn das Opfer zu Tode kommt, wegen Mord durch Unterlassen einige Jahre in den Knast wandern. Haben Sie das verstanden?«

Trotz seines dicken Halses konnte Yalcin sehen, wie der Adamsapfel des Generalvikars ein paar Mal auf und nieder hüpfte, bevor der Mann antwortete.

»Ich … wir haben Datenschutzbestimmungen zu beachten und ich habe Ihrem Herrn Goll mitgeteilt …«

»Ihre Datenschutzbestimmungen interessieren mich einen Dreck«, entgegnete Nawrod giftig, ohne Gehlert ausreden zu lassen. »Sie sitzen an der falschen Stelle, wenn Sie nicht imstande sind, einmal Ihre verdammten Vorschriften zu vergessen, um damit ein Menschenleben zu retten!«

Eugen Gehlert sprang erbost von seinem schweren Eichenstuhl auf. Noch nie hatte es jemand gewagt, so mit ihm zu sprechen. Sein Gesicht wurde krebsrot. Er schnappte nach Luft, bevor er zum Reden ansetzte. Doch Nawrod gab ihm hierzu keine Chance.

»Sie händigen mir auf der Stelle eine vollständige Liste der Teilnehmer des Priesterseminars aus, an dem ein gewisser Gottwald Radecke teilgenommen hat, oder führen mich jetzt sofort zu Ihrer Exzellenz, sonst lernen Sie mich von meiner unhöflichen Seite kennen!«, sagte er, ohne dabei laut zu werden. Doch seine Worte hingen dermaßen drohend im Raum, dass die Luft vibrierte.

»Und die dürfte Ihnen überhaupt nicht gut bekommen!«, warf Yalcin sehr überzeugend ein.

Generalvikar Gehlert schnaubte. Er sah die beiden mit großen, angsterfüllten Augen an. Schnellen Schrittes stampfte er hinter seinem Schreibtisch hervor und ging in Richtung Tür, die er mit seinen kurzen Armen ungewöhnlich weit aufriss. Unter der Tür blieb er einen Moment stehen und sagte: »Warten Sie bitte!« Dann schlug er mit einem lauten Krachen die Tür hinter sich zu.

»Mann oh Mann, wenn das mal nicht ins Auge geht«, stöhnte Yalcin.

»Wenn du Schiss hast, kannst du ja schon mal runtergehen und dich im Wagen verkrümeln. Mit denen werde ich auch allein fertig«, brummte Nawrod verärgert.

»So habe ich das doch nicht gemeint, Jürgen. Ganz im Gegenteil! Ich bin nur total baff, wie du diesem Generalvikar eingeheizt hast. Das war allererste Sahne, mein Lieber! Immerhin ist der Mann hier die Nummer zwei.«

Nawrods Gesicht hellte sich schlagartig auf. Ein Lächeln umspielte seinen Mund. »Give me five, Lady!« Er hielt ihr die offene Handfläche entgegen.

Es klatschte laut, als die kleine Hand niedersauste. »Yeah, Partner, ist mir eine Ehre, bei dir in die Lehre zu gehen.«

Minutenlang tat sich nichts. Nawrod und Yalcin nahmen auf zwei an der Wand stehenden und mit rotem Samt beschlagenen Stühlen Platz.

»Dem Pfaffen ist der Arsch echt auf Grundeis gegangen, als du ihm mit einer Anzeige wegen Mordes durch Unterlassen gedroht hast«, unterbrach Yalcin die Stille.

»Hoffentlich hast du recht«, brummte Nawrod.

»Das war nach der Devise alles oder nichts, stimmt's?«

»Manchmal muss man volles Risiko gehen, um etwas zu erreichen. Diese Pfeife von Generalvikar beschwert sich jetzt bestimmt bei seinem Häuptling, und der wiederum ruft den Innenminister an. Dem Innenminister steht in der Sache aber das Wasser bis zum Hals. Wenn wir den Fall nicht bald aufklären, wird man an seiner Kompetenz zweifeln. Die Opposition sägt wegen des weltweiten Mediendruckes schon gewaltig an seinem Stuhl. Wenn wir Glück haben, wird er den Erzbischof inständig darum bitten, mit uns zu kooperieren und uns die Liste auszuhändigen. Der Bischof wiederum muss abwägen, ob unsere Ermittlungen vielleicht seinem Verein schaden könnten. Vielleicht liegt da was im Salz, von dem wir noch keine Ahnung haben.«

»Alle Achtung, Jürgen, das ist ja richtig hohe Politik«, staunte Yalcin. »Das macht das Ganze noch spannender, als es schon ist. Was meinst du, wie es ausgeht?«

»Wenn die hier weiter blockieren, hätte ich gute Lust, den Laden auf der Stelle auseinanderzunehmen. Denn dann stinkt die Sache bis zum Himmel. Es wäre für mich der Beweis, dass sie etwas zu verbergen haben. Das mit dem Datenschutz ist meines Erachtens doch nur eine Ausrede.«

»Ich bin dabei!«, erwiderte Yalcin voller Eifer. »Wir heizen denen ein. Die werden uns nie mehr vergessen. Nicht auf der Erde und schon gar nicht im Himmel.«

»So gefällst du mir, Partnerin«, grinste Nawrod. Er erinnerte sich daran, dass er am Anfang ihrer Zusammenarbeit den Verdacht gehabt hatte, Yalcin sei auf ihn angesetzt, um ihm auf die Finger zu schauen. Jetzt schämte er sich für dieses Misstrauen. Er könnte sich keine bessere Mitarbeiterin wünschen. Es war unglaublich, wie viel Energie diese junge, zierliche Frau ausstrahlte.

Yalcin sah sich um. Das große Büro des Generalvikars erschien ihr mit den dunklen Holzverkleidungen an Wand und Decke düster. Die dazu passenden Möbel verstärkten noch den Eindruck. Als Muslima war sie noch nie so weit in eine Institution der katholischen Kirche vorgedrungen. Einmal hatte sie aus Neugier das bekannteste Gotteshaus in Heidelberg, die Heiliggeistkirche, besucht. Yalcin hatte damals durchaus Gefallen an den Gemälden, den Statuen und dem schlichten Altar gefunden. Überhaupt erschien ihr in dieser Kirche alles irgendwie schlicht und dennoch ansprechend. Doch im

Gegensatz zu den ihr bekannten Moscheen wurde sie als Muslima von dem christlichen Bauwerk und seiner Einrichtung in keiner Weise religiös inspiriert, obwohl sie durchaus eine innere Bereitschaft dazu hatte.

Bevor Yalcin weiter darüber nachdenken konnte, ging die Tür auf. Generalvikar Gehlert trat ein, blieb aber unmittelbar unter der Tür stehen. »Wenn Sie mir bitte folgen würden«, bat er mit beleidigtem Gesicht. Nawrod und Yalcin erhoben sich. Der Generalvikar führte sie in einen Raum, der viel größer und aufgrund mehrerer Fenster nicht ganz so düster wie Gehlerts Büro war. Wände und Decke waren aber auch hier mit dunklen Paneelen vertäfelt.

Nawrod sah sofort, dass es der Bischof war, der, ihnen mit dem Rücken zugewandt, an einem der Fenster stand und hinausschaute. Er trug das violette Pileolus auf dem Kopf. Aber noch mehr fiel Nawrod das breite Gürteltuch der gleichen Farbe auf, das die Soutane über der Hüfte zusammenraffte. Nawrod war sich sicher, dass ihr Kommen nicht zu überhören war. Dennoch zeigte der Bischof zunächst keine Reaktion. Erst als sein Stellvertreter unterwürfig den Besuch meldete, drehte er sich um und schritt gemächlich hinter seinen riesigen, aus dunklem Eichenholz bestehenden Schreibtisch, auf dem eine Vielzahl von Büchern und Akten lag.

Im Gegensatz zu Gehlert war Erzbischof Wieland groß und auffallend schlank. Nawrod hatte ihn anlässlich des Papstbesuches in Freiburg zufällig einmal im Fernsehen gesehen und konnte sich nun wieder an ihn erinnern. Jetzt kam ihm der hohe Würdenträger jedoch viel älter vor. Sein hageres Gesicht war von tiefen Falten durchzogen. Doch seine Augen verrieten äußerste Wachsamkeit. Die Nase sprang deutlich hervor und der schmallippige Mund konnte sicher strenge Befehle erteilen, wenn die Notwendigkeit hierfür gegeben war.

Erzbischof Wieland schaute Nawrod und Yalcin einen Augenblick abschätzend an. Er hatte beide Hände tief in den weiten Ärmeln seiner Soutane vergraben.

»Grüß Gott, nehmen Sie bitte Platz!«, sagte er freundlich. Offenbar ging man hier davon aus, dass jeder Besucher die Namen des Erzbischofs und dessen Stellvertreters kannte. Anders konnte es sich Yalcin nicht erklären, dass es die beiden bei Begrüßungen nicht für nötig hielten, sich vorzustellen, geschweige denn, den Besuchern die Hand zu geben.

»Grüß Gott, Exzellenz«, antwortete Yalcin laut und deutlich. »Mein Name ist Yalcin und das ist mein Kollege Nawrod.«

»Ihre Namen kenne ich bereits. Sind Sie Muslima, Frau Yalcin?«, fragte der Erzbischof argwöhnisch.

»Wenn Ihre Exzellenz gestatten, ja. Ich hoffe, das tut der Sache keinen Abbruch«, antwortete Yalcin trocken.

Erzbischof Wieland runzelte die Stirn. »Sie sind die erste Muslima, die je diesen Raum betreten hat, und bestimmt auch die einzige Muslima bei der Polizei?«

»Keineswegs, Exzellenz. Inzwischen gibt es in Deutschland schon einige Verstärkung aus den Reihen meiner Glaubensrichtung im Kampf gegen das Verbrechen.« Yalcin lächelte so freundlich, wie sie nur konnte.

Nawrod und Yalcin setzten sich. Als Yalcin den Stuhl etwas näher zu Nawrod rücken wollte, stellte sie fest, dass sie das schwere Möbelstück nicht einen Zentimeter bewegen konnte.

Bischof Wieland setzte sich ebenfalls. Während Nawrod sich noch wunderte, wie gut sich Yalcin gegenüber dem hohen Geistlichen artikulieren konnte, begann der Erzbischof zu sprechen. Er hatte den Blick ausschließlich auf Nawrod gerichtet.

»Mein Stellvertreter hat mir berichtet, Sie seien ungehalten darüber, dass wir Ihnen aus Datenschutzgründen eine gewisse Liste vorenthalten, von der Sie glauben, sie könnte Ihnen bei Ihren Ermittlungen weiterhelfen«, begann er in einem äußerst ruhigen und sachlichen Ton.

Nawrod räusperte sich. »Ihre …« Er sah Yalcin fragend an, doch deren Blick ging gerade in die andere Richtung. »Ihre

Eminenz müssen entschuldigen, wir haben um die Liste ersucht, weil …«

»Erzbischof Wieland wird mit Exzellenz angesprochen«, unterbrach Gehlert unwirsch. »Wir bitten, dies zu beachten!«

»Oh«, stieß Nawrod verlegen hervor. »Entschuldigen Sie diesen Fauxpas, Exzellenz! Ich wollte …«

»Sie müssen sich nicht entschuldigen, verehrter Herr Nawrod«, unterbrach ihn der Bischof. »Wenn Sie jedoch die Güte hätten, mir noch einmal die Gründe Ihrer ungewöhnlichen Bitte vorzutragen, wäre ich Ihnen überaus verbunden.«

Nawrod versuchte, sich kurz zu fassen und vor allem keine Interna über den Fall preiszugeben. Im Grunde genommen schilderte er die Geschehnisse so, wie sie bereits in aller Breite von den Medien veröffentlicht worden waren. Er schloss damit, dass es für die Rettung Radeckes wahrscheinlich von eminenter Bedeutung sei, wenn man einen Bezug von ihm in den Raum Heidelberg nachvollziehen könnte. Das sei im Moment die heißeste Spur in dem Fall. Den Verdacht gegen Haider und Robert Pfaff verschwieg er.

»Vielen Dank, Herr Nawrod, das genügt mir.« Er schlug eine vor sich liegende Akte auf und entnahm daraus ein Blatt Papier.

»Das hier ist ein Dokument des Collegium Borromaeum.« Erzbischof Wieland deutete auf das Papier.

»Entschuldigen Sie, Exzellenz, was sagten Sie eben?«, fragte Nawrod freundlich.

»Verzeihen Sie, Herr Nawrod. Manchmal vergessen wir, dass es im Gegensatz zu früher nicht mehr viele Menschen gibt, denen alltägliche Begriffe aus der lateinischen Sprache geläufig sind. Collegium Borromaeum ist die Bezeichnung unseres Priesterseminars hier in Freiburg.« Der Erzbischof lächelte dünn. »Ich übergebe Ihnen dieses Dokument zu treuen Händen. Können Sie mir Ihr Ehrenwort geben, dass es nicht an die Presse gelangt?«

»Das versteht sich von selbst, Exzellenz. Wir sind vorerst auch nur an dem Teilnehmer des Priesterseminars interessiert, der aus dem Raum Speyer oder Heidelberg kommen könnte und mit dem Gottwald Radecke offenbar näheren Kontakt hatte.«

Erzbischof Wieland nickte seinem Stellvertreter zu, worauf sich Gehlert, der die ganze Zeit hinter Nawrod stand, in Bewegung setzte, das Papier in Empfang nahm und es anschließend Nawrod aushändigte.

»Ich hoffe, Ihnen damit gedient zu haben«, sagte Bischof Wieland dermaßen überfreundlich, dass es schon fast peinlich war. »Wenn ich noch etwas für Sie tun kann, können Sie sich jederzeit wieder an mich wenden.«

Der Innenminister hat also seinen ganzen Einfluss geltend gemacht, dachte Yalcin. Wie Nawrod vermutete, muss ihm die Klärung des Falles sehr am Herzen liegen, sonst würde sich der Erzbischof nicht so zuvorkommend verhalten. Nawrod sah sich das Papier an. Von 1 bis 13 waren Namen und Adressen mit den jeweiligen Telefonnummern vermerkt. Gottwald Radecke aus Bremen war unter Nummer 5 aufgeführt. Hastig überflog Nawrod die anderen Adressen, bis er auf den Städtenamen Speyer stieß.

»Ich hätte da noch eine Frage an Sie, Exzellenz!«

»Und die wäre?«, entgegnete Erzbischof Wieland überrascht.

»Sind Ihnen alle Priester Ihres Bistums persönlich bekannt?«

»Mehr oder weniger schon«, erwiderte der Erzbischof knapp und nicht mehr so freundlich.

»Was heißt das?«

»Es sind zu viele. Sicher gibt es einige, über die ich wenig weiß.«

»Wie verhält es sich mit dem hier auf der Liste stehenden Philipp Otte? Ist der Ihnen bekannt?«

Erzbischof Wieland warf seinem Stellvertreter einen fragenden Blick zu. Er rang sichtlich mit sich, bevor er die Frage beantwortete.

»Tut mir leid, Philipp Otte kenne ich nicht.«

»Das heißt, Sie haben den Namen noch nie gehört?«, bohrte Nawrod nach.

»Ich habe ihn hier auf dieser Liste gesehen, die mir unser Archivar vorhin übergeben hat. Wie Sie sehen, wurde das Papier vor über 20 Jahren erstellt. Damals war ich noch kein Bischof.«

»Aber Sie können doch sicherlich feststellen lassen, ob Philipp Otte noch das Priesteramt ausübt und wo er das gerade tut?«

Gehlert hustete zweimal, bevor er sich einschaltete. »Philipp Otte ist den Unterlagen zufolge schon vor vielen Jahren aus dem Priesteramt ausgeschieden.«

»Genau wie Gottwald Radecke!«, warf Yalcin ein.

Nawrod nickte seiner jungen Kollegin zu. »Können Sie uns sagen, wann genau und weshalb die beiden ihr Priesteramt aufgegeben haben? Das ist doch sicherlich ein ... nun ja, ein nicht alltäglicher Vorgang in Ihrer Kirche.« Er suchte den Blickkontakt zu dem Erzbischof, doch der wich ihm aus, indem er so tat, als überfliege er eine vor ihm liegende Akte. Wieder schaltete sich Gehlert ein.

»Tut mir leid, wir würden Ihnen gerne helfen. Aber über diese Vorgänge liegen in unserem Bistum keine Unterlagen mehr vor.«

Nawrod sah zu Gehlert hoch. In dessen feistem Gesicht spiegelte sich die Lüge wider, die gerade eben über seine Lippen gekommen war.

»Da Sie ein Mann der Kirche sind und der Wahrheit dienen, glaube ich Ihnen.«

Gehlert atmete hörbar auf. Er warf seinem Vorgesetzten einen erleichterten Blick zu. Doch sein Gesicht verfinsterte sich wieder schlagartig, als Nawrod fortfuhr: »Aus Erfahrung weiß ich aber, dass sich Menschen, aus welchen Gründen auch immer, manchmal irren können. Selbst hochgestellte, ehrwürdige Personen wie Sie. Ich möchte mich deshalb persönlich vergewissern, ob es in Ihrem Archiv tatsächlich keine Unterlagen mehr über Radecke und Otte gibt, obgleich Ihnen sehr wohl bekannt ist, dass die beiden aus dem Priesteramt ausgeschieden sind.«

Die beiden Würdenträger wanden sich wie Aale im Netz. Auf der Stirn des Generalvikars hatten sich erneut dicke Schweißperlen gebildet. »Die Suche nach entsprechenden Akten ist sehr zeitaufwendig«, presste er verlegen hervor.

»Ich werde unseren Archivar anweisen, dass er den gesamten Bestand durchforstet und Ihnen anschließend Bescheid gibt, wenn er noch etwas über die beiden gefunden hat«, sagte Erzbischof Wieland und versuchte, sich mit dem rechten Zeigefinger am Kragen seiner Soutane etwas Luft zu verschaffen.

»Verzeihen Sie, Exzellenz, wie ich schon sagte, ist die Angelegenheit äußerst dringend. Ich muss leider darauf bestehen, mich jetzt sofort zu vergewissern.«

Erzbischof Wieland erhob sich von seinem Stuhl, ging zu einem der vier Fenster und öffnete es. Verhaltener Straßenlärm war zu hören. Nach wenigen Sekunden schloss er das Fenster wieder. Die Hände in den Ärmeln seiner Soutane vergraben, blieb er vor dem Fenster stehen. Er atmete tief durch. Nawrod zugewandt sagte er: »Gottwald Radecke und Philipp Otte wurden damals von meinem Vorgänger aus ihren Ämtern entfernt. Sie hatten sich gegen Gott und die Kirche versündigt und waren offensichtlich nicht mehr tragbar. Näheres geht aus den Unterlagen nicht hervor.« Er ging zu seinem Schreibtisch, bückte sich und entnahm aus einer Schublade zwei dünne Akten, die er Nawrod mit den Worten übergab: »Ich schwöre es bei Gott, dem Allmächtigen, das ist alles, was wir noch haben!«

Yalcin konnte sich ein verstecktes Lächeln nicht verkneifen. Abermals war sie von Nawrods Vorgehen äußerst beeindruckt. »Haben Sie denn keine zentrale Datei, in der Priester und deren Verfehlungen bundesweit erfasst sind?«, fragte sie etwas verwundert.

»Nein, so etwas gibt es bei uns Gott sei Dank noch nicht«, antwortete Gehlert. »Wir sind Diener Gottes und keine Polizisten.«

»Und wir vergeben den Sündern, weil es nur dem Allmächtigen vorbehalten ist, über sie zu richten«, ergänzte der Erzbischof.

Nawrod blätterte in den Akten. Plötzlich pfiff er durch die Zähne. »Die beiden sind am gleichen Tag und, wenn ich das richtig deute, auch aus dem gleichen Grund aus ihren Ämtern entfernt worden«, stieß er erstaunt hervor. »Exzellenz, würden Sie die Güte haben, mir zu sagen, was *Peccatum contra sextum Decalogi cum minore* heißt?« Nawrod hatte jedes einzelne Wort langsam und in aller Deutlichkeit vorgelesen.

Die Augen des Bischofs verengten sich. Nawrod sah ein leichtes Zucken um seinen Mund, als er Generalvikar Gehlert einen vielsagenden Blick zuwarf.

»Das ist wohl ein interner, unwichtiger Vermerk, der nichts zur Sache tut«, antwortete der Erzbischof. »Wenn Sie mich bitte entschuldigen, ich habe noch zu tun. Sie haben ja nun, was Sie wollten. Ich wünsche Ihnen viel Glück bei Ihren Ermittlungen!« Erzbischof Wieland machte mit seinen langen, dürren Händen eine Geste, die nicht anders zu deuten war, als dass das Gespräch für ihn beendet war. Er nahm eines der dicken Bücher, die vor ihm lagen, schlug es auf und vertiefte sich demonstrativ darin.

»Ich führe Sie hinaus«, sagte Gehlert zu Nawrod. »Folgen Sie mir bitte!«

Nawrod überlegte, ob er jetzt klein beigeben oder die beiden zwingen sollte, mit ihm zusammen die Akten von Radecke und Otte durchzugehen. Ihm war klar, dass hier etwas vertuscht werden sollte. Doch er hatte gesehen, dass die paar Schriftstücke nicht allzu viel hergaben und mit Ausnahme dieser sechs lateinischen Worte leicht zu verstehen waren. Man soll den Bogen nicht überspannen, dachte er. Sabine wird mit der Übersetzung keine Schwierigkeiten haben. Sollte es notwendig sein, würde er schneller, als den beiden lieb sein konnte, mit einem Durchsuchungsbeschluss wieder hier erscheinen »Wir finden schon allein hinaus«, entgegnete Nawrod freundlich und erhob sich. »Vielen Dank für

Ihr Verständnis, Exzellenz.« Mit diesen Worten verließen er und Yalcin das Büro des Erzbischofs. Gehlert folgte ihnen, bis sie unten an der Pforte angelangt waren. Dort verabschiedete er sich, wobei ihm deutlich der innige Wunsch anzusehen war, die beiden Ermittler nie mehr zu Gesicht zu bekommen.

Auf der Treppe vor dem Ausgang hielt Nawrod kurz inne und zupfte Yalcin am Ärmel. »Hey, Nesrin, ich bin ja nicht neugierig, aber woher wusstest du, wie du den Oberhäuptling anzusprechen hast?«

Yalcin drehte sich zu ihm hin und lächelte überlegen. »Sorry, Partner, hab bislang ganz vergessen, dir beizubringen, was man uns auf der Akademie immer wieder einhämmert: Wenn es deine Zeit erlaubt, bereite dich gründlich auf Vernehmungen vor. Dazu gehört auch, dass du so viel wie nur möglich über die zu vernehmende Person in Erfahrung bringst. Während du in meiner Wohnung damit beschäftigt warst, deinen muskelbepackten Body von unangenehmen Gerüchen zu befreien, habe ich mit meinem iPhone bei Wikipedia das Nötigste über Bischöfe und Bistümer erfahren.«

»Sehr gut«, sagte Nawrod. »Ich glaube, aus dir könnte mal eine richtig gute Polizistin werden.«

Als sie den kleinen Vorplatz überquerten und in Richtung ihres Dienstwagens gingen, zischte Nawrod: »Schau bitte nicht zurück! Unser verehrter Herr Generalvikar steht am Fenster und beobachtet uns.«

»Was soll das deiner Meinung nach bedeuten?«, fragte Yalcin amüsiert.

»Das bedeutet, dass wir denen ganz schön auf die Füße getreten sind und wir die Situation weiter nutzen sollten. Es schadet nicht, wenn die Augen der Kirche sehen, dass wir fleißig sind«, grinste Nawrod.

Während er sich zum Dienstwagen begab, zog er, für Gehlert gut sichtbar, sein Handy aus der Tasche und wählte eine Nummer. Danach legte er die erhaltenen Akten auf der Motorhaube ab und blätterte darin. Kurze Zeit später wusste er, was *Peccatum contra sextum Decalogi cum mino-*

re hieß. Er nickte theatralisch und fuchtelte ein wenig mit den Händen herum. Aus den Augenwinkeln sah er, dass Gehlert immer noch am Fenster stand. »Du bist ein Schatz, Sabine!«, sagte er und beendete das Gespräch. Anschließend rief er Wegner an. Das Telefonat dauerte etwas länger. Wieder blätterte er dabei in den Akten. Er bat Wegner, dass ein Team der Moko sofort Philipp Ottes aktuelle Adresse herausfinden und danach dessen Wohnung in Begleitung einiger MEK-Beamter stürmen sollte. Nawrod verband damit die Hoffnung, dass Radecke bei Otte gefunden und gerettet werden konnte. Wegner versprach, die Aktion gleich in die Wege zu leiten.

»Sie müssen so schnell wie möglich zurückkommen«, raunzte der Soko-Leiter abschließend ins Telefon. »Es gibt Neuigkeiten, die Ihnen nicht gefallen werden.« Danach legte er auf.

43

Kaum waren Nawrod und Yalcin außer Sichtweite, begab sich Generalvikar Gehlert eilig zurück zum Büro des Erzbischofs. In kurzen Worten erzählte er, was er beobachtet hatte.

»Exzellenz, wir müssen sofort seine Heiligkeit warnen!«, schloss er seinen Bericht.

Erzbischof Wieland erhob sich von seinem Schreibtisch. Tiefer als sonst vergrub er seine Hände in den Ärmeln seiner Soutane, als er zum Fenster ging. Gehlert den Rücken zugewandt, blieb er dort regungslos stehen. Der Generalvikar kannte die Angewohnheiten seines Bischofs. Er machte das immer, wenn er schwere Entscheidungen zu treffen hatte und Zeit zum Überlegen brauchte. Es machte Gehlert nichts aus, unendlich lange auf der Stelle zu verharren, ohne auch nur das geringste Geräusch zu verursachen. Er musste genau in dem Moment da sein, wenn es galt, den Bischof mit Rat und Tat zu unterstützen.

»Die Presse, nein, die ganze Welt wird ihn steinigen!« Mit diesen Worten drehte sich Erzbischof Wieland um.

»Aber, Exzellenz«, antwortete Gehlert entsetzt. »Seine Heiligkeit … wir können doch nicht zulassen …«

Mit einer Handbewegung unterbrach der Bischof den Generalvikar. »Dieser Kommissar Nawrod wird keine Ruhe geben. Er wird alles daransetzen, die Wahrheit ans Licht zu bringen. Seine muslimische Assistentin wird ihm dabei helfen. Ich sehe schon die Schlagzeilen: Muslima löst Erdbeben im Vatikan aus.«

»Wir müssen das verhindern«, erwiderte Gehlert verbissen. »Wenn wir das zulassen, dann … dann …«

»Die Folgen wären nicht abzusehen.« Bischof Wieland drehte sich abermals zum Fenster hin. Gehlert platzte fast vor Ungeduld. Doch er hatte gelernt, in solchen Situationen abzuwarten. Nach endlos langer Zeit drehte sich der Erzbischof wieder um. Beide sahen sich in die Augen. Entschlossenheit war in ihren Gesichtern zu erkennen. Wieland ging zu seinem Schreibtisch und griff zum Telefonhörer. Zuerst rief er den Innenminister an, um sich über Nawrods Auftreten zu beschweren. Vielleicht könnte er damit erreichen, dass die Ermittlungen nicht weiter vorangetrieben würden. Kaum hatte er das erste Gespräch beendet, betätigte er wieder die Tasten. Als er nach dem vierten Telefonat auflegte, sah er seinen Generalvikar fragend an. Gehlert war zufrieden. »Seine Exzellenz haben alles getan, was möglich war. Jetzt liegt es in Gottes Händen, was weiter geschieht.«

44

Nawrod und Yalcin wurden von Wegner auf dem Flur abgefangen. Er hatte die beiden schon voller Ungeduld erwartet und bat sie in sein Büro. Der Soko-Leiter wirkte äußerst angespannt. In sein Gesicht hatten sich noch tiefere Furchen gegraben. Seine Bewegungen wirkten behäbig. Die ersten

Erschöpfungserscheinungen waren nicht mehr zu übersehen. Sicherlich hatte er sich die letzten Monate vor seiner Pensionierung etwas ruhiger vorgestellt.

Kaum hatten Nawrod und Yalcin Platz genommen, schrillte das Telefon. »So geht das schon den ganzen Tag«, stöhnte Wegner. Mit einem tiefen Seufzer nahm er den Hörer ab. Nach ein paar kurzen Worten beendete er das Gespräch mit der Bemerkung, er habe für so etwas im Moment keine Zeit. Dann knallte er den Hörer auf und kramte auf seinem mit Akten und losen Papieren überladenen Schreibtisch nach etwas. Wieder klingelte das Telefon. Wegner drückte das Gespräch weg. Anschließend hob er den Hörer an und betätigte die Taste zum Umleiten eingehender Telefonate auf den Apparat von Frau Lelle.

»Kommen wir gleich zur Sache, Nawrod«, begann Wegner. »Der Innenminister hat vorhin unseren Polizeipräsidenten angerufen und der leitete das Gespräch an mich weiter.«

»Dachte ich mir«, antwortete Nawrod sachlich.

»Unser oberster Vorgesetzter hat sich über den Ermittlungsstand und speziell über Sie erkundigt. Erzbischof Wieland hatte sich zuvor bei ihm massiv über Sie beschwert. Sie wurden beschuldigt, Sie hätten dem Bischof und seinem Stellvertreter gedroht, das bistümliche Archiv auseinanderzunehmen, wenn die Kleriker sich weigern würden, die Akten von Gottwald Radecke und diesem Otte herauszugeben.«

»Und was haben Sie dazu gesagt?«, fragte Nawrod säuerlich.

»Er ließ mich nicht zu Wort kommen. Von Polizeipräsident Lehmann, den ich zuvor unterrichtet hatte, wusste er anscheinend schon, dass Sie im Bistum eine vielversprechende Spur ausgegraben haben.«

»Ja und?« Bereit, die Rüge des Innenministers in Empfang zu nehmen, runzelte Nawrod verärgert die Stirn.

»Ich will es kurz machen, Nawrod.« Wegners Gesicht entspannte sich etwas. »Der Innenminister hat sich sehr lobend über Ihren Erfolg ausgesprochen. Anscheinend hat es ihm mächtig imponiert, wie Sie mit den hohen Würdenträgern umgegangen sind. Allerdings bat er darum, seine Meinung nicht an die große Glocke zu hängen. Zu diesem Zeitpunkt wussten wir aber noch nicht, was wir jetzt wissen.«

»Und das wäre?«

»Es gibt schlechte Neuigkeiten. Wir haben Philipp Ottes Wohnung gestürmt. Er war nicht zu Hause. Sein Briefkasten quoll über. Von den Nachbarn ist er seit längerer Zeit nicht mehr gesehen worden. Der Mann lebte offenbar sehr zurückgezogen. Er ist spurlos verschwunden. In seiner Wohnung gibt es nicht einen Hinweis, der auf einen Kontakt mit Gottwald Radecke hindeuten könnte. Auch konnten die Kriminaltechniker keine Spuren von Gewalt feststellen. Es gab einfach nichts, was uns weiterbringen könnte.«

»Und was ist mit Ottes DNA?«, brummte Nawrod enttäuscht.

»Die Untersuchungen laufen. Inzwischen hat sich auch definitiv herausgestellt, dass Radeckes Verwandten und Kollegen so gut wie nichts über ihn wissen. Zudem gibt es keinerlei Anhaltspunkte auf eine Beziehung zwischen ihm und Haider. Sämtliche Recherchen liefen bislang ins Leere.«

»Wo ist das letzte Paket aufgegeben worden und was wissen wir über die Person, die es zur Post brachte?«

»Das Paket wurde in der Filiale in der Kurfürsten-Anlage aufgegeben. Wenn sich der Schalterbeamte nicht täuscht, hat unser Täter dieses Mal einen alten, gebrechlichen Mann als Boten eingesetzt. Er soll am Stock gegangen sein und ständig gehustet haben.«

»Das ist doch zum Verrücktwerden!«, stieß Nawrod laut und verärgert hervor. »Die Schweine spielen mit uns Katz und Maus! Was ist mit Haider? Könnte der das Päckchen dem alten Mann übergeben haben?«

»Wenn man den Observationskräften glauben darf, dann hatte Haider eigentlich keine Möglichkeit dazu. Sobald er aus seiner Wohnung kommt, lassen sie ihn keine Sekunde aus den Augen. Vor zehn Minuten haben unsere TKÜ-Spezialisten allerdings diese E-Mail abgefangen, die er von zu Hause an Pfaff geschickt hat.« Wegner übergab Nawrod den Ausdruck.

Polizei machtlos!
Gestern erhielt die Kriminalpolizei Heidelberg schon das sechste Paket des Mörders. Dieses Mal befand sich die an der Spitze gespaltene Zunge eines Menschen darin. Wie zu erfahren war, stammt sie von einem Mann aus Berlin. Die Täter kündigten weitere Aktionen an, wenn folgende Forderungen nicht erfüllt würden: Johannes Holzmann, der Privatsekretär des Papstes, soll live in Nachrichtensendungen von ARD, ZDF und RTL auftreten und gestehen, dass er als Priester junge Ministranten sexuell genötigt und vergewaltigt hat. Weiter soll er offenlegen, warum er schon Jahrzehnte im Dienst des Papstes steht und nach Bekanntwerden seiner Verbrechen von dem damaligen Bischof und heutigen Pontifex nicht seines Amtes enthoben und einer gerechten Strafe zugeführt wurde.

Nawrod verschlug es beim Lesen der Zeilen den Atem. Völlig überrascht und schockiert, brachte er zunächst keine Silbe hervor.

»Mir ging es genau wie Ihnen«, sagte Wegner. »In meiner Bestürzung habe ich sofort Uhl angerufen. Der Profiler ist sich nun sicher, dass es mehrere Täter sind, die uns, und vor allem Sie, Herr Nawrod, nur als Werkzeug benutzen. An Sie werden die Pakete geschickt, weil Sie in dem kuriosen Selbstmordfall von der Presse in höchsten Tönen gelobt wurden. Ebenso werden die Presse und andere Medien vor den Karren gespannt. Das wird jetzt ganz deutlich, meinte Uhl. Sie, wir und sämtliche medialen Institutionen werden dazu benutzt, so viel Druck im Kessel aufzubauen, dass am Ende nur noch ein kleiner Funke genügt, um den Supergau auszulösen.«

»Von welchem Supergau sprechen Sie?«, fragte Nawrod entgeistert.

»Uhl meint, da könnte auch eine größere Organisation dahinter stecken, die es sich zum Ziel gesetzt hat, Papst Clemens XII. und seinen engsten Vertrauten zu stürzen. Der Supergau ist die Enttarnung und Verurteilung des Papstes, seines Privatsekretärs und letztlich der gesamten katholischen Kirche.«

»Das ist doch schizophren«, stieß Nawrod entsetzt hervor.

»Erklärt aber durchaus den Aufwand, den die Täter betreiben«, bemerkte Yalcin, die nicht weniger schockiert war. »Außerdem könnte Uhl mit der Organisation durchaus recht haben. Wenn wir mal zusammenzählen, sind mit Haider, Pfaff, dem Skinhead und den noch unbekannten drei Paketboten inzwischen mindestens sechs verschiedene Figuren aufgetaucht. Gehen wir davon aus, dass seit den Observationen weder Haider noch Pfaff unmittelbar mit Radeckes Bewachung und Verstümmelung zu tun haben können, müssen wir zu den sechs noch eine oder gar zwei Personen hinzurechnen, denn ich glaube kaum, dass Haiders Schwester oder seine gebrechliche Mutter, geschweige denn der ebenso alte und gehbehinderte neue Paketaufgeber, mit der Entführung Radeckes unmittelbar zu tun hatten. Sie werden auch nicht diejenigen sein, die die Opfer gefangen halten und verstümmeln.«

»Wenn überhaupt, könnte man diese Schweinerei am ehesten noch dem Skinhead zutrauen«, warf Nawrod ein.

»Nicht alle Skinheads sind Verbrecher. Ich glaube, die Allerwenigsten. Du liegst falsch, wenn du glaubst, dass ein kahlrasierter Schädel, Tätowierungen und Piercings sichere Zeichen dafür sind, dass der Betroffene Straftaten begeht oder gar Menschen verstümmelt.«

»Ich frage mich nur, warum die Täter ihre Forderung nicht direkt an uns geschickt haben«, sinnierte Wegner.

Nawrod rieb sich am Kinn. »Da gibt es für mich nur einen Grund: Sie wollten verhindern, dass wir die Forderung geheimhalten, so wie wir es bei Erpressungen meistens machen.«

»Uhl meint, die Täter würden mit den lateinischen Botschaften zwar bestimmte Hinweise geben, aber hauptsächlich gehöre das zu ihrem Katz-und-Maus-Spiel, das sie mit der Polizei respektive mit Ihnen treiben«, fuhr Wegner fort. »Sie finden Gefallen daran, uns Rätsel aufzugeben. Uhl ist sich sicher, dass die Täter irgendwann erklären, was sie mit den Botschaften konkret meinen. Deshalb haben sie die lateinischen Sätze, die allesamt aus der Bibel stammen, nicht in der Presse verbreitet. Sie wollen uns, die Polizei, als unfähigen Apparat vorführen.«

»Haider, der nach Aussage seiner Ex-Frau Latein gelernt hat, ist meiner Meinung nach für das Verfassen der obskuren Botschaften, aber auch für die Presseartikel zuständig, während Pfaff mit seiner Tageszeitung für die Veröffentlichung sorgt«, ergänzte Yalcin.

Nawrod nickte. »Das haben die Burschen clever gemacht. Sie hatten immer so weit Vorsprung, dass sie niemand einholen und an ihrem Vorhaben hindern konnte.«

»Sicher hatten sie von Anfang an geplant, sich hinter Artikel 5 des Grundgesetzes zu verstecken, sollte ihnen die Polizei auf die Schliche kommen«, brummte Wegner frustriert. »Die Pressefreiheit und die Freiheit der Berichterstattung ist eines der höchsten Güter einer Demokratie. Deshalb wird uns kein Staatsanwalt oder Richter einen Durchsuchungsbeschluss oder gar Haftbefehl gegen die beiden ausstellen.«

»Aber es muss doch wenigstens die Möglichkeit geben, die Veröffentlichung dieses Artikels zu verhindern«, ereiferte sich Yalcin.

Wegner schüttelte den Kopf. »Artikel 5, Absatz 1, letzter Satz: Eine Zensur findet nicht statt. Damit ist wohl alles gesagt, junge Kollegin.«

»Das wollen wir doch mal sehen«, presste Nawrod entschlossen hervor. »Ich pfeif auf die Pressefreiheit, wenn das Leben eines Menschen auf dem Spiel steht. Wir müssen uns Haider und Pfaff vorknöpfen, solange noch eine Chance besteht, Radecke zu retten. Denn ich glaube kaum, dass der Vatikan auf die Forderung der Täter eingehen wird.« Nawrod sprang von seinem Stuhl auf. »Melden Sie mich bitte bei Staatsanwalt Brügge an. Sagen Sie ihm, dass ich in zehn Minuten bei ihm auf der Matte stehe!« Und zu Yalcin gewandt: »Würdest du mich bitte begleiten? Wenn es hart auf hart geht, brauche ich womöglich eine Zeugin, die vor Gericht für mich aussagt.« Nawrod grinste verbissen.

»Ihren Eifer in Ehren, Nawrod. Aber bei Brügge werden Sie kein Glück haben. Der wird seinen Kopf weiter in den Sand stecken.«

»Tun Sie mir einfach den Gefallen und melden uns an!« Mit diesen Worten verließen Nawrod und Yalcin Wegners Büro. Nawrod hörte noch, wie ihm der Soko-Leiter laut hinterherrief, er solle zurückkommen, aber das scherte ihn nicht.

Kurze Zeit später klopften sie an Brügges Amtszimmer. Nach ein paar Sekunden fiel das zweite Klopfen etwas lauter aus. Anschließend drückte Nawrod die Klinke nach unten. Die Tür war verschlossen. Nawrod grinste. »Sehr gut, der Vogel ist ausgeflogen.«

»Was ist daran gut?«, wunderte sich Yalcin.

»Das wirst du gleich sehen«, erwiderte Nawrod. Er ging zwei Büros weiter, sah auf das Türschild, klopfte und trat ohne zu zögern ein.

»Guten Tag, Frau Graf. Mein Name ist Nawrod und ich möchte …«

»Tut mir leid«, flötete die Geschäftszimmerdame. »Staatsanwalt Brügge hat gerade eben das Haus verlassen. Er wird heute auch nicht mehr zurückkommen. Sie müssen sich also bis morgen gedulden.«

»Oh, das ist aber schade! Und wir haben uns so beeilt. Was machen wir denn da?« Nawrod tat, als ob er angestrengt überlegen würde. Dann sagte er mit ernster Miene und äußerstem Respekt: »Verehrte Frau Graf, ich bin mir sicher, dass Sie uns helfen können. Es wäre überaus wichtig, wissen Sie. Bestimmt liegt es in Ihrer Kompetenz, uns sofort mit dem Bereitschaftsstaatsanwalt bekannt zu machen.«

»Darf ich fragen, um was es geht?«

»Es geht um Leben und Tod«, antwortete Nawrod. »Und Sie, liebe Frau Graf, könnten heute das Leben eines Menschen retten!«

»Ich?«, entgegnete die Geschäftszimmerdame verwundert.

»Ja, Sie und keine andere!«, antwortete Nawrod charmant und fügte hinzu: »Wenn Sie die Güte hätten ...«

»Natürlich, Herr Nawrod. Oberstaatsanwalt Steinmann hat heute Bereitschaft. Ich führe Sie zu ihm.«

Eine Minute später saßen Nawrod und Yalcin vor Steinmann. Der Anklagevertreter war ein großer, imposanter Mann mit vollen grauen Haaren, die er lässig im Stil der sechziger Jahre trug. Sein sonnengebräuntes Gesicht verriet, dass er auch noch etwas anderes kannte, als Anklageschriften zu verfassen und in muffigen Gerichtssälen Plädoyers zu halten. Er machte auf Nawrod sofort einen sympathischen Eindruck. Ein alter Hase, dachte Nawrod. Dem kann ich nichts vormachen.

»Sie müssen entschuldigen«, begann Nawrod, nachdem er sich und Yalcin vorgestellt hatte, »wir wollten eigentlich zu Herrn Staatsanwalt Brügge, aber der ist außer Haus.«

»Waren Sie angemeldet?«, fragte Steinmann und runzelte die Stirn.

»Eigentlich schon«, antwortete Yalcin. »Unser Soko-Leiter müsste uns avisiert haben. Die Sache eilt sehr, deshalb konnten wir das nicht selbst tun. Wir haben uns sofort auf den Weg gemacht.«

»Kollege Brügge hatte es auch eilig.« Steinmann schüttelte den Kopf und lächelte vielsagend. »Dann schießen Sie mal los, was haben Sie auf dem Herzen?«

Nawrod schilderte den Fall in knappen Sätzen, wobei ihn Steinmann gelegentlich unterbrach und ihn darauf aufmerksam machte, dass er einige Fakten bereits aus den Medien und aus Unterhaltungen im Kollegenkreis kannte. Nawrod schloss mit den Worten: »Sicher können wir mit den Durchsuchungen und Festnahmen von Haider und Pfaff der Schlange nicht den Kopf abhacken, aber wir können sie empfindlich treffen. Und eines ist sicher, wenn sie Radecke getötet haben, werden sie sich den Nächsten schnappen. Sie werden so lange weitermachen, bis sie ihre Forderungen durchgesetzt und ihr Ziel erreicht haben.«

»Welche Rolle spielt Ihrer Meinung nach dieser Philipp Otte?«, fragte Steinmann.

»Da gibt es nur zwei Möglichkeiten. Entweder war er das erste Opfer oder er ist Mittäter. Sein Verschwinden könnte für beides sprechen. Spätestens morgen liegt das Ergebnis der DNA-Untersuchung vor. Dann wissen wir mehr.«

»Kollege Brügge könnte morgen ...«

»Mit Verlaub, Herr Staatsanwalt Brügge in allen Ehren«, unterbrach Nawrod, »wenn wir bis morgen warten, könnte das für Radecke den Tod bedeuten. Wir wissen nicht, was die Täter mit ihm vorhaben. Sollte der Privatsekretär des Papstes der Forderung nicht bald nachkommen, und davon gehe ich aus, werden sie den Druck weiter erhöhen. Dann werden sie nicht zögern, uns Radeckes Kopf zu schicken.«

»Okay, in einer Stunde haben Sie die Haft- und Durchsuchungsbefehle«, sagte Steinmann. »Ich werde dafür sorgen, dass sie Ihnen per Fax zugestellt werden. Bereiten Sie inzwischen alles vor.« Steinmann erhob sich und gab den beiden die Hand. »Viel Glück!«

Sie bedankten sich. Als Nawrod die Türklinke herunterdrückte, rief Steinmann hinterher: »Ich hoffe, Ihnen ist bewusst, was auf dem Spiel steht. Wenn die Sache in die Hosen geht, wird uns das sehr bitter aufstoßen.«

»Alles oder nichts«, antworte Nawrod über die Schulter hinweg, während Yalcin sich umdrehte und siegessicher den Daumen hob.

»Deshalb hast du also Wegner gebeten, uns bei Brügge anzumelden. Du wusstest, dass dieser Angsthase das Weite sucht.« Yalcin schnalzte anerkennend mit der Zunge.

»Ich wusste es nicht, aber ich habe es gehofft. Brügge ist nun mal kein Mann für solche Fälle. Was liegt da näher, als sein Glück bei einem anderen zu versuchen?«

»Könnten wir dann nicht immer Steinmann einschalten, wenn wir einen Beschluss brauchen?«

»Nein, das geht leider nicht. Die Ressorts bei der Staatsanwaltschaft sind nach Deliktarten und Buchstaben unterteilt. Für Körperverletzungsdelikte und Kapitalverbrechen ist nun mal Brügge zuständig. Ich nehme an, dass ihm sein Abteilungsleiter alle Fälle zuteilt, in denen vorerst kein Täter bekannt ist.«

»Wieso das denn?«, fragte Yalcin verwundert.

»Weil die Verfahren, bei denen der Täter unbekannt ist, am leichtesten zu bearbeiten sind. Brügge hat dafür bestimmt einen Standard-Bescheid, den er, ohne einen Finger zu krümmen, den Geschädigten nach ein paar Wochen zuschickt. In der Zwischenzeit hortet er die Vorgänge auf seinem Schreibtisch, um bei seinen Kollegen den Eindruck zu erwecken, er würde in Arbeit ersticken.«

Yalcin schüttelte ungläubig den Kopf, während Nawrod fortfuhr: »In unserem Fall lief die Sache ja so an, dass es weder einen Täter noch ein Opfer gab. Wir hatten lediglich einen abgetrennten Zeigefinger. Dieser Vorgang schrie geradezu nach einem Staatsanwalt wie Brügge.«

»Übertreibst du da nicht ein bisschen? Der Mann kann doch nicht blöd sein. Immerhin hat er ein Jurastudium erfolgreich hinter sich gebracht.«

»Das heißt noch lange nicht, dass er ein guter Staatsanwalt sein muss. Ich kenne sogar Richter, die noch größere Pfeifen sind als Brügge. Das sind Leute, die vielleicht sogar ein sehr gutes Studium hinter sich haben, aber total weltfremd sind. Ich habe mal einen Richter erlebt, der den Zeugen immer und immer wieder die gleichen sinnlosen Fragen gestellt hat, nur um Zeit zu schinden und am Ende das mildeste Urteil zu fällen, das vorstellbar ist. Damit beugte er Berufungen oder Revisionen vor. Staatsanwälte und Richter kennen sich untereinander. Oft ist es die reinste Schmierenkomödie, die sie bei einer Verhandlung abziehen. Der schwache Staatsanwalt ist froh, wenn der schwache Richter ein mildes Urteil fällt. Denn dann haben alle was davon. Der Verteidiger ist in den Augen seines Mandanten ein toller Hecht, und die Herren Staatsdiener haben den Fall vom Tisch.«

»Und wir sind die Wasserträger in diesem Schauspiel?«

»Nicht ganz. Es liegt allein an dir, was du aus deiner Rolle als Bulle machst. Wenn du gut sein willst, arbeitest du deine Fälle so aus, dass die Herrschaften nicht anders können, als den Täter angemessen zu bestrafen. Das sollte stets dein Ziel sein.«

»Ich werde es mir hinter die Ohren schreiben.«

»Nawrod, Ihre Eigenmächtigkeit hat mir überhaupt nicht gefallen«, empfing sie Wegner mit verärgertem Gesicht. »Das nächste Mal warten Sie, bis …«

»In einer Stunde haben wir die Beschlüsse«, unterbrach Nawrod den Soko-Leiter. »Wir dürfen keine Zeit verlieren!«

»Was sagen Sie da?«, stieß Wegner ungläubig hervor.

»Wir müssen alles mobilisieren, was Beine hat«, antwortete Nawrod ernst. »Brügge hat sich nach Ihrem Anruf aus dem Staub gemacht. Oberstaatsanwalt Steinmann sicherte zu, dass wir um 19 Uhr die Beschlüsse auf dem Tisch haben.«

»Steinmann?«, erwiderte Wegner ungläubig. »Der ist doch Abteilungsleiter für Rauschgiftdelikte. Wieso er?«

»Er hat heute Bereitschaft und sprang für Brügge ein.«

»Zum Glück«, sagte Yalcin freudig.

»Er erwartet, dass wir Haider und Pfaff noch heute hochnehmen«, schwindelte Nawrod. »Damit werden wir diese Bande von Psychopathen gewaltig durcheinanderwirbeln. Ich bin sehr zuversichtlich, dass wir bei den Durchsuchungen Hinweise auf Radeckes Versteck finden.«

Wegner wurde blass, schüttelte den Kopf und griff sich an die Brust. »Mein Gott, Nawrod!« Sekundenlang war er zu keiner Reaktion fähig. Unentschlossenheit spiegelte sich in seinem Gesicht. Seine Stimme klang alt und brüchig, als er sagte: »Ich weiß nicht so recht. Ich denke, wir warten lieber bis morgen. Dann wissen wir, was es mit diesem Philipp Otte auf sich hat.«

»Wir müssen diese Verbrecher sofort hochnehmen. Jede Minute kann entscheidend sein«, stieß Nawrod entschlossen hervor.

Wegner atmete tief durch und straffte seinen müden Körper. So, als wolle er noch einen letzten Versuch starten, Nawrod von seinem Vorhaben abzubringen, fuhr er fort: »Wir haben auch eine neue und meines Erachtens sehr wichtige Spur. Kollege Kunze hat alle Zoos im Umkreis von 200 Kilometern sowie die tierärztlichen Vereinigungen in Baden-Württemberg, Hessen und Rheinland-Pfalz per E-Mail angeschrieben. Soeben erhielt er die Nachricht, dass im Frankfurter Zoo vor einigen Wochen der gesamte Bestand an Etorphin inklusive des dazugehörigen Betäubungsgewehrs gestohlen wurde. Der Verdacht fiel auf einen Markus Schaller, der dort als Tierpfleger arbeitete und ein paar Tage nach dem Diebstahl nicht mehr an seiner Arbeitsstelle erschienen ist. Versuche, ihn zu Hause zu erreichen, schlugen bislang fehl. Der Mann ist 31 Jahre alt und wegen Körperverletzung vorbestraft. Kunze klebt an der Sache und gibt Bescheid, sobald er Näheres in Erfahrung gebracht hat.«

»Um den Tierpfleger können wir uns später kümmern.« Nawrod brannte voller Ehrgeiz. »Wir sollten mit Haider und Pfaff keine Sekunde mehr warten. Ich bin sicher, dass wir bei ihnen Beweise finden und anschließend auch die anderen schnappen. Pfaff ist bestimmt keiner, der einer harten Vernehmung standhält. Er wird den oder die Mörder verraten, um seine eigene Haut zu retten.«

Wegner zögerte. Schließlich gab er sich einen Ruck. »Auf Ihre Verantwortung. Sie stehen beide dafür gerade; wenn die Aktion schiefläuft, dann … Haben wir uns verstanden?«

»Sie wird nicht schieflaufen. Davon bin ich überzeugt. Haider und Pfaff hängen ganz dick in der Sache drin. Wir mischen die gehörig auf, und ich bin ziemlich sicher, dass wir Gottwald Radecke noch in der Nacht befreien können.«

45

Wegner hatte seine Vorbehalte beiseitegeschoben und Nawrod die Einsatzleitung übertragen. Yalcin sollte als Assistentin fungieren, obwohl sie pro forma zur Hauptsachbearbeiterin bestimmt worden war.

Die beiden saßen in ihrem Wagen, den sie im Schnittpunkt der vier Durchsuchungsobjekte geparkt hatten. So konnten sie bei Problemen oder wichtigen Neuigkeiten jedes Ziel in etwa der gleichen Zeit erreichen. Nawrod nahm den Hörer des Funkgerätes aus der Halterung und begann zu sprechen: »Greif an Falke 1.«

»Falke 1 hört.«

»Wie ist die Lage, Falke 1?«

»Der Vogel sitzt in seinem Nest«, quäkte es aus dem Lautsprecher.

»Falke 2, wie sieht es bei euch aus?«

»Ebenso. Aber da sitzt nicht nur das Vogelmännchen, sondern auch das Weibchen mit den beiden Jungen im Nest.«

»Hier Falke 3: Wie bekannt sein dürfte, hat unsere alte Henne ihr Nest seit Tagen nicht mehr verlassen. Wenn sie inzwischen nicht das Zeitliche gesegnet hat, wird sie jetzt vor der Glotze sitzen und sich die Tagesschau reinziehen.«

»Hier Falke 4: Bei der jungen Henne ist es ganz ähnlich. Nach Veröffentlichung der Phantombilder hat sie sich kaum noch aus dem Nest gewagt. Die wird Augen machen, wenn wir sie hochnehmen.«

»Okay, Jungs!« Nawrods Stimme klang angespannt. »Bitte Uhrenvergleich! Wir haben jetzt exakt 20:10 Uhr. In genau fünf Minuten schlagen wir zu. Kommen, ob verstanden!«

Der Reihe nach quittierten die Teams Nawrods Funkspruch. Im Rahmen der Einsatzbesprechung hatte Nawrod die Mitglieder der Soko auf die kommende Aufgabe eingeschworen. Die Durchsuchungstrupps bestanden aus vier Kriminalbeamten der Soko, vier Beamten des Mobilen Einsatzkommandos und einem Kriminaltechniker, der für die Spurensicherung vor Ort zuständig sein sollte. Jeder wusste, was zu tun war. Nicht den geringsten Fehler durfte es bei dieser hochbrisanten Aktion geben. Die Personen, ihre Wohnungen sowie Fahrzeuge waren aufs Gründlichste nach Beweisen und Indizien zu durchsuchen. Dazu gehörte auch das Auffinden von Schriftstücken, die auf noch unbekannte Gebäude oder Areale hindeuteten, die als Versteck der Geisel dienen könnten.

Ebenso hatte jedes Team Order, sämtliche Computer der Verdächtigen zu beschlagnahmen und sie zum Polizeipräsidium zu bringen. Dort sollten sie unverzüglich von den bereitstehenden Spezialisten auf Daten und Dokumente durchforstet werden, die unter Umständen der Aufklärung des Falles dienen könnten. Für alle vier Personen hatte der zuständige Richter auf Antrag des Staatsanwaltes Haftbefehle ausgestellt. Sofort nach ihrer Festnahme sollten sie getrennt voneinander ins Präsidium gefahren und dort zu den Tatvorwürfen befragt werden. Nawrod behielt sich vor, Haider persönlich zu vernehmen. Goll und Faber sollten sich Robert Pfaff vorknöpfen, während Hauk und Kunze sich jeweils einer der beiden Frauen zu widmen hatten.

Nachdem die Aktion pünktlich um 20:15 Uhr begonnen hatte, bahnte sich schon bald die Katastrophe an. Abgesehen von den beschlagnahmten Computern, die erst noch zu überprüfen waren, wurden bei den Verdächtigen nicht die geringsten Beweise gefunden. Zudem erlitt Haiders Mutter eine Herzattacke und musste mit dem Notarztwagen ins Krankenhaus gebracht werden. Seine Schwester bekam einen Nervenzusammenbruch. Sie lebte seit der Veröffentlichung des Phantombildes in ständiger Angst, verhaftet zu werden, und jetzt wurde der Alptraum Wirklichkeit.

Robert Pfaff war außer sich. Der Zeitungsredakteur protestierte aufs Heftigste gegen die Durchsuchung seiner

Wohnung und seines Büros. Als man ihm die Festnahme erklärte, wurde er kreidebleich. Nachdem er sich wieder einigermaßen gefasst hatte, kündigte er eine sofortige Beschwerde beim obersten Gericht an.

Haider hingegen reagierte auffallend gelassen. Noch in seiner Wohnung erklärte er, dass er mit den Verstümmelungen und dem Mord nichts zu tun habe und nur seiner Berichtspflicht als Journalist nachgekommen sei. Die Texte habe er in Kurzform von einer unbekannten Person per SMS erhalten, nachdem ihm unbemerkt ein Handy zugespielt worden sei. Das fragliche Handy übergab er sofort einem Beamten. Ebenso sein eigenes iPhone, das er in der Hosentasche trug.

Bei dieser Aussage blieb Haider auch, als er Nawrod in dem Vernehmungszimmer gegenübersaß.

»Das können Sie erzählen, wem Sie wollen«, herrschte ihn Nawrod an.

»Tut mir leid, Herr Kommissar«, antwortete Haider cool. »Es ist die Wahrheit. Ich war ja auch geschockt, als ich die erste Nachricht bekam. Zuerst dachte ich, jemand hätte mir im Lokal aus Versehen das Handy in die Tasche gesteckt. Kurz darauf bekam ich dann aber die SMS mit dem Hinweis auf den abgeschnittenen Zeigefinger. Ich glaubte meinen Augen nicht zu trauen und dachte an einen Scherz. Doch es ließ mir keine Ruhe. Um mich zu vergewissern, rief ich meinen Informanten aus dem Polizeipräsidium an. Der bestätigte mir den Sachverhalt.«

»Wer ist der Informant, und wann war das genau?« Nawrod kochte innerlich vor Wut, aber er versuchte sich nichts anmerken zu lassen.

»Meine Informanten gebe ich grundsätzlich nicht preis. Das verstehen Sie doch, oder? Wann die erste SMS bei mir einging, können Sie auf dem Speicher des Handys sehen, das ich Ihrem Kollegen gegeben habe. Ich habe keine SMS gelöscht. Den Informanten im Präsidium habe ich allerdings aus einer Telefonzelle angerufen. Das ist Bestandteil der Abmachung mit ihm. Sie können also den fraglichen Anruf nicht zurückverfolgen.«

Nawrods Kiefermuskulatur mahlte. Sein Brustkorb hob und senkte sich, bevor er drohend hervorstieß: »Haider, Sie hängen ganz tief in der Scheiße! Ist Ihnen das bewusst?«

»Ich wiederhole noch einmal, ich habe mit diesen furchtbaren Verbrechen nichts zu tun.« Haider lehnte sich lässig in den Stuhl zurück und verschränkte die Arme vor der Brust.

»Natürlich habe ich mir auch Gedanken darüber gemacht, wie ich diese Bluttaten hätte verhindern können. Aber sagen Sie selbst, wie hätte ich das fertigbringen sollen? Immer, wenn die SMS-Nachrichten bei mir ankamen, war das Verbrechen doch schon geschehen. Ich hatte nur noch die Möglichkeit«, er runzelte die Stirn, »nein, die Pflicht, darüber zu berichten, und das habe ich getan, indem ich der *Heidelberger Allgemeinen* die Story exklusiv verkaufte. Robert Pfaff hat natürlich gleich zugegriffen. Das können Sie alles auf meinem Rechner nachvollziehen. Die E-Mails zwischen ihm und mir befinden sich allesamt noch auf dem Server meines Providers.«

Haider zuckte zusammen, als Nawrod mit der Faust so fest auf den Tisch schlug, dass der kleine Ständer des Mikrofons hochhüpfte und umkippte. »Sie selbst haben sowohl Ihre Mutter als auch Ihre Schwester dazu benutzt, die Pakete mit den abgetrennten Körperteilen bei der Post aufzugeben. Gestehen Sie endlich, und nennen Sie mir den Namen des Mörders, wenn Sie es nicht selbst waren!«

Haider sah Nawrod mit großen Augen an und begann zu stottern: »Das mit meiner Mutter und meiner Schwester … das … das hat mich selbst umgehauen. Als ich die Phantombilder in den Zeitungen sah, habe ich natürlich gleich die Ähnlichkeit mit den beiden erkannt. Aber ich wusste ja, dass sie nichts mit der Sache zu tun haben konnten. Ich rief sie sofort an und sagte ihnen, sie sollten sich einfach ruhig verhalten, bis der Fall geklärt oder Gras über die Sache gewachsen sein würde. Elvira war es hochpeinlich. Sie wurde an ihrer Arbeitsstelle von mehreren Mitarbeitern angesprochen und traute sich dann nicht mehr aus dem Haus.«

»Ihre Mutter erlitt bei der Verhaftung einen Herzanfall und musste in die Klinik gebracht werden. Sehen Sie nicht, was Sie angerichtet haben? Das haben Sie und sonst keiner zu verantworten!« Nawrod versuchte mit dieser Nachricht, Haider in die Ecke zu drängen. Er studierte jede Regung seines Gegenübers. Ihm entging nicht, dass der Journalist plötzlich seine Coolness verlor und blass wurde.

»Sie haben was?«, fragte er entsetzt. »Meine Mutter verhaftet? Sind Sie denn total verrückt geworden?« Haider schüttelte fassungslos den Kopf. Schweiß trat ihm auf die Stirn »Ich wiederhole noch einmal, meine Angehörigen haben mit der Sache nicht das Geringste zu tun. Die Ähnlichkeit mit den beiden Phantombildern ist reiner Zufall«, schrie er laut.

»An Zufälle glaube ich schon lange nicht mehr«, schrie Nawrod zurück. »Gestehen Sie endlich!«

»Hören Sie, ich bin bereit, mit Ihnen zusammenzuarbeiten, aber lassen Sie bitte Elvira und meine Mutter aus dem Spiel.«

»Darüber können wir reden«, erwiderte Nawrod und beugte sich Haider entgegen. »Sie wollen also gestehen?«

»Es gibt nichts zu gestehen, Herr Nawrod«, antwortete Haider und schüttelte den Kopf. Langsam gewann er seine Fassung wieder. »Ich tue alles, was Sie mir sagen, möchte aber im Gegenzug weiter an der Story arbeiten.«

Nawrod sah Haider direkt in die Augen. Dann sagte er mit gefährlich kalter Stimme: »Sie sind wohl nicht ganz bei Trost, Herr Haider. Ich sperre Sie ein, bis Sie schwarz werden. Irgendwann werden Sie gestehen.« Danach erhob er sich, legte Haider Handschellen an und führte ihn in eine Zelle. Die Proteste Haiders ignorierte er stumm. Er ließ sich auf keinen weiteren Wortwechsel mehr ein.

Als er in das Vernehmungszimmer zurückkam, sah ihn Yalcin fragend an.

»Ich weiß, was du jetzt denkst, Nesrin«, brummte er.

Yalcin stemmte ihre Hände in die Hüften. »Ich bin der Meinung, du hast …«

»Spar dir die Spucke, Partnerin!«, unterbrach Nawrod sie. »Ich denke das Gleiche wie du. Haider sagt die Wahrheit.«

»Aber warum hast du ihn dann eingesperrt?«

»Erstens haben wir einen Haftbefehl gegen ihn, und zweitens müssen wir uns absolut sicher sein, bevor wir ihn wieder laufen lassen. So ein kleiner Aufenthalt in einer engen Zelle wird ihn kooperationswilliger machen, wenn wir tatsächlich auf seine Mitarbeit angewiesen sind. Bin gespannt, was Pfaffs Vernehmung ergeben hat.«

Goll und Faber hatten bei Pfaffs Vernehmung alle Register ihres Könnens gezogen. Doch der Redakteur blieb dabei, er habe vor einiger Zeit von Haider, mit dem er zuvor schon etliche Male zusammengearbeitet habe, einen Anruf erhalten. Haider habe ihm eine tolle Sensationsstory mit Exklusivrecht angeboten. Der Journalist habe ihm versichert, dass die Geschichte wasserdicht sei. Eine Quelle im Polizeipräsidium habe ihm das bestätigt. Als Chefredakteur habe er sofort die Brisanz der Story erkannt und Haider ein lukratives Angebot gemacht. Nach Veröffentlichung des ersten Artikels sei die Auflage seiner Zeitung um etwa 23 Prozent gestiegen. Zuletzt konnte sie sogar um 78 Prozent gesteigert werden. Es sei eine gigantische Neugier der Leser in diesem Mordfall festzustellen. Wie es in der Branche üblich sei, habe er die Story natürlich auch an andere Medien verkauft.

Den Vorwurf, er sei Mitglied einer Organisation, die es sich zum Ziel gemacht habe, der katholischen Kirche großen Schaden zuzufügen, wies er als lächerlich zurück. Er selbst sei zwar Atheist, würde sich aber nie an irgendwelchen kriminellen Machenschaften beteiligen, schon gar nicht an einem Mord.

»Im Übrigen befindet sich der nächste Artikel zu dem Fall bereits im Druck und wird in der morgigen Ausgabe erscheinen«, sagte Pfaff mit sichtlicher Genugtuung am Ende der Vernehmung. Sein ironisches Lächeln trieb Goll die Zornesröte ins Gesicht. Kriminalkommissar Faber ballte die Fäuste, als Pfaff nachsetzte: »Spätestens übermorgen wird die ganze

Welt wissen, dass der Redakteur der *Heidelberger Allgemeinen* Opfer einer sinnlosen Durchsuchungs- und Verhaftungsaktion wurde. Die Schlagzeile wird lauten: Unfähige Polizei will Presse mundtot machen!«

Faber wollte kontern: »Wir werden Sie …«

»Einsperren?«, unterbrach Pfaff laut und lachte. »Nur zu, meine Herren. Je länger, desto besser. Jede Minute, die ich in der Zelle verbringe, werde ich zu vergolden wissen. Ich werde berichten, wie man unschuldig in Verdacht gerät, nur weil man seiner journalistischen Pflicht nachgekommen ist. Und ich werde detailliert beschreiben, wie ich von zwei Kriminalbeamten bedroht und in einen dunklen Kerker geworfen wurde, weil sie offenbar nicht imstande sind, die wahren Täter zu ermitteln.«

Pfaffs anfängliche Wut, die ihn bei seiner Verhaftung überfallen hatte, schien wie weggeblasen. Er erhob sich und rieb sich freudig die Hände, bevor er sie Goll zur Fesselung entgegenstreckte. »Meine Herren, ich habe Ihnen nichts mehr zu sagen.«

Die Kommissare sahen sich fragend an. Goll zog die Handschellen aus dem Gürtel. Faber schüttelte den Kopf und presste verärgert hervor: »Den Gefallen tun wir Ihnen nicht, Herr Pfaff.« Er ging um den Tisch herum und fasste den Redakteur am Oberarm. Schweigend verließen sie das Vernehmungszimmer. Sie brachten Pfaff in einen Warteraum und boten ihm einen Kaffee an, den er dankend ablehnte. Während Goll bei ihm blieb, ging Faber schnurstracks zu Wegner und erstattete Bericht. Der Soko-Leiter hatte von Nawrod schon erfahren, was Haider zu seiner Verteidigung hervorgebracht hatte.

»Wenn es stimmt, was Pfaff und Haider sagen, dann Gnade uns Gott«, stöhnte Wegner. »Sie werden uns in Stücke reißen!«

»Was sollen wir mit Pfaff machen? Sollen wir ihn einsperren?«

»Auf keinen Fall! Ich habe veranlasst, dass sämtliche Nachrichten auf Haiders Handy sowie die E-Mails auf den beschlagnahmten PCs noch heute Nacht auszuwerten sind. Bis wir Klarheit haben, müssen Pfaff und Haider allerdings noch hierbleiben. Nawrod und Yalcin haben die Order erhalten, Haider aus der Zelle zu holen und es ihm so angenehm wie möglich zu machen. Das Gleiche gilt für Pfaff.« Wegner fasste sich an die linke Brustseite. Er atmete tief durch, bevor er müde sagte: »Als ob ich es geahnt hätte!«

Es dauerte nicht lange, bis feststand, dass Haider und Pfaff zumindest hinsichtlich ihrer Mail-Kontakte die Wahrheit gesagt hatten. Weiter ergaben die Nachforschungen, dass auf Haiders iPhone keine Daten oder SMS gespeichert waren, die auf ihn als Täter hingedeutet hätten. Der Anschluss war ordnungsgemäß auf Haider angemeldet.

Bei dem anderen Handy handelte es sich um ein billiges No-Name-Produkt unbekannter Herkunft. Es konnte nur so viel in Erfahrung gebracht werden, dass die darin enthaltene Prepaid-Karte aus Tunesien stammte. Eine über Interpol gesteuerte Anfrage bei den tunesischen Sicherheitsbehörden ergab, dass Karte und Handy höchstwahrscheinlich auf dem Schwarzmarkt verkauft worden waren. Erstaunlich war, dass die Karte noch über ein beträchtliches Guthaben verfügte. Offensichtlich wollte der Mörder sichergehen, dass Haider über einen längeren Zeitraum erreichbar war. Er wusste wohl, dass das Guthaben bei jeder erhaltenen SMS oder bei einem Anruf in Deutschland nicht unerheblich belastet werden würde.

Die Nummer des Absenders der SMS stammte ebenfalls aus Tunesien. Natürlich konnte auch zu dieser Nummer kein Anschlussinhaber ermittelt werden.

Wegner berief eine Lagebesprechung ein, bei der eiligst die Fakten erörtert wurden. Es gab keinen Zweifel: Haider und Pfaff mussten unverzüglich auf freien Fuß gesetzt werden.

46

Pfaffs Frau war von der Verhaftung ihres Mannes schockiert. Sie brauchte einige Zeit, um ihre Fassung zurückzuerlangen. Nachdem die Durchsuchung beendet und ihr Mann vor den Augen ihrer beiden Kinder in Handschließen abgeführt worden war, überlegte sie, was zu tun sei. Zuerst versuchte sie vergeblich, Kontakt mit einem befreundeten Rechtsanwalt aufzunehmen. Anschließend rief sie in der Redaktion an. Von dem noch anwesenden Redakteur des politischen Magazins erfuhr sie, dass dort ebenfalls eine Durchsuchung stattgefunden hatte, bei der im Büro ihres Mannes dessen beide Rechner beschlagnahmt worden seien.

Bevor ihre Kinder auf die Welt gekommen waren, hatte Isabelle Pfaff als Reporterin bei der *Heidelberger Allgemeinen* gearbeitet. Als Mädchen für alles half sie überall aus, wo es klemmte. Dabei hatte sie sämtliche Freiheiten, die man als Frau des Chefredakteurs und Besitzers der Zeitung haben konnte. Bei allem, was sie tat, genoss sie aufgrund ihrer außerordentlichen journalistischen Fähigkeiten das uneingeschränkte Vertrauen ihres Mannes. Im Gegenzug konnte sie ihm bedingungslos vertrauen. Die Anschuldigungen, die auf dem roten Haftbefehl standen, konnten unmöglich zutreffen. Sie wusste, was sie zu tun hatte. Der Leiter der Druckerei fiel aus allen Wolken, als sie die Maschinen stoppen ließ und ihn bat, er möge sich in zwanzig Minuten im Konferenzraum der Redaktion einfinden. Noch bevor Robert Pfaff nach Hause zurückkehrte, hatte seine Frau alles in die Wege geleitet.

Am frühen Morgen des nächsten Tages erschien die *Heidelberger Allgemeine* mit folgender Schlagzeile: Mörder schlug wieder zu – Chefredakteur unschuldig im Gefängnis. In dem Artikel wurde fast wortgetreu Haiders Text, den er per E-Mail an Pfaff übersandt hatte, wiedergegeben. Ausführlich wurde von der Verhaftung Pfaffs und Haiders berichtet. Die Festnahmen der Journalisten wurden als Beweis für die Hilflosigkeit und Unfähigkeit der Polizei und Staatsanwaltschaft dargestellt. Der Artikel schlug in der Medienwelt wie eine Bombe ein. Kaum eine halbe Stunde nach Erscheinen der Zeitung gingen die Neuigkeiten um die ganze Welt. Eine Welle des Entsetzens schwappte zurück. Plötzlich ging es nicht mehr nur um einen Mörder und dessen armseliges Opfer, das verstümmelt und dem Tode nahe war, sondern um Papst

Clemens XII., der wahrscheinlich einen Mann schützte und ihn sogar als Privatsekretär erkoren hatte, obwohl dieser als Priester junge Ministranten missbraucht hatte. Innerhalb weniger Stunden wurden in den meisten Nachrichtenportalen die wildesten Spekulationen veröffentlicht. Warum hatte der Papst, als er noch Bischof gewesen war, die Hand über Johannes Holzmann gehalten und warum hatte er ihn zu seinem Privatsekretär gemacht? Etwa weil Holzmann schon immer ein Schönling war, dessen Charme und gutes Aussehen die Presse oft mit dem des homosexuellen Hollywood-Schauspielers Rock Hudson verglich, der bekanntlich an Aids starb? War die schreckliche Vergangenheit Holzmanns etwa das Pfand, das der Papst gegen seinen Privatsekretär in der Hand hielt, und der Grund für dessen unerschütterliche Treue zu dem Oberhaupt der katholischen Kirche? Wie weit gingen die Forderungen und Wünsche des Pontifex? Musste ihm Holzmann in allen Lebensbereichen zu Diensten sein?

Bereits in den Mittagsnachrichten griff der islamische Sender Al Arabia das Thema auf und stellte Papst Clemens XII. als einen der Todsünde verfallenen Führer einer Religion dar, die nunmehr in der Welt keine Existenzberechtigung mehr haben dürfe und mit anderen sündigen Sekten auf einer Stufe stehe.

Während die gesamte christliche Welt aus den Fugen zu geraten schien, hüllte sich der Vatikan in eisernes Schweigen. Gleichwohl liefen hinter den Kulissen die Drähte heiß. Es war, als hätte jemand in einen Bienenkorb gestochen. Die Kurienkardinäle in ihren purpurnen Gewändern rannten hektisch von einem Besprechungszimmer zum anderen. In noch nie dagewesener Eile wurden Möglichkeiten ausgelotet, wie man der Situation Herr werden könnte. Doch statt konkrete Lösungen auszuarbeiten, kehrte sich alles ins Gegenteil um. Der schon zu allen Zeiten im Untergrund schwelende Neid und die durch jahrelange Grabenkämpfe abgrundtiefen Aversionen zwischen den Kardinälen brachen wie ein eitriges Geschwür auf. Man schrie sich gegenseitig an und beleidigte einander. Der schwergewichtige italienische Kardinal Paolo Ricenti versetzte während einer hitzigen Debatte seinem polnischen Kollegen gar einen derart heftigen Faustschlag ins Gesicht, dass dieser minutenlang bewusstlos war.

Abends berichteten im Fernsehen mehrere Journalisten aus gut unterrichteten Kreisen, welchen gewaltigen Schaden die »Bombe« im Vatikan angerichtet hatte. Sie hatte offenbar keinen Stein mehr auf dem anderen gelassen und bei dem nunmehr fast 82-jährigen Pontifex einen Zusammenbruch hervorgerufen. Im Bett liegend, kaum noch des Sprechens mächtig, sei er zu keiner Entscheidung mehr fähig. Sein Privatsekretär, der ihm Jahrzehnte zur Seite gestanden hatte, sei spurlos verschwunden. Schon wurden Vermutungen angestellt, wer in die Fußstapfen des Papstes treten könnte. Meinungen und Stimmen einzelner Mitglieder der Kurie wurden zitiert und gegeneinander abgewogen.

Der unvermeidbare Gärungsprozess, der sich wie immer in Gang setzte, wenn der Stuhl Petri vakant war, hatte schlagartig begonnen. Doch dieses Mal viel heftiger und schneller als sonst. Statt in den Stunden der höchsten Not zusammenzuhalten, schienen sich die hohen Würdenträger zu zerfleischen. Über die Nachrichtensender wurden gezielt Gerüchte gestreut, die den einen oder anderen potenziellen Nachfolger des Pontifex in Misskredit bringen sollten. Von einer Sekunde zur anderen zerfiel der Vatikan in verschiedene Interessengruppen, die sich bis aufs Messer bekämpften. Die Vertreter der Pius- und Petrusbrüder, der Neokatechumen, der Legionäre Christi und natürlich das weltweite Netzwerk des Opus Dei, sie alle hatten ihren Fehdehandschuh in den Ring geworfen, denn es ging um Macht und mit der Macht um Geld, viel Geld. Unermessliche, von der Kirche im Laufe der Jahrhunderte an sich gerissene Schätze, Immobilien und Grundbesitze warteten nicht auf den neuen Papst, sondern auf die Horden unter ihm, die neuen Machthaber in der Kurie und ihre jeweiligen Klüngel im Schlepptau. Sie waren es, denen vor Gier schon der Speichel aus dem Mund lief.

Pfaff und Haider versuchten, das Fell des Bären so teuer wie nur möglich zu verkaufen. Den ganzen Tag über nahm man Anrufe von Vertretern anderer Zeitungen und diverser Nachrichtensender entgegen und verhandelte mit ihnen oder man besprach sich über das weitere Vorgehen.

Ähnlich wie im Vatikan hatten der Artikel der *Heidelberger Allgemeinen* sowie die nachfolgenden Radio- und Fernsehberichte auch im Polizeipräsidium eine Spur der Verwüstung hinterlassen. Bundes- und Landesinnenminister trafen gegen 15 Uhr mit Helikoptern ein und ließen sich vor Ort von Polizeipräsident Volker Lehmann und Soko-Leiter Kurt Wegner unterrichten. Beide Politiker ließen ein Gewitter von Anschuldigungen auf Lehmann und Wegner niederprasseln, das seinesgleichen suchte. Ergebnis der fast zweistündigen Besprechung war, dass man nun wirklich alles Menschenmögliche tun müsse, um die Mörder endlich zur Strecke zu bringen. Für das bisherige Dilemma müsse der Presse und breiten Öffentlichkeit zudem der Kopf eines Verantwortlichen auf dem Silbertablett präsentiert werden. Natürlich fiel die Wahl sofort auf Nawrod. Er war es ja auch, der auf Biegen und Brechen die Verhaftung der beiden Journalisten und die Durchsuchungen ihrer Wohnungen und Büros durchgesetzt hatte. Eine Suspendierung Nawrods würde die Gemüter erst einmal beruhigen. Auf ihn könnte man alle Vorwürfe der nächsten Tage abladen.

»Auf ihn und dieser Kommissaranwärterin«, meinte der Landesinnenminister. »Wie heißt sie doch gleich?«

»Nesrin Yalcin«, antwortete Wegner. »Aber die junge Kollegin kann doch …«

»Zwei Köpfe sind besser als einer«, schnitt ihm der Minister das Wort ab und hob die Augenbrauen. »Die junge Dame ist wohl türkischer Herkunft?«

»Ja, das ist sie. Aber …«

»Ihre Familie wird sie auffangen. Das haben uns diese ethnischen Minderheiten in Deutschland voraus. Die halten zusammen wie Pech und Schwefel.«

»Wir geben das so an die Presse, als ob die ganze Aktion ein Alleingang von den beiden gewesen wäre. Hoffen wir, dass diese Meute von Hyänen sich damit zufriedengibt«, fügte der Bundesinnenminister hinzu. »Und Ihnen beiden rate ich dringend, den Fall in den nächsten Tagen aufzuklären.«

»Das wird nicht leicht sein«, antwortete Lehmann.

»Wir haben es mit mehreren intelligenten Tätern zu tun, die vor nichts zurückschrecken«, ergänzte Wegner.

Die Augen des Ministers wirkten kalt wie die eines Tigerhaies. »Ich werde mich nicht scheuen, Sie Ihres Amtes zu entheben, Herr Lehmann. Und Sie, Herr Wegner, werde ich in den vorzeitigen Ruhestand schicken, wenn der Fall nicht binnen einer Woche aufgeklärt ist.«

47

Er hatte alles auf eine Karte gesetzt und musste nun für das Desaster die Verantwortung übernehmen. Die Suspendierung war die logische Folge seines Versagens. Daran gab es selbst für ihn nichts zu rütteln. Mit gesenktem Kopf hörte er sich Lehmanns kurze Begründung an. Anschließend wurde er von Wegner in dessen Büro gebeten. Dort bat der Soko-Leiter Nawrod um seine Pistole und den Dienstausweis. Nawrod zögerte. Die Aufforderung ging wie ein Stich durch seinen ganzen Körper. Es war ein Schmerz, undefinierbar, weil nicht physisch verursacht, aber ein Schmerz, der richtig weh tat. Und plötzlich fühlte er sich in eine dunkle Schlucht hinuntergestürzt, wartend auf den harten Aufprall, auf das Ende seines Polizistendaseins. So konnte nur jemand fühlen, der sich mit Leib und Seele dem Beruf des Kriminalbeamten verschrieben hatte.

Wegner sah Nawrods tiefe Betroffenheit. Er ahnte, was in seinem Mitarbeiter vorging. »Sobald der Sturm vorüber ist, sehen wir uns wieder. Bis dahin verhalten Sie sich ruhig. Fahren Sie nach Hause oder setzen Sie sich in den Flieger und machen irgendwo Urlaub. Und bitte, keinen Kontakt zur Presse! Unter keinen Umständen! Haben Sie mich verstanden?«

Nawrod zog die Pistole aus dem Gürtelhalfter und legte sie zusammen mit Dienstausweis und Marke auf Wegners Schreibtisch.

»Wir werden das Kind schon schaukeln«, fuhr Wegner fort. »Vor zehn Minuten kam das Ergebnis der DNA-Untersuchung. Philipp Otte war wohl das erste Opfer des Mörders.«

»Und Radecke wird der nächste Tote sein.« Wut schwang in Nawrods Stimme.

»Wenn wir den Kerl nicht binnen einer Woche zu fassen kriegen, rollen weitere Köpfe. Lehmann und ich werden Ihnen dann Gesellschaft leisten.« Wegner versuchte, sich ein Lächeln abzugewinnen.

»Dann könnten wir ja eine Skatrunde aufmachen«, brummte Nawrod missmutig.

»Das wär's dann wohl.« Mit diesen Worten drehte er sich um und verließ Wegners Büro. Auf dem Flur ballte er die Fäuste und stieß einen leisen Fluch aus. Am liebsten hätte er seine Wut laut hinausgebrüllt.

Yalcin empfing ihn mit »Hey, Partner!« Ihre Stimme klang fremd, nicht mehr so cool und großspurig wie sonst. Eher verletzlich, zerbrechlich wie Glas. Ihr Augen-Make-up war verschmiert. Auf dem Schreibtisch vor ihr stand ein kleiner Karton, in dem sich ein paar Bücher und Hefte befanden.

»Du auch?« Nawrod war überrascht.

»Scheißladen!«, presste sie hervor. Doch es klang nicht bissig, nicht überzeugend. Sie kramte in den Fächern ihres Schreibtisches.

»Lass uns gehen, Kleine!«

»Hab dir doch gesagt, du sollst nicht immer Kleine zu mir sagen.«

»Das wollte ich hören, Nesrin!« Nawrods Mund umspielte ein Lächeln. Obwohl sie soeben ihre Kündigung erhalten hatte, war ihr großes Kämpferherz längst noch nicht gebrochen.

Sie gingen schweigend über den langen Flur und blieben am Fahrstuhl stehen. Als sich die Tür öffnete, kam ihnen Sabine Bauer entgegen.

»Ich wollte euch gerade besuchen. Ich habe gehört, dass … dass …«

»Du hast richtig gehört«, antwortete Nawrod mit rauer Stimme.

»Die Buschtrommeln funktionieren in solchen Fällen erstaunlich gut. Kann ich für euch irgend etwas tun? Ich meine, kann ich euch wenigstens heute Abend zum Essen einladen?« Sabine Bauers Stimme klang weich und besorgt. Nawrod spürte ihre Hand auf seinem Arm.

»Nein, tut mir leid«, antwortete Yalcin. »Mir ist nicht zum Essen zumute. Ich will heute niemanden mehr sehen.«

Nawrod schüttelte den Kopf. »Mir geht es ganz ähnlich. Vielleicht ein anderes Mal.«

Sabine Bauer lächelte. »So kann man keine wunde Seele heilen.«

»Wie meinst du das?«

»Wie ich es gesagt habe. Wir drei könnten zusammen schön essen und dazu einen guten französischen Rotwein trinken.«

»Heute nicht, tut mir leid, Sabine«, antwortete Nawrod, bevor er den Fahrstuhlknopf betätigte. Die Tür ging sofort auf. Sie traten ein und fuhren schweigend nach unten. Sabine Bauer stieg im zweiten Obergeschoss aus. Sie blieb kurz in der Türöffnung stehen.

»Ach ja, fast hätte ich es vergessen: Ich habe vorhin von Barbara einen Anruf erhalten. Sie teilte mir mit, dass es zweifelsfrei Radeckes Zunge ist und dass sie darin keinerlei Spuren eines Narkotikums finden konnte.«

»Mein Gott, sie haben Radecke die Zunge bei vollem Bewusstsein herausgeschnitten. Das sind nicht nur Mörder, das sind blutrünstige Schweine«, antwortete Nawrod betroffen.

»Ja, es sieht tatsächlich so aus, als ob sie sich an den Schmerzen ihrer Opfer aufgeilen. Aber das wussten wir schon, bevor sie uns die Zunge schickten.« Mit diesen Worten trat Sabine

Bauer auf den Flur. Als ob die Lichtschranke voller Ungeduld darauf gewartet hätte, schloss sich Sekundenbruchteile später die Tür des Fahrstuhls.

»Adieu, Präsidium!« Yalcin seufzte, während sie draußen auf den Gehweg traten.

»Hast du noch etwas Zeit, bevor du dich in dein Schneckenhaus zurückziehst und in Depressionen verfällst?«

Yalcin sah Nawrod mit großen Augen an. Sie verstand sofort. »Hey, Partner, was hast du vor?«

»Bei allem, was ich dir schon beigebracht habe, vergaß ich leider, dir den wichtigsten Grundsatz einzuhämmern!«

»Und der wäre?«

»Ein guter Polizist gibt niemals auf.«

»Das heißt, wir machen weiter?«

»Du hast es erfasst. Ich habe da ein paar Ideen. Wenn wir schneller und vor allem erfolgreicher sind als Wegner mit der Soko, werden uns die Herren Innenminister die Füße lecken. Du wirst sehen. Wir dürfen uns nur nicht erwischen lassen.«

»Und wie sollen wir das anstellen? Wenn wir irgendwo auftauchen, müssen wir doch sofort die Ausweise zücken, die wir leider nicht mehr haben. Und wenn es gefährlich wird, haben wir nicht einmal Kanonen, um uns zu verteidigen.«

Nawrod grinste. »Wir fahren erst mal zu dir nach Hause und machen es uns gemütlich.«

Yalcin schnauzte Nawrod an: »Drehst du jetzt ganz durch? Mir ist überhaupt nicht nach Anmache!«

»Hey, komm mal runter, Nesrin. Du wirst schon sehen.«

Kurze Zeit später waren sie in Yalcins Wohnung. Sie aßen eine Kleinigkeit und dann rückte Nawrod mit seiner Idee heraus.

48

Er saß fast ununterbrochen vor dem Bildschirm und verfolgte gespannt die Nachrichten und Sondersendungen. Außerdem lagen die meisten Tageszeitungen auf dem großen Wohnzimmertisch. Manchmal fluchte er verärgert vor sich hin, ein anderes Mal rieb er sich schadenfroh die Hände. Doch der ganz große Erfolg blieb aus. Johannes Holzmann schien nicht gewillt zu sein, vor laufender Kamera ein Geständnis abzulegen. Wie sein Mentor, der Papst, hüllte sich dessen Privatsekretär einfach in Schweigen. Auch der Pressesprecher des Vatikans gab keinerlei Statements ab. Alles, was die Nachrichtensender und ihre Korrespondenten verkündeten, waren Mutmaßungen und Prognosen. Ganze Herden von Übertragungswagen aller namhaften TV-Anstalten waren innerhalb kürzester Zeit in Rom eingefallen. Undichte Kanäle im Vatikan gab es wohl mehr als genug. Das war immer wieder deutlich herauszuhören. Wollte es Holzmann darauf ankommen lassen und das Leben der Geisel opfern? Der Pontifex selbst schien zu schwach zu sein, um eine Entscheidung zu treffen.

Es gab nur eine Lösung: Er musste den Druck erhöhen. Radecke hatte es verdient. Um Schwierigkeiten aus dem Weg zu gehen – er war ja jetzt alleine – narkotisierte er ihn, indem er seinem Essen eine genau errechnete Dosis Etorphin beimischte. Die Amputation verlief ohne Probleme.

Nicht so einfach war der Versand des Paketes. Aber auch das gelang ihm wieder, ohne dass irgendein Postbeamter Verdacht schöpfte. Abermals war es eine alte Frau, die das kleine Päckchen aufgab. Das hatte sich bisher als sicherste Lösung bewährt. Das einzige Risiko hatte darin bestanden, dass dem Postbeamten auf der Paketkarte das Polizeipräsidium Heidelberg als Adressat aufgefallen wäre. Doch dieses Risiko schloss er aus, indem er das Päckchen nur an Jürgen Nawrod, Römerstraße 2 in Heidelberg adressierte und die Bezeichnung Polizeipräsidium wegließ. Außerdem wählte er dieses Mal nicht Heidelberg, sondern Mannheim als Aufgabeort. Dort würde kein Schalterbeamter wissen, dass die Römerstraße 2 in Heidelberg die Adresse des Polizeipräsidiums war. Er war sich absolut sicher, dass die grausige Botschaft seinen

Empfänger erreichen würde. Und zwar gleich morgen, denn sie würde als Expressgut aufgegeben werden.

49

Wegner fasste sich an die linke Brust. Schon seit Tagen spürte er immer wieder ein Ziehen in der Herzgegend. Sobald der Fall gelöst wäre und die Täter hinter Schloss und Riegel säßen, würde er einen Kardiologen aufsuchen. Aber jetzt hatte er dazu keine Zeit. Die Last der Verantwortung drückte Tag und Nacht auf seine Schultern. Er musste unzählige Maßnahmen koordinieren und ständig abwägen, welche Hinweise und Spuren vordringlich zu bearbeiten waren. Mehrmals erschien Lehmann in seinem Büro, um sich persönlich nach Neuigkeiten zu erkundigen. Doch ein Durchbruch war nicht in Sicht.

Wegner erhielt von Kriminalkommissar Schuster aus Berlin einen Anruf. Der Kollege teilte mit, dass sich aufgrund der Plakataktion und der Veröffentlichung eines Bildes von Radecke in den Berliner Zeitungen sowie in den regionalen TV-Sendern mehrere Zeugen gemeldet hätten, die Radecke kurz vor seinem Verschwinden gesehen haben wollten. Wie in solchen Fällen üblich, bewertete Schuster die Hinweise mit einer gewissen Vorsicht, denn wollte man allen Zeugen Glauben schenken, hätte Radecke ein Geist sein müssen, um gleichzeitig an mehreren Stellen Berlins auftauchen zu können.

Nach dem Telefonat mit Schuster rief Wegner sofort im Bundesinnenministerium an. Die Nummer hatte ihm der Minister persönlich gegeben. Es dauerte keine zehn Minuten, bis der Berliner Polizeipräsident die Weisung erhielt, Schuster fünf Kriminalbeamte zur Seite zu stellen, um das Hinweisaufkommen so schnell wie möglich aufzuarbeiten.

Kommissar Kunze, der auf den Diebstahl des Etorphin im Frankfurter Zoo gestoßen war, setzte alles daran, den verdächtigen Tierpfleger ausfindig zu machen. Doch Markus

Schaller war wie vom Erdboden verschluckt. In dem Hochhaus, in dem er laut seines Arbeitgebers wohnte, konnten die unmittelbaren Nachbarn keine brauchbaren Hinweise auf seinen Aufenthaltsort geben. Schallers Briefkasten war bis oben hin voll mit Werbesendungen und belanglosen Briefen.

Seine Eltern wohnten auf dem Land in der Nähe von Mannheim. Sie beschrieben ihren Sohn als äußerst schwierig. Angeblich hatten sie schon seit Jahren keinen Kontakt mehr zu ihm. Im Alter von 13 Jahren hätten sie ihn in ein Heim geben müssen, weil er ständig andere Jungs verprügelt sowie Einbrüche und Warenhausdiebstähle begangen habe. Er sei unzählige Male ausgebüxt. Die Polizei habe ihn immer wieder eingefangen und zurückgebracht. Als 16-Jähriger sei er auf den Strich gegangen und zweimal von der Polizei erwischt worden. Im Heim habe er seinen Hauptschulabschluss gemacht und eine Lehre als Schreiner begonnen, die er aber nach einem Jahr abgebrochen habe. Mit 18 sei er aus dem Heim entlassen worden. Dass er Tierpfleger war und in Frankfurt wohnte, hätten sie nicht gewusst. Ihrem Wissen nach habe er zuletzt in Schwetzingen gelebt.

Kriminalkommissar Kunze war fest davon überzeugt, auf der richtigen Spur zu sein, zumal die Person auf dem leider etwas unscharfen Bild der Überwachungskamera des Geldautomaten Ähnlichkeit mit Markus Schaller hatte. Auf dem Passamt hatte sich Kunze von dem Gesuchten eine Kopie des Personalausweises besorgt. Kunze schlug Wegner vor, mit Hilfe der Medien öffentlich nach Markus Schaller zu fahnden, doch der Soko-Leiter lehnte ab. Nach dem Desaster mit Haider und Pfaff wollte er nicht noch jemanden zu Unrecht an den Pranger stellen. Er gestattete Kunze lediglich, Schaller im polizeilichen Fahndungssystem zur Aufenthaltsermittlung auszuschreiben. Zähneknirschend musste sich Kunze damit zufriedengeben und hoffen, dass die Zielperson irgendwann von einer Polizeistreife kontrolliert würde, die ihm dann seinen momentanen Aufenthaltsort mitteilen würde.

Viele Ermittlungen in dem Fall waren äußerst mühsam und zeitaufwendig. In der Hoffnung, irgendwelche Anhaltspunkte oder Hinweise zur Aufklärung der schrecklichen Verbrechen zu erlangen, wurde die gesamte Verwandtschaft von Radecke und Otte befragt. Ebenso ihre Bekannten, soweit sie ausfindig gemacht werden konnten.

Radeckes Bekanntenkreis war riesig und seine beiden im Büro befindlichen Adressbücher quollen fast über. Das eine war ein handgeschriebenes Notizbuch, das andere eine elektronische Datei auf seinem E-Mail-Account. Außerdem war Radecke ja mit Daniel Weiß verheiratet, was den Kreis von Kontaktpersonen noch um einiges erweiterte. Kriminalkommissar Schuster und seine Helfer hatten alle Hände voll zu tun.

Dagegen hatte Philipp Otte fast wie ein Eremit gelebt. Er hatte in dem maroden Mehrfamilienhaus, in dem er gewohnt hatte, zu niemandem Kontakt gepflegt. Seine Eltern waren schon vor Jahren verstorben. Der 62-Jährige hatte einige Verwandte, die ihn aber schon jahrelang nicht mehr gesehen oder gesprochen hatten. Im Gegensatz zu Radecke hatte er sein Leben nach der Entlassung aus dem Priesteramt nicht mehr in den Griff bekommen. Was er angepackt hatte, war danebengegangen. Schließlich hatte er Sozialhilfe beantragen müssen, auf die er bis zu seinem Tod angewiesen gewesen war.

Wegner setzte bei den Ermittlungen noch auf ein anderes Pferd. Er krallte sich an der These fest, dass der Täter, der Otte das Herz herausgeschnitten hatte, ein Fachmann gewesen sein musste. So nahm er Doktor Karmann wieder verstärkt ins Visier, nachdem Nawrod diese Spur nicht mehr weiterverfolgt hatte. Der Soko-Leiter ließ den Herzchirurgen beschatten und versuchte jedes Detail seiner Biografie in Erfahrung zu bringen. Jetzt war es Wegner, der Staatsanwalt Brügge bekniete, in Anbetracht der grausamen Taten Beschlüsse für die Überwachung der Telefone und Internetanschlüsse des Arztes beim Amtsgericht Heidelberg zu beantragen.

Aufgrund der Presseveröffentlichungen waren inzwischen auch über hundert Hinweise eingegangen, die allesamt akribisch abgearbeitet werden mussten.

Gleich zwei Mitglieder der Soko hatten unter anderem die Aufgabe, die Herkunft des von Haider ausgehändigten Handys abzuklären. Außerdem waren sie dafür zuständig, sämtliche Daten auszuwerten, die sich in den Speichern befanden. Das Adressbuch war natürlich leer, was ihnen viel Arbeit ersparte. Die beiden waren gerade dabei, die SMS-Kontakte zeitlich zu erfassen und sie in eine Excel-Tabelle zu übertragen, als das Handy zweimal piepste. Die eingegangene SMS hatte folgenden Wortlaut: »Forderung bleibt bestehen. Das ist die letzte Drohung. Bei Nichterfüllung wird Geisel getötet. Weitere Aktionen werden folgen. Paket ist unterwegs.«

Zwei Stunden später traf das angekündigte Paket ein. Es enthielt die linke Hand eines Mannes. Der Mittelfinger fehlte. Zweifelsohne war es Radeckes Hand. Wegner rief sofort den Polizeipräsidenten an, der den Innenminister über die Neuigkeit informierte

Kurze Zeit später wusste auch der Vatikan Bescheid. Am Abend desselben Tages wurde in Rom eine Pressekonferenz einberufen, bei der bekannt gegeben wurde, dass der Privatsekretär des Papstes aus dem Leben geschieden sei. Die näheren Umstände seines Ablebens wurden trotz hartnäckiger Nachfragen nicht erläutert. Papst Clemens XII. sei in tiefer Trauer und erlebe die schlimmsten Stunden seines Pontifikats.

50

»Zier dich nicht so! Das dürfte doch für dich kein Problem sein.«

»Du hast keine Ahnung, Jürgen. Wenn das rauskommt, wandere ich für lange Zeit in den Knast, und du mit mir.«

»Ich verrate schon nichts. Darauf kannst du dich verlassen.«

»Darum geht es doch gar nicht. Hey, Jürgen, das ist eine ganz andere Nummer als bei Pfaff und Haider.«

»Du machst dir also in die Hosen? Dann vergiss es und entschuldige, dass ich dich gefragt habe. Ich möchte dich nicht in etwas reinreiten, hinter dem du nicht hundertprozentig stehst.«

»Die werden früher oder später drauf kommen, wenn nicht sogar gleich. Ich bin schon zu lange aus dem Geschäft, um abzuschätzen, welche Strategien sie zur Abwehr eingesetzt haben könnten. Aber gerade das ist von entscheidender Bedeutung.«

»Vergiss es. War ja nur so eine Idee. Sollen Wegner und die anderen den Karren doch selbst aus dem Dreck ziehen. Was geht das uns an. Mein Gehalt läuft weiter, und du kannst dich sowieso nach einem anderen Job umsehen. Dein Pech, dass du noch in der Probezeit warst.«

Ohne Nawrod anzusehen, erhob sich Yalcin und ging ins Schlafzimmer. Die Tür ließ sie offen. In der Wohnung machte sich lähmende Stille breit. Nawrod saß im Sessel und rührte sich nicht von der Stelle. Sein Gehirn arbeitete fieberhaft. Er sah in Yalcin die einzige Chance, und er wusste, dass die junge Frau in diesem Augenblick den Kampf ihres Lebens mit sich austrug. Sobald sie wieder aus dem Schlafzimmer kommt, sind die Würfel gefallen, dachte er. Sollte sie sich dagegen entschieden haben, würde er sie auch nicht weiter dazu drängen. Er würde sich verabschieden und nach Stuttgart in seine Wohnung fahren. Von dort würde er seine Frau anrufen. Vielleicht würde er auch direkt zu Eva und Samia fahren, diesen Ulli aus der Wohnung jagen und den beiden sagen, dass er sie vermisst habe und alles daran setzen werde, mit ihnen zusammen ganz neu zu beginnen.

Nawrod wusste nicht, wie viel Zeit vergangen war. Tief in Gedanken versunken, die Augen auf den Boden gerichtet, saß er da. Als er den Kopf hob, stand Yalcin vor ihm. Die kleine, zierliche Frau erschien ihm auf einmal viel reifer, viel älter. Ihre angeborene Fröhlichkeit war aus dem Gesicht gewichen.

Nicht wie zuvor im Büro, als sie ihre Sachen zusammenräumte, sondern so, als ob man sie gerade eben ihrer Unschuld beraubt hätte. Nawrod erschrak, als sie mit zusammengekniffenen Augen zu sprechen begann. Ihre Stimme klang grimmig und voller Angriffslust.

»Wir werden es Wegner und den anderen Oberhäuptlingen zeigen. So leicht lasse ich mich nicht abservieren. Ich benötige deinen Laptop. Mit zwei Rechnern geht es schneller. Auf was wartest du, Schlafmütze? Hol das Ding aus dem Auto, damit wir keine Zeit verlieren!«

Wortlos folgte Nawrod der Anweisung. Als er zurückkam, hatte Yalcin schon begonnen.

»Verdammte Scheiße«, fluchte sie. »Ich finde keinen Zugang zu meinem Stammserver, den ich für derartige Dinge immer benutze.«

»Und was bedeutet das?«

»Das bedeutet, dass ich ein größeres Risiko habe, entdeckt zu werden.«

»Du musst es nicht tun.«

»Das weiß ich selbst.« Yalcins Stimme klang hart, fast abweisend. »Fahre bitte deinen Rechner hoch!« Nawrod tat, wie ihm geheißen.

Es dauerte über zwei Stunden, bis die Anspannung in Yalcins Gesicht etwas nachließ und sie sich zufrieden zurücklehnte.

»Geschafft!« Stolz schwang in ihrer Stimme. »Wir sind in den virtuellen heiligen Gemächern des Vatikans eingeloggt. Jetzt kann es losgehen.« Sie gab den Namen Gottwald Radecke im Suchfeld ein. Sofort öffnete sich ein Fenster mit einer Liste unzähliger Namen. Der Name Radecke war blau unterlegt. Als Yalcin ihn anklickte, erschien der Hinweis *access denied – authorization required*.

»Shit, die sind gar nicht so dumm, wie ich dachte«, murmelte sie, während sie mit unglaublich flinken Fingern auf den Tasten herumhämmerte und dabei immer wieder mit sich selbst sprach. Nawrod verhielt sich absolut passiv. Er wusste, jedes Wort, jedes unnötige Geräusch würde jetzt stören. Nach endlos langer Zeit stieß Yalcin erleichtert hervor: »Na endlich!« Auf dem Monitor waren zwölf Buttons zu sehen, mit deren Hilfe man sich die jeweilige Sprache aussuchen konnte. Nachdem sie auf *German* geklickt hatte, erschien auf dem Bildschirm in großen Buchstaben: Schwarzbuch der katholischen Kirche – streng geheim. Yalcin scrollte und klickte mal hier, mal dort, aber dermaßen schnell, dass es Nawrod beim Zusehen fast schwindelig wurde. Kaum hatte er ein paar Buchstaben oder Wörter erfasst, waren sie auch schon wieder weg.

»Jürgen, das musst du mir unbedingt noch beibringen«, sagte sie anerkennend.

»Dir etwas beibringen? Du führst mir gerade vor, wie unglaublich weit ich hinter dem Mond zu Hause bin, und ich soll dir noch etwas beibringen?«

Yalcin lachte. »Alter, oh sorry, ich meine Jürgen, hey, du hast einen gigantischen Riecher und mal wieder voll ins Schwarze getroffen. Kannst du mir mal bei Gelegenheit sagen, wie du das immer machst?«

»Wenn du mir beibringst, wie man mit diesen Dingern in Lichtgeschwindigkeit umgeht«, Nawrod zeigte auf den Rechner, »und man dabei ebenso schnell erfassen kann, welche Informationen wichtig sind und welche nicht.«

Yalcin hämmerte weiter in die Tasten. »Das macht die Übung.«

»Jetzt halt doch mal inne und sag mir endlich, was Sache ist!«

Yalcins zierliche Finger erstarrten. Sie grinste Nawrod an. Der Bildschirm stand endlich still. Sie hob die Hände etwas an und machte ein paar gymnastische Übungen mit den Fingern. Dann legte sie beide Hände an den Hinterkopf. »Dieses ominöse Schwarzbuch der katholischen Kirche beinhaltet tatsächlich Verfehlungen ihrer Priester, Bischöfe, Kardinäle und anderer hoher Würdenträger. Die elektronische Speicherung ist zwar nicht vollständig und sicher bei Weitem nicht so umfangreich wie die schon ab dem Jahr 423 nach Christus begonnenen handgeschriebenen Originalakten, die in einem klimatisierten Kellergewölbe unter dem Petersdom lagern. Aber sie ist dennoch so informativ, dass es reicht, weitere Schlüsse daraus zu ziehen.«

»Und die wären?«

»Hättest du mich eben nicht unterbrochen, könnte ich dir darauf vielleicht schon eine präzise Antwort geben.«

»Oh sorry! Dann will ich dich nicht weiter stören.« Nawrod gab der Kollegin einen freundschaftlichen Klaps auf die Schulter. Yalcins Finger nahmen wieder ihre Arbeit auf. Ein Suchfeld tauchte auf. Sie gab den Namen Radecke ein. Es öffnete sich eine Datei, auf der die Biografie des Genannten in Stichworten gespeichert war. Augenblicke später sah Nawrod auf dem Bildschirm das, wonach sie suchten. Der Name Gottwald Radecke war Bestandteil einer Liste von Teilnehmern des 49. Collegium Borromaeum, die allesamt beschuldigt wurden, sich nach ihrer Priesterweihe vor über 20 Jahren zusammengeschlossen zu haben, um sich in gemeinsamen Aktionen an jungen Ministranten zu vergehen. Philipp Otte und Johannes Holzmann standen natürlich ebenfalls auf der Liste. Nawrod verschlug es die Sprache. »Unglaublich, das gesamte Seminar«, stieß er nach einigen Sekunden fassungslos hervor.

»Wie ist es möglich, dass die alle dichtgehalten haben?« Yalcin schüttelte verwundert den Kopf.

»Sie hatten sich vermutlich abgeschottet und genügend Sicherheiten in ihr Netzwerk eingebaut.«

»Und dennoch kam es ans Licht.«

»Das stimmt nicht ganz. Ganz im Gegenteil! Nichts kam ans Licht. Es wurde alles unter einer dunklen Decke gehalten. Ich bin ganz sicher, dass keiner dieser Dreckschweine je verurteilt wurde.«

»Können wir das nachprüfen?«

»Wenn nicht in diesem Schwarzbuch, dann steht es nirgendwo. Polizeiliche Akten sind längst schon vernichtet. Die Löschungsfristen für solche Fälle betragen höchstens

15 Jahre. In unseren oder anderen staatlichen Archiven werden wir also mit Sicherheit nichts mehr finden.«

»Mist! Das ist ja nicht zu fassen! Na, dann werden wir mal sehen, was wir aus der Kiste herausholen können.«

Eine halbe Stunde später hielt Nawrod ein dickes Bündel von Ausdrucken in der Hand. Sie enthielten Informationen über die beteiligten Personen und ihre Vergehen. Weiter ging daraus hervor, dass einige der Priester vor dem damaligen Erzbischof ausgepackt und so ihren Hals gerettet hatten. Einer von ihnen war Johannes Holzmann, aus dessen Biografie entnommen werden konnte, dass er fortan nicht mehr von der Seite des Bischofs wich und sehr bald sein Privatsekretär wurde.

Nawrod zog aus der Mitte des Bündels vier Blätter heraus, auf denen 56 Namen von missbrauchten Jungen standen.

»Es müsste mit dem Teufel zugehen, wenn nicht einer von denen Philipp Otte das Herz herausgeschnitten hat. Vermutlich haben sich sogar ein paar davon zusammengetan, um grausame Rache an ihren Peinigern zu üben.«

»Wir können nicht alle 56 unter die Lupe nehmen, das würde zu viel Zeit kosten. Wer weiß, wo die jetzt alle wohnen.«

Nawrod nickte. »Da hast du vollkommen recht.«

»Also bleibt uns nichts anderes übrig, als Wegner die Liste zuzuspielen. Mit der Soko könnte man in zwei oder drei Tagen alle Personen auf der Liste abklären.«

Nawrod überlegte. »Es gibt noch eine Möglichkeit.«

»Und die wäre?«

»Du loggst dich in unseren Zentralrechner beim LKA ein. Von dort haben wir Zugriff auf sämtliche Einwohnermeldedaten.«

»Bist du verrückt, Jürgen? Die haben wahnsinnig gute Warnsysteme. Wenn die meinen Hackerangriff bemerken, rammen uns die Kollegen vom SEK in Nullkommanix die Tür ein und machen uns platt. Da verstehen die keinen Spaß. Selbst wenn ich über einen Server in Kirgistan gehe, haben die Spezialisten vom LKA genug Mittel und Wege, meinen

Rechner zu lokalisieren. In solchen Fällen gibt es einen Ehrenkodex unter allen Polizisten auf dem Globus. Man hilft sich völlig unbürokratisch untereinander. Zwei, drei Anrufe und die Maschinerie beginnt zu laufen. Dann ist es nur noch eine Frage der Zeit, wann sie uns am Arsch packen.«

»Ich will und kann dich zu nichts zwingen.« Nawrod sah Yalcin mit ernster Miene an.

»Nein, das kannst du nicht.«

»Würde es dir genügen, wenn ich die volle Verantwortung übernehme? Ich könnte sagen, dass ich dich mit irgendetwas erpresst habe.«

»Was soll der Quatsch? Entweder ich mache es oder mache es nicht.«

»Und, machst du es?«

Yalcin stand auf und ging an den Kühlschrank. Sie holte einen Becher Buttermilch heraus und trank davon.

»Möchtest du auch?«

»Nein.« Bei dem Gedanken, auch nur daran zu nippen, bekam Nawrod schon eine Gänsehaut.

»Wir müssen schnell sein und danach sofort aus meiner Wohnung verschwinden. Ist das klar?«

Nawrod nickte. Wieder staunte er über die Kälte, die plötzlich in Yalcins Stimme lag.

»Und du bezahlst mir die eingerammte Tür!«

»Wenn's nichts weiter ist, versprochen.« Nawrod grinste.

Yalcin machte sich an die Arbeit. Es dauerte weit mehr als eine Stunde, bis sie sich in den Server des LKA eingeloggt hatte. Da ihr dienstlicher Account noch nicht gelöscht war, fand sie mit ihrem Passwort problemlos Zugang zu allen wichtigen Dateien und Ämtern. Sie rief noch einmal das Schwarzbuch des Vatikans auf und kopierte die Namensliste der missbrauchten Ministranten in eine Excelliste. Danach übertrug sie die Liste in ein virtuelles Antragsformular des bundesweiten Einwohnermeldeamtes und klickte auf »Senden«. Sekunden später erschienen zu den Namen die vollständigen Adressen und Geburtsdaten der fraglichen Personen. Yalcin gab sofort den Druckbefehl. Während Nawrod schon mal die Adressen überflog, bat er Yalcin, mit Hilfe der gewonnenen Daten nun eine Anfrage beim Kraftfahrtbundesamt und bei sämtlichen polizeilichen Dateien zu starten. Ohne auf die Namen zu achten, markierte Nawrod die Anschriften, die sich im Einzugsgebiet von Heidelberg befanden. Es waren nur vier. Doch plötzlich sprangen sie ihm regelrecht ins Gesicht. Er pfiff laut durch die Zähne. »Nesrin, halt dich mal fest!«, rief er laut. »Sagen dir die Namen Jochen Kapp und Markus Schaller etwas?«

»Natürlich, bin ja nicht verkalkt. Kapp war doch der Selbstmörder, der seinen eigenen Kopf auf dem Schoß hielt. Was ist mit dem?«

»Er ist einer von vier ehemaligen Ministranten, die hier in der Gegend wohnen und von Radecke, Otte und den anderen missbraucht wurden.«

»Und Schaller ist der Tierpfleger aus dem Frankfurter Zoo, den Wegner erwähnt hat. Er steht im Verdacht, das Etorphin gestohlen zu haben. Nein, das glaube ich nicht!«

»Wenn ich es dir sage. Hier!« Nawrod zeigte auf die Namen in der Liste.

»Dann könnten also die Schweinereien der Pfaffen der Grund für Kapps Selbstmord gewesen sein und nicht die Spielsucht, wie wir vermuteten. Ich habe mal irgendwo gelesen, dass missbrauchte Kinder, so lange sie leben, unter einem Trauma leiden.«

»Wer weiß, vielleicht griff das eine ins andere über. Leider werden wir das nie erfahren.«

»Vielleicht doch.«

»Der Mann ist tot und seine Angehörigen haben sicher keine Ahnung, was mit ihm als Kind passierte.«

»Wenn wir die anderen Missbrauchsopfer fragen, werden sie uns vielleicht sagen können, was Kapp letztendlich zum Selbstmord getrieben hat.«

»Du meinst, die hängen alle zusammen?«

»Zumindest liegt es nahe. Der Profiler ist sich doch sicher, dass mehrere Personen an den Taten beteiligt sind. Von den

Frauen, die die Päckchen abgegeben haben, mal ganz zu schweigen. Wir werden auf jeden Fall die drei Figuren, die hier wohnen, näher unter die Lupe nehmen müssen.«

Nawrod runzelte die Stirn. »Bist du sicher, dass du da mitmachen willst?«

Yalcin lachte sauer. »Hopp oder topp. Du hast mich eh schon so tief in die Scheiße reingezogen. Entweder gehe ich mit dir in den Knast, oder wir bekommen beide das Bundesverdienstkreuz am Bande.«

»Es kann aber gefährlich werden, sehr gefährlich.«

»Das weiß ich auch. Darüber zerbreche ich mir schon die ganze Zeit den Kopf. Aber mir ist da etwas eingefallen.«

»Und was, bitte schön?«

»Darüber möchte ich jetzt mit dir nicht diskutieren. Ich schlage vor, wir machen weiter, sonst läuft uns die Zeit davon.«

Nawrod hob den Zeigefinger. »Du machst mir aber keine Dummheiten, verstanden?«

Yalcin grinste. »Haben wir nicht schon genug gemacht?«

Es dauerte eine halbe Stunde, bis sie alles Wichtige aus den ihnen zur Verfügung stehenden Informationssystemen des Internets herausgefiltert hatten. Zwei der drei hatten Accounts auf *facebook*, die zu knacken ein Leichtes für Yalcin war. Der Erste, dessen Profil sie aufrief, war Christian Schmidt. Schmidt hatte von sich unzählige Bilder und sogar einen Videoclip eingestellt. Die Aufnahmen zeigten ihn im Rollstuhl. Er war offensichtlich querschnittsgelähmt. Aus seiner Biografie war zu entnehmen, dass er als 15-Jähriger eine Wette eingegangen war, die er verloren hatte. Halb betrunken hatte er auf dem schmalen Geländer der 354 Meter langen Rheinbrücke bei Speyer den breiten Strom überqueren wollen. Er kam nicht einmal zwanzig Meter weit. Bei dem Sturz zog er sich schwere Wirbelsäulenverletzungen zu, die ihn ein Leben lang an den Rollstuhl fesseln sollten.

Markus Schaller war der Nächste, dessen Profil Yalcin aufrief. Vorher hatte sie schon aus dem polizeilichen Auskunftssystem erfahren, dass er wegen Körperverletzung und anderer Delikte vorbestraft war.

»Schaller ist vor drei Monaten von Schwetzingen nach Frankfurt gezogen. Jedenfalls behauptet er das auf *facebook*.« Yalcin sah Nawrod fragend an.

»Laut dieser Liste ist er aber immer noch in Schwetzingen gemeldet.«

»Dann hat er wohl vergessen, sich in Frankfurt ordnungsgemäß anzumelden.«

»Oder es war Absicht. Der Junge ist heiß, verdammt heiß!«

»Den müssen wir uns sofort vorknöpfen. Hast du seine neue Adresse?«

»Frankfurt, Kastanienallee 16. Aber sollten wir uns nicht erst noch den Dritten ansehen, bevor wir im blinden Jagdeifer Frankfurt unsicher machen?« Yalcin war nicht wohl bei dem Gedanken, unbewaffnet einen Mann aufzusuchen, der unter dringendem Mordverdacht stand.

Nawrod sah auf die Liste. »Lukas Dreyer. Er wohnt in der Zähringer Straße 148. Weißt du, wo das ist?«

»Das ist nur ein Katzensprung von hier.«

»Dann fahren wir erst bei dem vorbei, bevor wir nach Frankfurt düsen. Ist der Bursche schon mal auffällig geworden? Was für ein Auto fährt er?«

Yalcin sah auf den Monitor. »Er hat eine blütenweiße Weste, ist in keinem sozialen Netzwerk zugange und fährt einen spießigen VW-Golf mit dem Kennzeichen HD – LD 54.«

»Farbe?«

»Silbermetallic, Baujahr 2007.«

»Das genügt. Wir fahren los.«

»Sollten wir nicht doch lieber Wegner verständigen?«

»Du hast Schiss, oder?«

»Nein, wie kommst du denn darauf. Ich dachte nur …«

»Überlass mal das Denken mir und fahre die beiden Kisten herunter! Die nehmen wir mit, sonst sehen wir sie nicht mehr wieder.«

»Wir haben aber schon noch ein paar Minuten Zeit, oder? Ich muss nämlich dringend zu meinen Eltern. Hab da was ganz Wichtiges zu erledigen.«

Nawrod atmete laut hörbar durch. »Ich kann auch allein fahren.« Sie will sich also drücken. Hat die Hosen bis zur Oberkante voll, das Mädchen. Er erinnerte sich an ähnliche Situationen, in denen sogar gestandene Polizisten plötzlich das Flattern bekamen.

»Nein, ich komme mit. Ich muss nur noch ganz kurz zu meinen Eltern. Ist kein großer Umweg und dauert bestimmt nicht lange.«

Sie will sich verabschieden, falls ihr etwas passiert, dachte Nawrod. Türkische Tradition. Von wem würde er sich verabschieden wollen? Von Eva und Samia natürlich. Aber damit würde er ihnen nur Angst machen. Von Sabine Bauer vielleicht noch. Sie würde ihn bestimmt davon abhalten wollen und Wegner verständigen. Dann würde aber der Soko-Leiter die Lorbeeren einheimsen und seine sowie Yalcins Rehabilitation wäre damit passé.

»Okay, wir fahren zuerst bei deinen Eltern vorbei.«

Da er sich immer noch nicht in Heidelberg auskannte, drückte er Yalcin die Fahrzeugschlüssel in die Hand, die sie zögernd entgegennahm. Nawrod fiel sofort auf, dass sie deutlich langsamer als sonst fuhr. Doch er wollte ihr keinen Druck machen. Vermutlich kämpfte sie mit sich. Wahrscheinlich hatte sie doch Angst vor dem, was auf sie zukommen könnte. Sie hatte ja auch recht. So ganz ohne Waffe. Sie würden höllisch auf der Hut sein müssen. Wenn es hart auf hart käme, wenn sie tatsächlich in das Wespennest stächen, müsste er alles in die Waagschale werfen, was er einmal als Karatekämpfer und Träger des 1. Dan gelernt hatte. Es war schon ein paar Jahre her, als er Landesmeister geworden war und einige Monate später durch einen Abriss des supra spinatus in der rechten Schulter diesen harten Wettkampfsport hatte aufgeben müssen. Aber ganz sicher würde er sich zu wehren wissen. Mehr noch, er würde den Zeitpunkt des Angriffs bestimmen.

Darauf hatte man ihn bei speziellen Lehrgängen der Polizei bis zum Erbrechen gedrillt.

Yalcin war auffallend blass, als sie vor dem Obst- und Gemüseladen ihrer Eltern wortlos aus dem Fahrzeug stieg. Ich sollte sie aus der Sache raushalten, dachte Nawrod. Sie ist noch zu jung, einfach zu jung und zu unerfahren. Doch es ist ihre einzige Chance, rehabilitiert und wieder in den Polizeidienst aufgenommen zu werden. Er selbst würde alles in seiner Macht Stehende tun, dass die Kündigung der jungen, talentierten Kollegin rückgängig gemacht würde.

Nervös trommelten seine Finger auf die Oberschenkel. Er sah auf die Uhr. 17:30 Uhr. Sie mussten sich sputen, wenn sie noch nach Frankfurt fahren wollten. Wer weiß, was da alles auf sie zukommen würde. Vielleicht würden sie die Zielperson nicht antreffen und Schallers Wohnung erst stundenlang observieren müssen. Der Mann war absolut heiß. Es passte alles. Er war ohne Zweifel ein Missbrauchsopfer, hatte bis vor Kurzem in der Nachbarstadt Schwetzingen gewohnt und als Tierpfleger im Frankfurter Zoo bestimmt Zugang zu Etorphin. Mehr Indizien konnte man sich nicht wünschen.

Und dieser Lukas Dreyer? Dreyer? Verdammt, den Namen habe ich doch schon mal gehört, durchfuhr es Nawrod plötzlich. Wenn ich nur wüsste, wo. Vielleicht wusste es Nesrin. Wo die nur blieb? Er schaltete mit der linken Hand die Zündung ein und betätigte die Hupe. Nichts rührte sich. »Die hat Nerven!«, raunzte er und hupte noch zweimal kräftig. In diesem Moment fiel es ihm wie Schuppen von den Augen. »Der Arztkittel!«, platzte es aus ihm heraus. Deutlich sah er vor sich das aufgenähte Namensschildchen an der Innenseite des grünen Kittels, der zusammen mit anderen an den Kleiderhaken der Garderobe gehangen hatte. Es war Nawrod klar, dass das kleine Namensschild der Wäscherei nur dazu diente, den Kittel nach der Reinigung seinem Besitzer wieder zuzuordnen. Er hupte ein drittes Mal und zwar so lange, bis endlich die Tür des Obstladens aufging. Nesrins Vater kam schnurstracks auf ihn zu. Er streckte seinen Kopf weit durch das geöffnete

Beifahrerfenster. Nawrod wich instinktiv zurück. Dennoch konnte er dem nach Knoblauch riechenden Atem des Mannes nicht ausweichen.

»Meine Tochter wird nicht mitkommen. Fahren Sie bitte weiter!«, sagte er leise, aber bestimmt. »Allah sei mit Ihnen!«

Bevor Nawrod antworten konnte, war der Kopf des Obsthändlers auch schon wieder verschwunden. Er rief dem Mann noch ein »Hallo« hinterher, aber Nesrins Vater reagierte nicht. Er drehte sich nicht einmal um.

Nawrod überlegte. Sie hat alles ihren Eltern erzählt. Wollte sich von ihnen den Segen zu der gefährlichen Aktion geben lassen. Natürlich wurde ihr der verweigert. Wenn ich ihr Vater wäre, hätte ich das Gleiche getan. Vielleicht ist es gut so. Ich habe schon das Leben meines besten Freundes auf dem Gewissen. Ein weiteres, das von Nesrin, wäre mein endgültiger Untergang. Damit würde ich nicht mehr zurechtkommen.

Er fuhr mit quietschenden Reifen davon. War es Enttäuschung, Frust oder Wut, weil jetzt alles ganz allein an ihm hing? »Hey, Jürgen, was soll das? Bleib locker! Du bist doch kein Halbstarker mehr. Reiß dich zusammen!«, sagte er laut zu sich selbst.

Sicher hätte Nesrin einen kürzeren Weg genommen. Aber Nawrod war froh, dass er überhaupt dorthin fand. Auf dem Gelände der Uniklinik angekommen, wollte er gerade in eine Parklücke einbiegen, als er den silbergrauen Golf wegfahren sah. HD – LD 54. Kein Zweifel, er war es. Nawrod folgte dem Fahrzeug durch die gesamte Innenstadt. Nachdem ihm Yalcin gesagt hatte, dass die Zähringer Straße nur einen Katzensprung vom Polizeipräsidium entfernt sei, wurde Nawrod schnell klar, dass Doktor Lukas Dreyer nicht nach Hause fuhr. Da die Gefahr bestand, ihn zu verlieren, überlegte Nawrod fieberhaft, ob er ihn rammen, aus dem Fahrzeug zerren und in den Polizeigriff nehmen sollte. Falls er tatsächlich einer der Mörder wäre, könnte er ihn mit einem Armhebel rasch so weit bringen, dass er Radeckes Versteck preisgäbe, bevor Passanten hinzukämen, um Dreyer Hilfe zu leisten. Doch schließlich entschied er sich, ihn weiter zu verfolgen.

Als eine Ampel vor ihnen von Grün auf Gelb schaltete, war Nawrod noch gut 40 Meter entfernt. Dreyer konnte die Kreuzung noch gefahrlos überqueren. Nawrod wusste, dass es unmöglich war, innerhalb der Gelbphase die Kreuzung zu erreichen. Schon oft hatte er solche Situationen erlebt. In seiner Zeit beim Rauschgiftdezernat Stuttgart gehörte das fast zur Tagesordnung. Nie war es ein Problem, da Verfolgungsfahrten immer mit mindestens vier bis sechs schnellen Dienstwagen durchgeführt wurden. Dabei setzten sich ein oder zwei Fahrzeuge vor den Verfolgten und die restlichen dahinter. Man war ständig in Funkkontakt und wechselte so oft es ging die Positionen, damit der Dealer oder Kurier keinen Verdacht schöpfen konnte. Jetzt war Nawrod aber ganz auf sich gestellt. Wenn er bei Rot über die vielbefahrene Kreuzung fuhr, riskierte er zum einen, dass Dreyer im Rückspiegel auf ihn aufmerksam wurde, zum anderen natürlich einen Unfall mit unabsehbaren Folgen.

Nawrod trat auf die Bremse. Schnell entfernten sich die Rücklichter des Golfs. Schon waren sie nicht mehr zu sehen. In zweiter Reihe stehend, drückte er auf den Knopf der Warnblinkanlage und betätigte die Hupe. Dann scherte er aus und überholte den vor ihm stehenden Audi Quattro. Sofort setzte ein wildes Hupkonzert ein, das sich zu einem ohrenbetäubenden Szenario verstärkte, als er langsam in den Kreuzungsbereich hineinfuhr. Er hörte Reifen quietschen und ein dumpfes Krachen. Ihm lief es kalt den Rücken hinunter. Er hatte eben einen Unfall verursacht, dessen Ausmaß er nicht abschätzen konnte. Es gab vielleicht Schwerverletzte. Sollte er anhalten? Dann wäre Dreyer aber über alle Berge. Er könnte eine Fahndung nach ihm einleiten, ein Anruf bei der Funkleitzentrale würde genügen. Doch was, wenn der Tatverdächtige durch die engen Maschen einer Raumfahndung schlüpfen würde? Es würde vermutlich Radeckes Tod bedeuten.

Trotz wütender Drohgebärden und Dauerhupen zahlreicher Autofahrer schlängelte sich Nawrod mit seinem BMW über die große Kreuzung. Danach beschleunigte er im zweiten Gang auf 90 Stundenkilometer. Gleichzeitig rief er alle Instinkte ab, die sich jemals in seinem Hirn eingekerbt hatten. Mehrmals musste er in Sekundenbruchteilen entscheiden, ob Dreyer vielleicht in diese oder jene Seitenstraße abgebogen sein könnte. Es war eine Mischung aus Glücksspiel und eiskalter Kalkulation. Er schaute in den Rückspiegel. Gott sei Dank war ihm keiner der wütenden Autofahrer gefolgt. Die hatten wohl alle Hände voll zu tun, sich in dem Chaos, das er auf der Kreuzung verursacht hatte, zurechtzufinden.

Plötzlich sah er den Golf vor sich. Er tauchte nach einer langgezogenen Kurve wie aus heiterem Himmel auf. Obwohl er das Kennzeichen noch nicht lesen konnte, gab es für Nawrod kaum einen Zweifel. Ich muss mich vergewissern, schoss es ihm durch den Kopf, dann werde ich mich wieder etwas zurückfallen lassen. Er trat das Gaspedal nur so weit durch, dass er langsam aufschloss und der Vorausfahrende keinen Verdacht schöpfen konnte. Die Dämmerung hatte bereits eingesetzt und er konnte die Farbe des Wagens erst relativ spät erkennen. Silbergrau. Er nickte zufrieden. Dann sah er das Kennzeichen. HD – LD 54, es gab keinen Zweifel. Es war Dreyer.

Sie hatten die Innenstadt verlassen. Auf einem Hinweisschild sah Nawrod, dass sie in Richtung Schwetzingen/Hockenheim fuhren. Dreyer hatte es anscheinend überhaupt nicht eilig. Er schien sich seiner Sache sicher zu sein. Oder hatte er Angst vor Radarfallen? Seine Fahrweise kam Nawrod auf jeden Fall entgegen. Er konnte genügend Abstand halten, ohne dass die Gefahr bestand, den Golf aus den Augen zu verlieren.

Lange bevor Dreyer links abbog, hatte er den Blinker gesetzt. Da er wegen Gegenverkehr anhalten musste, war Nawrod gezwungen, ebenfalls zu bremsen und auf den Golf aufzuschließen. Er sah, dass es sich um eine schmale Straße handelte, in die Dreyer abbiegen wollte. Anlieger frei, stand auf dem Schild am Straßenrand. Wollte er nicht auffallen, konnte er Dreyer unmöglich folgen. Er sah, dass Dreyer vor dem Abbiegen in den Rückspiegel schaute. Hatte er ihn erkannt? Sie hatten sich nur ein einziges Mal gesehen. Oder vielmehr, Dreyer hatte ihn gesehen. Der Gerichtsmediziner hatte damals ja eine Mütze getragen, eine Brille und einen Mundschutz, sodass Nawrod ihn unmöglich an seinem Gesicht wiedererkennen konnte. Aber es war Dreyer, der den Wagen in die schmale Straße lenkte. Wer sollte es sonst sein?

51

Doktor Lukas Dreyer hatte drei Semester Theologie studiert. Er wollte katholischer Priester werden, um denen möglichst nahe zu sein, die seine Kindheit zerstört und seine Mutter in den Tod getrieben hatten. Und die auch dafür verantwortlich waren, dass er in ein Heim und später zu Pflegeeltern gekommen war.

Schon früh wurde er von dem Gedanken getrieben, Rache zu üben, und insgeheim hoffte er, dass er damit die Kirche von den Frevlern befreien könnte und dafür mit Amt und Würden reich belohnt werden würde. Wie die Rache aussehen sollte, darüber hatte er sich noch nicht den Kopf zerbrochen.

Er brauchte nicht lange, bis ihm klar wurde, dass dies ein hoffnungsloses Unterfangen war. Niemals würden Bischöfe oder der Vatikan konkret gegen Priester vorgehen, die Kinder missbraucht hatten oder immer noch missbrauchten. Viel zu viele von den hohen Würdenträgern hatten selbst genügend Dreck am Stecken. Das wurde dem jungen Theologiestudenten spätestens in dem Moment klar, als in Deutschland ein aufstrebender Bischof namens Semmler zum Missbrauchsbeauftragten der katholischen Kirche ernannt wurde. Insider wussten, dass er ein Wolf im Schafspelz war.

Bischof Semmler hatte in der Öffentlichkeit den besten Ruf. Er galt als hochintelligent und ging bei Politikern ein und aus. Seine diplomatischen Fähigkeiten musste man schon als legendär bezeichnen. Wenn überhaupt, war nur er fähig, die immer wieder in Form von Missbrauchsanzeigen aufkommenden Wogen, die gegen die brüchig gewordenen Mauern der katholischen Kirche schlugen, irgendwie zu glätten. In Bischof Semmler wurde die Hoffnung gesetzt, er könne die hohe Zahl von Kirchenaustritten wirksam eindämmen.

Aber Dreyer spürte, dass die Menschen nicht mehr so dumm und einfältig waren wie noch vor Jahren. Durch die permanente Berichterstattung der Medien waren sie hellhöriger geworden. Hinzu kam, dass sich der Klerus in geradezu bornierter Weise immer noch der Wissenschaft verweigerte, die plausible Erklärungen zur Entstehung der Erde und des Menschen lieferte.

Dreyer beobachtete das Wirken des Missbrauchsbeauftragten mit Argusaugen. Semmler tat so, als ob er auf der Seite der Opfer stehen würde. In Wirklichkeit verfolgte er nur die Interessen der Kirche und der betroffenen Priester. Die Kirche hatte anscheinend eine unüberwindbare Mauer um die Verbrechen seiner Priester gebaut. Unter diesen Umständen erschien es Dreyer unmöglich, seine Vorsätze zu verwirklichen, die Kirche von diesem Krebsgeschwür und seinen Metastasen zu befreien. Außerdem gewann er bei zahlreichen Diskussionen mit Studienkollegen immer mehr den Eindruck, dass die Päderastie bereits bei den Studenten weit verbreitet war. Resigniert ließ er die Sache auf sich beruhen und konzentrierte sich voll und ganz auf sein Medizinstudium. Nach acht Semestern schloss er mit der Note 1,2 ab. Anschließend nahm er das Angebot an, eine gewisse Zeit als Assistent bei Professor Haberer in der Gerichtsmedizin zu arbeiten, bis eine Stelle im Krebszentrum frei werden würde.

Eines Abends traf er dann Jochen Kapp und Markus Schaller in einer Heidelberger Altstadtkneipe. Es war reiner Zufall. Sie hatten sich seit ihrer Ministrantenzeit nicht mehr gesehen. Dreyer erkannte die beiden sofort und sprach sie an. Man trank zusammen und tauschte sich aus. Kapp trank mehr als die anderen. Er war ein psychisches Wrack und sprach davon, seinem Leben ein Ende setzen zu wollen. Voller Selbstmitleid erinnerte er daran, wie sie als kleine Jungs von den Pfaffen missbraucht worden waren und er deshalb nicht fähig sei, jemals mit einer Frau richtig intim zu sein. Immer wieder kämen die Bilder in ihm hoch. Er hätte es versucht, mehrmals sogar. Aber auch bei seiner letzten Freundin hätte er kläglich versagt. Der Porsche, die Klunker, die er um Hals und Armgelenk trug, die teure Kleidung, all das gehörte zu der Maske, mit der er seine Umwelt beeindrucken und von seiner unheilbar kranken Seele ablenken wollte.

Markus Schaller hieb mit der Faust so kräftig auf den Tisch, dass die Gläser hüpften. Auch er hatte reichlich Alkohol genossen. »Wir sollten diesen Pfaffen gehörig den Arsch aufreißen, so wie sie es mit uns gemacht haben«, brüllte er. Andere Gäste wurden aufmerksam. Dreyer gelang es, die beiden etwas zu beruhigen, obwohl auch in ihm die Erinnerungen hochkochten. Es ging ihm genau wie Kapp. Er konnte ebenfalls mit keiner Frau zusammen sein. Schon allein der Gedanke daran rief Panik in ihm hervor. Er war sich sicher, dass er bei einer Frau in den gleichen paralysierten Zustand verfallen würde wie damals als Kind in der Sakristei. Und er fühlte sich nach all den Jahren immer noch schmutzig an Leib und Seele, unwürdig, mit einem anderen Menschen intim zu werden. Es erschien ihm geradezu paradox, dass sich seine sexuellen Gefühle eher in Richtung des männlichen Geschlechts richteten, obwohl es doch Männer waren, die ihn als Kind missbraucht und brutal vergewaltigt hatten.

Aber seine Gefühle konnte er nie derart klar definieren, dass er eine Partnerschaft mit einem Mann hätte eingehen können. Es war, als sei in ihm etwas zerrissen, das niemals mehr heilen würde. So hatte er sich damit abgefunden, ab und zu in einschlägigen Lokalen, wie zum Beispiel dem *Fresh Gay*, die Nähe von Schwulen zu suchen, wobei er sich stets als Frau verkleidete. Das war in der Szene durchaus üblich, und so konnte er auch nie erkannt werden. Er achtete aber darauf, mit keinem Schwulen körperlich in Kontakt zu kommen. Das war nicht leicht, denn in diesen Lokalen wurde er angemacht, ob er wollte oder nicht. Man legte ihm die Hand auf die Schulter, streichelte bei der Begrüßung über seinen Rücken oder fasste ihm sogar mit einem lockeren Spruch ans Gesäß. All das war Lukas Dreyer zuwider, und dennoch zog es ihn immer wieder in die Szene. Er suchte krampfhaft nach einer Erklärung dafür, aber er fand keine.

Nachdem er Jochen Kapp und Markus Schaller getroffen hatte, fühlte er sich mit einem Mal nicht mehr allein mit sich und seiner kaputten Seele. Jochen Kapp ging es offensichtlich noch viel beschissener als ihm. Und Markus Schaller? Er schien die furchtbaren Erinnerungen noch am besten weggesteckt zu haben. Obwohl … warum zertrümmerte er dann mit seiner riesigen Faust fast die Tischplatte?

Bevor sie sich trennten, tauschten sie noch die Telefonnummern aus.

Wochen später las Dreyer den Artikel über den spektakulären Selbstmord Jochen Kapps in der Zeitung. Tränen waren ihm in die Augen geschossen. Er dachte an seine Mutter und an den kleinen Benjamin Söger, sah im Geiste dessen vom Zug zerfetzten Körper. Eine unbändige Wut hatte sich in ihm breitgemacht. Er rief sofort Markus Schaller an. Noch am selben Tag schmiedeten sie die ersten Pläne. Schaller entpuppte sich dabei als wenig geistreich. Schnell war klar, dass er mehr fürs Grobe zuständig sein würde, während er, Dreyer, die Details der Aktionen ausarbeitete. Das Ziel war die Heilung der Mutter Kirche von dem Frevel sexueller Verbrechen und die Vernichtung derer, die seine Seele zerrissen hatten. Erst wenn diese Mission erfüllt sein würde, würde er Ruhe finden. Vielleicht könnte er in der von ihm gereinigten Kirche sogar Priester werden, eventuell sogar mehr. Gott, der Allmächtige, würde ihm den Weg zeigen, so wie er es die ganze Zeit getan hatte. Auf ihn konnte er sich verlassen. Er, der Dreifaltige, würde ihn nicht in die Irre führen.

»Ich schaffe das auch allein«, zischte er entschlossen, als er auf den Knopf des Senders der ferngesteuerten Toröffnung drückte. Das schwere, schmiedeeiserne Tor setzte sich langsam in Bewegung. Dreyer hatte es nicht eilig. Er würde die ganze Nacht Zeit haben und am nächsten Tag das Paket mit Radeckes Kopf auf die Reise schicken. Er war sich sicher, den Vatikan damit endgültig in die Knie zwingen zu können.

Als er mit Hilfe der Fernsteuerung das Garagentor öffnen wollte, reagierte es nicht. Vermutlich waren die Batterien leer. So war er gezwungen, den Golf vor der Garage abzustellen. Es hatte inzwischen zu regnen begonnen. Er betrat das Haus durch den Haupteingang. Im Innern war alles ruhig. Sämtliche Rollläden waren heruntergelassen. Bevor er sich um Gottwald Radecke kümmerte, wollte er eine Kleinigkeit essen. Er ging zum Kühlschrank und holte eine Dose Bier sowie ein Stück Fleischwurst heraus. Dazu schnitt er sich eine Scheibe Brot ab. Anschließend schaltete er routinemäßig die beiden Monitore ein. Er sah, dass Radecke auf der Pritsche lag und schlief. Draußen vor der Einfahrt war auch alles ruhig.

52

Nachdem Nawrod zuerst weitergefahren war, drehte er nach etwa 300 Metern wieder um und bog anschließend nach rechts in die schmale Straße ab. Er schaltete die Scheinwerfer aus. Durch den Regen und die näherrückende Dunkelheit konnte er den Straßenverlauf nur mit Mühe erkennen.

Der Weg führte ihn zunächst übers freie Feld, danach kurze Zeit durch einen kleinen Wald. Er musste langsam fahren, um nicht von der Fahrbahn abzukommen. Unmittelbar nach dem Wäldchen sah er schemenhaft rechts vor sich ein Gebäude. Er hielt sofort an und schaltete den Motor ab. Beim

Schließen der Autotür achtete er darauf, keine Geräusche zu verursachen. Er griff in seine Hosentasche und zog sein Handy heraus. Routinemäßig schaltete er es auf stumm, denn es wäre fatal, wenn das Ding gerade in dem Moment seines Überraschungsangriffes klingeln würde. Anschließend tastete er mit der rechten Hand an seinen Gürtel. Im gleichen Moment fiel ihm ein, dass er seine Waffe ja abgegeben hatte. Er spähte in alle Richtungen. Nichts. Nicht die geringsten Anzeichen von Menschen oder Fahrzeugen. Das Gebäude war dunkel. Kein Lichtschein war zu sehen. War Dreyer etwa weitergefahren? Gab es in dieser gottverlassenen Gegend vielleicht noch ein Haus oder ein anderes Versteck, in dem Dreyer sein Opfer gefangen halten konnte?

Nawrod schlich auf das Haus zu, das weiträumig von einer hohen Mauer umgeben war. Die dahinterstehenden Tannen überragten die Einfriedung um mehr als das Doppelte. Als er das große schmiedeeiserne Tor erreicht hatte, sah er sofort den VW-Golf. Er stand am Ende der langen Einfahrt, direkt vor der Haustür. Das Hoftor war geschlossen. Der dicke Knauf am Schloss ließ sich nicht drehen. Nawrod überlegte. Sollte er über das gut 2,50 Meter hohe Tor steigen oder wäre es besser, das Anwesen erst einmal zu umrunden? Vielleicht gab es ja eine Stelle, die er leichter überwinden konnte. Schließlich entschied er sich für das Überklettern des Tores, obwohl dessen Oberseite mit pfeilartigen Metallspitzen versehen war.

Es war schwieriger, als er gedacht hatte. Das Tor war so gebaut, dass Diebe oder sonstige Eindringlinge im oberen Drittel kaum noch die Möglichkeit hatten, sich mit den Füßen abzustützen. Nawrod fluchte leise. Ihm blieb nichts anderes übrig, als mit weit gespreizten Beinen zu versuchen, einen Fuß auf die andere Seite zu bringen und sich dabei mit den Händen so weit hochzudrücken, dass er den äußeren Fuß nachführen konnte, ohne sich an den Pfeilspitzen zu verletzen. Als er dachte, es fast geschafft zu haben, rutschte seine rechte Hand am nassen Metall aus. Er hörte, wie der Stoff seiner Hose zerriss. Im selben Moment spürte er einen glühenden Schmerz am Oberschenkel. Schlagartig schoss ihm der Schweiß aus allen Poren. Er wusste, gäbe er jetzt nach, würde sich die Stahlspitze noch tiefer in den Muskel bohren. Unter Aufbietung aller Kräfte konnte er sich Millimeter für Millimeter nach oben stemmen und sich so aus der misslichen Lage befreien. Schwer atmend spürte er, wie warmes Blut am Bein hinunterrann. Die Wunde brannte wie Feuer. Der Schmerz raubte ihm die Kraft. Er musste innehalten. Sekundenlang hing er vor Anstrengung zitternd an den stählernen Gitterstäben des Tores. Dann ließ er sich langsam abwärtsgleiten. Als er das verletzte Bein belastete, stieß er einen unterdrückten Schrei aus. Humpelnd erreichte er die Eingangstür. Sie war zugezogen. Erst jetzt fiel ihm auf, dass sich das Haus in einem maroden Zustand befand. Er zog am Türknauf und stellte fest, dass die Tür genügend Spiel hatte. Es dauerte keine halbe Minute, bis Nawrod mit einem dünnen Spezialhaken, den er stets in seiner Geldbörse trug und der ihm schon wertvolle Dienste erwiesen hatte, den Schließmechanismus überwinden konnte.

Der Flur war stockdunkel. Nawrod ließ die Tür weit offen stehen, damit von draußen wenigstens noch etwas von dem spärlichen Dämmerlicht hereinfallen konnte. Aber Nacht und Regen hatten inzwischen das bisschen Tageslicht gänzlich verschluckt. Er tastete sich an der Wand entlang. Langsam gewöhnten sich seine Augen an die Dunkelheit. Den Atem anhaltend, lauschte er nach Geräuschen. Nichts, absolut nichts war zu hören. Seine Finger erfühlten eine Türklinke. Er drückte sie nach unten. Die Tür knarrte leise, als er sie langsam nach innen öffnete. Der Raum war dunkel. Er tastete nach dem Lichtschalter. Es war ein vorstehender, circa zehn Millimeter kleiner Hebel, woraus er schloss, dass es sich um einen sehr alten Schalter handeln musste. Nawrod atmete tief durch. Wieder konzentrierte er sich ganz auf sein Gehör. In dem Haus war es gespenstisch still. Wo war Dreyer? Er konnte sich ja nicht in Luft aufgelöst haben. Hatte er sich vielleicht schon schlafen gelegt? Dazu war es aber noch zu früh.

Nawrod wusste, dass seine einzige Chance darin bestand, Dreyer zu überraschen und ihn mit gezielten Handkantenschlägen sofort kampfunfähig zu machen. Adrenalin schoss durch seinen Körper. Es betäubte den Schmerz im Oberschenkel. Obwohl er ahnte, dass der Raum leer war, musste er sich Gewissheit verschaffen. Er betätigte den kleinen Hebel für den Bruchteil einer Sekunde. Das grelle Licht hatte seine durch die Dunkelheit weit geöffneten Pupillen zwar geblendet, aber es reichte, um seine Vermutung zu bestätigen. In diesem Zimmer hielt sich Dreyer nicht auf. Er schlich weiter den Flur entlang und kam an die nächste Tür. Wieder das gleiche Spiel. Doch dieses Mal ließ er das Licht länger an. In dem Raum stand ein großer Kleiderständer, an dem eine Richterrobe, die Uniform eines Justizvollzugsbeamten, zwei Arztkittel sowie verschiedene Frauenkleider hingen. Auf einem Tisch daneben lagen mehrere Frauenperücken und jede Menge Schminkutensilien. Auf einem anderen Tisch waren chirurgische Instrumente abgelegt, unter anderem auch eine Knochensäge.

Er war auf der richtigen Fährte. Darüber gab es jetzt keinen Zweifel mehr. Aber was wäre, wenn Dreyer nicht allein war? Hätte er da eine Chance? Er musste es riskieren. Es gab kein Zurück für ihn. Leise schaltete er das Licht aus. Er brauchte wiederum einige Zeit, um sich an die Dunkelheit zu gewöhnen. Dann schlich er weiter. Auf der gegenüberliegenden Seite des Flurs ertastete er wieder eine geschlossene Tür. Als er sie nahezu geräuschlos öffnete, waberte ihm ein sonderbar süßlicher und dennoch beißender Geruch entgegen, der ihm bekannt vorkam. Er wusste nicht, woher. Doch er ahnte, dass der eklige Geruch nichts Gutes bedeutete. Als er den Lichtschalter betätigt und sein Verstand die Situation erfasst hatte, wünschte er sich, er hätte dieses Haus niemals betreten. Unwillkürlich stieß er einen kurzen Schrei aus.

Es war das Badezimmer. Die Badewanne war bis zur Hälfte mit einer graubraunen Brühe gefüllt. Salzsäure, schoss es ihm durch den Kopf. In der Wanne lag die Leiche eines Menschen. Die Unterarme schwammen an der Oberfläche und waren größtenteils bis auf die Knochen aufgelöst. Beide Knie ragten Zentimeter aus der bestialisch stinkenden Flüssigkeit. Während die Kniescheiben noch ganz erhalten waren, hatte sich die Säure unterhalb der Gelenke bereits bis zu den Knochen durchgefressen. Ihr gelblichweißes Aussehen ließ Nawrod erschaudern.

Der bis auf das Gesicht eingetauchte Kopf, beziehungsweise das, was davon noch übrig war, ließ keine Rückschlüsse auf das Geschlecht der Leiche zu. Längst hatten sich Augen, Ohren, Nase und Mundpartie aufgelöst. Die freigelegten Zähne schienen Nawrod hämisch anzulachen. Nur an den Wangenknochen hing noch etwas gelbliche Haut. Nawrod wusste, dass ihn dieser Anblick bis an sein Lebensende nicht mehr loslassen würde. Es überfiel ihn ein Brechreiz, dem er nur dadurch begegnen konnte, dass er sofort die Tür schloss, um im Flur nach frischer Luft zu schnappen.

»Guten Abend, Herr Nawrod!« Die Stimme klang ruhig und besonnen. »Wie konnten Sie so töricht sein hierherzukommen?«

Nawrod fuhr herum. Dreyer stand etwa vier Meter hinter ihm. Er hielt ein Gewehr im Anschlag. Erst jetzt merkte Nawrod, dass jemand im Flur das Licht eingeschaltet hatte. Er sah Dreyer in die Augen und wusste sofort, dass er keine Chance hatte. Das Letzte, was er wahrnahm, waren das Geräusch des Schusses und seine Verwunderung darüber, dass es keinen lauten Knall gab.

53

»Hallo, Herr Nawrod … oh, entschuldigen Sie, Herr Kriminalhauptkommissar Nawrod.« Den Titel betonte er in gespielt anerkennender Weise.

»Ich hoffe, Ihnen ist der kurze Schlaf gut bekommen und Sie haben keinen Kater von der Betäubung. Herr Nawrod … Nawrod, sind Sie da?«

Zeitverzögert und wie aus weiter Ferne drang die Stimme an Nawrods Ohr. Dann spürte er das Klatschen von Händen in seinem Gesicht. Er war zu müde, um auf die dumpf wirkenden Schläge zu reagieren. Krampfhaft versuchte er die Augen zu öffnen. Aber seine Lider fielen immer wieder zu. Er wollte sprechen, doch sein Mund gehorchte ihm nicht und sein Verstand noch viel weniger. Mit weit gespreizten Fingern versuchte er Worte festzuhalten. Doch sie schienen unerreichbar für ihn zu sein. Selbst Buchstaben verhielten sich in seinem Gehirn wie Flummis, die sich unkontrolliert in alle Richtungen ausbreiteten und dabei die skurrilsten Formen annahmen. Unmöglich, sie in Reih und Glied zu einem Wort oder gar Satz zu ordnen.

»Ich spritze Ihnen ein Gegenmittel«, hörte er die lallende, wie unter Wasser getauchte Stimme sagen. »Ich hab ja nicht ewig Zeit.« Die Stimme schien blau gefärbt zu sein. Nein, rosa! Oder war sie doch mehr gelb mit grünen Nuancen? Er konnte sich nicht entscheiden. Aber es schien ihm keineswegs ungewöhnlich, dass die Stimme und ihre Töne gefärbt waren.

Mit geschlossenen Augen wartete er auf den Einstich. Was sollte er sonst tun? Wehren konnte er sich nicht. Auf jedem Quadratzentimeter seines Körpers lasteten Tonnen einer undefinierbaren Masse, die drohte, ihn zu erdrücken, und ihn völlig bewegungslos machte. Andererseits hatte er aber auch das Gefühl zu schweben. Wie konnte man schweben, wenn eine solche Last jede Bewegung im Keim erstickte?

Wann stach er endlich? Oder war die Injektion schon erfolgt und er hatte es nur nicht gemerkt? Langsam fiel die tonnenschwere Last von ihm. Das Schweben nahm einen breiteren Raum in seiner Wahrnehmung ein. Übergangslos wurde alles auf einmal wirklicher. Er lag auf dem Rücken. Schließlich konnte er seine Augen öffnen. Wie der Autofokus einer Kamera versuchten sie, ihre Sehschärfe zu finden. Es war Dreyer, der neben ihm stand und lächelnd auf ihn herabsah.

»Na, sind wir wieder da?«, fragte er. Die Stimme des Rechtsmediziners klang angenehm ruhig. Mit dem Daumen schob er Nawrods linkes Augenlid nach oben und ließ es gleich wieder los.

Nawrod wollte aufstehen. Doch irgendetwas hinderte ihn daran. Er wollte nachsehen, was das sein könnte, aber er konnte seinen Kopf keinen Millimeter bewegen. Erst jetzt wurde ihm bewusst, dass seine Stirn mit einem Riemen festgezurrt war. Im gleichen Moment fühlte er auch die Fesselung an Armen, Beinen und Oberkörper. Nur die Finger und die Zehen konnten noch den Impulsen des Gehirns gehorchen. Der restliche Körper fühlte sich an wie einbetoniert. Für einen Augenblick wünschte er sich wieder in den Schwebezustand von eben zurück. Das wäre immer noch besser, als Dreyer dermaßen ausgeliefert zu sein. Dreyer, der Arzt, Rechtsmediziner und Mörder zugleich war. Es brauchte nicht viel Fantasie, um sich auszumalen, was Dreyer mit ihm vorhatte. Diese Bestie in Menschengestalt würde ihn ebenso zerstückeln, wie er es mit Otte und Radecke gemacht hatte. War die von Säure halbzerfressene Leiche in der Badewanne Philipp Otte oder war es schon Gottwald Radecke?

Schlagartig wurde Nawrod bewusst, dass er nur noch drei Waffen hatte, um sich zu wehren: seinen Verstand, seine Augen und seinen Mund. Aber diese Waffen erschienen ihm geradezu lächerlich gegen die Möglichkeiten, die Dreyer bei dem ungleichen Kampf einsetzen konnte. Sollte er überhaupt kämpfen? Sollte er nicht lieber hoffen, dass Dreyer kurzen Prozess mit ihm machte? Denn eines war sicher: Doktor Lukas Dreyer konnte ihn nicht am Leben lassen. Das hätte dessen Untergang und den seiner Mittäter bedeutet.

Nawrod überlegte, welche Taktik ihm blieb. Er könnte Dreyer derart reizen, ihn buchstäblich zur Weißglut bringen, dass der Mörder ihn unweigerlich töten würde. Die Alternative wäre, er würde all seine Erfahrungen, die er mit Tätern gesammelt hatte, all sein Verhandlungsgeschick einbringen, um Dreyer zur Umkehr zu bewegen. Aber war das überhaupt möglich? Ohne Zweifel handelte es sich bei Doktor Dreyer um einen Psychopathen, der vor nichts zurückschreckte, um seine

Ziele zu erreichen. Und solche Täter waren unberechenbar. Diese bittere Erfahrung hatte Nawrod schon mehrfach machen müssen. Einmal glaubte er, einen Amokläufer so weit gebracht zu haben, dass er aufgab. Der Mann hatte in einem Supermarkt schon drei Menschen mit einer Machete getötet. Er hatte mit dem rasiermesserscharfen Buschmesser wahllos auf Kunden eingeschlagen. Eine alte Frau hatte er mit einem Hieb enthauptet. Mit der Pistole im Anschlag hatte Nawrod vor ihm gestanden. Der Irre hatte eine junge Frau in seiner Gewalt. Er hielt ihr das Messer an den Hals und schrie wirres Zeug. Nawrod konnte ihn beruhigen, und als er dachte, der Mann würde das Messer fallen lassen, geschah genau das Gegenteil. Ihm freundlich zulächelnd schnitt der Amokläufer der Frau die Kehle durch.

Der Mann überlebte die drei Kugeln, die Nawrod auf ihn abfeuerte. Statt ins Gefängnis wurde er anschließend in die forensische Psychiatrie eingewiesen. Das Gleiche würde mit Doktor Dreyer geschehen, wenn man seiner habhaft werden und ihn als Mörder überführen würde.

»Warum?« Nawrod brachte das Wort nur mit Mühe hervor. Seine Stimmbänder fühlten sich wie Reibeisen an. Offensichtlich wirkte das Betäubungsmittel in den Schleimhäuten immer noch. Es lähmte die Speichel produzierenden Drüsen.

Dreyer setzte sich neben Nawrod und verschränkte die Arme vor der Brust. »Das haben wir doch in unseren Botschaften unmissverständlich zum Ausdruck gebracht.«

Nawrod entschloss sich, auf Zeit zu spielen. Wenn schon sterben, dann wollte er vorher zumindest den Mann und dessen Motive einigermaßen kennenlernen, der seinem Leben ein Ende setzen würde. Er hatte wir gesagt. Also war Dreyer, wie vermutet, nicht allein. Wo hielten sich die anderen Täter auf? Würden sie noch kommen und sich an seiner Ermordung beteiligen? Dreyer hatte sie bestimmt schon verständigt.

»Sie meinen in diesen lateinischen Versen? Daraus konnte doch kein Mensch richtig schlau werden.« Um Dreyer aus der

Reserve zu locken, versuchte Nawrod, so unwissend wie nur möglich zu klingen.

Dreyer lächelte freundlich. »Ja, in diesen Versen und in den Texten, die unsere Verbündeten Haider und Pfaff liebenswerterweise der Öffentlichkeit zugänglich gemacht haben.«

Nawrod kniff die Augen zusammen. Uhl hatte recht. Es handelte sich um eine Bande von Verbrechern, in der jeder seine Aufgabe zu haben schien.

»Wer außer Haider und Pfaff gehörte noch dazu?«

Dreyers Lächeln schien echt zu sein. Und keinesfalls überheblich. Nicht das eines Siegers. Vielmehr das eines Menschen, der einem anderen aus Gutmütigkeit etwas vermittelt und daran einfach Freude empfindet.

»Eins nach dem anderen. Sie fragten nach dem Warum? Ich will es Ihnen sagen.« Dreyers Hand fuhr zum Kinn. Er überlegte wohl, wie er anfangen sollte. Nawrod nutzte die Zeit, sich weitere Gedanken über seine eigene Strategie zu machen.

Als Dreyer fortfuhr, war das Lächeln aus seinem Gesicht gewichen. Ernst und Traurigkeit hatten sich darin breitgemacht.

»Sie haben uns Furchtbares angetan. Sie haben uns vergewaltigt, gedemütigt und innerlich zerrissen. Sie sind für den Tod meiner Mutter, für den Tod Benjamins und für den grässlichen Tod Jochen Kapps verantwortlich. Sie haben die Seelen unzähliger Kinder zerstört und tun es immer noch. Es gibt leider keine Statistik, wie viele dieser zerstörten Seelen, wie viele Kinder sich danach das Leben genommen haben oder es sich noch nehmen werden. Bei Jochen Kapp dauerte es über zwanzig Jahre, bis er es nicht mehr aushielt, innerlich verblutet und verfault zu sein.«

»Warum wählte er gerade diese Art der Selbsttötung«, fragte Nawrod.

»Wahrscheinlich wollte er wenigstens einmal in seinem Leben etwas Großes machen. Ich denke, er wollte der Polizei auch ein Rätsel aufgeben. Aber vielleicht war es nur ein Zeichen für uns.«

»Wie meinen Sie das?«

»Sein spektakulärer Selbstmord hat in der Presse mächtig Staub aufgewirbelt. Ein abgetrennter Kopf ist ja auch nichts Alltägliches. Erst dadurch kamen wir auf die Idee, die beiden Expfaffen, die uns vergewaltigt haben, zu kidnappen, um sie danach stückweise an Sie zu verschicken.«

»Du zeigtest mir den Weg interpretierte unser Profiler so, dass ich Ihnen den Weg zu diesen Verbrechen zeigte. Dann trifft das also gar nicht zu?« In Nawrods Stimme lag Erleichterung.

»Doch, das trifft zu. Zwar nur bedingt, aber es entspricht den Tatsachen. Zuerst zeigte uns Jochen Kapp den Weg. Doch dann brauchten wir Sie, um den Weg weiterzuverfolgen. Wir waren uns sicher, dass der Polizist, der den unglaublichen Selbstmord Kapps aufgeklärt hatte, das beste Zugpferd in den Reihen der Polizei sein würde. Deswegen wählten wir Sie als unseren Verbündeten.«

Nawrod protestierte. »Verbündeten? Ich war nie Ihr Verbündeter. Ich war und bin Ihr Gegner und nichts anderes.«

»Doch, Sie waren unser Verbündeter in diesem Spiel und jetzt sind Sie es mehr denn je. Ihr und Radeckes Tod wird für die Presse ein gefundenes Fressen sein. Der Druck auf den Papst und die Kurie wird ins Unermessliche steigen.« Doktor Dreyer lächelte freundlich. »Und, lieber Herr Nawrod, von Gegner kann in Ihrer Situation ja keine Rede sein.«

»Sie bezeichneten Haider und Pfaff auch als Ihre Verbündeten. Heißt das, dass Sie die ebenso nur benutzt haben und die beiden nicht ahnten, welche Rolle sie in Ihrem grausamen Spiel einnahmen?«

»Sie sind ein kluger Mann, Herr Hauptkommissar. Ich wusste es schon immer. Markus war der Meinung, Sie könnten uns irgendwann einmal gefährlich werden, aber ich konnte ihn beruhigen. Ich sagte ihm, wir bräuchten Sie zumindest eine Zeit lang als Spielfigur. Früher oder später würden Sie wegen Erfolglosigkeit von Ihren eigenen Leuten aus dem Verkehr gezogen. Aber ich muss sagen, bis jetzt haben Sie uns wertvolle Dienste geleistet. Sie haben Ihre von uns zugedachte Rolle vorzüglich gespielt. Eigentlich schade, dass ich dem Spiel nun ein Ende setzen muss. Ich hätte Sie gerne noch ein Weilchen beschäftigt.« Dreyers Blick streifte den kleinen Tisch, der neben ihm stand. Etwas verschwommen sah Nawrod aus den Augenwinkeln einige chirurgische Instrumente und eine Spritze.

»Wie haben Sie mich überhaupt gefunden?«

»Sie stehen im Schwarzbuch der katholischen Kirche.«

»Das hört sich nicht besonders gut an. Wie kommt mein Name da rein?«

»In diesem Buch, das eigentlich eine riesige, schon seit Jahrhunderten geführte Sammlung von Akten ist, stehen alle Geistlichen, die Verfehlungen begangen haben. Aber nicht nur die, sondern auch deren Opfer. Wir verschafften uns Zugang zu den Akten, und als ich Ihren Namen las, konnte ich zunächst nichts damit anfangen. Er war einer von vielen. Wir wussten nur, dass Sie in Heidelberg und ganz in der Nähe von Philipp Otte wohnten. Mehr Verknüpfungspunkte gab es nicht. Irgendwann schwante mir, dass ich Ihren Namen schon gehört oder gelesen hatte. Und plötzlich machte es ‚Klick'. Ganz klein geschrieben hatte ich Ihren Namen auf einem Arztkittel gesehen, den Sie an die Garderobe gehängt hatten, nachdem Sie bei der Obduktion von Jochen Kapp umgekippt waren. Jetzt ist mir auch klar, weshalb Sie ohnmächtig geworden sind, denn Jochen Kapp stand ebenfalls auf der Liste missbrauchter Ministranten. Sie kannten ihn und hatten deshalb Schwierigkeiten, die Obduktion durchzustehen.«

»Dafür könnte ich mich jetzt noch selbst ohrfeigen.«

»Sie erwähnten eben einen Markus. Handelt es sich hierbei um Markus Schaller? Er steht auch auf der Liste, wohnt aber in Frankfurt.«

Dreyer nickte. »Markus hatte Angst vor Ihnen.« Dreyers Mund umspielte ein mokantes Lächeln. »Er merkte nicht, dass er selbst die größte Gefahr in dem Unternehmen darstellte.«

»Wo ist er? Ist er auch hier?«

»Ja, er ist hier. Sie haben ihn vorhin gesehen.«

»Da täuschen Sie sich. Ich habe außer Ihnen niemanden gesehen.«

»Ich täusche mich nie, Herr Nawrod.« Dreyer griff hinter sich, nahm eine kleine Ampulle vom Tisch und brach den Entnahmezapfen ab. Mit der anderen Hand griff er nach einer Einwegspritze. Gekonnt zog er den Inhalt der Ampulle in die Spritze. »Markus hat uns das hier besorgt.« Dreyer deutete auf die Spritze.

Nawrods Puls fing an zu rasen. Keuchend stieß er hervor: »Etorphin! Bei Menschen wirkt es tödlich.«

»Das stimmt nicht ganz. Ich habe es so berechnet, dass Sie die Betäubung vorhin überlebten. Da das Mittel in der Humanmedizin keine Verwendung findet und es keine entsprechenden Versuchsreihen gibt, habe ich es bei Philipp Otte getestet. Bei Radecke klappte es dann schon wie am Schnürchen.«

»Warum haben Sie mich nicht gleich umgebracht?«

»Sie stellen schon wieder die nächste Frage, ohne die Antwort auf die vorhergehende abzuwarten. Ich sagte, ich sei sicher, Sie haben Markus gesehen, weil ich Sie beobachtet habe, wie Sie ins Badezimmer geschaut und dabei das Licht angemacht haben.«

Nawrod konnte ein lautes Stöhnen nicht unterdrücken. Sofort hatte er wieder dieses grausige Bild der von Säure zerfressenen Leiche vor Augen und den ekelerregenden Geruch in der Nase.

»Und gleich zu Ihrer nächsten Frage: Ich wollte Ihr Gesicht sehen, wenn Sie aufwachen, und ich wollte Sie zugegebenermaßen auch persönlich kennenlernen, bevor ich Sie mit einer Überdosis ins Jenseits befördere.« Dreyer hob die Spritze gegen das Licht und schnippte mit dem Zeigefinger gegen den kleinen Zylinder.

»Und warum musste Schaller sterben?«, keuchte Nawrod.

»Das habe ich Ihnen doch schon gesagt. Er ist zu einer großen Gefahr geworden.«

»Weil er mit Radeckes Kreditkarte am Hauptbahnhof Geld abhob, stimmt's?

»Genau. Aber nicht nur deshalb musste ich ihn töten. Er wollte einfach nicht begreifen, um was es wirklich ging. Er sah nur Radeckes Geld, sonst nichts.«

»Ihnen ging es bei der Ermordung der Ex-Priester nur um Rache! Welch profanes Motiv. Ist auch nicht viel besser als Schallers Gier nach Geld.«

»Ich bin enttäuscht von Ihnen, Herr Nawrod. Denn ich dachte, Sie wüssten längst, welche große Aufgabe wir uns gestellt haben.«

»Was ist groß daran, Menschen grausam zu verstümmeln, zu töten und in Salzsäure aufzulösen?«

»Das war nur Mittel zum Zweck. Wie sonst hätten wir die Aufmerksamkeit der Welt auf uns ziehen können? Als wir sahen, welchen Medienrummel ein abgetrennter Kopf auslöste, wussten wir sofort, wie wir die Sache angehen mussten.«

»Herr Doktor Dreyer, Sie können doch nicht im Ernst glauben, dass Sie mit Ihren Aktionen irgendetwas verändern.«

»Das habe ich doch schon, lieber Herr Nawrod. Nicht nur die Islamisten, sondern die ganze Welt spricht davon und wartet auf weitere Taten und Botschaften. Und wenn sich dieser Papst mit seiner gesamten Kurie noch so lange versteckt, ich werde sie alle aus ihren Löchern herauslocken und vernichten, damit sie im ewigen Feuer der Hölle schmoren.«

»Sie können doch nicht alle töten!«

»Gott der Herr hat mich auserwählt und hat mir das Schwert der Apokalypse in die Hand gegeben. Er hat mir befohlen, die Frevler innerhalb der katholischen Kirche auszumerzen und sie dem Satan zu übergeben.«

Nawrod wurde klar, dass seine letzte Stunde gekommen war. Doktor Dreyer und seine Helfershelfer würden vor weiteren Morden nicht zurückschrecken. Ein Menschenleben stellte für sie nicht den geringsten Wert oder Widerstand dar. Mitleid und Vergebung kannten sie nicht. Ohne mit der Wimper zu zucken, würden sie nicht nur seines, sondern auch

Radeckes Leben auslöschen, wenn sie Letzteres nicht schon längst getan hatten. Sie würden so lange Priester oder Ex-Priester in ihre Gewalt bringen, bis ihre Glaubensbrüder beginnen würden, sich selbst zu zerfleischen. Der Anfang hierzu war schon gemacht. Johannes Holzmann war tot und im Vatikan herrschten Chaos, Neid und Krieg. Es spielte keine Rolle, ob Holzmann in den Tod getrieben oder sogar heimtückisch umgebracht worden war. Das Letztere lag nahe. Nawrod hatte mal gelesen, dass es in früheren Zeiten durchaus üblich gewesen war, innerhalb des Vatikans auch hohe Würdenträger vom Leben in den Tod zu befördern, sobald sie eine Gefahr für die allmächtige Institution der katholischen Kirche darstellten. Das geschah in der Mehrzahl der Fälle mit Gift. Warum sollte es in dieser erzkonservativen Kirche heute anders sein?

Als Nächstes würde sicher mit dem Ableben des altersschwachen und vom Tod seines Privatsekretärs schwer mitgenommenen Papstes zu rechnen sein. Es war nur noch eine Frage von Tagen. Und dann würde das Hauen und Stechen erst richtig beginnen. Wer weiß, was Dreyer und seine Helfer noch in petto hatten. Vielleicht hatten sie sich inzwischen ebenso Zugang zum Schwarzbuch der katholischen Kirche verschafft, wie es Yalcin getan hatte. Dann stünde ihnen eine Unmenge an Material zur Verfügung, um die größte christliche Vereinigung zu vernichten. Sie könnten damit an allen Ecken und Kanten Feuer legen, bis es unweigerlich zu einer Feuersbrunst ungeheuren Ausmaßes kommen würde.

Nawrods Hirn arbeitete fieberhaft. Menschen wie Dreyer war nur schwer beizukommen. Er musste auf jeden Fall Zeit gewinnen. Vielleicht konnte er bei dem ungleichen Kampf doch irgendwann einen lucky punch landen. Aber wie? Unmöglich! War er doch auf Gedeih und Verderb, völlig bewegungsunfähig, diesem verblendeten Mörder ausgeliefert.

»Sie wollen im Auftrag Gottes handeln und haben weder Philipp Otte noch Gottwald Radecke eine Chance gegeben, ihre Sünden zu bereuen und Buße zu tun. Wie lassen sich Ihre

Verbrechen an den beiden mit Ihrem christlichen Glauben vereinbaren?«

»Beide bekamen ein faires Gerichtsverfahren, bei dem sie sich verteidigen konnten. Und beide legten ein Geständnis ab. Wir mussten sie zur Höchststrafe verurteilen, denn das war Gottes Wille.«

»Warum haben Sie bei Ihren Botschaften und Zeitungsveröffentlichungen die Namen der Opfer verschwiegen?«

»Das gehörte zum Spiel. Wir wollten nicht nur der Polizei, sondern der gesamten Welt Rätsel aufgeben. So konnten wir sicher sein, höchste Aufmerksamkeit zu erreichen. Deshalb auch die lateinischen Verse.«

»Und warum haben Sie sich gerade Otte und Radecke als Opfer ausgesucht?«

»Zusammen mit Johannes Holzmann waren sie es, die Markus Schaller, Jochen Kapp, Benjamin Söger und mich missbrauchten. Benjamin war der Schmächtigste von uns. Er war ein zarter Junge, der kaum redete. Nach der zweiten Vergewaltigung ist er auf dem Heimweg vor den Zug gelaufen.

Zu dem damaligen Netzwerk pädophiler Priester gehörten außer Otte, Radecke und Holzmann noch einige andere. Radecke gab ihre Namen beim letzten Verhör preis. Um seine Haut zu retten, wollte er das Ganze herunterspielen. Er sei das kleinste Licht in dem in der katholischen Kirche weit verbreiteten homophilen Netzwerk gewesen. Ihr kleines separates Netzwerk habe sich ausschließlich aus Priestern ihres Seminars zusammengesetzt. Es sei aber allgemein bekannt, dass es weitere Gruppierungen unter Priestern, Bischöfen und Kardinälen gab und immer noch gibt, die junge Ministranten missbrauchen oder untereinander homosexuelle Verbindungen pflegen. Weiter erzählte Radecke, weshalb Holzmann und zwei, drei andere nicht aus dem Priesteramt entfernt wurden. Sie dienten schon damals hohen Würdenträgern, die nicht auf ihre freudenspendenden Untergebenen verzichten wollten.«

»Herr Doktor Dreyer, jetzt enttäuschen Sie mich aber ein wenig! Wie kann ein Mann mit Ihrer Bildung und Intelligenz

Verfehlungen, die es in der katholischen Kirche zweifellos zu geben scheint, derart pauschaliert darstellen und sie zum Anlass nehmen, Menschen zu töten? Sie können doch nicht im Ernst behaupten, alle Priester wären Päderasten.«

»Das habe ich nie gesagt. Tatsache ist jedoch, dass die katholische Kirche, neben der evangelischen und anderen sozialen Einrichtungen wie zum Beispiel Privatschulen, Internaten und dergleichen, schon immer ein Sammelbecken für Päderasten war.«

»Aber gerade diese Institutionen sind es, die auch sehr viel Gutes tun. Ich bin der Meinung ...«

»Ihre Meinung interessiert mich nicht!« Doktor Dreyer stieg die Zornesröte ins Gesicht. »Ich weiß, wovon ich rede, und ich werde diese scheinheiligen Sünder in ihren Soutanen vernichten. Ich werde mit dem Schwert Gottes das Krebsgeschwür entfernen, das früher oder später den Untergang und Tod unserer heiligen Mutter Kirche bedeuten würde. In Erinnerung an Jochen Kapp werde ich noch heute Nacht Radecke enthaupten. Selbstverständlich werde ich das Paket wieder an Sie schicken. Das bin ich Ihnen schuldig. Schade nur, dass Sie seinen Kopf nicht mehr zu sehen bekommen werden. Sie werden verstehen, dass ich Sie leider auch töten muss.«

»Tun Sie, was Sie nicht lassen können, aber hören Sie mir noch einen Augenblick zu. Sie sind krank, Doktor Dreyer. Durch die furchtbaren Erlebnisse in Ihrer Kindheit sind Sie im höchsten Maße traumatisch erkrankt. Hören Sie auf mit Ihrem grausamen Spiel. Ich bin sicher, jedes Schwurgericht wird Ihre Erkrankung berücksichtigen. Sie müssen nicht ins Gefängnis. Ich werde mich dafür einsetzen, dass Sie therapiert werden.«

Dreyer lachte. Sein Lachen jagte Nawrod einen kalten Schauer über den Rücken. Es war nicht das Lachen eines Menschen, sondern das einer verrückten Bestie, die sich von nichts und niemandem mehr davon abbringen lassen wollte, ihr wahnwitziges Ziel zu verwirklichen.

»Sie wollen mich also in eine Klapsmühle stecken?«

Dreyer lachte erneut.

Nawrod unterbrach ihn. »Ich werde Ihnen die besten Ärzte besorgen, die es gibt. In ein paar Jahren sind Sie ein freier Mann. Das schwöre ich Ihnen.«

»Für wie blöd halten Sie mich? Während meines Studiums habe ich zwei Monate in der forensischen Psychiatrie gearbeitet. Ich weiß sehr gut, was meine Kollegen dort mit mir machen würden. Sie würden mich bis zur Oberkante mit Psychopharmaka vollpumpen, so wie sie das mit all ihren Patienten machen. Effektive Methodik nennt man so etwas.«

»Aber ...«

»Nichts aber, Kriminalhauptkommissar Nawrod. Hören Sie auf, um Ihr Leben zu winseln. Sie enttäuschen mich sonst zu sehr. Ich muss es tun. Gottes Wille ist unumstößlich. Sein Auftrag ist höchstes Gebot und steht weit über Ihrem kümmerlichen Dasein. Sobald die Bilder von Radeckes Kopf um die Welt gegangen sind, werden die Frevler in der heiligen katholischen Kirche mit Geschrei und Wehklagen ihr Heil in der Flucht suchen, um nicht auf dem Scheiterhaufen der Rache zu verbrennen. Doch es gibt kein Entrinnen. Sie werden früher oder später alle in der Hölle schmoren. Gott der Herr hat mich ausersehen, seinen Willen zu erfüllen. Er gibt mir die Kraft und Zuversicht, in seinem Namen werde ich ...«

»Gottwald Radecke lebt also noch?«, unterbrach Nawrod. Er wollte sich das Geschwafel dieses Verrückten nicht länger anhören.

»Das ist nicht von Belang«, erwiderte Dreyer. »Jetzt geht es erst einmal um Sie.«

»Wie brachten Sie es fertig, Frauen für Ihre Sache zu gewinnen? War das nicht ein zu großes Risiko für Sie?«

Dreyer lachte. Dieses Mal aber amüsiert. »Sie meinen wohl die Damen, die die Pakete aufgegeben haben?«

»Genau die meine ich. Und jener ältere Herr? Wie konnten Sie nur diese Menschen in die Sache mit hineinziehen?«

»Moment mal. Ich bin gleich wieder hier«, antwortete Dreyer und entfernte sich.

Nawrod überlegte. Hatte er jetzt einen Fehler begangen? Die Reaktion Dreyers kam ihm äußerst seltsam vor. Was führte er im Schilde? Wie sollte er sich mit diesem Wahnsinnigen weiter unterhalten? Würde es sich Dreyer vielleicht anders überlegt haben und chirurgische Instrumente aus dem Nachbarzimmer holen, um ihm damit ein Körperteil abzutrennen oder ihn damit sogar zu töten? Nawrod merkte, dass das Blut in seinen Adern immer weniger zirkulierte. An Armen und Beinen hatten sich bereits Taubheitsgefühle eingestellt. Tausend Nadeln schienen sich in seine Haut zu bohren und er konnte nichts dagegen tun. Er spielte mit dem Gedanken, laut zu schreien. Vielleicht hörte ihn doch jemand, der ihn retten würde. Es konnten doch nicht alle, die Dreyer in seinen persönlichen Rachefeldzug mit hineingezogen hatte, Bestien sein. Vielleicht würde eine der Botinnen hier sein und ihn befreien. Hätte er sich erst einmal dieser verdammten Fesseln entledigt, könnte er möglicherweise flüchten und Verstärkung anfordern. Ob Dreyer das Handy in seiner rechten Hosentasche gefunden hatte?

Nawrod hörte hinter sich ein Geräusch. Irgendjemand betrat den Raum. Die Schritte klangen auffallend schleppend. Ein Hüsteln und stoßweiser Atem waren zu hören. Er drehte seine Augen so weit nach oben, wie es nur ging. Dann sah er sie. Zuerst ihren Kopf, auf dem sie einen kleinen, hellblauen Hut trug. Ihre Nickelbrille passte zu den weißgrauen Haaren, die ihre Ohren verdeckten und leicht gewellt auf ihre Schultern fielen. Aufgrund der Falten in ihrem Gesicht schätzte Nawrod sie auf etwa 80 Jahre. Das muss Haiders Mutter sein, dachte er. Er hatte das Bild von ihr, das Goll sich vom Passamt besorgt hatte, zwar nur einmal gesehen, aber er hatte es sich gut eingeprägt.

Wieder hüstelte sie. Die Frau war offensichtlich krank. Sie ging deutlich gebückt. Jetzt sah er den Rollator, mit dem sich die Alte mühsam fortbewegte. Zweifellos war sie es, die in der Postfiliale Kleingemünder Straße 35 im Stadtteil Ziegelhausen eines der Pakete abgegeben hatte. Die Beschreibung passte haargenau auf sie. Selbst die Kleidung.

Die Alte hatte offensichtlich Angst, denn sie hielt gebührenden Abstand zu ihm, als sie an ihm vorbeiging. Sie postierte sich links an seinem Fußende, sodass er sie gut sehen konnte. Nawrod erkannte nichts Böses in ihrem Gesicht. Sie warf ihm einen mitleidigen Blick zu.

»Frau Haider? Sind Sie Frau Haider?«

Die Alte nickte. Sie müsste doch noch im Krankenhaus sein, dachte Nawrod. Wie konnte sie sich nur so schnell erholen?

»Bitte helfen Sie mir!« Nawrod beherrschte sich, nicht zu schreien. »Helfen Sie mir! Er wird mich sonst töten.«

Wieder dieser mitleidige Blick und ein kaum wahrnehmbares Nicken.

Nawrod begann zu flüstern. »Machen Sie bitte schnell, bevor er wiederkommt. Er ist eine Bestie und kennt keine Gnade. Ich werde für Sie vor Gericht ein gutes Wort einlegen und für Ihren Sohn auch. Sie müssen dafür nicht ins Gefängnis, das verspreche ich Ihnen. Nun machen Sie schon! Bitte!«

Mit zitternder Hand griff die Alte an ihren Hut. Erst jetzt sah Nawrod, dass sie weiße, feinverzierte Stoffhandschuhe trug, durch die rosablass ihre Haut schimmerte. Die Frau nahm langsam den Hut ab und legte ihn auf die Ablage ihres Rollators.

Sie ist meine Rettung, schoss es Nawrod durch den Kopf. »Sie können sich darauf verlassen, ich halte mein Wort«, stieß er flüsternd hervor.

Wieder dieses mitleidige Lächeln. Die Alte setzte ihre Brille ab und legte sie neben den Hut. Sie wurde von einem Hustenanfall geschüttelt. »Entschuldigen Sie«, sagte sie mit Fistelstimme.

»Bitte«, erwiderte Nawrod. »Wenn Sie mich … könnten Sie mich …«

»Asthma, ich habe Asthma, und immer wenn ich diese Haare trage, erwischt es mich besonders.« Die Alte griff sich an den Kopf und zog ganz langsam an ihren Haaren. Als sie die Perücke in der Hand hatte, lächelte sie Nawrod wiederum an. Aber dieses Mal war es ein triumphierendes Lächeln.

»Sie sind ein Schwein, Dreyer. Ein widerwärtiges, krankes Schwein«, schrie Nawrod.

»Warum missgönnen Sie mir diesen Spaß, Herr Kriminalhauptkommissar?« Dreyer grinste dreckig. »Das Leben ist größtenteils furchtbar ernst. Da sollte man die wenigen Gelegenheiten der Aufheiterung wahrnehmen und genießen. Ich konnte nicht umhin, mir diesen Spaß zu genehmigen. Sie hätten Ihr Gesicht sehen sollen, als ich die Perücke abzog.«

Dreyer war die Überraschung gelungen. Nawrod war sprachlos. Dieser Mörder konnte sich, je nach Belieben und innerhalb kurzer Zeit, in einen anderen Menschen verwandeln, und zwar so perfekt, dass die Verwandlung nicht einmal dem geschulten Auge eines Kriminalbeamten auffiel. Es gab also gar keine weiteren Mittäter. Schaller war der Einzige, und der war tot. Der alte Mann, Haiders Mutter und Schwester, das waren ein und dieselbe Person. Dreyer hatte sie perfekt imitiert.

»Wie kamen Sie an Haider und Pfaff ran?« Nawrod wusste, er würde sein Wissen mit ins Grab nehmen, dennoch interessierte es ihn. Er versuchte die Gedanken an sein nahes Ende auszublenden.

»Haider war gelegentlich Gast im *Fresh Gay*. Dort kam ich mit ihm in Kontakt. Er ist bisexuell, müssen Sie wissen, und er war scharf auf mich. Ich trat in der Schwulenkneipe als Frau auf. Es machte mir einfach Spaß. Die Stammgäste wussten jedoch, dass ich ein Mann war, der gerne in Frauenkleidern auftrat. So blieb ich unerkannt. Haider war nicht der Einzige, der mit mir anbändelte. Er erzählte mir viel von sich. So wusste ich, dass er freier Journalist ist und eine Mutter sowie eine Schwester hat. Bereitwillig nannte er mir Name und Adresse der beiden. Ich fotografierte sie heimlich. Ihr Äußeres zu imitieren, war ein Klacks für mich. Nachdem wir Otte in unsere Gewalt gebracht hatten, kaufte ich auf dem Schwarzmarkt zwei in Deutschland nicht registrierte Handys. Eines davon steckte ich Haider im *Fresh Gay* unbemerkt in die Jacke. Wie Sie, Herr Nawrod, waren er und seine Angehörigen

Figuren, die ich nach Belieben eingesetzt habe. Mir war klar, dass Sie ihn irgendwann verdächtigen würden. Was lag näher, als den Verdacht dadurch zu erhärten, dass ich den Anschein erweckte, Haider hätte Mutter und Schwester als Paketbotinnen eingesetzt?«

»Und Pfaff? Wie haben Sie den manipuliert?«

»Da musste ich überhaupt nichts tun. Haider hatte mir erzählt, dass er seine Storys allen möglichen Zeitungen anbietet. Ohne Gefahr zu laufen, über die Handynummer identifiziert zu werden, konnte ich ihm per SMS hochbrisante Nachrichten zukommen lassen, die er nur ein wenig ausschmücken musste. Natürlich kam es mir sehr gelegen, dass er sie an den Chefredakteur der Heidelberger Allgemeinen verkaufte. Was der damit machte, wissen Sie ja. Das war ganz in meinem Sinne. So hatte jeder in dem Spiel seine Rolle und musste bestimmte Aufgaben erfüllen. Markus Schaller fiel leider aus seiner Rolle. Es blieb mir deshalb nichts anderes übrig, als ihn zu töten. Und Sie sind nun auch aus Ihrer Rolle gefallen.«

»Meine Kollegen werden jeden Moment hier sein.« Nawrod versuchte, seine Worte überzeugend klingen zu lassen. Aber seine Stimme fühlte sich schwach und heiser an.

»Das glaube ich kaum«, erwiderte Dreyer. »Sie sind mutterseelenallein gekommen. Weiß der Teufel, warum. Und Sie haben mich verfolgt. Nur so konnten Sie das Versteck finden. Jede Wette, dass Sie vor dem Eindringen in dieses Haus niemanden informiert haben.«

»Sie täuschen sich. Meine Kollegin weiß, wo ich bin«, bluffte Nawrod. »Sie wird …«

»Nichts wird sie, sonst hätte sie es schon längst getan. Sie können natürlich nicht wissen, dass Sie schon über zwei Stunden in meiner Obhut sind. Ihre Kollegin hat also keinen Schimmer, wo Sie mitten in der Nacht abgeblieben sind. Ich bezweifle, dass Sie überhaupt vermisst werden. Und morgen früh wird es zu spät sein. Ich werde dieses Haus bis auf die Grundmauern niederbrennen. Von Ihnen und den anderen Leichen wird nur noch ein Häufchen Asche übrig sein.«

Nawrod änderte seine Taktik. Er wusste selbst nicht, warum. Es war eine Eingebung oder wie man es sonst nennen könnte. Seine Stimmung war von einer Sekunde auf die andere umgekippt.

»Bevor Sie mich töten, hätte ich noch gerne gewusst, was es mit Ottes Herz auf sich hatte. Ich verspreche Ihnen, dass ich es niemandem erzählen werde.« Nawrod grinste breit. Der Satz war ihm ganz spontan eingefallen. Dreyer hatte genug triumphiert. Zu mehr Genugtuung wollte er ihm nicht verhelfen. Er würde keinesfalls winselnd sterben.

Dreyer lächelte ebenfalls. »Das Versprechen nehme ich Ihnen ab. Ich denke, ich kann mich da auf Sie verlassen.«

»Wenn Sie möchten, kann ich es auch bei meinem Leben schwören, Sie Hurensohn!«

»Auch der war gut. Ausgenommen das letzte Wort. Aber ich will mal nicht so sein. Mit Ottes Herz wollte ich nicht nur den Druck verstärken, sondern auch die Spur auf Doktor Karmann lenken. Ich wusste zufällig, dass er früher bei den Herztransplantationen als Einziger in ganz Deutschland die beiden großen Hohlvenen auf Gehrung zusammenflickte. Er hatte seine Methode irgendwann einmal in einer Fachzeitschrift als Nonplusultra dargestellt. Ich wollte diesem Angeber und Betrüger eins auswischen, denn ich war mir sicher, dass er wegen Ottes Herz sehr bald ins Visier der Polizei geraten würde.«

»Warum haben Sie gegen Otte, Radecke und Holzmann nicht einfach Anzeige erstattet?«

»Das ist jetzt aber Ihr bester Witz, Herr Nawrod.« Dreyers Lachen klang gallig. »Sie wissen doch genau, dass die Taten schon längst verjährt sind. Als ich mit Blut in meinen Unterhosen nach Hause kam, ist meine Mutter am nächsten Tag mit mir zur Polizei gegangen. Vielleicht lag es daran, dass ich kaum ein Wort hervorbrachte und sie nach Alkohol roch. Meine Mutter war Alkoholikerin, und ich war erst elf. Einen Tag zuvor war ich brutal von Holzmann vergewaltigt worden. Er war der Schlimmste und hatte obendrein noch den Größten. Es tat höllisch weh. Der Polizist sagte, er könne da nicht viel machen, da Aussage gegen Aussage stünde. Dennoch nahm er die Anzeige auf. Für Otte, Radecke und Holzmann hatte das keine besonderen Folgen. Sie gingen straffrei aus. Meine Mutter nahm sich kurz darauf das Leben und ich kam in ein Heim. Sie hat es wohl nicht verkraftet, dass sie mich nicht beschützen konnte.«

»Aber es gibt doch einen Missbrauchsbeauftragten. Der hätte den Stein ebenso ins Rollen gebracht. Holzmann hätte sich in seiner hohen Position nicht mehr halten können und vermutlich wäre der Papst mit ihm untergegangen.«

Dreyer lachte höhnisch. »Sie legen wohl immer noch eine Schippe drauf. Ich wusste gar nicht, dass ein Kriminalbeamter so viel Humor haben kann, zumal er weiß, dass er nur noch kurze Zeit zu leben hat. Selbstverständlich ist mir bekannt, dass es einen Missbrauchsbeauftragten gibt. Bischof Semmler genießt in der Öffentlichkeit und bei hohen Politikern auch den besten Ruf. Aber Insider wissen, dass man mit Semmler den Bock zum Gärtner gemacht hat. Ich bin sicher, dass er vor seiner Ernennung absolut reingewaschen wurde. Dem wird man nichts mehr anhängen können.«

»Übertreiben Sie da nicht ein bisschen? Ich fürchte, Sie sehen in jedem Schäflein einen verkleideten Wolf. So etwas nennt man Verfolgungswahn, lieber Herr Doktor Dreyer.«

»Ich bitte Sie, Herr Nawrod. Wenn Sie sich mit dem Thema schon ausgiebig befasst hätten, wären Sie zu dem gleichen Schluss gekommen. Semmler redet wie alle, die in der katholischen Kirche mit dem schmutzigen Thema in irgendeiner Weise zu tun haben, mit gespaltener Zunge.«

»Verstehe! Deshalb haben Sie uns Radeckes gespaltene Zunge geschickt. Es sollte eine Warnung an die Kirche sein, endlich mit der Lügerei aufzuhören.«

»Sie haben es erfasst. Ich bin überzeugt davon, dass die Botschaft bei denen, die sie betrifft, angekommen ist.«

»Woraus schließen Sie das?«

»Der Vatikan hat bis jetzt noch keine Stellungnahme abgegeben. Das heißt nichts anderes, als dass man sich in der

Kurie nicht einig darüber ist, ob man weiter wie bisher lügen und vertuschen soll, oder ob man endlich die Wahrheit ans Licht bringt. Sie fühlen sich bedroht. Unsere Aktionen haben keinem Geringeren als ihrem geistigen Oberhaupt einen gewaltigen Schwerthieb versetzt, den er nicht überleben wird. Da bin ich mir sicher.«

»Und ich bin mir sicher, dass Sie das auch ohne zu morden erreicht hätten. Sie hätten nur die Presse auf Ihre Seite bringen müssen. Richtig eingesetzt, hätte sie das Gleiche bewirkt, was Ihnen bislang gelungen ist.«

»Sie haben keine Ahnung, Nawrod«, antwortete Dreyer. Bitterkeit schwang in seiner Stimme. »Die Kirche ist keine harmlose Vereinigung, an deren Spitze der Papst steht. Sie ist ein gigantischer Machtapparat mit einer eigenen Bank, die keiner Kontrolle untersteht. In ihr werden unglaubliche Summen von schmutzigen Geldern gewaschen. Wenn Sie glauben, die Kirche widmet sich nur ihrem christlichen Glauben, täuschen Sie sich gewaltig. Ihre Interessen sind vielseitig und sie hat Einfluss bis in die höchsten Spitzen der Politik, bis in die hintersten Winkel unserer Gesellschaft und natürlich auch auf die Presse. Deshalb mussten wir das Pferd so aufzäumen, wie wir es getan haben. Es gab keine andere Möglichkeit. Davon abgesehen, haben Otte, Radecke und Holzmann nur bekommen, was sie verdienten.«

»Das kann ich nicht glauben. Sie übertreiben schamlos, um Ihre grässlichen Taten zu rechtfertigen.«

»Nehmen wir doch mal den von Ihnen genannten Missbrauchsbeauftragten. Bischof Semmler hat den zahllosen Missbrauchsopfern in Deutschland bislang läppische zwei Millionen Euro zugebilligt, während der Papstbesuch neulich über 12 Millionen gekostet hat. Nennen Sie das etwa gerecht? Und ich sage Ihnen noch etwas: Bevor ein Missbrauchsopfer als solches anerkannt und entschädigt wird, muss es eine menschenunwürdige Prozedur über sich ergehen lassen. Wir wollten uns das auf keinen Fall antun. Schaller nicht und ich schon gar nicht. Davon abgesehen, hätte das sicher auch meiner Reputation als Arzt geschadet. Vor allem hätte man mich als Rechtsmediziner in Fällen von sexuellem Missbrauch und Vergewaltigung für befangen erklärt.«

»Das ist noch lange kein Grund, Menschen zu verstümmeln und zu töten.«

»Gott hat mir hierzu den Befehl erteilt und diesen Befehl werde ich befolgen, bis zu meinem Ende.«

Dreyer gab in der Verkleidung der alten Frau ein geradezu lächerliches Bild ab. Seine langen blonden Haare, die ihm wirr ins Gesicht hingen, passten ganz und gar nicht zu der dick aufgetragenen Schminke. Alles an ihm wirkte grotesk. Trotz der bedrohlichen Lage musste Nawrod plötzlich laut lachen. Wenn er nicht auf dem Tisch festgeschnallt gewesen wäre, hätte er sich dabei bestimmt geschüttelt.

»Die rechte Hand Gottes habe ich mir aber anders vorgestellt«, brüllte er lachend. »Wenn Sie sich sehen könnten, würden Sie sich in die Hose machen.«

»Ihnen wird das Lachen gleich vergehen.« Dreyer griff nach der Spritze. Nawrod wusste, dass es jetzt so weit war. Er hatte den Bogen überspannt. Was hätte er diesem Irren denn sonst noch sagen können? Einmal musste Schluss sein. In ihm machte sich eine seltsame Ruhe breit. Wie lange würde es dauern, bis das Etorphin sein Herz zum Stillstand brachte? Bestimmt nicht lange, denn als ihn Dreyer mit dem Gewehr betäubte, hatte es keine drei Sekunden gedauert, bis er weggetreten war.

Er schloss die Augen und dachte an Eva und Samia. Von ihnen hätte er sich noch gerne verabschiedet und ihnen gesagt, dass er sie liebte und wie leid ihm alles tat. Sie würden ihn nicht einmal bestatten können. Es würde nichts von ihm übrig bleiben. Dafür würde Doktor Dreyer schon sorgen. Für ein flammendes Inferno hatte dieser Sadist sicher genügend Brandbeschleuniger beschafft.

»*Cinis ad cinerem, pulvis ad pulverem*«, sagte Doktor Dreyer pathetisch. »*Asche zu Asche, Staub zu Staub.*«

Er verstand sein Handwerk. Den Einstich spürte Nawrod kaum und mit dem Einstich schoss ein ohrenbetäubender Lärm durch seine Gehörgänge, der sich explosionsartig in seinem Gehirn breitmachte. War das der Tod? Warum kündigt sich der Sensenmann so laut an? Das hatte er doch gar nicht nötig. Oder explodiert bei allen Sterbenden das Gehirn, bevor die Nervenzellen für immer den Geist aufgeben?

Nawrod riss ein letztes Mal die Augen auf. Ein dunkler Schatten huschte an ihm vorbei.

»Alles klar, Alter?«

War das der Engel, der ihn auf seinem Weg ins Jenseits begleiten sollte? Aber Engel haben doch weiße Gewänder und Flügel?

»Hey, Alter, ich habe dich was gefragt!«

Er sah Yalcins Gesicht. Sie hatte sich über ihn gebeugt und sah ihn besorgt an. Er atmete heftig. Nach zwei, drei tiefen Atemzügen hatte er sich gefasst. »Du … du hast ihn doch nicht etwa umgenietet?«, stieß er hervor.

»Ich hatte keine andere Wahl.«

Nawrod war erleichtert und zwar so sehr, dass ihm sogar zum Scherzen zumute war. »Wie konntest du das tun? Er wollte mir doch nur eine Aufbauspritze geben.«

»Oh mein Gott, ich habe einen Unschuldigen auf dem Gewissen. Es … es tut mir furchtbar leid. Das konnte ich nicht ahnen«, konterte Yalcin.

Langsam legte sie die Pistole auf den Tisch. »Aber die Spritze kann ich dir auch verabreichen. Sie steckt ja noch in der Vene.« Ohne zu zögern, griff Yalcin nach der Spritze.

»Nesrin, nein!«, schrie Nawrod in panischer Angst. Doch es war zu spät. Er spürte abermals einen kleinen Stich am Arm, schloss die Augen und schwebte sanft davon.

Dieses Mal fühlten sich die Ohrfeigen anders an. Nicht so dumpf und weit entfernt. Eher grob und deftig. »Hey, Mister, du wirst mir doch nicht abschwächeln, oder?«

Nawrod öffnete langsam die Augen. »Du sollst mich verdammt noch mal nicht Mister nennen! Das habe ich dir schon hundertmal gesagt!«

»Entschuldige, wollte nur testen, ob der Herr Witzbold noch alle Tassen im Schrank hat.«

»Wenn hier jemand verrückt ist, bist du es. Wie kannst du, ohne mich zu fragen, die Spritze in mich reinjagen? Ich dachte, da ist Etorphin drin.«

»Du meinst die hier?« Yalcin zeigte Nawrod die Spritze, deren Kolben noch bis oben hin gefüllt war. Sie lächelte breit. »Es stimmt, Männer sind Mimosen. Ich habe dir die Spritze nicht reingejagt, sondern mit einem Ruck herausgezogen.«

»Aber … aber sie hat doch gepiekst?«

»Tatsächlich, hat sie das?«

»Wie konntest du wissen, was Doktor Dreyer mit mir vorhatte?«

»Ich habe euch eine Weile zugehört. Musste ja sichergehen, dass ich den Richtigen erwische.«

»Ist er tot?« Nawrods Stimme klang belegt.

»Sieht so aus.«

»Auf was wartest du? Binde mich endlich los!«

»Erst wenn du mir versprichst, dass du in Zukunft keine Alleingänge mehr machst.«

»Was blieb mir anderes übrig. Du hast dich ja gedrückt.«

Yalcin löste mit ein paar Handgriffen die breiten Lederriemen. Als Nawrod sich aufrichten wollte, stöhnte er laut. Sein Körper war steif wie ein Brett und die Wunde am Bein schmerzte.

»Hilf mir! Ich muss irgendwie hochkommen.« Er streckte Yalcin eine Hand entgegen. Vorsichtig setzte er sich auf die Tischkante.

Yalcin sah die zerrissene Hose und den großen Blutfleck. »Was ist mit deinem Bein passiert?«

Nawrod verzog das Gesicht. »Nicht weiter schlimm.« Er tastete nach der Wunde. Sie hatte offensichtlich aufgehört zu bluten, denn der Stoff der Hose fühlte sich nicht feucht an.

»Mir geht es schon wieder besser. Wo hast du denn die Knarre her?«

»Das ist eine Beretta. Ich habe sie Mehmet geklaut, weil er sie mir nicht freiwillig geben wollte. Und seinen Wagen habe ich auch geklaut.«

»Welchem Mehmet?«

»Mehmet Yalcin.«

»Deinem Bruder?«

»Nein, meinem Vater, der nicht mehr mein Vater sein wird, wenn er merkt, was seine Tochter getan hat.«

»Wie hast du mich gefunden?«

»Ich musste warten, bis ich an den PC meiner Eltern konnte. Dann war es ein Kinderspiel, dein Handy zu orten. In Google Earth sah ich, dass es hier draußen nur dieses eine Gebäude gibt. Mithilfe der Adresse fand ich heraus, dass es ein ehemaliges Forsthaus ist, das bis vor zwei Monaten von einem Immobilienmakler zur Vermietung angeboten wurde. Ich war mir ziemlich sicher, dass du hier in eine Falle getappt bist, da du auf meine Anrufe nicht reagiert hast. Mehr noch als zuvor war mir klar, dass ich eine Knarre brauchte. Wo er die Beretta versteckt hatte und die Wagenschlüssel hingen, wusste ich. Mindestens eine Stunde musste ich so tun, als ob ich auf dem Sofa eingeschlafen wäre. Dann gingen meine Eltern endlich zu Bett.«

»Ist die Pistole legal?«

»Ja, mein Papa wurde vor über 20 Jahren von Schutzgelderpressern bedroht. Bei ihrem zweiten Besuch hatten sie ihn lebensgefährlich verletzt. Das überzeugte die Behörden. Er bekam einen Waffenerwerbsschein ausgestellt und kaufte sich anschließend die Beretta.«

Nawrod runzelte die Stirn. »Und du klaust ihm das Ding?«

»Was hätte ich denn tun sollen? Ich wusste, dass wir auf einer heißen Spur waren. Dachte dabei allerdings mehr an Markus Schaller.«

»Der ist auch hier.«

»Was, und das sagst du mir erst jetzt!« Yalcin riss sofort die Pistole vom Tisch und brachte sie in Anschlag. Sie drehte sich einmal um die eigene Achse und schlich langsam in Richtung Tür.

»Nimm den Fuß vom Gas, Nesrin! Schaller tut niemandem mehr etwas. Er liegt schon halb zersetzt in einer Badewanne mit Salzsäure.«

Yalcin entspannte sich. »Hättest du gleich sagen können.«

»Mit der Beretta wird es Probleme geben. Du hast sie nicht nur gestohlen, sondern auch noch illegal benutzt, ist dir das klar?«

»Spielt das noch eine Rolle? Sie haben mich eh rausgeschmissen. Ich habe dir damit das Leben gerettet, das ist das Einzige, was zählt.«

»Dafür werde ich bei Wegner und Staatsanwalt Brügge ein gutes Wort für dich einlegen. Und mit deinem Vater werde ich auch reden. Los, ruf endlich die Kollegen an! Ich will ihre dummen Gesichter sehen, wenn sie hier erscheinen. Einen Notarztwagen brauchen wir …«

Nawrod unterbrach abrupt. Er sah Yalcin mit großen Augen an.

»Radecke!«, schrien beide fast gleichzeitig. »Er muss hier sein«, stieß Nawrod heiser hervor und ließ sich von der Tischkante gleiten. »Vielleicht lebt er noch!«

In diesem Augenblick hörten sie ein verhaltenes Stöhnen, dem ein Röcheln folgte. Doktor Dreyer war nicht tot. Auf dem Boden hatte sich eine große Blutlache um ihn gebildet.

Nawrod bückte sich zu ihm hinunter und brachte ihn in eine stabile Seitenlage. Anschließend fühlte er den Puls des Schwerverletzten und sagte: »Der rennt uns nicht mehr weg. Lass uns Radecke suchen.«

Sie brauchten nicht lange, bis sie ihn gefunden hatten. Als sie die schalldichte Tür aufrissen, stieß Radecke einen markerschütternden, kehligen Schrei aus. Offenbar rechnete er damit, jetzt getötet zu werden. Er gab ein jämmerliches Bild ab. Splitternackt, am ganzen Körper zitternd und schützend die Arme über seinem kahlgeschorenen Kopf verschränkt, hatte er sich embryogleich in eine Ecke gekauert. Seine linke Hand fehlte. Der Armstumpf war mit dunkelroten Blutkrusten überzogen. Es war ein entsetzlicher Anblick.

Dem Schrei folgte ein gequältes Wimmern und Weinen. Er wagte nicht hochzuschauen. Das Zittern wurde so heftig, dass seine Zähne anfingen zu klappern.

Nawrod und Yalcin sahen sich an. Aus der grünen Zelle drang ein unerträglicher Kot- und Uringeruch. »Herr Radecke, hier ist die Kriminalpolizei«, sagte Nawrod laut.

»Herr Radecke«, wiederholte Yalcin. »Wir sind gekommen, um Sie hier rauszuholen.«

Radecke ließ sich zur Seite kippen und schluchzte laut. Sein Körper bebte. Immer noch hielt er beide Arme schützend über seinen Kopf.

»Ruf verdammt noch mal die Funkleitzentrale an! Wir benötigen dringend zwei Notärzte.«

Yalcin nickte fassungslos. Sie zog ihr Handy aus der Tasche und wählte die 110.

54

Die Notärzte mit ihren Teams waren binnen weniger Minuten zur Stelle. Radecke bekam sofort zwei Spritzen, eine zur Beruhigung und eine gegen die Schmerzen. Er wehrte sich heftig dagegen. Offensichtlich begriff er nicht, dass man ihm helfen wollte und er gerettet war. Die undefinierbaren Laute, die er ausstieß, erinnerten Yalcin an das grässliche Fabelwesen eines Horrorfilms, den sie vor einiger Zeit gesehen hatte.

Dreyers Zustand war äußerst kritisch. Er hatte viel Blut verloren und sein Puls war flach. Hastig legte ihm der Notarzt an beiden Armen Zugänge, über die der lebensgefährlich Verletzte mit Infusionen versorgt werden konnte. Gleichzeitig stülpte ihm ein Rettungssanitäter eine Sauerstoffmaske über Mund und Nase.

»Wird er durchkommen?«, fragte Yalcin den Notarzt mit belegter Stimme. Der Abbau des Adrenalins in ihrem Körper ging mit dem Bewusstsein einher, zum ersten Mal in ihrem Leben auf einen Menschen geschossen und ihn womöglich tödlich verletzt zu haben. Dreyer war zwar ein Mörder, aber immer noch ein Mensch. Es half ihr wenig, sich vor Augen zu halten, dass Nawrod jetzt nicht mehr leben würde, wenn sie nicht eingegriffen hätte. Unaufhaltsam machte sich ein sonderbares Gefühl in ihr breit. Sie fühlte sich fremd in ihrem eigenen Körper. Wie war es möglich gewesen, dass beide Hände das Griffstück der Beretta fest umschlossen hatten, die Arme nach oben gingen, bis ihre Augen über die Visierschiene der tödlichen Waffe strichen, und sich danach innerhalb einer Zehntelsekunde ihr rechter Zeigefinger dreimal krümmte? Das war doch nicht sie, Nesrin Yalcin, die Muslima, die eigentlich keiner Fliege etwas zuleide tun konnte. Wie hatte sie überhaupt die Waffe und den Wagen ihres Vater stehlen können? Das würde er ihr nie verzeihen. Er würde sie verstoßen.

»Hey, Kleine, komm zu dir!« Nawrod legte den Arm um ihre Schulter. »Du hast mir das Leben gerettet. Das werde ich dir nie vergessen.« Nawrod drehte Yalcin sanft zu sich herum und sah ihr in die Augen. Unendliche Traurigkeit spiegelte sich darin. Mit dem Handrücken wischte er ihr die Tränen von den Wangen. Dann nahm er sie in den Arm, drückte sie an sich, streichelte zärtlich über ihr Haar und flüsterte ihr ins Ohr: »Ich rede noch heute mit deinem Vater, versprochen!«

Yalcin nickte und atmete laut hörbar durch.

»Was ist denn das für eine Scheiße?« Wegners Stimme klang schneidend und vorwurfsvoll. Die Funkleitzentrale hatte ihn und die anderen Soko-Mitglieder alarmiert. Er war der Erste, der vor Ort erschien. »Nawrod, wie kommen Sie dazu? Sie … Sie …, ich hatte Sie doch suspendiert? Und Sie, Frau Yalcin, was suchen Sie hier? Haben Sie vergessen, dass Sie aus dem Polizeidienst entlassen wurden? Sind Sie von allen guten Geistern verlassen?«

Nawrod ließ Yalcin los und drehte sich um. Sein Blick saugte sich an der mächtigen Gestalt Wegners fest. Der Soko-Leiter schien plötzlich wie versteinert. Die beiden taxierten sich sekundenlang, bis Nawrod zu sprechen begann. »Es waren Doktor Lukas Dreyer von der Rechtsmedizin Heidelberg und Schaller, dieser Tierpfleger aus dem Zoo. Schaller liegt tot in der Badewanne. Weitere Täter gibt es nicht. Wir haben Radecke gefunden. Er ist außer Lebensgefahr. Dreyer wollte mich töten und dieses Haus niederbrennen. Nesrin, ich meine die Kollegin, hat mich im allerletzten Moment gerettet. Sie konnte Dreyer kampfunfähig schießen.«

Der seltsam ruhige Klang von Nawrods Worten war es, der Wegner dazu bewog, kurz zu nicken. Sein Blick senkte sich zu Boden. Es dauerte einige Zeit, bis er seinen bulligen Schädel hob. Er griff sich an die linke Brustseite. Während er Nawrod ansah, führte seine Hand zwei, drei Massagebewegungen durch.

»Woher hatten Sie die Waffe, Frau Yalcin?«

»Sie gehört meinem Vater. Ich habe sie ihm gestohlen. Er weiß nichts davon. Aber die Knarre ist legal.«

Wegner hob die Augenbrauen und schüttelte den Kopf. Dann sah er Nawrod an.

»Bis morgen früh um 10 Uhr ist Ihr Bericht auf meinem Tisch! Haben wir uns verstanden?«

Nawrod zeigte keinerlei Regung. Nach einigen Sekunden schaute er zu Yalcin und dann zu Wegner. Der Soko-Leiter verstand sofort.

»Und Sie, Frau Yalcin … der Innenminister wird nicht umhin kommen … ich meine, bevor ihm die Presse Druck macht. Sobald ich mir hier einen Überblick verschafft habe, werde ich ihn anrufen und …« Wegner räusperte sich. »Sie kommen bitte morgen in mein Büro und nehmen Ihren Ausweis sowie Ihre Dienstwaffe in Empfang. Selbstverständlich erwarte ich auch von Ihnen einen Bericht. Die Waffe Ihres Vaters wird vorerst beschlagnahmt. Wenn das Verfahren abgeschlossen ist, kann sie Ihr Vater wieder zurückhaben.«

Nawrod ließ seinen BMW stehen, da Yalcin ihn bat, er möge den Wagen ihres Vaters nach Hause fahren. Sie war innerlich dermaßen aufgewühlt, dass sie Angst hatte, in der nächstbesten Kurve ins Schleudern zu geraten. Schweigend saßen sie nebeneinander. Jeder hing seinen Gedanken nach.

»Ist es nicht sonderbar?«, unterbrach Nawrod das monotone Geräusch des Motors. »Als er mich auf dem Tisch festgeschnallt hatte und mir die tödliche Injektion verabreichen wollte, wünschte ich ihn in die Hölle, wo er bis zum jüngsten Tag braten sollte. Und jetzt empfinde ich mit ihm plötzlich so etwas wie Mitleid.«

»Mir geht es ganz ähnlich.« Yalcin schluckte.

»Was muss er, was müssen aber auch der kleine Junge und Jochen Kapp durchgemacht haben, bevor sie ihrem Leben ein Ende setzten!«

»Welcher kleine Junge?«

»Dreyer hat mir von ihm erzählt. Er hieß Benjamin Söger. Der Kleine wurde vor 20 Jahren von Otte und den anderen Priestern ebenso missbraucht wie Dreyer. Er hielt die Tortur nur zweimal aus. Dann lief er vor einen Zug.«

»Das ist ja furchtbar! Wer weiß, wie viele kaputte Seelen es noch gab beziehungsweise gibt, die sich das Leben genommen haben oder noch nehmen werden.«

»Wenn wir den Fall nicht gelöst hätten, wäre nie ans Licht gekommen, weshalb Kapp und der kleine Junge Selbstmord begangen haben.«

»Wir müssen die Eltern ausfindig machen und es ihnen sagen. Womöglich haben sie sich die ganze Zeit Vorwürfe gemacht. Sie haben ein Recht darauf, die Wahrheit zu erfahren.«

»Der Anblick von Radecke war grässlich, oder?«

»Ja, Nesrin, das war ein schreckliches Bild.«

»Ich frage mich, ob er es verdient hat? Ich meine, der Mann wird nie wieder sprechen, nie wieder mit der linken Hand etwas greifen können.«

»Er und die anderen haben drei Menschen in den Tod getrieben und weiß Gott wie viele Leben zerstört. Egal, wie jemand gestrickt ist, er wird immer unter dem Trauma des Missbrauchs zu leiden haben.«

»Ich hoffe, Dreyer kommt durch.«

»Ja, das hoffe ich auch. Für dich. Ich kenne das Gefühl.«

»Es ist ein Scheißgefühl, einen Menschen erschossen zu haben.«

»Ich weiß.«

»Es kommt erst, wenn die Schüsse längst verhallt sind.«

»Und es kommt wie ein Faustschlag ins Gesicht. Man kann sich nicht wehren.«

»Woher weißt du das?«

»Ich weiß es, das genügt. Wenn Dreyer durchkommt, werden sie ihn in die Psychiatrie stecken. Da bin ich mir fast sicher.«

»Wie kommst du darauf?«

»Er sieht sich als rechte Hand Gottes, als von dem Allmächtigen ernannten Vollstrecker, der die katholische Kirche heilen und von den Frevlern befreien wollte. Er ist so posttraumatisiert, dass er glaubt, jeder zweite Priester sei ein Päderast, was natürlich totaler Blödsinn ist. Sicher gab es unter dem Deckmantel der Kirche schon immer sexuellen Missbrauch von Kindern, und es wird ihn auch immer wieder geben. Aber das sind Ausnahmen. Man kann nicht alle Geistlichen über einen Kamm scheren, und bei aller kritischen Betrachtung sollte man nicht vergessen, dass die Kirchen viel Gutes tun und ihren Gläubigen einen Halt geben.«

»Bist du Katholik?«

»Ja, ich wurde katholisch getauft und zahle Kirchensteuer. Aber das ist alles, was mich mit der Kirche verbindet.«

»Ich darf gar nicht dran denken, was Dreyer als Kind durchmachen musste. Diese Schweine. Für mich ist so etwas unvorstellbar.«

»Mit seiner zerstörten Psyche konnte er kein normales Leben führen. Er konnte nie mit einer Frau zusammen sein. Es ist verrückt. Obwohl er von schwulen Böcken vergewaltigt wurde, fühlte er sich in gewisser Weise zum Schwulenmilieu hingezogen, doch er war nie fähig, mit einem Mann eine Beziehung einzugehen.«

»Woher weißt du das?«

»Er hat es mir erzählt. Haider lernte er im *Fresh Gay* kennen, wo er in Frauenkleidern auftrat.«

»Glaubst du, dass er allein durch die an ihm begangenen Gewalttaten ein mörderischer Psychopath wurde?«

»Ich denke ja. Aber das wird ein Gutachter festzustellen haben, falls Dreyer überlebt.«

»Für mich ist es erstaunlich, dass er mit einer derart gestörten Psyche studieren und Arzt werden konnte.«

»Dreyer ist zweifellos sehr intelligent. Wahrscheinlich war er schon immer von dem Gedanken beseelt, Rache zu üben und das, wie er sich ausdrückte, Krebsgeschwür in der katholischen Kirche zu bekämpfen. Deshalb studierte er zunächst Theologie. Und als er da nicht weiterkam, wechselte er zur Medizin. Er wollte Onkologe werden, wahrscheinlich deshalb, weil sich in ihm eine Art Krebssyndrom verankert hatte. In seinen Wahnvorstellungen sah er wohl überall Krebs und Metastasen, die es auszumerzen galt.«

Nawrod hielt sich über zwei Stunden bei Yalcins Eltern auf. Als er ging, hatte er das Gefühl, alles ins Lot gebracht zu haben. Er rief ein Taxi und ließ sich zu seinem Wagen fahren. Anschließend fuhr er in die Stadt zurück. Er überlegte, ob er Sabine Bauer anrufen sollte. Jetzt zu seiner Wohnung nach Stuttgart zu fahren, würde sich nicht mehr lohnen. Es war inzwischen 1:45 Uhr und Wegner hatte ja darauf bestanden, dass er den Bericht um 10 Uhr des beginnenden Tages abzuliefern hatte. Nawrod hielt in einer Parkbucht an und zog sein Handy aus der Tasche. Die Nummer der Kriminaltechnikerin hatte er gespeichert. Er betätigte die Ok-Taste und lauschte dem automatischen Wählvorgang. Nach vier oder fünf leisen Signaltönen betätigte er die Taste mit dem kleinen roten Telefonhörer. Das Handy verstummte. Die Nummer auf dem Display erlosch.

»Gleich morgen früh werde ich Eva anrufen«, murmelte Nawrod zu sich selbst. »Ich werde ihr sagen, dass ich sie und Samia unter keinen Umständen aufgeben werde. Ich werde um uns kämpfen und endlich das tun, was ein Mann, ein guter Vater verdammt noch mal zu tun hat.«

Er fuhr zum Präsidium und machte es sich auf dem Schreibtischstuhl bequem. Das verletzte Bein legte er auf den Schreibtisch. Durch das Loch in der Hose sah er, dass der Verband, den ihm ein Rettungssanitäter angelegt hatte, nicht durchgeblutet war. Er verspürte kaum noch Schmerzen. Eine tiefe Zufriedenheit machte sich in ihm breit. Er hatte das Gefühl, sich noch einmal bei Yalcin bedanken zu müssen, und griff zum Telefonhörer. Sie war sofort dran.

»Hey, Kleine, liegst du noch nicht im Bett?«

»Doch, aber ich bringe kein Auge zu. Ich sehe immer wieder die Leiche in der Badewanne und den vom Wahnsinn befallenen Radecke vor mir. Wo drückst du dich herum? Bist du nicht nach Hause gefahren?«

»Ja, das waren schon grässliche Bilder«, wich Nawrod aus. »Daran werden wir noch eine Weile zu knabbern haben.«

»Ich fühle mich wie ein von einem Orkan aufgewühltes Meer.« Yalcins Stimme vibrierte merklich.

»Soll ich zu dir kommen?«

»Hey, Mister, das würde nicht gutgehen.«

»Ich dachte nur, falls du Angst hast, alleine zu sein? Und warum soll das nicht gutgehen?«

»Ich weiß nicht, ob ich dir das sagen soll. Das geht eigentlich nur mich was an.«

»Jetzt zick nicht herum wie der Papst im Puff!«

»Hey, Mann, ich hab dich heute Nacht dem Teufel von der Schippe gepustet. Du lebst und bist ein Mann im besten Alter. Ich hab keinen Schimmer, wieso du plötzlich auf meinem Radarschirm erscheinst. Kapiert?«

Nawrod schluckte. »Du hast … wo erscheine ich?« Er verstand.

»Ich muss verrückt sein, dass ich dir das sage. Vergiss es! Sofort! Hörst du?«

»Nesrin, du bist der beste Mensch, der mir seit Jahren begegnet ist. Ich könnte nie mit dir …«

»Ich hab gesagt, du sollst es vergessen. Meinst du im Ernst, ich würde hier ein Altenheim aufmachen?« Sie lachte, doch ihr Lachen klang nicht echt. »Du hast mir immer noch nicht gesagt, wo du bist.«

»Im Büro.«

»Was suchst du im Büro?«

»Schau mal auf die Uhr. Es ist 3:40 Uhr. Nach Stuttgart zu fahren, lohnte sich nicht mehr.«

»Dann sehen wir uns in spätestens vier Stunden, Partner. Halt die Ohren steif und versuche, etwas zu schlafen.«

»Du auch. Und Nesrin, danke, dass du mich dem Teufel von der Schippe gepustet hast.«

Nawrod lehnte sich zurück. Völlig erschöpft schloss er die Augen. Und dann kamen sie, diese grässlichen Bilder. Er wusste, sie würden ihn niemals mehr loslassen.

Nachwort

Im Gegensatz zu meinen Dokumentationen „Die Samaritermaske" und „Das Gesicht des Todes" ist dieses Buch ein Roman. Doch kann ich nicht behaupten, dass alle Personen, Orte und Begebenheiten frei erfunden sind. Es gab und es gibt sie immer noch, die Opfer und Täter. Jene, die auch noch Jahre nach der Tat unsägliches Leid ertragen müssen, weil sie schreckliche Dinge aus ihrer Kindheit nicht vergessen können. Und jene, über die sich in bewährter Weise der Deckmantel der katholischen Kirche gebreitet hat, um sie vor der Öffentlichkeit und dem Zugriff der Justiz zu schützen. Denn jede bekannt gewordene Tat hat zwangsläufig Kirchenaustritte und Abfälle vom christlichen Glauben zur Folge.

Es ist ein heikles Thema, dem ich mich in meinem zwölften Buch gewidmet habe. Um so mehr muss ich mich bei den Personen bedanken, die lebenslänglich Opfer sind und sich, wenn auch nur unter Zusicherung der Vertraulichkeit, überwinden konnten, über ihre schlimmen Erlebnisse zu berichten. Ich werde keinen von ihnen vergessen.

Mein Dank gilt außerdem

- meinen beiden Testleserinnen Elke Butz und Birgit Jennerjahn-Hakenes, die mir eine große Hilfe waren und mich auf manche Fehler aufmerksam machten

- meinem Sohn Alexander, der mir vermittelte, was in der virtuellen Welt des Internets möglich ist

- Alexander Butz, der Nesrin Yalcin einige lockere Sprüche auf die Lippen legte

- Benedikt Steenberg für die lateinischen Übersetzungen, die das Salz in der Suppe sind

- meinem Lektor Johannes Paesler, der mit viel Geduld und fachlicher Kompetenz dem Werk den letzten Schliff gab

- dem Verlagsleiter Ulrich Wellhöfer, der mich mit seiner netten Art von den Qualitäten seines Verlages überzeugte

- und nicht zu vergessen all meinen Leserinnen und Lesern, die meine Bücher mögen und mich damit motivieren, immer wieder den steinigen Weg von der Idee bis zum fertigen Buch auf mich zu nehmen

Im Schatten der Wahrheit

von Ralf Kurz
320 Seiten, Euro 11,90

Der kauzige Freiburger Kommissar Bussard steht einmal mehr vor einem komplexen Fall. Ein Finanzberater wurde erschossen aufgefunden. Die Liste der Verdächtigen ist ebenso lang wie die Liste der Verfehlungen des Mordopfers. Der Mangel an Motiven ist diesmal wenigstens nicht das Problem für den Ermittler.

Der Bussard nimmt Witterung auf.

Wenn ihm dabei nur der Anblick des Mädchens nicht den Schlaf rauben würde, das erfroren im Schwarzwald aufgefunden wurde. Bussard glaubt an Mord und muss erkennen, dass die tiefsten Abgründe im Schatten der Wahrheit lauern.

Vermint

von Claus Probst
192 Seiten, Euro 12,80

In einem Minenfeld ist die Vergangenheit ohne jede Bedeutung. Genau wie die Gegenwart. Alles, was zählt, sind die nächsten Minuten Zukunft. In einem Minenfeld existiert nur eine einzige Richtung, eine einzige Perspektive: Alles wird auf einen einzelnen Punkt gebündelt, auf eine Fläche von zehn mal dreißig Zentimetern – den nächsten Schritt.

Acht Jahre ist es her, dass Thomas Blohm mit seinem Leben brach, um fortan als Minenräumer die Exkremente des Krieges zu entsorgen. In den Krisengebieten der Welt führt er seither ein Leben ohne Bindungen, mit geringem Ballast und minimalen Bedürfnissen. Als seine Tochter überraschend im Kosovo erscheint und sich ein vom Krieg traumatisierter Journalist für Blohms Biographie interessiert, holt ihn die Vergangenheit wieder ein.

Probsts Sprache kann in jeder Tonart einen Rhythmus entfalten, der einem beim Lesen schon mal den Atem stocken lässt.
Frank Barsch, SWR 2
Für seine Arbeiten erhielt Claus Probst mehrere Literaturpreise.

www.wellhoefer-verlag.de